KB100010

숨

숨

테드 창 소설

김상훈 옮김

엘리

마시아에게

일러두기

* 본문 중의 주석은 모두 옮긴이주이다.

차례

THE MERCHANT AND
THE ALCHEMIST'S GATE

상인과 연금술사의 문

오오, 위대한 칼리프시여, 대교주시여, 미천한 저에게 알현을 허락해주시니 황송하기 그지없습니다. 살아 있는 동안, 제가 이보다 더한 복을 받는 일은 없을 것입니다. 지금부터 고할 이야기는 실로 기이한 것이라서, 설령 그것을 눈가에 문신으로 새긴다 해도, 그 외양이 보여주는 기이함은 그 내용이 말해주는 경험의 기이함을 넘어서지 못할 것입니다. 경고로 받아들이는 자에게는 경고가 되고, 배움으로 여기는 자에게는 배움이 되는 이야기이기 때문입니다.

제 이름은 푸와드 이븐 압바스이고, 평안의 도시인 이곳 바그다드에서 태어났습니다. 아버지는 곡물상이었지만 저는 오랫동안 직물 거래에 종사했고, 다마스쿠스에서는 비단을, 이집트에서는 아마포를, 모로코에서는 금실로 자수를 놓은 스카프를 들여와 팔았습니다. 부유했지만 마음은 언제나 우울했고, 호화로운 물건을 사들이거나 자선을 베풀어도 별다른 위안을 얻지 못하고 살았습니다. 허나 지금은 수중에 1디르함도 없이 칼리프님 앞에 서 있으면서도, 마음만은 더할 나위 없이 평화롭습니다.

만물의 시작은 알라이시지만, 대교주님이 허락하신다면, 제 이야기는 금속 세공사들의 거리로 갔던 날에서 시작하고 싶습니다. 그날 저는 거래처 사람에게 보낼 선물을 찾고 있었습니다. 은 쟁반이 좋을 거라는 소리를 들었기 때문에 반 시간쯤 가게를 물색하다가, 시장에서 가장 큰 점포 건물에 새로운 가게가 들어선 것을 알게 됐습니다. 목이 좋은 자리이니 분명 거금을 지불했을 것이고, 그에 걸맞은 물건이 나오리라는 기대를 품고 안으로 들어갔습니다.

그렇게 신기한 물건들을 한자리에서 보기란 난생처음이었습니다. 출입문 근처에는 은으로 상감을 한 일곱 개의 판이 달린 아스트롤라베*, 시간마다 종이 울리는 물시계, 바람이 불면 노래를 부르는 황동 나이팅게일 같은 것이 놓여 있었습니다. 더 안쪽에는 한층 정교한 장치들이 보였습니다. 곡예를 구경하는 아이처럼 넋을 잃고 바라보는데, 안쪽 문에서 한 노인이 걸어나왔습니다.

"누추한 곳을 찾아주시어 감사합니다, 손님. 저는 바샤라트라고 합니다. 찾으시는 물건이라도 있습니까?"

---

* 고대부터 중세까지 그리스·아라비아·유럽 등지에서 사용된 천체 관측 기구.

"정말 진귀한 물건들을 파시는군요. 저 역시 세계 각지의 상인들과 거래를 하지만, 이런 물건들은 처음 봅니다. 어디서 구하셨는지 여쭈어도 될까요?"

"과분한 칭찬이십니다. 여기 있는 물건들은 모두 공방에서 제가 직접 만들거나 제 휘하의 조수들이 만든 것들입니다."

노인이 그렇게 많은 기술에 숙달해 있다는 것이 무척 인상적이었습니다. 저는 가게에 진열된 다양한 기구에 관해 묻고, 천문학, 수학, 풍수, 의학 등에 관한 그의 박식한 설명에 귀를 기울였습니다. 한 시간넘게 얘기를 나누는 동안 그를 향한 저의 호기심과 존경심은 새벽의 따스함을 느낀 꽃봉오리처럼 활짝 피어났습니다. 그러던 중 노인이 연금술 실험에 관한 언급을 했습니다.

"연금술이라고요?" 의외였습니다. 사기꾼에게나 어울릴 법한 그런 단어를 입에 올릴 사람으로는 보이지 않았기 때문입니다. "그러니까, 주인장이 비금속卑金屬을 황금으로 바꿀 수 있다는 말씀이십니까?"

"바꿀 수 있지요. 하지만 대다수의 사람이 연금술을 통해 얻으려는 것은 사실 그런 게 아닙니다."

"그럼 무엇을 얻으려 한다는 거지요?"

"땅속에서 광물을 채굴하는 것보다 더 싼, 황금의 원천입니다. 연금술 문헌은 황금을 만드는 방법을 가르치기는 하지만 그 과정이 몹시 고되지요. 그에 비하면 산 밑으로 광산을 파는 일은 복숭아나무에서 복숭아를 따는 일만큼이나 쉬워 보일 정도로요."

저는 슬쩍 웃었습니다. "현명한 대답이군요. 주인장이 박식하다는 사실에는 누구도 의문을 제기하지 못할 것입니다. 하지만 제게도 연금술을 믿지 않을 정도의 분별력은 있습니다."

바샤라트는 저를 바라보며 잠시 생각에 잠겼습니다. "실은 최근에 그런 생각을 바꾸어줄지도 모르는 것을 만들었습니다. 외부인에게 보여주는 것은 손님이 처음입니다. 보고 싶으신가요?"

"보여주시면 정말 기쁘겠습니다."

"이쪽으로 오시지요." 노인은 가게 안쪽 문으로 저를 안내했습니다. 들어가니 공방이었고, 어디에 쓰는 물건인지 상상조차 할 수 없는 장치들이 진열되어 있었습니다. 전부 잇는다면 지평선까지 닿을 듯 길어 보이는 동선銅線이 감긴 금속 막대기, 수은 위에 둥둥 떠 있는 둥근 화강암 석판 위에 설치된 거울…… 그러나 바샤라트는 이런 것들에는 눈길도 주지 않고 안으로 걸어 들어갔습니다.

그는 저를 가슴 높이까지 오는 견고한 대좌로 이끌었습니다. 대좌 위에는 두툼한 금속 고리가 수직 상태로 고정되어 있었습니다. 둥근 고리는 안지름이 두 뼘 정도였는데 테두리가 워낙 육중해서, 굴강한 사내라도 쉽게 들어 옮기지 못할 것 같았습니다. 고리의 금속은 칠흑처럼 검었지만 워낙 매끄럽게 연마되어 있어, 색깔이 달랐다면 거울로 사용해도 무방할 정도였습니다. 바샤라트가 저더러 대좌 옆쪽으로 가서, 고리의 테를 볼 수 있는 위치에 서라고 지시했습니다. 그 자신은 고리를 바라보고 섰습니다.

"주의 깊게 보십시오."

바샤라트는 오른쪽에서 한 팔을 고리 속으로 집어넣었습니다. 하지만 고리 왼쪽에서 팔이 나오진 않았습니다. 대신, 마치 팔꿈치에서 팔이 잘린 것처럼 보였습니다. 그는 남은 팔을 위아래로 흔들어 보이고는 다시 팔을 뺐습니다. 팔은 멀쩡했습니다.

그렇게 학식 있는 사람이 마술사의 묘기 같은 것을 보여줬다는 사실이 의외였지만, 훌륭한 묘기임에는 틀림없었기 때문에 저는 예의바르게 박수를 쳤습니다.

"이제 잠깐만 기다리십시오." 바샤라트는 이렇게 말하고 한 걸음 뒤로 물러섰습니다.

저는 그 자리에서 잠시 기다렸습니다. 그러자 놀랍게도 고리 왼쪽에서 팔 하나가 쑥 나왔습니다. 그것을 지탱할 몸통도 없는데 말입니다. 팔을 감싼 소매는 바샤라트가 입은 긴 옷의 소매와 똑같았습니다. 팔은 위아래로 움직이더니 다시 고리 안으로 들어가 사라졌습니다.

처음 팔이 사라졌을 때는 기발한 눈속임이라고 생각했지만, 이번 것은 훨씬 뛰어나 보였습니다. 대좌도 고리도 굉장히 좁아서 누가 보더라도 사람이 숨을 공간 같은 건 없었기 때문입니다. "정말 놀라운 솜씨로군요!" 저는 감탄했습니다.

"감사합니다. 하지만 이것은 단순한 눈속임이 아닙니다. 지금 보고 계시는 고리 오른쪽은 고리 왼쪽보다 몇 초 더 앞서 있습니다. 이 고리를 통과한다는 것은 그 시간차를 순식간에 가로지르는 것을 의미합니다."

"무슨 말씀이신지 모르겠습니다."

"다시 한 번 보여드리겠습니다." 바샤라트는 또다시 고리에 팔을 집어넣었고, 그의 팔은 사라졌습니다. 그는 미소를 짓더니 마치 줄다리기를 하듯이 팔을 앞뒤로 움직였습니다. 그러곤 다시 팔을 빼더니, 제게 손바닥을 펼쳐 보였습니다. 손바닥 위에는 낯익은 반지가 놓여 있었습니다.

"제 반지가 아닙니까!" 그런데 제 손을 봤더니 반지는 손가락에 멀쩡하게 끼워져 있었습니다. "똑같은 반지를 공중에서 꺼내 보이신 거군요?"

"아니, 이것은 정말로 손님의 반지가 맞습니다. 기다려보십시오."

그러자 또다시 팔 하나가 고리 왼쪽에서 나타났습니다. 이 마술의 트릭을 알아내고 싶은 마음에 저는 황급히 손을 뻗어 팔에 달린 손을 붙잡았습니다. 그것은 가짜 손이 아니었습니다. 그것은 제 손과 마찬가지로 피와 살로 된 진짜 손이었습니다. 제가 그 손을 잡아당기자 그쪽에서도 제 손을 당겼습니다. 다음 순간 그 손은 마치 소매치기처럼 잽싸게 제 손가락에서 반지를 빼내더니 고리 속으로 홀연히 사라졌습니다.

"반지가 사라졌어요!"

"아닙니다, 손님. 손님의 반지는 여기 있습니다." 바샤라트는 쥐고 있던 반지를 제게 되돌려주었습니다. "놀라시게 해서 죄송합니다."

저는 반지를 도로 꼈습니다. "제 손가락에서 반지가 사라지기 전에 이미 갖고 계셨다는 얘기로군요."

바로 그 순간, 이번에는 고리 오른쪽에서 팔이 쑥 나타났습니다. "저건 뭡니까?" 팔이 고리 속으로 사라지기 전 옷소매를 보니 역시 바샤라트의 팔이었습니다. 그러나 그에 앞서, 그가 고리에 팔을 넣는 것을 보지는 못했습니다.

"좀 전에 제가 한 말을 떠올려보십시오." 바샤라트가 말했습니다. "고리 오른쪽은 고리 왼쪽보다 앞서 있습니다." 그런 다음 그는 고리 왼쪽으로 걸어가 고리 속에 팔을 넣었습니다. 이번에도 팔은 사라졌습니다.

대교주님은 이미 파악하셨겠지만, 저는 그제야 비로소 이해를 했습니다. 고리 오른쪽에서 일어나는 일은, 몇 초 뒤, 고리 왼쪽에서 일어나는 일에 의해 보완되고 있었던 것입니다. "이것은 마법입니까?" 제가 물었습니다.

"아닙니다, 손님. 저는 진*을 만난 적이 없습니다. 설령 만난다 해도 그가 제 명령에 따를 것 같지는 않군요. 이것은 일종의 연금술입니다."

바샤라트는 설명을 시작했습니다. 그는 현실의 피막에는 마치 나무에 난 벌레구멍 같은 미세한 구멍들이 뚫려 있다고 했습니다. 일단 그 구멍을 찾아내면, 유리 직공이 녹은 유리 덩어리를 잡아끌어 목이 긴

---

* 이슬람 전승의 정령.

파이프로 바꾸듯이, 그 구멍을 넓혀 길게 끌어낼 수 있었다고 했습니다. 그런 다음 한쪽 부리의 시간을 마치 물처럼 흐르게 하고, 반대쪽 부리에서는 그것을 시럽처럼 걸쭉하게 만들었다고 했습니다. 고백하자면 저는 바샤라트의 얘기를 제대로 이해하지 못했고, 그의 말이 진실임을 증명할 수도 없습니다. 저는 그저 이렇게 답하는 수밖에 없었습니다. "실로 경이로운 것을 만들어내셨군요."

"감사합니다. 하지만 이것은 손님께 보여드리려는 것의 서막에 불과합니다." 바샤라트는 저더러 따라오라는 손짓을 했고 한층 깊숙한 곳에 있는 방으로 안내했습니다. 방 한가운데에 원형의 문이 서 있었습니다. 육중한 틀은 아까 본, 그 연마된 검은 금속으로 만들어져 있었습니다.

"좀 전에 보여드린 것은 '초秒의 문'이었습니다. 이것은 '세월의 문'입니다. 이 문 양쪽은 이십 년의 세월로 분리되어 있습니다."

제가 바샤라트의 말을 즉각 이해하지 못했다는 사실을 고백해야겠습니다. 오른쪽에서 팔을 집어넣고 이십 년 동안 기다리다가 왼쪽에서 팔이 나타나는 광경을 상상하니, 마술치고는 지나치게 유장하지 않은가 했던 것입니다. 이 생각을 입 밖에 내어 말하자 바샤라트는 웃음을 지었습니다. "물론 그런 식으로 사용할 수도 있겠지요. 그렇지만 이 문을 통과하는 것이 손님이라면 어떻게 될까요." 문 오른쪽에 서 있던 그가 저더러 가까이 오라고 손짓하더니, 문 너머를 가리켰습니다. "보십시오."

문 너머를 보니, 방 저편에는 처음 이 방에 들어왔을 때 본 것과는 다른 양탄자와 쿠션들이 놓여 있는 듯했습니다. 저는 고개를 좌우로 움직이며 각도를 달리해 보았고, 문 너머에 보이는 방은 제가 서 있는 곳과는 다른 방이라는 사실을 깨달았습니다.

"지금 보시는 것은 앞으로 이십 년 뒤의 방입니다." 바샤라트가 말했습니다.

사막에서 오아시스의 신기루를 본 사람처럼 눈을 깜박여보았지만, 눈앞의 광경은 변하지 않았습니다. "그렇다면 제가 이 문을 지나갈 수 있단 말입니까?"

"지나갈 수 있습니다. 그리고 그 순간, 손님은 이십 년 뒤의 바그다드로 들어가시게 됩니다. 이십 년 뒤의 자신과 만나 대화를 나눌 수도 있습니다. 그런 다음 다시 이 '세월의 문'을 지나 현재로 돌아올 수 있습니다."

바샤라트의 얘기를 듣고 있자니 머리가 빙글빙글 도는 것 같았습니다. "주인장도 그런 적이 있습니까? 이 문을 지나 저 안으로 들어선 적이 있습니까?"

"있습니다. 이 가게를 찾은 많은 손님들도 그러셨고요."

"아까는 이 문을 보여주는 사람이 제가 처음이라고 하지 않으셨습니까?"

"'이 문'은 그렇습니다. 하지만 저는 오랫동안 카이로에서 가게를 운영했고, 처음 '세월의 문'을 만든 곳도 그곳이었습니다. 많은 분에게 그 문을 보여드렸고, 이용하신 손님도 많습니다."

"미래의 자신과 대화를 나눈 사람들은 무엇을 알아냈습니까?"

"제각기 다른 것을 알아내게 됩니다. 원하신다면 그중 한 사람의 이야기를 들려드리지요." 바샤라트는 제게 그 얘기를 들려줬습니다. 대교주님이 원하신다면 지금부터 제가 들은 그 얘기를 해드리겠습니다.

행운을 만난 밧줄 직공의 이야기

밧줄을 꼬아 살아가는 하산이라는 청년이 있었습니다. 하산은 이십년 뒤의 카이로를 보려고 '세월의 문'을 통과했고, 훨씬 더 커진 도시를 보고 경탄을 금치 못했습니다. 마치 태피스트리에 수놓인 그림 속으로 들어간 기분이었습니다. 그곳은 카이로 이상도 이하도 아니었지만, 지극히 평범한 광경조차도 그에게는 경이로움의 대상이었습니다.

거리를 돌아다니다가 검무를 추는 춤꾼이나 뱀 부리는 사람들이 모이는 '주웨일라 문'을 서성이고 있을 때 점쟁이 하나가 그를 불러 세웠습니다. "젊은이! 미래를 알고 싶지 않은가?"

하산은 웃음을 터뜨리며 대답했습니다. "이미 알고 있습니다."

"그래도 나중에 부자가 될 수 있을지 없을지는 알고 싶지 않은가, 그렇지?"

"전 밧줄 직공이에요. 부자 따위와 인연이 없다는 것쯤은 알아요."

"꼭 그러라는 법이 어디 있어? 유명한 거상이 된 하산 알-훕바울도 밧줄 직공 출신이잖나?"

이 말을 들은 하산은 호기심이 동해, 시장을 돌아다니며 이 부유한 상인에 대해 물었고 그 이름이 유명하다는 것을 알게 됐습니다. 카이로의 고급 주택가인 비르캇 알-필에 산다는 얘기를 듣고, 그곳으로 가 사람들에게 그의 집이 어딘지 물었습니다. 찾아보니 그 근처에서 가장 큰 저택이었습니다.

현관문을 두드리자 하인이 나와, 한복판에 분수가 있는 넓고 호화로운 홀로 하산을 안내했습니다. 하인이 주인을 부르러 간 동안 그곳에서 기다리던 하산은 사방을 에워싼 연마된 흑단과 대리석 장식을 보며 자기 신분에 맞지 않는 곳에 와 있다는 느낌을 받았습니다. 그래서 막 자리를 뜨려는 찰나에 나이 든 자신이 나타났습니다.

"마침내 찾아왔군!" 그가 말했습니다. "안 그래도 기다리고 있었네!"

"저를 기다렸다고요?" 하산은 놀란 목소리로 되물었습니다.

"물론이지. 자네가 지금 그러고 있는 것처럼 나도 나이 든 나 자신을 방문했거든. 너무 오래되어 정확한 날짜는 잊었지만. 자, 와서 저녁을 함께 먹지."

두 사람이 식당으로 가자 하인들이 피스타치오를 채운 닭고기, 꿀을 흠뻑 부은 튀김 요리, 향신료에 재운 무화과를 곁들인 새끼 양 구이를 대령했습니다. 나이 든 하산은 자신이 살아온 삶에 대해서는 별다른 언급을 하지 않았습니다. 여러 가지 상거래를 하고 있다는 얘기는 했지만, 어떻게 상인이 됐는지는 말하지 않았습니다. 아내가 있다는 얘기는 했지만, 젊은 하산은 아직 그녀를 만날 때가 아니라고 했습니다.

대신 젊은 하산에게 어린 시절에 쳤던 장난에 관해 물었고, 그의 기억에서는 거의 사라졌던 옛이야기를 듣고 웃음을 터뜨렸습니다.

마침내 젊은 하산은 나이 든 하산에게 물었습니다. "어떻게 운명을 이렇게나 크게 변화시킬 수 있었습니까?"

"지금 얘기해줄 수 있는 건 이것뿐이네. 시장에 삼을 사러 가 '검은 개의 거리'를 걸을 땐, 평소처럼 남측을 따라 걷지 말게. 북측을 따라 걸어야 해."

"그렇게 하면 신세를 고칠 수 있단 말입니까?"

"그냥 내가 하라는 대로 해. 이제 집으로 돌아가게. 밧줄을 꼬아야지. 또 언제 나를 찾아와야 하는지는 시간이 흐르면 알 수 있을 걸세."

젊은 하산은 출발한 날로 돌아와, 지시받은 대로 햇살을 피할 그늘이 없을 때조차 거리의 북측을 따라 걸었습니다. 며칠 뒤, 그는 거리 남측에서 미친 말이 마구 달리며 사람들을 걷어차고, 야자유가 담긴 육중한 단지를 넘어뜨려 사람을 다치게 하는가 하면, 어떤 사람을 짓밟기까지 하는 광경을 목격했습니다. 소동이 일단락되자 하산은 알라에게 다친 자들을 낫게 해주시고 죽은 자에게 안식을 내려달라고 기도했습니다. 그리고 자신이 무사한 것에 대해 감사했습니다.

다음 날 하산은 '세월의 문'을 지나 나이 든 자신을 찾아갔습니다. "그곳을 지날 때 말에게 화를 입으셨습니까?"

"아니. 나이 든 나의 경고를 명심했거든. 잊지 말게. 자네와 나는 일심동체야. 자네에게 일어나는 일은 모두 내게도 일어났던 일이야."

그러고는 나이 든 하산은 젊은 하산에게 여러 가지 지시를 했고, 젊은 하산은 그 지시를 충실하게 따랐습니다. 그는 평소에 가던 가게에서 달걀을 사지 않은 덕에, 상한 달걀 바구니의 달걀을 산 사람들과 달리 병을 피할 수 있었습니다. 미리 넉넉히 삼을 구입해둔 덕에, 대상의 도착이 늦어졌을 때도 자재난에 시달린 다른 동업자들과 달리 차질 없이 밧줄을 만들 수 있었습니다. 나이 든 하산의 지시를 따른 덕택에 젊은 하산은 많은 난관을 비켜 갈 수 있었습니다. 그러나 그는 왜 나이 든 하산이 그 이상은 얘기해주려고 하지 않는지 궁금했습니다. 결혼은 누구와 하는 것인지, 어떻게 부자가 된 것인지.

그러던 어느 날, 꼬아둔 밧줄을 시장에서 모두 판 덕분에 평소와 다르게 지갑이 두둑해져서 가다가 길에서 한 소년과 부딪쳤습니다. 지갑이 있던 자리에 손을 대보고 지갑이 사라진 걸 깨달은 하산은 뒤를 돌아보며 사람들을 향해 소매치기라고 소리쳤습니다. 하산의 고함 소리를 들은 소년은 그 즉시 인파를 헤치고 달아나기 시작했습니다. 하산은 소년의 웃옷 팔꿈치 부분이 찢긴 것을 보았지만, 소년은 어느새 시야에서 사라지고 말았습니다.

나이 든 자신에게서 아무런 경고도 듣지 못하고 이런 일이 일어났다는 사실에 충격을 받은 나머지 아무 생각도 나지 않았습니다. 그러나 놀라움은 분노로 바뀌었고, 하산은 소매치기를 쫓기 시작했습니다. 인파를 헤치고 달리면서 소년들의 팔꿈치를 주시했고, 운 좋게도 과일 수레 밑에 웅크린 소매치기를 발견했습니다. 하산은 소년을 끄집어내

도둑을 잡았으니 위병을 불러달라고 소리쳤습니다. 잡혀가는 것이 무서웠던 소매치기 소년은 하산의 지갑을 떨어뜨리고 흐느끼기 시작했습니다. 하산은 잠시 소년을 바라보았습니다. 서서히 분노가 가라앉았고, 그는 소년을 놓아주었습니다.

다음번에 나이 든 자신을 만났을 때 하산은 물었습니다. "왜 소매치기를 당할 거라는 경고를 해주지 않았습니까?"

"즐겁지 않던가?" 나이 든 하산이 물었습니다.

하산은 아니라고 대답하려다가 이내 입을 다물었습니다. "사실 즐거웠습니다." 잡게 될지 놓치게 될지 전혀 모르는 상태로 마구 달리는 동안, 하산은 오랜만에 피가 끓는 느낌을 받았습니다. 소년의 눈물을 보고는 자비에 관한 선지자 무하마드의 가르침을 떠올렸고, 그 소년을 놓아줌으로써 고결해진 기분을 맛보았습니다.

"그런데도 그 일을 겪지 않는 편이 나았다고 생각하나?"

젊은 시절에는 무의미하게만 여겼던 관습들도 나이가 들어감에 따라 점차 그 효용을 이해하게 되듯이, 어떤 정보를 감추는 것은 그것을 밝히는 것만큼이나 쓸모 있을 수 있다는 사실을 하산은 깨달았습니다. "아뇨, 오히려 경고해주지 않아서 좋았다고 생각합니다."

나이 든 하산은 젊은 하산이 자신의 뜻을 이해했다는 것을 알았습니다. "그럼 지금부터 자네에게 중요한 얘기를 하나 해주겠네. 말을 한 필 빌리게. 카이로 서쪽 구릉 지대의 어떤 장소로 가는 길을 가르쳐주지. 그곳 작은 숲속으로 들어가면 벼락 맞은 나무가 한 그루 있을 걸

세. 그 나무 주변에서 자네가 움직일 수 있는 것 중 가장 무거워 보이는 바위를 찾아내 그 밑을 파보게."

"뭘 찾아야 하는 겁니까?"

"찾으면 알 수 있을 거야."

다음 날 하산은 말을 타고 구릉 지대로 가서 문제의 나무를 찾아냈습니다. 나무 주변의 지면이 바위로 뒤덮여 있었기 때문에, 그는 적당해 보이는 바위 하나를 골라 뒤집고 땅을 파보았습니다. 아무것도 나오지 않았기 때문에 잇달아 다른 바위들 밑을 파보았습니다. 마침내 삽이 바위나 흙이 아닌 무언가에 닿는 것을 느꼈습니다. 흙을 모두 파내자 청동 궤가 나왔습니다. 궤 안에는 금화와 보석들이 가득 들어 있었지요. 난생처음 보는 보물이었습니다. 그는 궤를 말에 싣고 카이로로 돌아왔습니다.

다음번에 나이 든 자신을 만났을 때 그는 물었습니다. "보물이 거기 묻혀 있는지 어떻게 아셨습니까?"

"나 자신에게서 들었네. 자네가 내게 들은 것처럼. 우리가 어쩌다 보물이 묻힌 곳을 알게 됐는지에 대해 묻는다면, 알라의 의지였다고 대답할 도리밖에는 없군. 사실 무슨 일이든 달리 어떤 설명을 할 수 있단 말인가?"

"알라가 내려주신 그 재화를 유용하게 쓰겠다 맹세하겠습니다."

"나 역시 다시 맹세하겠네. 우리가 말을 나누는 것은 이번이 마지막이야. 이제부터는 자네 힘으로 나아갈 길을 찾게. 평안이 함께하기를 바라겠네."

이렇게 해서 하산은 집으로 돌아왔습니다. 금화로 삼을 대량 구입
한 다음, 직공들을 고용해 괜찮은 급료를 주고 밧줄을 만들게 했고, 원
하는 사람들에게 좋은 값을 받고 팔았습니다. 하산은 아름답고 현명한
여자와 결혼했고, 그녀의 조언을 받아들여 다른 물건들도 다루기 시작
했으며, 마침내 유복하고 존경받는 상인이 됐습니다. 그는 가난한 사
람들에게 자선을 베풀며 줄곧 고결한 인물로서 살아갔습니다. 인연을
끊고 즐거움을 파괴하는 죽음이 찾아올 때까지 하산은 그 누구보다 행
복한 삶을 살았습니다.

* * *

"실로 놀라운 이야기군요." 제가 말했습니다. "이 문을 이용할지 말
지 망설이는 사람에게 이보다 더 멋진 유혹은 없을 듯합니다."

"남의 이야기에 쉽게 넘어가지 않는 현명함을 지니고 계시는군요."
바샤라트가 말했습니다. "알라는 보답받을 사람에게 보답하고 벌을
내릴 자에게 벌을 내립니다. 이 문을 이용하든 이용하지 않든, 손님에
대한 알라의 태도는 바뀌지 않습니다."

저는 고개를 끄덕였습니다. 그의 말을 이해했다고 생각했기 때문입
니다. "미래의 자신이 이미 경험한 불행을 피하는 일에 성공하더라도,
다른 불행을 겪는 일을 피할 수는 없다는 말씀이시군요."

"아닙니다. 둔한 노인인 탓에 제대로 설명해드리지 못한 점을 사죄 드립니다. '세월의 문'을 이용한다는 것은 결과를 모른 채 제비를 뽑는 행위와는 다릅니다. 오히려 궁전의 비밀 통로를 이용하는 것을 닮았습니다. 정상적으로 복도를 거쳐 가는 것보다 더 빨리 목적하는 방에 도달할 수 있는 통로 말입니다. 어떤 통로를 이용하든 방 자체에는 아무 변화도 없습니다."

놀라운 말이었습니다. "그렇다면 미래는 이미 결정되어 있다는 말씀이십니까? 과거와 마찬가지로 바꿀 수 없다는 뜻입니까?"

"회개와 속죄는 과거를 지워준다는 말이 있습니다."

"그 얘기는 저도 들은 적이 있습니다만, 지금까지 경험한 바로는 사실이 아니었습니다."

"그랬다면 유감이군요. 제가 해드릴 수 있는 말은 미래 또한 다르지 않다는 것뿐입니다."

저는 잠시 이 말에 관해 생각해보았습니다. "그러니까, 만약 자신이 지금부터 이십 년 뒤에 죽는다는 사실을 알게 된다고 해도, 그 죽음을 피할 방법은 전혀 없다는 말씀이시군요?" 바샤라트는 고개를 끄덕였습니다. 낙담을 안기는 말처럼 들렸지만, 어찌 보면 그 사실이 일종의 보장이 되어줄 수도 있지 않을까 하는 생각이 불현듯 떠올랐습니다. 저는 말했습니다. "제가 지금부터 이십 년 뒤에도 살아 있으리라는 사실을 알게 됐다고 가정해보지요. 그렇다면 향후 이십 년 동안은 그 어떤 것도 저를 죽일 수 없다는 얘기가 됩니다. 그럼 아무 걱정 없이 전쟁에 나가 싸울 수 있습니다. 살아남을 것이 확실하니까요."

"그럴 수도 있겠지요. 그러나 그런 보장을 이용할 생각을 하는 사람은 처음 '문'을 지나 미래로 갔을 때 나이 든 자신이 살아 있다는 것을 알지 못하게 될 가능성도 있겠지요."

"신중한 자만이 나이 든 자신을 만날 수 있다는 뜻입니까?"

"'문'을 이용했던 또 다른 손님의 얘기를 들려드리겠습니다. 그가 신중한 자였는지 아니었는지 여부는 손님이 듣고 판단하십시오."

바샤라트는 제게 그 얘기를 들려줬습니다. 대교주님이 원하신다면 지금부터 제가 들은 그 얘기를 해드리겠습니다.

자기 것을 훔친 직조공 이야기

아지브라는 젊은 직조공이 있었습니다. 양탄자를 짜 그럭저럭 먹고 살 수 있었지만, 부자들의 호화로운 삶을 동경했습니다. 아지브는 하산에 대한 이야기를 듣자마자 '세월의 문'을 지나 나이 든 자신을 찾아 나섰습니다. 나이 든 아지브는 나이 든 하산만큼이나 부유하고 너그러울 것이라고 확신했던 것입니다.

이십 년 뒤의 카이로에 도착한 아지브는 부자들이 모여 사는 비르캇 알-필로 가서 아지브 이븐 타헤르의 저택을 물었습니다. 만약 나이 든 아지브와 안면이 있는 사람과 마주쳐 이목구비가 닮았다는 소리를 듣게 된다면, 자기는 아지브의 아들이고 방금 다마스쿠스에서 도착한 참이라고 둘러댈 마음의 준비까지 했습니다. 그러나 이렇게 꾸며낸 얘기를 써볼 기회는 아예 오지 않았습니다. 그런 이름을 아는 사람이 없었기 때문입니다.

결국 아지브는 자기가 살던 동네로 돌아가 미래의 자신이 어디로 이사 갔는지 아는 사람을 찾아보기로 했습니다. 옛집이 있는 거리로 돌아간 그는 길 가던 소년을 멈춰 세우고 아지브란 사람의 집을 물었습니다. 소년은 그를 아지브의 옛집으로 안내했습니다.

"저 집은 그 사람이 예전에 살던 집이잖아. 지금은 어디 살고 있지?"

"어제까지는 저 집에 살고 있었는데요? 그 뒤에 이사를 갔다면 저도 어딘지 몰라요."

믿을 수가 없었습니다. 이십 년 뒤에도 같은 집에 살고 있다니. 그렇다면 그는 부자가 되지 못했고, 나이 든 아지브에게선 조언 따위를 기대할 수 없다는 얘기가 됩니다. 적어도 자신에게 이익을 가져다줄 만한 조언은 말입니다. 자기 운명이 그 운 좋은 밧줄 직공과 왜 이렇게 달라야 하는지 이해가 되지 않았습니다. 소년이 착각했을 가능성에 일말의 희망을 걸고 아지브는 집 밖에서 망을 보며 기다렸습니다.

이윽고 그 집에서 한 사내가 나왔습니다. 그가 나이 든 자신이라는 사실을 깨닫고 아지브는 크게 낙담했습니다. 아내로 보이는 여자가 그 뒤를 따르고 있었지만, 인생을 헛살았다는 실망감에 사로잡힌 나머지 그녀의 모습은 거의 눈에 들어오지 않았습니다. 그는 실의에 빠진 눈으로 나이 든 부부가 입은 간소한 옷을 바라보며, 그들의 모습이 시야에서 사라질 때까지 우뚝 서 있었습니다.

처형된 사람의 머리를 보려고 모여드는 군중 심리와 비슷한 호기심에 이끌려 아지브는 옛집의 현관문으로 다가갔습니다. 갖고 있던 열쇠가 자물쇠에 여전히 맞았고, 그는 문을 열고 안으로 들어갔습니다. 가구가 좀 바뀌기는 했어도 여전히 단출하고 낡은 실내를 보고 아지브는 굴욕감을 느꼈습니다. 이십 년이 흘렀는데 나는 새 쿠션조차 장만하지 못했단 말인가?

충동적으로, 평소에 돈을 모아두는 궤로 가 자물쇠를 풀었습니다. 뚜껑을 열자 그 안에 가득 찬 금화가 보였습니다.

아지브는 소스라치게 놀랐습니다. 궤 안에 금화가 가득한데도, 나이든 그는 그렇게 간소한 옷차림을 하고 똑같은 집에서 이십 년 동안이나 살아왔던 것입니다! 이렇게나 부자이면서 그것을 즐길 생각을 하지 않다니, 나이 든 자신은 정말 옹색하고 즐거움이라곤 모르는 사내라는 생각이 들었습니다. 재산을 무덤까지 들고 갈 수 없다는 사실을 아지브는 이미 오래전부터 깨닫고 있었습니다. 나이를 먹는다고 그런 것을 망각하게 된단 말인가?

아지브는 이런 재산은 그것을 쓸 줄 아는 사람, 즉 자신의 것이 되어야 한다고 결심했습니다. 나이 든 자신의 재산을 가져가는 것은 도둑질이 아니다. 그것을 받을 사람은 바로 나 자신이기 때문이다. 이런 식의 논리를 펼쳤던 겁니다. 아지브는 궤를 어깨에 지고 힘겹게 '세월의 문'까지 가 자신의 카이로로 돌아왔습니다.

환전상에게 새로 얻은 재산의 일부를 맡겨놓긴 했지만, 아지브는 언제나 금화가 두둑한 지갑을 지니고 다녔습니다. 다마스쿠스산 장의에다 코르도바산 구두를 신었고, 보석이 달린 코라산 터번을 머리에 둘렀습니다. 부유한 지구에 집을 하나 빌려 최고의 양탄자와 카우치를 들였고, 요리사를 고용해 사치스러운 음식을 즐겼습니다.

그러고는 오랫동안 멀리서 짝사랑해온 타히라의 오빠를 찾아갔습니다. 타히라의 오빠는 약제사였고, 타히라는 그의 약국에서 조수로 일하고 있었습니다. 아지브는 그녀와 말을 나누고 싶어 이따금 그곳에서 약을 사곤 했습니다. 한번은 베일이 살짝 벗겨져서, 영양처럼 검고 아름다운 그녀의 눈을 본 적도 있었습니다. 타히라의 오빠는 자기 여동생이 일개 직조공과 혼인하는 것을 허락할 리 없었지만, 이제 아지브는 당당하게 좋은 신랑감으로 나설 수 있었습니다.

타히라의 오빠는 혼인을 승낙했고, 타히라 본인도 두말없이 동의했습니다. 예전부터 아지브를 좋아했기 때문입니다. 아지브는 돈을 아끼지 않고 혼인식을 치렀습니다. 도시 남쪽을 지나는 운하에 유람선을 띄워 악사와 춤꾼들을 불러 연회를 열었고, 선상에서 신부에게 값비싼 진주 목걸이를 선물했습니다. 이 축하 연회는 인근 지역에서 큰 화젯거리가 됐습니다.

아지브는 돈이 그들에게 가져다준 기쁨에 취했고, 두 사람은 인생에서 가장 즐거운 일주일을 보냈습니다. 그러던 어느 날, 아지브가 집에 돌아왔는데 현관문이 부서져 있었습니다. 집 안에 있던 금과 은 제품들은 모두 사라지고 없었습니다. 숨어 있던 요리사가 두려움에 떨며 모습을 드러내더니, 도적들이 타히라를 납치해 갔다고 말했습니다.

아지브는 알라를 향해 쉼없이 기도를 올리다가 피로에 지쳐 잠이 들었습니다. 다음 날 아침, 누군가가 문을 두드리는 소리에 잠을 깼습니다. 낯선 사내였습니다. "당신에게 전할 전갈이 있다." 사내는 말했습니다.

"무슨 전갈인가?"

"당신 아내는 무사해."

검은 담즙 같은 공포와 분노가 아지브의 뱃속을 휘젓는 듯했습니다. "몸값으로 얼마를 원하지?"

"1만 디나르."

"그건 내 전 재산보다도 많은 액수야!"

"나하고 흥정할 생각은 하지 마. 당신이 돈을 물처럼 쓰는 걸 봤으니까."

아지브는 무릎을 꿇었습니다. "낭비였소. 선지자 무하마드의 이름에 맹세컨대 내겐 그만한 돈이 없소."

도적은 아지브의 얼굴을 찬찬히 들여다봤습니다. "가진 돈을 모조리 긁어모아 내일 같은 시각 여기로 가져다줘. 조금이라도 돈을 숨겼다간 당신 아내는 죽어. 숨기는 게 한푼도 없으면, 내 부하들이 당신에게 아내를 돌려보낼 거야."

아지브에겐 선택의 여지가 없었습니다. 그가 알겠다고 대답하자 도적은 자리를 떴습니다.

다음 날 아지브는 환전상으로 가 남아 있던 돈을 모두 인출했습니다. 그것을 도적 두목에게 건네자, 그는 아지브의 눈에 떠오른 필사적인 표정을 보고 흡족해했습니다. 도적은 약속을 지켰고, 그날 저녁 타히라는 집으로 돌아왔습니다.

포옹을 한 뒤 타히라가 말했습니다. "저를 위해 그리 큰돈을 지불하실 줄은 몰랐어요."

"아무리 돈이 많아도 당신 없이는 즐거울 수 없어." 아지브는 자기 말이 진실이라는 사실을 깨닫고 문득 놀라움을 느꼈습니다. "그렇지만 더 이상 당신에게 걸맞은 것들을 사줄 수 없을 거요."

"이제 더 이상 저를 위해 뭘 사주지 않아도 돼요."

아지브는 고개를 떨구었습니다. "내가 저지른 악행의 대가로 벌을 받는 기분이오."

"무슨 악행을 말하는 거죠?" 타히라가 물었지만 아지브는 아무 말도 하지 않았습니다. "지금까지 묻지 않았지만, 당신이 그렇게 큰돈을 상속받지 않았다는 건 알고 있었어요. 얘기해줘요. 훔친 돈인가요?"

"아니." 아지브는 아내에게도 자신에게도 진실을 인정하고 싶지 않았습니다. "그냥 받은 거요."

"그럼 빌린 건가요?"

"아니, 돌려줄 필요는 없소."

"돌려주지 않겠다는 얘긴가요?" 타히라는 충격을 받은 표정이었습니다. "우리 혼인식 비용을 다른 사람이 대췄다는 사실이 당신은 아무렇지도 않은 건가요? 그가 제 몸값을 내준 것도?" 그녀는 당장이라도 눈물을 쏟을 듯했습니다. "그럼 저는 당신의 아내인가요, 아니면 그 사람의 아내인가요?"

"당신은 내 아내요."

"어떻게 그리 생각한단 말이에요? 그 사람 덕택에 제 목숨을 구했는데."

"당신에 대한 나의 사랑까지 의심받고 싶지 않소. 마지막 1디르함까지 깨끗이 갚겠다고 맹세하지."

그런 연유로 아지브와 타히라는 아지브의 옛집으로 이사해 돈을 모으기 시작했습니다. 두 사람 모두 타히라의 오빠의 약국에서 일했고, 그가 부자들을 상대하는 조향사調香士가 되자 두 사람은 아픈 사람들에게 약을 파는 일을 이어받았습니다. 벌이는 충분했지만 최대한 생활비를 줄였고, 가구가 부서지면 새것을 사는 대신 수리해 써가며 검소하게 살았습니다. 오랜 세월이 흐르는 동안 아지브는 궤 안에 금화를 하나씩 떨어뜨릴 때마다, 내가 당신을 얼마나 소중하게 생각하는지 보여주는 징표야, 라고 말하며 미소를 지었습니다. 궤가 금화로 가득 찬다 해도 그녀를 얻은 일에 비하면 아무것도 아니라고 했지요.

그러나 한두 닢씩 금화를 넣어 궤를 채우기란 쉬운 일이 아닙니다. 시간이 흐르자 검소함은 인색함으로 바뀌었고, 신중한 판단은 쩨쩨한 행동으로 변질됐습니다. 그보다 더 나빴던 것은, 시간이 흐르자 아지브와 타히라의 애정이 서서히 스러졌고, 모아놓은 돈을 쓸 수 없다는 사실을 서로의 탓으로 돌리며 분노하기 시작했다는 점이었습니다.

세월은 이런 식으로 흘렀고, 아지브는 금화를 두 번째로 도둑맞는 날을 기다리며 나이를 먹어갔습니다.

* * *

"실로 기이하고 슬픈 이야기로군요."

"동감입니다." 바샤라트가 말했습니다. "아지브의 행동이 신중했다고 생각하십니까?"

저는 잠시 주저하다가 대답했습니다. "저는 그를 판단할 입장이 아닙니다. 다만, 그는 자신이 한 행동의 결과를 받아들이는 수밖에 없다고 생각합니다. 제가 그래야 하는 것처럼 말입니다." 저는 잠시 침묵한 후 말했습니다. "아지브의 솔직함에는 감탄했습니다. 자기가 저지른 일을 모두 털어놓았으니까요."

"아, 하지만 아지브가 제게 이 이야기를 해준 것은 젊은 시절의 일이 아닙니다. 궤를 지고 '세월의 문'에서 나온 이후 이십 년 동안 저는 그를 만나지 못했습니다. 그가 다시 저를 찾아온 것은 훨씬 더 나이를 먹었을 때의 일입니다. 집으로 돌아가보니 궤가 사라진 것을 발견했고, 빚을 모두 갚았다는 생각에 그제야 모든 일을 털어놓으려고 마음먹었던 것입니다."

"정말입니까? 그럼 처음 이야기에 등장한 나이 든 하산도 주인장을 만나러 왔습니까?"

"아닙니다. 하산의 이야기는 젊은 하산에게서 들었습니다. 나이 든 하산은 두 번 다시 제 가게를 찾지 않았지요. 대신 다른 사람이 저를 찾아왔습니다. 하산 본인도 알 수 없었던 탓에 제게 털어놓고 싶어도 털어놓을 수 없었던 하산에 관한 이야기를 알고 있는 방문자였습니다." 바샤라트는 이렇게 말하고는 그 방문자의 이야기를 제게 들려줬습니다. 대교주님이 원하신다면 지금부터 제가 들은 그 얘기를 해드리겠습니다.

아내와 그녀의 연인에 관한 이야기

라니야는 오래전 하산과 결혼해 지극히 행복한 삶을 살고 있었습니다. 그러던 어느 날, 라니야는 남편이 어떤 청년과 저녁식사를 하는 모습을 목격했습니다. 결혼 당시의 남편을 그대로 빼박은 청년이었습니다. 어찌나 놀랐던지 당장이라도 이들의 대화 자리에 모습을 드러내고 싶은 충동을 느꼈지만, 간신히 참았습니다. 청년이 떠나자 그녀는 그가 누구냐고 하산에게 힐문했습니다. 하산은 믿기 힘든 얘기를 털어놓았지요.

"그 사람한테 내 얘기도 했나요?" 라니야가 물었습니다. "우리가 처음 만났을 때 당신은 우리에게 무슨 일이 일어날지 이미 알고 있었던 거예요?"

"나는 당신을 보자마자 당신과 결혼하리란 걸 알았소." 하산은 미소 지으며 말했습니다. "하지만 누군가에게 들었기 때문은 아니었지. 그가 맞이할 그 순간을 망치고 싶소?"

그래서 라니야는 젊은 하산에게 말을 걸지는 않고, 단지 이들 사이의 대화를 엿듣고 그를 훔쳐보기만 했습니다. 젊디젊은 그 모습을 볼 때면 그녀의 맥박이 빨라졌습니다. 기억은 종종 그 달콤함으로 우리의 눈을 흐리게도 하지만, 마주 보고 앉은 두 남자를 볼 때면 라니야는 과장할 필요가 없는, 젊은 하산의 충만한 아름다움을 볼 수 있었습니다. 밤이 되면 그녀는 뜬눈으로 지새우며 그 생각을 했습니다.

며칠 후 하산은 젊은 자신에게 작별을 고하고 다마스쿠스 상인과의 거래를 위해 카이로를 떠났습니다. 남편이 집을 비운 사이, 라니야는 그가 언급한 가게를 찾아내서는 '세월의 문'을 지나 젊은 시절의 카이로로 갔습니다.

당시 남편이 살던 집을 기억하고 있었기 때문에 젊은 하산을 찾아내 그 뒤를 밟는 것은 쉬웠습니다. 젊은 하산의 모습을 훔쳐보며 그녀는 나이 든 하산을 상대로는 몇 년 동안이나 느껴본 적 없는 강한 욕망을 느꼈습니다. 젊은 시절 나누었던 사랑에 대한 기억이 생생하게 되살아 났습니다. 지금까지 줄곧 착하고 정숙한 아내로 살아왔지만, 이것은 두 번 다시 주어지지 않을 기회였습니다. 라니야는 이 욕망을 채우리라 결심하고 집을 하나 빌린 다음 며칠 동안 세간을 들여놓았습니다.

일단 집을 꾸민 다음에는 몰래 하산을 미행하며 그에게 말을 걸 용기를 내려고 노력했습니다. 그의 뒤를 밟아 보석 시장까지 따라가니, 젊은 하산이 한 보석상에게 열 개의 보석이 박힌 목걸이를 보여주며 값을 묻고 있었습니다. 그 목걸이를 본 적이 있었습니다. 혼인식을 치르고 며칠 뒤 남편에게 받은 것이었으니까요. 남편이 그것을 팔려고 한 적이 있다는 것은 전혀 알지 못했습니다. 라니야는 조금 떨어진 곳에 서서 반지를 구경하는 척하며 귀를 기울였습니다.

"내일 다시 오면 1000디나르를 주겠네." 보석상이 말했습니다. 젊은 하산은 이에 동의하고 자리를 떴습니다.

그가 가는 것을 바라보는데, 근처에서 두 사내가 쑥덕이는 소리가 들렸습니다.

"저 목걸이 봤어? 우리가 갖고 있던 것 중 하나야."

"틀림없어?"

"틀림없어. 우리 보물함을 훔쳐간 게 바로 저 자식이야."

"두목님께 보고하자. 저 녀석이 내일 또 와서 목걸이를 팔면 돈을 뺏자고. 돈뿐 아니라 다른 것도 뺏어야겠지만."

두 사내는 라니야를 눈치 채지 못하고 가게를 떠났습니다. 심장이 터질 것 같았지만, 그녀는 호랑이가 옆을 지나가는 것을 보고 얼어붙은 사슴처럼 몸을 움직일 수 없었습니다. 하산이 땅에서 파낸 보물은 본디 도적떼 것이었고, 두 사내는 그 일당인 듯했습니다. 자기들의 전리품을 훔친 범인을 찾아내려고 카이로의 모든 보석 가게를 감시하고 있었던 것입니다.

라니야는 문제의 목걸이를 아직 가지고 있었으므로 젊은 하산은 결국 그것을 팔지 못했다는 얘기가 됩니다. 도적들 또한 하산을 죽이지 못했습니다. 그러나 그녀가 아무 일도 하지 않는 것이 알라의 뜻일 리 없었습니다. 그녀는 알라가 자신을 도구로 쓰기 위해 이곳으로 보냈다고 확신했습니다.

라니야는 '세월의 문'으로 되돌아가 자기가 사는 곳으로 돌아왔고, 집으로 가 보석 상자 속에 있던 문제의 목걸이를 꺼냈습니다. 그러고는 다시 '세월의 문'을 지났습니다. 하지만 이번에는 왼쪽이 아니라 오른쪽을 이용해 이십 년 뒤의 카이로를 방문했습니다. 그곳에 가서 더 나이를 먹은, 이제는 노파가 된 자신을 찾아냈습니다. 늙은 라니야는 이십 년 전의 라니야를 따스하게 맞이했고, 자신의 보석 상자에서 똑같은 목걸이를 꺼내 왔습니다. 두 여자는 어떻게 하면 젊은 하산을 도울 수 있을지 궁리하고 예행연습을 했습니다.

다음 날 두 도적은 두목으로 보이는 다른 도적과 함께 다시 보석 가게에 나타났습니다. 그들은 하산이 보석상에게 목걸이를 보여주는 광경을 지켜보았습니다.

보석상이 그 목걸이를 자세히 보고 있을 때 라니야가 앞으로 나가 말했습니다. "정말 신기한 일이군요! 저도 똑같은 목걸이를 팔려고 왔는데요." 그녀는 이렇게 말하며 손가방에서 목걸이를 꺼냈습니다.

"정말 놀랍군요." 보석상이 말했습니다. "이렇게 똑같은 물건은 일찍이 본 적이 없습니다."

그때, 늙은 라니야가 다가왔습니다. "아니 이게 뭐지? 내 눈을 믿을 수가 없어!" 이렇게 말하며 그녀는 똑같은 모양을 한 세 번째 목걸이를 꺼냈습니다. "이걸 나한테 판 작자는 이런 목걸이는 세상에 단 하나밖에는 없다고 했는데, 전부 거짓말이었군요."

"무르시는 쪽이 나을지도 모르겠네요." 라니야가 말했습니다.

"글쎄요." 늙은 라니야는 이렇게 대꾸하고 하산에게 물었습니다. "젊은이, 주인장이 값을 얼마나 쳐준다고 했지?"

"1000디나르를 얘기했습니다." 하산이 당혹스러운 표정으로 대답했습니다.

"정말? 주인장, 그럼 이것도 사주시겠소?"

"다시 생각해봐야겠습니다." 보석상이 대답했습니다.

하산과 늙은 라니야가 보석상과 흥정을 하는 동안, 라니야는 도적들의 대화가 들릴 정도로만 뒤로 물러나 두목이 두 부하를 야단치는 소리를 들었습니다. "멍청한 놈들! 저건 흔해빠진 목걸이잖아. 너희 말을 들었으면 카이로의 보석상 반을 죽이고 결국 위병들한테 잡혀갔을 거야." 도적 두목은 부하들의 머리를 쥐어박고 그들을 데리고 사라졌습니다.

라니야가 다시 보석상 쪽으로 주의를 돌렸을 때, 그는 하산의 목걸이를 사겠다는 제안을 취소한 참이었습니다. 늙은 라니야가 말했습니다. "그럼 할 수 없지. 산 곳으로 가서 무르는 수밖에." 라니야는 가게를 나서는 늙은 라니야가 베일 아래서 미소 짓는 것을 보았습니다.

라니야는 하산을 마주 보았습니다. "오늘은 우리 두 사람 모두 목걸이를 팔 것 같지 않군요."

"다음 기회에 그래야겠지요." 하산이 말했습니다.

"제 것은 집으로 가져가 안전하게 보관해야겠어요." 라니야가 말했습니다. "함께 가주시겠어요?"

하산은 동의하고 라니야와 함께 그녀가 빌린 집으로 갔습니다. 집에 도착하자 그녀는 그를 안으로 초대하고 포도주를 대접했습니다. 포도주를 좀 마신 뒤에는 침실로 그를 이끌었습니다. 두툼한 장막으로 창문을 가리고 등잔불을 모두 끄자 침실 안은 칠흑처럼 어두워졌습니다. 그녀는 그제야 베일을 벗고 그를 침상으로 이끌었습니다.

라니야는 이 순간이 오기만을 고대하며 흥분해 있었기 때문에, 하산의 동작이 어색하고 서투르다는 사실을 깨닫고 놀랐습니다. 그녀는 신혼 초야를 또렷하게 기억하고 있었습니다. 하산은 자신감에 차 있었고, 그녀는 그의 손이 닿을 때마다 숨이 멎을 듯했던 것입니다. 그녀는 하산이 젊은 라니야와 처음 만날 날이 그리 멀지 않았다는 사실을 알고 있었고, 이 서투른 젊은이가 어떻게 그리 빨리 변할 수 있었을까 잠시 의아했습니다. 물론 해답은 명백했습니다.

라니야는 많은 날 동안 매일 오후가 되면 자신이 빌린 집에서 하산을 만나 사랑의 기술을 가르쳤습니다. 그리고 그렇게 함으로써, 여자야말로 알라의 가장 경이로운 창조물임을 몸소 증명해 보였습니다. 라니야가 말했습니다. "당신이 주는 쾌락은 당신이 받는 쾌락이 되어 돌아올 거예요." 그러고는 방금 한 말이 얼마나 맞는 말인지를 생각하며 속으로 미소 지었습니다. 얼마 지나지 않아 하산의 능숙함은 라니야가 기억하는 수준에 도달했고, 그녀는 젊은 시절에 느꼈던 것보다 훨씬 큰 기쁨을 취하게 됐습니다.

시간은 살같이 흘렀고, 이제는 그녀도 떠날 때가 됐음을 젊은 하산에게 고해야 하는 날이 왔습니다. 하산은 이유를 캐묻지 않을 정도로는 분별이 있었지만, 다시 만날 수 있는지 물었습니다. 그녀는 상냥한 목소리로 아니오, 하고 대답했습니다. 그런 다음 집주인에게 세간을 모두 팔고, '세월의 문'을 지나 자기가 사는 카이로로 돌아왔습니다.

장년의 하산이 다마스쿠스에서 돌아왔을 때, 라니야는 집에서 그를 기다리고 있었습니다. 그녀는 남편을 따뜻하게 맞이했지만, 비밀을 털어놓지 않고 가슴속에 간직했습니다.

* * *

바샤라트가 이야기를 마쳤을 때도 저는 말없이 생각에 잠겨 있었습니다. 이윽고 그쪽에서 먼저 운을 뗐습니다. "이 이야기가 다른 이야기들보다 훨씬 더 손님의 마음을 사로잡았나 보군요."

"그런 것 같습니다. 과거를 바꿀 수는 없다고 해도, 과거를 방문하면 예기치 않던 일과 조우할 가능성이 있군요."

"사실입니다. 이제 제가 왜 미래와 과거가 같다고 했는지 이해하셨습니까? 우리는 미래나 과거를 바꿀 수 없습니다. 그러나 그것들을 더 잘 알 수는 있는 것입니다."

"무슨 말씀인지 알겠습니다. 주인장은 제 눈을 뜨게 해주셨습니다. 이제 저도 '세월의 문'을 이용하고 싶습니다. 사례비로 얼마를 드리면 되겠습니까?"

그는 손사래를 쳤습니다. "통행료를 받지는 않습니다. 제 가게로 누가 올지는 알라의 뜻에 달렸고, 저는 알라의 뜻에 따라 행동하는 것으로 족합니다."

다른 사람이 이렇게 말했다면 흥정을 위한 계책이라고 생각했겠지만, 바샤라트가 해주는 이야기를 들은 터라 저는 그의 말이 진심이라는 것을 알 수 있었습니다. "주인장의 너그러움은 주인장의 학식만큼이나 한이 없군요." 저는 이렇게 말하고 허리를 숙였습니다. "혹시 직물 상인이 필요한 일이 생긴다면 언제라도 저를 불러주십시오."

"감사합니다. 그럼 이제 손님의 여행에 관해 얘기해보기로 하지요. 이십 년 뒤의 바그다드를 방문하시기 전에 미리 의논해야 할 일들이 좀 있습니다."

"미래를 방문할 생각은 없습니다. 저는 반대편으로 들어가, 제 젊은 시절로 가고 싶습니다."

"아, 그렇다면 정말 유감이라는 말씀을 드려야겠군요. 이 문으로는 손님의 과거로 갈 수 없습니다. 실은 이 문을 만든 것이 불과 일주일 전의 일입니다. 이십 년 전에는 이곳에 손님이 나올 수 있는 문 자체가 존재하지 않았습니다."

낙담이 어찌나 컸던지 그때 제 목소리는 버림받은 아이의 목소리처럼 들렸을지도 모르겠습니다. "그럼 이 문 반대편은 어디로 데려다주는 겁니까?" 저는 이렇게 말하고 둥근 문 주위를 돌아 반대편으로 갔습니다.

바샤라트도 문을 돌아 제 곁에 와서 섰습니다. 문 너머의 광경은 문 밖에서 보는 것과 동일해 보였지만, 그가 손을 뻗자 마치 보이지 않는 벽에 부딪힌 것처럼 저지당했습니다. 조금 더 자세히 보자 탁자 위에 놓인 놋쇠 등잔이 보였습니다. 하지만 불빛은 전혀 깜박이지 않았습니다. 마치 방 전체가 투명한 호박 안에 갇혀 있는 듯 정지되어 움직임이 없었습니다.

"지금 여기서 보시는 것은 지난주의 방입니다. 이십 년쯤 뒤에는 이 왼편이 출입을 허락할 것이고, 사람들은 이편을 통해 그들의 과거를 방문할 수 있을 것입니다. 혹은," 바샤라트는 이렇게 말하며 우리가 처음 있던 쪽으로 저를 이끌었습니다. "우리가 지금 오른쪽을 통해 들어가 그들과 만날 수도 있습니다. 그러나 유감스럽게도 이 문은 손님의 젊은 시절로의 방문은 절대로 허락하지 않을 것입니다."

"카이로에 있는 '세월의 문'은 어떻게 됐습니까?"

"여전히 그 자리에 있습니다. 지금은 제 아들이 가게를 운영하고 있습니다."

"그럼 제가 카이로로 가서 그 문을 이용해 이십 년 전의 카이로를 방문하는 건 가능하다는 말씀이시군요. 거기서 다시 바그다드로 돌아올 수도 있고."

"예, 원하신다면 그런 여행을 하실 수 있습니다."

"그러고 싶습니다. 카이로에 있는 그 가게를 찾아가는 방법을 일러주시겠습니까?"

"우선 몇 가지 말씀드릴 게 있습니다." 바샤라트가 말했습니다. "손님이 어떤 의도로 그런 여행을 하시려는지 여쭐 생각은 없습니다. 제게 말씀해주실 준비가 될 때까지 기다리는 것으로 만족합니다. 그렇지만 이것만은 기억하십시오. 일어난 일은 결코 되돌릴 수 없습니다."

"압니다."

"예정된 고난도 피할 수 없습니다. 알라가 내리신 시련은 받아들이는 수밖에 없습니다."

"매일 그렇게 생각하며 살아가고 있습니다."

"그렇다면 제 힘이 닿는 한 손님을 도와드릴 수 있어서 영광입니다."

바샤라트는 종이와 펜과 잉크병을 가져오더니 편지를 쓰기 시작했습니다. "여행에 도움이 될 편지를 써드리겠습니다." 그는 편지를 접고 가장자리에 촛농을 떨어뜨리고는 손에 낀 반지를 그것에 대고 눌렀습니다. "카이로에 도착하시면 이것을 제 아들에게 주십시오. 그러면 그곳에 있는 '세월의 문'을 지나게 해줄 겁니다."

저 같은 상인은 감사를 표하는 일에 도통하기 마련이지만, 그때처럼 열렬했던 적은 일찍이 없었습니다. 그러나 제 말은 하나도 빠짐없이 진심이었습니다. 그는 제게 카이로의 가게로 가는 길을 가르쳐주었고, 저는 돌아오면 모든 얘기를 해주겠다고 약속했습니다. 그러고 가게를 나서려는데, 문득 어떤 생각이 떠올랐습니다. "이곳에 있는 '세월의 문'은 미래를 향해 열려 있으니까, 이 문과 이 가게는 적어도 이십 년 이상은 이곳에 존속하리라는 보증이 있는 것이군요."

"예, 사실입니다." 바샤라트가 말했습니다.

저는 그에게 혹시 나이 든 자신을 만났느냐고 물어보려다 입을 다물었습니다. 만나지 않았다고 대답한다면 미래의 그는 죽었다는 얘기가 되고, 결국 저는 그가 언제 죽는지 물어본 꼴이 되었을 테니까요. 제 목적이 무엇인지 묻지도 않고 크나큰 은혜를 베풀어준 이에게 어떻게 그런 질문을 한단 말입니까? 하지만 바샤라트의 표정을 보니, 제가 하려던 질문이 무엇인지 그가 알고 있다는 사실을 깨달았습니다. 저는 사죄의 마음을 담아 고개를 숙였습니다. 그는 고개를 끄덕여 제 사죄를 받아들인다는 마음을 표했고, 저는 길 떠날 채비를 하기 위해 집으로 돌아갔습니다.

대상이 카이로에 도착하기까지는 두 달이 걸렸습니다. 대교주님, 저는 이제 여행중 제 머리를 가득 채우고 있던 생각에 관해, 바샤라트에게도 말하지 않은 얘기를 해드리려 합니다. 저는 이십 년 전, 나자라는 여인과 혼인한 적이 있습니다. 몸짓이 버드나무 가지처럼 우아하고 얼굴은 달처럼 사랑스러운 여인이었지만, 제 마음을 사로잡은 것은 그녀의 친절하고 상냥한 성격이었습니다. 부부의 연을 맺었을 때 저는 상인으로서 막 첫발을 디딘 참이었기 때문에 그리 부유하지는 않았지만, 무엇 하나 부족하다는 생각은 하지 않았습니다.

혼인하고 나서 겨우 일 년쯤 지났을 무렵, 저는 어느 배의 선장과 만나기 위해 바스라로 가야 했습니다. 노예 교역으로 수익을 올릴 기회가 있었기 때문이지만, 나쟈는 찬성하지 않았습니다. 제대로 대우를 해줄 경우에는 코란도 노예 소유를 금지하지 않으며, 선지자 무하마드조차도 노예를 소유했다는 사실을 그녀에게 상기시켰지만, 나쟈는 제게서 노예를 사들인 사람들이 노예를 어떻게 다룰지 알 도리가 없고, 사람보다는 물건을 파는 편이 낫다고 말했습니다.

출발하던 날 아침 나쟈와 저는 다퉜습니다. 저는 지금 돌이켜보아도 얼굴을 들 수 없을 정도의 말을 퍼부으며 그녀를 매도했습니다. 그 말들을 여기서 되풀이하지 않는 것을 용서해주십시오. 저는 화가 난 채 집을 나섰고, 그 뒤로 다시는 그녀를 만나지 못했습니다. 제가 떠나고 며칠 뒤 무너진 모스크 벽에 깔려 그녀가 중상을 입었기 때문입니다. 병원으로 이송됐지만 의사들이 손쓸 틈도 없이 숨을 거두고 말았다고 합니다. 저는 일주일 뒤 바그다드로 돌아와서야 그녀가 죽었다는 사실을 알았습니다. 마치 제 손으로 그녀를 죽인 것만 같았습니다.

지옥의 고통이란 그 일이 있은 후 제가 견뎌야 했던 고통보다 더한 것일까요? 죽음에 비견될 고통을 겪은 탓에 저는 실제로 그 답을 얻을 뻔했습니다. 틀림없이 비슷한 경험일 거라고 생각합니다. 지옥불처럼, 슬픔 또한 사람을 불사르며, 결코 완전히 태우지는 않기 때문입니다.

대신, 마음으로 하여금 그보다 더한 괴로움에 시달리게 하지요.

비탄의 시기가 어느덧 지나 결국 든 것 없이 거죽뿐인 공허한 사내만이 남았습니다. 저는 제가 산 노예들을 해방시키고 직물 상인이 됐습니다. 세월이 흐르면서 유복해졌지만, 또다시 결혼은 하지 않았습니다. 거래 상대 중 몇이 여인의 사랑은 마음의 고통을 잊게 해준다면서 여동생이나 딸과 인연을 맺어주려고도 했습니다. 어쩌면 그들의 말이 옳을지도 모르지요. 그렇지만 그리한들 다른 사람에게 안긴 고통까지 잊게 해주지는 못합니다. 다른 여자와 혼인하는 광경을 그려볼 때면 마지막으로 본 나쟈의 눈동자에 담겨 있던 고통이 생생히 떠올랐고, 결국 저는 다른 사람에게 마음을 열 수 없었습니다.

제가 저지른 일에 관해 율법학자와 얘기를 나눈 적이 있습니다. 회개와 속죄가 과거를 지워준다더군요. 저는 최선을 다해 회개하고 속죄했습니다. 이십 년 동안 고결한 삶을 살려고 노력했습니다. 기도와 단식을 했고, 저보다 불운한 사람에게 자선을 베풀고, 메카를 순례했습니다. 그러나 저는 여전히 죄의식에 시달렸습니다. 알라는 모든 이에게 자비로우시므로, 저는 그것이 모두 제 탓임을 알고 있었습니다.

설령 바샤라트가 제게 물었다 해도 저는 제가 이루고자 하는 바를 미리 털어놓지는 못했을 것입니다. 그가 들려준 얘기들을 감안하면, 분명 저는, 제가 아는 과거사들을 바꿀 수 없었습니다. 나쟈와 마지막 대화를 나누며 다투는 젊은 시절의 저를 말린 사람은 아무도 없었습니다. 그러나 라니야의 이야기, 하산의 인생 속에 본인도 모르게 숨겨져 있던 그녀의 이야기는 제게 일말의 희망을 안겨주었습니다. 어쩌면 젊은 제가 거래를 위해 집을 떠나 있는 사이 일어난 일들에서, 제가 어떤 역할을 수행할 수 있지 않을까 생각했던 것입니다.

혹시 뭔가 착오가 있었고, 나의 나쟈는 실은 살아남은 것은 아닐까? 내가 집을 비운 사이 수의에 감싸여 땅속에 묻힌 여자는 다른 여자였을 수도 있지 않을까? 혹시 나쟈를 구출해 내가 살고 있는 바그다드로 데려올 수 있지 않을까? 이 모든 것이 어리석은 희망이라는 것을 저는 알고 있었습니다. 현자들은 말합니다. "세상에는 돌아오지 않는 것이 네 가지 있다. 입 밖에 낸 말, 공중에 쏜 화살, 지나간 인생, 그리고 놓쳐버린 기회." 그리고 저는 대다수 사람들보다 이런 경구의 진실성을 더 잘 이해하고 있었습니다. 그럼에도 불구하고 저는 알라가 이십 년 동안의 제 참회가 충분하다고 판단하여, 제가 잃은 것을 다시 되찾을 기회를 줄지도 모른다는 희망을 도저히 버릴 수 없었습니다.

대상을 따라가는 여행에서는 별다른 일이 없었고, 예순 번의 새벽을 맞고 삼백 번의 기도를 한 뒤에 카이로에 도착했습니다. 그곳에서 저는 평안의 도시 바그다드의 조화로운 거리에 비하면 현기증 나는 미로와도 같은 낯선 거리를 걸어야 했습니다. 저는 카이로의 파티미드 지구를 관통하는 중심가인 바인 알-카스라인으로 가, 바샤라트의 가게가 있는 거리를 찾아냈습니다.

가게 주인에게 바그다드에 있는 그의 아버지와 얘기를 나눴다고 말하고 바샤라트에게서 받은 편지를 건넸습니다. 그는 그것을 읽고는 뒷

방으로 저를 데려갔습니다. 그곳에는 또 하나의 '세월의 문'이 서 있었습니다. 그는 왼편에서 들어가라고 제게 손짓했습니다.

거대한 금속의 원 앞에 서자 한기가 느껴졌습니다. 저는 약해진 제 마음을 꾸짖었습니다. 그리고 심호흡을 하면서 문을 지났습니다. 그곳은 가구만 다를 뿐 똑같은 방이었습니다. 가구가 다르지 않았다면 그 문이 보통 문과 다르다는 것을 알지 못했을 것입니다. 이내 제가 한기를 느낀 것은 실은 방 자체의 공기가 차갑기 때문이라는 사실을 깨달았습니다. 그곳의 그날은 제가 떠나온 날에 비해 덜 더웠던 것입니다. 등에서, '세월의 문'을 통해 탄식하듯 불어오는 따뜻한 바람을 느낄 수 있었습니다.

가게 주인이 제 뒤를 따라와 큰 소리로 외쳤습니다. "아버지, 손님이 오셨습니다."

한 사내가 방으로 들어왔습니다. 그는 바로 바샤라트, 그러니까 바그다드에서 보았을 때보다 이십 년 젊은 바샤라트였습니다. "어서 오십시오. 저는 바샤라트라고 합니다."

"저를 몰라보시겠습니까?"

"예. 나이 든 저를 만나신 모양이군요. 저로선 손님을 처음 뵙습니다만, 무슨 일이든 기꺼이 도움이 되어드리겠습니다."

대교주님, 저 자신의 부끄러운 결점들을 다룬 이 이야기에 걸맞은 고백을 하나 하자면, 저는 바그다드에서 카이로로 여행하는 중에도 스스로의 고뇌에만 몰입했던 나머지, 제가 바그다드의 가게에 처음 발을 들여놓은 순간 바샤라트가 아마 저를 알아보았으리라는 것을 미처 깨닫지 못했습니다. 제가 자기 가게의 물시계와 놋쇠로 만든 새를 열심히 구경하는 동안에도, 바샤라트는 제가 카이로로 떠날 것을 알고 있었습니다. 제가 목적을 달성했는지 여부 또한 아마 알고 있었을 것입니다.

제가 카이로에서 대면한 바샤라트는 그런 일에 관해 전혀 모르고 있었습니다. "친절한 응대에 다시 한 번 감사드립니다. 제 이름은 푸와드 이븐 압바스라고 합니다. 바그다드에서 방금 도착했습니다."

바샤라트의 아들은 되돌아갔고, 바샤라트와 저는 잠시 얘기를 나눴습니다. 저는 그에게 날짜를 물었고, 평안의 도시로 돌아갈 시간적 여유는 충분하다는 점을 확인했습니다. 그리고 다시 카이로로 돌아오면 그에게 모든 얘기를 해주겠다고 약속했습니다. 젊은 바샤라트는 나이든 바샤라트 못지않게 친절했습니다. "다시 돌아오셔서 제게 얘기를 해주실 날을 기쁜 마음으로 기다리겠습니다. 또 이십 년 뒤에 손님을 다시 만나 도와드릴 날을 고대하겠습니다."

이 말에 저는 잠시 생각에 잠겼습니다. "혹시 오늘 이전에 바그다드에 가게를 열 계획이 있으셨습니까?"

"왜 그런 질문을 하시는지요?"

"바그다드에서 우리가 만난 것을 정말 놀라운 우연이라고 생각하고 있었습니다. 때맞춰 이곳 카이로로 와서 '세월의 문'을 이용해 다시 바그다드로 돌아갈 수 있게, 주인장을 만난 일 말입니다. 그런데 이 모든 일이 전혀 우연이 아닐지도 모른다는 생각이 드는군요. 혹시 제가 오늘 여기 도착한 것이, 이십 년 뒤 주인장이 바그다드로 이사해 가는 원인이 된 것입니까?"

바샤라트는 미소를 지었습니다. "우연도 의도도 태피스트리의 앞뒤면에 불과합니다. 둘 중 하나를 마음에 들어할 수는 있지만, 한쪽이 진짜이고 반대쪽은 가짜라고 주장할 수는 없지요."

"여전히 제게 생각할 거리를 많이 주시는군요."

저는 바샤라트에게 감사의 뜻을 표하고 작별을 고했습니다. 가게를 나서는데 다급한 기색으로 들어오는 여인이 스쳐 지났습니다. 바샤라트가 그녀를 라니야라고 부르며 인사하는 소리에 저는 그만 놀라 멈춰서고 말았습니다.

문 밖에 서 있자니 여자의 말소리가 들렸습니다. "목걸이를 가지고 왔어요. 나이 든 제가 그걸 잃어버리지 않았어야 할 텐데."

"이렇게 방문하실 것을 예상하고 틀림없이 안전한 곳에 보관해놓으셨을 겁니다." 바샤라트가 말했습니다.

그녀는 바샤라트에게서 들은 얘기에 등장했던 라니야였던 것입니다. 지금부터 나이 든 자신을 데리고 와 젊었던 시절로 다시 돌아가서, 두 개가 더 생긴 목걸이로 도적들을 당황시켜 그들의 남편을 구하려는 참이었던 것입니다. 꿈을 꾸는 것인지, 깨어 있는 것인지 알 수가 없었습니다. 저도 모르는 새 어떤 이야기 속으로 들어선 기분이었기 때문입니다. 이야기 속의 등장인물들에게 말을 걸고 이야기 속의 사건들에 관여할 수 있을지도 모른다고 생각하니 현기증이 일었습니다. 라니야에게 말을 걸고 혹시 그녀의 이야기 속에 숨겨진 등장인물의 역할을 할 수 있을지 알아보고 싶은 유혹을 느꼈지만, 제 목표는 저 자신의 이야기 속에서 숨겨진 역할을 해내는 것이라는 사실을 떠올렸습니다. 저는 조용히 자리를 떴고, 바그다드로 돌아오는 대상을 찾아나섰습니다.

운명은 인간의 계획에 코웃음을 친다고 하지요. 처음에 저는 제가 세상에서 가장 운이 좋은 사내라고 생각했습니다. 바그다드로 가는 대상이 바로 그 달에 출발할 예정이어서, 별문제 없이 합류할 수 있었기 때문입니다. 그러나 출발한 지 몇 주 지나지 않아 저는 제 운명을 저주하기 시작했습니다. 대상의 여정이 끊임없이 지체됐기 때문입니다. 카이로에서 그리 멀지 않은 소도시의 우물이 말라버린 탓에 물을 구해오기 위해 원정대를 돌려보내야 했습니다. 어떤 마을에서는 대상을 호위하는 병사들이 이질에 걸린 탓에 그들이 회복할 때까지 몇 주나 기다려야 했습니다. 그럴 때마다 저는 바그다드 도착 예정일을 다시 잡았고, 점점 더 불안에 휩싸였습니다.

그러던 와중에 모래폭풍이 닥쳤습니다. 마치 알라의 경고 같았기에, 이로 인해 저는 지금까지 저의 행동이 현명했던 것인지 정말로 의심하게 됐습니다. 모래폭풍이 처음 닥쳤을 때는 다행히 쿠파 서쪽의 카라반사라이에 짐을 풀 수 있었지만, 맑게 갰던 하늘이 낙타에 짐을 싣는 순간 금세 어두워지는 일이 몇 번이나 반복되면서, 며칠 예정이었던 체류 기간이 몇 주로 늘고 말았습니다. 나쟈가 사고를 당하게 될 날이

시시각각 다가오자 저는 결사적인 행동에 나섰습니다.

낙타꾼들을 차례로 설득하며 저 혼자 먼저 데려가달라고 간원했습니다. 하지만 단 한 사람도 응하지 않았습니다. 결국 저는 보통 때라면 턱도 없었을 비싼 가격으로 낙타 한 마리를 팔겠다는 상인을 찾아냈고, 두말없이 돈을 건넸습니다. 그리고 혼자 길을 나섰습니다.

모래폭풍 속에서 제대로 전진할 수 있을 리 만무했지만, 바람이 조금이라도 잦아들라치면 저는 속도를 올렸습니다. 그러나 호위 병사들 없이는 도적들의 좋은 표적이었습니다. 이틀이 지나자 도적떼에게 잡히고 말았지요. 그들은 제 수중에 있던 돈의 전부와 낙타를 빼앗았지만 목숨만은 살려주었습니다. 자비심에서 그랬던 것인지, 죽이는 것조차 귀찮았는지는 모르겠습니다. 대상에 합류하기 위해 왔던 길을 되돌아가기 시작했지만, 그제야 구름 한 점 없이 맑게 갠 하늘은 저를 조롱했고, 더위가 저를 괴롭혔습니다. 대상이 저를 발견했을 무렵 제 혀는 퉁퉁 부어 있었고, 입술은 햇볕에 마른 진흙처럼 갈라져 있었습니다. 그 이후로는 대상과 함께 가는 것밖에 선택의 여지가 없었습니다.

시든 장미 이파리가 하나씩 떨어지듯 제 희망은 날이 갈수록 이울어갔습니다. 대상이 평안의 도시에 당도했을 때, 저는 이미 늦었다는 사실을 알고 있었습니다. 그러나 성문을 통과하자마자 저는 도시를 지키는 위병에게 혹시 모스크가 무너졌다는 얘기를 듣지 못했느냐고 물었습니다. 처음 위병이 듣지 못했다고 대답하자, 혹시 제가 사고 날짜를 잘못 기억하고 있고, 그래서 실은 늦기 전에 도착한 것이 아닌가 하는 실낱같은 희망이 솟았습니다.

그러자 다른 위병이 나서더니 어제 카르크 지구에서 모스크가 무너졌다고 말했습니다. 그의 말은 사형집행인의 도끼처럼 저를 내리쳤습니다. 그토록 먼 여정 끝에 제 생애 최악의 소식을 또다시 들어야 했던 것입니다.

저는 모스크까지 걸어가, 벽이 서 있던 자리에 벽돌 더미가 쌓여 있는 모습을 보았습니다. 이십 년 동안 꿈속에서 저를 괴롭힌 광경이었습니다만, 이제 그 광경은 제가 눈을 뜬 뒤에도 그 자리에 계속 남아 있었고 견딜 수 없을 만큼 선명했습니다. 저는 등을 돌리고, 주위에 무엇이 있는지조차 알지 못한 채 정처 없이 걷기 시작했습니다. 문득 정신을 차리니 나쟈와 제가 함께 살던 옛집 앞에 당도해 있었습니다. 기억과 비통함에 사로잡힌 채, 저는 길가에 우뚝 서 있었습니다.

얼마나 오랜 시간이 흘렀을까, 한 젊은 여자가 제게 다가와 있었습니다. "말씀 좀 묻겠습니다." 여자가 말했습니다. "푸와드 이븐 압바스의 집이 어딘지 가르쳐주실 수 있나요?"

"이 집이오."

"푸와드 이븐 압바스이신가요?"

"그렇소. 그리고 부탁이니 나를 그냥 내버려두시오."

"죄송합니다. 제 이름은 마이무나라고 하고, 병원에서 의사분들을 보조하고 있습니다. 돌아가시기 전, 아내 되시는 분을 제가 돌봤습니다."

저는 고개를 돌려 그녀를 보았습니다. "당신이 나쟈를 간호했단 말이오?"

"그렇습니다. 아내분이 마지막으로 남기신 전갈을 남편께 반드시 전해드리겠다고 맹세를 했고요."

"무슨 전갈이오?"

"마지막 순간까지 남편분 생각을 하고 있었다는 말을 전해달라고 하셨습니다. 짧은 일생이었지만 함께 보낸 시간 덕분에 행복했다고 하셨습니다."

여자는 제 뺨에 흐르는 눈물을 보고 말했습니다. "저의 말이 고통을 안겨드렸다면 용서하십시오."

"용서라니 당치도 않소. 당신이 전해준 말은 내게는 그 무엇으로도 갚을 수 없는 가치가 있는 것이오. 평생 감사를 표해도 그 빚을 다 갚을 수 없을 것이오."

"슬픔에는 빚이 없습니다. 평안이 함께하시길."

"평안이 함께하기를."

그녀는 떠났고, 저는 몇 시간 동안이나 해방의 눈물을 흘리며 거리를 배회했습니다. 그러면서 줄곧 바샤라트가 한 말이 얼마나 옳았는지에 대해 생각했습니다. 과거와 미래는 같은 것이다. 우리는 그 어느 쪽도 바꿀 수 없고, 단지 더 잘 알 수 있을 뿐이다. 과거로의 제 여행은 아무것도 바꾸지 못했지만, 그곳에서 제가 배운 것은 모든 것을 바꿔놓았습니다. 그리고 저는 그렇게밖에 될 수 없었다는 사실을 이해했습니다. 만약 우리의 인생이 알라가 들려주는 이야기라면, 우리는 등장

인물인 동시에 관객이고, 우리는 바로 그 이야기를 살아감으로써 그것이 전해주는 교훈을 얻는 것입니다.

밤의 장막이 내린 후, 통행금지 시간이 됐는데도 먼지투성이 옷을 입고 거리를 헤매는 저를 발견하고 도시 위병이 검문을 했습니다. 이름과 살던 곳을 대자 위병은 제 이웃들에게 저를 데려가 저를 아는지 물었습니다. 그러나 그들은 저를 알아보지 못했고 저는 감옥에 갇혔지요.

저는 위병 대장에게 제 이야기를 들려주었습니다. 그는 재미있어했지만 믿어주지는 않았습니다. 누가 그런 얘기를 믿을 수 있겠습니까? 그러던 중 제가 이십 년 앞서 슬픔에 잠겨 보냈던 시절의 사건들을 기억해내고, 대교주님의 손자가 알비노*로 태어날 것이라고 말했습니다. 며칠 뒤에 위병 대장은 갓 태어난 아이의 상태에 대해 들었고, 그 지구의 행정관에게 저를 데려갔습니다. 행정관님은 제 얘기를 듣고 나서 저를 이 궁전으로 데려왔고, 대교주님의 시종장님은 제 얘기를 듣고 이 알현실로 저를 데려왔습니다. 이렇게 해서 저는 대교주님에게 제 이야기를 들려드리는 무한한 영광을 누리기에 이른 것입니다.

이제 제 이야기는 제 인생을 따라잡았습니다. 이 두 가지는 얼기설기 얽혀 있고, 이것들이 지금부터 어떤 방향을 향해 나아갈지는 대교주님에게 달려 있습니다. 저는 향후 이십 년 동안 바그다드에서 일어

---

* 선천적으로 피부·모발·눈 등의 멜라닌 색소가 결핍된 사람을 일컫는다.

날 많은 일들에 관해 알지만, 저 자신에게 어떤 운명이 기다리고 있는지에 대해선 전혀 알지 못합니다. 이제 저에겐 카이로에 있는 '세월의 문'으로 되돌아갈 노자조차 없지만, 저는 저 자신이 상상 못할 행운을 맛보았다고 생각합니다. 과거의 잘못을 돌아볼 기회를 얻었고, 알라가 어떤 방식의 구제를 허락하시는지 깨달았기 때문입니다. 대교주님이 묻기로 결정하신다면, 저는 미래에 관해 제가 아는 모든 것을 기꺼이 말씀드릴 것입니다. 그러나 생각건대, 제가 가진 가장 값진 지식은 이것입니다.

그 무엇도 과거를 지울 수는 없습니다. 다만 회개가 있고, 속죄가 있고, 용서가 있습니다. 단지 그뿐이지만, 그것으로 충분합니다.

EXHALATION

숨

공기 혹은 아르곤이라고 불리는 기체가 생명의 원천이라는 얘기는 오래전부터 있어왔다. 그러나 이것은 실은 사실이 아니며, 나는 내가 진정한 생명의 원천과, 그 당연한 귀결로서 생명이 맞이하게 될 종언의 방식을 어떻게 이해하게 됐는지 설명하기 위해 여기 이 글을 새긴다.

대부분의 역사에서, 우리가 공기로부터 생명을 얻는다는 사실은 너무나 명백해 보였기 때문에 일부러 그 점을 역설할 필요는 없었다. 우리는 매일 공기를 가득 채운 두 개의 허파를 소비한다. 매일 가슴에서 빈 허파들을 꺼내 공기를 가득 채운 허파들로 교환하는 식으로 말이다. 잔존 공기의 양이 지나치게 적어질 때까지 부주의하게 방치한 사람은 팔다리가 무거워지는 것을 자각하고, 점차 공기를 보급해야 한다는 강한 욕구를 느낀다. 교체 허파를 한 개도 입수하지 못한 채 가슴에 장착한 두 개의 허파가 완전히 비어버리는 경우는 극히 드물다. 그러나 실제로 이런 불행한 사태가 벌어진다면? 어딘가에 끼여 움직이지 못하는데, 근처에 자신을 도와줄 사람마저 없다면? 그럴 경우 그는 몸 안의 공기가 소진된 지 몇 초 만에 죽게 된다.

그러나 일상생활을 영위하면서 우리에게 이렇게나 필수적인 공기에 관해 생각하는 사람은 거의 없다. 사실 많은 사람들이 공기 보급은 공기 충전소에 가는 이유 중 가장 사소한 것이라고 대답할 게 뻔하다. 공기 충전소는 가장 중요한 사회적 대화의 장인 동시에, 육체적 양식뿐 아니라 정서적 만족감을 얻는 장소이기 때문이다. 우리 모두는 공기를 가득 채운 예비 허파 한 쌍을 집에 보관하고 있다. 하지만 혼자 있을 때는, 자기 가슴을 열고 허파를 교환하는 행위가 귀찮은 일상사 정도로 느껴지기 마련이다. 그러나 다른 사람들과 함께라면, 이것은 기쁨을 공유하는 공동의 활동이 되는 것이다.

너무 바쁘거나 사람을 만나고 싶은 기분이 아닐 때는, 충전된 허파 한 쌍을 골라 가슴에 끼운 다음, 빈 허파들을 충전소 한쪽에 놓아두고 나가면 그만이다. 몇 분 정도 여유가 있다면, 빈 허파들을 공기 공급기에 연결해 다음 사람을 위해 충전해두는 것이 기본 예의이다. 그러나 대다수는 충전소에 머물며 다른 사람들과 교유하는 편을 선호한다. 친구나 지인들과 그날의 뉴스에 관해 잡담을 나누거나, 그러면서 새로 공기를 채운 허파들을 건네주기도 한다. 엄밀한 의미에서 본다면 공기 공유라고 부를 수 없겠지만, 이런 분위기에서는 우리의 모든 공기가 동일한 원천에서 온다는 자각에서 비롯된 동지애가 존재한다. 모든 공기 공급기는 지하 깊숙한 곳에 있는 공기 저장고, 전 세계의 거대한 허파이자 우리가 받는 모든 자양분의 원천인 그곳에서 뻗어나온 파이프들의 단말일 뿐이기 때문이다.

허파들은 다음 날 같은 충전소로 되돌아오는 경우가 많지만, 이웃 구역을 방문하는 사람들도 많기 때문에 그에 못지않게 많은 수의 허파가 다른 구역의 충전소로 유포된다. 허파는 알루미늄으로 만든 매끄러운 원통으로 외양이 모두 동일하기 때문에, 사람들은 자기 손에 들어온 허파가 집 근처에 있던 것인지 아니면 먼 곳에서 온 것인지 알 수 없다. 허파가 사람과 구역을 자유롭게 넘나들듯 뉴스와 가십도 지역의 제한을 받지 않는다. 그래서 우리는 집을 떠나지 않아도 먼 구역의, 심지어 세계의 끝에 있는 구역의 소식도 들을 수 있다. 그러나 나 자신은 여행을 즐긴다. 나는 세계의 끝까지 여행을 가, 지면에서 무한한 하늘로 이어지는 견고한 크롬 벽을 본 적이 있다.

나의 조사를 촉발시켜 결과적으로 진상을 파악하게 만든 그 소문들을 처음 들은 것은 바로 이런 충전소들 중 한 곳이었다. 시작은 우리 구역의 공공 포고꾼과 나눈 사소한 잡담이었다. 매년 새해 첫날 정오가 되면 포고꾼이 시 한 구절을 낭독하는 전통이 있다. 이 연례 행사를 위해 오래전에 지어진 이 송시를 낭독하는 데는 정확히 한 시간이 걸린다. 그런데 그 포고꾼이 말하기를, 최근에 낭독을 했을 때, 낭독이 채 끝나기도 전에 탑시계가 시보를 쳤다는 것이다. 전례가 없는 일이었다. 그러자 옆 사람이 이런 우연의 일치가 또 있느냐며 대화에 끼어들었다. 방금 이웃 구역에 다녀오는 참인데, 그곳의 포고꾼도 그런 오차를 겪었다고 불평하더라는 것이었다.

당시에는 이 문제에 관해 아무도 필요 이상의 관심을 기울이지 않았다. 그러나 며칠 뒤 또 다른 구역에서도 포고꾼의 시 낭독과 시보 사이에 오차가 있었다는 소식이 들려오자 상황이 달라졌다. 사람들은 이 오차가 모든 탑시계가 공유하는 메커니즘에 어떤 결함이 있다는 증거라고 주장했다. 시계가 느려진 것이 아니라 도리어 빨라졌다는 점이 좀 이상하기는 했지만 말이다. 시계학자들이 문제의 시계들을 점검했지만 아무런 고장 부위도 발견하지 못했다. 그런 종류의 측정에 이용되는 정밀 시계를 이용해 탑시계들과 비교해보았지만, 탑시계들은 모두 정확한 시각을 유지하고 있었다.

나는 이 문제에 대해 상당히 호기심을 느꼈지만, 당시는 나 자신의 연구에 몰두하고 있었기 때문에 다른 일에 신경 쓸 여력이 없었다. 예나 지금이나 나는 해부학자이기 때문이다. 그러나 이후 내가 실행에 옮긴 일들의 배경을 설명하기 위해 간단하게나마 나의 전공 분야에 관해 언급하겠다.

우리 사이에서 죽음은 다행히도 흔한 일이 아니다. 우리의 몸은 매우 견고한데다가 치명적인 사고를 당하는 일도 드물기 때문이다. 그러나 바로 이런 이유 때문에 해부학이란 학문의 연구가 쉽지 않은 것도 사실이다. 특히, 죽음에 이를 정도로 심각한 사고가 발생할 경우, 고인의 유해는 연구가 힘들 정도로 심한 손상을 입는 경우가 대부분이기 때문이다. 공기가 가득 찬 허파가 파열될 경우, 그 폭발력은 타이타늄으로 만들어진 우리의 몸을 함석판처럼 갈가리 찢을 수 있을 정도다. 과거 해부학자들이 팔다리의 연구에 집중한 것은, 그런 사고가 일어날 경우에도 그나마 손상되지 않고 남는 부위이기 때문이다. 일 세기 전 내가 들은 최초의 해부학 강의에서 한 해부학자는 우리에게 절단된 팔을 보여주었다. 그는 우리가 팔 내부에 길고 촘촘하게 들어찬 동작 로드rod와 피스톤을 볼 수 있도록 팔의 덮개를 제거하고, 연구실 벽에 비치해두는 허파에 동맥 호스를 연결했다. 너덜너덜한 팔 아래쪽에 돌출되어 있는 동작 로드들을 조작하자 손이 경련하듯 쥐었다 폈다 했다. 그 광경은 지금도 뇌리에 생생하다.

세월이 흐르면서 해부학은 손상된 팔다리를 수리하고, 때로는 절단된 것까지 접합할 수 있을 정도로 발전했다. 동시에 살아 있는 사람의 인체 생리도 연구할 수 있게 됐다. 내가 들은 최초의 강의를 바탕으로 나 자신의 강의를 하면서 나는 나의 팔 덮개를 열고 내가 손가락을 꿈틀거릴 때 어떤 로드들이 수축하고 확장하는지 학생들에게 주목하게 한다.

이런 진전이 있었음에도 불구하고, 해부학이라는 학문에는 여전히 풀리지 않는 핵심적인 수수께끼 하나가 있었다. 바로 기억의 문제이다. 뇌의 구조야 조금 안다 해도, 워낙 섬세한 부위인 탓에 뇌 생리는 연구하기 어렵기로 악명 높은 분야였다. 치명적인 사고를 당해 두개골이 파손될 경우, 뇌는 금빛 연기를 분출하며 흩어져버린다. 그나마 남는 것이라곤 유용한 단서를 찾아볼 길이 없는 갈가리 찢긴 필라멘트나 박箔 형태의 잔해뿐이었다. 과거 수십 년 동안의 기억 이론에서는 사람의 모든 경험은 금으로 된 얇은 박판에 새겨진다는 것이 통설이었다. 사고 후 발견되는 미세한 금박 조각들은, 폭발의 충격으로 산산조각이 난 그런 박판들이었다. 해부학자들은 이런 금박들―너무 얇아서 빛마저 푸르스름하게 투과하는―을 수집해 원판을 재생하려고 노력해왔다. 죽은 이의 최근 경험을 각인한 기호들을 해독할 수 있으리라는 희망 때문이었다.

그러나 각인설로 알려진 이 이론에 나는 찬성하지 않았다. 우리의 모든 경험이 그런 식으로 기록된다면, 우리의 기억이 불완전하다는 사실을 제대로 설명할 수 없다는 단순한 이유에서였다. 각인설의 지지자들은 박판과 그것에 각인된 기억을 읽는 첨필과의 정렬은 시간이 흐를수록 흐트러지며, 결국 가장 오래된 박판은 위치가 변해 아예 첨필과 접촉이 되지 않는다는 식으로 망각 현상을 설명하려고 했지만 나는 이런 설명에 수긍할 수 없었다. 그러나 가설 자체의 매력은 충분히 이해가 됐다. 나 자신이 현미경으로 금박 조각을 들여다보며 오랜 시간을 보낸 사람이었다. 미세 조절 나사를 살짝 돌리는 것으로 기호가 또렷이 보이게 된다면, 그것이 얼마나 만족스러울지는 충분히 상상이 됐다.

게다가 죽은 이의 뇌에 각인된 가장 오래된 기억, 정작 당사자는 망각해버린 기억을 해독해낼 수 있다니 얼마나 멋진가? 우리는 백 년 이상 된 일은 기억하지 못하고, 글로 남긴 기록—우리 손으로 각인했지만 그랬다는 것을 거의 기억하지 못하는—들도 머릿속의 기억보다 기껏 몇백 년 더 됐을 뿐이다. 역사에 대한 기록이 시작되기 전, 우리는 얼마나 오랜 세월을 살아왔던 것일까? 우리는 어디서 왔을까? 이런 의문들에 대한 대답을 우리 자신의 뇌 속에서 찾아낼 수 있다는 주장이야말로 각인설을 그토록 매력적으로 만드는 요인이다.

나는 그런 주장과는 상반되는 학파의 지지자였다. 우리의 기억은 톱니바퀴의 회전이나 일련의 개폐기들의 위치 변화 같은, 삭제 과정이 기록 과정보다 더 어려울 필요가 없는 방식을 통해 모종의 매체에 저장된다고 주장하는 학파이다. 이 가설에 의하면 우리가 망각한 모든 기억은 사실상 사라져버리며, 우리의 뇌 속에는 도서관에서 찾아 읽을 수 있는 것보다 더 오래된 기록은 남아 있지 않다. 이 이론의 장점은, 공기 부족으로 사망한 사람의 몸에 새로운 허파를 장착해 소생시킬 경우, 그가 기억 없이, 생각이나 감정이 거의 없는 상태로 깨어나는 이유를 더 잘 설명할 수 있다는 것이다. 죽음의 충격이 모든 기어와 개폐기를 리셋한다고나 할까. 각인주의자들은 죽음의 충격이 박판의 정렬을 흐트러뜨린 것뿐이라고 주장하지만, 설령 백치라고 해도, 살아 있는 사람을 죽여서 이 논쟁을 해결하려고 한 해부학자는 아무도 없었다. 나는 확실하게 진실을 밝혀낼 수 있는 실험을 하나 고안했다. 그러나 워낙 위험성이 컸기 때문에 실행에 옮기기 전에 신중하게 검토할 필요가 있었다. 나는 오랫동안 마음을 정하지 못하고 주저했다. 시계가 이상 작동했다는 소식을 또 듣기 전까지는.

그것은 더 먼 구역에 사는 포고꾼 역시 신년 포고를 모두 끝내기 전에 탑시계가 시보를 치는 일을 겪었다는 소식이었다. 이 소식에 주목한 것은 그 지역의 시계가 우리 시계와는 다른 방식으로 작동하기 때문이었다. 그곳의 시계는 수은을 사발에 흘려보내는 방식으로 시각을 나타냈기 때문에, 이 시차를 흔한 기계적 고장으로 치부할 수는 없었다. 대다수는 이것을 두고, 장난 좋아하는 사람들의 고의적인 사기가 아닐까 의심했다. 내 의견은 달랐지만, 너무 암담해서 차마 입 밖에 낼수 없었다. 그러나 이 사건은 나를 행동에 나서게 만들었다. 앞서 고안한 실험을 실행에 옮기려는 결심이 섰던 것이다.

우선 가장 단순한 도구부터 제작하기로 했다. 실험실에서 나는 거치대 위에 프리즘 네 개를 고정한 다음, 주의 깊게 각도를 조절해 프리즘 꼭짓점들이 직사각형의 네 모서리를 형성하게 했다. 이렇게 배치하면, 아래쪽 프리즘들 중 하나를 향해 쏜 빛줄기가 위로 반사됐다가 뒤로 돌아오고, 아래로 내려갔다가 다시 앞으로 반사되는 사변형의 반사 고리가 만들어진다. 따라서 첫 번째 프리즘과 같은 높이에 눈을 두고 앉으면 내 뒤통수를 뚜렷하게 볼 수가 있었다. 이 유아론唯我論적인 전망경은 그 뒤로 이어질 모든 실험의 기반이 되어주었다.

그와 유사한 직사각형 모양으로 동작 로드들을 배치하자, 프리즘이 시각을 전치轉置해줬듯이 동작 또한 전치가 가능해졌다. 동작 로드들

의 틀은 전망경보다 훨씬 컸지만 기본 구조는 비교적 단순했다. 이와
는 대조적으로, 각 장치의 끄트머리에 달린 것들은 훨씬 더 정교했다.
전망경 끝에는 전후좌우로 회전 가능한 접촉자에 거치된 쌍안 현미경
을 장착했고, 동작 로드에는 정밀 조작기를 달았다. 정밀 조작기라는
명칭만으로는 그 최첨단 기술을 제대로 묘사할 수 없다. 그것은 해부
학자들의 창의력과 그들이 몸의 구조를 연구하다 얻은 영감이 결합된
것으로, 이 장치를 사용하면 조작자는 자기 손으로 해낼 수 있는 모든
작업을 훨씬 더 미세한 레벨에서 시행할 수 있었다.

이 모든 장비를 조립하는 데는 몇 달이나 걸렸지만 이번 실험은 철
저한 준비가 필수적이었다. 일단 준비가 끝나자, 나는 내 양손을 노브
와 레버들이 잔뜩 달린 조종 장치로 가져가 내 머리 뒤에 위치한 한 쌍
의 조작기를 제어할 수 있었다. 그리고 전망경을 이용해, 조작기가 하
는 작업을 관찰할 수 있었다. 이제 나는 나 자신의 뇌를 해부할 수 있
었다.

이런 생각을 했다는 사실 자체가 미친 소리로 들릴 것이다. 알고 있
다. 동료들에게 얘기했으면 틀림없이 저지를 당했을 것이다. 그러나
해부학 연구를 명분으로 다른 사람에게 위험한 실험에 참여해달라고
부탁할 수는 없는 일이었고, 또한 내 손으로 직접 해부를 하고 싶었기
때문에 수동적인 실험 대상 역할만으로는 만족할 수 없었다. 따라서
자기 해부만이 유일한 답이었다.

나는 공기를 충전한 허파 열두 개를 가져와 매니폴드를 이용해 모두

연결했다. 이것들을 내가 앉을 작업대 아래에 거치한 다음, 공급기를 내 가슴 안에 있는 기관지 흡입구에 직접 연결했다. 이렇게 하면 앉은 채로 6일 치의 공기를 공급받을 수 있을 터였다. 기한 내에 실험을 끝내지 못할 가능성에 대비해, 나는 기한 말미에 동료가 내 실험실을 방문하도록 일정을 잡아놓았다. 그러나 내심 나는 기한 내에 수술을 마치지 못할 유일한 이유는 내가 나를 죽게 만드는 경우밖에 없으리라 생각하고 있었다.

나는 내 뒤통수와 정수리를 형성하고 있는 만곡한 덮개판을 떼어내고, 이어서 그보다는 만곡도가 덜한 측두부 덮개들을 떼어내는 것으로 수술을 시작했다. 얼굴 덮개가 유일하게 남아 있었지만, 구속 브래킷에 물려 있어서 전망경을 써도 나는 그 내부를 볼 수 없었다. 내가 보고 있는 것은 밖으로 드러난 나의 뇌였다. 뇌는 십여 개의 하위 부품들로 이루어져 있었고, 각 하위 부품의 표면은 정교하게 주조된 외피로 덮여 있었다. 전망경을 외피들을 가르고 있는 틈 가까이로 가져가자 그것들 내부의 엄청난 메커니즘을 일별할 수 있었다. 감질날 만큼밖에 안 됐지만, 그것만으로도 지금까지 내가 목격한 그 어떤 기계장치보다 더 정교하다는 사실을 알 수 있었다. 사람이 만들어낸 그 어떤 장치도 범접할 수 없는 이것이 신의 작품이라는 데는 의심의 여지가 없었다. 그것은 고양감과 동시에 현기증을 유발하는 광경이었다. 나는 순수하게 미학적인 관점에서만 잠시 이 광경을 음미했다. 그리고 마침내 탐험을 시작했다.

뇌는 머리 중앙부에 위치한, 실제 사고 활동을 담당하는 인지 엔진과 그 주위를 에워싸고 있는 기억 저장 부품들로 나뉜다는 것이 통설이었다. 나의 관찰도 이 가설과 일치했다. 주변부의 하위 부품들은 서로를 닮아 있었지만, 중앙부의 하위 부품은 이것들과는 다른 이질적인 모양에다 움직이는 부위도 더 많아 보였기 때문이다. 그러나 부품들 모두가 너무 빽빽하게 들어차 있는 탓에 실제로 그것들이 작동하는 모습을 관찰하기는 힘들었다. 무엇이든 더 알아내려면 더 밀접한 위치에서 관찰할 필요가 있었다.

각 하위 부품은 뇌의 기저 부위에 위치한 조절 장치로부터 공기를 공급받는 자체 저장고를 갖추고 있었다. 나는 가장 뒤쪽에 있는 하위 부품에 전망경의 초점을 맞춘 다음, 원격 조작기를 이용해 그 부품의 공기 방출관을 재빨리 떼어내고 그 자리에 더 긴 방출관을 달았다. 수없이 예행연습을 했기에 순식간에 해낼 수는 있었다. 하지만 해당 부품의 저장고 속에 남은 공기가 소진되기 전에 연결을 완료할 자신이 있었던 것은 아니었기 때문에 이 부품의 작동이 저해받지 않았음을 확인하고 난 다음에야 수술을 재개했다. 나는 그 뒤쪽의 틈 너머에 무엇이 있는지 더 자세히 보기 위해 긴 방출관의 위치를 재조정했다. 그 부품에서 나온 다른 관들이 이웃한 부품들로 연결되어 있는 것을 알 수 있었다. 가장 가느다란 조작기 한 쌍을 골라 좁은 틈 안으로 집어넣은 다음, 관들을 하나씩 긴 관으로 대체했다. 이윽고 나는 이 하위 부품과 뇌의 다른 부분들을 연결하는 공기 관들을 모두 긴 것으로 대체하는

데 성공했다. 이제는 그 하위 부품을 지지 틀과 분리해, 그 전체 부위를 전에는 내 뒤통수였던 부분 밖으로 끌어낼 수 있었다.

이런 과정 어딘가에서 나의 사고 기능이 손상됐을지도 모르고, 그럼에도 불구하고 나 자신은 그 사실을 인식하지 못할 가능성이 있다는 것은 알고 있었다. 하지만 기본적인 산술 테스트를 몇 개 시행해보고 손상을 입지 않았다는 사실을 확인했다. 머리 위의 비계에 분리시킨 하위 부품을 매달아놓으니 이제는 뇌 중앙부에 위치한 인지 엔진을 좀 더 잘 볼 수 있었다. 그러나 좀더 자세한 관찰을 위해 현미경을 밀어넣을 만한 공간은 턱없이 모자랐다. 나의 뇌가 기능하는 광경을 정말로 관찰하기 위해선 적어도 여섯 개의 하위 부품을 이동시킬 필요가 있었다.

공을 들이고 고심을 거듭하며, 나는 다른 하위 부품들의 공기 관을 긴 관으로 대체하는 작업을 되풀이했다. 하나는 좀더 뒤쪽으로, 두 개는 좀더 위쪽으로, 다른 두 개는 좌우로 빼내, 모두 머리 위의 비계에 매달았다. 작업이 끝나자 나의 뇌는, 폭발 후 몇백 분의 일 초도 지나지 않은 순간에 그대로 얼어붙은 듯한 몰골을 하고 있었다. 그런 생각을 하자 또다시 현기증이 일었다. 그러나 인지 엔진은 마침내 그 모습을 드러냈다. 밑에 있는 나의 몸통에 연결된 수많은 공기 관과 작동로드들의 기둥에 떠받쳐진 상태로. 이제는 공간적 여유가 생겨서 내 현미경을 360도 회전시켜 내가 떼어낸 하위 부품들의 내부 표면들을 훑어볼 수도 있었다. 내가 본 것은 금빛 기계로 이루어진 소우주였고,

조그만 회전자들과 초소형 왕복실린더들로 가득 찬 풍경이었다.

이런 광경을 바라보면서 나는 궁금했다. 내 몸은 어디 있는 것일까? 나의 시력과 동작을 더 넓은 공간으로 연장해준 도관들은 나의 원래의 눈과 손을 뇌에 연결하고 있는 도관들과 기본적으로 다르지 않다. 이 실험을 진행하는 동안 조작기들은 실질적으로 내 손 역할을 하지 않았는가. 내 전망경 끝에 달린 확대경들은 실질적으로 내 눈 역할을 하지 않았는가. 나는 안이 밖으로 나온 인간이었다. 확장된 뇌의 한가운데에, 해체된 조그만 몸이 위치해 있는. 이런 말도 안 되는 형태로 내 몸을 배치해놓고, 나는 나 자신을 탐험하기 시작했다.

나는 현미경을 돌려 기억 담당 하위 부품 중 하나의 형태를 관찰했다. 나 자신의 기억을 해독할 수 있으리라는 기대는 애당초 하지 않았다. 단지 기억이 기록된 방법을 추측할 수 있으리란 희망을 품고 있을 뿐이었다. 예상대로 겹겹이 포개진 박판 같은 것은 보이지 않았다. 하지만 톱니바퀴나 개폐기마저 보이지 않는 것은 의외였다. 대신 하위 부품 대부분을 이루고 있는 것은 가느다란 공기 관들의 뱅크*였다. 이 세관들의 틈새로 뱅크의 내부를 지나가는 잔물결 같은 것이 흘끗 보였다.

현미경의 배율을 올리고 조금 더 자세히 들여다보자 세관들이 미세한 공기 모세관들로 분기하고 있다는 사실을 확인할 수 있었다. 그리고 이 모세관들은 표면에 금박 조각들이 접철된, 조밀한 와이어 격자

---

* 동시에 작동하도록 배열된 부품이나 단자.

와 얼기설기 엮여 있었다. 모세관에서 새어나오는 공기의 영향으로, 금박 조각들은 다양한 위치를 점하고 있었다. 공기의 흐름이 지속되지 않는 한 현재의 위치를 유지하지는 못하므로 이 금박 조각들은 전통적인 의미에서의 개폐기라고 할 수는 없었다. 그러나 나는 이 금박 조각들이야말로 내가 찾던 개폐기이자 나의 기억이 기록되는 매체라고 추정했다. 내가 본 잔물결 현상은 금박들의 배열을 읽고 인지 엔진으로 되돌려보내는 회상回想 행위였음이 분명했다.

이 새로운 정보로 무장하고 나는 이번에는 인지 엔진 쪽으로 현미경을 돌렸다. 이번에도 역시 와이어 격자가 관찰됐다. 하지만 이곳의 금박 조각은 소정 위치에 정지해 있는 것이 아니라, 거의 눈에도 보이지 않을 정도로 빠르게 앞뒤로 펄럭거리고 있었다. 사실 이 엔진은 공기 모세관보다는 격자의 점유율이 더 높았기 때문에, 엔진 전체가 움직이고 있다고 해도 과언이 아니었다. 나는 공기가 어떻게 이 많은 금박 조각들에게 일관되게 닿을 수 있는지 궁금했다. 나는 몇 시간 동안이나 관찰을 계속했고, 마침내 금박 조각 자체가 모세관의 역할을 하고 있다는 사실을 깨달았다. 금박 조각들은 일시적으로 도관과 밸브를 형성하지만, 이것들은 다른 금박 조각들로 공기를 전달하는 동안만 존재했다가 임무를 마치는 즉시 사라진다. 이것은 지속적으로 변화중인 엔진이었고, 그 작용의 일부로서 자기 수정을 행하고 있었다. 격자는 기계라기보다는 그 기계의 전모가 기록되는 페이지에 가까웠고, 그 기계는 그 위에 끊임없이 기록을 행하고 있었다.

나의 의식은 이런 미세한 금박 조각들의 위치에 의해 부호화되어 있다고 할 수도 있었지만, 좀더 엄밀하게 말하자면 이 금박 조각들을 움직이며 끊임없이 변화하는 공기에 부호화되어 있다고 하는 쪽이 더 정확했다. 이 금박 조각들의 진동을 바라보면서, 나는 우리가 지금까지 해온 추정과 달리, 공기는 단순히 우리의 사고를 발생시키는 엔진에 동력을 제공하는 것만이 아니라는 사실을 깨달았다. 공기는 사실상 우리의 사고가 각인되는 바로 그 매체였다. 우리라는 존재 자체가 공기 흐름의 패턴이었다. 나의 기억은 박편에 팬 홈이나 개폐기의 위치가 아니라, 지속적인 아르곤의 흐름으로서 각인되는 것이다.

이 격자 메커니즘의 본질을 파악하자 폭포수 같은 통찰이 나의 뇌리를 잇달아 꿰뚫고 지나갔다. 사소하기는 하지만 가장 먼저 떠오른 통찰은 가장 연성이 높고 유연한 금속인 금이 우리 뇌의 유일한 재료일 수밖에 없는 이유였다. 이런 메커니즘에서는 가장 얇은 박편들만이 충분히 빠른 속도로 움직일 수 있고, 가장 섬세한 필라멘트만이 접철 역할을 할 수 있었던 것이다. 그에 비하면 내가 첨필로 동판에 이 글을 새기고 다음 판으로 넘어갈 때마다 털어내는 거스러미는 거칠고 무거운 쇳밥이나 다름없다. 격자 메커니즘이야말로 기록과 삭제를 고속으로 수행하는 데 최적화된 매체이며, 개폐기나 톱니의 배열 따위는 이에 한참 미치지 못한다.

두 번째로, 공기 부족으로 죽은 사람에게 새로운 허파를 장착해도 그를 되살릴 수 없는 이유가 명백해졌다. 격자 내부의 금박 조각들은 연속적인 공기 쿠션 사이에서 균형을 잡고 있다. 이런 방식은 금박 조각들을 앞뒤로 신속하게 움직일 수 있게 하지만, 이것은 공기 흐름이 멈출 경우에는 모든 것이 사라져버린다는 뜻이기도 하다. 금박 조각들은 모두 격자에 매달린 상태로 되돌아가면서 그것들이 표현하던 패턴과 의식을 지워버린다. 공기를 다시 보급해도 이미 소실된 패턴을 다시 만들어낼 수는 없다. 이것은 어찌 보면 속도를 얻기 위해 치르는 대가라고도 할 수 있다. 패턴을 저장하기 위해 좀더 안정적인 매체를 쓴다면 우리의 의식은 지금보다 훨씬 느리게 작동할 것이기 때문이다.

시계가 변칙적으로 작동한 원인을 깨달은 것은 바로 그때였다. 금박 조각들이 빨리 움직일 수 있는 것은 공기가 그 움직임을 받쳐주기 때문이므로, 공기 유입량이 충분하다면 금박 조각들은 거의 아무런 마찰 없이 움직일 수 있다. 만약 그보다 더 천천히 움직인다면 그것은 마찰이 늘어났기 때문이며, 그것은 오직 금박 조각들을 받쳐주는 공기 쿠션이 희박해지고, 격자를 통과하는 공기 흐름이 약해졌을 경우의 일이었다.

빨라진 것은 탑시계들이 아니었다. 우리의 뇌가 느리게 작동하고 있었던 것이다. 탑시계는 템포가 변하지 않는 진자, 혹은 유속의 변화 없이 관 속을 통과하는 수은의 흐름에 의해 움직인다. 그러나 우리의 뇌는 공기의 흐름에 의존해 작동한다. 공기의 흐름이 감속하자 우리의 사고도 느려지면서 시계가 더 빨리 가는 것처럼 느껴졌던 것이다.

나는 처음부터 우리의 뇌가 느려지지 않았는지를 의심했고, 그 가능성은 나를 자기 해부로까지 몰아넣었다. 그러나 나는 우리의 인지 엔진이 공기를 동력으로 삼고 있다곤 해도 근본적으로는 기계적으로 작동한다고 믿었고, 그 메커니즘의 일부가 피로에 의해 점진적으로 변형되면서 시간 지연의 원인을 제공했다고 추측하고 있었다. 그 추측이 맞았다면, 상황이 심각하기는 해도 최소한 우리 뇌의 메커니즘을 수리해 원래 속도로 되돌릴 수 있다는 희망이 존재했다.

그러나 우리의 사고가 톱니바퀴의 움직임이 아니라 순전히 공기의 패턴이라면 문제는 훨씬 심각했다. 대체 무엇이 사람의 뇌 속 공기의 흐름을 늦출 수 있단 말인가. 공기 충전소 공급기의 압력이 떨어졌기 때문이라고 말하기는 어려웠다. 허파 내 공기압은 굉장히 높기 때문에 뇌에 도달하기 전 일련의 조절 장치를 거쳐 단계적으로 압력을 떨어뜨려야 할 정도였다. 따라서 작용력이 감소한 원인은 반대로 생각해야 했다. 우리를 에워싼 대기의 압력이 커지고 있었던 것이다.

어떻게 그런 일이 일어날 수 있을까? 이런 의문을 떠올린 순간 나는 유일한 해답을 깨달았다. 우리의 하늘은 무한하게 높지 않았던 것이다. 우리의 시계視界를 넘어선 곳 어딘가에서, 우리 세계를 에워싸고 있는 크롬의 벽은 내부로 만곡한 돔 모양을 하고 있는 것이 틀림없었다. 우리의 우주는 열린 우물이 아니라 봉인된 방이었던 것이다. 그리고 공기는 그 방 안에 점진적으로 축적된다. 지하 저장고의 공기와 동일한 기압이 될 때까지.

내가 이 글을 각인하면서 공기가 생명의 원천이 아니라고 말한 것은 바로 이런 연유에서였다. 공기는 만들어낼 수도, 파괴할 수도 없다. 우주에 존재하는 공기의 총량은 일정하다. 따라서 우리가 살아가는 데 필요한 것이 공기뿐이라면 우리는 결코 죽지 않을 것이다. 그러나 생명의 실제 원천은 기압 차이이다. 공기가 밀도가 높은 공간에서 낮은 공간으로 흐르는 현상 말이다. 우리 뇌의 활동, 우리 몸의 움직임, 우리가 지금까지 만든 모든 기계들은 공기의 움직임, 각기 다른 압력들이 서로 균형을 맞추려는 과정중에 발생하는 바로 그 힘에 의해 작동한다. 우주 어디를 가도 압력이 똑같다면 공기는 움직이지 않을 것이고 그 무엇도 만들어내지 못할 것이다. 언젠가는 우리도, 움직이지 않는 공기에 둘러싸여 공기에서 아무런 혜택도 이끌어내지 못할 것이다.

우리는 실제로는 공기를 소모하고 있는 것이 아니다. 내가 매일 새로운 허파 한 쌍으로부터 끌어내는 공기의 양은 내 팔다리 관절과 내 외피의 이음매를 통해 새어나가는 공기의 양과 정확하게 일치한다. 내 주위의 대기에 내가 더하는 공기의 양과 정확하게 일치한다는 뜻이다. 나는 다만, 고압의 공기를 저압의 공기로 바꾸고 있는 것에 지나지 않는다. 몸을 움직일 때마다 나는 이 우주의 압력 평형화에 기여하고 있다. 생각하는 행위도 마찬가지이다. 생각을 할 때마다 나는 치명적인 평형 상태의 도래를 촉진하고 있는 것이다.

다른 상황에서 이 사실을 깨달았다면 의자에서 벌떡 일어나 거리로 뛰쳐나갔겠지만, 지금처럼 몸은 구속 브래킷에 고정되어 있고 뇌는 실험실 전체에 매달려 있는 상황에서는 불가능했다. 나의 사고가 동요하면서 뇌의 박편들이 더 빠르게 물결치는 것을 볼 수 있었다. 이 광경은 꼼짝 못하는 상태로 구속되어 있는 나를 한층 더 동요하게 만들었다. 공황에 빠졌다면 그대로 죽었을지도 모른다. 꼼짝 못하면서도 통제력을 잃고 굴러떨어지는 악몽 같은 발작 상태에 빠져, 구속에서 풀려나려고 몸부림치다가 공기가 떨어졌을 것이다. 나의 손이 제어반을 조정해 뇌의 격자를 향해 있는 전망경을 돌린 것은 의도적인 행동이었지만 운이 따라준 결과였다. 이제 보이는 것이라곤 작업대의 빈 표면뿐이었고, 그 덕에 나는 나 자신의 두려움을 목도하고 그것을 확대하는 악순환에서 벗어나 침착해질 수 있었다. 충분히 냉정을 되찾게 되자 나는 나 자신을 재조립하는 긴 과정에 착수했다. 마침내 나는 뇌를 원래의 조밀한 배치 상태로 복귀시키고 머리 덮개들을 재장착한 다음, 구속 브래킷을 풀고 나왔다.

처음에 다른 해부학자들은 내가 발견한 사실을 듣고도 믿으려 하지 않았다. 그러나 나의 자기 해부 이후 몇 달이 흐르자 점점 더 많은 동료들이 나의 가설을 수긍하기에 이르렀다. 그들은 더 많은 뇌를 검분하고 더 자주 기압을 측정했으며, 거기에서 도출된 결과들은 하나같이 나의 주장을 뒷받침해주었다. 우주의 배경 기압은 실제로 증대하고 있었고, 그 결과 우리의 사고 속도가 느려지고 있었던 것이다.

진실이 처음으로 대중에게 알려지고 며칠 동안은 공황 상태가 확대됐다. 사람들이 난생처음으로 죽음을 피할 수 없다는 개념에 대해 고민했기 때문이었다. 많은 사람들이 대기 농도가 짙어지는 것을 최소화하기 위해 활동을 적극 자제하자는 주장을 펼쳤다. 공기를 낭비한 사람을 고발했다가 격렬한 싸움이 일어나기도 했고, 사망자가 발생한 구획까지 있었다. 이런 죽음을 유발했다는 수치심과 더불어, 대기의 기압이 지하 공기 저장고의 기압과 동일해지려면 몇 세기는 더 걸릴 것이라는 지적도 있었던 탓에 공황 상태는 곧 수그러들었다. 정확히 몇 세기가 걸릴지는 아직 확실하지 않았기 때문에 부가적인 측정과 계산이 시행되어 논쟁중이다. 한편, 우리에게 남겨진 시간을 어떻게 써야 하는가에 관한 토론도 광범위하게 이루어지고 있다.

어떤 분파는 압력의 균등화를 역전시키겠다는 기치를 내세워 많은 지지자들을 끌어모았다. 그 분파에 소속된 기계기사들은 대기의 공기를 빨아들여 부피가 더 작은 공간에 강제로 밀어넣는 장치를 제작했다. 그들은 이 과정을 '압축'이라고 불렀다. 이 장치는 공기를 지하 저장고에 보존되어 있었을 당시의 압력으로 되돌린다. 역전주의자들은 흥분된 어조로 이 장치가 새로운 종류의 공기 충전소를 만드는 기반이 될 것이라고 선포했고, 이 충전소가 허파에 새로 공기를 채울 때마다 개인뿐 아니라 우주 자체의 활력까지 재생할 것이라고 주장했다. 그러나 면밀하게 검토해보자 유감스럽게도 이 장치의 치명적인 결함이 드러났다. 장치 자체가 지하 저장고의 공기로 작동하기 때문에, 허파 하나에 채울 공기를 만들어낼 때마다, 같은 양도 아니고 그보다 더 많은 양의 공기를 사용한다는 사실이 판명된 것이다. 이 장치는 균등화 과정을 역전시킬 수 없으며, 우리 우주 안에 있는 다른 모든 것들과 마찬가지로 그 과정을 더 심화시켰다.

지지자들 중 일부는 이런 좌절을 겪은 후 환멸을 느끼며 떠나갔지만, 역전주의자 집단은 실패에 굴하지 않고 공기를 쓰는 대신 태엽을 풀거나 무게 추를 내려 작동시키는 새로운 압축기의 설계에 착수했다. 그러나 이 장치들도 돌파구가 되어주지는 못했다. 단단히 감긴 태엽은 그것을 감은 사람의 몸에서 공기가 배출됐음을 의미하고, 지면보다 높은 곳에 위치한 무게 추는 그것을 올린 사람의 몸에서 공기가 배출됐음을 의미하기 때문이다. 이 우주에 존재하는 동력원 중 궁극적으로 기압 차에서 비롯되지 않는 것은 없으며, 그렇기에 그 작동이 기압 차이를 줄이지 않을 장치 또한 존재하지 않는다.

역전주의자들은 언젠가는 자체적으로 소모하는 공기보다 더 많은 양의 공기를 압축할 수 있는 장치를 개발할 수 있으리라는 확신을 가지고 연구를 계속하고 있다. 그들이 원하는 것은 우주에 잃어버린 활기를 되찾아줄 수 있는 무한 동력이다. 그러나 나는 그들의 낙관론을 공유할 수 없다. 균등화 과정은 결코 막을 수 없다는 믿음 때문이다. 결국, 우리 우주에 존재하는 모든 공기는 균등하게 배분될 것이다. 어느 한 지점의 공기가 다른 지점의 공기보다 짙거나 희박한 현상이 사라지면서, 피스톤을 움직이거나 회전자를 돌리거나 금박 조각을 펄럭이는 일이 불가능해질 것이다. 그것은 압력의 종말, 동력의 종말, 사고의 종말이 될 것이다. 우주는 완벽한 평형 상태에 이르게 될 것이다.

뇌의 연구가 과거의 비밀이 아닌 미래의 궁극적 운명을 밝혀냈다는 사실에서 아이러니를 느끼는 사람들도 있다. 그러나 나는 우리가 과거에 관해 중요한 뭔가를 알아낸 것이라고 믿는다. 우주는 엄청난 양의 공기가 비축된 데서 시작됐다. 이유를 알 수는 없지만, 그것이 무엇이든 나는 그 사실에 감사한다. 나는 바로 그것 때문에 존재할 수 있기 때문이다. 나의 모든 욕구와 고찰은 우리의 우주가 점진적으로 내쉬는 숨에 의해 생성된 소용돌이 그 이상도 이하도 아니다. 그리고 이 위대한 내쉼이 끝날 때까지, 나의 사고는 계속될 것이다.

우리의 사고를 가능한 한 오래 지속시키기 위해, 해부학자와 기계 기사들은 원래의 뇌 공기 조절 장치를 대체할 장치를 설계하고 있다. 이 장치를 사용하면 뇌 기압을 점진적으로 증대시키고 주위의 기압보다 조금 높게 유지할 수 있게 될 것이다. 일단 이 장치가 우리 몸에 장착되면, 우리의 사고는 주위의 공기 농도가 높아져도 과거와 거의 동일한 속도로 계속될 수 있다. 그러나 그렇다고 해서 우리의 삶이 변하지 않는 채로 영속된다는 뜻은 아니다. 언젠가는 기압 차가 극단적으로 줄어, 우리의 팔다리는 약해지고 동작은 굼떠질 것이다. 그때 우리는 육체적 무기력감을 덜 민감하게 느낄 수 있도록 사고 속도를 늦추려는 시도에 나설지도 모르지만, 그런다면 외부에서 일어나는 과정들은 가속화된 것처럼 보일 것이다. 똑딱거리던 시계는 미친 듯이 빨라진 진자 속도에 맞춰 찍찍거리고, 떨어지는 물체는 마치 용수철로 튕긴 듯 지면으로 돌진할 것이다. 진동은 우리 몸 안의 케이블을 채찍으로 때리듯이 타고 내릴 것이다.

어느 시점이 되면 우리의 팔다리는 완전히 동작을 멈출 것이다. 종말에 이르러 어떤 일들이 어떤 순서로 일어날지는 확신할 수 없다. 그러나 나는, 사고 과정은 계속 작동되어 의식은 그대로인데, 마치 조각상처럼 몸이 굳어 꼼짝할 수 없는 시나리오를 상상해본다. 어쩌면 우리는 말은 조금 더 오래 할 수 있을 것이다. 우리의 목소리 상자는 우리의 팔다리보다는 작은 기압 차로 작동하기 때문이다. 그러나 공기충전소를 방문할 수 없게 된다면, 말 한마디를 할 때마다 사고에 필요한 공기량이 줄어들 것이고, 우리는 사고가 완전히 정지하는 순간을 향해 조금 더 가까이 다가가게 될 것이다. 그렇다면 사고할 수 있는 능력을 연장하기 위해 침묵한 채 남아 있는 편을 택해야 할까? 아니면 종말이 닥칠 때까지 계속 말을 해야 할까? 모르겠다.

어쩌면 우리 중 소수는 움직임이 멈추기 전 뇌의 공기 조절 장치를 충전소의 공기 공급기에 직접 연결함으로써, 사실상 세계의 위대한 허파로 자기 허파를 대체할 수 있을 것이다. 그럴 경우 이들은 모든 기압이 완벽하게 균등해지는 마지막 순간까지도 또렷이 의식을 유지할 수 있을 것이다. 우주에 남은 마지막 기압은 마지막까지 남은 사람의 의식적 사고를 생성하는 데 쓰이게 될 것이다.

그런 다음, 우리의 우주는 절대적 평형 상태에 도달할 것이다. 모든 생명과 사고는 정지하고, 이것들과 함께 시간도 멈추게 될 것이다.

그러나 나는 실낱같은 희망을 버리지 않고 있다.

설령 완전히 둘러막혀 있다고 해도, 우리의 우주는 무한하게 뻗어나가는 단단한 크롬 내부에 존재하는 유일한 공기실이 아닐지도 모른다. 우리 우주 말고도 공기 주머니가, 훨씬 부피가 큰 다른 우주가 존재할 수 있다고 상상해본다. 이 가상 우주의 기압이 우리 우주의 기압과 같거나 더 높을 가능성도 있다. 그러나 우리보다 기압이 훨씬 낮거나, 혹은 아예 진짜 진공 상태를 유지하고 있다면?

이 가상 우주와 우리 사이를 가로막고 있는 크롬은 너무 두껍고 단단해서 이것을 뚫기란 불가능하다. 그러므로 이쪽에서 그곳에 닿을 수 있는 방법도, 우리 우주에서 남는 공기를 흘려보내 동력을 얻을 길도 없다. 그러나 나는 우리와 이웃한 이 가상 우주에 우리보다 훨씬 뛰어난 능력을 가진 주민들이 살고 있다는 공상에 잠기곤 한다. 만약 그들이 두 우주 사이를 도관으로 연결하는 데 성공하고, 우리 우주로부터 공기를 빼낼 수 있는 밸브를 설치한다면 어떻게 될까? 그들은 우리 우주를 일종의 공기 저장고로, 자기들의 폐를 채우는 자동 공급 장치로 삼아서, 우리 공기를 사용해 자기들의 문명을 가동시킬 수도 있을 것이다.

과거 나의 동력원이었던 공기가 다른 사람들의 동력원이 될 수도 있다고 상상하고, 내가 이런 이야기를 각인할 수 있도록 도와주는 공기가 언젠가 다른 사람의 몸 안에 흐를지도 모른다고 생각하니 기쁘다. 그러나 그런 식으로 다시 살 수 있다고 스스로를 기만할 생각은 없다. 나는 그 공기가 아니라, 그 공기가 일시적으로 취한 패턴이기 때문이다. 지금의 나를 이루는 패턴과, 내가 살고 있는 전 세계를 이루는 패턴들은 언젠가는 사라질 것이다.

하지만 내게는 실현 가능성이 한층 더 희박할지언정, 또 다른 희망
이 있다. 이웃하는 우주의 주민들이 우리의 우주를 단지 공기 저장고
로만 쓰는 것이 아니라, 통로를 뚫어 직접 탐험하러 오는 날이 올지도
모른다는 희망이다. 탐험자들은 우리의 거리를 거닐며 우리의 미동 없
는 몸을 보고, 우리가 소유했던 물건들을 살피고, 우리가 살았던 삶을
상상할 것이다.

그런 연유로 나는 이 기록을 남긴다. 이 기록을 읽는 당신이 바로 그
런 탐험자이기를 희망한다. 이 동판을 발견해 그 표면에 각인된 글을
당신이 해독해주기를 희망한다. 그러면 당신의 뇌가 일찍이 내 뇌를
움직였던 공기에 의해 작동하든 그렇지 않든, 내 글을 읽는 행위를 통
해, 당신의 사고를 형성하는 패턴들은 한때 나의 사고를 형성했던 패
턴들을 복제하게 된다. 그리고 그런 식으로 나는 다시 살게 될 것이다.
당신을 통해서.

당신의 동료 탐험자들은 우리가 남긴 다른 책들을 발견해 읽게 될
것이다. 그리고 당신들의 협동적 사고를 통해 우리 문명 전체는 다시
살게 될 것이다. 정적에 감싸인 우리의 거주 지역들을 거닐며 과거 그
곳의 모습을 상상해주시길. 탑시계들이 시보를 울리고, 이웃끼리 공기
충전소에 모여 얘기를 나누고, 포고꾼들이 광장에서 시를 낭독하고,
해부학자들이 교실에서 강의하는 모습을. 다음번에 당신들을 에워싼
이 얼어붙은 세계를 보게 된다면 이런 것들을 떠올려주시길. 그러면

우리 세계는 당신들의 마음속에서 되살아나 다시 생명력을 얻게 될 것이다.

행운을 빈다, 탐험자여. 그러나 문득 궁금해진다. 혹시 당신들에게도 우리와 똑같은 운명이 닥치는 것은 아닐까? 그러리라 상상할 수밖에 없는 것이, 평형 상태를 향해 나아가려는 경향은 비단 우리 우주만의 특징이 아니라 모든 우주에 내재된 특징일 수밖에 없기 때문이다. 아니, 어쩌면 이것은 내 사고의 한계에 불과할지도 모르고, 당신들은 진정으로 영원한 압력의 원천을 이미 찾아냈을 수도 있다. 그러나 나의 추측은 이미 충분히 비현실적이므로 이것은 너무 큰 비약일지도 모르겠다. 얼마나 먼 미래의 일일지에 대해선 짐작조차 할 수 없지만 언젠가는 당신들의 사고도 우리처럼 정지하는 날이 오게 될 것이다. 당신들의 삶은 우리의 삶이 그러했듯, 다른 모두가 그러하듯, 언젠가는 끝날 것이다. 아무리 오랜 시간이 걸린다 해도, 결국 모든 것은 평형 상태에 도달할 것이다.

설령 이런 사실을 자각한다 해도 슬퍼하지 말기를. 나는 당신의 탐험이 단지 저장고로 쓸 수 있는 다른 우주를 찾기 위함이 아니었기를 희망한다. 지식을 원했기를, 우주가 내쉬는 숨으로부터 무엇이 생겨나는지 알고 싶다는 갈망에 의해 움직였기를 희망한다. 우주의 수명을 계산할 수 있다고 해서, 그 안에서 생성되는 생명의 다양한 양태까지 계산할 수 있는 것은 아니기 때문이다. 우리가 세운 건물, 우리가 일군 미술과 음악과 시, 우리가 살아온 삶들은 예측할 수 있는 것들이 아니었다. 그 어느 것도 필연적이지 않았기 때문이다. 우리의 우주는 그저 나직한 쉿 소리를 흘리며 평형 상태에 빠져들 수도 있었다. 그것이 이토록 충만한 생명을 낳았다는 사실은 기적이다. 당신의 우주가 당신이라는 생명을 일으킨 것이 기적인 것처럼.

탐험자여, 당신이 이 글을 읽을 무렵 나는 죽은 지 오래겠지만, 나는 당신에게 고별의 말을 남긴다. 당신이 존재한다는 사실의 경이로움에 관해 묵상하고, 당신이 그럴 수 있다는 사실을 기뻐하라. 당신에게 이런 말을 할 권리가 내게는 있다고 느낀다. 지금 이 글을 각인하면서, 내가 바로 그렇게 묵상하고, 기뻐하고 있기 때문이다.

WHAT'S EXPECTED OF US

우리가 해야 할 일

이것은 경고이다. 주의해서 읽어주기 바란다.

지금쯤이면 당신도 예측기를 본 적이 있을 것이다. 당신이 이 글을 읽고 있는 시점이면 이미 수백만 개는 팔렸을 테니까. 아직 본 적이 없는 사람들을 위해 설명하자면, 예측기는 자동차 문을 열 때 사용하는 리모컨처럼 생긴 조그만 장치다. 특징이라면 버튼 하나와 큼지막한 녹색 LED 등 하나가 달려 있는 정도다. 버튼을 누르면 LED가 반짝인다. 더 정확히 말하자면, 버튼을 누르기 1초 전에 불빛이 반짝인다.

대다수의 사람은 처음 이 장치를 사용할 때 기묘한 게임을 하고 있는 듯한 느낌을 받는다고 말한다. 불빛이 반짝이는 것이 보이면 버튼을 누르기만 하면 되는, 아주 쉬운 게임 말이다. 그러나 게임의 규칙을 어기려고 하면 이내 그럴 수 없다는 사실을 깨닫게 된다. 불빛이 보이기 전에 버튼을 누르려고 하면, 그 즉시 불빛이 반짝이기 때문이다. 아무리 손놀림이 빨라도 1초가 지나기 전에 버튼을 누르는 것은 불가능하다. 버튼을 누르지 않을 결심을 하고 불빛이 반짝이는 것을 기다리면 불빛은 절대 반짝이지 않는다. 당신이 무슨 수를 쓰든, 불빛은 언제나 버튼을 누르기 전에 반짝인다. 예측기를 속일 방법은 존재하지 않는다.

각 예측기의 중추는 네거티브 타임 딜레이negative time delay 회로이다. 이것은 과거로 신호를 보낸다. 이 기술이 초래할 결과들은 1초 이상의 시간 지연이 가능해진 이후에야 비로소 명확해지겠지만, 여기서 경고하려는 것은 그것이 아니다. 당장 시급한 문제는 예측기가 자유의지 따위는 존재하지 않는다는 사실을 실증하고 있다는 점이다.

자유의지가 환상에 불과하다는 주장은 언제나 있어왔다. 엄밀한 물리학에 입각한 주장도 있었고, 순수 논리학에 입각한 주장도 있었다. 그리고 대다수는 이런 주장들이 반박 불가능하다는 사실에 동의한다. 그러나 진심으로 그 결론을 받아들이는 사람은 아무도 없다. 인간에게 자유의지가 있다는 체험적 인식은 논리만으로 기각되기에는 너무나 강력한 것이기 때문이다. 실제 증거가 필요하다. 그런데 예측기가 바로 그 증거를 제공하고 있는 것이다.

예측기를 처음 접하는 사람은 며칠 동안 강박적으로 이것을 가지고 논다. 친구들에게 보여주기도 하고, 이 기계의 맹점을 공략해보려고 다양한 책략을 시도한다. 그런 뒤 관심을 잃은 것처럼 보일지도 모르지만, 예측기가 의미하는 바를 잊을 수 있는 사람은 아무도 없다. 당사자는 향후 몇 주에 걸쳐 변경 불가능한 미래의 의미를 실감한다. 일부는, 자신들의 선택이 무의미하다는 사실을 깨닫고 선택 행위 자체를 거부한다. 단체로「필경사 바틀비」속 주인공이 되기라도 한 것처럼, 자발적인 행동을 중지하는 것이다. 결국 예측기를 조작해본 사람들의 3분의 1은 입원 조치될 수밖에 없다. 더 이상 음식 섭취를 하지 않기 때문이다. 말기 증세는 일종의 깨어 있는 혼수상태라고 할 수 있는 무동무언증이다. 이들은 눈으로 움직임을 따라가거나 이따금 자세를 바꾸기는 하지만, 그게 전부다. 몸을 움직이는 능력은 남아 있다 해도, 움직임에 대한 욕구는 사라져버린다.

예측기가 보급되기 전까지만 해도 무동무언증은 뇌의 전측 대상회 부위가 손상될 때 나타나는 희귀 증세였지만, 지금은 마치 인지적 역병이라도 되는 것처럼 번지고 있다. 한때 사람들은 떠올리는 것만으로도 그 당사자를 파괴하는 생각이란 것에 대해 상상해보곤 했다. 형언할 수 없는 러브크래프트적인 공포라든지, 인간의 논리 체계를 망가뜨리는 괴델식 문장 같은 것 말이다. 그러나 결국 우리를 무력화하는 생각이란 우리 모두가 이미 접해본 적이 있는 것임이 드러났다. 자유의지는 존재하지 않는다는 생각. 그것은 진심으로 믿기 전에는 아무런 해도 되지 않았던 생각이었다.

의사들은 아직 대화에 반응하는 환자들을 상대로 설득을 시도한다. 예전에는 우리 모두가 행복하고 능동적으로 살았습니다. 따지고 보면 그때도 자유의지는 없었습니다. 그런데 왜 지금 와서 달라져야 합니까? 다음과 같이 말하는 의사도 있을 것이다. "당신이 지난달에 한 어떤 행동도 당신이 오늘 하는 행동보다 더 자유로웠던 것은 아닙니다. 그러니 지금도 그런 식으로 행동하면 되지 않을까요?" 환자들에게서 돌아오는 대답은 한결같다. "하지만 이제는 알아버렸습니다." 그리고 그들 중 몇은 다시는 입을 열지 않는다.

예측기가 이런 행동 변화를 가져온다는 사실이야말로 우리에게 자유의지가 있음을 증명한다고 주장하는 사람들도 있다. 자동인형에겐 의욕 상실이란 것이 없고, 오직 자유로이 사고하는 존재만이 의욕을 상실할 수 있다는 것이다. 무동무언증에 빠지는 사람들이 있는가 하면, 안 그러는 사람들도 있다는 사실이야말로 선택이라는 행위의 중요성을 부각시켜준다고 말이다.

유감스럽게도 그런 논법은 틀렸다. 모든 유형의 움직임은 결정론과 양립할 수 있기 때문이다. 어떤 동역학계는 수렴 영역으로 빠져들어 고정점에 머무는 데 비해, 어떤 동역학계는 카오스적 양태를 무한정으로 지속한다. 그럼에도 이 두 시스템은 전적으로 결정론적이다.

나는 일 년 뒤의 미래에서 당신들에게 이 경고를 전송하고 있다. 이것은 백만 초 범위의 네거티브 딜레이 회로가 통신 장치에 장착된 이후 처음으로 도착한 장문의 메시지다. 다른 문제들을 다룬 다른 메시지들도 뒤따를 것이다. 그러나 나의 메시지의 요지는 다음과 같다. 자유의지가 있는 것처럼 행동하라. 설령 사실이 아님을 알고 있어도, 스스로 내리는 선택에 의미가 있는 듯이 행동하는 것이 가장 중요하다. 무엇이 현실인지는 중요하지 않다. 정말로 중요한 것은 당신이 무엇을 믿느냐이며, 이 거짓말을 믿는 것이야말로 깨어 있는 혼수상태에 빠지는 것을 피할 수 있는 유일한 방법이다. 문명의 존속은 이제 자기기만에 달려 있다. 어쩌면 줄곧 그래 왔는지도 모른다.

하지만 나는 안다. 자유의지가 환상인 이상, 누가 무동무언증에 빠지고 누가 빠지지 않을지 또한 이미 결정되어 있다는 사실을. 그 누구도 이 사실을 바꿀 수는 없다. 그 누구도 예측기가 당신에게 끼칠 영향을 선택할 수 없다. 누군가는 굴복할 것이고 누군가는 굴복하지 않을 것이다. 내가 보내는 이 경고는 그 비율을 바꾸지 못할 것이다. 그렇다면 나는 왜 이런 일을 한 것일까?

달리 선택의 여지가 없었기 때문이다.

THE LIFECYCLE OF

SOFTWARE OBJECTS

소프트웨어 객체의 생애 주기

1

그녀의 이름은 애나 앨버라도이고, 오늘은 일진이 사나운 날이다. 요 몇 달 구직 활동을 하다가 처음으로 화상 면접 단계에 도달해 일주일이나 공들여 준비했는데, 리크루터의 얼굴이 화면에 떠오르기가 무섭게 다른 사람을 채용하기로 했다는 통고를 받은 것이다. 그래서 그녀는 이제 아무 소용이 없어진 깔끔한 정장을 입은 채로 컴퓨터 앞에 앉아 있다. 건성이나마 다른 회사들에 구직 문의를 해보지만 거의 즉시, 채용 계획 없음이라는 자동 답신이 돌아올 뿐이다. 이렇게 한 시간쯤 허비하다가 애나는 기분 전환을 할 필요가 있다고 판단한다. 그녀는 넥스트 디멘션Next Dimension의 윈도를 열고 최근 들어 즐기는 게임인 〈이리듐 시대〉를 시작한다.

교두보는 붐볐지만, 애나의 아바타는 모두가 탐내는 강력한 아이템인 자개 갑옷을 착용하고 있기 때문에 얼마 지나지 않아 몇몇 플레이어들에게서 자신들의 공격 팀에 합류해달라는 요청을 받는다. 애나의 팀은 불타오르는 차량의 연기로 자욱한 전투 지대를 가로질러 사마귀들의 거점으로 가, 한 시간 동안 소탕전을 벌인다. 현재 기분에 딱 들어맞는 미션이었다. 승리를 확신할 수 있을 정도로 쉽지만, 성취감을 얻을 수 있을 정도로는 도전적이다. 팀원들이 다음번 미션을 수락하려는데 애나의 모니터 화면 구석에 전화 윈도가 뜬다. 친구인 로빈에게서 온 음성 호출이다. 애나는 그쪽으로 마이크 회선을 돌리고 전화를 받는다.

"안녕, 로빈."

"안녕, 애나? 잘 지내지?"

"힌트 줄게. 나 지금 〈이리듐〉 하고 있어."

로빈이 웃는다. "아침부터 기분이 영 별로인 모양이네?"

"그렇다고 할 수 있지." 애나는 그녀에게 면접이 취소된 얘기를 한다.

"네가 기운이 날지도 모르는 소식이 있어. 데이터 어스Data Earth에서 볼까?"

"응. 금방 로그아웃하고 갈게."

"거기서 기다릴게."

"알았어. 이따 봐."

애나는 공격 팀에게 양해를 구하고 넥스트 디멘션의 윈도를 닫는다. 데이터 어스에 접속하자 윈도는 그녀의 마지막 로그아웃 지점으로 줌 인한다. 거대한 절벽 표면을 뚫어 만든 댄스클럽이다. 데이터 어스에 도 〈엘더손〉〈오르비스 테르티우스〉 등 독자적인 게임 대륙이 있지만, 취향에 맞지 않았기 때문에 애나는 언제나 사교 대륙에서 시간을 보낸다. 애나의 아바타는 아직도 지난번 방문 때 입었던 파티복 차림이다. 그녀는 좀더 얌전한 옷으로 갈아입고 로빈의 집으로 가는 포털을 연다. 한 걸음 안으로 들어가자 로빈 집의 가상 거실에 와 있다. 너비 1마일의 반원형 폭포 위에 떠 있는 거주용 비행선이다.

아바타끼리 포옹을 나눈다. "그래서, 무슨 일인데?" 애나가 묻는다.

"블루감마 사가 문을 열었어. 얼마 전에 신규 투자를 받았거든. 그래서 사람을 뽑고 있어. 네 이력서를 돌렸는데 다들 빨리 만나보고 싶대."

"나를? 워낙 경력이 다양해서?" 그쪽 일이라고 해봐야 얼마 전 소프트웨어 테스트 코스를 수료했을 뿐이다. 로빈은 입문반 강사였고, 두 사람이 처음 만난 곳도 그곳이었다.

"정확히 그 이유에서야. 네 이전 직업이 사람들 흥미를 끌었거든."

애나는 동물원에서 육 년 동안 근무했다. 다시 공부를 시작한 것은 단지 그 동물원이 폐원했기 때문이었다. "스타트업 초기엔 다들 정신이 오락가락한다는 건 알지만, 그렇다고 사육사까지 필요할 것 같진 않은데?"

로빈이 깔깔 웃는다. "우리가 뭘 만들고 있는지 보여줄게. 비밀을 유지한다면 맛보기로 보여줘도 된다는 허락을 받았어."

이것은 통 큰 제안이다. 지금까지 로빈은 블루감마 사에서 자기가 무슨 일을 하고 있는지 그 어떤 것도 구체적으로 얘기해줄 수 없었다. "비공개 섬이 하나 있는데, 거기 와서 봐." 두 사람의 아바타가 그 안으로 들어간다.

애나는 윈도가 새로고침 되었을때 환상적인 풍경이 펼쳐질 것이라고 반쯤 예상하고 있었지만, 그녀의 아바타가 출현한 곳은 언뜻 어린이집처럼 보이는 장소다. 좀더 주의를 기울이니 어린이용 그림책의 한 장면처럼 보인다. 의인화된 호랑이 새끼 한 마리가 철사로 된 틀을 따라 색색의 구슬을 밀며 놀고 있다. 판다가 장난감 차를 만지작거리고, 만화적인 모습의 침팬지가 고무공을 굴린다.

화면에 떠오른 주석은 이것들이 디지언트digient, 즉 데이터 어스 같은 환경에서 사는 디지털 유기체라는 사실을 알려주지만, 이들은 지금까지 애나가 본 적 있는 그 어떤 가상 생물과도 닮지 않았다. 진짜 동물을 기를 여력이 없는 사람들에게 팔리는 이상화된 애완동물이 아니다. 완전무결한 귀여움과도 거리가 멀고 동작도 무척 어색하다. 그렇다고 데이터 어스의 생물군계, 즉 바이옴에 서식하는 생물처럼 보이지도 않는다. 애나는 판게아 군도를 방문해, 그곳에 있는 다양한 온실*에

---

* 여기서는 프로그램이 실시간보다 더 빠른 속도로 실행되는 환경을 의미한다.

서 진화한, 다리가 하나 달린 캥거루라든지 앞뒤로 머리가 달린 뱀 따위를 구경한 적이 있었다. 이 디지언트들은 아무리 봐도 그곳에서 생성된 것 같지는 않았다.

"블루감마가 만들고 있다는 게 이거야? 디지언트?"

"응. 하지만 보통 디지언트가 아냐. 이걸 봐." 로빈의 아바타가 공을 굴리고 있는 침팬지 앞으로 걸어가 웅크리고 앉는다. "잘 있었어, 퐁고? 뭐 하고 있어?"

"퐁고 곤노리." 디지언트의 대꾸에 애나는 깜짝 놀란다.

"공을 가지고 놀고 있어? 정말 멋지구나. 나도 놀면 안 될까?"

"아냐. 퐁고 곤."

"부탁이야."

그러자 침팬지는 주위를 두리번거리더니, 공을 꼭 쥔 채로 나무 블록이 흩어져 있는 곳으로 아장아장 걸어간다. 그러더니 블록 하나를 로빈 쪽으로 슬쩍 민다. "로빈 블릭노리." 그러고는 다시 바닥에 앉는다. "퐁고 곤노리."

"그래, 알았어." 로빈은 애나에게 되돌아온다. "어떻게 생각해?"

"세상에. 디지언트가 이 정도까지 진보했을 줄은 몰랐어."

"꽤 최근 일이야. 우리 개발 팀이, 작년 학회에서 발표하는 걸 보고 박사 연구원 둘을 뽑았거든. 그 덕에 뉴로블래스트라는 게놈 엔진을 만들 수 있었어. 지금 나와 있는 그 어떤 엔진보다도 많은 인지 발달을 지원하는 물건이지. 여기 있는 녀석들은," 로빈은 어린이집의 디지언트들을 가리킨다. "지금까지 생성된 것들 중 가장 똑똑해."

"애완동물로 팔 생각이야?"

"그럴 계획이야. 대화를 나누거나, 근사한 재주를 가르칠 수 있는 애완동물이라고 홍보할 거야. '원숭이의 매력을 맘껏 즐기세요. 똥은 던지지 않아요.' 이게 사내에서 비공식적으로 쓰는 슬로건이야."

"사육사 경력이 왜 쓸모가 있다는 건지 슬슬 감이 오는군."

"응. 우리가 가르친다고 해서 얘들이 언제나 그걸 따르는 건 아니거든. 그게 어느 정도까지 유전자 탓이고 어느 정도까지 잘못된 교습법 탓인지 알 수가 없어서."

애나는 판다 모양을 한 디지언트가 한쪽 앞발로 장난감 차를 집어 올리곤 천천히 바닥 쪽을 훑어보는 광경을 바라본다. 판다가 반대쪽 앞발로 신중하게 바퀴를 툭툭 친다. "이 디지언트들은 초기에 얼마나 많은 지식을 갖고 시작해?"

"사실상 아무것도 없어. 자, 이걸 봐." 로빈이 한쪽 벽에 있는 비디오 화면을 켜자, 원색으로 채색된 방 안에 몇몇 디지언트들이 누워 있는 영상이 흐르기 시작한다. 겉모습은 좀 전에 본 것들과 전혀 다르지 않지만, 움직임은 경련하듯, 불규칙하다. "갓 생성된 녀석들이야. 기본을 터득하려면 주관 시간으로 몇 달은 걸리지. 시각 자극 해석하는 방법, 팔다리 움직이는 법, 고체는 어떤 식으로 움직이는지 파악하는 뭐 그런 것들. 그 단계 동안은 온실에서 관리를 해. 그래서 일주일밖에 안 걸려. 언어나 사회적 관계를 배울 준비가 되면 실시간 관리로 바꾸고.

네 도움이 필요한 건 그때부터야."

판다는 장난감 차를 바닥 위에서 몇 번인가 앞뒤로 움직이더니 우웡 우웡 하는 소리를 낸다. 애나는 이 디지언트가 웃고 있다는 사실을 깨닫는다.

로빈이 말을 잇는다. "학교에서 영장류 커뮤니케이션 전공한 거 알아. 그걸 써먹을 기회가 온 거지. 어떻게 생각해? 흥미 있어?"

애나는 주저한다. 이것은 대학에 입학했을 때 그녀가 그렸던 모습과는 다르다. 문득 자신이 어쩌다 이런 상황까지 오게 됐을까 하는 생각이 든다. 어릴 때는 다이앤 포시와 제인 구달처럼 아프리카로 가고 싶었다. 대학원을 졸업할 무렵에는 유인원의 수가 너무나도 줄어 있었기 때문에 동물원 일이 최상의 선택이었다. 그런데 지금 그녀는 가상의 애완동물 조련사가 되지 않겠느냐는 제안을 받았다. 그녀의 경력 자체가 자연계의 축소를 축약된 형태로 반영하고 있다.

정신 차려! 애나는 자신을 꾸짖는다. 상상했던 것과 조금 다를지는 모르지만, 일단은 소프트웨어 업계의 일자리다. 학교에 돌아간 것도 바로 그 때문이 아니었던가. 가상 원숭이들 조련이란 사실 테스트 스위트* 돌리는 일보다는 재미있을지도 몰라. 보수만 괜찮다면, 뭐 어때?

---

* 소프트웨어의 적합성을 테스트하기 위한 시험케이스의 집합.

* * *

그의 이름은 데릭 브룩스이고, 지금 맡고 있는 업무가 영 마음에 들지 않는다. 데릭은 블루감마 사에서 디지언트용 아바타를 디자인하고 있다. 보통은 이 일을 즐기지만, 어제 제품 담당자들이 내린 업무 지시는 아무리 생각해도 수긍하기 어려웠다. 그래서 그들을 설득해보려고 했지만, 이미 결정됐다는 대답만이 돌아왔다. 이제 어떻게든 최선을 다해 궁리하는 수밖에 없다.

데릭은 애니메이터가 되려고 공부했기 때문에, 어떤 의미에서 디지털 캐릭터를 만드는 일은 그에게 딱 맞는 일이기는 하다. 그러나 다른 각도에서 보면 그가 하는 일은 전통적인 애니메이터의 일과는 전혀 다르다. 통상적인 애니메이션 캐릭터라면 걸음걸이라든지 몸짓을 디자인하겠지만, 디지언트의 경우 이런 특성은 게놈의 창발성創發性에 해당하기 때문이다. 데릭이 해야 하는 일은 디지언트의 몸짓을 사람들이 이해할 수 있도록 그 몸을 디자인하는 것이었다. 그래서 데릭의 아내인 웬디를 비롯한 많은 애니메이터들은 디지털 생명 디자인 쪽 일을 하지 않지만, 데릭은 자기 일을 좋아한다. 새로운 생명체가 자기 자신을 표현할 수 있도록 돕는 것은 애니메이터가 할 수 있는 가장 멋진 일이라고 생각하기 때문이다.

데릭은 경험이야말로 최고의 교사라는 블루감마 사의 인공지능 설계 사상에 공감하고 있다. 알아야 한다고 생각하는 지식을 인공지능에게 프로그래밍하는 것이 아니라, 학습 능력이 있어서 고객이 직접 가르칠 수 있는 인공지능을 판매하는 것이 그들의 목표다. 그런 노력을 아끼지 않을 고객을 확보하기 위해서는 모든 면에서 그들의 흥미를 끌어야 한다. 성격도 매력적이어야 하고, 아바타도 귀여워야 한다. 전자는 개발자들이 맡고 있고, 후자는 데릭의 몫이다. 그러나 디지언트의 눈을 커다랗게 하고 코를 조그맣게 만든다고 해서 만사형통인 것은 아니다. 만화 캐릭터처럼 보인다면 아무도 진지하게 받아들이려고 하지 않을 것이기 때문이다. 반대로 너무 진짜 동물 같아도 표정이나 말하는 능력이 고객들에게 위화감을 줄 위험이 있다. 양자 사이에서 균형을 잡는 섬세한 작업이다. 데릭은 아기 동물들 촬영 영상을 수없이 보며 시행착오를 거듭하다가 마침내 사랑스럽지만 과도하게 사랑스럽지는 않은, 혼합적인 얼굴을 디자인하는 데 성공했다.

지금 데릭이 맡은 일은 그와는 조금 다르다. 제품 담당자들이 고양이, 개, 원숭이, 판다 같은 아기 동물에 만족하지 못하고 아바타의 종류를 좀더 다양화할 필요가 있다고 결정했기 때문이다. 그들은 로봇의 아바타를 만들 것을 제안했다.

이것은 데릭 입장에서는 도저히 수긍할 수 없는 아이디어였다. 블루감마 사의 전략은 인간이 동물에 대해 느끼는 친근감에 전적으로 기대고 있다. 디지언트는 동물과 마찬가지로 긍정 강화를 통해 학습하며, 머리를 긁어준다든지 가상 펠릿사료 따위를 얻는 방식으로 보상을 받는다. 이것은 동물 아바타라면 말이 되지만 로봇 아바타일 경우에는 우스꽝스럽고 억지스럽게 보일 뿐이다. 실물 장난감을 파는 것이라면야 동물을 그럴싸하게 만드는 데 드는 비용보다는 로봇을 만드는 게 더 싸게 먹히는 이점이 있겠지만, 가상 환경에서는 생산비가 문제가 되지 않는데다 표정은 동물의 얼굴 쪽이 훨씬 더 풍부하다. 로봇 아바타를 제공하는 행위는 한쪽에서는 진짜를 팔면서 다른 쪽에서는 모조품을 권하는 것이나 마찬가지가 아닐까.

데릭의 이런 생각은 노크 소리로 중단된다. 이번에 테스팅 부서에 새로 합류한 애나다.

"데릭, 오늘 아침 훈련 영상 꼭 봐야 해. 정말 재밌더라고."

"고마워. 볼게."

애나가 방에서 나가려다 문득 멈춰 선다. "얼굴색이 안 좋아 보여."

전직 사육사 고용은 좋은 아이디어였다고 데릭은 생각한다. 애나는 디지언트 훈련 프로그램을 고안했을 뿐 아니라 사료 개선에 관해 멋진 제안을 해주었다.

다른 디지언트 판매 회사들은 한정된 종류의 펠릿사료만 제공하고 있다. 애나는 블루감마 사가 디지언트 사료의 종류를 대대적으로 늘릴 것을 제안했다. 그녀는 동물원의 사료를 다양화하면 동물들도 더 만족해하고, 먹이 주는 시간에 와서 구경하는 관람객들도 더 즐거워한다고 설명했다. 회사 측에서도 그 안에 찬성했고, 개발 팀은 디지언트의 기본 보상 시스템을 수정해 광범위한 가상 사료를 인식하도록 했다. 다양한 화학물질 조성을 실제로 시뮬레이트할 수는 없었지만—데이터 어스의 물리 시뮬레이션 수준으로는 어림도 없다—개발 팀은 사료의 맛과 질감을 나타내는 파라미터를 추가했고, 사용자들이 독자적인 레시피를 만들 수 있는 인터페이스를 설계했다. 결과는 대성공이었다. 이제 각 디지언트마다 좋아하는 사료가 있고, 베타 테스터들은 자기 디지언트의 입맛에 맞춰 사료를 주는 행위가 즐겁다고 보고한다.

"위쪽에서는 동물 아바타만으로는 충분하지 않다고 판단했나 봐." 데릭이 말한다. "로봇 아바타도 만들라고 하더군. 믿어져?"

"난 좋은 생각인 것 같은데?" 애나가 말한다.

데릭이 놀라며 말한다. "정말 그렇게 생각해? 당신은 동물 아바타 쪽을 선호할 거라고 생각했는데."

"여기 사람들 모두 디지언트를 동물이라고 생각하는 것 같아. 하지만 디지언트는 진짜 동물처럼 행동하지는 않아. 뭐랄까, 비동물적인 특성 같은 게 있어. 그래서 우리가 그들을 원숭이나 판다처럼 보이게 하려고 애쓸 때면 마치 억지로 서커스 의상을 입히고 있는 느낌이 들어."

공들여 제작한 아바타들을 서커스 의상에 비유하는 소리를 들으니 조금 언짢다. 아무래도 그런 기분이 얼굴에 드러났는지, 애나가 곧 이렇게 덧붙인다. "일반인이 그걸 알아차릴 일은 없지만. 나야 다른 사람들보다 오래 동물들과 접해왔기 때문일 거야."

"괜찮아. 다른 사람 의견을 들을 수 있어서 오히려 기뻐."

"미안. 사실은 정말 멋진 아바타들이야. 난 새끼 호랑이가 특히 마음에 들어."

"괜찮아. 정말로."

애나가 겸연쩍게 손을 흔들고 복도로 나가자, 데릭은 애나가 한 말에 대해 생각해본다.

혹시 동물 아바타에 너무 몰입한 나머지 디지언트를 실제와는 다른 존재로 여기기 시작한 것일까. 디지언트는 고전적인 로봇이 아닌 것과 마찬가지로 동물도 아니라는 애나의 말은 물론 옳다. 어느 쪽 비유가 더 정확한지 누가 확언할 수 있단 말인가? 만약 이 새로운 생명체 입장에서는 로봇 아바타 역시 동물 아바타 못지않게 자기 자신을 표현하는 적절한 수단이라는 전제에서 출발한다면, 어쩌면 그는 자신도 만족할 수 있는 아바타를 디자인할 수 있을지도 모른다.

* * *

일 년 후, 블루감마 사는 사운을 건 신제품 발표를 불과 며칠 앞두고 있다. 애나는 칸막이가 된 자신의 자리에서 일하고 있다. 통로 맞은편에 로빈의 사무 칸막이가 있다. 그들은 서로 등을 돌리고 앉아 있지만, 두 사람의 아바타는 각자의 모니터 화면에 뜬 데이터 어스에서 나란히 서 있다. 근처 놀이터에서는 십여 명의 디지언트가 뛰어다닌다. 조그만 다리 위아래를 들락거리며 숨바꼭질을 하거나, 짧은 계단을 올라가 미끄러져내린다. 모두가 출시 후보였다. 며칠 후면 그들—또는 현재의 그들에 가까운 존재들—을 현실 세계와 데이터 어스가 오버랩되는 영역에서 구매할 수 있게 된다.

출시가 임박한 시점임을 감안해, 애나와 로빈은 디지언트에게 새로운 행동을 가르치기보다는 이미 배운 것들을 복습시키는 데 주력하고 있다. 훈련에 열중하는데, 블루감마 사의 공동 창업자 중 한 사람인 마헤시가 통로를 지나가다 멈춰 서서 화면을 본다. "신경 쓰지 말고 하던 일 계속해. 오늘은 무슨 스킬을 가르치고 있어?"

"형태 인식입니다." 로빈이 말한다. 그녀는 자기 아바타 앞쪽에 있는 지면에 색색의 블록들을 생성한다. 그리고 디지언트 하나를 향해 말한다. "이리 와, 롤리." 새끼 사자 한 마리가 놀이터에서 그녀 쪽을 향해 아장아장 걸어온다.

애나 쪽은 잭스를 부른다. 잭스의 아바타는 연마된 구리로 만들어진, 네오 빅토리아 풍의 로봇이다. 팔다리의 비율에서 얼굴 모양에 이르기까지 데릭의 손에 의해 근사하게 디자인되었다. 애나는 잭스가 정말로 귀여웠다. 애나 역시 각양각색의 블록을 생성한 다음 잭스의 주의를 환기한다.

"저 블록들 보이지, 잭스? 파란 블록은 어떤 모양을 하고 있어?"

"산가." 잭스가 말한다.

"맞아. 그럼 빨간 블록은?"

"사가."

"맞아. 초록은?"

"원."

"아주 잘했어, 잭스." 애나가 펠릿사료를 내밀자 잭스가 허겁지겁 받아먹는다.

"잭스 또똑." 잭스가 말한다.

"롤리도 또똑." 롤리도 끼어든다.

애나는 웃으며 디지언트들의 뒤통수를 쓰다듬어준다. "응. 너희 둘 다 아주 똑똑해."

"둘 다 또똑해." 잭스가 말한다.

"아주 괜찮군." 마헤시가 말한다.

출시 후보들은 수많은 시행착오 끝에 얻은 정수이자 디지언트 학습 능력의 꽃이다. 이 과정은 부분적으로는 지능의 탐구였지만, 그 못지 않게 기질의 탐구이기도 했다. 디지언트들은 고객들을 좌절시키지 않는 성격이어야 하고, 그런 요소 중 하나가 다른 디지언트들과 잘 어울리는 능력이다. 개발 팀은 디지언트들 사이의 위계질서적 행동을 줄이려고 노력했다. 블루감마 사가 팔려는 것은 오너가 자신의 우위성을 끊임없이 주장해야 하는 종류의 애완동물이 아니다. 그러나 그렇다고 경쟁이 절대 생겨나지 않는다는 뜻은 아니다. 디지언트는 주목받기를 정말 좋아해서, 애나가 다른 디지언트를 칭찬하는 것을 보면 자기도 그 행동에 가담한다. 대부분 문제가 없다. 그러나 어떤 디지언트가 동료들 또는 애나에게 특별히 불만을 품은 듯하면 애나는 그 디지언트를 탈락시킴으로써 해당 개체의 게놈이 다음 세대에서도 배제되도록 했다. 이런 과정은 개의 교배와도 조금 닮았지만, 거대한 실습용 주방에 모여 브라우니 시제품을 끝없이 구워보는 행위에 더 가깝다. 구울 때마다 맛을 보며 완벽한 조리법을 찾아내는 것이다.

출시 후보에 오른 현 단계의 디지언트 생성물들은 마스코트로 보존될 것이고, 그 복제들이 판매될 것이다. 그러나 회사는 대다수 사람들이 언어 획득 단계 이전의 어린 디지언트들을 구입할 것으로 예측하고 있다. 자기 디지언트에게 말을 가르치는 일 자체가 큰 즐거움이기 때문이다. 마스코트들은 주로 그런 교육을 통해 기대할 수 있는 결과들의 실례로 이용될 예정이다. 인력이 빠듯하기 때문에 블루감마 사에선 영어로 마스코트들을 키우는 것이 고작이지만, 아직 말을 못하는 디지언트의 경우는 비영어권 시장에도 판매할 수 있다.

애나는 잭스를 놀이터로 돌려보내고 마르코라는 이름의 판다곰 디지언트를 부른다. 마르코의 형태 인지 능력을 시험해보려는데 마헤시가 비디오 화면의 한쪽 구석을 가리킨다. "저것 좀 봐." 디지언트 두 명이 놀이터 옆 언덕 위로 올라가 사면을 굴러내리고 있다.

"오, 괜찮은데요." 애나가 말한다. "쟤네들이 저러는 거 처음 봐요." 애나는 자기 아바타를 언덕으로 올라가게 한다. 잭스와 마르코도 뒤를 따라와 언덕 위의 동료들과 합류한다. 잭스는 처음 구르기를 시도했을 때는 거의 즉각적으로 동작을 멈췄지만, 조금 연습을 한 뒤로는 언덕 아래까지 계속 굴러내려갈 수 있게 된다. 잭스는 몇 번 그렇게 놀다가 다시 애나에게 달려온다.

"애나 봐?" 잭스가 말한다. "잭스 빙빙 구러내려!"

"응, 나도 봤어! 언덕을 굴러내렸지!"

"언덕 구러내렸지!"

"아주 잘했어." 애나는 그의 뒤통수를 다시 쓰다듬어준다.

잭스는 다시 언덕 위로 달려가서 구르는 일을 재개한다. 롤리도 이 새로운 활동에 열성적으로 임하고 있다. 언덕 기슭에 도달한 롤리가 편평한 지면 위를 계속 구르다가 놀이터의 다리 하나와 충돌한다.

"이잉, 이잉, 이잉." 롤리가 말한다. "픽fuck."

갑자기 모든 사람들의 주의가 롤리를 향한다. "쟤 어디서 저런 말을 배운 거야?" 마헤시가 묻는다.

애나는 마이크의 토글스위치를 끄고 롤리를 위로해주기 위해 자신의 아바타를 그쪽으로 보낸다. "글쎄요. 누가 그렇게 말하는 걸 들었나 봐요."

"욕하는 디지언트를 판매할 수는 없잖아."

"지금 알아보고 있어요." 로빈이 자신의 화면에 별도의 윈도를 띄워 훈련 세션의 아카이브를 불러낸 다음 오디오 트랙을 검색한다. "디지언트가 이 말을 한 건 이번이 처음인 것 같네요. 어떤 사람이 그 얘기를 했는가 하면……" 세 사람은 윈도에 검색 결과가 계속 표시되는 것을 바라본다. 아무래도 범인은 블루감마 사 오스트레일리아 지사에서 훈련자로 근무하는 스테판인 듯하다. 블루감마는 미국 서부 해안 본사가 닫혀 있는 밤 시간 동안 디지언트들을 훈련하기 위해서 오스트레일리아와 잉글랜드에도 직원을 두고 있었다. 디지언트들은 잘 필요가 없기 때문에―조금 더 정확하게 말하자면, 인간 수면에 해당하는 그들의 통합 처리 과정은 훨씬 더 고속으로 실행할 수 있기 때문에―하루 이십사 시간 동안 훈련을 받을 수 있었다.

세 사람은 스테판이 훈련 세션 도중에 '퍽'이라는 단어를 말한 경우의 모든 녹화 영상을 점검한다. 가장 극적인 분출은 사흘 전에 발생했다. 스테판의 데이터 어스 아바타를 보는 것만으로는 확실하지 않지만, 아무래도 책상에 무릎을 세게 부딪친 듯하다. 비슷한 예는 몇 주 전부터 찾을 수 있었지만, 이렇게 큰 목소리를 내거나 오래 지속된 적은 없었다.

"어떻게 할까요?" 로빈이 묻는다.

타협밖에는 방법이 없다. 출시일이 임박했기 때문에, 몇 주에 걸친 훈련을 되풀이할 시간이 없었다. 그렇다면 초기의 욕설들은 디지언트들에게 별다른 영향을 주지 못했을 가능성에 희망을 걸어야 할까? 마헤시는 잠시 생각하다가 결정을 내린다. "오케이. 사흘 전으로 되감고 거기서부터 다시 시작해."

"모두 다요?" 애나가 묻는다. "롤리만 그러는 게 아니고?"

"위험을 무릅쓸 수는 없어. 전부 되감아. 그리고 지금부터는 모든 훈련 세션에서 낱말 검사기를 돌리도록 해. 이번에 또 누군가가 욕을 하면 그 즉시 모든 디지언트를 마지막 체크 포인트까지 되감아."

이 일로 인해 디지언트들은 사흘 분량의 경험을 상실한다. 처음으로 언덕을 굴러내린 일을 포함해서.

2

블루감마 사의 디지언트는 시장에서 크게 성공한다. 발매 일 년 만에 십만 명의 고객이 제품을 구입한데다—다음 부분이 더 중요하다—디지언트들을 계속 실행시키고 있는 것이다. 블루감마 사는 '면도기와 면도날'로 알려진 비즈니스 모델에 사운을 걸고 있다. 디지언트 판매만으로는 개발 비용을 회수할 수 없기 때문이다. 회사는 고객이 디지언트용 음식을 만들 때마다 요금을 부과하고, 디지언트가 고객을 즐겁게 하는 동안은 계속 수입이 들어오는 시스템을 만들어놓았다. 그리고 지금까지 고객들은 디지언트에 크게 만족하고, 하루 종일 실행시키고 있다. 밤에는 통합 처리 속도를 떨어뜨려서 자기 디지언트를 자게 하는 것이 일반적이지만, 개중에는 계속 고속으로 실행해 거의 언제나 깨어 있게 만드는 사람들도 있다. 이들은 다른 시간대에 있는 사용자들과 협력해 디지언트들을 공유함으로써 성장 속도를 올린다. 데이터 어스의 사교 대륙 여기저기에 수십 군데의 디지언트 전용 놀이터와 데이케어 센터가 개설되고, 공공 이벤트 달력에서도 디지언트들을 위한 교유회나 훈련 교습, 능력 경진대회 일정 따위가 간간이 눈에 띄기 시작한다. 어떤 오너들은 디지언트를 데이터 어스의 레이싱 존으로 데려가 자기 차에 태우고 달리기도 한다. 가상 세계는 디지언트 육성을 위한 지구촌으로 기능하며, 신종 애완동물의 범주를 짜넣을 수 있는 사회적 틀이 되어준다.

블루감마 사가 판매하는 디지언트의 절반은 유일무이한 견본으로, 번식 과정 중에 선택된 변수의 범위 내에서 무작위로 생성된 게놈을 가지고 있다. 나머지 반은 마스코트의 복제이지만, 회사는 각각의 복제가 구입 후의 육성 환경에 의해 상이하게 발달한다는 사실을 구매자들에게 상기시키는 것을 게을리하지 않는다. 블루감마 사의 판매 팀은 마스코트인 마르코와 폴로를 실례로 들고 있다. 둘은 완전히 동일한 게놈으로부터 만들어진 생성물이며 같은 판다 아바타를 두르고 있지만, 서로 뚜렷하게 다른 성격을 보이고 있다. 폴로가 생성됐을 때 마르코는 이미 두 살이었기 때문에, 폴로는 마치 형을 대하듯이 마르코를 졸졸 따라다녔다. 둘은 지금 떼려야 뗄 수 없는 친구 사이가 됐지만, 마르코가 외향적인 데 비해 폴로는 좀더 신중한 성격이다. 폴로가 마르코 같은 성격이 되리라고 예측하는 사람은 아무도 없다.

블루감마의 마스코트들은 실행 중인 뉴로블래스트 계열의 디지언트로서는 가장 오래된 것들이다. 회사 측이 마스코트들에게 원래 바랐던 것은 고객이 디지언트의 행동상의 문제와 맞닥뜨리기 전에 미리 그런 가능성을 점검할 수 있는 테스트 그룹이었다. 그러나 실제로는 그렇게 되지 않았다. 수없이 상이한 환경에서 육성된 디지언트들이 어떤 식의 모습을 드러낼지 예측하기란 불가능하기 때문이다. 바로 그런 의미에서 개개의 디지언트 오너는 미지의 영역을 탐험하는 것이나 마찬가지다. 그래서 그들은 서로에게 도움을 요청한다. 디지언트 오너들을 위한 온라인 게시판도 우후죽순 생겨난다. 그곳에서 오너들은 서로의 경험을 공유하거나 활발한 토론을 벌이며 조언을 주고받는다.

회사에 이런 게시판을 읽는 것을 전담하는 고객 담당자가 있지만, 데릭도 이따금 일이 끝난 뒤에는 게시판을 둘러보곤 한다. 고객이 디지언트의 얼굴 표정에 관해 글을 올리는 경우도 있기 때문이다. 하지만 그렇지 않은 경우에도 게시판에 올라오는 글들을 읽는 일은 역시 즐거웠다.

글쓴이: 조이 암스트롱
오늘 우리 나타샤가 어떤 행동을 했는지 알면 깜짝 놀랄 거야! 놀이터에 있었는데, 다른 디지언트가 넘어져서 울고 있더라고. 나타샤가 그 아이를 껴안고 달래는 걸 보고 엄청 칭찬해줬지. 그랬더니 나타샤가 어땠는지 알아? 다른 디지언트를 넘어뜨려 울리더니 껴안고, 칭찬해달라는 얼굴로 나를 보더라고!

그다음 게시글이 데릭의 흥미를 끈다.

글쓴이: 앤드루 응우옌
디지언트 중에 다른 디지언트만큼 똑똑하지 않은 것들이 있는 건가? 내 디지언트는 다른 것들과는 다르게 내 명령에 제대로 반응

118

을 안 해.

이 고객의 공개 프로파일을 보니 비처럼 쏟아지는 금화를 아바타로 쓰고 있다. 금화끼리 부딪치고 튕기면서 그 궤도가 고도로 추상화된 인체처럼 보이는 모양새다. 화려한 애니메이션이기는 하지만, 이 고객은 디지언트 육성에 관한 블루감마 사의 안내서를 제대로 읽지 않은 듯하다. 데릭이 답글을 올린다.

글쓴이: 데릭 브룩스
혹시 디지언트하고 놀아줄 때 프로파일에 나와 있는 아바타를 두르고 있나요? 그럴 경우 당신의 아바타에게 얼굴이 없다는 점이 문제가 됩니다. 당신의 얼굴 표정이 잘 보이도록 카메라를 설정하고 그걸 보여줄 수 있는 아바타를 쓴다면 디지언트의 반응도 훨씬 좋아질 겁니다.

데릭은 계속 게시판을 훑어내린다. 일 분 뒤, 또 하나 흥미로운 질문을 발견한다.

글쓴이: 나탈리 밴스
우리 디지언트 코코는 한 살 반 먹은 롤리인데요, 최근에는 하루 종일 말썽만 부려요. 내가 하라는 일은 절대 안 하는 통에 머리가

돌 지경입니다. 몇 주 전만 해도 정말 귀염둥이였는데. 그래서 당시의 체크 포인트로 돌아가 다시 복원해보았지만, 오래가지를 않아요. 지금까지 두 번 그래 봤는데, 매번 말썽꾸러기가 된답니다. (두 번째는 그래도 좀 오래갔지만.) 혹시 비슷한 경험을 하신 분이 있나요? 특히 롤리를 키우고 있는 분의 의견에 관심이 있습니다. 이 문제를 피하려면, 얼마나 앞까지 되돌려놓아야 할까요?

여기 달린 답글 몇 개는 코코의 기질이 변하는 계기를 구분해내 그것을 피하는 방법을 제안하고 있다. 데릭이 디지언트는 만점을 받을 때까지 계속 되풀이하는 비디오게임이 아니라는 내용의 답글을 직접 달려는데, 애나가 올린 답글이 보인다.

글쓴이: 애나 앨버라도
저도 똑같은 경험을 해봐서 어떤 기분인지 잘 알아요. 하지만 롤리만 그러는 게 아녜요. 수많은 디지언트들이 경험하는 현상입니다. 이런 장벽을 피해 가려고 계속 노력할 수는 있겠죠. 하지만 장벽 자체는 결코 사라지지 않을 거예요. 그럼 결국 절대 철이 들지 않는 디지언트에게 몇 달을 허비한 것으로 끝이 나고 말겠죠. 하지만 상황을 뚫고 나갈 수도 있어요. 그러면 장벽 너머로 나왔을 때 예전보다 조금 성숙해진 디지언트를 갖게 되겠죠.

이런 답글을 읽으니 데릭은 마음이 따뜻해진다. 의식을 가진 존재들을 마치 장난감처럼 다루는 일이 너무 일반화되어 있다. 단지 애완동물에게만 해당되는 얘기가 아니다. 한번은 매형 집에서 공휴일에 열린 파티에 갔는데, 여덟 살짜리 클론을 데리고 온 부부가 있었다. 데릭은 그 소년을 볼 때마다 안쓰러워 견딜 수가 없었다. 아버지의 나르시시즘의 기념물처럼 성장한 탓에, 두 다리로 걷는 신경증의 견본이나 마찬가지였기 때문이다. 디지언트조차도 그보다는 더 존중받을 권리가 있다.

데릭은 애나에게 답글을 올려줘서 고맙다는 쪽지를 보낸다. 그사이 얼굴 없는 아바타를 사용하는 고객의 답글이 올라와 있다.

글쓴이: 앤드루 응우옌
염병할, 그게 뭔 상관이야. 사교 대륙으로 갈 때 입으려고 비싼 돈 주고 산 전용 아바타라고. 디지언트 따위를 위해서 아바타를 바꿀 생각은 없어.

데릭은 한숨을 쉰다. 아마 이 남자를 설득해 마음을 바꾸게 할 가능성은 거의 없으리라. 잘못된 방법으로 디지언트를 계속 키우느니 그냥 정지시켜주기를 바랄 뿐이다. 블루감마 사는 학대를 최소화하기 위해 할 수 있는 노력을 다하고 있었다. 모든 뉴로블래스트 디지언트는 고문을 무효화하는 고통 차단기를 장착하고 있고, 그런 존재는 사디스트들에게는 매력적이지 않다. 그러나 불행하게도 방치와 같은 감정적인 학대로부터 그들을 지킬 방도는 없다.

* * *

다음 해가 되자 다른 회사들도 언어 학습 능력을 지원하는 독자적인 게놈 엔진을 시장에 내놓기 시작한다. 데이터 어스 플랫폼에서는 뉴로블래스트에 맞설 엔진이 없지만, 다른 플랫폼의 경우는 상황이 다르다. 넥스트 디멘션에서는 오리가미 엔진 쪽이 우세하고, 애니웨어 Anywhere에서는 파베르제가 인기다. 다행히 블루감마 사의 성공은 경합 제품뿐만 아니라 상호보완적인 것들도 출시시켰다.

오늘은 관리자, 개발자, 테스터, 디자이너 등 직원의 반수가 본사 현관 로비에 집결해 있다. 이렇게 한곳에 모인 것은 그들이 손꼽아 기다리던 대망의 제품이 도착했기 때문이다. 대형 수트케이스 크기의 포장 상자가 접수 데스크 앞에 놓여 있다.

"자, 뜯어보자고." 마헤시가 말한다.

애나와 로빈이 탭을 당기자, 상자는 경첩 식으로 여닫히는 여덟 개의 셀룰로스 완충 블록으로 분리된다. 특별 제작된 이 관에 든 것은 제조 공장에서 갓 나온 로봇의 몸체다. 인간형이지만 작아서, 키는 90센티도 채 되지 않는다. 팔다리의 관성을 낮게 유지하고 적당한 민첩성을 제공하기 위해서다. 외피는 검게 번들거리고, 머리통은 몸통에 어울리지 않게 크며, 머리 표면 대부분은 곡면 디스플레이 화면으로 뒤덮여 있다.

로봇은 사루메크 토이 사 제품이다. 디지언트 오너들을 타깃으로 한 서비스를 제공하는 회사들은 꽤 많이 생겨났지만, 소프트웨어가 아닌 하드웨어 제품을 출시한 회사는 사루메크가 처음이다. 그들이 블루감마 사의 추천을 기대하고 견본을 보낸 것이다.

"어느 마스코트가 최고점을 받았어?" 마헤시가 묻는다. 민첩성 테스트 얘기다. 지난주 모든 디지언트는 체중 분포와 동작 범위를 이 로봇 몸체와 동일화시킨 시험용 아바타를 받았고, 매일 일정 시간 동안 그 아바타를 두르고 움직이는 연습을 했다. 어제 애나는 등을 대고 누운 다음 다시 일어나서 층계를 오르거나 내리고, 한쪽 다리로 번갈아 가며 서서 균형을 잡는 디지언트들의 능력을 테스트해보고 일일이 점수를 매겼다. 갓난애 한 무리를 상대로 음주 측정을 하는 기분이었다.

"잭스였어요." 애나가 말한다.

"좋아. 그럼 잭스를 준비시켜줘."

접수 데스크 직원이 자리를 비켜주자 애나는 그곳의 단말기로 데이터 어스에 로그인하고 잭스를 부른다. 잭스는 운이 좋았다. 시험용 아바타는 잭스에게 원래 주어진 것과 크게 다르지 않았기 때문이다. 더 육중하지만 팔다리나 몸통의 비율은 비슷하다. 그와는 대조적으로 판다곰이나 새끼 호랑이 아바타를 두르고 자라난 디지언트들은 로봇에 적응하는 데 애를 먹었다.

로빈이 로봇의 진단 패널을 점검한다. "시작해도 될 것 같아."

애나는 화면 속의 체육관에 포털을 열고 잭스를 손짓해 부른다. "좋아 잭스, 들어와."

화면에서 잭스가 포털로 들어서자 로비에 있던 조그만 로봇이 기동한다. 로봇의 머리 화면이 밝아지며 잭스의 얼굴이 떠오르고, 커다란 머리통은 잭스가 쓰고 있는 둥근 헬멧으로 변한다. 일일이 특제 몸체를 제작하지 않아도 로봇의 외관을 해당 디지언트의 원래 아바타와 비슷하게 보이도록 하기 위한 방편이다. 이제 잭스는 흑요석 갑옷을 두른 동제銅製 로봇처럼 보였다.

잭스가 몸을 빙 돌리며 주위를 둘러본다. "와." 잭스가 회전을 멈춘다. "와, 와. 목소리가 이상해. 와 와 와."

"괜찮아, 잭스." 애나가 말한다. "외부 세계에서는 목소리가 다르게 들릴 거라고 했잖아." 사루메크에서 보내온 정보 패킷은 그 부분을 경고하고 있었다. 금속과 플라스틱으로 이루어진 외피는 데이터 어스의 아바타와는 다른 식으로 음향을 전달한다.

잭스가 고개를 들고 애나를 똑바로 바라본다. 애나는 잭스가 이 로봇의 몸체 안에 정말로 들어 있지 않다는 사실을 알지만―잭스의 코드는 여전히 네트워크상에서 실행되고 있고, 이 로봇은 근사한 주변장치에 지나지 않는다―잭스가 바로 앞에 와 있는 듯한 환상은 완벽하다. 데이터 어스에서 그렇게 자주 얘기를 나눈 지금도, 눈앞에 서 있는 잭스와 눈을 마주친다는 경험은 신선하고 자극적이다.

"안녕, 잭스. 나야, 애나야."

"아바타가 다른데." 잭스가 말한다.

"외부 세계에서는 이걸 '아바타'가 아니라 '몸'이라고 불러. 그리고 여기 사람들은 몸을 갈아입지 않아. 그럴 수 있는 건 데이터 어스뿐이지. 여기선 언제나 똑같은 몸을 두르고 있어."

잭스는 잠시 생각한다. "언제나 그런 모습?"

"옷을 갈아입을 때도 있지. 하지만 맞아, 이게 내 모습이야."

잭스가 더 자세히 보려고 걸어오자 애나가 자리에 앉아, 팔꿈치를 무릎 위에 댄다. 이러면 거의 눈높이가 같아진다. 잭스가 그녀의 손을 바라보다가 팔뚝을 본다. 오늘 애나는 반소매 차림이다. 잭스가 머리를 더 가까이 가져오자 희미하게 윙윙거리는 소리가 들린다. 로봇의 카메라 눈이 초점을 조절하는 소리다. "팔에 작은 털이 잔뜩 나 있어." 잭스가 말한다.

애나가 웃는다. 그녀의 아바타에 달린 팔은 갓난애처럼 매끄럽다. "그래, 털이 나 있지."

잭스가 손을 들어 올리더니 엄지와 검지를 뻗어 솜털을 잡으려 한다. 두 번 그런 시도를 하지만, 인형뽑기 기계의 집게발처럼 그의 손가락은 계속 미끄러질 뿐이다. 그러자 잭스는 애나의 살을 꼬집듯이 붙잡고 잡아당긴다.

"아야. 잭스, 그럼 아파."

"미안." 잭스는 애나의 얼굴을 자세히 본다. "얼굴 전체에 조그만

구멍들 있어."

애나는 주위에 있는 동료들이 재밌어하는 것을 느낀다. "그건 '털구멍'이라고 불러." 그녀가 일어서며 말한다. "내 살갗 얘기는 나중에 하기로 해. 이젠 이곳을 둘러보지 않을래?"

잭스가 몸을 돌리고 외계 행성을 탐험하는 미니 우주인처럼 로비 안을 천천히 돌아다닌다. 그는 주차장이 내다보이는 창문을 발견하고 그쪽으로 간다.

오후의 햇살이 창유리 너머에서 비스듬히 들어오고 있다. 잭스가 햇살 속으로 걸어 들어가려다 갑자기 뒷걸음질을 친다. "저게 뭐야?"

"저건 해야. 데이터 어스에 있는 것하고 똑같아."

잭스가 신중하게 다시 햇살 속으로 걸어 들어간다. "달라. 이 해는 밝아 밝아 밝아."

"맞아."

"해는 저렇게 밝아 밝아 밝아 할 필요 없어."

애나가 웃는다. "아마 네 말이 옳을지도."

잭스가 돌아와서 이번에는 애나가 입은 바지의 천을 본다. 애나는 주저하듯이 손을 뻗어 잭스의 뒤통수를 쓰다듬는다. 잭스가 애나의 손에 머리를 기대는 것을 보니 로봇 몸체의 촉각 센서가 제대로 작동하는 모양이다. 손바닥에 머리통의 무게를, 동작 장치의 동적인 저항을 느낄 수 있다. 순간, 잭스가 그녀의 허벅지를 껴안는다.

"얘, 내가 키워도 돼?" 애나가 동료들에게 말한다. "집까지 졸졸 따라와버렸어."

모두들 웃음을 터뜨린다. "지금이야 그렇게 말하겠지." 마헤시가 말한다. "하지만 변기에 수건을 넣고 물을 내릴 때를 상상해보라고."

"알아요, 알아." 애나가 말한다. 블루감마 사가 현실 세계가 아닌 가상 세계를 타깃으로 삼은 데는 비용이 낮고 소셜 네트워킹을 쉽게 활용할 수 있는 등의 많은 이유가 있었지만, 기물 파손의 위험도 그중 하나였다. 진짜 창문의 베니션 블라인드를 뜯어낸다거나 진짜 양탄자 위에 마요네즈 성을 쌓을지도 모르는 애완동물을 팔 수는 없는 일이다. "잭스가 이런 모습을 하고 있는 게 멋져 보여서."

"맞아. 멋지군. 이 경험이 비디오 영상으로도 잘 전달될 수 있으면 좋겠어. 사루메크를 위해서도." 사루메크 토이 사는 로봇 몸체를 판매하는 것이 아니라 한 번에 몇 시간씩 대여할 계획을 가지고 있다. 디지언트들이 오사카 교외의 전용 시설에 있는 로봇 몸체로 들어가 인솔자를 따라 현실 세계로 소풍을 가면, 오너들은 초소형 비행선에 장착된 카메라를 통해 그 광경을 구경하는 식이다. 애나는 느닷없이 그 시설에서 일하고 싶은 충동을 느낀다. 이런 모습의 잭스를 보고 있으니, 자신이 동물들과 함께하는 일의 물리적인 측면을 얼마나 그리워하고 있는지 새삼 깨닫게 된다. 비디오 화면 너머 디지언트들을 상대하는 것은 그것과는 전혀 다르다.

로빈이 마헤시에게 묻는다. "마스코트 전원을 이 로봇에 넣어볼까요?"

"응. 하지만 일단 민첩성 테스트부터 합격해야 해. 이 로봇을 고장 내면, 사루메크에서 다음번에는 공짜로 주려고 하지 않을 테니."

이제 잭스는 애나의 운동화 끈을 잡아당기며 놀고 있다. 부자였으면 좋겠다고 느끼는 일은 드물었지만, 잭스가 잡아당긴 운동화 끈이 팽팽해지는 것을 느끼고 있는 지금 이 순간만은 정말로 그랬으면 좋겠다는 생각이 든다. 재력만 뒷받침해준다면 당장이라도 이 로봇을 한 대 사고 싶었기 때문이다.

* * *

여러 직원들이 번갈아가며 마스코트들에게 현실 세계를 견학시킨다. 데릭은 보통 마르코나 폴로를 데리고 나간다. 처음에는 블루감마사 본사가 위치한 복합 상업 지구를 돌아다니면서 주차 구획을 나누고 있는 풀밭이나 덤불을 보여준다. 데릭은 풀밭 손질을 맡고 있는, 게를 닮은 원예용 로봇을 가리킨다. 디지언트를 현실 세계에 도입하고자 했던 초창기 시도의 결과물이다. 이 로봇에게는 잡초를 뽑기 위한 단검 모양의 모종삽이 장착되어 있고, 그것의 노역은 순수하게 본능에 기초한 것이다. 이 로봇은 데이터 어스의 온실에서 행해진 진화론적 원예 경쟁에서 몇 세대에 걸쳐 우승한 개체의 후손이다. 데릭은 잡초 뽑는 로봇 얘기를 들은 마스코트들의 반응이 궁금하다. 혹시 데이터 어스에서 이주해 온 동료로 간주할까? 그러나 마스코트들은 게 로봇에게 털

끝만 한 관심도 보이지 않는다.

대신 마스코트들은 질감에 매료된다는 사실이 드러난다. 데이터 어스에 있는 물체들은 세밀한 시각적 특징이 있지만, 촉각의 경우는 마찰 계수를 제외하면 아무런 속성도 갖추고 있지 않다. 촉각까지 전달하는 컨트롤러를 쓰는 플레이어는 극소수이기 때문에, 대다수의 업체는 가상 환경의 표면에 애써 감촉을 부여하지 않는다. 그러나 이제 현실 세계의 표면을 느낄 수 있게 된 디지언트들은 가장 단순한 것에서도 신기함을 느끼는 듯했다. 로봇 몸체에 들어갔다 온 마르코는 양탄자나 가구에 관한 얘기를 끊임없이 늘어놓는다. 폴로는 로봇 몸체를 입으면, 건물 계단에 붙어 있는 미끄럼 방지용 띠의 꺼끌꺼끌한 감촉을 느끼는 일에 온 시간을 보낸다. 당연한 일이지만, 로봇 몸체에서 가장 먼저 교환이 필요해진 부품은 손가락에 달린 센서 패드였다.

그다음 마르코가 깨달은 것은 데릭의 입이 자기 입과 얼마나 다른가 하는 사실이다. 디지언트의 입은 인간의 입과 피상적으로밖에는 닮지 않았다. 말할 때는 디지언트의 입도 움직이지만, 디지언트의 발화 프로그램은 물리학에 입각한 것이 아니다. 마르코는 발성 메커니즘에 관해 알고 싶어하며, 데릭이 말할 때 입 속에 손가락을 넣게 해달라고 끊임없이 요구한다. 폴로는 데릭이 삼킨 음식이 디지언트의 경우처럼 그냥 사라지는 것이 아니라 실제로 식도를 통과한다는 사실을 알고 깜짝 놀란다. 데릭은 혹시 디지언트들이 자기 신체성의 한계를 깨닫고 슬퍼하지 않을까 걱정했지만, 그들은 그저 재미있다고 여길 뿐이다.

로봇 외피를 입은 디지언트들을 직접 만나는 경우의 의외의 이점은, 데이터 어스에서 보는 것보다 그들의 얼굴을 더 자세히 관찰할 수 있다는 점이다. 그 덕에 얼굴 표정을 만들어낸 데릭의 노력의 성과를 더 잘 음미할 수 있다. 어느 날 데릭의 작업 공간으로 온 애나가 흥분한 어조로 말한다. "당신, 정말 멋져!"

"어…… 고마워."

"방금 마르코가 정말로 우스꽝스러운 표정 짓는 걸 봤어. 당장 봐야 해. 괜찮지?" 데릭은 애나가 키보드를 조작할 수 있도록 바퀴 달린 의자를 뒤로 움직인다. 애나는 그의 모니터 화면에 두 개의 동영상 윈도를 띄운다. 하나는 로봇 외피에 달린 카메라가 찍은 녹화 영상으로, 디지언트의 시점을 보여주고 있다. 다른 하나는 헬멧 화면에 떠오른 디지언트의 얼굴을 저장한 것이다. 카메라 영상을 보니 또 건물 밖 주차장에 나간 모양이다.

"지난주에 사루메크 견학을 갔어." 애나가 설명한다. "정말 좋아하더라고. 그래서 이제 주차장을 따분하게 느끼는 거야."

화면상에서 마르코가 말한다. "공원 갈래 소풍 갈래."

"여기도 거기 못지않게 재밌잖아." 화면상의 애나가 마르코를 향해 따라오라고 손짓한다.

마르코가 고개를 흔들자 영상이 흔들린다. "재미 달라. 공원 더 재밌어. 애나한테 보여줄게."

"난 너와 그 공원에 갈 수 없어. 너무 멀리 있거든. 거기까지 가려면 여행을 오래 해야 해."

"그냥 포털 열면 되잖아."

"미안, 마르코. 바깥세상에서는 포털을 열 수 없어."

"이제 마르코가 어떤 표정을 짓는지 봐." 애나가 말한다.

"열어줘. 힘을 내서 열어줘 열어줘." 마르코는 자신의 판다 얼굴에 간원하는 표정을 형성한다. 처음 보는 표정이었다. 데릭이 놀라 웃음을 터뜨린다.

애나도 웃는다. "계속 봐야 해."

화면상에서 애나가 말한다. "내가 아무리 힘을 내도 안 돼, 마르코. 바깥세상에는 포털이 없거든. 포털은 데이터 어스에만 있어."

"그럼 데이터 어스로 같이 가서, 거기 포털 열어줘."

"거기 네가 입을 몸이 있다면 너야 그럴 수 있겠지. 하지만 난 다른 몸을 입을 수가 없어. 난 내 몸을 직접 움직여서 가야 하고, 그러려면 시간이 오래 걸릴 거야."

마르코는 이 말을 곰곰이 생각하는 눈치다. 데릭은 디지언트의 얼굴에 믿지 못하겠다는 표정이 떠오르는 것을 보고 즐거워한다. "바깥세상 멍청해." 디지언트가 선언한다.

데릭과 애나는 웃음을 터뜨린다. 애나는 윈도를 닫고 말한다. "저런 표정을 지을 수 있다니, 정말 멋진 솜씨야."

"고마워. 이렇게 보여준 것도 고맙고. 덕분에 기분이 좋아졌어."

"그렇다니 나도 기뻐."

예전 작업이 결실을 맺는 것을 보니 즐겁다. 요새 데릭이 맡은 일 대부분은 그것만큼 재미있지는 않기 때문이다. 최근 들어 오리가미와 파베르제 계열의 디지언트들은 아기 드래곤이나 그리폰 등의 신화적 생물을 위시한 아바타들을 두르고 등장하기 시작했다. 그래서 블루감마 사도 뉴로블래스트 계열 디지언트들에게 비슷한 아바타를 제공하고 싶어한다. 새로운 아바타는 기존 아바타에 직접 수정을 가할 뿐이라서 표정 면에서는 전혀 새로울 필요가 없다.

사실, 데릭이 가장 최근에 맡은 업무는 아예 표정이 없는 아바타를 만드는 일이다. 뉴로블래스트 게놈의 잠재력에 감명을 받은 인공생명 애호가들의 동호회가, 진짜 지능이 바이옴 내에서 자연 발생하는 것을 기다리는 대신, 지능을 갖춘 외계 종족을 디자인해달라고 블루감마 사에 의뢰했던 것이다. 개발자들은 블루감마 사가 판매하는 품종과는 전혀 다른 성격 분류군을 만들어냈고, 데릭은 그 외계 종족을 위해 다리가 세 개 달리고, 팔 대신에 촉수 한 쌍이 달리고, 물건을 잡을 수 있는 꼬리를 가진 아바타를 디자인하는 중이다. 동호인들 중에는 물리 법칙자체가 다른 환경뿐 아니라 그보다 더 기상천외한 신체 구조를 원하는 사람도 있지만, 데릭은 그들에게 디지언트를 육성하면서 그들 자신도그 아바타를 둘러야 한다는 점을 지적했다. 촉수 조절만으로도 충분히벅차지 않겠는가.

동호인들은 이 새로운 종족을 '제노테리언'이라고 명명하고 데이터마스Data Mars라는 사설 대륙을 개설했다. 그곳에서 외계 문화를 창조할 계획이다. 데릭은 흥미를 느꼈지만 데이터 마스를 방문하지는 못했다. 해당 대륙의 디지언트들 앞에서 허락된 유일한 언어는 인공언어인 로즈반을 특화한 방언밖에는 없었기 때문이다. 데릭은 동호인들의 이 프로젝트가 얼마나 지속될지 궁금하다. 문턱이 엄청나게 높다는 사실 말고도, 제노테리언을 육성하는 행위를 통해서는 그와 애나가 방금 마르코를 관찰하는 것만으로 느낄 수 있었던 식의 기쁨은 얻을 수 없을 것이다. 따라서 동호인들이 얻는 보상은 순수하게 지적인 것이다. 하지만 장기적으로 볼 때, 과연 그것만으로도 충분할까?

3

다음 해 동안 블루감마 사의 장래성 예보는 맑음에서 확실히 흐림으로 변한다. 신규 고객에 대한 판매량이 하락한 것 이상으로 사료 제공 소프트웨어로부터 들어오는 수입이 줄어들었기 때문이다. 기존 고객이 키우던 디지언트를 정지시키는 사례도 점점 늘어나고 있다.

문제는, 뉴로블래스트 계열의 디지언트들은 발달 초기가 지나면 점점 요구 사항이 많아진다는 것이다. 이들을 번식시키면서 블루감마 사는 영리함과 종순함의 조합을 노렸지만, 디지털 판에서조차도 변하지 않는 게놈 특유의 예측 불가능성 때문에, 결국 개발자들은 목표를 이루지 못했다. 너무 어려운 게임의 경우와 마찬가지로, 디지언트들이 제공하는 난이도와 보상 사이의 균형은 대다수 사람들이 재미있다고 느끼는 수준을 훌쩍 넘고 있다. 그래서 사용자들은 잇달아 디지언트를 정지시키고 있다. 그러나 키울 준비도 되어 있지 않은 견종을 무조건 산 견주들과는 달리, 사전조사가 미비했다는 이유로 블루감마 사의 고객들을 비난할 수는 없다. 회사 또한 디지언트들이 이런 식으로 진화하리라는 것을 몰랐기 때문이다.

몇몇 자원봉사자들은 보호소를 개설하여 유기된 디지언트에게 새로운 입양처를 찾아주는 서비스를 시작했다. 그들은 다양한 전략을 시도한다. 아무런 개입 없이 디지언트들을 실행시키는 경우도 있고, 며칠 간격으로 최종 체크 포인트에서 디지언트를 복원시킴으로써 입양에 방해가 될지 모르는 문제 행동을 미연에 방지하기도 한다. 어느 쪽의 전략도 장래의 입양자들의 관심을 끄는 데는 그리 큰 효과가 없다. 발달 초기부터 키우지 않아도 되는 디지언트를 입양하고 싶어하는 사람도 간혹 있지만 이런 식의 양자 관계는 결코 오래가지 못한다. 그래서 보호소는 실질적으로 디지언트의 보존 창고가 되어버린다.

애나는 이런 풍조가 탐탁지 않지만, 동물 복지의 현실에 익숙한 그녀는 모든 유기 동물을 구할 수 없다는 것을 잘 안다. 현 사태로부터 블루감마 사의 마스코트들을 지켜주고 싶지만, 이런 현상이 너무 광범위하게 퍼져 있기 때문에 실현 가능성이 없다. 그녀는 되풀이해서 마스코트들을 놀이터로 데려가고, 디지언트 중 하나는 평소 놀던 친구 하나가 사라져 있다는 사실을 깨닫는다.

오늘의 놀이터에서는 그와는 달리 기쁘고 놀라운 일이 기다리고 있다. 모든 마스코트들이 포털을 통과하기도 전에 잭스와 마르코는 로봇 아바타를 두른 다른 디지언트를 본다. 둘은 동시에 "티보!"라고 외치고는 그쪽으로 달려간다.

티보는 마스코트들을 제외하면 가장 오래된 디지언트로, 칼튼이라는 이름의 베타 테스터가 소유하고 있었다. 칼튼은 한 달 전에 티보를 정지시켰다. 영구적으로 그런 것이 아니라는 사실이 애나는 기쁘다. 디지언트들끼리 수다를 떠는 동안 애나는 그녀의 아바타를 칼튼 곁으로 걸어가게 해 얘기를 나눈다. 칼튼은 조금 쉬고 싶었을 뿐이고, 이제 티보에게 필요한 애정을 줄 준비가 됐다고 말한다.

나중에, 애나가 놀이터에서 블루감마 사의 섬으로 마스코트들을 다시 데려왔을 때, 잭스가 티보와 무슨 얘기를 했는지 말한다. "티보 없었을 때 우리가 한 재밌는 놀이. 동물원 소풍 갔을 때 너무 너무 재미있었다는 얘기 했어."

"함께 못 가서 슬프대?"

"아니. 아니라고 했어. 티보는 동물원 아니고 쇼핑몰 갔대. 하지만 그건 지난달에 갔던 소풍."

"그건 여기 안 왔던 동안에 티보가 정지되어 있었기 때문이야." 애나는 설명한다. "그래서 지난달 소풍이 어제였다고 생각한 거지."

"나도 그렇게 말했어." 이 말을 들은 애나는 잭스의 이해력에 놀란다. "하지만 안 믿어. 마르코하고 롤리 얘기 듣고 겨우 믿어. 그러고는 슬프대."

"나중에 다시 동물원으로 소풍 갈 거야."

"동물원 못 봐서 그런 거 아냐. 한 달 없어져서 슬프대."

"아."

"정지되는 거 싫어. 한 달 없어지는 거 싫어."

애나는 잭스를 최대한 안심시키려고 노력한다. "넌 걱정 안 해도 돼, 잭스."

"나 정지 안 시킬 거지. 그렇지?"

"그래."

다행히 잭스는 이 대답에 만족한 듯 보인다. 약속을 받아낸다는 개념이 아직 없는 것이다. 애나는 잭스에게 약속하지 않아도 됐다는 사실에 내심 안도하면서도 왠지 마음이 편하지 않다. 블루감마 사가 마스코트들을 일정 기간 정지시킨다면, 거의 확실하게 전원을 동시 정지시킬 것이라는 점이 그나마 위안이 되는 정도다. 적어도 그룹 내에서는 경험의 불일치가 생겨나지 않을 것이기 때문이다. 만에 하나 마스코트 모두를 지금보다 어린 시절로 되돌리는 경우도 마찬가지다. 더 이른 체크 포인트로 되돌아가는 방법은 디지언트 다루기가 너무 버거워진 고객들을 위해 블루감마 사가 추천하는 방식 중 하나였다. 이 전략을 지원하기 위해서 마스코트들에게도 같은 시도를 해보자는 얘기가 사내에서 나오고 있었다.

애나는 시계를 보고, 마스코트들이 자기들끼리 놀 수 있는 게임들을 생성한다. 이제 블루감마 사의 새로운 생산 라인에 속하는 디지언트들을 훈련할 시간이다. 뉴로블래스트 게놈을 창조한 이래, 개발자들은 각양각색의 유전자들 사이의 상호작용을 분석하기 위한 좀더 정교한 툴을 개발했다. 그들은 이제 게놈의 특성을 좀더 잘 이해하고 있다. 최근 들어서는 인지적 가소성을 줄인 분류군을 창조했다. 그런 디지언트들이라면 더 빠르게 안정화되고, 장래에도 영원히 종순함을 잃지 않으리라는 것이 그들의 예상이다. 이것을 확인하려면 고객들에게 몇 년 키우게 하여 결과를 지켜봐야 하지만 개발자들은 자신만만하다. 세월이 흐를수록 계속 정교해지는 디지언트를 만든다는 원래 개발 목표로부터 크게 벗어났다고 할 수도 있겠지만, 극단적인 상황에서는 극단적인 조치가 필요해지는 법이다. 블루감마 사는 이 새로운 디지언트들이 지속적인 수익 감소 추세를 막아주기를 기대하고 있다. 그래서 애나를 위시한 테스트 팀이 이들을 열심히 훈련시키고 있는 것이다.

마스코트들은 충분히 훈련을 받은 터라, 게임을 시작해도 좋다는 애나의 허락이 떨어지기를 얌전하게 기다리고 있다. "좋아, 다들 시작해." 애나의 말에 모두들 자기가 좋아하는 게임을 향해 달려간다. "그럼 나중에 봐."

"싫어." 잭스가 이렇게 말하고 멈춰 서더니 그녀의 아바타를 향해 걸어온다. "놀이 싫어."

"뭐? 놀이가 싫을 리가 없잖아."

"놀이 싫어. 일자리 줘."

애나가 웃는다. "뭐? 왜 일자리를 달라는 거야?"

"돈 벌려고."

애나는 이렇게 말하는 잭스의 표정이 즐거워 보이지 않는다는 사실을 깨닫는다. 시무룩하다. 그녀가 좀더 진지한 어조로 묻는다. "돈이 왜 필요한데?"

"나 아냐. 애나 주려고."

"왜 나한테 돈을 주고 싶은 건데?"

"애나가 돈 필요하니까." 잭스는 담담한 어조로 말한다.

"내가 돈이 필요하다고 한 적이 있었어? 언제?"

"지난주 나 말고 왜 다른 디지언트하고 놀아주는지 물어봤어. 애나가 놀아주면 다른 사람들이 돈 준다고 했어. 나도 돈 있으면 애나한테 줄 수 있어. 그럼 애나 나하고 더 놀아줄 거야."

"잭스." 그녀는 한순간 말을 잃는다. "넌 정말 착하구나."

* * *

또 다른 일 년이 흘렀고, 이제 블루감마 사는 공식적으로 사업 종료를 앞두고 있다. 영구적으로 종순한 디지언트에게 기대를 걸려는 고객 수가 충분치 않았기 때문이다. 언어를 이해하지만 말은 할 수 없는 디지언트 종을 포함해 여러 사업 계획이 내부적으로 검토됐지만, 이미 때가 늦었다. 고객층은 열성적인 디지언트 오너들의 소규모 커뮤니티로 귀착됐고, 그들의 존재만으로는 블루감마 사를 유지할 수입을 창출하기에 충분치 않다. 회사는 디지언트를 계속 실행하고 싶어하는 고객들을 위해 사료 생산 소프트웨어의 무료 버전을 배포할 예정이지만, 그 뒤로는 고객들이 모든 것을 알아서 하는 수밖에 없다.

과거에도 이미 회사의 도산을 경험한 적이 있기 때문에, 사원들 대다수는 낙담은 해도 소프트웨어 업계 종사자가 직면하는 현실의 일부로서 냉정하게 받아들인다. 그러나 애나의 경우 블루감마의 폐업은 그녀가 일하던 동물원의 폐원—그녀의 인생에서 가장 가슴 아팠던 경험—을 생각나게 한다. 돌보던 유인원들과 마지막으로 대면했을 때 생각을 하면 그녀의 눈에는 아직도 눈물이 솟구친다. 그들이 애나를 다시 볼 수 없는 이유를 설명해줄 수 있으면 좋겠다고 생각했던 기억이 난다. 하지만 새로운 거처에 잘 적응해주기를 기원하는 수밖에 없었다. 소프트웨어 업계에 재취업하려고 다시 학교로 돌아갔을 때는, 새로운 업종에서는 다시는 그런 이별을 경험할 필요가 없으리라 안심하고 있었다. 그런데 지금 그녀는 그런 예상에 반해, 당시와 묘하게 닮은 상황에 직면해 있다.

닮기는 했지만, 똑같지는 않다. 블루감마 사는 십여 명의 마스코트들을 위해 새로운 거처를 찾아줄 필요가 사실상 없다. 동물 안락사에 수반되는 문제 따위는 완전히 배제한 채, 그저 정지시키면 그만이기 때문이다. 애나 자신도 번식 과정에서 수없이 많은 디지언트들을 실행 정지시키지 않았던가. 게다가 당사자인 디지언트들은 죽는 것도 아니며, 버려졌다고 느끼지도 않는다. 마스코트를 정지시킬 경우 생겨나는 고뇌는 오직 훈련자의 몫이다. 애나는 지난 오 년 동안 매일 마스코트들과 시간을 보냈다. 그녀는 그런 그들에게 작별인사를 하고 싶지가 않다. 다행히 대안이 하나 있다. 아파트에서 유인원을 키우는 것이 논외였던 데 반해, 블루감마 사의 직원이라면 누구나 데이터 어스에서 마스코트를 애완동물로 키울 수 있다.

마스코트 입양이 얼마나 쉬운지 감안한다면, 그것을 자청한 직원의 수가 생각보다 많지 않다는 사실이 놀라웠다. 그녀만큼이나 디지언트를 소중하게 여기는 데릭이 하나 맡아주리라는 건 알지만, 다른 훈련자들이 의외로 소극적이다. 모두가 디지언트를 좋아하지만, 그중 하나를 입양하는 행위는 월급도 나오지 않는데 직장 일을 계속하는 것처럼 느끼는 듯하다. 로빈은 입양할 것이라고 확신했는데, 그녀가 점심시간에 뜻밖의 뉴스로 선수를 친다.

"아직 누구한테도 얘기 안 하려고 했는데," 로빈의 어조가 은밀하다. "실은…… 나 임신했어."

"정말? 축하해!"

로빈이 씩 웃는다. "고마워!" 그녀가 숨겨왔던 자초지종을 봇물 터뜨리듯 털어놓는다. 그녀와 그녀의 파트너인 린다는 아이를 가지려고 이런저런 방법을 고민하다가 난자 융합법에 운을 걸어보기로 결심했고, 첫 번째 시도에서 성공을 거둔 믿기 힘든 행운의 주인공이 됐다. 애나와 로빈은 구직 활동과 육아 휴직에 관해 논의한다. 그러고 나서야 마스코트 입양 얘기로 되돌아온다.

"지금부터 눈코 뜰 새 없이 바빠지겠지만, 혹시 롤리 입양할 생각 없어?" 롤리가 임신에 대해 어떻게 반응하는지 볼 수 있다면 정말 흥미로울 것이다.

"없어." 로빈이 고개를 가로젓는다. "디지언트는 이미 졸업했거든."

"졸업했다고?"

"현실 존재와 대면할 준비가 됐어. 무슨 뜻인지 알지?"

애나가 조심스럽게 말한다. "글쎄."

"여자는 아이 낳기를 원하는 방향으로 진화했다는 얘기 있잖아. 지금까진 그게 헛소리라고 생각했지만, 이젠 아냐." 로빈은 황홀경에 가까운 표정으로, 거의 독백하듯이 말하고 있다. "고양이, 개, 디지언트. 이것들은 모두 우리가 정말로 돌봐야 하는 것들의 대용품에 불과해. 너도 언젠가는 아이의 의미를, 그 진정한 의미를 깨닫게 될 거고, 그러면 모든 게 바뀔 거야. 그렇게 되면 예전에 느꼈던 모든 감정은 사실……" 로빈이 문득 말을 멈춘다. "그러니까, 내 입장에서는 이제 넓은 시야로 세상을 바라볼 수 있게 됐다는 뜻이야."

동물을 돌보는 일에 종사하는 여자들은 귀에 못이 박힐 정도로 듣는 소리다. 동물에 대한 그들의 애정은 아이를 키우고 싶다는 욕구가 승화된 것이라는 식의 주장. 이런 고정관념은 정말 넌더리가 난다. 애나도 아이들을 좋아한다. 하지만 아이들이 인생에서의 다른 모든 성취를 평가하는 잣대는 아니지 않은가. 동물을 돌보는 행위는 그 자체로 가치 있는 일이고, 아무런 변호도 필요로 하지 않는 어엿한 직업이다. 블루감마에 입사했을 무렵의 애나였다면 디지언트까지 거기 포함시키지는 않았을 것이다. 그러나 이제 그녀는 디지언트를 돌보는 행위 역시 마찬가지일지 모른다고 생각하고 있다.

4

블루감마 사는 그 이듬해에 문을 닫고, 그 결과 데릭도 많은 변화를 겪는다. 그는 아내인 웬디가 다니는 회사에 취직해, 텔레비전용 가상 배우들을 액티베이팅 하는 일을 맡는다. 각본이 괜찮은 드라마라서 그나마 다행이지만, 배우들의 대화가 아무리 재치 있고 자연스럽게 들린다고 해도 대사 한마디 한마디는 뉘앙스와 억양까지 포함해 철저히 연출된 것이다. 애니메이션 과정에서 같은 대사를 몇백 번씩 듣기 때문에, 너무나 완벽한 최종 결과물은 번지르르하고 공허한 인상을 준다.

그와는 대조적으로, 마르코와 폴로와의 생활은 끝나지 않는 놀라움의 연속이다. 서로 떨어지지 않으려 했기 때문에 데릭은 둘 다 입양했다. 블루감마 사에서 일하던 때만큼 긴 시간을 상대해줄 수는 없지만, 이제 디지언트를 소유한다는 것은 예전보다 훨씬 더 흥미로운 일이 되었다. 디지언트를 계속 실행 중인 고객들은 뉴로블래스트 유저 그룹을 결성해서 서로 연락을 유지했다. 규모는 줄어들었지만 이 커뮤니티의 구성원들은 예전보다 더 활동적이며 열성적이고, 그들의 노력도 차차 결실을 맺어가고 있다.

주말이다. 데릭은 차를 운전해서 공원으로 가고 있다. 조수석에는 로봇 외피를 두른 마르코가 있다. 마르코는 창밖을 보려고—안전띠를 맨 채로—좌석 위에 꼿꼿이 서 있다. 예전에는 영상으로밖에 본 적이 없는 것들, 데이터 어스에서는 찾아볼 수 없는 것들을 찾는 중이다.

"소하정." 마르코가 창밖을 가리키며 말한다.

"소화전."

"소화전."

"맞아."

마르코가 두르고 있는 외피는 블루감마 사가 소유하던 것이다. 블루감마가 문을 닫고 얼마 되지 않아 사루메크 토이도 문을 닫았기 때문에 단체 소풍도 끝이 났다. 그래서 애나—지금은 탄소 격리 공장에서 쓰이는 소프트웨어의 테스터로 일하고 있다—는 잭스를 위해 할인 가격으로 로봇 외피를 구입했다. 데릭은 마르코와 폴로도 그 안으로 들어가 놀 수 있도록 애나에게서 지난주에 외피를 빌렸고, 지금은 그것을 돌려주러 가는 길이다. 애나는 오늘 하루 공원에서 지내면서 다른 오너들의 디지언트에게 교대로 그것을 빌려줄 예정이다.

"다음 공작 시간엔 소화전 만들 거야." 마르코가 말한다. "원통을 쓰고, 원추를 쓰고, 원통을 써서."

"좋은 생각인 것 같네." 데릭이 말한다.

요새 디지언트들이 매일 나가는 공작 교실 얘기다. 몇 달 전 어떤 오너가 데이터 어스 환경 내부에서도 데이터 어스의 화면편집 툴 몇 가지를 조작할 수 있는 소프트웨어를 만든 뒤로 줄곧 이어지고 있는 모임이다. 이제 디지언트들은 둥근 노브와 슬라이더가 달린 콘솔을 조작함으로써 다양한 입체 형상을 생성하거나, 그 색깔을 바꾸거나, 십여가지 다른 방식으로 그것들을 조합하거나 편집할 수 있다. 디지언트들은 천국에라도 오른 기분이다. 그들 입장에서는 마치 마법의 힘을 얻은 것이나 마찬가지이기 때문이다. 편집 툴들이 데이터 어스의 물리 시뮬레이션을 우회하는 방식을 고려하면, 어떤 의미에서는 마법이 맞다. 매일 퇴근 후 데릭이 데이터 어스에 접속하면, 마르코와 폴로는 자기들이 만든 공작품을 보여준다.

"그러면 폴로한테 만드는 방법…… 공원! 벌써 공원이야?"

"아니, 아직 도착 안 했어."

"간판 '버거와 파크'라고 썼어." 마르코가 차도 옆 간판을 가리킨다.

"간판엔 '버거와 셰이크'라고 쓰여 있어. 파크가 아니라 셰이크. 아직 조금 더 가야 해."

"셰이크." 마르코가 차 뒤로 작아지는 간판을 바라보며 말한다.

디지언트들을 위한 새로운 활동 중 하나는 읽기 연습이었다. 마르코나 폴로는 지금까지 글자에는 그다지 큰 관심을 보이지 않았다. 디지언트들은 볼 수 없는 화면의 주석을 제외하면 데이터 어스에는 글자가 그리 많지 않기 때문이다. 그러나 어떤 오너가 자신의 디지언트에게 플래시카드에 쓴 명령어를 인식시키는 데 성공한 이래, 꽤 많은 오너들이 같은 시도를 하고 있다. 일반적으로 뉴로블래스트 계열의 디지언트들은 상당한 수준까지 단어를 인식한다. 하지만 개개의 글자를 소리와 결부시키는 작업에서 난관을 겪는다. 뉴로블래스트 게놈만이 겪는 일종의 난독증인 듯하다. 다른 유저 그룹들에 의하면, 오리가미 디지언트들은 쉽게 글자를 배우지만, 파베르제 디지언트들은 어떤 교육법을 사용해도 도무지 글을 익히지 못한다고 한다.

마르코와 폴로는 잭스와 몇몇 동료들과 함께 읽기 교실에 참여하고 있다. 다들 충분히 그것을 즐기는 듯하다. 디지언트에겐 어릴 때 침대 밑에서 부모가 책을 읽어주는 식의 경험이 없기 때문에, 인간 아이들이 매료되는 식으로 글자에 매료되는 경우는 없다. 그러나 그들만의 호기심—오너들의 칭찬과 더불어—이 그들에게 글자 활용법을 모색하도록 자극한다. 매우 고무적이다. 데릭은 블루감마 사가 이런 일들을 목도할 정도로 오래 존속하지 못했다는 사실이 못내 아쉽다.

그들이 공원에 도착한다. 데릭이 주차하는 동안 애나가 그들을 보고 걸어온다. 데릭이 차에서 내보내주자마자 마르코가 애나를 포옹한다.

"안녕, 애나."

"안녕, 마르코." 애나는 이렇게 말하고 로봇의 뒤통수를 쓰다듬어준다. "여전히 그 안에 있어? 일주일 내내 들어가 있었잖아. 그거면 충분하지 않아?"

"차를 타고 싶었어."

"공원에서 좀 놀다 갈래?"

"아니. 이제 갈 거야. 웬디가 머무는 거 안 원해. 안녕, 애나." 데릭이 로봇용 충전대를 뒷좌석에서 꺼내고 있었다. 마르코가 충전대 위로 올라가자―디지언트들은 데이터 어스로 돌아갈 때마다 그 자리에 복귀하도록 훈련받는다―로봇의 헬멧이 어두워진다.

애나가 핸드헬드 컴퓨터를 이용해 첫 번째 디지언트를 로봇에 넣을 준비를 하며 묻는다. "그럼 당신도 가야 해?"

"아니. 딱히 어디 갈 예정은 없어."

"그럼 방금 마르코가 한 말은 뭐야?"

"그게……"

"맞춰볼까? 웬디는 당신이 디지언트들하고 너무 오랜 시간을 보낸다고 생각하는 거지?"

"응." 데릭이 말한다. 웬디는 데릭이 애나와 함께 오랜 시간을 보내는 것에 대해서도 언짢아하고 있었지만 지금 그런 얘기를 해봐야 의미가 없다. 이미 웬디에게 장담하지 않았는가. 그는 애나를 결코 그런 식으로 보고 있지 않으며, 그들의 관계는 단지 디지언트에 관한 흥미를 공유하는 친구 사이일 뿐이라고.

로봇의 헬멧에 불이 들어오며 새끼 재규어 얼굴이 떠오른다. 어떤 베타 테스터가 소유하고 있는, 재프라는 이름의 디지언트다. "안녕 애나 안녕 데릭." 재프는 이렇게 말하고는 대뜸 근처의 나무를 향해 달려간다. 데릭과 애나가 그 뒤를 따른다.

"로봇 외피를 두른 모습을 봐도 웬디 마음이 누그러지지 않았어?" 애나가 묻는다.

데릭은 재프가 개똥을 주우려는 것을 제지하고 애나에게 말한다. "응. 왜 편할 때 마음대로 정지시키지 않는지 아직 이해를 못해."

"그걸 이해하는 사람을 찾긴 쉽지 않지. 동물원에서 일할 때도 마찬가지였어. 나하고 데이트하는 남자들은 모두 2군 취급을 받는다고 불평하곤 했지. 요즘은 내가 디지언트한테 글자 읽는 걸 가르치느라고 수업료 내고 있다는 얘기를 하면 정신 나간 사람 보듯 하더라고."

"웬디도 그런 불평을 해."

그들은 낙엽 더미를 뒤지는 재프를 바라본다. 거의 투명해질 정도로 윤곽만 남은 잎사귀를 집어 들더니 자기 얼굴 앞에 대고 반대편을 바라보는 모습이 마치 식물로 짠 레이스 가면을 쓴 것처럼 보인다. "하지만 그들에게 뭐라 할 순 없다고 생각해." 애나가 말한다. "나도 디지언트의 매력을 이해하기까지는 시간이 좀 걸렸거든."

"난 달랐어." 데릭이 말한다. "보자마자 굉장하다고 생각했어."

"그래, 맞아. 당신은 희귀한 예였지."

데릭은 재프와 놀아주는 애나를 바라보며 그녀의 끈기 있는 태도에 감탄한다. 여자와 이렇게 공통점이 많다고 느낀 건 웬디 이래 처음이었다. 웬디와는 애니메이션을 통해서 캐릭터에 생명을 불어넣는 행위가 주는 고양감을 공유했었다. 결혼한 몸이 아니었다면 애나에게 데이트를 신청했겠지만, 지금 그런 생각을 해봐야 의미가 없다. 지금 애나와는 친구 사이로 있는 것이 최선이며, 그것만으로도 충분하다.

* * *

일 년 후, 애나는 자기 아파트에서 저녁시간을 보내고 있다. 컴퓨터 화면에 데이터 어스의 윈도가 떠 있고, 그녀의 아바타는 그곳에 있는 놀이터에서 잭스와 몇몇 디지언트들이 참여한 놀이 모임을 감독하고 있다. 디지언트의 수가 계속 줄어들고 있다. 이를테면 티보는 벌써 몇 달째 모습이 보이지 않는다. 그러나 잭스가 평소 속해 있는 그룹이 최근 다른 그룹과 합친 덕분에 잭스에게는 여전히 새로운 친구를 만날 기회가 있다. 몇몇 디지언트는 정글짐을 오르고, 또 다른 디지언트들은 지면에 놓인 장난감을 가지고 놀고 있다. 두 명은 가상 텔레비전을 본다.

애나는 다른 윈도를 통해 유저 그룹의 토론 게시판을 살핀다. 오늘의 화제는 데이터 사유화 종식을 외치는 '정보 자유 전선'의 최근 활동이다. 지난주 이 조직은 데이터 어스의 액세스 관리 프로그램의 상당 부분을 크래킹하는 기술을 공개했다. 최근에는 게임에서 쓰이는 희귀하고 비싼 아이템들이 광고 전단지처럼 배포되는 모습도 보인다. 애나는 이 문제가 발생한 뒤로는 단 한 번도 데이터 어스의 게임 대륙을 방문하지 않았다.

놀이터에서 잭스와 마르코가 새로운 게임을 할 모양이다. 둘 다 바닥에 엎드리더니 기기 시작한다. 잭스가 손짓하는 것을 보고 애나는 아바타를 그쪽으로 걸어가게 한다. "애나." 잭스가 말한다. "개미들

서로 얘기하는 거 알아?" 둘은 가상 텔레비전으로 자연 다큐멘터리를 보고 있었다.

"응. 그렇다는 얘길 들은 적이 있어."

"애나는 개미 말 우리가 알아듣는 거 알아?"

"정말?"

"우리 개미 말 할 줄 알아. 이렇게. 임프 핌프 디물 위툴."

마르코가 대답한다. "비둘 지둘 롬프 웜프."

"그게 무슨 뜻인데?"

"안 가르쳐줘. 우리만 알아."

"우리하고 개미들만." 마르코가 덧붙인다.

그러더니 잭스와 마르코 모두 우엉 우엉 우엉 하고 웃기 시작한다. 애나는 미소 짓는다. 디지언트들은 다시 다른 놀이를 하러 달려가고, 애나는 다시 게시판을 살핀다.

글쓴이: 헬렌 코스터스

이젠 우리 디지언트들이 복제되는 걸 걱정해야 하는지?

글쓴이: 스튜어트 거스트

누가 일부러 그런 짓을 하겠어? 애당초 디지언트에 큰 수요가 있었다면 블루감마가 폐업하지도 않았을 거야. 보호소가 어떻게 됐는지 기억해? 디지언트를 아예 배포하지도 못했잖아. 그 뒤로 디지언트의 인기가 더 오른 것도 아니고.

놀이터에서 잭스가 외친다. "나 이겼어!" 마르코와 함께 뭔지 모를
게임을 하며 놀고 있다. 그가 의기양양 좌우로 몸을 흔든다.
"알았어." 마르코가 말한다. "네 차례야." 그가 주위에 흩어진 장난
감을 뒤지더니 카주 피리를 하나 찾아내서 잭스에게 건넨다.
잭스는 피리 한쪽을 입에 넣더니 무릎을 꿇고 마르코의 중간 부분,
인간이라면 배꼽이 있을 부분을 피리로 리드미컬하게 콕콕 찌르기 시
작한다.
애나가 묻는다. "잭스, 너 뭐 하는 거야?"
잭스가 입에서 피리를 꺼내고 말한다. "마르코 거 빨아주고 있어."
"뭐? 어디서 그런 걸 봤어?"
"어제 텔레비전에서."
애나가 텔레비전 쪽을 본다. 어린이용 만화가 방영되고 있다. 가상
텔레비전은 어린이 프로그램 아카이브에서 추출한 내용만 방영하게
되어 있다. 그렇다면 누군가 '정보 자유 전선'의 해킹 툴을 이용해 성
인 동영상을 삽입하고 있는 것이리라. 애나는 디지언트들 앞에서 소란
을 피우지는 않기로 한다. "알았어." 애나가 이렇게 말하자 잭스와 마
르코가 다시 팬터마임을 재개한다. 애나는 게시판에 누군가가 영상을
해킹했다는 경고문을 올리고 열람을 이어나간다.
몇 분 뒤 애나의 귀에 묘한 찍찍 소리가 들려온다. 잭스가 텔레비전

을 보고 있다. 다른 디지언트들도 모두 보고 있다. 애나는 아바타를 그쪽으로 움직여 무엇이 디지언트들의 주의를 끄는지 확인한다.

가상 텔레비전 화면에서, 어릿광대의 아바타를 두른 한 사람이 강아지 아바타를 두른 디지언트를 손으로 누르고 디지언트의 다리를 망치로 연거푸 때리고 있다. 디지언트의 다리는 부러질 수 없다. 디지언트의 아바타는 그렇게 설계되지 않았기 때문이다. 그리고 아마 비슷한 이유에서 비명을 지를 수 없다. 그러나 디지언트는 큰 고통을 느끼고 있는 게 분명하다. 찍찍 소리가 그것을 표현하는 유일한 수단이다.

애나가 가상 텔레비전을 끈다.

"왜 그래?" 잭스가 묻는다. 다른 몇몇 디지언트들도 같은 질문을 하지만 애나는 대답하지 않는다. 대신 컴퓨터 화면에 윈도를 열고 방영 중인 동영상에 딸린 설명을 읽는다. 그것은 애니메이션이 아니다. '정보 자유 전선'의 해킹 툴을 이용해 디지언트 몸의 고통 차단 회로를 무효화하는 그리퍼*의 녹화 영상이다. 희생자가, 새롭게 생성된 이름 없는 디지언트가 아니라 해킹 툴을 이용해 불법 복제한, 누군가의 사랑스러운 애완동물이라는 사실이 더욱 끔찍하다. 이 디지언트의 이름은 니이티였다. 애나는 니이티가 잭스가 다니는 읽기 교실의 친구임을 깨닫는다.

니이티를 복제할 수 있는 자라면 잭스도 복제했을 가능성이 있다.

---

* 온라인 게임에서 악행을 일삼는 플레이어의 통칭.

혹은 지금 이 순간 잭스를 복제하고 있을지도 모른다. 데이터 어스의 분산형 아키텍처를 감안할 때, 그리퍼가 이 놀이터가 위치한 대륙 어딘가에 있다면 잭스도 위험하다.

잭스는 여전히 텔레비전에서 본 영상에 관해 질문하고 있다. 애나는 자기 계정에서 실행 중인 모든 데이터 어스 프로세스를 표시하는 윈도를 열고, 잭스를 나타내는 항목을 골라 정지시킨다. 놀이터에 있던 잭스는 질문을 하던 중 정지되고, 사라진다.

"잭스 무슨 일?" 마르코가 묻는다.

애나는 데릭의 프로세스 윈도를 열고—두 사람은 서로에게 완전한 관리 권한을 부여하고 있었다—마르코와 폴로를 정지시킨다. 그러나 다른 디지언트들에 대해선 전적인 권한이 없기 때문에 이제 무슨 일을 해야 할지 알 수가 없다. 남은 디지언트들은 눈에 띄게 동요하며 혼란에 빠져 있다. 동물과 달리 디지언트에게는 '투쟁-도피 반응'이 없다. 페로몬 냄새나 위험을 알리는 울음소리에 반응하지도 않는다. '거울 뉴런'* 유사체는 있다. 이것은 학습이나 교류에는 도움이 되지만, 동시에 방금 본 광경 때문에 이들이 고통스럽다는 사실을 의미한다.

놀이터로 자기 디지언트를 데려온 사람들은 디지언트들에게 낮잠을 재울 수 있는 권리를 애나에게 주었지만, 자는 동안에도 그들의 프로세스는 실행되기 때문에 복제될 위험성은 여전히 있다. 애나는 디지언

---

* 직접 경험하지 않고, 보거나 듣기만 해도 활성화되는 신경세포.

트들을 주요 대륙에서 떨어진 작은 섬으로 이동시키기로 한다. 그곳이라면 실행 중인 프로세스를 그리퍼가 스캔하고 있을 가능성이 적을지도 모른다.

"자 모두들, 동물원으로 놀러 가자." 애나는 판게아 군도의 게스트 센터로 통하는 포털을 열고 디지언트들을 그 안으로 들어가게 한다. 게스트 센터는 비어 있는 듯 보이지만 위험을 무릅쓸 수는 없다. 그녀는 디지언트들을 억지로 재운 다음, 모든 오너에게 메시지를 보내 디지언트를 데리러 올 장소를 알린다. 애나는 자신의 아바타를 디지언트들과 남겨두고, 게시판으로 가 모든 사람에게 경고를 보낸다.

그 뒤 한 시간 동안 오너들이 자기 디지언트를 데리러 온다. 그사이 애나는 게시판에서 녹조류처럼 논란이 번져가는 상황을 지켜보고 있다. 분노를 표출하거나 관계자들에게 소송을 걸겠다고 위협하는 글들이 올라온다. 몇몇 게이머가 디지언트에게는 금전적 가치가 없으므로 오너의 불평 따위는 자기들이 입은 피해에 비하면 새 발의 피라고 주장하자, 그 즉시 게시판은 전쟁통이다. 애나는 그런 논쟁의 대부분을 무시하고, 데이터 어스 플랫폼의 운영 회사인 대산 디지털의 공식 반응에 관한 정보를 찾는다. 마침내 알맹이 있는 뉴스 하나가 보인다.

글쓴이: 엔리케 벨트란
대산이 데이터 어스의 보안 아키텍처를 업그레이드했고, 그걸로 뚫린 곳을 막을 수 있다고 공표했어. 원래는 내년 업데이트에 포함될

예정이었지만 이번 사건 때문에 일정을 앞당겼다는군. 구체적인 스케줄은 아직 알려줄 수 없다고 했지만. 그때까지는 모두 디지언트를 정지시켜놓는 편이 나을 거야.

글쓴이: 마리아 젱
그것 말고도 다른 옵션이 있어. 리스마 구나완이 지금 사설 섬을 하나 개설 중인데, 거기선 승인된 코드만 실행될 거래. 최근 구입한 건 하나도 쓸 수 없지만, 뉴로블래스트 계열 디지언트라면 문제 없이 실행시킬 수 있어. 게스트 목록에 포함되고 싶은 사람은 리스마한테 연락해봐.

애나가 리스마에게 가입 요청을 보내자 섬이 준비되는 대로 연락하겠다는 자동 답변이 돌아온다. 애나는 계정에서 데이터 어스 환경의 로컬 인스턴스를 돌릴 수 있도록 설정해놓지는 않았다. 하지만 다른 선택지가 하나 있다. 애나는 한 시간을 들여 그녀의 컴퓨터에서 뉴로블래스트 엔진의 로컬 인스턴스가 돌아가도록 설정을 변경한다. 데이터 어스의 포털이 없기 때문에 세이브된 잭스의 기록을 직접 로딩해야 하지만, 이내 잭스를 로봇 외피에 넣어 실행할 수 있다.

"텔레비전 꺼?" 잭스는 주위 환경이 변했다는 것을 깨닫고 말을 멈춘다. "무슨 일?"

"이제 괜찮아, 잭스."

잭스가 자기가 입고 있는 몸을 본다. "나 바깥세상에 있어." 그리고
애나를 본다. "나 정지시켰어?"

"응, 미안해. 안 그럴 거라고 말한 걸 알지만, 그럴 수밖에 없었어."

푸념하듯, 잭스가 묻는다. "왜?"

애나는 자신이 로봇의 몸체를 얼마나 꽉 껴안고 있는지 깨닫고 당황
한다. "너를 지키려고."

* * *

한 달 후, 데이터 어스는 보안 업그레이드를 실시한다. '정보 자유
전선'은 모든 종류의 자유에는 남용의 위험이 있다면서 자기들이 공
개한 정보를 가지고 그리퍼들이 무엇을 하든 그것은 자기들 책임이 아
니라고 발뺌하지만, 곧 다른 프로젝트로 활동 목표를 변경한다. 적어
도 당분간, 데이터 어스의 공공 대륙들은 디지언트들에게 다시 안전한
곳이 된다. 그러나 이미 받은 피해는 되돌릴 수 없다. 개인적으로 이루
어지고 있는 복제들을 일일이 추적할 방도는 없다. 그리고 설령 디지
언트 고문 동영상이 더 이상 올라오지 않는다고 해도, 많은 뉴로블래
스트 오너들은 그런 일들이 벌어지고 있다는 생각만으로 견디기 힘들
어한다. 그런 사람들은 자기 디지언트를 영구 정지시키고 유저 그룹을
떠난다.

동시에, 복제된 디지언트들—특히 글 읽는 법을 배운—이 이용 가

능해졌다는 사실에 고무된 사람들도 있다. 어떤 인공지능 연구소 사람들의 경우는 온실에 방치된 디지언트들이 독자적인 문화를 발전시킬 수 있을지 궁금해하고 있었지만, 지금까지는 글을 읽을 줄 아는 디지언트에게 접근할 길이 없었고 직접 키울 생각도 없었다. 그런데 이제 상황이 달라져, 연구자들은 글을 읽을 줄 아는 디지언트 복제들을 가급적 많이 모아 연구 대상으로 사용한다. 대부분 독해 능력이 가장 뛰어난 오리가미 디지언트이지만, 뉴로블래스트 계열도 일부 섞여 있다. 연구자들은 그들을 책과 소프트웨어 라이브러리를 갖춘 사설 섬에 격리하고 온실 속도로 섬을 돌리기 시작한다. 게시판에는 병 속에 담긴 도시들, 탁상 위의 소우주에 관한 억측이 넘쳐흐른다.

데릭은 이런 아이디어가 터무니없다고 생각하기 때문에—아무리 많은 책을 주더라도 유기된 어린아이들의 무리는 독학자가 되지 못한다—실험 결과를 알리는 글을 읽고도 놀라지 않는다. 모든 실험 그룹은 결국 야생화되어버렸다. 그러나 디지언트들은 생득적으로 공격 본능이 충분치 않기 때문에 『파리 대왕』 식의 야만적인 존재로 퇴화하지는 않는다. 단지 비계층적이고 느슨한 무리들로 갈라졌을 뿐이다. 초기 단계에서는, 각각의 무리가 습관의 힘에 이끌려 정해진 일과를 유지한다. 공부할 시간이 되면 책을 읽거나 교육 소프트웨어를 이용하고, 놀 시간이 되면 놀이터로 간다. 그러나 제3자에 의해 강화되지 않으면 이런 의례는 값싼 노끈처럼 금세 풀려버린다. 결국 모든 물체는 장난감이, 모든 공간은 놀이터가 되고, 디지언트들은 가지고 있던 스킬을 점점 잃어간다. 일종의 고유 문화를 발전시키지만, 바이옴 내부에서 자력 진화한다면 야생 디지언트들도 보일 수 있는 결과이다.

흥미롭기는 하지만, 이것은 연구자들이 추구하는 발생기 문명과는 거리가 멀기 때문에 그들은 사설 섬을 재설계하려고 시도한다. 실험군의 다양성을 증대시키기 위해, 교육된 디지언트들의 오너들에게 복제품을 기부해달라고 요청한다. 실제로 몇몇 오너가 이 요청에 응하는 것을 보고 데릭은 놀란다. 읽기 교습 비용을 대는 일에 지친데다, 야생화된 디지언트들이 고통받지 않는다는 사실만으로 만족하는 듯하다. 연구자들은 다양한 인센티브─완전 자동화됐기 때문에 실시간 개입이 필요 없는─를 고안하여 디지언트들에게 계속해서 동기를 부여한다. 나태함에는 반드시 대가가 따르게 한다. 그 결과, 수정된 시험군 중 몇은 야생화를 피해 간다. 그러나 그 어떤 개체도 기술적 발전을 향한 등정에는 오르지 못한다.

연구자들은 오리가미 게놈에 무엇인가 결여되어 있다는 결론을 내린다. 그러나 데릭이 보는 한, 잘못은 연구자들 쪽에 있다. 그들은 단순한 진실을 보지 못하고 있다. 복잡한 정신은 스스로 발달할 수 없다. 그럴 수 있다면 야생화된 인간 아이들도 다른 아이들과 전혀 다르지 않아야 한다. 정신은, 무관심 속에서도 혼자서 쑥쑥 자라는 잡초처럼 자라지는 않는 법이다. 만약 그렇다면 고아원에 버려진 아이들도 너나없이 훌륭하게 자랄 것이다. 정신이 그 잠재력을 완전히 발휘하는 방향으로 나아가려면 다른 정신들에 의한 교화가 필요하다. 그리고 그런 교화야말로 데릭이 마르코와 폴로에게 제공하려는 것이다.

마르코와 폴로는 이따금 말싸움을 벌이지만, 오랫동안 서로에게 골을 내는 경우가 없다. 그런데 며칠 전 둘은 마르코가 폴로보다 먼저 생성됐다는 사실이 공평한지 여부를 놓고 다툼을 시작했고 무슨 이유에서인지 싸움은 진정되기는커녕 오히려 악화됐다. 그 일이 있은 후 두 디지언트는 거의 말을 나누지 않았다. 그래서 두 명이 나란히 다가오는 것을 본 데릭은 내심 안도한다.

"다시 함께 있는 걸 보니 기쁘다. 서로 화해했어?"

"아냐!" 폴로가 말한다. "아직 화났어."

"유감이야."

"두 명 모두 데릭 도움 필요해." 마르코가 말한다.

"알았어. 어떻게 하면 될까?"

"큰 싸움 일어나기 전, 지난주로 되감아줘."

"뭐?" 디지언트에게 체크 포인트에서 다시 복원해달라는 요청을 들은 것은 처음이다. "왜 그러고 싶은 건데?"

"큰 싸움 기억하기 싫어." 마르코가 말한다.

"난 즐거운 거 좋아. 화나는 거 싫어." 폴로가 말한다. "데릭은 우리 즐거운 거 원하잖아. 그렇지?"

데릭은 현재 상태의 그들과 체크 포인트에서 복원한 그들 사이의 차이에 대해서는 언급하지 않기로 한다. "물론 그렇지만, 너희들이 싸울 때마다 다시 되감아줄 수는 없어. 그러니까 조금 더 시간을 두고 기다려봐. 그럼 화도 가라앉을 거야."

"기다렸고, 아직도 화나." 폴로가 말한다. "너무 너무 큰 싸움. 다시는 일어나는 거 안 원해."

최대한 달래듯이 데릭이 말한다. "이미 일어나버린 일이야. 자기 힘으로 그걸 처리해야 해."

"아냐!" 폴로가 외친다. "나 화 많이 많이 나! 데릭이 고쳐줘!"

"왜 우리가 계속 화나는 거 원해?" 마르코가 묻는다.

"난 너희들이 계속 화나는 걸 원하지 않아. 난 너희들이 서로 용서하기를 원해. 하지만 그러지 못할 경우에는 그걸 받아들이고 사는 수밖에 없어. 나를 포함해서."

"이제 데릭한테도 화나!" 폴로가 말한다.

디지언트들이 각기 다른 방향으로 흩어진다. 데릭은 자신의 결정이 옳았는지 자문한다. 마르코와 폴로를 키우는 일은 언제나 쉽지만은 않았지만, 예전의 체크 포인트로 그들을 되감은 적은 단 한 번도 없었다. 지금까지는 성공적인 전략이었는데, 앞으로도 그럴지는 확신이 서지 않는다.

디지언트 양육을 위한 안내서 따위는 존재하지 않는다. 동물이나 어린아이를 키울 때의 방법론을 응용해도 성공 확률과 실패 확률은 반반씩이다. 디지언트의 육체는 단순하기 때문에, 성장을 향해 항해하는 중에도 유기체의 호르몬이 불러일으키는 역조 현상이나 돌발적인 폭풍 따위로부터는 자유롭다. 그렇다고는 해도, 심기가 불편해지는 일이 없다거나 성격이 전혀 변하지 않는다는 얘기는 아니다. 디지언트의 정신은 뉴로블래스트 게놈이 규정하는 위상 공간의 새로운 영역으로 끊임없이 이행하고 있기 때문이다. 사실, 디지언트들은 영원히 '성숙'하지 않을 가능성도 있다. 생물학적 모델에 입각한 '발달 정체기'라는 개념 또한 디지언트의 경우 반드시 들어맞지는 않는다. 디지언트들이 계속 실행되는 한 그들의 개성 역시 그것에 맞춰 계속 발달할 가능성이 있다. 오직 시간이 말해줄 것이다.

데릭은 방금 경험한 마르코와 폴로 일을 누군가와 의논하고 싶다. 유감스럽게도 그러고 싶은 상대는 아내가 아니다. 웬디는 디지언트의 성장 잠재력을 이해했고, 보살피는 시간이 길어지면 길어질수록 마르코와 폴로의 능력이 향상되리라는 사실을 인지하고 있었다. 단지 그럴 가능성에 대해 열의를 느끼지 못할 뿐이다. 남편이 디지언트에게 쏟는 시간과 관심에 분개하고 있는 그녀는, 되감아달라는 그들의 요청을 무기한 정지의 기회로 여길 것이다.

데릭이 의논하고 싶은 상대는 물론 애나다. 예전에는 근거가 없다고 느꼈던 웬디의 우려는 바야흐로 현실이 되려 하고 있다. 데릭이 애나에게 우정을 넘어선 감정을 느끼기 시작한 것은 명백했다. 물론 그 때문에 웬디와의 관계에 금이 간 것은 아니다. 사실, 그가 애나에게 느끼는 감정은 원인이라기보다는 결과에 가깝다. 애나와 함께 보내는 시간은 그에게는 안식처이고, 변명하지 않고도 디지언트들과 즐겁게 보낼 수 있는 기회였다. 화가 났을 때는 부부 관계가 악화된 것을 웬디 탓으로 돌리기도 하지만, 냉정한 마음으로 생각해보면 그런 주장은 불공평하다는 사실을 알 수 있다.

중요한 것은 데릭은 애나를 향한 감정에 휩쓸려 행동하지 않았고, 앞으로도 그럴 생각이 없다는 점이다. 그러니까 집중해야 할 일은 디지언트들과 관련해서 웬디와 타협점을 찾는 일이다. 그럴 수만 있다면 애나라는 존재의 유혹도 추스를 수 있을 것이다. 그때까지는 애나와 함께 지내는 시간을 줄이는 수밖에 없다. 이것은 결코 쉬운 일이 아니다. 디지언트 오너들의 커뮤니티가 얼마나 좁은지를 감안하면 애나와의 소통은 피할 수 없다. 그리고 이런 문제가 있다고 해서 마르코와 폴로가 고통을 겪게 내버려둘 순 없다. 어떻게 해야 할지 아무런 확신이 서지 않는다. 그러나 애나에게 전화로 조언을 얻는 대신 일단 게시판에 질문을 올리기로 한다.

5

또다시 일 년이 흐른다. 시장의 맨틀 흐름이 바뀌면서 가상 세계도 이에 상응한 지각변동을 겪는다. 최신식 분산형 아키텍처를 채용한 리얼 스페이스Real Space라는 새로운 플랫폼이 디지털 지형도의 핫스폿이 된 것이다. 한편 애니웨어와 넥스트 디멘션은 천천히 식어 안정된 구조를 이루면서 외변부 확장을 멈춘다. 데이터 어스는 오랫동안 가상 세계들의 터줏대감 노릇을 하며 급격한 성장이나 추락에 저항해왔지만, 이제는 지형을 침식당하고 있었다. 가상 육지들은 소비자의 무관심이라는 밀물에 잠기며 진짜 섬처럼 하나씩 사라져갔다.

한편 미니어처 문명을 만들어내려는 온실 실험은 실패로 끝났고, 이는 디지털 생명체에 대한 세상의 관심이 줄어드는 결과를 가져온다. 이따금 바이옴 내부에서 기이한 신체 구조나 신기한 생식 전략을 보이는 새로운 동물상이 관찰되곤 하지만, 진짜 지성이 진화하기에는 바이옴에서 실행되는 시뮬레이션 자체의 정밀도가 충분하지 않다는 견해가 일반적이다. 오리가미와 파베르제 게놈 개발사들은 쇠퇴의 길에 들어선다. 해당 분야의 권위자들 다수가 디지언트는 막다른 골목에 다다랐으며, 이것으로 물리 형태를 갖춘 인공지능은 오락 이외의 용도로는 쓸모가 없다는 사실이 증명됐다고 단언한다. '소폰스'라는 새로운 게놈 엔진이 등장하기 전까지는.

소폰스의 개발자들이 목표로 삼은 것은 인간과의 상호교류 대신 소프트웨어만을 통해 교육시킬 수 있는 디지언트였다. 그 목적을 위해 그들은 비사교적 행동과 강박적 성격을 촉진하는 엔진을 창조했다. 이 엔진을 통해 생성된 디지언트들 대다수는 심리적 결함으로 인해 폐기된다. 그러나 극소수는 최소한의 관리만으로도 학습 능력이 있다는 사실이 판명된다. 이들은 적절한 교습 소프트웨어가 주어지면 주관 시간으로 몇 주 동안이나 즐겁게 학습에 몰두했다. 바꿔 말해 온실 속도로 실행시켜도 야생화되지 않는다는 뜻이다. 몇몇 동호인들은 소폰스 디지언트들이 교습 기간 중 인간과의 실시간 교류가 훨씬 적었음에도 불

구하고 수학 테스트에서 뉴로블래스트, 오리가미, 파베르제 디지언트
들을 능가했다고 입증한다. 만약 그들의 에너지를 좀더 실용적인 방향
으로 향하게 한다면, 단지 몇 달 만에 쓸모 있는 노동력이 될 것이라는
추측도 나온다. 문제는 이들이 매력이 전혀 없는 탓에, 이들에게 필요
한 최소한의 상호교류조차 제공하고 싶어하는 사람이 거의 없다는 사
실이었다.

* * *

애나는 데이터 어스에 일 년 만에 새로 등장한 게임 대륙인 〈천국
공성전〉으로 잭스를 데리고 갔다. 플레이어들이 미션 중간에 모여 교
유하는 아전트 광장을 구경시키는 중이었다. 적란운 위에 자리 잡은,
흰 대리석과 청금석, 금줄 세공으로 장식된 거대한 뜰이다. 애나는 게
임 아바타인 황조롱이-게루빔을 두르고 있지만, 잭스는 여전히 옛날
그대로의 동제 로봇 아바타의 모습이다.

다른 게이머들 사이를 누비고 돌아다니던 중, 애나의 시선이 한 디
지언트의 온라인 주석 화면을 향한다. 이 디지언트의 아바타는 머리가
비대한 드워프로, 이것은 소폰스계 디지언트인 드레이터의 표준 아바
타이다. 드레이터는 게임 대륙에서 인기 있는 논리 퍼즐 해결 능력치
가 높다. 드레이터의 원래 오너는 리얼 스페이스의 〈5왕조〉 대륙에서
슬쩍한 퍼즐 생성기를 이용해 이 디지언트를 훈련시켰고, 공공 영역에

그 복제를 배포했다. 지금은 자기 미션에 드레이터를 데리고 가는 플레이어 수가 너무 많아져서 게임 회사들이 대규모 설계 변경을 검토하고 있다.

애나가 잭스의 주의를 환기한다. "저기 저 친구 보이지? 저건 드레이터야."

"그래?" 들은 적은 있지만 실물을 보기는 처음이었다. 그가 드워프에게 다가간다. "안녕. 난 잭스라고 해."

"퍼즐 풀래." 드레이터가 말한다.

"무슨 퍼즐 좋아하는데?"

"퍼즐 풀래." 드레이터가 점점 흥분하더니 대기 구역을 달리기 시작한다. "퍼즐 풀래."

근처에 있던 물수리-세라핌 아바타를 두른 게이머가 동료와 나누던 대화를 중단하고 손가락으로 드레이터를 가리킨다. 디지언트는 발을 딛던 도중 정지되더니 아이콘으로 축소됐고, 마치 고무줄에 당겨진 것처럼, 게이머의 벨트 수납함 속으로 쏙 들어간다.

"드레이터 이상해." 잭스가 말한다.

"응, 정말 그렇네."

"드레이터 모두 저래?"

"그런 것 같아."

세라핌이 애나에게 다가와 말한다. "그쪽 디지언트 말인데, 무슨 종류야? 처음 보는데."

"잭스라고 해. 뉴로블래스트 계열 게놈으로 실행되지."

"처음 들어. 새로 나온 거야?"

네피림 아바타를 두른, 세라핌 팀원 중 하나가 끼어든다. "아냐, 무지 오래된 거야. 전前세대."

세라핌이 고개를 끄덕인다. "혹시 퍼즐 잘 풀어?"

"그저 그래." 애나가 말한다.

"그럼 뭘 잘하는데?"

"나 노래 부르는 거 좋아해." 잭스가 나선다.

"정말? 그럼 한번 불러봐."

잭스가 기다렸다는 듯이 애창곡인 『서푼짜리 오페라』의 「맥 더 나이프」를 불러젖힌다. 가사는 모두 알지만, 음정 쪽은 좋게 보더라도 원곡과 조금 닮았다고 할 수 있는 수준이다. 노래하는 것과 동시에 잭스는 직접 고안한 안무를 곁들인다. 대부분 그가 좋아하는 인도네시아 힙합 동영상에서 빌려온 몸짓과 손짓의 연속이다.

잭스의 공연이 이어지는 동안 다른 게이머들은 폭소한다. 잭스가 노래를 마치고 인사를 하자 박수를 친다. "멋졌어." 세라핌이 말한다.

애나가 잭스에게 말한다. "마음에 들었다는 뜻이야. 고맙다고 해."

"고마워."

세라핌이 애나에게 말한다. "미로 안에서는 별 도움 안 될 것 같아. 그렇지?"

"그래도 언제나 재미를 주잖아." 애나가 대답한다.

"물론 그렇겠지. 이 친구가 퍼즐 푸는 법을 터득하면 메시지 보내줘. 복제를 사겠어." 세라핌은 팀원들이 모두 모인 것을 확인한다. "자, 이제 다음 미션으로 출발해야겠군. 그럼 잘 가."

"잘 가." 잭스는 이렇게 말하고, 하늘로 날아올라 먼 골짜기를 향해 편대 대형으로 급강하하는 세라핌과 그의 팀원들을 향해 손을 흔든다.

며칠 뒤, 유저 그룹 게시판에서 벌어진 논쟁을 보며, 애나는 이 만남을 머리에 떠올린다.

글쓴이: 스튜어트 거스트

어젯밤 어떤 사람들과 〈공성전〉을 했는데 미션에 드레이터를 하나 데리고 왔더라고. 별로 재미있는 캐릭터는 아니지만 쓸모가 있는 것만은 확실해. 그래서 재미하고 쓸모는 양립할 수 없는 건가 하는 생각을 해보게 됐어. 소폰스 계열 디지언트가 우리 뉴로블래스트 계열보다 딱히 더 우수한 건 아니잖아. 우리 디지언트가 재미있으면서도 동시에 쓸모 있는 존재가 될 수는 없을까?

글쓴이: 마리아 젱

가지고 있는 복제를 팔려는 거야? 더 나은 앤드로라도 키우시게?

마리아가 언급한 앤드로는 소폰스 계열 디지언트로, 오너인 브라이스 탤벗이 그의 개인 비서 역할을 하도록 훈련시켰다. 탤벗은 일정 관리 소프트웨어 제작업체인 벌프라이데이에게 앤드로의 능력을 피력해 보였고, 임원들의 흥미를 끌었다. 그러나 임원들이 데모용 복제를 써본 단계에서 거래는 수포로 돌아갔다. 탤벗은 앤드로 역시 드레이터 못지않게 강박적이라는 사실을 깨닫지 못하고 있었다. 첫 번째 주인에게 영원히 충성을 다하는 개와 마찬가지로, 앤드로는 탤벗이 곁에서 직접 명령하지 않는 이상 다른 누구를 위해서도 일하려 들지 않았다. 벌프라이데이는 감각 입력 필터를 설치해, 새로 생성된 각각의 앤드로가 새로운 오너의 아바타와 목소리를 탤벗의 것이라고 인식하게 해보았지만, 이런 위장은 기껏해야 두어 시간밖에 지속되지 못했다. 얼마 되지 않아 임원들 모두가 원래 주인인 탤벗을 애타게 찾는, 자신들의 고독한 앤드로를 정지시킬 수밖에 없었다.

그 결과, 탤벗은 앤드로의 복제 사용권을 제값을 받고 판매하지 못했다. 대신 벌프라이데이가 앤드로의 고유 게놈과 모든 체크 포인트의 아카이브에 대한 권리를 획득했고, 탤벗을 고용했다. 그는 이제 앤드로의 초기 체크 포인트들을 복원해 다시 훈련시킴으로써, 개인 비서로서의 능력은 그대로 유지하되 새로운 오너를 받아들이는 버전을 개발 중인 팀의 일원이다.

글쓴이: 스튜어트 거스트
아니, 복제를 팔려는 게 아냐. 재프가 맹도견이나 마약 탐지견처럼 쓸모 있는 일을 할 수 있지 않은가 생각했을 뿐이야. 돈을 버는 게

내 목적은 아니지만, 디지언트들이 사람들이 기꺼이 돈을 지불할 용의가 있는 일을 할 수 있다면, 세간의 회의주의자들에게 디지언트는 재미만을 위한 존재가 아니라는 걸 증명할 수 있잖아.

글쓴이: 애나 앨버라도
우리가 디지언트를 키우는 이유에 관해 확실히 해두고 싶은 게 있어. 우리 디지언트들이 실용적인 스킬을 배울 수 있다면 좋기야 하겠지만, 설령 그러지 못한다고 해서 실패로 간주할 필요는 없어. 잭스가 돈을 벌 수 있을지도 모르지. 하지만 잭스는 돈을 벌기 위해 존재하는 건 아냐. 잭스는 드레이터나 잡초 깎기 로봇과는 달라. 잭스가 어떤 퍼즐을 풀든, 어떤 일을 하든, 그건 내가 잭스를 키우는 이유가 아냐.

글쓴이: 스튜어트 거스트
응, 그 말에는 나도 전적으로 동의해. 내가 하고 싶었던 얘기는 단지 우리 디지언트들에게 개발되지 않은 능력이 있을지도 모른다는 뜻이었어. 만약 애네들이 소질을 발휘할 수 있는 직종이 있다면, 그런 직업을 가지는 것은 멋지지 않아?

글쓴이: 마리아 젱
하지만 뭘 할 수 있다는 건데? 견종들은 특정 분야에 뛰어난 능력

을 발휘하도록 교배되고, 소폰스 계열 디지언트들은 워낙 강박적이라서 잘하든 못하든 한 가지 일밖에는 하고 싶어하지 않아. 뉴로블래스트 디지언트의 경우는 이 어느 쪽에도 해당하지 않잖아.

글쓴이: 스튜어트 거스트
여러 종류의 상이한 일에 노출시켜보고 어떤 일에 적성이 있는지 시험하면 되지 않을까? 직업 훈련 대신 역사나 문학 같은 교양 과목 교육을 시행한다든지 해서 말이야. (반만 농담임.)

글쓴이: 애나 앨버라도
실없는 농담처럼 들리지만 의외로 맞는 얘기일 수도 있어. 보노보 침팬지도 기회가 주어지니까 돌 자르는 도구 만드는 것에서 컴퓨터 게임까지 뭐든 습득했잖아. 우리 디지언트들도 우리가 훈련시킬 생각을 하지 못했던 일들에 소질이 있을지도 몰라.

글쓴이: 마리아 젱
도대체 무슨 얘기를 하는 거야? 이미 글 읽기를 가르쳤잖아. 이번엔 과학하고 역사를 가르칠 거야? 비판적 사고력을 전수하려고?

글쓴이: 애나 앨버라도
솔직히 나도 잘 모르겠어. 하지만 만약 그렇다면 열린 마음을 가지

고 회의적인 태도를 지양하는 게 중요하다고 생각해. 낮은 기대감은 자기 충족적 예언이나 마찬가지니까. 목표를 높게 설정한다면 더 좋은 결과를 얻을 수 있을 거야.

유저 그룹의 구성원 대다수는 자기 디지언트가 현재 받고 있는 교육―홈스쿨링, 단체 교습, 교육 소프트웨어를 적절히 배합한―에 만족하고 있지만, 그 이상의 교육을 시행한다는 아이디어에 큰 흥미를 보이는 사람들도 있다. 후자의 그룹은 디지언트의 교사들과 커리큘럼 확충에 관한 논의를 시작한다. 몇 달 동안 여러 오너들이 교육학 이론에 관해 읽고, 디지언트의 학습 방식은 침팬지나 인간 아이들과는 어떻게 다른지, 그것에 가장 적절한 수업 계획은 어떻게 세울 것인지 논의한다. 대부분의 경우 오너들은 이런 제안을 기꺼이 수용하지만, 교사들이 디지언트들에게 숙제를 내준다면 학습 진도가 더 빨라지지 않을까 하는 안을 두고 논쟁이 벌어진다.

애나는 디지언트가 단지 스킬만 배우는 활동이 아니라 본인도 즐길 수 있는 활동을 찾는 쪽을 선호한다. 다른 오너들은 교사가 디지언트들에게, 끝내야 하는 실제 과제를 내줘야 한다고 주장한다. 데릭이 이 생각을 지지하는 게시글을 올린 것은 의외였다. 데릭을 만났을 때 애나가 묻는다.

"왜 걔네들한테 숙제를 시키고 싶은 거야?"

"숙제가 뭐 어째서? 어렸을 때 나쁜 선생님을 만난 기억이라도 있어?"

"농담 그만해. 난 심각하다고."

"알았어. 그럼 심각하게 말하지. 숙제가 뭐 어떻다는 거야?"

어디서부터 말해야 할지 애나는 알 수가 없다. "잭스가 수업 이외에도 재미난 일이 있는 거야 좋지. 하지만 과제를 내주고 재미가 없어도 무조건 끝내야 한다고 명령한다니 그게 뭐야? 숙제를 안 하면 죄책감이라도 느끼라는 거야? 그건 동물 훈련의 모든 원칙에 위배돼."

"아주 오래전에, 디지언트는 동물과 다르다는 말을 한 사람은 당신 같은데?"

"맞아, 그랬어. 하지만 그와 동시에 디지언트는 도구도 아냐. 당신도 그걸 안다는 걸 알고. 그런데 당신 하는 얘기를 듣고 있으면, 마치 디지언트들에게 그들이 원하지도 않는 일을 시키려고 준비하는 사람 같아."

데릭이 고개를 가로젓는다. "억지로 시키고 싶은 게 아냐. 책임감을 좀 심어주고 싶은 거야. 또 알아? 이따금 죄책감에 시달려도 괜찮을 정도로 녀석들이 강한지. 그걸 확인하려면 해보는 수밖에 없잖아."

"대체 왜 죄책감을 느끼게 하고 싶은 건데?"

"누나하고 대화하다가 떠오른 아이디어야." 데릭의 누나는 다운증후군 아이들을 가르치고 있다. "아이를 지나치게 다그치는 걸 원치 않는 부모들도 있다고 해. 아이들이 실패의 가능성에 노출되는 걸 걱정하는 거야. 물론 부모 마음으로 그러는 거겠지. 하지만 그들은 그런 식으로 귀하게만 기르면 아이가 완전한 잠재력을 발휘하는 데 방해가 된다는 사실을 간과하고 있어."

애나가 이런 생각에 익숙해지는 데는 시간이 조금 걸린다. 애나는 디지언트를 엄청난 재능을 가진 유인원으로 생각하는 것에 익숙해져 있었고, 예전에는 사람들이 유인원을 특별한 도움이 필요한 아이에 비유한 시절도 있었지만, 그것은 사실이라기보다는 어디까지나 비유에 가까웠다. 말 그대로 디지언트를 특별한 도움이 필요한 아이로 보기 위해서는 관점의 전환이 필요하다. "디지언트가 어느 수준까지 책임감이라는 걸 감당할 수 있다고 생각해?"

데릭이 양손을 펼쳐 보인다. "모르겠어. 어떤 의미에서는 다운증후군과 크게 다르지 않아. 그게 어떤 식으로 발현하는지는 각 개인에 따라 다르지. 그래서 우리 누나는 새로운 아이가 오면 그때그때 알아서 대처하는 수밖에 없어. 우리 경우는 한층 더 단서가 적어. 디지언트를 이렇게까지 오래 기른 사람은 여태 없으니까 말이야. 숙제를 내서 얻을 수 있는 것이 단지 죄책감뿐이라고 판명된다면 물론 중지할 거야. 하지만 등을 떠미는 게 불안하다는 이유만으로 마르코와 폴로의 잠재력이 허비되는 걸 난 원하지 않아."

애나는 데릭이 디지언트에게 품고 있는 기대가 자신의 그것과는 크게 다르다는 사실을 깨닫는다. 게다가 데릭의 태도가 자신의 태도보다 낫다는 것을 깨닫는다. "당신 말이 옳아." 잠시 후 애나가 말한다. "그 애들이 숙제를 할 수 있는지 알아보자고."

* * *

일 년 뒤의 어느 토요일, 애나와 점심 약속이 있는 데릭은 집을 나서기 전 일을 마무리하고 있다. 디지언트들의 몸체와 얼굴 비율을 변경해 좀더 성숙해 보이도록, 두 시간에 걸쳐 아바타의 수정 버전을 테스트하고 있는 중이다. 디지언트 교육을 이어나가기로 결심한 오너들로부터 변함없이 귀엽기만 한 아바타의 겉모습과 점점 발달하는 능력 사이의 격차에 위화감을 느낀다는 의견이 계속 나오고 있기 때문이다. 이 애드온은 그 간극을 메우고, 오너들이 좀더 쉽게 디지언트들을 유능한 존재로 여기게 해줄 것이다.

집을 나서기 전 메시지 수신함을 훑어본 데릭은 모르는 사람 두 명에게서 그가 사기를 치고 있다는 항의 메시지를 받았다는 사실을 알고 곤혹감을 느낀다. 정상적인 메시지처럼 보였기 때문에 좀더 자세히 읽어보니, 데이터 어스에서 접근해 온 디지언트 하나가 돈을 요구했다고 불평하는 내용이었다.

어찌된 일인지 알 것 같다. 그는 최근에 마르코와 폴로에게 용돈을 주기 시작했다. 이 돈은 보통 게임을 하거나 가상 장난감을 사는 데 쓰였다. 그들이 용돈을 더 달라고 졸랐지만 데릭은 정해진 액수 이상은 주지 않았다. 그래서 데이터 어스에서 마주친 사람들에게 대뜸 돈을 요구했다가 거절당한 것이다. 마르코와 폴로는 데릭의 데이터 어스 계정에서 실행되고 있기 때문에, 사람들은 데릭이 일부러 돈을 구걸하도록 디지언트를 훈련시켰다고 지레짐작했을 것이다.

이들에게는 나중에 정식으로 사과 메일을 보내기로 하고, 일단은 마르코와 폴로에게 즉시 로봇 외피 속으로 들어가라고 말한다. 제조 기술이 발달한 덕에 이제는 데릭도 마르코와 폴로의 아바타에 맞도록 맞춤 제작된 두 개의 로봇 외피를 소유하고 있다. 일 분 뒤, 두 로봇의 헬멧에 판다 얼굴이 하나씩 떠오르자 데릭이 낯선 사람한테 왜 돈을 요구했느냐고 야단을 친다. "이제 생각이 좀 있는 줄 알았어."

폴로가 미안한 듯이 말한다. "우리, 생각 있어."

"그럼 왜 그런 짓을 한 거야?"

"내 아이디어. 폴로 거 아냐." 마르코가 말한다. "돈 안 줄 거 알았어. 데릭한테 메시지 보낼 거 알았어."

데릭은 깜짝 놀란다. "모르는 사람들이 나한테 화내게 하려고 그랬다는 거야?"

"이런 일 일어난 거 우리가 데릭 계정 쓰기 때문이야." 마르코가 말한다. "우리 계정 따로 있으면 그런 일 없어. 보일처럼."

그제야 이해가 된다. 마르코와 폴로는 보일이라는 이름의 소폰스 계열 디지언트 소문을 들은 것이다. 보일의 오너—제럴드 헥트라는 이름의 변호사—는 필요한 서류를 제출해 '보일 코퍼레이션'을 설립했고, 보일은 그 회사 명의로 등록된 다른 데이터 어스 계정에서 실행되고 있다. 보일은 세금을 낸다. 재산을 소유할 수 있고, 계약을 할 수 있으며, 고소를 하거나 고소를 당할 수 있다. 여러 면에서 그는 하나의 법인法人이었다. 기술적으로야 이 법인의 대표이사인 헥트의 감독하에 있었지만.

이런 아이디어 자체는 예전부터 있어왔다. 인공생명 동호인들은 디지언트가 하나의 종으로서 법적인 보호를 받지 못하리라는 것에 동의한다. 개가 좋은 예였다. 개에 대한 인간의 애정은 깊고도 넓지만, 유기견 보호소에서 여전히 시행되고 있는 안락사는 대학살이라고 부를 만한 규모다. 법원이 그런 일에도 정지명령을 내리지 않는 마당에, 심장 박동도 없는 존재들에 대한 보호를 인정할 리 없다. 이런 사실을 감안해, 그나마 기대할 수 있는 것은 개개의 디지언트를 대상으로 한 법적 보호라고 생각하는 오너들도 있다. 특정 디지언트에 대한 정관을 작성함으로써, 오너는 비인간 존재들에 대한 권리를 인정하는 대량의 판례법을 활용할 수 있게 된다. 헥트는 이것을 처음으로 실행에 옮긴 인물이다.

"그러니까 그걸 주장하고 싶었던 거구나." 데릭이 말한다.

"사람들 모두 코퍼레이션 최고래." 마르코가 말한다. "뭐든 할 수 있대."

보일이 자기들보다 더 많은 권리를 가지고 있다고 불평하는 인간 청소년들은 꽤 있었다. 마르코와 폴로는 그들의 코멘트를 본 게 분명했다. "너희들은 법인이 아니고, 원하는 것을 뭐든 할 수는 없어."

"우리 미안." 마르코가 문득 곤경에 빠진 걸 깨달은 듯 말한다. "그

낭 코퍼레이션 되고 싶어."

"전에도 말했듯이, 너희들은 아직 어려."

"우리 보일보다 나이 많아." 폴로가 말한다.

"특히 나." 마르코가 말한다.

"보일도 그러기엔 아직 어려. 오너가 잘못 판단한 거야."

"그럼 우리 언제까지나 코퍼레이션 안 만들어줄 거야?"

데릭은 엄하게 디지언트들을 노려본다. "언젠가, 지금보다 훨씬 더 나이를 먹으면 그럴지도 몰라. 그때 가서 보자고. 하지만 너희 둘이 또 이런 말썽을 부린다면, 심각한 악영향이 있을 거야. 알겠어?"

디지언트들이 풀죽은 얼굴이 된다.

"응." 마르코가 말한다.

"응." 폴로가 말한다.

"좋아. 나 이제 나가봐야 해. 이 얘긴 나중에 더 하자." 데릭이 찌푸린 얼굴로 쏘아붙인다. "이제 둘 다 데이터 어스로 돌아가."

애나와 만날 약속을 한 레스토랑으로 차를 달리며 데릭은 마르코의 요구에 관해 다시 한 번 생각한다. 디지언트를 법인화한다는 생각에는 회의적인 사람이 많다. 그들은 헥트가 한 일도 일종의 쇼로 보고 있다. 보일에 관한 계획을 보도 자료로 만들어 내보내고 있는 것 역시 그런 인상을 강화할 뿐이다. 현재 보일 코퍼레이션의 실질적인 경영자는 헥트이다. 그는 보일에게 기업 법을 가르치고 있고, 언젠가는 보일 혼자 모든 결정을 내릴 수 있을 것이라고 주장한다. 그렇게 되면 대표이사

자리는 헥트가 맡든 다른 누군가가 맡든 형식적인 일에 불과해진다는 얘기다. 한편, 헥트는 사람들에게 보일의 법인으로서의 지위를 테스트 해줄 것을 요청한다. 헥트에겐 법정투쟁을 벌일 수 있는 재원이 충분하고 그는 싸움을 벌이고 싶어 안달이다. 아직까진 아무도 그 요청에 응한 사람이 없었지만, 데릭은 누군가 나서주기를 바라고 있다. 마르코와 폴로의 법인화를 고려하기 전에 뚜렷한 판례가 나와주기를 바라기 때문이다.

이것은 마르코와 폴로가 법인이 될 수 있을 만한 지적 능력을 실제로 획득하게 될지 여부와는 별개의 문제다. 데릭이 생각하기에는 이쪽 질문에 대답하는 것이 더 힘들다. 뉴로블래스트 디지언트들은 스스로 숙제를 할 수 있다는 것을 증명해 보였다. 그리고 그에겐 그들이 주어진 과제에 지속적으로 주의를 기울일 수 있는 시간도 차차 늘어나리라는 확신이 있다. 그러나 디지언트가 사람의 감독을 받지 않고 상당 규모의 프로젝트를 진행할 수 있게 된다 해도, 미래에 관해 책임감 있는 결정을 내릴 수 있게 되는 것은 전혀 다른 문제다. 게다가 그런 수준의 독립성을 목표로 삼으라고 마르코와 폴로를 독려해야 하는가에 대해서도 전혀 확신이 없다. 마르코와 폴로를 법인화한다면, 그것은 데릭이 죽은 뒤에도 그들이 계속 실행될 수 있는 가능성의 문을 열게 된다. 그런 미래는 걱정스러웠다. 다운증후군을 앓으며 스스로 살아가는 사람들을 지원하는 단체는 있지만, 법인화된 디지언트를 그런 식으로 지원하는 서비스는 존재하지 않는다. 데릭이 돌봐줄 수 없는 경우에는 마르코와 폴로가 확실하게 정지되도록 미리 조치를 취해놓는 편이 나을지도 모른다.

무슨 결심을 하든, 이제부터는 웬디 없이 그래야 한다. 데릭과 그녀는 이혼 절차를 밟기로 합의했다. 이렇게 되기까지는 물론 복잡한 이유가 있었다. 그러나 한 가지는 확실하다. 두 명의 디지언트를 키우는 것은 웬디가 인생에서 원하는 일이 아니다. 데릭이 이 일을 같이할 파트너를 원한다면 그는 웬디가 아닌 다른 여자를 찾아야 한다. 부부 생활 상담사는 두 사람의 문제는 디지언트 자체가 아니며, 서로의 관심사가 다르다는 사실을 받아들일 방법을 찾지 못해서라고 했다. 상담사의 말이 옳다는 것은 알지만, 관심사가 같았다면 결혼 생활에 분명 도움이 되지 않았을까.

너무 앞서가고 싶지는 않지만, 이혼으로 인해 애나와 친구 이상의 관계로 발전할 기회를 얻었다는 생각을 하지 않을 수가 없다. 애나도 틀림없이 그럴 가능성을 고려한 적이 있을 것이다. 그렇게 오래 알고 지낸 사이인데, 안 그러는 게 오히려 이상했다. 두 사람은 디지언트들을 위해 최고의 노력을 함께 기울일 수 있는, 훌륭한 팀이 될 것이다.

물론 점심식사 자리에서 그런 감정을 고백할 생각은 아니다. 너무 일렀고, 애나는 지금 카일이라는 남자와 사귀고 있다. 그러나 이 둘의 관계는 바야흐로 육 개월째의 분수령에 도달하려는 참이다. 이 무렵 남자는 애나에게 잭스가 단순한 취미가 아니라 그녀 인생의 우선순위 중 하나라는 사실을 깨닫게 된다. 아마 오래지 않아 헤어질 것이다. 그리고 데릭이 이혼했다는 사실을 알린다면 애나는 다른 선택지가 존재한다는 사실을 새삼 깨달을 것이다. 모든 남자가 디지언트를, 애나의 애정을 두고 다투는 경쟁 상대로 생각지는 않는다는 사실도.

레스토랑에 들어가 안을 둘러보던 데릭이 애나를 발견하고 손을 흔든다. 애나가 그를 향해 활짝 웃어 보인다. 테이블로 다가가며 데릭이 말한다. "마르코와 폴로가 무슨 짓을 했는지 알면 깜짝 놀랄걸?" 자초지종을 들려주자 애나의 입이 벌어진다.

"맙소사. 우리 잭스도 걔네들하고 같은 뉴스를 들었을 거야."

"응. 집에 가면 잭스와 얘기를 좀 해보는 편이 나을지도 몰라." 이들의 대화는 디지언트들에게 네트워크 게시판 접근을 허용할 경우 생겨날 장단점에 대한 얘기로 이어진다. 게시판은 오너들이 그들 혼자 제공할 수 있는 것보다 더 풍성한 상호교류의 기회를 보장하지만, 디지언트들이 받는 영향이 모두 긍정적인 것만은 아니다.

한동안 디지언트 얘기를 하다가 애나가 묻는다. "그래서, 그것 말고 다른 소식은 없어?"

데릭이 한숨을 쉰다. "얘기해버리는 게 낫겠다. 나 이혼하기로 했어."

"아, 정말 유감이야." 애나는 진심이다. 그것이 데릭의 마음을 따뜻하게 한다.

"훨씬 전부터 이렇게 되리라는 건 알고 있었어."

애나가 고개를 끄덕인다. "그래도 유감이야."

"고마워." 데릭이 잠시 웬디와 합의한 것들에 관해 이야기한다. 아파트는 팔고 재산은 반으로 나눌 예정이다. 다행히도 논의는 대부분 원만하게 진행되고 있다.

"적어도 마르코하고 폴로의 복제를 달라고 하지는 않으니까." 애나가 말한다.

"응. 그래서 천만다행이야." 배우자는 거의 예외 없이 디지언트의 복제를 만들 수 있다. 이혼 과정이 원만치 않을 경우, 그것을 이용해 전 배우자에게 앙갚음을 하는 것은 너무나 쉬운 일이다. 게시판에서 그런 일들이 일어나는 걸 여러 번 본 적이 있다.

"그건 이제 됐고." 데릭이 말한다. "이제 뭔가 다른 얘기를 하자. 당신은 어떻게 지냈어?"

"별일 없었어."

"내가 웬디 얘기를 꺼내기 전까지만 해도 기분이 좋아 보이던데."

"아, 맞아. 그랬지."

"뭔가 특별히 기분이 좋아지는 일이라도 있었던 거야?"

"별거 아냐."

"별거 아닌데 기분이 좋아졌어?"

"소식이 하나 있긴 한데, 굳이 지금 그 얘기를 할 필요는 없어."

"바보 같은 소리 하지 마. 괜찮아. 좋은 소식이라면 들려줘."

애나가 잠시 뜸을 들이더니, 거의 미안하다는 듯이 말한다. "나, 카일하고 같이 살기로 했어."

순간, 데릭은 할 말을 잊는다. "축하해." 그가 말한다.

6

그 뒤로 이 년이라는 세월이 흘러간다. 삶은 계속된다.

애나와 데릭, 그리고 교육에 열심인 다른 오너들은 인간 아이들과 비교해보기 위해 이따금 디지언트들에게 학력시험을 치르게 한다. 결과는 천차만별이다. 파베르제 디지언트들은 글을 읽지 못하기 때문에 필기시험을 치를 수 없지만 다른 측정 방식에 의하면 순조롭게 발달하고 있는 것처럼 보인다. 오리가미 디지언트의 시험 결과에서는 흥미로운 양분 현상이 관측된다. 반수는 실행 시간에 비례해서 계속 발달하지만, 나머지 반은 정체기에 도달했다. 게놈의 장난일지도 모른다. 뉴로블래스트 디지언트들은 난독증이 있는 인간이 시험을 치를 때와 동일한 핸디캡을 인정해주었을 경우, 상당히 좋은 성적을 낸다. 개인차가 있기는 하지만 전체적으로 보면 그들의 지적 발달은 꾸준히 지속되고 있다.

그보다 측정이 어려운 것은 사회성 발달이다. 그러나 고무적인 징후 중 하나는 디지언트들이 다양한 온라인 커뮤니티에서 인간 청소년들과 교류하고 있다는 점이다. 잭스는 테트라브레이크에 열중하고 있다. 팔이 네 개 달린 아바타용 가상 댄스에 중점을 둔 서브컬처다. 마르코와 폴로는 각기 다른 게임 연속극의 팬클럽에 가입했고, 주기적으로 자기의 선택이 더 낫다며 상대를 설득한다. 애나와 데릭은 이런 커뮤니티들의 매력이 뭔가 싶지만, 자기들의 디지언트가 그런 커뮤니티의 일부가 됐다는 사실에 흡족해하고 있다. 이런 커뮤니티 구성원의 절대다수를 차지하는 청소년들은 디지언트가 인간이 아니라는 사실에 개의치 않는 것처럼 보인다. 그들은 디지언트를, 직접 만날 가능성이 거의 없는 온라인 친구처럼 대할 뿐이다.

애나와 카일의 관계는 부침을 겪긴 했지만 대체로 양호하다. 이따금 데릭이 데이트하는 상대와 짝을 이루어 함께 놀러 갈 때도 있다. 데릭은 계속 여자를 사귀지만 진지한 관계로 발전하지 못한다. 애나에겐 데이트 상대가 디지언트에 대한 관심을 공유하지 못하기 때문이라고 말하지만, 실은 애나에 대한 감정을 포기하지 못했기 때문이다.

신종 플루가 세계적으로 유행한 뒤에는 불황이 찾아왔고, 가상 세계도 이에 상응하는 변화를 겪는다. 데이터 어스 플랫폼을 만든 대산 디지털은 리얼 스페이스 플랫폼을 만든 비스와 미디어 사와 함께 공동 발표문을 내놓았다. 데이터 어스는 리얼 스페이스의 일부가 되고, 데이터 어스의 모든 대륙은 그와 동일한 리얼 스페이스 버전으로 대체되어 리얼 스페이스 우주에 추가될 것이다. 두 회사는 이것을 두 세계의 융합이라고 표현하지만 이것은 의례적인 어법에 불과하다. 오래도록 업그레이드와 버전 개발을 해왔지만, 이제 대산에게는 더 이상 플랫폼 전쟁을 치를 여력이 없다.

대다수의 고객에게 이것은, 로그아웃했다가 다시 로그인하지 않고서도 자유롭게 방문할 수 있는 가상 로케이션의 수가 늘어난 것에 불과하다. 지난 몇 년 동안, 데이터 어스에서 실행되는 소프트웨어의 거의 모든 제작사들은 리얼 스페이스에서도 돌아가는 버전을 제작해놓았다. 〈천국 공성전〉이나 〈엘더손〉 플레이어들의 경우, 변환 유틸리티를 실행시키기만 하면 그들이 보유하고 있는 무기와 장비가 게임 대륙의 리얼 스페이스 버전에서 기다리고 있을 것이다.

그러나 예외가 하나 있는데, 바로 뉴로블래스트다. 뉴로블래스트 엔진의 리얼 스페이스 버전은 존재하지 않으므로—블루감마 사는 리얼 스페이스 플랫폼이 등장하기 전에 폐업했다—뉴로블래스트 게놈을 가진 디지언트가 리얼 스페이스 환경에 들어가는 것은 불가능하다. 오리가미와 파베르제 디지언트들에게 리얼 스페이스로의 이주는 가능성의 확장이다. 그러나 잭스를 비롯한 다른 뉴로블래스트 디지언트들에게 대산의 발표는 사실상 세계의 종말을 의미한다.

* * *

애나는 잠잘 준비를 하던 중에 쾅 소리를 듣는다. 그녀는 황급히 거실로 나간다.

로봇 외피를 입은 잭스가 자기 손목을 살피고 있다. 벽의 타일 하나가 깨져 있다. 잭스가 애나를 보고 말한다. "나 미안."

"뭐 하고 있었던 거야?" 애나가 묻는다.

"나 정말 미안."

"무슨 일을 하고 있었는지 말해봐."

잭스가 주저하며 말한다. "옆으로 재주넘기."

"그러다가 손목을 삐끗해서 벽에 부딪친 거구나." 애나는 로봇 외피의 손목을 살핀다. 우려한 대로 교환 수리가 필요하다. "내가 규칙을 정한 건 네 재미를 빼앗기 위해서가 아냐. 로봇 외피를 입고 춤을 추려고 하니까 이런 일이 일어나잖아."

"애나가 그런 말 한 거 알아. 하지만 조금만 춰. 몸 괜찮아. 조금 더 춰. 계속 괜찮아."

"그래서 조금 더 춰보려고 하다가, 이제 새 손목하고 새 타일을 사게 생겼잖아." 얼마나 빨리 교환할 수 있을지 애나는 잠시 생각한다. 출장 중인 카일이 알아차리기 전에 그럴 수 있을까. 몇 달 전 잭스가 카일이 아끼는 조각 작품을 깬 적이 있다. 굳이 그 사건을 상기시킬 필요는 없었다.

"나 정말 정말 미안." 잭스가 말한다.

"알았어. 데이터 어스로 돌아가." 애나는 충전대를 가리킨다.

"잘못한 거 알아……"

"알았으니까 빨리 가."

잭스는 얌전하게 몸을 돌린다. 그러더니 충전대에 올라서기 직전, 조그만 목소리로 말한다. "그거 데이터 어스 아냐." 로봇 외피의 헬멧이 어두워진다.

잭스의 불평은 뉴로블래스트 유저 그룹이 마련한 데이터 어스의 사설 버전에 관한 것이었다. 그곳에는 원래의 대륙들 다수가 복제되어 있다. 어떤 면에서는 '정보 자유 전선' 해킹 사건 때 피난처로 이용했던 사설 섬보다 훨씬 낫다. 지금은 프로세싱 비용이 굉장히 낮아져서 수십 개의 대륙을 실행할 수 있기 때문이다. 그러나 다른 면에서는 훨씬 상황이 좋지 않다. 이 대륙들에는 주민이 전무하다시피 했기 때문이다.

인간들 대다수가 리얼 스페이스로 이주해버렸기 때문만은 아니다. 오리가미와 파베르제 계열 디지언트들 역시 리얼 스페이스로 가버렸다. 그들의 오너를 탓할 수는 없다. 기회가 주어졌다면 애나도 똑같이 행동했을 것이다. 더 괴로운 것은 잭스의 친구들을 포함한 뉴로블래스트 디지언트들 또한 거의 모두 사라져버렸다는 사실이다. 유저 그룹의 일부는 데이터 어스가 폐쇄됐을 때 자기 디지언트를 정지시켰다. 또 다른 일부는 '일단 기다려보자'는 식의 태도를 취했지만, 이 사설 데이터 어스가 얼마나 황량한지 목격하고는 자기 디지언트를 고스트 타운에서 키우느니 차라리 정지시키는 쪽을 택했다. 아닌 게 아니라 사설 데이터 어스는 행성 규모의 고스트 타운이라는 말이 딱 맞았다. 아무리 돌아다녀도 끝이 안 보일 정도로 방대한 토지가 세부까지 치밀하게 재현되어 있지만, 수업을 하려고 오는 교사들을 제외하면 어디에도 말을 나눌 상대가 없다. 퀘스트가 없는 던전, 상점이 없는 쇼핑몰, 스포츠 경기가 열리지 않는 경기장이 있을 뿐이다. 종말 뒤에 펼쳐지는 풍경의 디지털 판이라고나 할까.

잭스가 테트라브레이크 동호회에서 만난 인간 친구들은 오직 잭스를 만나기 위해 사설 데이터 어스에 접속하곤 했지만, 이제는 그런 방문도 점점 뜸해지고 있었다. 이제 모든 테트라브레이크 이벤트는 리얼 스페이스에서 개최되고 있다. 안무 녹화 동영상을 보내거나 받을 수는 있지만, 테트라브레이크 활동의 하이라이트는 새로운 동작을 즉흥적으로 선보이는 라이브 모임이었고, 잭스는 물론 그런 모임에 참여할 수 없다. 잭스는 가상 세계에서의 교유 관계 대부분을 잃고 있다. 그렇다고 진짜 세계에서 대체할 만한 관계를 찾을 수 있는 것도 아니다. 그의 로봇 외피는 조종자가 없는 프리 로밍free-roaming 기계로 분류되기 때문에, 애나나 카일이 동반하지 않는 한 공공장소 입장이 제한된다. 아파트에 갇힌 채, 잭스는 지루한 나날을 이어간다.

몇 주 전부터 애나는 로봇 외피를 두른 잭스를 그녀의 컴퓨터 앞에 앉히고 리얼 스페이스에 로그인하는 방식을 시도해보고 있다. 그러나 잭스는 더 이상 그러려고 하지 않는다. 유저 인터페이스가 난점으로 작용하는 것은 사실이다. 진짜 컴퓨터를 사용해본 경험이 없고, 카메라가 인간이 아닌 로봇 외피의 몸짓을 제대로 트래킹하지 못하는 점이 상황을 악화시켰다. 그러나 애나는 둘이 함께 노력한다면 극복할 수 있다고 믿고 있다. 더 큰 문제는 잭스가 아바타를 원격으로 조종하고 싶어하지 않는다는 점이다. 아바타를 움직이는 것이 아니라, 아바타가 되고 싶은 것이다. 잭스에게 키보드와 스크린은 직접 그곳에 가 있는 것의 초라한 대체물에 불과하다. 콩고에서 잡아 온 침팬지에게 밀림을 무대로 한 비디오게임으로 만족하라고 하는 것이나 마찬가지다.

남아 있는 모든 뉴로블래스트 디지언트들이 비슷한 욕구불만에 시달리고 있다. 사설 데이터 어스가 임시방편에 불과하다는 것은 명백했다. 결국 필요한 것은, 그들이 자유롭게 이동하고 물체나 주민들과 교류할 수 있도록 리얼 스페이스에서 디지언트들을 실행시킬 수 있는 방법이다. 바꿔 말해, 해결책은 뉴로블래스트 엔진을 이식하는 것, 즉 리얼 스페이스 플랫폼에서도 돌아갈 수 있도록 프로그램을 다시 짜는 것이다. 애나는 블루감마 사의 옛 사주들을 설득해 뉴로블래스트의 소스 코드를 제공받았다. 그러나 실제로 그것을 이식하려면 경험이 풍부한 개발자들이 필요할 것이다. 유저 그룹은 자원자들을 찾기 위해 오픈소스 게시판들에 공지를 올렸다.

데이터 어스가 구식 플랫폼이 되어버리면서 생긴 유일한 이점은 이제 비로소 그들의 디지언트가 사회라는 세계의 어두운 면으로부터 안전해졌다는 점이다. 엣지플레이어라는 이름의 회사는 리얼 스페이스 플랫폼에서 디지언트용 고문실을 팔고 있다. 무허가 복제 행위로 고소당하는 것을 피하기 위해 그들은 공공 영역의 디지언트만을 희생자로 삼는다. 유저 그룹은 일단 뉴로블래스트 엔진 이식이 끝나면, 변환 절차에 완전한 소유권 인증을 포함시키기로 결정했다. 뉴로블래스트 디지언트는 헌신적인 후견인 없이는 절대 리얼 스페이스로 들어갈 수 없다.

* * *

두 달 후, 데릭은 유저 그룹 게시판에서 뉴로블래스트 이식의 진척 상황에 대해 그가 예전에 올렸던 게시글에 대한 반응을 읽고 있다. 유감스럽게도 좋은 소식은 없었다. 프로젝트를 위해 일해줄 개발자들을 모집하려는 시도는 그리 성공적이지 못했다. 유저 그룹은 사설 데이터어스에서 외부인들이 디지언트를 만날 수 있는 오픈하우스 이벤트를 여러 번 개최했지만 참여한 사람은 극소수였다.

문제는 게놈 엔진 자체가 이미 진부해졌다는 것이다. 개발자들은 새롭고 자극적인 프로젝트 쪽에 마음이 끌리는 법이다. 현재 그것은 뉴럴 인터페이스나 나노메디컬 소프트웨어와 관련된 일을 의미했다. 오픈소스 저장소에 다양한 미완성 상태로 방치된 게놈 엔진의 수는 몇십 개에 달하고, 이것들 모두가 자원봉사 개발자들을 필요로 한다. 십이 년이나 된 뉴로블래스트 엔진을 새로운 플랫폼에 이식하는 작업은 그 중에서도 가장 재미없어 보이는 선택일지 모른다. 겨우 손가락으로 꼽을 만한 숫자의 학생들이 뉴로블래스트 이식에 참여하고 있다. 그들이 이 일에 쏟을 수 있는 시간이 얼마나 적은지 감안한다면, 이식이 완료되기도 전에 리얼 스페이스 플랫폼은 구식이 될 것이다.

다른 대안은 전문 개발자들을 고용하는 것이다. 데릭은 게놈 엔진에 경험이 있는 몇몇 개발자들과 만나, 뉴로블래스트 이식에 소요될 비용의 견적을 요청했다. 그의 손에 넘겨진 추정 비용은 프로젝트의 복잡성을 감안한다면 합당한 것이었고, 몇십만 명의 고객을 보유한 회사라면 완벽하게 이치에 맞는 투자였다. 그러나 회원 수가 스무 명쯤으로 줄어든 유저 그룹에게는 엄청난 고액이었다.

데릭은 토론 게시판에 올라온 최신 답글들을 읽은 다음 애나에게 전화를 건다. 디지언트들을 사설 데이터 어스에 가둬두는 것은 힘든 일이었지만, 데릭 입장에서는 그래도 희망적인 부분이 하나 있었다. 뉴로블래스트 이식의 진척 상황에 대해서든, 디지언트들을 위한 활동을 조직하는 일에 대해서든, 이제는 매일 애나와 얘기를 나눌 이유가 생긴 것이다. 지난 몇 년 동안 마르코와 폴로는 각자의 흥미에 몰두하느라고 잭스로부터 조금씩 소원해졌다. 그러나 이제 뉴로블래스트 계열 디지언트들은 서로를 제외하면 얘기할 상대가 없기 때문에 데릭과 애나는 그들이 한 그룹으로서 같이 할 수 있는 일을 찾아주려고 노력하고 있다. 그런다고 불평할 아내도 없고, 애나의 남자친구인 카일도 크게 개의치 않는 분위기라 이제는 부작용을 걱정하지 않고 언제든 애나에게 전화를 걸 수 있다. 이토록 오랜 시간을 애나와 보낼 수 있다는 것은 일종의 고통스러운 즐거움이다. 교류 시간을 좀 줄이는 편이 나을지도 모르지만, 그만두고 싶지는 않다.

애나의 얼굴이 전화 윈도에 떠오른다. "스튜어트가 올린 글 봤어?" 데릭이 묻는다. 스튜어트는 전원이 이식 비용을 균등하게 부담하려면 얼마를 내야 하는지 지적했고, 그런 금액을 낼 수 있는 회원이 몇 명인지 물었다.

"방금 읽었어. 아마 도움이 되려고 그런 거겠지만, 그런 글은 모두를 불안하게 만들 뿐인데."

"동감이야. 하지만 뭔가 괜찮은 대안이 마련될 때까지는 다들 두당 얼마 내야 하는지만 생각하고 있겠지. 기금 모금한다는 친구는 만나봤어?" 애나는 친구의 친구와 얘기를 해볼 예정이었다. 야생동물 보호구역을 위한 기금 마련 캠페인을 하는 여성이었다.

"실은 방금 만나서 점심 먹고 왔어."

"잘했네! 뭐라고 해?"

"안 좋은 소식부터 얘기하자면 비영리 단체 등록은 못 할 거래. 우리는 특정 개인들의 모임을 위해 기금을 모으려는 거니까."

"하지만 새로운 엔진은 누구든 이용할 수 있고……" 데릭이 입을 다문다. 전 세계 아카이브에 보존된 뉴로블래스트 디지언트들의 스냅숏이 몇백만 개에 달하리라는 것은 사실이지만, 솔직히 유저 그룹이 그들을 위해 일하고 있다고는 주장하기 힘들다. 키워주겠다는 사람이 자발적으로 나오지 않는 한, 그런 디지언트들 중에서 뉴로블래스트 엔진의 리얼 스페이스 버전으로 이득을 볼 개체는 전무하다. 유저 그룹이 도우려는 것은 오직 그들이 소유하고 있는 디지언트들이기 때문이다.

데릭은 더 이상 아무 말도 하지 않지만 애나는 그렇다는 듯이 고개를 끄덕인다. 이미 똑같은 생각을 해본 것이리라. "알았어." 데릭이 말한다. "비영리 단체는 될 수 없다 이거지. 그럼 좋은 소식은 뭐야?"

"비영리 모델이 아니어도 원조 얻는 건 가능하대. 그런데 디지언트 자체에 대한 연민을 불러일으킬 수 있는 스토리가 필요해. 동물원 중에는 코끼리 수술 비용을 그런 식으로 조달하는 곳이 있어."

데릭이 잠시 생각에 잠긴다. "디지언트에 관한 동영상을 몇 개 올리면 되지 않을까? 감동을 불러일으킬 수 있을 거야."

"맞아. 대중의 공감을 충분히 얻어낸다면, 돈뿐 아니라 시간도 기부받을 수 있을 거야. 디지언트들이 이목을 끌면 끌수록 오픈소스 커뮤니티에서 자원자들의 도움을 받을 가능성도 커지고."

"동영상을 뒤져서 마르코하고 폴로의 영상으로 마땅한 게 있는지 찾아볼게. 어렸을 때 귀여운 모습을 기록해둔 게 많이 있을 거야. 최근 것들에 대해서는 별로 자신이 없지만. 혹시 가슴 찢어지게 슬픈 것도 필요해?"

"뭐가 가장 효과가 있을지 의논해봐야겠어." 애나가 말한다. "게시판에 공지를 올릴게."

문득 데릭의 머리에 떠오르는 일이 있다. "그건 그렇고, 어제 도움이 될지도 모르는 전화를 받았어. 장기적으로겠지만."

"누군데?"

"제노테리언 기억해?"

"외계인이 될 예정이었던 디지언트들? 아직도 진행 중이야?"

"그런 셈이지." 데릭은 필릭스 래드클리프라는 청년이 접촉해 온 경위를 설명한다. 필릭스는 제노테리언 프로젝트의 마지막 참가자 중 한 사람이다. 초창기 동호인 대다수는 무無에서 외계 문명을 만들어내는 난제에 지친 나머지 이미 몇 년 전에 포기했지만, 거의 편집광적으로 이에 집착하는 소수의 헌신적인 그룹이 아직 남아 있었다. 데릭이 알아본 바에 의하면 이들 대다수는 무직이고, 부모 집에 있는 자기 방 밖으로 나오는 일이 거의 없다. 그들만의 데이터 마스에서 살아가고 있는 것이다. 필릭스는 이 그룹에서는 유일하게 외부인과 접촉하려고 시도하는 일원이었다.

"그런데도 우리가 광신자 소리를 듣다니." 애나가 말한다. "그래서, 왜 연락한 건데?"

"우리가 뉴로블래스트를 이식하려 한다는 소식을 들었고, 도와주고 싶대. 내가 제노테리언 아바타를 디자인해준 사람이라서 내 이름을 기억하고 있었다나."

"운이 좋네." 애나가 이렇게 말하며 미소를 짓자 데릭이 콧잔등을 찡그려 보인다. "근데 뉴로블래스트가 이식되든 말든 왜 상관하는 건데? 애당초 데이터 마스를 만든 목적은 제노테리언들을 격리시키기 위한 거 아니었어?"

"원래는 그랬지. 그런데 이제 인간과 대면할 준비가 됐다고 판단했대. 퍼스트 콘택트 실험을 하고 싶은 거야. 데이터 어스가 여전히 가동 중이라면 주요 대륙들로 제노테리언들을 탐험 보냈겠지만, 그건 더 이상 가능한 옵션이 아니잖아. 그러니까 필릭스는 이제 우리와 같은 배를 타고 있어. 뉴로블래스트를 이식해서 자기 디지언트들이 리얼 스페이스에 들어갈 수 있도록 하고 싶은 거야."

"아…… 뭐 그건 이해할 수 있을 것 같아. 그래서, 우리 모금 활동에 도움이 될지도 모른다고?"

"인류학자하고 외계생물학자들의 관심을 끌 생각이래. 제노테리언을 연구하고 싶어하니까 그쪽에서 이식 비용을 댈 거라고 믿고 있어."

애나의 표정은 회의적이다. "그들이 정말로 그런 일에 돈을 대줄 거라고 생각해?"

"그럴 것 같진 않아. 제노테리언이 진짜 외계인이라면 또 모를까. 난 차라리 가상 세계를 외계인으로 채우고 싶어하는 게임 회사를 상대하는 편이 더 가능성이 높다고 생각하지만, 결정은 필릭스에게 달렸어. 우리하고 접촉 상대가 겹치지 않는 이상 우리 쪽에 무슨 해가 되는 것도 아니고, 또 필릭스가 실제로 도움이 될지도 모르니까."

"근데 엄청 괴짜 같은데 누굴 설득할 수 있을까?"

"아마 필릭스의 영업 능력 가지고선 무리겠지. 대신 인류학자들의 흥미를 돋우려고 제노테리언 동영상을 준비해놓았다고 했어. 나한테도 조금 보여주더라고."

"어땠어?"

데릭이 어깨를 으쓱하며 양손을 올린다. "적어도 내가 보기엔, 잡초 제거 로봇의 무리와 구별이 안 됐어."

애나가 웃는다. "차라리 그쪽이 나을지도. 외계인처럼 보이면 보일수록 더 흥미로워질 수도 있으니까."

데릭도 웃는다. 상상만 해도 얄궂다. 블루감마 시절 디지언트를 매력적으로 만들기 위해 다들 그렇게 열심히 노력했는데, 결국 사람들이 관심을 보이는 것은 외계인 디지언트 쪽이 된다면 어떤 기분이 들까?

7

또다시 두 달이 흐른다. 유저 그룹의 모금 활동은 별다른 성공을 거두지 못한다. 자선에 관심이 있는 사람들은 자연계의 멸종 위기종에 대한 호소를 듣는 일에도 지쳐가고 있었다. 인공 종의 경우에는 말할 나위도 없다. 게다가 디지언트들은 돌고래만큼 외모가 매력적이지도 않다. 기부 상황은 가느다란 흐름 이상으로 발전하지 못했다.

데이터 어스에 갇혀 지내는 스트레스는 디지언트들에게 명백한 악영향을 끼치고 있다. 오너들은 그들이 따분해하지 않도록 가급적 더 많은 시간을 함께 보내려고 노력하지만, 주민으로 가득 찬 가상 세계를 대신해주진 못한다. 애나는 뉴로블래스트 이식을 둘러싼 문제에 잭스가 노출되지 않도록 주의하지만, 그럼에도 잭스는 알고 있었다. 어느 날 애나가 퇴근 후 집으로 돌아와 접속해보니 잭스가 눈에 띄게 동요하고 있다.

"이식에 관해 묻고 싶은 거 있어." 잭스가 대뜸 말한다.

"이식 뭐?"

"전에는 그냥 다른 업그레이드라고 생각했어. 전에 했던 것 같은. 이제는 훨씬 더 크다는 거 알아. 업로드에 가까워. 인간이 아니라 디지언트로 하는 거지만. 맞지?"

"응, 그럴 거야."

"쥐 비디오 봤어?"

애나는 잭스가 무슨 얘기를 하는지 알고 있다. 업로드 연구 팀이 최근 공개한 동영상 얘기다. 흰쥐 한 마리가 급속 냉동된 다음, 데이터를 스캐닝하는 전자 빔에 의해 1마이크로미터씩 기화되며 한줄기 연기로 변한다. 스캐닝된 쥐는 테스트 환경 내부에서 생성되어 가상적으로 해동된 후 깨어난다. 순간 쥐는 발작을 일으키고, 주관적인 시간으로 이 분쯤 불쌍하게 경련하다가 숨이 끊어진다. 업로드된 포유류의 생존 시간으로는 현재로선 최고 기록이다.

"너한테는 절대 그런 일이 일어나지 않아."

"내가 그거 기억 못한다는 뜻이지." 잭스가 말한다. "기억하는 건 전이가 성공했을 때만."

"너든 다른 디지언트든 간에, 테스트되지 않은 엔진에서 실행하는 일은 절대 없을 거야. 뉴로블래스트를 이식하면, 먼저 테스트 스위트를 돌려서 버그를 모두 잡은 다음에 디지언트를 실행시킬 거야. 테스트 스위트는 아무것도 느끼지 못하고."

"연구자들은 쥐 업로드하기 전에 테스트 스위트 돌렸어?"

잭스는 대답하기 힘든 질문을 잘한다. "그 쥐가 바로 테스트 스위트였어." 애나가 시인한다. "하지만 그건 아무도 생물체의 뇌의 소스 코드를 모르기 때문이야. 그래서 진짜 쥐보다 단순한 테스트 스위트를 만들지 못하는 거야. 뉴로블래스트는 소스 코드가 있기 때문에 그런 문제는 생기지 않아."

"하지만 이식할 돈 없어."

"응. 지금은 없지. 하지만 모을 거야." 애나는 이 말이 자신의 속마음보다는 더 자신 있게 들리기를 빈다.

"나 어떻게 도와? 나 어떻게 돈 벌면 돼?"

"고마워, 잭스. 하지만 지금 네가 돈을 벌 방법은 없어. 그러니까 지금은 계속 공부를 하고 좋은 성적을 내는 게 네가 할 일이야."

"응, 알아. 지금 공부하고, 다른 일은 나중에. 혹시 나 지금 돈 빌리고, 나중에 돈 벌 때 갚으면 안 돼?"

"돈 걱정은 나한테 맡겨도 돼, 잭스."

잭스가 시무룩해진다. "알았어."

사실 잭스의 이런 제안은 유저 그룹이 기업 투자자를 찾기 위해 최근 시도했던 일과 별반 다르지 않다. 이런 길이 열린 것은 벌프라이데이 사가 디지언트를 개인 비서로 판매하는 일에 성공했기 때문이다. 몇 년이라는 세월이 걸리기는 했지만, 탤벗은 마침내 누구를 위해서도 일하는 앤드로의 인스턴스를 생성해냈다. 벌프라이데이 사는 그 복제를 몇십만 개나 판매했다. 이것은 디지언트에게 수익성이 있다는 것을 보여준 최초의 사례로, 몇몇 다른 회사가 탤벗의 성공을 흉내 내려 하고 있다.

그중 하나가 폴리토프였다. 그들은 제2의 앤드로를 만들어내기 위한 대대적인 품종 개량 프로그램을 론칭한다는 계획을 발표한다. 유저 그룹은 그들과 접촉해 뉴로블래스트 디지언트의 장래 수익을 나눠 갖자고 제안했다. 뉴로블래스트 엔진의 이식 비용을 부담하는 대가로, 폴리토프는 디지언트들이 내는 모든 수입의 일부를 영원히 받아갈 수 있었다. 유저 그룹은 몇 달 만에 큰 희망을 느끼며 교섭에 임했다. 그러나 폴리토프는 그 제안을 거절했다. 그들의 관심은 소폰스 디지언트뿐이었다. 종래의 소프트웨어를 대체하려면 한 가지 일에만 강박적으로 집중하는 소폰스 특유의 성질이 필수적이었기 때문이다.

유저 그룹은 이식 비용을 사비로 충당하는 것에 대해서도 잠시 논의해보았지만, 실현 불가능하다는 점은 명백했다. 그 결과, 몇몇 구성원들이 예전에는 상상조차 못했던 생각들을 하기 시작한다.

글쓴이: 스튜어트 거스트
이 제안을 처음 내놓는 사람으로 기억되는 건 전혀 내키지 않지만, 누군가는 해야 할 일이야. 이식 비용이 모일 때까지 일 년쯤 자기 디지언트를 정지시키는 건 어때?

글쓴이: 데릭 브룩스
오너가 디지언트를 정지시키면 무슨 일이 일어나는지 몰라? 일시적은 어느새 무기한이 되고, 무기한은 영구적이 돼.

글쓴이: 애나 앨버라도

전적으로 동감이야. 영구적인 연기 모드로 들어가는 건 너무나 간
단하니까. 자기 디지언트를 육 개월 이상 정지시켰던 사람이 다시
가동시켰다는 얘기 들어본 적 있어? 난 없어.

글쓴이: 스튜어트 거스트

하지만 우린 그런 사람들과 달라. 그들이 디지언트를 정지시킨 건
싫증이 났기 때문이잖아. 우린 정지시킨 디지언트를 매일 그리워
하며 지낼 거야. 자금을 모아야 할 강력한 동기가 생기는 거지.

글쓴이: 애나 앨버라도

재프를 정지시키는 걸로 동기가 강해진다고 생각한다면, 마음대로
해. 내 경우는 잭스를 실행시키는 일이 동기로 작용하지만.

이 글을 게시판에 올릴 때만 해도 애나의 마음에는 아무런 의문도
없다. 그런데 며칠 뒤 대화가 좀더 복잡해진다. 잭스가 그 문제를 꺼냈
기 때문이다. 사설 데이터 어스 안에서 잭스에게 새로운 게임 대륙을
구경시켜주고 있을 때의 일이다. 애나가 몇 년 전에 즐겨 들어오던 고
전적인 대륙인데, 최근에 무료 배포됐기 때문에 유저 그룹이 디지언트
들을 위해 생성한 복제였다. 애나는 디지언트들이 싫증을 내고 있는
다른 게임 대륙들과 이것이 어떤 점에서 다른지 설명하며 잭스의 열의

를 유도해보려고 노력한다. 그러나 잭스는 새로운 대륙을 있는 그대로 볼 뿐이다. 이식을 기다리는 동안 디지언트들의 심심함을 달래주기 위한 또 하나의 시도로.

인적이 없는 중세 소도시의 광장을 걸어가며 잭스가 말한다. "가끔 더 이상 기다리지 않도록 그냥 정지되고 싶을 때 있어. 리얼 스페이스 들어갈 수 있을 때 다시 가동되면 시간 안 흐른 것처럼 느낄 거야."

이 말이 애나의 허를 찌른다. 어떤 디지언트도 유저 그룹 게시판에 액세스할 수는 없으므로 잭스 혼자 그런 생각을 해낸 것이 틀림없다. "정말 그러고 싶어?" 애나가 묻는다.

"아니. 깨어 있는 채로 무슨 일 일어나는지 알고 싶어. 하지만 가끔 짜증이 나." 그러고는 잭스가 묻는다. "가끔 나 돌보고 싶지 않은 기분이야?"

대답하기 전 애나는 잭스가 그녀의 얼굴을 보게 한다. "너를 돌볼 필요가 없다면 내 인생은 좀더 단순해질지도 몰라. 하지만 지금만큼 행복하지는 않을 거야. 사랑해, 잭스."

"나도 사랑해."

* * *

차를 몰고 퇴근하던 중 데릭이 애나의 메시지를 받는다. 폴리토프 사의 연락을 받았다는 내용이다. 집에 도착하자마자 애나에게 전화를 건다. "그래서, 뭐래?"

애나는 곤혹스러운 눈치다. "아주 묘한 전화였어."

"어떤 의미에서?"

"나한테 자기들하고 함께 일하자고 했어."

"정말? 어떤 일인데?"

"소폰스 디지언트 훈련시키는 일. 난 그 분야 경력이 있으니까 팀장이 되어달래. 고액 연봉에, 삼 년 고용 보장에, 믿을 수 없는 계약금까지 제시하더라고. 하지만 조건이 하나 있어."

"조바심 나게 하지 마."

"훈련 담당자들은 모두 인스턴트라포르를 사용해야 된대."

데릭의 눈이 휘둥그레진다. "농담이겠지." 인스턴트라포르는 스마트 경피 패치 중 하나로, 사용자가 특정인 가까이에 있게 되면 일정량의 옥시토신-오피오이드 혼합제제를 자체 투약한다. 불안정한 결혼 생활, 혹은 긴장된 부모 자식 관계를 개선하기 위해 사용되는데, 최근 들어 의사의 처방전 없이도 구입할 수 있게 됐다. "대체 왜?"

"애정이 있으면 더 좋은 결과를 낼 수 있다고 생각하니까. 그리고 훈련자들이 소폰스 디지언트들에게 애정을 느끼는 방법은 약물밖에는 없다나."

"아, 알겠어. 노동자의 생산성을 높이는 수단인 거군." 인지 능력 향상제를 복용하거나 경두개 자기 자극술 따위를 써서 업무 효율 증대를 꾀하는 사람들이 많다는 것은 알고 있다. 그러나 지금까지 사측에서 먼저 그것을 필수사항으로 요구한 사례는 없었다. 데릭이 고개를 내젓는다. "자기들 디지언트가 애정을 느끼는 게 그렇게 힘든 존재들이라면, 진작 뉴로블래스트 계열 디지언트로 갈아탈 생각을 했어도 하등 이상할 게 없는데 말이야."

"나도 같은 취지의 얘기를 했지만, 관심 없대. 근데 아이디어가 하나 떠올랐어." 애나는 몸을 앞으로 내민다. "거기서 일하면서 내가 그 사람들 생각을 바꿀 수 있을지도 몰라."

"어떻게?"

"폴리토프의 경영진한테 지속적으로 잭스를 보여줄 기회가 생기잖아. 직장에서도 사설 데이터 어스에 접속할 수 있을 테고, 아예 로봇 외피를 입은 잭스를 데리고 출근할 수도 있어. 뉴로블래스트 엔진이 얼마나 융통성이 있는지 보여주는 방법으로 그보다 더 좋은 게 어디 있겠어? 일단 그 부분을 이해한다면, 리얼 스페이스에 이식해줄 게 틀림없어."

데릭이 생각에 잠긴다. "근무 중에 잭스와 시간 보내는 걸 금지당하지만 않는다면……"

"조금은 나를 믿어달라고. 내가 노골적으로 밀어붙일 리가 없잖아. 세심하게 접근할 거야."

"어쩌면 잘될지도 모르지. 하지만 인스턴트라포르 패치를 꼭 붙여야 한다고 했잖아. 그만한 위험을 무릅쓸 가치가 있을까?"

애나가 답답한 듯이 어깨를 으쓱한다. "나도 잘 모르겠어. 내 첫 번째 선택이 아닌 것만은 확실해. 하지만 때로는 위험을 무릅써야 하지 않을까? 이런 상황을 타개하기 위해서 말이야."

데릭은 뭐라고 대답해야 할지 알 수가 없다. "카일은 뭐래?"

애나가 한숨을 쉰다. "결사반대야. 내가 그 패치 붙이는 게 마음에 안 드나 봐. 그 위험을 정당화할 만큼 좋은 기회라고도 생각지 않고." 애나는 잠시 침묵하다가 말을 잇는다. "하지만 카일은 디지언트에 대해서 나나 당신 같은 감정을 품고 있지 않으니까, 그이가 그렇게 말하는 건 당연해. 그럴 만큼 큰 보상이라고 생각되진 않을 거야."

애나는 분명 응원을 기대하고 있다. 그러므로 그는 그래야 한다. 그러나 마음속에는 갈등이 있었다. 그녀의 계획에 불안을 느끼지만, 입밖에 낼 엄두가 나지 않는다.

이런 생각을 하는 자기 자신이 싫지만 이따금 애나가 카일과의 관계에 문제가 있다고 푸념할 때면, 그는 두 사람이 헤어지는 상상을 한다. 일부러 갈라놓으려는 시도는 하지 않겠다고 다짐했지만, 만약 카일이 디지언트에 대한 애나의 애정을 공유하고 있지 않다면, 데릭 자신은 공유하고 있다는 사실을 보여주는 것이 나쁜 일은 아닐 것이다. 그리고 그 결과 카일보다 데릭 쪽이 자기한테 맞는다는 인상을 애나가 받는다고 해도, 그것은 데릭의 잘못이 아니었다.

문제는 애나가 폴리토프의 취업 제안을 받아들이는 것에 대해 데릭이 정말로 찬성하는가 하는 점이다. 확신이 서지 않는다. 그러나 확신이 생길 때까지는 애나의 결정을 지지하기로 한다.

전화를 끊은 데릭은 마르코와 폴로와 함께 시간을 보내기 위해 사설 데이터 어스에 접속한다. 그들은 무중력 라켓볼을 하고 있다가, 데릭을 보고는 코트 아래로 내려온다.

"오늘 멋진 사람들 만났어." 마르코가 말한다.

"정말? 누군지 알아?"

"제니퍼라는 사람하고, 롤랜드라는 사람."

데릭은 방문자 로그를 훑어본다. 그리고 낙담한다. 제니퍼 체이스와 롤랜드 마이클스는 가상 세계와 현실 세계 양쪽을 위한 섹스돌을 만드는 바이너리 디자이어 사의 직원들이다.

유저 그룹이 디지언트를 섹스 목적으로 이용하고 싶어하는 사람의 문의를 받은 것이 이번이 처음은 아니다. 종래의 소프트웨어에 의해 제어되어 정해진 각본대로 연기를 하는 섹스돌이 여전히 많았지만, 디지언트가 생겨난 이래, 그들과 섹스를 해보려는 사람들이 있었다. 공공 영역에 배포된 디지언트를 복제해 보상 맵을 재설정함으로써, 오너가 성적으로 흥분하면 디지언트도 좋아하게 만드는 것이 그들의 전형적인 수법이었다. 혹자는 이것을 성기에 땅콩버터를 바르고 개에게 핥게 만드는 것이나 다름없다고 비난한다. 디지언트의 지적 수준 내지는 훈련의 정교함이라는 측면에서 보아도 그리 부적절한 비유는 아니다. 현시점에서 섹스 상대로 이용 가능한 디지언트들은 마르코나 폴로와는 달리 인간과 비교할 수 있는 수준이 아니다. 그래서 디지언트의 복제를 구입하고 싶어하는 섹스돌 제작사들의 문의가 유저 그룹으로 가끔 들어오곤 했다. 회원들은 그런 문의는 무시하자는 의견에 모두 찬성했다.

그러나 방문자 로그에 의하면 체이스와 마이클스는 필릭스 래드클리프의 안내를 받고 온 것으로 되어 있었다.

데릭은 마르코와 폴로에게 하던 게임을 계속하라고 이르고 필릭스에게 전화를 건다. "도대체 무슨 생각으로 그런 거야? 바이너리 디자이너 사람들을 데리고 오다니!"

"디지언트들하고 섹스 안 했어."

"그건 알아." 데릭은 다른 윈도로 방문 기록 영상을 2배속으로 돌려보고 있다.

"그들은 그들과 대화를 나눴어."

필릭스와 얘기하고 있으면 이따금 외계인을 상대하는 기분이다. "섹스돌 업체에 관해서는 다들 합의한 내용이 있잖아. 기억 안 나?"

"그들은 다른 사람들과 달라. 난 그들의 사고방식이 맘에 들어."

무슨 의미인지 묻기가 두렵다. "그렇게 맘에 든다면 데이터 마스로 데려가서 제노테리언을 보여주면 되잖아."

"보여줬어." 필릭스가 말한다. "흥미를 보이지 않았어."

물론 그랬을 것이다. 로즈반어를 말하는 삼발이와의 섹스에 대한 수요는 극히 적을 테니까. 그러나 필릭스가 솔직하게 대답하고 있다는 사실은 확인했다. 그는 자신의 퍼스트 콘택트 실험의 자금 마련에 도움이 된다면, 제노테리언들에게 매춘을 시키는 일도 서슴지 않을 것이다. 필릭스는 괴짜일지는 모르지만 위선자는 아니다.

"그럼 그걸로 끝냈어야지." 데릭이 말한다. "당신의 데이터 어스 출입을 금지해야 할지도 모르겠어."

"그 사람들하고 얘기를 해봐."

"아니, 그럴 필요는 없어."

"얘기를 들어주기만 해도 사례금을 주겠다고 했어. 곧 자세한 메시지가 갈 거야."

데릭은 웃음을 터뜨릴 뻔했다. 세일즈 토크를 들어주기만 해도 사례금을 줄 용의가 있다니 정말 필사적인 모양이다. "메시지 보내는 건 상관없지만, 방금 그 사람들 방문 금지 목록에 올렸어. 앞으로 섹스돌 회사 관계자는 절대로 데려오지 않았으면 해. 알았어?"

"알았어." 필릭스는 이렇게 말하고 전화를 끊는다.

데릭이 고개를 젓는다. 보통은 설령 돈을 준다 해도 그런 얘기를 들을 생각을 하지 않았을 것이다. 마르코와 폴로를 섹스 대상으로 팔 용의가 있다는 인상을 주고 싶지는 않았다.

그러나 지금 유저 그룹은 한푼이 아쉬운 상황이다. 만약 돈을 받고 한 회사의 설명회에 참석함으로써 다른 회사들도 그 선례에 따라 돈을 지불하도록 유도할 수 있다면, 해볼 만한 가치가 있을지도 모른다. 데릭은 방문자들이 디지언트들을 만나는 영상을 정상 속도로 재생해서 보기 시작한다.

8

뉴로블래스트 유저 그룹은 화상회의를 통해 바이너리 디자이어 사의 설명회에 참석한다. 사례금은 조건부 예탁 서비스에 예치되어 있고, 출금 제한은 이 회의가 끝나면 풀릴 예정이다. 곡면 스크린의 초점 위치에 앉아 애나는 주위를 둘러본다. 모든 참석자의 영상 피드가 통합되어 있어, 유저 그룹은 가상 강당에 집합해 각자 조그만 개인 발코니에 앉아 있는 것처럼 보인다. 데릭은 애나 왼쪽에 앉아 있고, 거기서 하나 더 왼쪽 발코니에는 필릭스가 앉아 있다. 무대 쪽 연단에 서 있는 사람은 회사를 대표해서 온 제니퍼 체이스다. 화면에 떠오른 이미지는 아름다운 금발에 세련된 옷차림을 하고 있다. 참석자들은 모두 진짜 영상을 쓰기로 합의했으므로 체이스는 실제로 이런 외모를 하고 있다는 얘기가 된다. 바이너리 디자이어 사가 체이스에게 모든 외부 교섭을 맡기는 것이라면, 이 여자는 아마 상대에게서 원하는 결과를 이끌어내는 수완이 뛰어난 것이리라.

필릭스가 자기 자리에서 일어나 로즈반어로 뭔가 말하려고 하다가 퍼뜩 입을 다문다. 그러더니 "모두 지금부터 들을 얘기가 마음에 들 거야"라고 말한다.

"고마워요, 필릭스. 하지만 지금부터는 제가 얘기할게요." 체이스가 말한다.

필릭스는 자리에 다시 앉고 체이스가 유저 그룹을 향해 말한다.

"이 회의에 참석하는 데 동의해주셔서 감사합니다. 장래의 비즈니스 파트너와 만날 때, 저는 보통 더 넓은 시장을 확보하는 데 저희가 어떤 도움을 드릴 수 있는지 설명합니다. 그러나 여러분을 상대로는 그럴 생각이 없습니다. 이번 회의에서 제 목표는 여러분의 디지언트가 정중한 대우를 받으리라는 사실을 확신시켜드리는 것이니까요. 저희가 원하는 것은 단순 조작적 조건형성에 의해 성적 특성을 부여받은 애완동물이 아닙니다. 우리가 원하는 것은 더 높고, 더 개인적인 수준에서 섹스에 참여하는 존재입니다."

스튜어트가 큰 소리로 외친다. "우리 디지언트들은 완전히 무성無性 상태인데 어떻게 그런 일이 가능하다는 거죠?"

체이스가 즉각 대답한다. "최소 이 년 동안 훈련시킬 계획입니다."

애나가 깜짝 놀란다. "그건 큰 투자인데요. 디지언트 섹스돌의 훈련 기간은 보통 이 주일 정도인 줄 알았는데."

"그것은 보통 소폰스 계열의 디지언트를 쓰기 때문입니다. 소폰스의 경우, 설령 이 년 훈련시킨다고 해도 이 주 훈련한 것보다 더 나은 섹스 파트너가 되지는 않습니다. 혹시 구체적인 결과에 흥미가 있으시다면, 매릴린 먼로 아바타를 두른 드레이터들의 하렘이 있는 장소를 가르쳐드리죠. 모두가 코맹맹이 소리로 '니 거 빨래' 하는 광경이 보기에 좋진 않습니다만."

유저 그룹의 일부 멤버들처럼 애나도 참지 못하고 웃고 만다. "그럴 것 같네요."

"바이너리 디자이어가 추구하는 건 그런 게 아닙니다. 공공 영역 디지언트를 다운받아 보상 맵을 재설정하는 일은 누구나 할 수 있으니까요. 저희는 진짜 인격을 지닌 섹스 파트너를 제공하고 싶습니다. 그리고 그걸 성사시키기 위해 기꺼이 노력할 용의가 있습니다."

"훈련 계획을 말씀해보시죠." 뒤쪽 발코니에 앉은 헬렌 코스터스다.

"첫 번째 단계는 섹스의 발견과 탐구입니다. 디지언트들에게 해부학적으로 정확한 아바타를 주고 성감대를 갖고 있는 것에 익숙해지게 하는 거죠. 디지언트들끼리의 성적 실험을 장려함으로써, 성적 존재로서의 경험을 어느 정도 쌓고 자신에게 적합한 성별을 선택하게 합니다. 이 단계에서는 학습 활동 대부분이 디지언트들 사이에서만 이루어지기 때문에, 디지언트들을 실시간보다 빠르게 실행시킬 수 있는 시기도 있을 수 있습니다. 디지언트들이 일단 충분한 경험을 쌓은 뒤에는, 적절한 인간 파트너들과 유대를 맺어줄 것입니다."

"디지언트가 특정 인간과 유대를 맺을 거라고 어떻게 확신하시죠?" 데릭이 묻는다.

"저희 개발자들이 보호소에 있는 일부 디지언트들을 상대로 실험을 해봤습니다. 아직 너무 어려서 우리 목적에는 맞지 않지만, 그들에게 정서적인 애착이 생겨나는 걸 확인했습니다. 개발자들이 충분히 분석해본 결과, 더 나이 든 디지언트들에게도 비슷한 애착이 생겨나도록 유도할 수 있다는 결론을 내렸습니다. 디지언트가 어떤 인간을 알게 되는 과정에서는 성적이든 성적이지 않든 간에 그 상호작용의 정서적 차원을 강화할 계획입니다. 그럼으로써 디지언트 내부에 애정을 생성하는 거죠."

"인스턴트라포르의 뉴로블래스터 버전 같은 거로군요." 애나가 말한다.

"그렇다고도 할 수 있지만, 맞춤형 튜닝이기 때문에 더 효율적이고 구체적입니다. 디지언트 입장에서는 자발적으로 사랑에 빠지는 행위와 구별할 수 없을 겁니다."

"맞춤형 튜닝을 시도한다고 처음부터 성공할 것 같지는 않은데요." 애나가 말한다.

"예, 물론입니다. 디지언트가 사랑에 빠질 때까지 몇 달은 걸릴 걸로 예상하고 있습니다. 그 기간 내내 고객과 긴밀하게 협조해서, 정서적 유대가 확립될 때까지는 디지언트를 과거 체크 포인트로 되감는 등 여러 가지 조정을 시도할 겁니다. 애나 씨가 블루감마 시절 담당했던 육성 프로그램과 비슷합니다. 우리는 단지 그걸 특정 고객을 위해 맞춤 제작할 뿐이죠."

애나는 그것과 그것은 전혀 다르다고 대꾸하려다 그만둔다. 이 여자의 세일즈 토크를 들어주면 그만이다. 반박할 필요 따위 없다. 그녀가 말한다. "무슨 뜻인지 알겠어요."

"설령 모두를 사랑에 빠지게 만든다고 해도, 우리 디지언트들은 진짜 매릴린 먼로처럼 되지는 않을 겁니다." 데릭이 말한다.

"그렇죠. 하지만 저희의 목표는 그게 아닙니다. 저희가 디지언트들에게 제공하는 아바타는 인간형이지 인간이 아닙니다. 인간 존재와의 성경험을 복사하려는 것이 아니라는 뜻입니다. 저희는 매력적이고, 다정하고, 진정으로 섹스를 하고 싶어하는 비非인간 파트너를 제공하려는 것입니다. 저희는 그것이 새로운 성의 프론티어가 되어주리라 믿고 있습니다."

"새로운 성의 프론티어?" 스튜어트가 말한다. "변태성욕을 대중화시켜서 주류로 만들려는 건가?"

"그렇게 말할 수도 있겠죠. 하지만 다른 관점에서 봐주세요. 건전한 섹스라는 개념의 폭은 시대 변천에 따라 계속 확장돼왔습니다. 예전에는 동성애, BDSM*, 비독점적 다자간 연애는 모두 정신에 문제가 있다는 증거로 간주됐지만, 이것들 중 연애 관계와 양립할 수 없는 것은 하나도 없습니다. 사회가 개인의 욕망에 비정상적이라는 낙인을 찍는 것이 문제였죠. 언젠가는 디지언트와의 섹스 역시 이와 마찬가지로 성의 유효한 표현 중 하나로 받아들여질 것이라고 저희는 믿고 있습니다. 그러기 위해서는 개방적이고 정직하게 그 사실을 바라보고, 디지언트를 인간이라고 여기는 일이 없어야 합니다."

체이스가 유저 그룹에게 서류를 전송했음을 알리는 아이콘이 화면에 떠오른다. "저희가 제안하는 계약서 사본을 보내드렸습니다." 체이스가 말한다. "하지만 구두로도 요약해드리겠습니다. 저희는 여러분

---

* 결박, 지배, 사디즘, 마조히즘의 머리글자를 합친 약어.

의 디지언트에 대한 비독점적 사용권을 얻는 대가로 뉴로블래스트 엔진을 리얼 스페이스에 이식하는 비용을 부담하겠습니다. 저희 디지언트와 경합하지 않는 한, 여러분은 자기 디지언트의 복제를 만들고 판매하는 권리를 유지할 수 있습니다. 여러분이 제공한 디지언트들의 판매가 호조를 보일 경우는 로열티도 지불하겠습니다. 그뿐 아니라 여러분의 디지언트는 자신의 행위를 즐길 것입니다."

"그렇군요." 애나가 말한다. "계약서 읽어보고 답신을 보낼게요. 다 끝나셨나요?"

체이스가 미소를 짓는다. "아직 조금 남았습니다. 출금 제한을 풀기 전에, 여러분에게 있을지도 모르는 우려를 해소시켜드릴 기회를 갖고 싶습니다. 무슨 얘기를 하셔도 괜찮습니다. 여러분이 우려하는 것은 이 사업의 성적인 측면인가요?"

애나가 잠시 주저하다가 입을 연다. "아뇨. 강요 쪽이에요."

"디지언트가 강요당하는 일은 전혀 없습니다. 유대를 맺는 과정을 통해 디지언트 역시 오너와 마찬가지로 즐기게 될 것입니다."

"하지만 뭘 즐길지에 대해서 그들에게 선택권을 주는 건 아니잖아요."

"인간이라고 크게 다른가요? 어렸을 때 전 남자애하고 키스하는 일에 전혀 관심이 없었습니다. 모든 게 저에게 달려 있었다면, 아무것도 달라지지 않았을 겁니다." 체이스는 현재의 그녀가 얼마나 키스를 즐기는지를 은근히 암시하는 듯, 짐짓 수줍은 미소를 떠올린다. "원하든 원하지 않든 우리는 성적 존재가 됩니다. 저희가 디지언트에게 가하려는 수정도 그것과 하등 다르지 않습니다. 사실, 그들은 더 나아질 겁니다. 성적 기호 때문에 인생 전체가 괴로워지는 사람들도 있으니까요. 그런 일은 디지언트에게는 절대 일어나지 않습니다. 개개의 디지언트는 자기와 완벽하게 맞는 섹스 파트너와 짝을 이루게 됩니다. 그것은 강요가 아니라 최고의 성적 충족입니다."

"하지만 진짜가 아니잖아요." 애나의 입에서 무심결에 이런 소리가 나오고 만다. 후회막심이다.

이것이야말로 체이스가 기다리던 기회였다. "어째서 진짜가 아니라는 거죠?" 체이스가 묻는다. "디지언트에 대한 여러분의 감정은 진짜이고, 여러분에 대한 그들의 감정 또한 진짜가 아닌가요? 여러분과 여러분의 디지언트가 성적이지 않은 진짜 관계를 맺을 수 있다면, 인간과 디지언트 사이의 성적 관계는 왜 진짜가 될 수 없다는 건가요?"

애나는 한순간 말을 잊지만, 데릭이 끼어든다. "그런 철학 논쟁은 의미가 없습니다. 우리가 세월을 들여 디지언트를 키운 건 그들을 섹스 장난감으로 만들기 위함이 아니라는 점이 중요할 뿐입니다."

"어떤 기분이신지 잘 압니다." 체이스가 말한다. "이 계약이 체결된다고 해서 여러분 디지언트의 복제가 뭔가 다른 게 되는 걸 저희가 막을 수 있는 것도 아니고요. 그런데 말입니다. 현재 여러분의 디지언트는 정말 놀라운 존재이긴 하지만 돈이 되는 직업 능력이 없고, 훗날 그걸 습득하리라는 보장도 없습니다. 달리 어떤 방법으로 여러분에게 필요한 자금을 조달하시려는 거죠?"

지금까지 얼마나 많은 여자들이 똑같은 질문을 스스로에게 던졌을까, 애나는 생각한다. "그래서 가장 오래된 직업에 종사하라는 얘긴가요?"

"그렇게 말할 수도 있겠지만, 디지언트들에겐 그 어떤 강요도 없으리란 사실을 다시 한 번 지적하고 싶군요. 경제적 강요조차 없습니다. 저희가 원하는 것이 가짜 성적 욕망을 파는 거라면 더 저렴한 방법들이 얼마든지 있습니다. 이 사업의 목적은 전적으로 가짜 욕망의 대체물을 만들어내는 일입니다. 저희는 쌍방이 즐기는 경우가 훨씬 낫다고 믿습니다. 경험으로서도 그쪽이 낫고, 사회를 위해서도 그쪽이 낫습니다."

"아주 고상하게 들립니다만, 성적 학대가 취미인 사람들은 어떻게 할 건가요?"

"저희는 합의되지 않은 성적 행위를 허용하지 않습니다. 디지언트와의 섹스도 그것에 포함됩니다. 제가 보내드린 계약서를 보시면 저희는 블루감마가 처음 설치한 고통 차단 회로를 최신식 보안 규제로 강화하여 그대로 유지할 것을 보장하고 있습니다. 방금 말씀드렸듯이 섹스는 쌍방이 즐길 때 훨씬 낫다고 믿으니까요. 그것이 저희의 신념입니다."

"다들 찬성하는 것 맞지?" 필릭스가 말한다. "이 정도면 모든 가능성을 다 고려했잖아." 유저 그룹의 구성원 몇몇이 필릭스를 노려본다. 체이스의 표정으로 미루어보건대, 그녀도 필릭스의 지원 사격을 원하는 것 같지는 않다.

"투자자를 찾으면서 이런 상황을 기대하진 않으셨겠죠. 잘 알고 있습니다." 체이스가 말한다. "하지만 초반의 거부반응을 접고 잘 생각해보시면 저희의 제안은 모두에게 이득이 된다는 사실을 깨달으실 수 있을 겁니다."

"검토해보고 답변드리겠습니다." 데릭이 말한다.

"들어주셔서 감사합니다." 체이스가 말한다. 화면에 사례금의 출금 제한이 해제됐음을 알리는 윈도가 뜬다. "마지막으로 한 말씀만 더 드리겠습니다. 만약 다른 회사가 여러분에게 접촉을 시도한다면, 계약서의 세부 사항을 자세히 들여다보시기를 권하겠습니다. 아마 저희 회사 변호사들이 넣고 싶어하던 조항이 포함되어 있을 겁니다. 고통 차단 회로를 해제한 상태에서 여러분의 디지언트를 다른 회사에 전매할 권리를 인정한다는 조항입니다. 그게 무슨 뜻인지는 다들 아시겠죠?"

애나는 고개를 끄덕인다. 디지언트들이 엣지플레이어 같은 회사에 되팔려 고문 장난감으로 이용될 수 있다는 뜻이었다. "알아요."

"저희는 그 건에 관해서는 담당 변호사들의 권고에 반대했습니다. 저희의 계약서는 디지언트들이 강요되지 않은 섹스를 제외한 그 어떤 목적에도 이용되지 않을 것을 보장하고 있습니다. 같은 내용을 보장해 줄 회사가 달리 있는지 확인해보시기 바랍니다."

"고맙습니다." 애나가 말한다. "연락드리겠습니다."

* * *

처음 설명회에 참석했을 때는 순전히 형식적이라고 생각했다. 세일
즈 토크를 들어주고 돈을 벌 기회라고. 그런데 자꾸 이런저런 생각이
든다.

가상 섹스에 관해 진지하게 생각해보는 것은 대학 시절 이래 처음이
다. 당시의 남자친구가 한 학기를 외국에서 보냈다. 그가 떠나기 전 두
사람은 주변장치들—야릇한 실리콘제 내부장치를 갖춘, 은밀한 하드
셸 부속품들—을 구입했다. 그들은 상대방의 일련번호를 가지고 각자
의 장치를 디지털 방식으로 잠갔다. 가상 성기의 정조를 보장하는 방
법이었다. 처음 몇 번은 의외로 좋았다. 그러나 신기함이 스러지고 이
기술의 결점이 명백해지는 데는 그리 오랜 시간이 걸리지 않았다. 키
스가 없는 섹스는 한심할 정도로 불완전했다. 그녀는 그의 얼굴에 자
신의 얼굴을 바싹 갖다댄 채 그의 몸의 무게를 느끼고, 그의 체취를 맡
고 싶었다. 아무리 카메라를 가까이 해도 화면을 통해 서로를 보는 것
으로는 그런 경험을 대체할 수 없었다. 애나의 살결은 그 어떤 주변장
치도 충족시킬 수 없는 방식으로 그의 살결을 갈망했다. 학기가 끝날
무렵에는 욕구불만으로 폭발할 것 같은 기분이었다. 물론, 그 무렵에
비하면 기술은 한층 더 향상됐을 것이다. 그러나 직접 살을 맞댈 때의
친밀함에 비하면 여전히 빈약하기 짝이 없는 수단일 뿐이다.

애나는 물리적인 몸을 두르고 있는 잭스와 처음 대면했을 때 얼마나

달랐는지를 뚜렷하게 기억한다. 혹시 디지언트가 인형 안에 들어 있으면, 섹스는 좀더 매력적이 될까? 아니다. 애나는 잭스의 얼굴에 자기 얼굴을 바싹 갖다대고 렌즈에 묻은 얼룩을 닦아주거나 흠집이 나지 않았는지 살펴보곤 했지만, 그것은 인간과 가까이 있을 때와는 전혀 다르다. 디지언트와 있을 땐, 남의 개인 공간으로 들어가는 느낌이 없다. 개가 발랑 누워서 배를 긁게 해줄 때 보이는 신뢰감도 아니다. 블루감마 사는 디지언트에게 그런 식의 신체적인 자기 방어성을 각인하지 않는 쪽을 택했다. 제품에 그런 것을 넣어봐야 무의미하기 때문이다. 그렇지만 극복해야 할 장애 자체가 존재하지 않을 경우 신체적인 친밀감이란 무엇을 의미할까? 쌍방의 거울 뉴런이 활성화되도록 디지언트에게 인간과 충분히 유사한 성적 흥분 반응을 부여하는 것은 물론 가능하다. 하지만 바이너리 디자이어 사는 나체로 있는 상황에 따르는 무방비함이나, 기꺼이 나체가 되는 행위를 통해 상대에게 전달하고자 하는 바의 의미를 디지언트에게 가르칠 수 있을까?

물론 그런 일은 전혀 문제가 되지 않을 수도 있다. 애나는 화상회의 녹화 영상을 재생하여, 비인간 파트너와의 섹스는 새로운 프론티어라는 체이스의 말을 다시 듣는다. 그것은 다른 인간과의 섹스와는 다를 것이다. 그것은 다른 종류의 섹스일 것이다. 그리고 아마 다른 종류의 친밀함이 수반될 것이다.

애나는 동물원에서 일할 때 일어났던 사건, 암컷 오랑우탄 한 마리가 죽었을 때의 일을 떠올린다. 모두가 슬퍼했지만, 특히 그 오랑우탄과 가장 친했던 조련사는 큰 비탄에 빠졌다. 마침내 그는 그 암컷과 섹스를 하고 있었다는 사실을 고백했고, 얼마 뒤 동물원에서 해고됐다. 애나는 물론 충격을 받았지만, 더 큰 충격은 그 조련사가 애나가 동물 성애자를 두고 상상했던 종류의 음흉한 변태가 아니라는 점이었다. 그의 슬픔은 연인을 잃은 여느 사람처럼 깊고 순수했다. 결혼한 적이 있었다는 사실도 놀라움으로 다가왔다. 동물성애자는 데이트도 한 번 못해본 사람일 거라고 생각했기 때문이다. 그리고 그녀는 깨달았다. 이런 생각은 동물원 사육사에 대한 사람들의 고정관념—사람들과는 잘 어울리지 못하기 때문에 동물 쪽을 선호한다는—을 받아들이는 것이나 다름없었다. 그때와 마찬가지로 애나는 자기 생각을 정리해보려고 노력한다. 동물과의 비非성적인 관계는 정상으로 보면서 왜 성적인 관계는 그럴 수가 없을까. 동물이 인간에게 해줄 수 있는 한정된 동의는 동물을 애완용으로 기르기에는 충분한 이유가 되는데, 왜 그들과 섹스를 하기에는 충분치 못한 것일까. 이번에도 애나는 개인적인 불쾌감에 근거하지 않은 반박 논리를 찾을 수가 없다. 불쾌감이 충분한 이유가 될 수 있을까.

디지언트끼리의 섹스라는 문제는 과거에도 몇 번 토론 대상이 된 적이 있다. 애나는 디지언트 오너가 그런 것에 대처할 필요가 없어서 행운이라고 줄곧 느끼고 있었다. 동물의 경우, 성적 성숙을 계기로 다루기 힘들어지는 경우가 다반사이기 때문이다. 설령 잭스에게 중성화 수술을 시킨다고 해도 죄책감을 느끼지는 않을 것이다. 잭스의 본질의 근본적인 측면을 박탈하는 것이 아니기 때문이다. 하지만 지금 토론 게시판에 올라온 일련의 의견들은 애나로 하여금 생각을 다시 하게 만든다.

글쓴이: 헬렌 코스터스
누가 내 디지언트하고 섹스를 한다는 건 생각하고 싶지도 않지만, 잘 생각해보면 부모도 자기 아이들이 섹스를 하는 것에 대해서는 생각하고 싶지 않아하지.

글쓴이: 마리아 젱
그 비유는 잘못됐어. 부모는 자기 아이들이 성적으로 성장하는 걸 막을 수 없지만, 우린 그럴 수 있잖아. 디지언트가 인간 발달 과정의 성적인 측면을 흉내 내야 할 본질적인 이유 따위는 존재하지 않아. 의인화해서 투영하면 안 돼.

글쓴이: 데릭 브룩스
본질적인 게 뭔데? 디지언트가 매력적인 성격이나 귀여운 아바타를 가져야 할 본질적인 필요성은 없었어. 하지만 그럴 만한 좋은 이유가 있었잖아. 오너들이 디지언트와 더 많은 시간을 보내게 만들었고, 그건 디지언트 입장에서는 좋은 일이었어.
바이너리 디자이어의 제안을 받아들여야 한다는 얘긴 아냐. 하지만 여기서 우리가 자문해봐야 하는 건, 디지언트에게 성을 부여할 경우, 다른 사람들이 그들을 사랑하도록 만드는 데 도움이 될지 안 될지 여부야. 어쩌면 디지언트에게 좋은 일이 아닐까?

잭스가 성과 무관하다는 사실은 살아가는 데 도움이 되는 경험을 할 기회를 잃고 있다는 뜻일까. 애나는 자문한다. 그녀는 잭스에게 인간 친구들이 있다는 사실이 마음에 든다. 뉴로블래스트 엔진이 리얼 스페이스에 이식되기를 원하는 것도 잭스가 그런 관계를 유지하고, 강화하기를 바라기 때문이다. 하지만 그런 관계는 어느 정도까지 강화될 수 있을까? 어느 정도까지 친밀한 관계를 맺으면 섹스가 문제로 부상하는 것일까?

그날 저녁 늦게 애나는 데릭의 글에 답글을 단다.

글쓴이: 애나 앨버라도
좋은 문제 제기라고 생각해. 하지만 그 해답이 '예스'라고 해서 우리가 바이너리 디자이어의 제안을 받아들여야 한다는 뜻은 아냐.
만약 자위를 위한 판타지를 찾는 사람이 있다면, 통상적인 소프트웨어를 쓰면 그만이야. 우편주문 신부를 구입해서 열두 개의 인스턴트라포르 패치를 붙이다니 안 될 말이지. 바이너리 디자이어가 본질적으로 고객들에게 제공하려는 게 바로 그거잖아. 우리 디지언트들이 그런 종류의 인생을 살게 하고 싶어? 우린 가상 엔도르

핀을 대량으로 투여해서 그들이 데이터 어스의 옷장 안에서도 행복하게 살게 만들 수 있어. 하지만 그러기엔 우린 그들을 너무 사랑하잖아. 그에 미달하는 존중밖에는 표하지 않는 사람들에게 그들을 맡겨서는 안 된다고 생각해.

나도 인정해, 디지언트와의 섹스라는 아이디어가 처음에는 마음에 들지 않았어. 하지만 원칙적으로는 반대하지 않아. 내가 해보고 싶다고는 전혀 생각하지 않지만, 착취적이지만 않다면 다른 사람이 그러는 건 문제시하지 않아. 어느 정도 이익을 주고받을 수 있다면 데릭이 말한 대로 인간뿐 아니라 디지언트들에게도 좋은 일이 될 수도 있고. 하지만 인간이 디지언트의 보상 맵을 마음대로 편집하거나, 완벽하게 조정된 인스턴스가 나올 때까지 계속 되감는다면, 이익을 주고받는다는 원칙은 어디로 가는 걸까? 바이너리 디자이어는 구입한 디지언트의 취향을 전혀 고려해줄 필요가 없다고 고객들에게 얘기하고 있어. 그런 건 진짜 관계가 아냐. 거기에 섹스가 포함되든 안 되든 그게 문제가 아냐.

* * *

유저 그룹의 일원이라면 누구든 바이너리 디자이어 사의 제안을 개별적으로 받아들일 자유가 있었다. 그러나 애나의 주장은 설득력이 있었기 때문에 일단은 아무도 그것을 수락하지 않았다. 설명회로부터 며칠 뒤, 데릭은 마르코와 폴로에게 바이너리 디자이어의 제안에 관해 얘기해준다. 당사자인 디지언트들도 무슨 일이 일어나고 있는지 알 권리가 있다고 생각했기 때문이다. 폴로는 바이너리 디자이어가 실행하고 싶어하는 수정에 흥미를 보인다. 자신에게 보상 맵이 있다는 사실을 알지만, 그것을 편집한다는 것이 무엇을 의미하는지에 대해선 생각해본 적이 없었던 것이다.

"내 보상 맵 편집하면 재미있을지도 몰라." 폴로가 말한다.

"다른 사람 위해 일할 때는 보상 맵 편집 못해." 마르코가 말한다. "그럴 수 있는 건 법인일 때만."

폴로가 데릭을 향해 고개를 돌린다. "정말이야?"

"글쎄, 설령 너희들이 법인이 된다고 해도 내가 그걸 허락할 것 같지는 않은데?"

"너무해." 마르코가 항의한다. "데릭은 우리 법인 되면 뭐든 다 결정할 수 있다고 했어."

"그랬지. 하지만 너희들이 자기 보상 맵 편집한다는 생각까지는 안 했어. 아주 위험한 일이 될 수도 있거든."

"하지만 인간은 자기 보상 맵 편집할 수 있어."

"뭐? 인간은 그런 일 못해."

"섹스할 때 사람들 먹는 약은? 체은제는?"

"최음제. 그건 일시적인 것에 불과해."

"인스턴트라포르도 일시적?" 폴로가 묻는다.

"엄밀하게 말하자면 아니야. 하지만 인간이 그걸 쓸 때는 대부분 잘 못을 저지르고 있는 거야." 특히 회사가 월급을 미끼로 그걸 강제할 때 는 말이지. 데릭은 마음속으로 이렇게 덧붙인다.

"법인 되면, 나 잘못 저지를 자유 있어." 마르코가 말한다. "그게 포 인트."

"너희들은 아직 법인이 될 준비가 안 되어 있어."

"데릭이 내 결정 맘에 안 들어서? 언제나 데릭한테 찬성하는 게 준 비가 되는 거?"

"법인이 되자마자 자신의 보상 맵을 편집할 계획이라면, 아직 준비 가 안 된 거야."

"편집 원한다고 안 말했어." 마르코가 단호히 말한다. "안 원해. 법 인 되면 그러는 거 자유라고 말했어. 그건 다른 얘기."

데릭이 잠시 입을 다문다. 간과하기 쉽지만, 이것은 유저 그룹이 게 시판에서 디지언트의 법인화에 관해 토론하다가 도달한 것과 동일한 결론이다. 법적으로 사람이라는 것이 형식적인 말장난 이상의 것이 되 려면, 디지언트에게 일정한 자율성을 보장해줘야 한다. "응. 네 말이 옳아. 네가 법인이 되면, 넌 내가 잘못이라고 생각하는 일들을 할 자유 가 있어."

"좋아." 마르코가 만족한 듯이 말한다. "데릭이 나 법인 될 준비됐 다고 판단하는 거, 내가 데릭한테 찬성해서 그러는 거 아냐. 데릭한테 찬성 안 해도 난 준비될 수 있어."

"맞아. 하지만 부탁이니 보상 맵을 편집할 생각은 없다고 말해줘."

"응. 위험하다는 거 알아. 잘못 고치는 거 그만두는 잘못 저지를 수 있어."

데릭은 안도한다. "고마워."

"하지만 바이너리 디자이어가 내 보상 맵 편집하는 거, 그건 안 위험해."

"응. 그건 위험하지 않지만, 난 여전히 안 좋다고 생각해."

"난 동의 안 해."

"뭐라고? 넌 그들이 뭘 하고 싶어하는지 이해를 못해서 그런 소리를 하는 거야."

마르코가 답답한 듯이 데릭을 본다. "이해해. 자기들 좋아하고 싶은 거 나한테 좋아하게 만들려는 거잖아. 내가 그거 좋아하지 않아도."

마르코는 정말로 이해하고 있다. "그런데도 그게 잘못됐다고 생각하지 않는다는 거야?"

"왜 잘못? 내가 지금 좋아하는 거 다, 블루감마가 좋아하게 만들었기 때문에 좋아해. 그건 잘못 아냐."

"그래. 하지만 이번하고는 상황이 달라." 데릭은 어떻게 설명해야 좋을지 잠시 생각에 잠긴다. "블루감마는 네가 음식을 좋아하게 만들었지만, 어떤 종류의 음식을 좋아해야 하는지는 결정하지 않았어."

"그게 뭐? 크게 다르지 않아."

"달라."

"편집 안 원하는 디지언트 편집하면 잘못이라는 거 찬성. 하지만 편집 전에 디지언트가 동의하면, 그건 잘못 아냐."

데릭은 점점 짜증이 밀려오는 것을 느낀다. "그럼 넌 법인이 되어서 스스로 결정을 내리고 싶다는 거야, 아니면 누군가가 대신 결정을 내려주기를 원한다는 거야? 도대체 어느 쪽을 원해?"

마르코는 잠시 생각한다. "아마 양쪽 다 해볼지도. 내 복제 하나는 법인 되고, 두 번째 복제는 바이너리 디자이어에서 일해."

"네가 복제되어도 상관없다는 거야?"

"폴로는 내 복제. 그건 잘못 아냐."

할 말을 잃은 데릭은 토론을 중지하고, 공부하라고 말하며 디지언트들을 보낸다. 그러나 마르코가 한 말이 쉽사리 머릿속에서 사라지지 않는다. 어떻게 보면 마르코는 타당한 주장을 펼쳤다. 그러나 데릭은 여전히 생생하게 기억하고 있는 대학 시절의 경험에 의해, 능숙한 토론 기술이 곧 성숙함을 의미하지는 않는다는 사실을 잘 알고 있다. 이번이 처음은 아니었지만, 새삼 디지언트에게도 법적으로 성인이 되는 연령이 있다면 얼마나 편할까 하는 생각을 해본다. 그런 것이 존재하지 않는 이상, 마르코가 언제 법인이 될 준비가 되었는지를 결정하는 것은 전적으로 데릭의 몫이었다.

바이너리 디자이어 사가 내놓은 제안의 부작용에 시달리는 사람은 데릭만이 아니다. 애나와 다시 만나 얘기를 나누는데, 그녀는 최근 카일과 다툰 일에 대해 불평한다.

"제안을 받아들여야 한다는 거야. 내가 폴리토프에 취직하는 것보다 훨씬 나은 선택이라나."

또 카일을 비판할 기회가 왔다. 어떻게 대처해야 할까? "디지언트 수정이 별일 아니라고 생각하기 때문이겠지." 겨우 이 정도다.

"바로 그거야." 애나는 분통이 터진다는 표정을 짓더니 말을 잇는다. "인스턴트라포르 패치 붙이는 게 별일 아니라는 뜻은 아냐. 당연히 별일이지. 하지만 내가 자발적으로 인스턴트라포르 쓰는 거하고, 바이너리 디자이어가 디지언트들한테 관계 맺기를 강요하는 거하고는 엄연히 달라."

"엄연히 다르지. 그런데 그 부분에 관해서 흥미로운 문제 제기가 있었어." 데릭은 애나에게 마르코와 폴로와 나눴던 대화 얘기를 해준다. "마르코가 단지 논쟁을 위한 논쟁을 했던 건지는 잘 모르겠지만, 적어도 나를 생각하게 만든 건 사실이야. 만약 디지언트가 나서서 바이너리 디자이어가 원하는 수정을 받아들이면, 얘기는 달라지는 걸까?"

애나는 생각에 잠긴 표정이다. "글쎄. 그럴지도."

"성인이 인스턴트라포르 패치를 사용하기로 선택하면, 우리로서는 반대할 근거가 없어. 같은 방식으로 잭스나 마르코가 내린 결정을 존중하기 위해서는 뭐가 필요하다고 생각해?"

"그들이 성인일 필요가 있겠지."

"하지만 우리는 우리가 원하기만 하면, 내일이라도 당장 법인화 정관을 작성할 수 있어. 그러면 안 된다고 어떻게 단언할 수 있지? 당신이 폴리토프 일에 대해 말한 것처럼, 어느 날 잭스가 자긴 그들의 제안을 받아들이는 게 뭘 의미하는지 이해한다고 주장한다면 어떻게 할 거야? 그럴 경우 당신은 어떻게 하면 잭스의 결정을 받아들일 거야?"

애나는 잠시 생각에 잠긴다. "잭스의 결정이 경험에 근거한 것인지 아닌지에 대해 내가 어떻게 생각하느냐에 달려 있겠지. 잭스는 연애 관계를 맺거나 직장에 다닌 적이 한 번도 없어. 바이너리 디자이어의 제안을 받아들인다면 그 둘 다를 해야 한다는 얘기가 돼. 아마 영원히. 따라서 그런 식으로 일생을 좌우하는 결정을 내리기 전에 난 잭스가 그 방면에서 어느 정도 경험을 쌓기를 원해. 일단 그런 경험을 쌓은 뒤라면, 내가 정말로 반대하긴 힘들어지겠지."

"아." 데릭이 고개를 끄덕인다. "마르코하고 얘기할 때 그 생각이 떠올랐으면 좋았을 텐데." 경험을 쌓게 하려면 디지언트를 성적인 존재로 수정해야 하겠지만, 판매를 염두에 두는 건 아니라는 뜻이다. 그렇게 되면 뉴로블래스트를 이식한 후라 해도 유저 그룹 입장에서는 또 비용이 들겠지만 말이다. "하지만 그러려면 시간이 오래 걸릴 텐데."

"물론 그래. 하지만 디지언트에게 성을 부여하는 걸 서두를 필요는 없어. 제대로 그럴 수 있을 때까지 기다리는 편이 나아."

성인 연령을 너무 낮게 잡는 위험을 무릅쓰는 것보다는 차라리 높게 잡는 쪽이 바람직하다. "그럼 그때까지는 우리가 돌봐야 한다는 얘기로군."

"맞아! 그들에게 뭐가 필요한지가 우선이야." 애나는 이렇게 합의를 도출할 수 있었다는 사실에 감사하는 기색이다. 데릭도 맞춰줄 수 있어서 기뻤다. 순간 애나의 얼굴이 또 어두워진다. "카일도 그걸 이해해주면 좋을 텐데."

데릭은 적절한 대답을 고민한다. "디지언트하고 우리만큼 오랜 시간을 보내지 않은 이상, 누구든 제대로 이해할 순 없을 거야." 카일을 비난할 의도에서 한 말이 아니다. 정말로 그렇게 믿는다.

9

바이너리 디자이어 사의 설명회가 있은 지 한 달이 지났다. 애나는 사설 데이터 어스에서 몇몇 뉴로블래스트 디지언트들과 함께 손님을 기다리고 있다. 마르코는 롤리에게 자기가 가장 좋아하는 게임드라마의 최신 에피소드에 관해 얘기해주고 있고, 잭스는 직접 안무를 고안한 댄스를 연습하고 있다.

"봐." 잭스가 말한다.

애나는 잭스가 일련의 포즈를 빠르게 되풀이하는 모습을 지켜본다. "잊지 마. 그 사람들이 오면 네가 뭘 만들었는지 꼭 얘기해야 해."

"알아. 이미 들었고 지금 또 들었어. 그 사람들 여기 오면 춤은 바로 그만둘게. 이건 그냥 재미야."

"미안. 내가 신경이 좀 곤두서서."

"내 춤을 봐. 기분 좋아져."

애나가 미소를 짓는다. "고마워. 그래 볼게." 애나는 심호흡을 하고 긴장을 풀라고 속으로 되뇐다.

포털 하나가 열리더니 두 명의 아바타가 걸어 들어온다. 잭스는 즉시 춤을 멈췄고, 애나는 자기 아바타를 그쪽으로 보내 그들을 맞는다. 화면상의 주석은 이들을 제레미 브로어와 프랭크 피어슨으로 표시하고 있다.

"들어오는 데 문제는 없으셨나요." 애나가 말한다.

"없었습니다." 피어슨이 말한다. "보내주신 로그인 정보는 아무 문제 없이 작동했습니다."

브로어는 주위를 둘러보고 있다. "옛날 그대로의 그리운 데이터 어스로군요." 그의 아바타는 관목 가지를 잡아당겼다가 놓고는, 가지가 흔들리는 모습을 바라본다. "대산이 이걸 처음 공개했을 때 얼마나 흥분했었는지 기억이 납니다. 정말 최첨단이었죠."

브로어와 피어슨은 가사 로봇 회사인 엑스포넨셜 어플라이언시스의 직원이다. 가사 로봇은 고전적인 인공지능의 활용 예였다. 그들의 스킬은 학습한 것이 아니라 프로그래밍된 것이고, 실제적인 편리함을 제공해주는 반면, 그 어떤 의미에서도 딱히 의식이라고 할 만한 것은 가지고 있지 않다. 엑스포넨셜 사는 주기적으로 새로운 버전을 발표하면서 소비자들이 꿈꾸는 인공지능에 또 한 발 다가갔다고 광고한다. 스위치를 켜는 순간, 주인에게 전적으로 충실하고 주인을 전적으로 배려하는 집사가 생긴다는 식으로 말이다. 애나의 눈에 이런 업그레이드 전략은 지평선을 향해 걸어가는 것과 다를 바 없다. 전진하고 있다는 환상을 주기는 하지만 목적지에 실제로 가까워지는 일은 결코 없다. 그러나 소비자는 이런 로봇을 즐겨 구입하고, 그 결과 엑스포넨셜 사는 안정적인 수익 구조를 유지하고 있다. 애나가 눈독 들이고 있는 것이 바로 이 부분이다.

뉴로블래스트 디지언트들에게 집사라는 직업을 얻어줄 생각은 아니다. 잭스와 그 동료들은 그런 일을 하기에는 너무 고집이 세다. 게다가 브로어와 피어슨은 영업 파트의 직원도 아니고, 이 회사의 본래 창립 목적이었던 연구 파트 소속이다. 그들에게 가사 로봇 개발은 공학자들이 꿈꾸는 인공지능의 이상―순수한 인식만으로 이루어진 개체, 감정이나 그 어떤 육체의 구속도 받지 않는 천재, 냉철하면서도 공감할 줄 아는 심원한 지성체―을 실현하기 위한 수단에 지나지 않는다. 그들은 아테나의 소프트웨어 판이 완전히 성숙한 상태로 튀어나오기를 기다리고 있다. 영원히 기다려야 할 거라고 말한다면 실례가 되겠지만, 애나는 뉴로블래스트 디지언트들이 그 실행 가능한 대안이 될 수 있다고 브로어와 피어슨을 설득할 작정이다.

"여기까지 와주셔서 고맙습니다." 애나가 말한다.

"우리도 기대하고 있었습니다." 브로어가 말한다. "누적 실행 시간이 대부분의 OS 수명보다 긴 디지언트를 만나기란 쉽지 않으니까요."

"예, 그렇죠." 애나는 이들이 비즈니스 제안을 심각하게 검토하기 위해서라기보다 향수에 이끌려 왔다는 사실을 깨닫는다. 어쨌든 이렇게 와준 게 어딘가.

애나는 디지언트들을 소개하고, 그들은 진행 중인 프로젝트의 일부를 손님들 앞에서 피력한다. 잭스는 직접 제작한 가상 장치를 보여준다. 춤 동작으로 연주하는 일종의 음악 신시사이저다. 마르코는 직접 디자인한 퍼즐 게임을 보여주고, 협력해서 풀 수도 있고 경쟁해서 풀 수도 있다고 설명한다. 브로어가 특히 관심을 보인 대상은 작성 중인 프로그램을 피력한 롤리다. 툴킷을 이용한 잭스나 마르코와 달리, 롤리는 실제 코딩을 하고 있다. 그러나 롤리의 능력이 초보 프로그래머와 별반 다르지 않다는 사실이 분명해지자 그들은 실망한 기색이 역력하다. 디지언트로서의 본성이 이런 분야에 특별한 적성을 부여하지 않았을까 기대했던 듯하다.

디지언트들과 잠시 얘기를 나눈 뒤, 애나와 엑스포넨셜 사의 두 직원은 데이터 어스에서 로그아웃해 화상회의로 옮겨 간다.

"정말 멋지군요." 브로어가 말한다. "저한테도 하나 있었는데, 갓난애가 말하는 수준 이상으로는 나아가지 못했습니다."

"뉴로블래스트 디지언트였나요?"

"예. 발매되자마자 하나를 샀죠. 똑같이, 잭스의 인스턴스였습니다. 피츠라고 이름 붙이고 일 년쯤 실행했습니다."

이 사람, 어린 잭스를 키우고 있었어. 이 남자를 오너로 아는 잭스의 갓난아이 버전 하나가 어딘가에 저장되어 있다. 그녀가 조금 큰 소리로 말한다. "싫증이 났던 건가요?"

"싫증이 났다기보다 한계를 깨달았던 겁니다. 뉴로블래스트 게놈이 잘못된 접근법이라는 걸 알 수 있었죠. 피츠는 물론 똑똑했지만, 뭔가 유용한 일을 할 수 있기까지는 영원한 시간이 걸릴 게 뻔했습니다. 잭스를 이렇게나 오래 곁에 두시다니, 경의를 표합니다. 정말 놀랍습니다." 마치 애나가 세계에서 가장 큰 이쑤시개 조각이라도 만들어냈다는 말투다.

"아직도 뉴로블래스트가 잘못된 접근법이라고 생각하시나요? 잭스의 능력을 방금 눈으로 보셨잖아요. 엑스포넨셜에 잭스와 맞먹는 것이 있나요?" 생각보다 더 날카로운 목소리가 나와버렸다.

브로어의 반응은 평온하다. "우리 회사가 추구하는 건 인간적인 인공지능이 아니라, 초인적인 인공지능입니다."

"인간적인 인공지능이 그 방향으로 나아가기 위한 한 걸음이라고 생각지 않으세요?"

"당신의 디지언트들이 보여준 것 같은 종류라면, 아닙니다." 브로어가 말한다. "당신은 잭스가 프로그램 천재가 되기는커녕 언젠가 고용될 자격을 갖출 수 있을지조차 확신할 수 없습니다. 아시다시피, 그는 이미 발달 가능성의 최대치에 도달했습니다."

"제가 보기엔 그랬을 것 같지는……"

"하지만 안 그렇다고 확신하는 것도 아니잖습니까."

"뉴로블래스트 게놈이 잭스 같은 디지언트를 만들어낼 수 있다면, 당신이 찾는 것만큼 똑똑한 개체도 만들어낼 수 있다고 생각합니다.

뉴로블래스트 디지언트 판의 앨런 튜링은 언제든 태어날 수 있어요."

"좋습니다, 그럼 당신 생각이 옳다고 가정하죠." 브로어는 애나의 기분을 받아주고 있다. "그런 개체를 찾아낼 때까지 몇 년이나 걸릴 거라고 생각하십니까? 첫 번째 세대를 키우는 일에만 해도 그들을 실행시키는 플랫폼이 구식화될 정도로 오래 걸렸습니다. 튜링이 등장할 때까지 몇 세대를 더 기다려야 합니까?"

"언제까지나 실시간 실행의 제약을 받아야 하는 건 아녜요. 디지언트의 개체수가 집단으로서 자립할 수 있는 수준까지 늘어난 시점부터는 인간과의 상호작용에만 기댈 필요가 없어지죠. 그럼 야생화될 위험 없이 그들의 사회를 온실 속도로 실행시켜서 결과를 확인할 수 있습니다." 애나는 이런 시나리오를 통해 실제로 튜링이 탄생하게 될지에 대해 실은 전혀 자신이 없다. 그러나 이미 몇 번이나 연습을 했기 때문에 마치 진심으로 그렇게 믿고 있는 것처럼 말이 술술 흘러나왔다.

그러나 브로어는 설득당하지 않는다. "그런 위험한 투자가 어디 있습니까. 당신은 우리한테 한 줌밖에 안 되는 십대들을 보여주고는, 나중에 어른이 되면 그들이 천재들을 배출할 국가를 건설할지도 모르니까 교육 비용을 대달라고 요청하고 있습니다. 실례가 될지도 모르지만, 그보다는 더 낫게 돈을 쓰는 방법이 있을 것 같은데요."

"하지만 그 대가로 뭘 손에 넣을 수 있을지 생각해보세요. 우린 이 디지언트들을 키우기 위해서 오랫동안 노력을 쏟아부었습니다. 사람들을 고용해서 다른 게놈을 가지고 같은 일을 되풀이할 경우 드는 비

232

용에 비하면 뉴로블래스트 이식은 훨씬 저렴합니다. 또 잠재적인 이득이야말로 엑스포넨셜 사가 추구하는 바가 아닌가요? 자력으로 초인적인 지능을 획득해서, 고속으로 일하는 프로그래밍의 천재들. 우리 디지언트들이 지금 게임을 개발해낼 수 있다면, 그 자손들이 무엇을 할 수 있을지 상상해보세요. 그렇게 되면 그들 모두로부터 수익을 얻을 수가 있어요."

브로어가 대답하려는데 피어슨이 끼어든다. "그래서 뉴로블래스트 이식을 원하는 겁니까? 초지성을 가진 디지언트들이 장래에 뭘 개발할지 보고 싶어서?"

피어슨이 그녀의 얼굴을 빤히 쳐다보고 있다. 거짓말은 의미가 없다. "아뇨. 제가 원하는 것은 잭스가 좀더 풍성한 인생을 보낼 기회를 얻는 것입니다."

피어슨이 고개를 끄덕인다. "잭스가 언젠가 법인이 되는 걸 보고 싶은 거군요? 법적인 권리가 생겼으면 하는 거군요?"

"예, 그렇습니다."

"잭스도 같은 생각이겠죠? 법인이 되고 싶어하나요?"

"거의 그렇다고 할 수 있습니다."

피어스가 역시 자기 생각이 맞았다는 듯이 또 고개를 끄덕인다. "우리 회사 입장에서 그건 계약을 가로막는 장애 요인입니다. 대화 상대로 재미있다는 것은 좋은 일이지만, 디지언트들에게 너무 많은 애정을 쏟아부은 탓에 당사자들도 자기가 인간이라고 생각하고 있군요."

"왜 그게 장애 요인이라는 거죠?" 그러나 대답은 이미 알고 있다.

"우리가 추구하는 건 초인적인 지성을 갖춘 고용인이 아니라, 초인 적인 지성을 갖춘 제품이니까요. 당신이 제공하려는 것은 전자입니다. 난 당신을 비난할 수 없습니다. 그렇게 오랜 기간 디지언트를 가르쳤 다면, 디지언트를 제품으로 보지 못하는 게 당연합니다. 하지만 우리 는 그런 종류의 감상에 입각해서 비즈니스를 진행하지는 않습니다."

애나가 지금까지 애써 모른 척했던 문제를 피어슨이 방금 노골적으로 지적했다. 엑스포넨셜 사의 목표와 그녀의 목표는 근본적으로 양립할 수 없다. 그들이 원하는 것은 인간처럼 반응하지만 인간을 대할 때와 같은 책임은 질 필요가 없는 존재이며, 애나는 그런 것을 제공할 수 없기 때문이다.

아무도 그들에게 그런 것을 제공할 수는 없다. 그런 것은 불가능하기 때문이다. 잭스를 키우기 위해 그녀가 보낸 세월은 단지 잭스를 재미있는 대화 상대로 만들거나, 잭스에게 취미나 유머 감각만을 부여한 것이 아니다. 이 세월은 엑스포넨셜 사가 인공지능에서 추구하는 모든 특질을 잭스에게 부여했다. 현실 세계를 자유롭게 돌아다닐 수 있는 능력, 새로운 문제를 해결하는 창조성, 중요한 결정을 맡길 수 있는 판단력을. 인간을 데이터베이스보다 더 가치 있는 것으로 만들어주는 모든 특성은 예외 없이 경험의 산물이었다.

애나는 그들에게 말해주고 싶다. 블루감마 사의 방침은 생각보다 훨씬 더 올바른 것이었다. 경험은 최상의 교사일 뿐 아니라 유일한 교사다. 잭스를 키우면서 애나가 얻은 교훈이 있다면, 지름길 따위는 존재하지 않는다는 사실이다. 이 세계에서 이십 년 동안 살며 습득한 상식을 가르치고 싶다면, 그 일에 이십 년을 들여야 한다. 이에 상응하는 발견적 논리를 그보다 더 짧은 시간 내에 조합할 방도는 없다. 경험은 알고리즘적으로 압축할 수 없다.

설령 그런 경험 전체를 스냅숏으로 찍어 무한대로 복제할 수 있다고 해도, 또 그 복제들을 저렴하게 판매하거나 공짜로 배포할 수 있다고 해도, 그 과정을 통해 태어난 모든 디지언트는 각자 하나의 생애를 살아왔을 것이다. 한때 새로운 눈으로 세계를 바라보았고, 소망을 이루거나 이루지 못했고, 거짓말을 하거나 거짓말을 듣는 것이 어떤 기분인지 알게 되었을 것이다.

따라서 모든 디지언트는 존중받을 권리가 있다. 엑스포넨셜 사는 제공할 생각이 없는 존중.

애나는 마지막 시도를 한다. "그래도 우리 디지언트들은 고용인으로서 돈을 벌어줄 수 있어요. 이를테면……"

피어슨이 고개를 가로젓는다. "당신이 추구하는 목표를 높이 평가하고, 또 성공하기를 바라고 있습니다만, 엑스포넨셜 사와는 맞지 않습니다. 만약 이 디지언트들이 제품이 된다면, 거기서 얻을 수 있는 잠재적인 이익은 투자 리스크를 정당화할 수 있을지도 모릅니다. 하지만 제품이 아니라 고용인밖에 될 수 없다면, 그때는 상황이 다릅니다. 그렇게 작은 이익을 위해 큰 투자를 할 수는 없습니다."

물론 그러시겠죠. 애나는 생각한다. 도대체 누가 할 수 있단 말인가? 광신적인 사람, 사랑에 의해 움직이는 사람밖에는 없을 것이다. 애나처럼.

* * *

애나가 엑스포넨셜 사와의 미팅이 실패로 끝났다는 메시지를 데릭에게 보내고 있을 때 로봇 외피가 기동한다. "미팅 어떻게 됐어?" 이렇게 묻기는 하지만, 잭스는 애나의 표정만 보고서도 대답을 유추할 수 있다. "내 잘못? 내가 보여준 거 안 좋아해?"

"아냐. 넌 정말 멋졌어, 잭스. 그냥 디지언트들이 싫은 거야. 애당초 그 사람들 생각을 바꿀 수 있다고 생각한 게 잘못이었어."

"해볼 가치 있었어."

"아마 그렇겠지."

"애나 괜찮아?"

"이제 괜찮으니까 걱정 마." 애나가 다독이자 잭스는 그녀를 안아주고는 충전대 쪽으로 걸어가 데이터 어스로 돌아간다.

책상 앞에 앉아 텅 빈 화면을 응시하며 애나는 유저 그룹에게 남은 선택지들에 관해 생각한다. 그녀가 아는 한 이제 단 하나뿐이다. 폴리토프 사에서 근무하며 뉴로블래스트 엔진은 이식할 가치가 충분히 있다고 그들을 설득하는 일이다. 인스턴트라포르 패치를 붙이고 그들의 산업화된 애보기 실험에 참여하기만 하면 된다.

폴리토프 사가 어디서 무슨 소리를 듣든, 엑스포넨셜 사와는 달리 실시간 교류의 중요성을 이해한다는 점만은 확실했다. 소폰스 계열 디지언트들은 온실에 혼자 남겨져도 만족할지 모르지만, 생산적인 개인이 될 것을 기대한다면 이것은 유효한 지름길이라고는 할 수 없다. 누군가는 반드시 그들과 함께 시간을 보내야 하고, 폴리토프는 그 사실을 잘 알고 있다.

애나가 반대하는 것은 사람들이 디지언트에 시간을 투자하도록 하기 위한 폴리토프의 전략이다. 블루감마 사가 디지언트를 사랑스럽게 만드는 전략을 채택했던 것과는 대조적으로, 폴리토프는 전혀 사랑스럽지 않은 디지언트를 데려다놓고 약물로 사람들의 애정을 끌어낸다. 블루감마 사의 접근법이 옳았다는 점은 명백하다. 더 윤리적일뿐만 아니라 더 효율적이었기 때문이다.

사실 지금 애나가 놓인 상황을 감안하면, 너무 효율적이었던 것인지도 모르겠다. 애나는 지금까지 살아온 인생에서 가장 큰 돈을 지출하려 하고 있다. 그녀의 디지언트를 위해서 말이다. 오래전 블루감마 사에서는 누구도 예상하지 못했던 일이겠지만, 어쩌면 응당 예상했어야 하는 일인지도 모른다. 조건 없는 사랑이라는 개념은 바이너리 디자이어가 고객들에게 팔려는 것 못지않은 환상이다. 누군가를 사랑한다는 것은 상대방을 위해 희생하는 것을 의미한다.

그리고 이것이 애나로 하여금 폴리토프 사에서 일하는 것을 고려하게 만든 유일한 이유이다. 다른 상황에서 인스턴트라포르의 사용을 요구하는 자리를 제안받았다면 모욕적이라고 느꼈을 것이다. 디지언트를 상대하는 일에서라면 애나는 누구 못지않게 경험이 풍부하다. 그런데도 폴리토프 사는 약물의 도움 없이는 그녀가 유능한 훈련자가 될 수 없다는 것을 암시한 셈이다. 디지언트를 훈련시키는 일은 동물을 조련하는 일과 마찬가지로 하나의 직업이다. 그리고 직업인이라면 맡은 임무가 맘에 들지 않아도 자기 일을 완수할 수 있는 법이다.

동시에, 애나는 훈련 과정에서 애정이 어떤 효과를 발휘할지, 인내심이 가장 필요할 때 애정이 어떤 역할을 해줄지 잘 알고 있다. 그런 애정을 인위적으로 만들어낼 수 있다는 생각에는 공감하기가 힘들다. 그러나 현대 신경약리학의 현실 또한 부정할 수 없다. 소폰스 디지언트들을 훈련할 때마다 그녀의 뇌에 옥시토신이 들이찬다면, 원하든 원하지 않든 그들에 대한 그녀의 감정은 영향을 받게 될 것이다.

유일한 문제는 그녀가 그것을 견딜 수 있을지 여부다. 잭스를 돌보는 일을 소홀히 하지 않을 자신은 있다. 그 어떤 소폰스 계열 디지언트도 애정의 대상으로서의 잭스를 대체할 가능성은 없다. 그리고 폴리토프 사에서 일하는 것이 뉴로블래스트의 이식 가능성을 높일 수 있는 최고의 방법이라면 기꺼이 그럴 용의가 있다.

카일도 이해해주면 좋을 텐데, 하고 애나는 생각한다. 잭스의 행복이 모든 것에 우선한다는 점은 예전부터 분명히 해오던 일이다. 그리고 지금까지 카일은 그것에 대해 불평한 적이 없었다. 그녀는 이번 건 때문에 두 사람의 관계가 끝나는 것을 원치 않는다. 그러나 잭스와 함께 지낸 시간은 그 어떤 남자친구와 함께한 시간보다 길다. 만약 선택의 기로에 서게 된다면 어느 쪽을 선택하게 될지 애나는 알고 있다.

10

미팅이 실패로 끝났음을 알리는 애나의 메시지는 짧았지만, 데릭에게는 충분하리만치 많은 사연을 담고 있다. 전에 애나가 미팅이 실패할 가능성에 대해 이야기할 때의 목소리를 기억하기 때문에, 그는 그녀가 폴리토프의 제안을 받아들일 마음의 준비를 하고 있다는 사실을 알 수 있다.

애나에게 이것은 뉴로블래스트를 이식하기 위한 마지막 수단일 뿐, 그 이상의 의미는 없다. 아무도 그 수단을 좋아하지 않지만, 애나는 성인이고, 충분히 손익 계산을 해보고 결정을 내렸다. 본인이 기꺼이 그럴 작정이라면, 데릭이 해줄 수 있는 최소한의 일은 그녀를 지지하는 것이다.

문제는 그럴 수가 없다는 점이다. 다른 선택지가 하나 더 있기 때문이다. 바이너리 디자이어 사의 제안을 받아들이는 선택지다.

마르코와 폴로와 함께 대화를 나눈 뒤, 데릭은 제니퍼 체이스에게 개인적으로 연락해, 법인이 되고 싶다는 디지언트들의 희망이 바이너리 디자이어가 목적하는 바와 상충되지 않는지 물었다. 체이스는 바이너리 디자이어의 고객은 구입한 복제를 자유롭게 법인으로 등록할 수 있다고 답했다. 사실, 디지언트에 대한 고객들의 애정이 바이너리 디자이어가 기대하는 것만큼 강해진다면, 많은 사람들이 그럴 거라고 했다. 그것은 데릭이 바라던 대답이었다. 하지만 한편으로는 그들이 그가 바라지 않는 대답을 해서, 그들의 제안을 거부해도 좋을 명확한 이유를 제공해주기를 내심 기대하고 있었다. 이제 결정은 데릭의 몫이 됐다. 데릭과 마르코의 몫이.

얼마 전 애나가 한 주장에 관해 생각해보았다. 디지언트들에겐 연애 관계나 직업에 대한 경험이 없기 때문에 바이너리 디자이어의 제안을 받아들일 능력이 없다고 했다. 디지언트들을 인간 어린아이 같은 존재로 간주한다면 이치에 맞는 주장이다. 그러나 이것은 그들이 데이터 어스에 갇혀 있는 한—그들의 삶이 그렇게 극단적으로 보호되고 있는 한—이렇게 중차대한 결단을 내릴 수 있을 정도로 성숙하는 날은 결코 오지 않으리라는 뜻이기도 하다.

그러나 어쩌면 디지언트의 성숙의 기준은 인간만큼 높이 설정되어선 안 되는 것인지도 모른다. 어쩌면 마르코는 이번 결단을 내릴 만큼 충분히 성숙해 있을지도 모른다. 마르코는 자기 자신을 인간이 아닌 디지언트로 여기는 것에 전적으로 만족하는 듯 보인다. 자기가 한 제안이 어떤 결과를 가져올지 완전히 이해하지 못하고 있을 가능성도 있다. 그러나 데릭은, 실제로는 마르코가 자신의 본성을 데릭보다 더 잘 이해하고 있다는 느낌을 떨칠 수가 없다. 마르코와 폴로는 인간이 아니므로, 그들을 마치 인간인 것처럼 간주해, 있는 그대로 놔두지 않고 데릭의 기대에 부응하도록 강요하는 것은 잘못일지도 모른다. 마르코를 존중하고 싶다면 그를 인간처럼 대해야 할까, 아니면 그가 인간이 아니라는 사실을 받아들여야 할까?

다른 상황이었다면 이런 철학적인 문제는 나중을 위해 미뤄놓았겠지만, 이번만큼은 데릭이 당장 내려야 하는 결단에 직접적으로 연관되어 있다. 만약 데릭이 바이너리 디자이어의 제안을 받아들인다면, 애나는 폴리토프에 취직할 필요가 없어진다. 따라서 문제는 바로 이것이다. 마르코의 뇌에 화학적 조작이 가해지는 게 나을까, 아니면 애나가 자기 뇌를 약물에 노출시키는 게 나을까?

애나는 폴리토프의 제안에 응하면 자신이 어떤 일을 당하게 될지, 마르코의 경우보다 더 잘 알고 있다. 그러나 애나는 인간이다. 데릭에게 마르코가 아무리 멋진 존재라고 해도, 그에게는 애나 쪽이 더 소중하다. 둘 중 하나에게 신경화학적인 조작이 가해져야 한다면, 애나가 아닌 쪽이 낫다.

데릭은 바이너리 디자이어가 보내온 계약서를 화면에 불러온다. 그런 다음 마르코와 폴로를 각자의 로봇 외피 속으로 부른다.

"계약서 서명할 준비 됐어?" 마르코가 묻는다.

"단지 다른 사람들 돕고 싶다고 이런 일 해선 안 된다는 거 알지?" 데릭이 말한다. "자기가 하고 싶은 일일 때만 해야 해." 데릭은 이렇게 말하고는 정말로 그럴까 하고 자문한다.

"그렇게 계속 안 물어봐도 돼." 마르코가 말한다. "난 예전하고 똑같은 기분이야. 하고 싶어."

"넌 어때, 폴로?"

"응. 찬성."

디지언트들은 기꺼이, 아니 열렬히 그러고 싶어한다. 그러니 더 이상 고민할 필요가 없는 건지도 모르겠다. 그러나 따로 생각해봐야 할 문제가 남아 있다. 순전히 이기적인 관점에서.

애나가 폴리토프 사에 취직한다면, 그녀와 카일 사이에는 균열이 생겨날 것이다. 그 사실은 데릭에게 유리하게 작용할 수 있다. 훌륭한 생각은 아니지만, 그런 생각이 떠오르지 않았다고 한다면 거짓말이다. 반면에 그가 바이너리 디자이어의 제안을 받아들인다면 이번에는 그와 애나 사이에 균열이 생겨날 것이고, 언젠가 그녀와 맺어질 기회는 영영 사라져버린다. 그걸 포기할 수 있을까?

애당초 애나와 맺어질 기회 따위는 존재하지 않았는지도 모른다. 어쩌면 데릭은 몇 년 동안이나 자기 자신을 속여왔는지도 모른다. 그렇다면 그런 환상은 졸업하는 게 낫다. 결코 얻을 수 없는 것에 대한 헛된 희망으로부터 해방될 수 있으므로.

"뭐 기다리고 있어?" 마르코가 묻는다.

"아무것도 아냐."

디지언트들이 보는 앞에서, 그는 바이너리 디자이어 사가 보낸 계약서에 서명을 하고 제니퍼 체이스에게 보낸다.

"나 언제 바이너리 디자이어 가?" 마르코가 묻는다.

"그쪽 서명이 된 계약서가 도착하면, 네 스냅숏을 찍을 거야. 그런 다음 그걸 바이너리 디자이어로 보내면 돼."

"오케이." 마르코가 말한다.

디지언트들이 앞으로 일어날 일에 대해 흥분된 어조로 대화를 나누는 동안 데릭은 애나에게 어떻게 설명할지에 대해 생각한다. 물론 그녀를 위해 그랬다고 말할 수는 없다. 자기를 위해 마르코가 희생됐다고 생각하면 애나는 지독한 죄책감에 시달릴 것이다. 이것은 데릭이 내린 결정이므로 차라리 애나가 데릭을 비난하는 편이 낫다.

* * *

애나와 잭스는 사설 데이터 어스에 새로 추가된 저크 벡터라는 레이싱 게임을 하며 놀고 있다. 호버카를 조종해 달걀 상자처럼 기복이 많은 지형 위를 질주한다. 애나의 차는 분지 안에서 충분히 속도를 올려서 인근 협곡을 뛰어넘는 데 가까스로 성공하지만, 잭스는 실패한다. 그가 탄 호버카가 협곡 바닥으로 요란하게 굴러떨어진다.

"따라갈 때까지 기다려." 인터콤으로 잭스가 말한다.

"오케이." 애나는 대꾸하고 호버카의 기어를 중립에 넣는다. 잭스가 협곡 바닥에서부터 지그재그를 그리는 산길을 올라오는 동안, 그녀는 다른 윈도로 전환해 메시지들을 확인하고는 깜짝 놀란다.

필릭스가 유저 그룹의 모든 회원 앞으로, 인류와 제노테리언 사이의 퍼스트 콘택트가 카운트다운에 들어갔다고 득의양양한 메시지를 보낸 것이다. 처음에는 예의 그 괴상한 말투 때문에 혹시 잘못 이해했나 생각했지만, 다른 회원 두 사람이 애나에게 보낸 메시지의 내용은 필릭스의 말이 사실임을 입증하고 있다. 뉴로블래스트 엔진의 이식이 진행 중이고, 바이너리 디자이어 사가 그 비용을 대고 있었다. 유저 그룹의 누군가가 자기 디지언트를 섹스 장난감으로 판 것이다.

뒤이어 그녀는 그 누군가가 바로 데릭이며, 그가 마르코를 팔았다는 메시지를 본다. 절대 그럴 리 없다는 답변을 보내려다가 그만두고, 데이터 어스 윈도로 돌아간다.

"잭스, 통화를 해야겠어. 그동안 넌 협곡 뛰어넘는 연습을 하면 어때?"

"후회할 거야." 잭스가 말한다. "다음 시합 내가 이길 거니까."

애나는 잭스가 점프에 실패해도 매번 협곡 바닥에서 올라올 필요가 없도록 게임을 연습 모드로 바꾼다. 그런 다음 영상통화 윈도를 열고 데릭에게 전화를 건다.

"사실이 아니라고 말해." 그러나 데릭의 얼굴을 한 번 보는 것만으로도 충분하다.

"이런 식으로 알게 할 생각은 아니었어. 전화할 작정이었어. 그런데……"

애나는 너무 놀라 말을 이을 수 없다. "왜 그랬어?" 데릭은 오랫동안 머뭇거린다. "돈 때문이야?"

"아냐! 그럴 리가 없잖아. 단지 마르코의 주장이 타당하다고 판단했고, 마르코가 선택할 수 있는 나이가 됐다고 생각했을 뿐이야."

"그 얘긴 이미 끝난 거잖아. 마르코가 좀더 경험을 쌓을 때까지 기다리는 편이 낫다는 데 당신도 찬성했잖아."

"알아. 하지만 그 뒤로…… 내가 지나치게 신중했다고 판단했어."

"지나치게 신중했다고? 넘어져서 무릎이 까진다거나 뭐 그런 얘기를 하는 게 아니잖아. 그들은 마르코한테 뇌수술을 할 거야. 그런 일을 결정하면서 어떻게 지나치게 신중할 수가 있어?"

데릭이 입을 다물었다가 잠시 후 말한다. "놓아줘야 할 시기라고 생각했어."

"놓아줘?" 마치 마르코와 폴로를 보호한다는 생각은 일종의 유치한 망상이고, 이제 그것을 졸업하기라도 했다는 투였다. "그런 식으로 생각하는 줄은 몰랐어."

"나도 몰랐어. 최근까지는."

"그럼 언젠가 마르코와 폴로를 법인화할 계획도 포기했다는 뜻이야?"

"아니. 지금도 그럴 생각이야. 단지 예전만큼은……" 그는 또다시 주저한다. "거기 연연하지 않아."

"연연하지 않는다?" 나는 데릭에 관해 얼마나 알고 있었던 것일까. "잘됐네."

데릭이 이 말에 마음을 다친 듯하지만, 애나는 개의치 않는다. "모두를 위해 잘된 일이야." 데릭이 말한다. "이제 디지언트들은 리얼 스페이스에 액세스할 수 있고……"

"알아, 안다고."

"정말로 난 이게 가장 좋은 방법이었다고 생각해." 그렇지만 데릭 자신도 그 말을 믿고 있는 것 같지는 않다.

"이게 어떻게 가장 좋은 방법일 수가 있어?" 데릭은 아무 말도 하지 않는다. 애나도 상대의 얼굴을 응시할 뿐이다.

"나중에 다시 얘기해." 애나는 이렇게 말하고 전화 윈도를 닫았다. 앞으로 마르코가 그들에게 이용당할 것을—자신이 이용당하고 있다는 것조차 영원히 모르는 채로—생각하니 가슴이 찢어질 것만 같다. 모두를 구할 수는 없는 법이야. 그녀는 속으로 되뇐다. 하지만 설마 마르코가 그런 위험에 노출될 줄이야. 지금까지는 데릭도 그녀와 같은 마음이라고 생각했다. 희생의 중요성을 이해한다고 생각했다.

데이터 어스의 윈도에서는 잭스가 희희낙락 호버카를 조종하며 무게도 롤러코스터에 탄 어린아이처럼 사면을 신나게 오르내리고 있다. 지금 당장 잭스에게 바이너리 디자이어 소식을 알리고 싶지는 않다. 마르코에게 그것이 무엇을 의미하는지에 관해 토의해야 할 텐데, 지금은 그런 대화를 나눌 힘이 없다. 지금 애나가 하고 싶은 일은 단지 잭스를 바라보고, 뉴로블래스트의 이식이 실제로 진행 중이라는 사실에 조금씩이라도 익숙해지는 것이다. 실로 기분이 묘하다. 어떤 대가를 치렀는지를 생각하면 이것을 안도감이라고 부를 수는 없다. 그러나 잭스의 미래를 가로막는 엄청난 장애물이 제거됐다는 사실은 부정할 길이 없다. 이제 폴리토프에 취직할 이유도 없어졌다. 이식이 완료되려면 몇 달이 걸리겠지만, 일단 목표가 정해진 이상 시간은 살처럼 빠르게 흐를 것이다. 잭스는 리얼 스페이스에 들어가 친구들과 재회하고, 사교 우주에 재합류할 수 있을 것이다.

물론 잭스의 미래에 순조로운 항해만 기다리고 있는 것은 아닐 것이다. 앞길에는 여전히 끊임없는 장애물들이 가로놓여 있겠지만, 적어도 그녀와 잭스는 그것들에 맞설 기회를 얻게 될 것이다. 애나는 잠시 감미로운 몽상에 잠겼다. 성공한다면, 그들에게는 어떤 미래가 기다리고 있을까.

애나는 잭스가 리얼 스페이스와 현실 세계 양쪽에서 몇 년에 걸쳐 성숙해가는 상상을 한다. 법인화해서 권리를 얻고, 취직해서 생계를 꾸리는 상상을 한다. 충분한 자금과 기술력을 보유하고 있어서, 필요할 경우 새로운 플랫폼으로 스스로를 이식할 수도 있는 디지언트 서브컬처 공동체의 일원이 되는 상상을 한다. 디지언트와 함께 자라난 새로운 세대의 인간들이 잭스를 포용하고, 애나의 세대에서는 이루어질 수 없었던 새로운 방식을 통해 디지언트들을 잠재적인 연애 상대로 바라보는 상상을 한다. 잭스가 사랑하고 사랑받으며, 논쟁을 벌이고 타협하는 상상을 한다. 잭스가 희생을 감내하는 상상을 한다. 쉽지 않은 희생도 있겠지만, 쉬운 희생도 있을 것이다. 진정으로 소중한 사람을 위해서라면 희생은 기꺼운 법이므로.

이런 식으로 어느새 몇 분이 흘러간다. 상상은 이쯤에서 멈추자. 잭스가 그런 일들을 모두 할 수 있다는 보장은 어디에도 없다. 그러나 잭스가 그런 일에 도전할 기회를 얻으려면 애나는 지금 눈앞에 주어진 일을 해내야 한다. 잭스에게 살아가는 법을, 최선을 다해 가르치는 것이다.

애나는 게임을 종료시키며 인터콤으로 잭스를 부른다. "놀이 시간은 끝났어, 잭스. 이제 숙제해야지."

DACEY'S PATENT
AUTOMATIC NANNY

데이시의 기계식 자동 보모

오하이오 주 에크런 시 국립 심리학 박물관에서 개최된 전시회
〈불완전한 작은 성인들 ─1700년에서 1950년까지의 아동관兒童觀〉
카탈로그에서 발췌

기계식 자동 보모는 1861년 런던에서 태어난 수학자 레지널드 데이시의 발명품이다. 데이시가 원래 관심을 가졌던 분야는 자동 교습기 teaching engine의 제작이었다. 당대의 신기술이었던 축음기에서 영감을 얻어, 찰스 배비지가 주창한 해석 엔진의 '연산용 밀'*을 문법과 산

---

* arithmetic mill. 배비지가 설계한 기계식 컴퓨터에서 연산 처리를 담당하는 부분으로, 현대 컴퓨터의 CPU에 해당한다.

수의 주입교육 장치로 전용하려 했던 것이다. 그가 구상한 자동 교습기는 사람에 의한 교육을 대체하는 것이 아니라, 학교교사나 여성 가정교사를 보조함으로써 노동력을 절약할 수 있게 하는 장치였다.

데이시는 십 년 넘게 자동 교습기의 제작에 몰두했고, 아내인 에밀리가 1894년에 아이를 낳다가 죽은 뒤에도 결코 노력을 멈추지 않았다.

그랬던 그가 연구의 방향을 튼 결정적 계기는 몇 년 후 아들인 라이어널이 깁슨이라는 보모에게 어떤 취급을 받고 있는지 알게 됐기 때문이었다. 다정한 보모의 손에서 자란 데이시는 자신이 고용한 여자 역시 그 보모처럼 살갑게 라이어널을 키워주고 있으리라 몇 년 동안이나 믿어 의심치 않았고, 이따금은 응석을 지나치게 받아주지 말라는 지시까지 했다. 데이시는 깁슨이 아이가 말을 안 듣는다며 주기적으로 매를 때리고, 벌로 지독한 맛이 나는 강력한 설사약인 그레고리 파우더까지 먹였다는 사실을 알고 큰 충격을 받았다. 자기 아들이 보모를 죽도록 무서워하고 있다는 사실을 깨달은 그는 즉각 그녀를 해고했다. 그런 다음 신중하게 몇몇 후보들을 면접했는데, 이들의 양육 방식에 엄청난 개인차가 존재한다는 사실을 알고는 깜짝 놀랐다. 자신들에게 맡겨진 아이들에 대해 애정을 쏟아붓는 보모들이 있는가 하면, 어떤 보모들은 깁슨보다 훨씬 심한 체벌을 아이들에게 가하기도 했다.

데이시는 마침내 새로운 보모 한 명을 고용했다. 하지만 그녀를 가까이서 지켜볼 수 있도록 라이어널을 주기적으로 자신의 작업실로 데려오게 했다. 아이 입장에서는 천국 같았던지, 데이시와 함께 있을 때 라이어널은 어른 말에는 무조건 순종했다. 깁슨이 전한 아들의 행동과 자기 눈으로 직접 관찰한 행동 사이의 괴리를 실감한 데이시는 아들을 위한 최선의 양육법이 무엇인지 연구하기 시작했다. 그는 수학자답게 어린아이의 감정 상태를 불안정한 평형 상태에 있는 시스템의 사례로 보았다. 당시 그가 남긴 기록에는 다음과 같은 대목이 포함되어 있다. "응석을 받아주면 아이는 버릇없이 행동한다. 이에 보모는 화가 나 필요 이상으로 심한 체벌을 가한다. 그러다 보모는 가책을 느끼게 되고, 그것을 벌충하기 위해 처음보다 더한 응석을 받아준다. 이런 행동은 진폭이 커져가는 도립진자의 움직임과 닮았다. 만약 우리가 그 진자를 계속 수직 상태로 유지할 수만 있다면, 교정은 불필요해질 것이다."

데이시는 향후 라이어널을 맡아 키운 일련의 보모들에게 이런 양육 철학을 전수하려고 노력했다. 하지만 예외 없이, 아이가 도무지 말을 듣지 않는다는 대답을 들을 뿐이었다. 아이가 아버지가 아닌 보모들과 함께 있을 때 전혀 다른 행동을 할 수 있다는 생각은 하지 못한 듯하다. 대신 그는 보모들의 성향이 그의 지침을 따르기에는 너무 변덕스럽다는 결론을 내렸다. 이런 견해는 어떤 의미에서 보자면, 여성은 감정에 휩쓸리기 쉽기 때문에 부모 역할에는 적합하지 않다는 당시의 사회 통념과 맥을 같이한다고도 볼 수 있다. 통념과 달랐던 부분이 있다면, 과도한 체벌은 과도한 애정과 마찬가지로 아이들의 성장에 해로울 수 있다고 생각한 것이었다. 결국 데이시는 자신의 지침을 충실히 따라줄 보모를 원한다면 직접 만드는 수밖에 없다는 결론에 도달했다.

동료 학자들에게 보낸 편지에서, 데이시는 자신이 기계 보모 쪽으로 관심을 돌리게 된 몇 가지 이유를 제시하고 있다. 첫째, 기계 보모 제작은 자동 교습기 제작에 비하면 말도 안 되게 쉽고, 그 판매 수익을 완벽한 자동 교습기의 개발 자금에 충당할 수 있다. 둘째, 그는 기계 보모를 조기 개입의 기회로 여겼다. 아직 젖먹이일 때 기계의 보살핌을 받도록 한다면, 나중에 고쳐줘야 하는 나쁜 버릇이 생기는 것을 미연에 방지할 수 있다는 뜻이었다. 데이시는 이렇게 썼다. "아이들은 악덕에 물들어 태어나는 것이 아니라, 우리가 육아를 맡기는 사람들의 영향력을 받고 악덕에 물든다. 이성적인 육아는 이성적인 아이들의 탄생으로 이어질 것이다."

데이시가 아이들은 마땅히 부모 손에 키워져야 한다고 단 한 번도 주장하지 않았다는 점은 빅토리아 시대의 아동관을 여실히 보여준다. 라이어널의 육아에 직접 관여한 경험에 관해 그는 이렇게 쓰고 있다. "아들 곁에 내가 있음으로 인해, 도리어 내가 피하고 싶어하는 나쁜 버릇들을 들일 수 있다는 점은 나도 자각하고 있다. 나는 그 어떤 여성보다 이성적이지만 아들의 기쁘거나 슬픈 감정 표현을 완전히 무시하지는 못하기 때문이다. 그러나 어떤 경우에도 진보는 점진적으로 이루어지기 마련이다. 내 연구의 혜택을 온전히 향유하기에 라이어널은 이미 너무 자라버렸지만, 그 의의는 본인도 이해하고 있다. 일단 이 기계가 완성되면 다른 부모들은 내가 내 자식에게 제공할 수 있었던 것보다 한층 더 이성적인 환경에서 아이들을 키울 수 있게 될 것이다."

데이시는 재봉틀과 세탁기 제조사인 토머스 브래드포드 사와 계약을 맺고 기계식 자동 보모의 제작을 위탁했다. 자동 보모의 몸통은 규칙적인 수유와 요동 운동을 제어하는 태엽 스프링 장치가 점유하고 있었다. 두 팔은 평소에는 아기를 흔들어주기 위한 요람 형태를 취하고 있었다. 미리 지정해둔 시각이 되면, 자동 보모는 수유 위치로 아기를 들어 올려 유아용 조제 우유가 든 용기와 연결된 천연 고무 젖꼭지를 노출시켰다. 자동 보모의 몸에는 메인 스프링을 감는 크랭크 핸들 말고도, 자장가를 재생하는 축음기 태엽을 감기 위한 작은 열쇠가 달려 있었다. 축음기는 자동 보모의 머리 내부에 넣기 위해 극도로 소형화된 탓에 특별히 찍어낸 소형 음반만 재생할 수 있었다. 자동 보모의 아랫부분에는 가압 페달도 하나 달려 있었는데, 이것을 밟으면 오물 배출 펌프가 아기의 고무 기저귀에 연결된 두 개의 호스에서 오물을 빨아들여 요강으로 배출시켰다.

기계식 자동 보모는 1901년 3월에 판매를 개시했다. 당시 〈일러스트레이티드 런던 뉴스〉에는 이런 광고가 실렸다.

여러분은 성격도 알지 못하는 여자에게
자식을 맡기시겠습니까?
아니면 현대적이고도 과학적인 최신 양육법을 선택하시겠습니까?

데이시의 기계식 자동 보모

인간 보모의 유일무이한 대체품이 되어줄 자동 보모의 장점

· 아기가 정확한 수유와 수면 시간을 지킬 수 있게 교육합니다.

· 신체 기능을 마비시키는 마취제를 쓰지 않고서도 아기를 달랠 수 있습니다.

· 밤낮 가리지 않고 일하며, 따로 머물 방도 필요치 않고, 물건을 훔치지 않습니다.

· 여러분의 아이를 악영향에 노출시키는 일도 절대 없습니다.

고객들의 추천사

"우리 아이는 이제 완벽하게 얌전해져서 곁에 두고 있어도 너무 좋아요."
– 멘헤닉 부인, 콜윈 베이

"예전에 고용했던 아일랜드인 하녀와는 비교할 수 없을 정도로 뛰어나요.
우리 가정 전체에 축복이 내린 기분입니다."
– 헤이스팅스 부인, 이스트본

"저도 어릴 때 이 보모가 보살펴줬으면 좋았을 텐데."
– 고드윈 부인, 앤도버스포드

토머스 브래드포드 사.
런던 플리트 스트리트 68번지 & 맨체스터.

이 광고문이 자식을 이성적인 아이로 키울 수 있다고 홍보하기보다는 신뢰할 수 없는 보모에 대한 부모들의 두려움을 자극하고 있다는 점은 주목할 만하다. 데이시의 사업 파트너였던 토머스 브래드포드 사의 노련한 마케팅 전략이었을 수도 있지만, 이것을 기계식 자동 보모의 개발자인 데이시의 진짜 동기가 드러난 대목으로 주목하는 역사가들도 있다. 자동 교습기는 줄곧 여성 가정교사들을 위한 보조 도구로 묘사했던 것에 반해, 기계식 자동 보모는 인간 보모를 완전히 대체할 수 있는 위치까지 격상시켰기 때문이다. 여성 가정교사들이 중상류층 출신자들이 많았던 데 비해 보모들은 노동자 계층이었다는 점을 감안하면, 데이시의 이런 태도는 무의식적인 계급적 편견에서 비롯되었을 가능성도 있다.

매력이 무엇이었든 기계식 자동 보모는 짧게나마 인기를 끌며 여섯 달 동안 150개 이상의 판매고를 올렸다. 데이시는 자동 보모를 구입한 가정들에서 이 기계가 제공하는 양육의 질에 전적으로 만족했다고 주장했지만 그것을 입증할 방법은 없다. 광고문에 쓰인 추천사들 또한 당시 관행대로 모두 허구일 가능성이 크다.

한 가지 확실한 것은 1901년 9월에 나이절 호손이라는 이름의 갓난아기가 그를 안고 있던 자동 보모의 메인 스프링이 파손된 직후 바닥에 떨어져 사망했다는 사실이다. 아기의 사망 소식은 빠르게 번졌고, 데이시는 쇄도하는 반품 요구에 직면했다. 데이시는 호손 가족의 자동 보모를 점검했고, 손으로 감는 방식의 태엽 장치가 작동 시간이 늘어나도록 무단 개조되어 있다는 사실을 발견했다. 그는 신문에 전면 광고를 냈다. 호손 가족을 대놓고 비난하지는 않았지만, 자동 보모는 제대로 사용하기만 하면 더없이 안전하다는 내용이었다. 그러나 그의 노력은 아무 결실도 맺지 못했다. 이제 데이시의 기계에게 아이를 맡기려는 사람은 아무도 없었다.

기계식 자동 보모의 안전성을 입증할 목적으로 데이시는 자신이 다음에 낳을 자식을 이 기계에 맡기겠다는 파격적인 선언을 했다. 만약 그가 그 실험에 성공했더라면 자동 보모에 대한 대중의 신뢰를 회복할 수 있었을지도 모른다. 그러나 그럴 기회는 영영 주어지지 않았다. 데이시는 아내로 점찍은 여자들에게 장차 태어날 자식들과 관련해 그런 계획이 있다고 말하는 버릇이 있었기 때문이다. 이 발명가는 자기와 함께 이 위대한 과학 프로젝트에 참여하지 않겠느냐는 제안으로 청혼을 대신했고, 교제중이던 그 어떤 여자도 이런 요청에 쾌히 응하지 않는다는 사실에 당혹스러워했다.

몇 년 동안 실패를 맛본 끝에, 마침내 데이시는 적대적인 대중에게 기계식 자동 보모를 팔려는 시도를 포기했나. 그는 이 사회가 기계에 기반을 둔 양육법을 이해하기에는 아직 충분히 계몽되지 않았다는 결론을 내렸고, 자동 교습기 제작마저 포기하고 순수 수학 분야의 연구를 재개했다. 데이시는 수론數論 논문을 여럿 발표하고 케임브리지에서 강의를 계속하다가 스페인 독감이 전 세계에 맹위를 떨치던 1918년에 세상을 떠났다.

1925년 〈런던 타임스〉에 '과학의 재앙'이라는 제목의 기사가 실리지 않았더라면 기계식 자동 보모는 완전히 잊혔을지도 모른다. 이 기사에 냉소적으로 묘사된 실패한 발명품과 실험들 중에는 자동 보모도 포함되어 있었고, "어린아이들을 혐오했을 것이 분명한 발명가에 의해 만들어진 기괴망측한 기계장치"라는 설명이 붙어 있었다. 그 무렵, 역시 수학자가 되어 아버지의 수론 연구를 발전시키고 있었던 라이어널 데이시는 이 기사를 읽고 격분했다. 라이어널은 신문사에 강경한 어조의 항의 편지를 보내 해당 기사의 철회를 요구했다. 신문사 측이 거절하자 그는 명예훼손 소송을 제기했지만 결국 재판에서 졌다. 그러나 라이어널 데이시는 이에 굴하지 않고 기계식 자동 보모가 견실하고 인도적인 자녀 양육법에 기반을 두고 있다는 사실을 증명하기 위한 활동을 이어나갔고, 이성적인 아이들을 길러내는 것에 관한 아버지의 이론서를 자비로 출판하기까지 했다.

라이어널 데이시는 본가 저택에 보관되어 있던 자동 보모들을 다시 손본 다음, 1927년 다시 시장에 내놓았다. 그렇지만 단 한 명의 구입자도 찾을 수 없었다. 그는 영국 상류 계급의 고질인 체면치레에 책임을 떠넘겼다. 가전제품들이 '전기 하인'으로 홍보되며 중산층에게 팔리고 있기 때문에, 상류층 가정에서는 어느 쪽이 더 잘 보살피는지 여부와 관계없이, 오직 체면 때문에 인간 보모를 계속 고용한다는 논리였다. 동료들은 자동 보모를 개량하려는 그 어떤 시도도 단호하게 거부하는 라이어널 데이시의 태도를 사업 실패의 원인으로 꼽았다. 라이어널은 태엽 스프링 구동 장치를 전기 모터로 대체하라는 기술 전문가의 제안을 무시했고, 상품명에서 데이시라는 이름을 삭제하라고 권유한 다른 전문가를 해고했다.

라이어널 데이시는 아버지와 마찬가지로 자동 보모를 이용해 자기 아이를 키우리라 결심했다. 그러나 1932년이 되자 그럴 용의가 있는 신부를 찾는 대신 갓난아이를 입양하겠다고 선언했다. 향후 몇 년 동안 아무 소식도 들려오지 않았기 때문에 신문의 가십난에서는 입양된 아이가 기계 보모의 손에서 죽음을 맞았다는 뜬소문이 돌았다. 그러나 그 무렵에는 자동 보모에 대한 관심 자체가 거의 사라져 있었기 때문에 더 이상 진상을 알아내려는 사람은 아무도 없었다.

새커리 램셰드 박사의 노력이 없었다면 이 아이를 둘러싼 진실은 결코 밝혀지지 못했을 것이다. 1938년 램셰드 박사는, 지금은 '베일리스 하우스'라는 이름으로 알려져 있는 브라이튼 정신 요양병원의 자문으로 근무하던 중 에드먼드 데이시라는 이름의 어린아이를 만나게 됐다. 입원 당시 기록에 따르면 에드먼드는 두 살이 될 때까지 자동 보모에 의해 순조롭게 자랐지만, 라이어널 데이시는 그 시점에서 아이를 다시 인간 보모에게 맡기는 게 낫겠다고 판단했다. 에드먼드가 그의 명령에 제대로 반응하지 않게 되고, 얼마 후 의사로부터 '정신박약' 진단을 받았기 때문이다. 그런 아이는 자동 보모의 효율성을 입증하는 데 적절한 존재가 아니라고 판단한 라이어널 데이시는 에드먼드를 브라이튼 요양병원으로 보냈다.

병원 관계자들이 램셰드 박사의 자문을 구한 것은 에드먼드의 왜소한 체격 탓이었다. 이미 다섯 살이었는데도 신장과 체중이 겨우 세 살배기의 평균에 불과했기 때문이다. 브라이튼 요양병원의 아이들은 다른 유사 시설에 있는 아이들에 비해 대체적으로 키가 크고 건강했다. 직원들이 환자들과 가급적 교류하지 않는다는 당시 관행을 따르지 않았기 때문이다. 간호사들은 자신들이 돌보는 환자들에게 애정을 베풀고 신체 접촉을 허용함으로써, 현재는 '심리사회적 왜소증'이라고 불리는, 정서적인 스트레스가 어린아이의 성장 호르몬 분비를 저해하는 증세를 예방하는 데 성공했다. 당시 고아원에서는 이런 질환이 만연했다고 한다.

따라서 간호사들이 에드먼드 데이시의 발달 지연을 인간과의 실제 접촉이 아닌 기계식 자동 보모의 보살핌으로 대체당한 결과라고 타당하게 판단하고, 자신들의 보살핌을 받으면 에드먼드의 체중도 늘어나리라 생각한 것은 당연한 일이었다. 그러나 요양병원에서 지난 이 년 내내 간호사들이 지극정성으로 보살폈음에도 불구하고 에드먼드의 몸은 거의 자라지 않았고, 병원 관계자들은 이 현상의 이면에 어떤 생리적 원인이 있지 않을까 의심하게 되었다.

램셰드 박사는 심리사회적 왜소증이 맞지만, 에드먼드의 경우는 스트레스의 원인이 뒤바뀐, 일종의 특이 변종으로 봐야 한다는 가설을 제기했다. 에드먼드에게 필요한 것은 사람과의 접촉이 아니라 기계와의 접촉이며, 그의 체격이 왜소한 것은 몇 년 동안 자동 보모의 보살핌을 받았기 때문이 아니라 인간의 손에 양육을 맡길 때가 되었다고 판단한 아버지에 의해 자동 보모를 박탈당한 결과라는 것이었다. 만약 박사의 가설이 옳다면, 기계식 자동 보모를 되찾게 해주면 에드먼드는 정상적으로 자라기 시작할 것이었다.

램셰드는 자동 보모를 입수하기 위해 라이어널 데이시를 만나러 갔다. 그는 오랜 세월이 지나 쓴 논문에서 당시의 면담에 대해 이렇게 기록하고 있다.

[라이어널 데이시는] 한 아이의 어머니가 적절한 혈통임을 확인하는 대로, 그 아이를 대상으로 실험을 재개할 계획임을 밝혔다. 그는 에드먼드를 이용한 실험이 실패한 것은 오로지 그 아이의 "태생적 저능함" 때문이라고 생각했고, 그것을 아이의 어머니 탓으로 돌렸다. 에드먼드의 부모에 관해 알고 있는 바를 묻자 그는 묘하게 거친 어조로 아는 바가 전혀 없다고 대답했다. 후에 나는 라이어널 데이시가 에드먼드를 입양한 고아원을 방문했고, 입양 기록을 통해 아이의 어머니가 과거 라이어널 데이시의 하녀로 일한 적이 있는 엘리너 하디라는 여자였음을 알게 되었다. 에드먼드가 라이어널 데이시의 사생아라는 점은 명백해 보였다.

라이어널 데이시는 자신이 실패한 실험이라고 여기는 것을 위해 자동 보모를 기증할 용의는 전혀 없었지만, 램셰드 박사에게 보모 하나를 파는 데는 동의했다. 램셰드는 브라이튼 요양병원에 있는 에드먼드의 방에 그것을 설치하게 했다. 에드먼드는 자동 보모를 보자마자 달려들어 껴안았고, 그날 이후 자동 보모가 근처에 있는 한은 장난감을 가지고 즐겁게 놀곤 했다. 향후 몇 달에 걸쳐 간호사들은 에드먼드의 신장과 체중이 착실하게 늘어가는 것을 기록했고, 그 결과 램셰드 박사의 진단이 옳았음을 확인했다.

병원 관계자들은 에드먼드의 인지적 지체가 선천적이라고 지레짐작하고 그가 신체적, 정서적으로 잘 자라는 데만 만족했다. 그러나 램셰드 박사는 에드먼드와 기계 사이에 존재하는 유대가 아이의 발달에 상상 이상의 영향을 끼치고 있는 것은 아닐까 하는 의구심을 느꼈다. 에드먼드가 정신박약 진단을 받은 것은 단지 그가 인간 교사에게 주의를 기울이지 않았기 때문이므로, 기계 교사에게는 그보다 나은 반응을 보일지도 모른다고 생각한 것이다. 유감스럽게도 이 가설을 입증할 방법은 없었다. 설령 레지널드 데이시가 자동 교습기의 제작을 성공적으로 마무리 지었다고 해도, 당시의 에드먼드에게 필요한 종류의 교육을 제공하지는 못했을 것이기 때문이다.

이와 관련한 과학기술은 1946년이 되어서야 충분한 수준에 도달했다. 방사선 장애에 관한 일련의 강연을 한 덕에 램셰드 박사는 시카고 소재 아르곤 국립 연구소의 과학자들과 친분이 있었고, 최초의 원격 매니퓰레이터—방사성 물질을 다룰 수 있도록 설계된 기계 팔들—를 시범 구동하는 자리에 입회할 수 있었다. 박사는 그것을 보자마자 이 장치가 에드먼드의 교육에 유용할 것임을 직감했고, 브라이튼 요양병원에서 사용할 한 쌍의 원격 매니퓰레이터를 입수했다.

이때 에드먼드의 나이는 열세 살이었다. 그는 그때까지 자신을 가르치려는 병원 관계자들의 시도에 별다른 반응이 없었다. 그러나 기계 팔들은 단박에 그의 주의를 사로잡았다. 간호사들은 원래의 자동 보모에 내장되어 있던 유성기의 저음질 자장가 음성을 모방하는 인터콤 시스템을 이용해, 직접 말을 걸었을 때와는 다른 방식으로 에드먼드가 자기들의 목소리에 반응하게 만드는 데 성공했다. 몇 주가 지나자, 에드먼드의 인지 능력은 그들의 추측과 달리 지체되어 있지 않다는 것이 명백해졌다. 그들에게는 단지 에드먼드와 의사소통을 할 수 있는 적절한 수단이 없었던 것이다.

이런 진전이 있다 보니, 램셰드 박사는 라이어널 데이시가 병원을 방문하게끔 설득할 수 있었다. 에드먼드가 왕성한 호기심과 탐구심을 발휘하는 모습을 본 라이어널 데이시는 자기가 이 소년의 두뇌 성장을 어떤 식으로 저해했는지를 깨달았다. 램셰드 박사는 이 광경을 다음과 같이 묘사했다.

라이어널 데이시는 아버지의 꿈을 추구하는 과정에서 자신이 어떤 결과를 낳았는지를 목도하고, 솟구치는 감정을 억누르기 위해 고투하는 기색이 역력했다. 기계와 너무나 긴밀하게 결합된 나머지 다른 인간을 인식할 수 없는 어린아이를 앞에 두고, 그는 이렇게 중얼거렸다.

"죄송합니다, 아버지."

"아버님도 당신의 의도가 선했음을 이해하실 겁니다." 나는 말했다.

"램셰드 박사님, 제 말을 오해하신 것 같군요. 제가 보통 과학자라면, 결과가 어떻든, 그의 이론을 입증하려는 제 노력은 그 영향력의 증거가 됐겠지요. 하지만 저는 바로 그 레지널드 데이시의 아들이기 때문에 그의 이론이 틀렸음을 두 번이나 입증하고 말았습니다. 제 전 생애가 아버지의 애정이 아들에게 끼칠 수 있는 영향력을 보여주는 증거이기 때문입니다."

요양병원에서 돌아오자마자 라이어널 데이시는 자신의 집에 원격 매니퓰레이터와 인터콤을 설치하고 에드먼드를 데려왔다. 그는 에드먼드가 폐렴에 걸려 사망한 1966년까지 이 기계를 매개로 한 아들과의 교류에 헌신했다. 라이어널 데이시는 이듬해 사망했다.

여기 전시된 기계식 자동 보모는 램셰드 박사가 브라이튼 요양병원에 수용된 에드먼드의 처우를 개선할 목적으로 구입한 것이다. 라이어널 데이시가 소유하고 있던 자동 보모들은 아들인 에드먼드가 죽었을 때 모두 폐기되었다. 본 박물관에 이 귀중한 유물을 기증해주신 램셰드 박사에게 감사의 말씀을 드린다.

THE TRUTH OF FACT,
THE TRUTH OF FEELING

사실적 진실, 감정적 진실

딸인 니콜이 아직 젖먹이였을 무렵, 앞으로는 더 이상 아이들에게 읽거나 쓰는 법을 가르칠 필요가 없을지도 모른다고 주장하는 글을 읽은 적이 있다. 음성 인식이나 합성 기술의 발달로 인해 머지않아 그런 능력이 불필요해지리라는 것이었다. 아내와 나는 그런 발상에 충격을 받은 나머지, 과학기술이 아무리 발달한다 해도 우리 딸에게만은 전통적인 읽기와 쓰기 기반을 단단히 다지게 하자고 다짐했다.

그 글을 썼던 이와 우리 부부 모두, 반은 틀리고 반은 맞았다고 해야 할 것이다. 니콜은 이제 성인이 됐고 나 못지않게 글을 잘 읽는다. 그러나 어떤 의미에서는 글쓰기 능력을 잃었다고 할 수 있다. 그가 예측했던 방식과 달리, 니콜은 메시지를 구술하고 가상 비서에게 자기가 방금 한 말을 읽어달라고 명하지 않는다. 대신, 하고 싶은 말을 머릿속에서 하위발성subvocalize 한다. 그러면 망막 프로젝터가 시야에 해당 문장을 보여주고, 니콜은 몸짓과 안구 움직임의 조합을 이용해 그 문장을 수정한다. 실질적으로는 직접 글을 쓰는 것과 차이가 없다고 해도 무방하다. 그러나 이런 보조 소프트웨어를 사용하지 못하게 하고 내가 지금도 애용하고 있는 종류의 키보드를 건넨다면, 니콜은 지금 이 문장에 포함된 많은 단어들의 철자를 제대로 써내지 못할 것이다. 그런 특수 상황에서 니콜의 모국어인 영어는 제2언어와 비슷해진다. 말은 유창하게 할 수 있지만 글은 간신히 쓰는 외국어라고나 할까.

이렇게 말하고 보니 내가 마치 니콜의 지적 성취에 대해 실망한 것처럼 들릴 수도 있겠지만, 그것은 전혀 사실이 아니다. 니콜은 영리한 아이이고, 더 많은 돈을 벌 수 있는 직장을 마다하고 미술관에 취직해 헌신적으로 일하고 있으며, 나는 그애가 언제나 자랑스러웠다. 그러나 나의 마음 한구석에는 자기 딸이 글자 쓰는 능력을 상실했다는 사실에 오싹해하는 과거의 내가 여전히 남아 있다. 그리고 현재의 내가 그 연장선상에 있다는 사실 역시 부인할 수 없다.

내가 앞서 언급한 그 글을 읽은 것은 삼십여 년 전의 일이며, 그동안 우리 가족의 삶은 예기치 못한 수많은 변화를 겪었다. 그중 가장 충격적이었던 것은 니콜의 엄마인 앤절라가 자기는 우리 가족과 함께하는 현재의 삶보다 더 나은 인생을 누릴 자격이 있다고 선언하고 집을 나간 사건이었다. 그 후 십 년 동안 앤절라는 우리 부녀를 내버려두고 전세계를 돌아다녔다. 그러나 니콜이 지금 같은 읽기 쓰기 능력을 갖게 된 계기로 작용한 변화들은 그보다는 평범하고 점진적이었다. 사용자의 실용성과 편의성을 보장하는 데 그치지 않고, 그것들을 실제 제공해주는 일련의 소프트웨어 도구들이 야기한 변화였다. 그리고 나는 그것들이 도입됐을 때 한 번도 이의를 제기한 적이 없었다.

신제품이 출시될 때마다 암울한 미래를 예언하는 버릇이 없었다는 뜻이다. 나는 새로운 테크놀로지가 도입될 때마다 누구 못지않게 환영했다. 그러나 윗스톤 사가 신종 검색 툴인 리멤Remem을 선보였을 때만은 예전 모델들 때와는 달리 우려를 금할 수가 없었다.

지난 몇십 년 동안, 몇천만 명—일부는 내 또래지만 대부분 나보다 어린—이나 되는 사용자들이 몸에 장착한 개인 카메라로 자기 삶 전체를 연속적으로 기록하는 라이프로그를 유지해왔다. 사람들은 과거의 즐거웠던 순간을 다시 체험하거나 알레르기 반응의 원인을 추적하는 일에 이르기까지 각양각색의 이유로 라이프로그를 검색하지만, 그것은 이따금일 뿐이다. 검색어를 설정하고 그 결과를 추려내는 일에 시간을 투자하고 싶어하는 사람은 아무도 없기 때문이다. 라이프로그는 완벽에 가까운 앨범이라고 할 수 있지만, 대다수의 앨범과 마찬가지로 특별한 경우가 아니면 그냥 묻혀 있기 마련이다. 그런 상황에서, 윗스톤 사가 이 모든 것을 바꾸겠다고 나선 것이다. 그들의 주장에 따르면, 신제품인 리멤의 알고리즘은 당신이 '바늘' 하고 말하는 순간, 그것이 묻혀 있는 건초 더미 전체를 검색해준다.

리멤은 당신이 하는 말을 모니터하고 있다가, 과거의 사건들을 언급하면 시야의 좌측 하단에 해당 사건의 영상을 떠운다. 만약 당신이 "결혼식에서 콩가 췄던 거 기억 나?"라고 말하면 해당 영상을 불러오고, 당신과 대화 중인 사람이 "지난번 해변에 같이 갔을 때"라고 말하면 그 영상을 불러온다. 대화를 할 때만 작동하는 것이 아니다. 리멤은 당신의 하위발성까지 모니터하기 때문이다. 만약 당신이 "내가 처음으로 갔던 사천요리 식당"이라는 글귀를 읽는다면 당신의 성대는 마치 당신이 소리 내어 읽는 것처럼 움직이고, 리멤은 그것에 입각해 관련 영상을 불러낸다.

"열쇠 뭉치를 어디 뒀더라?"라는 질문에 실제로 대답해주는 소프트웨어의 효용성을 부인할 수는 없다. 그러나 웻스톤은 리멤이 편리한 가상 조수 이상의 것이라고 홍보하고 있다. 인간의 자연 기억을 대체해줄 도구라고 말이다.

* * *

한 유럽인이 그 마을에 살기 위해 나타난 것은 지징기가 열세 살 되던 해 여름이었다. 먼지 섞인 하르마탄 바람이 북쪽에서 불어오기 시작하던 때, 인근의 일족들이 족장으로 받드는 마을의 장로 사베가 그 사실을 공표했다.

마을 사람들이 보인 첫 반응은 물론 불안감이었다. "우리가 뭐 잘못한 일이라도 있습니까?" 지징기의 아버지가 사베에게 물었다.

유럽인들은 오래전 처음으로 티브랜드*에 왔다. 몇몇 장로들은 언젠가는 그들도 떠날 것이며 삶은 다시 예전 방식으로 돌아갈 것이라고 말했지만, 그날이 올 때까진 그들과 협조하며 살아가는 수밖에 없었다. 그것은 티브족의 생활방식에 많은 변화가 있었다는 뜻이다. 하지만 그들과 함께 유럽인들이 산다는 것을 의미한 적은 아직 한 번도 없었다. 유럽인들은 대개 자기들이 건설한 도로에 대한 세금을 걷기 위해서만 마을에 왔다. 어떤 씨족들은 세금 내기를 거부했기 때문에 그들의 방문을 더 자주 받곤 했다. 그러나 샹게브 씨족은 아니었다. 사베를 위시한 씨족의 장로들은 세금을 내는 것이 가장 현명한 전략이라는 결론을 냈기 때문이다.

사베는 마을 사람들에게 걱정하지 말라고 했다. "이자는 선교사라서, 하는 일이라곤 기도뿐일 것이다. 그러니 우리에게 벌을 내릴 권한도 없다. 하지만 따뜻하게 환영해준다면 관리들이 흡족해할 것이다."

사베는 선교사를 위해 오두막 두 채를 지으라고 명했다. 취침용 오두막과 손님용 오두막이었다. 이후 며칠 동안 마을 사람 모두가 팥수수 수확을 잠시 멈추고 모여들어 벽돌을 쌓거나 기둥을 박거나 지붕이는 일을 도왔다. 선교사가 도착한 것은 오두막의 흙바닥을 발로 다지는 마지막 단계에 이르렀을 때였다. 멀리서도 보이는 큼지막한 상자들을 이고 카사바 경작지 사이를 누비며 다가오는 짐꾼들의 모습이 먼

---

* 아프리카 서부, 나이지리아에 인접한 티브족의 거주 구역.

저 눈에 들어왔다. 가장 나중에서야 모습을 드러낸 선교사는 든 것도 없는 맨손이었는데도 지친 기색이 역력했다. 선교사는 모스비라고 이름을 밝히고 오두막을 지어준 사람들에게 감사를 표했다. 그러면서 직접 마무리를 돕겠다고 나섰는데, 그런 일에 관해서는 아는 게 없다는 사실이 곧 판명됐다. 결국 모스비는 구주콩나무 그늘에 앉아 천 조각으로 머리를 닦으며 기다렸다.

지징기는 호기심 어린 눈으로 선교사를 바라보았다. 선교사는 상자 하나를 열고 언뜻 나무 블록처럼 보이는 물건을 꺼냈다. 그러나 그가 그것을 반으로 쪼개듯 펼치자 지징기는 그것이 하나로 단단히 엮어놓은 종이 뭉치라는 사실을 깨달았다. 종이라면, 유럽인들이 마을에 와 세금을 걷을 때 본 적이 있었다. 그들은 마을에서 세금을 냈다는 증거라며 종이를 주고 갔다. 그러나 지금 선교사가 들여다보고 있는 종이는 분명 그것과는 다른, 전혀 다른 목적이 있는 종이임이 분명했다.

선교사는 지징기가 자기를 바라보는 것을 깨닫고 가까이 오라고 손짓했다. "난 모스비라고 해. 네 이름은 뭐지?"

"나는 지징기이고, 아버지는 샹게브 씨족의 오르가입니다."

모스비는 종이 뭉치를 펼치더니 그것을 가리켜 보였다. "아담 이야기를 들은 적이 있어?" 그가 물었다. "아담은 첫 번째 인간이었단다. 우리 모두가 아담의 자식이지."

"여기 있는 우리 모두는 샹게브의 후손인데요." 지징기가 말했다. "티브랜드에 사는 사람들은 모두 티브의 후손이고요."

274

"그렇구나. 하지만 네 선조인 티브는 내 선조들과 마찬가지로 아담의 후손이었단다. 우리 모두는 형제인 거야. 무슨 뜻인지 알겠니?"

선교사는 마치 입에 비해 혀가 너무 큰 사람처럼 말을 했지만, 지징기는 그의 말을 이해할 수 있었다. "네, 알아요."

모스비는 미소 짓고 종이를 가리켰다. "이 종이가 아담 이야기를 해준단다."

"종이가 어떻게 이야기를 하나요?"

"이건 우리 유럽인들의 기술인데, 사람이 하는 말을 종이에 표시해 놓은 거야. 다른 사람이 나중에 그 종이를 보아도, 이 표시들을 보면 처음 말한 사람이 무슨 소리를 냈는지 알 수 있지. 그런 식으로 다음에 이걸 보는 사람도 처음 사람이 한 말을 들을 수 있는 거야."

지징기는 야외 생활의 달인인 그베그바에 관해 아버지가 했던 얘기를 머리에 떠올렸다. "너나 내 눈에는 흐트러진 풀로밖에 안 보여도, 그베그바는 바로 그 지점에서 표범이 들쥐를 죽여 물고 갔다는 걸 금세 알아차리지." 노인인 그베그바는 지면을 보고, 그가 그곳에 없었을 때 일어난 일들까지 알아맞혔다. 이 유럽인들의 기술이라는 것도 그런 것임이 틀림없었다. 이런 표시를 해석하는 데 능숙한 사람은 그 자리에서 자기 귀로 직접 듣지 않았더라도 그 내용을 들을 수 있는 것이리라.

"이 종이가 말하는 이야기를 들려주세요." 지징기가 말했다.

모스비는 뱀에게 속아넘어간 아담과 그의 아내 이야기를 해주었다.

그런 다음 지징기에게 물었다. "어때?"

"이야기는 재밌게 못하시는데, 이야기는 꽤 재미있었어요."

모스비는 웃음을 터뜨렸다. "네 말이 옳아. 난 아직 티브 말을 잘 못해서. 하지만 이건 좋은 이야기가 맞아. 우리가 아는 가장 오래된 이야기이기도 하지. 사람들이 이 이야기를 처음 들은 건 네 선조인 티브가 태어나기도 한참 전이란다."

지징기는 미심쩍은 표정을 지었다. "그 종이가 그렇게 오래됐을 리가 없잖아요."

"맞아. 이 종이는 그렇게 오래되지 않았어. 하지만 이 종이 위의 표시는 그보다 오래된 종이에 있던 걸 옮긴 거야. 그것들도 그보다 더 오래된 것에서 옮긴 거고. 그렇게 수없이 여러 번 옮겨 적은 거란다."

엄청난 얘기였다. 사실이라면 말이다. 지징기는 이야기를 좋아했다. 그리고 좋은 이야기들은 오래된 이야기인 경우가 많았다. "여기에 이야기가 얼마나 많이 들어 있는데요?"

"아주 많이 들어 있지." 모스비는 종이 뭉치를 획획 넘겼다. 한 장한 장에 표시들이 빼곡한 것이 보였다. 정말 많은 이야기가 든 게 틀림없었다.

"종이에 있는 표시들을 해석하는 그 기술 말이에요, 유럽인들만 쓸수 있는 건가요?"

"아니. 너도 나한테 배울 수 있어. 그러고 싶어?"

지징기는 조심스럽게 고개를 끄덕였다.

* * *

저널리스트로서, 나는 해당 사항의 진위 파악을 가능케 해주는 라이프로깅의 유용성을 이미 오래전부터 인정하고 있었다. 민사든 형사든, 현재 누군가의 라이프로그를 활용하지 않는 소송은 거의 없다시피 하며, 응당 그래야 옳다. 특히 공공의 이익과 관련됐을 경우 실제로 무슨 일이 일어났는지 알아내는 것은 중요하다. 공정함은 사회적 계약의 필수 요소이며, 진실을 알아내기 전까지는 공정한 결론을 내릴 수 없기 때문이다.

그러나 순수하게 개인적인 상황에서 라이프로그를 이용하는 행위에 대해서 나는 상당히 회의적인 입장이었다. 라이프로깅이 처음 인기를 끌었을 때만 해도, 영상 기록을 통해 실제로 누가 무슨 말을 했는지 확실하게 함으로써 논쟁을 매듭지으려고 하는 커플들은 심심치 않게 있었다. 그러나 정확한 영상을 찾아내기란 쉬운 일이 아니었기에 강철 같은 의지력의 소유자가 아닌 이상, 모두 제풀에 나가떨어졌다. 이런 불편함이 일종의 장벽으로 작용해, 라이프로그 검색은 그럴 만한 노력이 확실히 요구되는 상황—이를테면 법적인 공정함이 주요 동기로 작용하는 경우—으로 제한됐다.

그런데 리멤을 써서 정확한 순간을 찾아내기가 쉬워지자, 예전에는 완전히 무시당한 채 묻혀 있던 라이프로그들이, 마치 시시한 부부 싸움 따위에 이용하기 좋은 증거가 널린 범죄의 현장이라도 되는 것처럼 면밀한 조사 대상으로 부각되고 있다.

주로 뉴스 기사를 담당하지만 특집 기사도 곧잘 쓰기 때문에, 내가 리멤에 잠재된 부정적인 단면을 다루면 어떻겠느냐는 의견을 내자 편집장은 두말없이 허락해주었다. 맨 처음 인터뷰한 사람들은 기사에서 조얼과 디어드라라고 이름 붙인 부부였다. 전자는 건축가, 후자는 화가였다. 이들에게서 리멤에 관한 얘기를 듣는 것은 어렵지 않았다.

"조얼은 자긴 늘 알고 있었다고 말해요." 디어드라가 말했다. "그게 사실이 아닌 경우에도요. 예전에는 전혀 다르게 생각했다는 걸 인정하게 만들 수가 없어서 저도 미칠 지경이었어요. 그런데 이젠 그게 가능해졌어요. 예를 들어, 최근에 매키트리지 납치 사건에 관해서 얘기할 때였어요."

디어드라는 내게 조얼과 언쟁을 벌였을 당시 동영상을 보내주었다. 나의 망막 프로젝터가 내 시야에 칵테일파티의 정경을 띄웠다. 디어드라의 시점 영상이었고, 조얼이 사람들과 얘기를 나누고 있는 모습이 보였다. "체포 당일부터 그자가 유죄라는 점은 명백했어."

디어드라의 목소리. "처음부터 그렇게 생각한 건 아니잖아. 몇 달 동안 무죄라고 주장했으면서."

조얼이 고개를 젓는다. "아냐. 당신이 잘못 기억하고 있는 거야. 난 단지 명백히 유죄인 사람들도 공정한 재판을 받을 권리가 있다고 말했을 뿐이야."

"그렇게 말하지 않았어. 당신은 그가 유죄로 몰리고 있다고 했어."

"누구 딴사람하고 착각하는 거 아냐? 난 그런 소리 한 적 없어."

"아냐. 당신 입으로 그랬어. 보라고." 다른 동영상 창이 떴다. 디어
드라가 자기 라이프로그에서 찾아내 같이 얘기를 나누던 사람들에게
전송한 것이었다. 이 동영상 안에서 조얼과 디어드라는 카페에 앉아
있고, 조얼은 이렇게 말하고 있다. "그 친구는 희생양이야. 경찰은 대
중을 안심시키려고 적당한 용의자를 체포한 거야. 인생 종 친 거지."
그러자 동영상 속 디어드라가 대꾸한다. "무혐의로 풀려날 가능성은
아예 없다고 생각해?" 그러자 조얼은 대답한다. "강력한 변호 팀을 꾸
리지 않는 이상은 무리야. 그리고 장담하건대 그자는 못 그래. 그런 입
장에 몰린 사람은 공정한 재판 따위는 기대할 수 없는 법이지."

내가 두 창을 모두 닫자 디어드라가 말했다. "리멤이 없었다면 그가
의견을 바꿨다는 걸 절대 받아들이게 할 수 없었을 거예요. 하지만 지
금은 증거가 있죠."

"좋아. 그땐 당신 말이 옳았어." 조얼이 말했다. "하지만 내 친구들
앞에서 굳이 지적할 필요까진 없었잖아."

"당신도 항상 내 친구들 앞에서 내 말이 틀렸다고 지적하잖아. 당신
은 되는데, 나는 안 된다는 거야?"

바로 이 지점부터 진실의 추구는 그 본질적 선함을 잃게 된다. 영향
을 받는 유일한 인물들이 서로 사적인 관계일 때는 곧잘 다른 목적들
이 더 중요해지기 마련이고, 그럴 경우 엄밀한 진실 추구는 오히려 독

으로 작용할 공산이 크다. 참담한 실패로 끝난 휴가를 누가 처음에 가자고 했는지 아는 게 정말 중요할까? 부부 중 어느 쪽이 상대의 부탁을 더 잘 잊어버리는지 꼭 알아야 할까? 나는 부부 생활 전문가는 아니지만, 이럴 때 상담사들이 뭐라고 하는지는 안다. 서로의 자잘한 흠을 들추어내는 것은 해결책이 아니다. 서로의 감정을 인정하고, 하나의 팀이 되어 문제에 대처해야 한다.

다음 인터뷰 상대는 웻스톤 사의 대변인인 에리카 마이어스였다. 그녀는 한참 동안 리멤의 혜택에 관한 전형적인 홍보 문구를 늘어놓았다. "정보 접근성을 높이는 일은 본질적으로 선善입니다. 유비쿼터스 비디오는 법 집행에 대변혁을 가져왔습니다. 좋은 기록 관리 방식을 채택하면 비즈니스의 효율성은 올라가는 법이죠. 개인의 경우에도 마찬가지라서, 우리의 기억이 더 정확해진다면 일을 하는 데 있어서만이 아니라 삶의 질 자체가 개선될 겁니다."

내가 조얼과 디어드라 같은 커플에 대해 의견을 묻자 이런 대답이 돌아왔다. "부부 관계가 굳건하다면 리멤은 아무런 해를 끼치지 않습니다. 하지만 만약 당신이 자기는 옳고 배우자는 틀렸다는 사실을 끊임없이 증명하고 싶어하는 유형이라면, 리멤 사용 여부와 상관없이 그 결혼 생활은 삐걱거리겠죠."

나는 내가 예로 든 부부에 한해서는 그 말도 일리가 있다고 인정했지만, 재차 질문을 이어갔다. "그렇지만 리멤은 상대의 흠을 기억하기 쉽게 만드니까, 안정된 결혼 관계에서조차 그런 종류의 언쟁이 벌어질 가능성을 높이는 게 아닐까요?"

"전혀 그렇지 않습니다." 마이어스가 대답했다. "리멤은 상대의 흠을 찾는 경향을 강화하거나 하지는 않습니다. 그런 경향은 당사자들 스스로 만들어낸 것이죠. 리멤을 통해서 자신들의 기억이 틀릴 수 있다는 사실을 서로 깨닫고 상대가 그런 실수를 했을 때 더 너그러워지는 부부도 있을 겁니다. 고객 전체를 볼 경우, 저는 후자의 시나리오 쪽이 더 개연성이 높을 거라고 예측합니다."

나도 에리카 마이어스의 낙관적인 전망을 공유하고 싶었지만, 경험상 새로운 테크놀로지가 언제나 인간에게서 최상의 것만을 이끌어내지는 않는다는 사실을 알고 있었다. 자기 기억 쪽이 옳다고 증명하고 싶지 않은 사람이 누가 있겠는가? 나는 내가 디어드라처럼 리멤을 이용하는 광경을 쉽게 상상할 수 있었지만, 그것이 정말로 내게 좋은 일인지에 대해선 확신이 없었다. 누구든 인터넷 서핑에 빠져 시간을 허비해본 사람이라면 테크놀로지가 나쁜 버릇을 조장할 수 있다는 사실을 잘 알고 있다.

* * *

모스비는 이레마다 설교를 했다. 우리가 휴식을 취하고, 맥주를 만들고 마시는 날에 말이다. 모스비는 우리가 맥주 마시는 것을 탐탁지 않게 여기는 눈치였지만, 일하는 날에는 설교할 생각이 없었으므로 양조하는 날밤에는 남는 날이 없었다. 설교를 하며 그는 유럽인들의 신에 관해 얘기했고, 그 신의 규칙을 따른다면 우리 티브족의 삶도 향상될 거라고 했다. 어떻게 향상될지에 대한 설명에는 딱히 설득력이 있지 않았다.

그러나 모스비는 어느 정도 약을 조제할 줄 알았고, 또 기꺼이 밭에서 일하는 법을 배우려고 했기 때문에 마을 사람들은 천천히 그를 받아들이게 됐다. 지징기의 아버지도 아들이 가끔 모스비의 오두막으로 가 글 쓰는 법을 배우는 것을 허락했다. 모스비가 마을의 다른 아이들도 가르치겠다고 했기 때문에 한동안은 지징기 또래의 소년들도 함께가서 배웠다. 대다수는 유럽인 곁에 가도 두렵지 않다는 것을 증명하기 위해서였다. 얼마 지나지 않아 다른 소년들은 따분함을 이기지 못하고 더 이상 오두막에 가지 않았다. 그러나 지징기만은 글쓰기에 대한 흥미를 잃지 않았고, 유럽인을 만족시키고 싶었던 그의 아버지에게서 결국 매일 가도 좋다는 허락을 받았다.

모스비는 사람이 입으로 내는 각각의 소리를 각기 다른 모양으로 종이에 표시하는 방법에 관해 설명해주었다. 각각의 표시는 마치 밭에 심은 작물들처럼 줄을 지어 배치된단다. 작물의 줄을 따라 걸어가듯이 이 표시들을 바라보며, 각각의 표시가 나타내는 소리를 입으로 내면, 어느새 원래 말을 했던 사람이 했던 말을 따라하고 있는 것을 깨닫게 될 거야. 모스비는 검은 심이 박힌 조그만 나무 막대를 사용해, 종이 위에 다양한 표시를 하는 법을 지징기에게 보여주었다.

교습은 보통, 모스비가 말을 하고 그것을 다시 종이에 적어 보이는 식으로 이루어졌다. "밤이 오면 나는 잡니다." "투그 음바 아 일레 요 메 야브." "두 명이 있습니다." "이오루브 음반 음바 우하르." 지징기는 자기 종이 위에 문장들을 주의 깊게 옮겨 썼다. 끝나면 모스비가 그 걸 봐줬다.

"아주 잘했어. 하지만 글에 간격을 두어야 해."

"뒀는데요." 지징기는 줄들 사이의 간격을 가리켰다.

"아니, 그 얘기를 한 게 아냐. 여기 각각의 줄 안에 있는 간격들이 보이지?" 모스비는 자기 종이를 가리켰다.

지징기는 이해했다. "당신 표시들은 몇 개씩 서로 뭉쳐 있는데, 내 것들은 간격이 일정하네요."

"그냥 뭉쳐놓은 게 아냐. 이것들은…… 너희 말로는 이걸 뭐라고 하는지 잘 모르겠구나." 모스비는 탁자에서 얇은 종이 뭉치를 집어 올리더니 훌훌 넘겼다. "그건 없나 보다. 내가 온 곳에서는 이것들을 '단어'라고 부른단다. 글을 쓸 때는 단어들 사이에 간격을 두지."

"단어가 뭔데요?"

"어떻게 설명하면 될까?" 모스비는 잠시 생각에 잠겼다. "말을 천천히 하면, 각 단어 뒤에 잠깐 말을 멈추잖아? 그래서 글을 쓸 때도 그 부분을 빈칸으로 두는 거야. 네. 나이는. 몇. 살? 이런 식으로 말이야." 모스비는 이렇게 말하며 자기 종이에 글을 썼다. 말을 멈출 때마다 간격을 두면서. "안욤 아 우 쿠마 아 메?"

"하지만 당신은 외국인이라서 말을 천천히 하는 거예요. 나는 티브족이고, 말을 할 때 멈추거나 하지 않아요. 그럼 내 글도 그래야 하지 않나요?"

"얼마나 빨리 말하는지는 중요하지 않아. 빠르게 말하든 느리게 말하든 단어는 바뀌지 않거든."

"그럼 왜 각 단어 뒤에서 말을 멈춘다고 했어요?"

"그게 단어를 찾는 가장 쉬운 방법이거든. 이 글을 아주 천천히 읽어봐." 모스비는 방금 종이에 쓴 글을 가리켰다.

지징기는 취한 것을 들키지 않으려는 남자처럼 아주 천천히 말해보았다. "안과 욤 사이에는 왜 간격이 없죠?"

"안욤은 한 단어니까. 단어 중간에서는 멈추지 않아."

"하지만 난 안욤 뒤에서도 멈추지 않는데요."

모스비는 한숨을 쉬었다. "이걸 어떻게 설명해야 할지 좀더 고민해볼게. 일단은 내가 간격을 남겨두는 곳에 너도 간격을 남겨둬."

글쓰기란 실로 묘한 기술이었다. 밭에 씨참마를 심을 때는 일정한 간격으로 나란하게 심는 편이 나았다. 모스비가 종이에 표시들을 뭉쳐놓은 것처럼 씨참마들을 뭉텅이지게 심어놓았다간 아버지한테 맞았을 것이다. 그러나 지징기는 최선을 다해 이 기술을 배울 작정이었다. 그러기 위해서 표시들을 뭉쳐놓아야 한다면, 그는 그렇게 할 것이다.

지징기가 마침내 간격을 두어야 하는 곳을 깨우치고, 모스비가 말한 '단어'의 의미를 이해한 것은 여러 번의 교습을 거친 뒤의 일이었다.

듣는 것만으로는 단어가 어디서 시작되고 끝나는지 알 수 없었다. 사람이 말을 할 때 내는 소리는 염소 다리를 에워싼 가죽만큼이나 매끄럽고 연속적이었기 때문이다. 단어란 살 아래에 숨은 뼈 같은 것이었고, 단어들 사이의 간격은 그 살을 분리하고 싶을 때 잘라내는 관절이었다. 글을 쓸 때 간격을 둠으로써, 모스비는 자기가 한 말에 숨은 뼈들이 보이게 하고 있었다.

잘 생각해보니, 그는 이제 사람들이 일상적인 대화를 나눌 때도 단어를 식별할 수 있었다. 사람 입에서 나오는 소리는 예전과 달라진 게 없는데, 지징기는 이제 그것을 다른 방식으로 이해하고 있었다. 전체를 이루는 조각들에 대해 눈을 떴던 것이다. 지징기 자신도 줄곧 단어들로 말을 하고 있었다. 지금까지 그 사실을 몰랐을 뿐이다.

* * *

리멤의 쉽고 빠른 기록 검색 기능은 상당히 인상적이지만, 이것은 이 상품의 잠재력에 관한 윗스톤 사의 자체 평가에 비하면 수박 겉핥기식 감상에 불과하다. 디어드라가 자기 남편이 했던 얘기들을 빠르게 검색했을 때 그녀는 리멤에게 명확한 검색어를 제시했다. 그러나 윗스톤은 사용자들이 이 신상품에 점점 더 익숙해짐에 따라 검색 자체가 일상적인 기억 행위를 대체하고, 리멤은 사용자들의 사고 과정 자체에 통합될 것이라고 예상하고 있다. 일단 그런 일이 일어나면 우리는 인지적 사이보그가 될 것이다. 무언가를 잘못 기억한다는 행위 자체가 실질적으로 불가능해지는 존재가 된다는 뜻이다. 오류 정정 시스템을 갖춘 실리콘 조각에 저장된 디지털 동영상들은, 오류투성이였던 우리의 측두엽들이 과거에 수행했던 역할을 완전히 대체할 것이다.

완벽한 기억력을 가진다는 것은 어떤 느낌일까? 기록에 남아 있는 가장 뛰어난 기억력의 소유자는 아마 20세기 초 러시아에 살던 솔로몬 셰레셰브스키일 것이다. 그의 능력을 검사해본 심리학자들은 그에게 일련의 단어나 숫자들을 들려주면 몇 달, 심지어는 몇 년 뒤에도 그것들을 기억한다는 사실을 알아냈다. 이탈리어를 전혀 못했음에도 그는 십오 년 전 원어로 들은 『신곡』의 시구를 줄줄 인용할 수 있었다고 한다.

그러나 완벽한 기억력은 보통 사람이 상상하는 것 같은 축복은 아니었다. 어떤 구절을 읽어도 너무 많은 이미지들이 떠오르는 바람에 그는 문장의 뜻에 집중하지 못하는 경우가 많았고, 무수히 많은 구체적인 사례들을 알고 있는 탓에 추상적인 개념을 이해하는 데도 어려움을 겪었다. 이따금 그는 의도적인 망각을 시도했다. 더 이상 기억하고 싶지 않은 숫자들을 종이에 쓴 다음 태우는 방식으로. 이것은 화전을 일구듯이 마음속의 덤불을 태우려는 시도였지만, 효과는 없었다.

완벽한 기억이 장애가 될 수 있다는 얘기를 꺼내자, 웻스톤의 대변인인 에리카 마이어스는 기다렸다는 듯이 대답했다. "망막 프로젝터가 나왔을 때 사람들이 느꼈던 우려와 다를 바가 없죠. 끊임없이 업데이트 보고가 뜨는 걸 보면 정신이 산만해지거나 아예 휩쓸릴지도 모른다고 걱정했지만, 지금은 모든 사람이 거기 적응하지 않았습니까?"

나는 모든 사람이 그것을 긍정적인 변화로 간주하지는 않는다는 점에 대해 굳이 언급하지 않았다.

"게다가 리멤은 개인의 기호에 맞춘 커스터마이징을 완벽하게 지원합니다. 언제든 리멤이 불필요할 정도로 많은 검색을 진행하고 있다는 느낌을 받는다면 민감도를 낮출 수 있습니다. 하지만 저희 고객 분석 팀이 조사한 바에 따르면 사용자들은 그런 일에는 아예 신경을 쓰지 않는 것 같더군요. 리멤 사용에 점점 더 익숙해지면, 검색 민감도가 올라갈수록 쓸모가 더 많아진다고 합니다."

설령 리멤이 사용자의 시야에 원하지도 않는 과거의 영상을 끊임없이 올리지는 않는다고 해도, 완벽한 영상을 볼 수 있다는 사실 자체에서 발생하는 문제들은 없을지 궁금해진다.

"깨끗이 용서하고 모두 잊어버려라"라는 말도 있듯이 이상화된 우리의 관대한 자아에게는 그런 충고만으로도 충분할지 모른다. 그러나 현실에 존재하는 인간에게 이 두 행위 사이의 관계는 그렇게 단순하지 않다. 대부분의 경우 우리는 용서할 수 있으려면, 그 전에 어느 정도 망각을 해야 한다. 과거의 심적 고통을 더 이상 생생하게 느끼지 못한다면 그것을 유발한 행위를 용서하기도 더 쉬워지고, 그 결과 해당 기억 자체가 덜 중요해지는 식으로 말이다. 과거의 당신을 격분케 했던 악행도 반추의 거울에 비춰 보면 용서할 만한 것으로 보이는 현상의 이면에는 바로 이런 심리적 피드백 고리가 존재한다.

내가 우려하는 것은 리멤이 이런 피드백 고리의 기능을 완전히 저해할 가능성이었다. 삭제 불가능한 동영상을 통해 과거에 있었던 악행의 모든 세부를 고착시켜버림으로써, 용서의 전제 조건인 기억의 연화軟化를 원천 봉쇄할 수도 있기 때문이다. 나는 리멤이 군건한 부부 관계에 해를 끼치지 못한다는 에리카 마이어스의 말을 떠올렸다. 이 주장은 군건한 부부 관계란 무엇인지에 관한 암묵적인 가치 판단을 내포하고 있다. 만약 누군가의 결혼 생활이―이렇게 말하려니 좀 얄궂지만―망각이라는 주춧돌 위에 세워져 있다면, 웻스톤은 도대체 무슨 권리로 그것을 박살내려 한단 말인가?

이 문제는 부부 관계에만 국한되는 것이 아니었다. 온갖 종류의 인간관계가 용서하고, 잊는 행위에 의존하기 때문이다. 니콜은 언제나 고집이 셌다. 어릴 적에는 손을 쓰기 힘들 정도였고, 사춘기 때는 공공연히 내게 반항했다. 십대 무렵에는 나와 격렬한 언쟁을 벌이는 일도 부지기수였다. 이제 그런 악감정은 대부분 해소됐고, 지금은 상당히 좋은 부녀 관계를 유지하고 있다. 만약 당시 우리가 리멤을 쓰고 있었다면, 지금쯤 서로 말이나 하려고 했을까?

망각이 인간관계를 회복하는 유일한 방법이라고 주장하려는 것은 아니다. 니콜과 벌였던 언쟁의 대부분은 이제 기억이 나지 않고, 또 그럴 수 없다는 사실에 나는 감사하고 있지만, 지금도 뚜렷하게 기억하고 있는 언쟁이 하나 있다. 내가 더 나은 아버지가 되겠다고 결심한 사건이기 때문이다.

니콜이 열여섯 살 때의 일이다. 앤절라가 집을 나간 지 이 년이 지난 시점이었다. 그 이 년은 우리 둘에게 가장 견디기 힘든 시절이었을 것이다. 무엇 때문에 언쟁이 시작됐는지는 기억이 나지 않는다. 분명 사소한 일이었겠지만, 금세 분위기가 험악해지면서 니콜이 앤절라에 대한 분노를 내게 쏟아내기 시작했다.

"엄마가 누구 때문에 떠났다고 생각해? 그러니까 지금 당장 내 앞에서 사라져. 난 전혀 상관없어. 차라리 없는 편이 훨씬 나아." 그리고 니콜은 마치 자기 말을 입증이라도 하려는 듯 집에서 뛰쳐나갔다.

니콜이 계획적으로 그런 악의에 찬 말을 뱉었다고는 생각지 않는다. 당시 그애의 생활 방식은 계획적인 것과는 거리가 멀었으니까. 하지만 의도적으로 말을 골랐더라도 내게 큰 상처를 입히지는 못했을 것이다. 나는 앤절라가 떠나간 충격에서 아직 헤어나지 못한 상태였고, 내가 좀더 노력했더라면 그런 일을 막을 수 있었을지도 모른다는 의구심에 줄곧 시달리고 있었기 때문이다.

니콜은 다음 날이 되어서야 집에 돌아왔다. 그애가 집을 뛰쳐나간 밤은 내게는 반성과 성찰의 시간이었다. 앤절라가 집을 나간 책임이 내게 있다고는 생각지 않았다. 그렇지만 니콜의 규탄은 나를 각성시켰다. 그때까지만 해도 의식하지 못하고 있었지만, 나는 나 자신을 앤절라의 가출의 최대 피해자로 여기고 내가 빠져든 말도 안 되는 상황을 한탄하며 자기연민에 빠져 있었던 것이다. 아이를 낳고 부모가 되고 싶어했던 사람은 내가 아니라 앤절라다. 그런데 나 혼자 남아서 그 대가를 치르고 있다. 사춘기 여자아이를 기르는 책임을 혼자 떠맡아야 하다니 말도 안 된다. 이렇게 힘든 일을, 어떻게 아무 경험도 없는 나 같은 사람에게 강요할 수 있단 말인가?

니콜의 비난은 나로 하여금 그애가 나보다 한층 더 심한 곤경에 빠져 있다는 사실을 깨닫게 해주었다. 오래전 일이고, 정확히 어떤 일이 펼쳐질지도 몰랐지만, 적어도 나는 이 일에 자원했다. 그러나 니콜은 자기 역할을 강제로 떠안았고, 자기 의견을 말할 기회조차 없었다. 그런 상황에 분개할 권리가 누군가에게 있다면 그것은 니콜이었다. 나는 지금까지 좋은 아버지임을 자처해왔지만, 분명 한층 더 분발할 필요가 있었다.

나는 완전히 달라졌다. 우리의 관계가 하룻밤 사이에 회복됐다는 뜻은 아니다. 나는 몇 년에 걸쳐 천천히 니콜의 마음을 달래줄 수 있었다. 니콜이 대학 졸업식에서 나를 꼭 껴안았던 것을 기억한다. 나는 비로소 오랜 노력이 결실을 맺었음을 깨달았다.

리멤이 있었다면, 이런 식의 몇 년에 걸친 회복이 과연 가능했을까? 설령 니콜과 내가 각자의 악한 면면을 상대의 면전에 들이대는 것만은 자제할 수 있었다 해도, 우리의 언쟁을 기록한 동영상을 혼자서 다시 볼 수 있는 기회가 주어졌다면 실로 유해한 결말로 이어졌을 거라는 생각이 든다. 서로를 향해 악담을 퍼붓던 과거의 체험을 생생하게 되살릴 수 있었다면, 우리가 느꼈던 분노 또한 고스란히 남아 관계를 복구할 기회가 아예 사라졌을지도 모른다.

* * *

지징기는 티브족이 어디서 왔는지에 관한 이야기들을 글로 조금 옮겨 적고 싶었지만, 이야기꾼들의 말이 너무 빨라서 그가 글을 쓰는 속도로는 도저히 쫓아갈 수 없었다. 모스비는 연습하면 나아질 거라고 했지만, 지징기는 그렇게 빨라질 수 없으리라 생각하며 낙담했다.

그러던 중, 어느 여름에 라이스라는 이름의 유럽인 여자가 마을을 방문했다. 모스비는 그녀가 "다른 민족들에 관해 배우는 사람"이라고 말했지만, 그녀가 티브랜드에 관해 알고 싶어한다는 정도였을 뿐, 그게 정확히 무슨 뜻인지 만족스럽게 설명해주지는 못했다. 라이스는 장로들뿐 아니라 젊은이들, 심지어는 여자와 아이들에게까지 이런저런 질문을 했고, 돌아오는 대답을 빠짐없이 받아 적었다. 저주 따위는 존재하지 않으며 만사가 신의 의지에 의한 것이라고 주장하는 모스비와 달리, 유럽의 풍습을 따르라고 권하지도 않았다. 대신 저주가 어떤 식으로 행해지는지 물었고, 어떻게 아버지 쪽의 친족은 자기를 저주할 수 있고 어머니 쪽의 친족은 자기를 저주로부터 보호해줄 수 있는지 설명하는 마을 사람의 말에 귀를 기울였다.

어느 날 저녁, 마을 최고의 이야기꾼인 코크와가 티브족이 어떻게 다양한 가계들로 갈라졌는지 얘기해주자 라이스는 그것을 정확하게 받아 적었다. 나중에 그녀는 손가락으로 누르면 시끄러운 소리를 내는 기계를 써서 그 이야기를 깔끔하고 읽기 쉽게 복사했다. 지징기는 사본을 하나 더 만들어줄 수 있는지 물었고, 그녀는 그러겠다고 했다. 지징기는 흥분이 몰려오는 것을 느꼈다.

그러나 종이에 옮겨 적은 이야기는 묘하게 실망스러웠다. 처음 글쓰기를 배우기 시작했을 때만 해도, 종이에 적힌 글을 읽는다면 마치 그 자리에 있는 것처럼 생생하게 이야기의 현장을 체험할 수 있으리라 상상했던 기억이 났다. 그러나 글은 그런 효과를 내지는 않았다. 코크와가 이야기를 할 때는 단지 단어만 사용하는 것이 아니었다. 그는 목소리와 손짓, 눈빛까지 모두 이용했다. 그는 몸 전체로 이야기를 했고, 듣는 사람도 같은 방식으로 그것을 이해했다. 종이에는 그런 것들이 전혀 포착되어 있지 않았다. 그저 헐벗은 단어들이 나열되어 있을 뿐이었다. 단어들을 읽는 것은 코크와에게서 직접 이야기를 듣는 경험의 편린을 보여줄 뿐이었다. 오크라를 직접 먹는 대신 오크라를 넣고 끓인 냄비를 핥는 격이었다.

그래도 종이 버전을 가질 수 있다는 사실이 기뻤다. 지징기는 가끔 그것을 꺼내 읽곤 했다. 종이에 기록될 가치가 있는 좋은 이야기였다. 종이에 쓰이는 모든 것이 가치가 있는 것은 아니었다. 설교를 하면서 모스비는 그의 책 속의 이야기들을 큰 소리로 읽었고, 그것들은 대개 좋은 이야기였다. 그러나 불과 며칠 전 자기 손으로 적은 글을 큰 소리로 읽을 때도 있었다. 그것들은 대개 이야기가 아니었고, 유럽인들의 신에 관해 배우면 티브족의 삶이 향상될 것이라는 주장에 불과했다.

어느 날, 모스비의 설교가 멋졌을 때 지징기가 그를 칭찬했다. "자신의 설교를 모두 높게 평가한다는 걸 알지만, 오늘 설교는 좋았어요."

"고마워." 모스비는 미소 지으며 말했다. 잠시 후 그가 물었다. "왜 내가 내 설교를 모두 높게 평가한다고 생각하지?"

"먼 미래에도 사람들이 그 설교를 읽을 거라고 생각하잖아요."

"그런 기대는 하지 않았는데. 왜 그렇게 생각하는 거지?"

"설교 전에 모두 글로 써서 남겨놓잖아요. 아직 그 설교를 들은 사람이 한 명도 없는데도, 미래 세대들을 위해 그것을 써두잖아요."

모스비는 웃음을 터뜨렸다. "아니, 그럴 목적으로 쓰는 게 아냐."

"그럼 왜 써요?" 멀리 있는 사람들에게 읽히기 위함이 아니라는 것은 알고 있었다. 이따금 마을에 들르는 전령에게 종이를 받을 때도, 모스비는 그에게 자기가 쓴 설교를 건네지 않았다.

"내가 그 글을 써두는 건 설교할 때 하고 싶은 말을 잊어버리지 않기 위해서야."

"어떻게 하고 싶은 말을 잊어버릴 수 있죠? 우리 모두 종이 없이 지금 이렇게 말을 나누고 있는데요."

"설교는 대화와는 달라." 모스비는 말을 멈추고 잠시 생각에 잠겼다. "난 최대한 좋은 설교를 하고 싶어. 하고 싶은 말을 잊어버리진 않겠지만, 그 말을 하는 가장 좋은 방법은 잊어버릴 수 있거든. 미리 써놓으면 그런 걱정을 할 필요가 없지. 하지만 글을 쓴다는 건 단지 기억을 위해서만은 아니야. 글을 쓰면 생각하는 데 도움이 되지."

"글을 쓰는 것이 어떻게 생각하는 데 도움이 되죠?"

"좋은 질문이야. 묘하게 들리지? 정확히 어떻게 설명해야 할지는 잘 모르겠지만, 글을 쓰면 무슨 말을 하고 싶은 건지 결정하는 데 도움이 돼. 내가 온 곳에는 이런 말이 있어. 베르바 볼란트, 스크립타 마넨트. 티브어로는 '입에서 나온 말은 날아가버리지만, 글로 쓴 말은 여전히 남는다'라는 뜻이 되겠군. 무슨 뜻인지 알겠어?"

"예." 대답은 그렇게 했지만 실은 전혀 감을 잡을 수 없었다. 선교사는 아직 정신이 흐려질 나이는 아니었지만, 기억력은 형편없는 게 틀림없고, 본인은 그 사실을 인정하지 않고 있었다. 지징기가 이 얘기를 또래들에게 해주자 그들은 자기들끼리 며칠 동안이나 이 얘기를 하며 히히거렸다. 그들은 가십을 주고받을 때마다, 그 끝에 이렇게 덧붙였다. "이걸 기억하고 싶어? 그럼 이렇게 하면 돼." 그러면서 탁자에서 글을 쓰는 모스비 흉내를 내는 것이었다.

이듬해의 어느 날 저녁, 코크와는 마을 사람들에게 티브족이 다양한 가계로 갈라지게 된 이야기를 해주겠다고 했다. 지징기는 자기에게 있는 종이 버전을 가지고 왔다. 그래서 코크와의 이야기를 듣는 동시에 그 이야기를 읽을 수 있었다. 몇 번은 따라갈 수 있었는데, 혼란스러운 경우가 대부분이었다. 코크와의 말은 종이에 쓰인 글과 일치하지 않았기 때문이다. 코크와의 이야기가 끝나자 지징기가 그에게 말했다. "지난해와 똑같이 이야기하지 않았어요."

"말도 안 돼." 코크와가 대꾸했다. "내가 하는 이야기는 아무리 오랜 시간이 흘러도 결코 바뀌지 않아. 이십 년 뒤에 다시 물어보라고. 넌 내가 방금 한 것과 조금도 다르지 않은 얘기를 듣게 될 거야."

지징기는 손에 쥐고 있던 종이를 가리켰다. "이 종이는 지난해에 해 줬던 이야기를 받아 적은 건데, 다른 부분이 아주 많았어요." 그는 기억에 남는 구절 하나를 예로 들었다. "지난해에는 이렇게 말했어요. '우옌기족은 여자들과 아이들을 잡아가 노예로 삼았다.' 하지만 이번엔 이렇게 말했어요. '그들은 여자들을 노예로 삼았지만, 거기서 멈추지 않았다. 그들은 아이들까지 노예로 삼았다.'"

"똑같은 얘기잖아."

"같은 얘기이긴 하지만, 전하는 방식을 바꿨어요."

"아냐. 난 지난번하고 똑같은 식으로 말했어."

지징기는 단어가 무엇인지 설명하고 싶지는 않았다. 대신 이렇게 말했다. "먼젓번하고 똑같은 식으로 말한다면, 이렇게 말해야죠. '우옌기족은 여자들과 아이들을 잡아가 노예로 삼았다.'"

코크와는 잠시 지징기를 바라보다가 웃음을 터뜨렸다. "글 쓰는 법을 배웠으니, 이젠 그런 게 중요하다고 생각하는 거냐?"

이 대화를 곁에서 듣고 있던 사베가 코크와를 꾸짖었다. "자넨 지징기를 판단할 입장이 못 돼. 토끼가 좋아하는 먹이가 있고, 하마가 좋아하는 먹이가 있는 법. 자기 좋아하는 일에 자기 시간을 쓰면 그만이야."

"물론 그렇죠, 사베. 물론." 코크와는 이렇게 말하면서도 지징기를 향해 조롱의 눈길을 던졌다.

나중이 돼서야 지징기는 모스비가 언급했던 속담을 떠올렸다. 코크와는 같은 이야기를 하면서도 매번 단어를 다르게 배열할 수 있었다. 충분히 숙련된 이야기꾼이었기 때문에, 단어의 배열은 그리 중요하지 않았던 것이다. 설교를 할 때 아무런 과장 없이 설교만 하는 모스비는 달랐다. 모스비에게 중요한 것은 글이었다. 모스비가 설교를 미리 써 놓는 것은 기억력이 나빠서가 아니라, 특별한 단어 배열을 찾고 있었기 때문이라는 사실을 지징기는 깨달았다. 일단 자기가 원하는 배열을 찾아내면, 필요한 내내 그것을 고수할 수 있기 때문이다.

호기심을 느낀 지징기는 자기가 설교하는 모습을 머리에 떠올렸고, 그럴 경우 자기가 하고 싶은 말을 적기 시작했다. 망고나무의 뿌리 위에 앉아서, 모스비가 준 노트에 '트사브', 즉 어떤 사람들이 다른 사람들을 통제할 수 있도록 해주는 능력에 관한 설교를 써 내려갔다. 모스비는 이 능력을 이해하지 못했고 단지 어리석음의 산물이라고 치부했다. 또래 한 명에게 그의 첫 시도를 읽어주자 한심하다는 대답이 돌아왔다. 홧김에 잠시 몸싸움을 벌였지만, 결국 친구 말이 옳다고 인정하는 수밖에 없었다. 그래서 다시 써보고, 세 번까지 써보다가 결국은 지겨워져 다른 주제 쪽으로 방향을 틀었다.

지징기는 글 쓰는 연습을 계속했고, 점차 모스비가 한 말을 이해하게 됐다. 글이란 단지 누군가가 한 말을 기록하기 위한 방법이 아니었다. 글은 입 밖에 내서 말을 하기 전에 어떤 말을 해야 할지 결정하기 위한 것이기도 했다. 단어들 또한 단순한 말 조각이 아니었다. 단어들은 생각의 조각이었다. 그것들을 옮겨 적으면 생각을 벽돌처럼 잡고 다른 배열들 속에 끼워넣을 수 있었다. 글쓰기는 단지 말을 하는 것으로는 가능하지 않은 방식으로 스스로의 생각을 바라볼 수 있게 해주었다. 일단 보고 나면, 그것들을 개선시켜 더 강하고 정교하게 만들 수 있었다.

* * *

심리학자들은 일반적인 지식을 뜻하는 의미 기억과 개인 경험으로 이루어진 일화 기억을 구분한다. 글이 발명된 이래 우리는 의미 기억을 위해 줄곧 기술적인 보조 수단을 활용해왔다. 처음에는 책, 그 뒤에는 검색 엔진이었다. 그와 대조적으로, 일화 기억에 대해 보조 수단을 채택하려는 시도는 역사적으로 많은 저항에 부딪혔다. 개인이 보유하는 일기장이나 앨범의 수는 그가 가진 보통 책의 수에 미치지 못한다. 명백한 이유는 편의성이다. 북아메리카 새들에 관한 책을 읽고 싶다면 조류학자가 쓴 책을 찾아보면 그만이다. 그러나 매일 쓴 일기를 읽고 싶다면 자기 손으로 직접 쓰는 수밖에 없다. 그러나 이것 말고도 혹시 다른 이유가 있지 않나 하는 생각이 든다. 우리는 무의식중에 일화 기억을 우리 정체성의 필수 요소로 여기는 탓에, 그것을 표면화함으로써 책장의 책이나 컴퓨터 파일과 같은 존재로 격하시키는 것을 꺼리는 것은 아닐까.

그런 상황도 바야흐로 변화의 조짐을 보이고 있다. 부모들은 이미 오래전부터 자식들의 모든 순간을 기록해왔기 때문에, 설령 그 아이들이 개인 캠을 장착하고 있지 않더라도 그들의 라이프로그는 실질적으로 작성되고 있는 것이나 마찬가지였다. 지금은 부모가 아이들에게 망막 프로젝터를 장착시키는 연령대마저 점점 낮아지고 있다. 자식들이 일찌감치 보조 소프트웨어의 혜택을 받는 것을 원하기 때문이다. 그런 아이들이 리멤을 써서 상술한 라이프로그에 액세스하기 시작할 경우, 어떤 일이 일어날지 상상해보라. 그들의 인지 방식은 우리 세대와는 다른 방향으로 나아갈 것이다. 기억을 떠올리는 방식 자체가 다를 것이기 때문이다. 어린아이는 우리 어른들처럼 과거의 어떤 일을 생각하고 마음의 눈으로 그 광경을 보는 대신, 검색어를 머릿속으로 하위발성하고 신체의 눈으로 해당 동영상을 보게 된다. 일화적 기억은 전적으로 테크놀로지에 의해 매개될 것이다.

그런 의존 관계의 명백한 결점은, 소프트웨어가 멈출 경우 사용자들이 사실상 기억상실증 환자가 되어버릴 가능성이다. 그러나 기술적인 오류 못지않게 내가 우려하는 것은 기술적으로 성공을 거둘 경우 빚어질 결과다. 깜박이지 않는 비디오카메라의 눈을 통해서만 과거를 보게 된다면, 사용자의 자아상은 어떤 변화를 겪게 될까? 인간의 인지 과정에는 힘든 기억을 완화해주는 피드백 고리뿐 아니라 어린 시절의 기억을 낭만적으로 채색해주는 피드백 고리도 존재한다. 그리고 그런 과정을 섣불리 건드렸다가는 중대한 결과가 초래될 것이 뻔하다.

내 기억에 남아 있는 가장 오래된 생일은 네 살 때이다. 나는 케이크에 꽂힌 초들을 불어 끄던 일을 기억하고, 선물 상자들의 포장지를 찢어내며 느꼈던 흥분을 기억한다. 그 일을 기록해놓은 동영상은 없지만 가족 앨범을 보면 당시의 스냅 사진들이 있고, 그 사진들은 내 기억과 일치한다. 실은 나는 그날을 더 이상 기억하지 못하는 것이 아닌가 하는 생각도 든다. 나의 기억은 그 사진들을 처음 보았던 때에 만들어져, 시간의 흐름과 더불어 내가 그날 느꼈을 거라고 상상한 감정으로 물들여졌을 공산이 크다. 그런 기억을 조금씩 되풀이해 떠올리면서, 나를 위한 행복한 기억을 만들어냈던 것이다.

어린 시절의 가장 오래된 기억 중 또 하나는 거실 양탄자 위에서 장난감 차를 밀면서 놀고 있고, 곁에서 할머니가 재봉틀을 돌리는 장면이다. 할머니는 이따금 고개를 돌려 나를 향해 따스하게 웃어 보인다. 그 순간을 찍은 사진은 단 한 장도 없기 때문에 그 기억은 나만의 것, 나 혼자만의 것이라는 사실을 나는 안다. 그것은 아름답고 평온한 기억이다. 그날 오후의 그 광경을 실제로 찍은 동영상이 있다면, 나는 그걸 보고 싶어할까? 아니. 그런 건 절대 사절이다.

자서전에서 진실이 수행하는 역할에 관해 문학 평론가인 로이 파스칼은 이렇게 썼다. "한편으로는 사실에 입각한 진실, 다른 편으로는 작가의 감정에 입각한 진실이 존재한다. 이 두 가지의 진실이 일치하는 지점은 그 어떤 외부의 권위에 의해서도 미리 결정될 수 없다." 우리의 기억은 사적인 자서전의 집합이며, 나의 기억에 할머니와의 오후가 두드러지게 각인되어 있는 것은 그 기억과 결부된 나의 감정들 때문이다. 그런데 그 광경을 찍은 동영상을 통해 할머니의 미소는 사실 건성에 불과했고, 실은 재봉틀이 말을 들어주지 않아서 짜증이 나 있었다는 것이 밝혀진다면 어떻게 되겠는가. 내게 그 기억이 소중한 이유는 그것이 내게 안기는 행복감 때문이다. 그것을 위태롭게 할 생각은 추호도 없다.

내 어린 시절 전체를 연속적으로 찍은 동영상에는 사실들은 가득하겠지만, 감정은 없으리라는 생각이 든다. 카메라는 사건의 감정적 차원은 포착하지 못하기 때문이다. 카메라의 렌즈를 통해 본다면, 할머니와의 그날 오후는 수없이 많은 다른 오후와 다르지 않다. 만약 내가 나의 어린 시절을 기록한 모든 동영상을 불러낼 수 있는 환경에서 성장했다면, 특별히 어떤 날을 선택해서 더 많은 감정을 부여하지는 못했을 것이고, 노스탤지어의 핵심이 되어줄 수 있는 경험도 존재하지 않았을 것이다.

사람들이 유아기를 모두 기억할 수 있다고 한다면 어떤 결과가 펼쳐질까? 가장 오래된 기억이 무엇이냐는 질문을 받은 젊은이가, 그저 당혹스러운 표정을 짓는 광경을 나는 쉽게 상상할 수 있다. 굳이 기억하려고 노력하지 않아도, 태어난 날까지 거슬러 올라가는 동영상이 존재하기 때문이다. 유아기의 처음 몇 년 동안을 기억하지 못하는 현상—심리학자들이 아동기 기억상실이라고 부르는—은 곧 과거의 일이 될지도 모른다. 부모들이 "넌 그때 너무 어려서 기억 못하겠지만"이라는 식으로 운을 떼며 예전의 일들을 자식들에게 들려주는 광경도 더 이상 볼 수 없을 것이다. 아동기 기억상실은 인류 유년기 특유의 현상으로 치부되고, 마치 자기 꼬리를 먹는 뱀처럼, 우리의 어린 시절은 우리의 기억에서 영영 사라져버릴 것이다.

내 마음의 일부는 이런 현상을 저지하고 싶어한다. 인생이 시작됐을 때의 경험을 거즈로 여과해서 보는 어린아이 특유의 능력을 지켜줌으로써, 그들의 근원을 이루는 이야기들이 차갑고 무감동한 동영상으로 대체되는 것을 막고 싶어하는 것이다. 그러나 어쩌면 그들은, 퇴색될 염려가 없는 디지털적 기억에 대해, 내가 불완전한 생체적 기억들에 대해 느끼는 것과 다를 바 없는 따뜻함을 느낄지도 모른다.

사람은 수많은 이야기로 이루어진 존재다. 기억이란 우리가 살아온 모든 순간들을 공평하게 축적해놓은 결과가 아니라, 우리가 애써 선별한 순간들을 조합해 만들어낸 서사이다. 설령 다른 사람들과 똑같은 사건들을 경험하더라도 우리가 똑같은 이야기를 만들어내지 않는 것은 바로 그 때문이다. 특정 순간들을 선별하는 기준은 각자 다르며, 그것은 우리의 인격을 반영하는 거울이다. 우리들 각자는 우리의 주의를 사로잡는 세부 사항들을 인식하고, 우리에게 중요한 것들을 기억하며, 그 결과 구축된 이야기들은 우리의 인격을 형성한다.

그렇다면 이런 의문이 떠오른다. 만약 모든 사람이 모든 사건을 기억한다면, 개개인 사이의 차이 또한 깎여나가게 될까? 그렇게 된다면 우리의 자아상에는 어떤 변화가 일어날까? 방범 카메라가 기록한 무편집 영상이 영화가 될 수 없듯이, 완벽한 기억이 절로 이야기가 되지는 못할 거라는 생각이 든다.

* * *

지징기가 스무 살이 되던 해에 당국의 관리 한 명이 마을을 찾아와서 사베와 말을 나눴다. 관리는 카트시나-알라에 있는 선교 학교를 나온 젊은 티브족 남자를 대동하고 있었다. 당국에서 부족 법정이 다룬 모든 분쟁을 문서로 기록하고 싶어하기 때문에, 족장당 한 명씩 서기로 일할 이런 젊은이를 할당하는 중이었다. 사베는 지징기를 앞으로 나오라 하고 관리에게 말했다. "당신들에게 티브랜드 전체에 보낼 서기가 없다는 사실을 알고 있다. 여기 있는 지징기는 글 쓰는 법을 배웠다. 우리 서기 노릇을 할 수 있으니, 저 친구는 다른 마을로 보내도 좋다." 관리는 지징기의 글쓰기 솜씨를 시험해보았고, 모스비는 좋은 선생이었음이 판명됐다. 결국 관리는 지징기에게 사베의 서기 역할을 맡기는 일에 동의했다.

관리가 떠나자 지징기는 사베에게 왜 카트시나-알라에서 온 젊은이를 그의 서기로 받지 않았는지 물었다.

"선교 학교를 나온 자들은 믿을 수 없기 때문이다." 사베가 대답했다.

"왜요? 유럽인들이 그들을 거짓말쟁이로 만들었나요?"

"그들에게도 잘못이 있지만, 우리 탓이기도 하다. 오래전 유럽인들이 선교 학교에 보낼 아이들을 모집했을 때, 대다수 장로들은 마을에서 쫓아내고 싶은 게으름뱅이나 불평꾼들을 선발했다. 그렇게 마을을 떠났다 돌아온 아이들은 누구에게도 동류의식이 없어. 자기들에게 있는 지식을 긴 총처럼 휘두르려고 하지. 아내감을 찾아주지 않으면 유럽인들에게 거짓 글을 보내 족장 자리에서 쫓겨나게 하겠다고 위협하는 자마저 있다고 들었다."

지징기도 언제나 불평만 하고 일에서 빠지려는 소년을 한 명 알고 있었다. 그 같은 이에게 사베를 좌지우지할 힘이 주어진다면 재앙이라고밖에 할 수 없을 것이다. "유럽인들에게 그 얘기를 해줄 수는 없는 건가요?"

"이미 얘기한 사람들은 많아." 사베가 대답했다. "서기 문제에 관해서 내게 경고해준 사람은 크완데 씨족의 마이쇼였다. 서기는 그곳에 먼저 파견되었으니까. 마이쇼는 운이 좋았다. 유럽인들이 서기의 거짓말 대신 그의 말을 믿어주었으니까. 그러나 운이 좋지 않았던 족장들도 꽤 된다고 들었다. 유럽인들에겐 사람이 하는 말보다 종이에 쓴 글을 더 믿는 경향이 있다. 나는 그런 위험을 무릅쓰고 싶지 않다." 사베는 진지한 표정으로 지징기를 보았다. "지징기, 넌 나의 친족이고, 이 마을에 사는 모든 사람들의 친족이다. 너라면 내가 하는 말을 그대로 쓸 거라고 믿는다."

"예, 사베."

부족 법정은 매달 한 번씩 열렸다. 사흘 연속으로 이른 아침부터 늦은 오후까지 이어지는 재판에는 언제나 참관자들이 몰렸다. 이따금 너무 많이 와서, 원진 안쪽까지 바람이 들어오도록 다들 바닥에 앉으라고 사베가 명령해야 할 때도 있었다. 지징기는 사베 옆에 앉아서 관리가 두고 간 기록장에 모든 분쟁의 세부를 빠짐없이 기록했다. 좋은 직업이었다. 지징기는 분쟁 당사자들이 낸 수수료의 일부를 보수로 받았고, 앉을 의자뿐 아니라 작은 탁자까지 주어졌기 때문에 개정 중이 아닐 때에도 편하게 앉아서 글을 쓸 수 있었다. 사람들이 사베에게 전하는 불만 사항은 다양해서, 도난당한 자전거에 관한 것도 있었고, 어떤 이가 이웃의 농사를 망쳐놓은 게 아닌지 확인해달라는 내용도 있었다. 그러나 대다수의 문제는 아내들과 관련된 것이었다. 그런 분쟁 중 하나를 지징기는 다음과 같이 기록했다.

우멤의 아내인 기르기는 집을 뛰쳐나와 친족에게 돌아갔다. 기르기의 친족인 아농고는 다시 남편에게 돌아가라고 그녀를 설득하지만, 기르기가 거부한 탓에 아농고는 어쩔 수 없다. 우멤은 신부 값으로 지불한 11파운드를 되돌려달라고 요구한다. 아농고는 당장은 돈이 없을뿐더러, 그가 받은 돈은 6파운드였다고 주장한다.

사베는 양측에게 증인을 데려오라고 지시했다. 아농고는 증인이 있기는 하지만 잠시 마을을 떠나 있다고 대답한다. 우멤은 증인을 데려왔고, 증인 선서가 이루어진다. 그는 우멤이 아농고에게 지불한 11파운드를 자기 손으로 세어보았다고 증언한다.

사베는 기르기에게 남편에게 돌아가서 다시 좋은 아내가 되면 어떻겠느냐고 말하지만, 기르기는 더 이상은 견딜 수 없다고 말한다. 사베는 아농고에게 우멤에게 받은 11파운드를 되돌려주라고 지시한다. 세 달 후 농작물을 팔 수 있게 되면 1회분을 지불하는 조건이다. 아농고는 이에 동의한다.

이것은 그날 있었던 마지막 분쟁이었고, 그 무렵에는 사베도 피곤한 기색이 역력했다. "채소를 팔아서 신부 값을 되돌려주다니." 나중에 그는 고개를 절레절레 흔들며 이렇게 말했다. "내가 어렸을 땐 이런 일은 결코 일어나지 않았다."

지징기는 그 말의 의미를 알고 있었다. 장로들 말에 의하면 과거에는 비슷한 것들로 교환이 이루어졌다고 한다. 염소를 원하면 닭들과 교환하는 식이었다. 따라서 어떤 여자와 결혼을 하고 싶으면 일가의 여자 한 명을 그쪽으로 시집 보내겠다고 약속했다. 그러던 중 유럽인들이 더 이상 세금으로 채소를 받지 않겠다고 했고, 다음부터는 동전으로 내라고 요구했다. 얼마 지나지 않아 돈을 주면 모든 것으로 교환받을 수 있게 됐다. 장로들은 말도 안 된다고 생각했지만, 조롱박에서 아내까지 모든 것을 살 수 있었다.

"옛 방식들이 점점 사라지고 있는 것 같습니다." 지징기는 맞장구를 쳤다. 유럽인들이 신부가 결혼에 동의할 경우에만 신부 값을 지불할 수 있다는 법령을 제정했기 때문에, 젊은이들은 오히려 그쪽을 선호한다는 얘기는 하지 않았다. 과거에는 집안끼리 결혼 약속을 하면 여자들은 무조건 따라야 했다. 결혼 상대가 이가 다 썩고 나병에 걸린 노인이라 해도 마찬가지였다. 그러나 이제는 남자 측이 신부 값을 지불할 여유가 있는 한, 여자는 자기가 좋아하는 남자와 결혼할 수 있었다. 지징기도 결혼하려고 돈을 모으고 있었다.

모스비도 이따금 와서 구경을 했다. 하지만 재판 과정에 혼란을 느끼고, 나중에 곧잘 지징기에게 질문을 하곤 했다.

"예를 들어 우멤과 아눙고 사이에서 신부 값을 놓고 분쟁이 벌어졌잖아. 사베는 왜 증인에게만 선서를 시킨 거지?"

"증인은 정확히 사실 그대로를 말해야 하니까요."

"하지만 우멤과 아눙고에게도 선서를 하게 했다면 그들 역시 정확히 사실 그대로를 말해야 했을 거야. 하지만 아눙고는 선서를 하지 않았기 때문에 거짓말을 할 수 있었어."

"거짓말을 한 것이 아닙니다." 지징기가 말했다. "아눙고는 우멤과 마찬가지로 자기가 옳다고 생각한 바를 말했을 뿐입니다."

"하지만 아눙고가 한 말은 증인이 한 말과는 달랐잖아."

"그렇다고 아눙고가 거짓말을 했다는 뜻은 아닙니다." 문득, 유럽인들의 언어에 관한 어떤 것이 떠올랐다. 그제야 모스비의 혼란을 이해할 수 있었다. "우리 언어에는 당신 언어의 '사실'이라는 말에 해당하는 단어가 두 개 있습니다. 어떤 일이 옳을 때는 '미미'라고 하고, 정확할 때는 '보우'라고 합니다. 분쟁이 벌어지면 당사자들은 자기가 옳다고 생각하는 바를 말합니다. '미미'를 말하는 거죠. 하지만 증인들은 정확히 사실 그대로를 말할 것을 선서하기 때문에 '보우'를 말합니다. 무슨 일이 있었는지 들었을 때, 사베는 어떤 행동이 모두를 위한 '미미'인지 결정할 수 있습니다. 하지만 당사자들이 '미미'를 말하는 한, 그들이 '보우'를 말하지 않는다 해도 그들은 거짓말을 하는 것이 아닙니다."

모스비는 못마땅해하는 기색이 역력했다. "내가 온 곳에서는 법정에서 진술하는 사람들은 무조건 '보우'를 말하겠다고 선서해야 해. 재판 당사자들조차."

그런다고 무슨 소용이 있을지 이해할 수 없었지만, 지징기는 말했다. "모든 부족에는 나름의 관습이 있기 마련입니다."

"응. 관습은 다를 수 있어. 하지만 진실은 진실이야. 사람에 따라 진실이 달라지는 것은 아냐. 성서 말씀을 기억해. 진리가 너희를 자유롭게 하리라."

"기억합니다." 지징기는 말했다. 모스비는 유럽인들이 큰 성공을 이룬 이유는 신의 진실을 알고 있기 때문이라고 말한 적이 있었다. 그들에게 부나 권력이 있다는 사실을 부정할 수는 없다. 그러나 무엇 때문이었는지 누가 안단 말인가.

* * *

리멤에 관한 기사를 쓰는 내가 직접 그것을 시험해보는 것이 당연했다. 문제는 검색 대상이 되어줄 라이프로그가 내게는 없다는 사실이었다. 나는 인터뷰를 하거나 행사를 취재하는 경우에나 개인 캠을 작동시켰기 때문이다. 그러나 나는 라이프로그를 쓰는 사람들과 상당한 시간을 공유했기 때문에 그들의 기록을 이용하는 방법이 있었다. 모든 라이프로깅 소프트웨어에는 사생활 보호 장치가 달려 있지만, 대다수의 사용자들은 기본 동영상의 상호 공유에 동의한다. 당신의 행동이 그들의 라이프로그에 녹화되어 있다면 당신에게는 자신이 등장하는 장면에 액세스할 권한이 주어진다는 뜻이다. 그래서 나는 나의 GPS 이동 기록을 바탕으로 검색 프로그램을 가동시켜 다른 사람들이 녹화한 장면들을 조합하는 방식으로 부분적인 라이프로그를 작성하기로 했다. 내가 보낸 요청은 일주일 동안 소셜 네트워크와 동영상 공유 아카이브를 통해 도처에 전파됐고, 그 결과 나는 짧으면 몇 초, 길면 몇 시간에 달하는 동영상 조각들을 받아볼 수 있었다. 보안 카메라의 녹화 영상뿐 아니라, 친구들과 지인들, 때로는 전혀 모르는 사람들의 라이프로그에서 발췌한 것들이었다.

그 결과 태어난 라이프로그는 물론 내가 직접 영상을 기록했을 경우에 비하면 지극히 단편적인 것에 불과했고, 1인칭 시점에서 촬영되는 대다수의 라이프로그들과는 달리 제3자의 눈으로 본 내 모습을 담고 있었다. 그러나 리멤은 이것들을 어렵잖게 처리할 수 있었다. 나를 촬영한 영상의 수가 뒤로 갈수록 늘어나리라고 예상한 것은 근년 들어 라이프로그의 인기가 높아지고 있었기 때문이다. 그래서 영상의 수가 십 년 전 급격히 증대했다는 사실을 알리는 그래프를 봤을 때는 적잖이 놀랐다. 니콜이 십대 때부터 라이프로그를 쓰기 시작한 덕에, 뜻밖에도 나의 가정 생활의 많은 부분이 고스란히 영상으로 남아 있었던 것이다.

처음에는 리멤을 어떻게 시험해야 할지 몰라 망설였다. 내가 기억하지 못하는 사건의 영상을 요청할 수는 없는 노릇이 아닌가. 그래서 일단은 뚜렷하게 기억하고 있는 것부터 시작해보기로 했다. 나는 머릿속으로 말했다. "빈스가 팔라우 섬에 휴가를 다녀왔다고 내게 말했을 때."

나의 망막 프로젝터가 시야의 좌측 하단에 동영상 창을 하나 띄웠다. 나는 친구인 빈센트와 제레미와 함께 점심을 먹고 있다. 빈센트도 나처럼 라이프로그를 쓰지 않았기 때문에 이 영상은 제레미의 시점에서 찍혀 있었다. 나는 빈센트가 일 분 동안 스쿠버다이빙에 관해 열변을 토하는 것을 들었다.

그다음에는 희미하게만 기억하는 것을 시도했다. "공식 만찬에서 내가 데보라와 라일 사이에 앉아 있었을 때." 같은 테이블에 또 누가 앉아 있었는지는 기억나지 않았다. 혹시 리멤의 도움으로 알아낼 수 있지 않을까.

과연 데보라가 그날 저녁의 만찬을 녹화해둔 덕에, 나는 얼굴 인식

프로그램을 이용해 건너편에 앉아 있던 사람들을 빠짐없이 확인할 수 있었다.

이런 성공을 연달아 경험한 뒤에는 실패가 계속됐다. 내 라이프로그에 뚫려 있는 구멍을 감안한다면 그리 놀랄 일은 아니었다. 그러나 반시간 동안 과거의 사건들을 검색해본 결과, 리멤의 기능은 대체로 뛰어났다.

마침내, 리멤을 이용해 감정적으로 조금 무거운 기억들을 찾아볼 때가 왔다. 이제 니콜과 나의 관계는, 그애가 지금보다 어렸을 때 우리 사이에 있었던 다툼들을 다시 보더라도 큰 문제가 없을 정도로 공고해져 있었다. 나는 내가 지금도 뚜렷하게 기억하는 언쟁부터 시작해서, 점점 더 과거로 거슬러 올라가기로 마음먹었다.

하위발성. "'엄마가 누구 때문에 떠났다고 생각해?'라고 니콜이 내게 소리쳤을 때."

동영상 창이 니콜이 성장할 무렵 우리가 살던 집의 부엌을 보여준다. 니콜의 시점에서 찍은 장면이다. 나는 오븐 앞에 서 있다. 누가 보더라도 우리는 다투고 있었다.

"엄마가 누구 때문에 떠났다고 생각해? 그러니까 지금 당장 내 앞에서 사라져. 난 전혀 상관없어. 차라리 없는 편이 훨씬 나아."

단어들은 내가 기억하는 그대로였다. 그러나 이런 말을 하고 있는 사람은 니콜이 아니었다.

나였다.

처음엔 가짜라고 생각했다. 니콜이 원래 영상을 편집해서 자기가 한 대사를 내 것으로 바꿔치기했다고 생각했다. 내가 자기 라이프로그의 한 장면을 요청한 것을 알아차리고, 내게 교훈을 줄 목적으로 이런 짓을 벌인 게 분명했다. 혹은 자기 친구들에게 내 이야기를 하다가 증거랍시고 만들어낸 것일지도 모르겠다. 하지만 이런 짓을 할 정도로 아직 내게 화를 내고 있는 이유가 뭘까? 우리 사이의 문제는 이미 오래전에 극복하지 않았나?

나는 동영상 전체를 훑기 시작했다. 편집한 장면을 이어붙였다면 어딘가 어긋난 흔적이 남기 마련이다. 그러나 다음 장면에서 니콜은 내 기억대로 집 밖으로 뛰쳐나갔다. 뛰는 곳은 찾을 수 없었다. 나는 동영상을 되감고 문제의 발언이 나오기 직전에 있었던 논쟁을 지켜보기 시작했다.

처음에는 이런 엉터리 증거를 날조하려고 이렇게까지 공을 들인 니콜에게 울화가 치밀었다. 문제의 발언 이전의 부분도 내가 니콜을 향해 고함을 지르는 장면이었기 때문이다. 그러나 잠시 후, 나는 내 입에서 흘러나오는 익숙한 대사들에 속이 울렁거렸다. 나는 니콜이 학교에서 사고를 친 탓에 또다시 학교에 불려갔다고 불평하고 있었다. 못된 아이들하고만 사귄다고 딸을 비난하고 있었다. 하지만, 내가 저런 맥락에서 저런 말을 했다고? 이때 나는 니콜을 야단친 게 아니었다. 걱정을 했을 뿐이다. 니콜이 이 모략적인 동영상을 그럴듯하게 보이도록 만들려고 내가 다른 상황에서 한 말들을 찾아내 갖다붙인 것이 틀림없었다. 달리 설명할 도리가 없지 않은가.

리멤에게 저작권 워터마크를 확인하라고 지시하자 리멤은 이것이 무수정 동영상이라고 대답했다. 그리고 나는 리멤이 내가 말한 검색어의 수정 버전을 제안했었다는 사실을 깨달았다. 내가 "니콜이 내게 소리쳤을 때"라고 말했을 때, 리멤은 "내가 니콜에게 소리쳤을 때"를 제안했던 것이다. 처음 검색 결과가 표시됐을 때 함께 보였을 텐데 미처 확인하지 못했다. 나는 넌더리를 내며 리멤을 껐다. 실로 괘씸하기 짝이 없는 물건이다. 나는 문제의 동영상이 가짜라는 사실을 증명하기 위해 디지털 워터마크 위조 방법에 관해 검색하려고 하다가 그만뒀다. 지푸라기를 잡는 거나 다름없는 행동임을 깨달았기 때문이다.

잔뜩 쌓인 성서들 위에 손을 얹든, 필요한 어떤 맹세를 하든 나는 기꺼이 진술할 용의가 있었다. 분명 니콜이, 나 때문에 자기 엄마가 우리를 떠났다고 말했다. 언쟁에 대한 기억은 내 마음속에 남아 있는 여느 기억들 못지않게 명확했다. 그러나 이것이 내가 이 동영상을 믿을 수 없는 유일한 이유는 아니었다. 설령 내가 아무리 결점 많고 불완전한 인간이라 해도, 자식에게 그런 말을 내뱉는 종류의 아버지였던 적은 없었다는 확신이 있었던 것이다.

그러나 방금 본 디지털 동영상은 내가 바로 그런 종류의 아버지였음을 증명하고 있었다. 지금의 나는 더 이상 그때의 내가 아니지만, 내가 그 연장선상에 있다는 사실은 부인할 수 없었다.

한층 더 충격적인 것은 그 오랜 세월 동안 내가 나 자신에게 진실을

312

성공적으로 숨겨왔다는 사실이었다. 앞서 나는 우리가 선택적으로 기억하는 인생의 세부 사항들은 우리 인격의 반영이라고 했다. 그렇다면 내가 내 입이 아니라 니콜의 입에서 그런 말이 나왔다고 믿어버린 것은 나에 대해 무엇을 말해주는 것일까?

나는 그 언쟁을 내 인생의 한 전환점으로 기억하고 있었다. 나는 속죄와 자기 구원의 서사를 상상하고 있었다. 그 이야기 속에서 나는 도전에 맞서 싸우는, 영웅적인 싱글 파더였다. 하지만 진짜 현실이란 무엇이었을까? 그 사건 이후 일어난 일들은 어디까지가 나의 노력에 의한 것일까?

나는 리멤을 재가동시켜 니콜의 대학 졸업식 영상을 보기 시작했다. 내가 직접 찍은 사건이었기 때문에 니콜의 얼굴을 볼 수 있는 영상이었다. 내 앞에 선 그애는 진심으로 행복해 보였다. 혹시 진짜 감정을 너무나도 잘 숨겨서 내가 알아차리지 못했던 것일까? 혹은 우리의 관계가 실제로 나아진 것이라면, 어떻게 그런 일이 일어난 것일까? 십사 년 전의 내가 나 자신이 생각했던 것보다 훨씬 더 나쁜 아버지였다는 점만은 확실하다. 거기서 먼 길을 걸어와 현재의 더 나은 내가 됐다는 결론을 내리고 싶은 유혹이 컸지만, 나는 더 이상 나 자신의 인식을 신뢰할 수 없었다. 지금 니콜은 나에 대해 조금이라도 긍정적인 감정이 있긴 할까?

이 의문에 대한 해답을 얻기 위해 리멤을 이용할 생각은 없었다. 근원을 찾아가야 했다. 나는 니콜에게 전화를 걸어, 얘기를 하고 싶으니

오늘 저녁 아파트로 가도 좋겠느냐는 메시지를 남겼다.

* * *

샹게브 씨족의 모든 족장들이 모이는 회합에 사베가 참석하기 시작한 것은 몇 년 뒤의 일이었다. 사베가 지징기에게 한 설명에 의하면 유럽인들은 더 이상 그렇게 많은 족장들을 직접 상대하는 것을 원하지 않았고, 티브랜드 전체를 '셉트'라는 여덟 개의 집단으로 나눌 것을 요구했다. 그 결과 사베와 다른 족장들은 그들이 속한 샹게브 씨족이 어디에 합류해야 할지 의논해야 했다. 그런 회합에 서기는 필요하지 않았지만, 거기서 어떤 의견이 나올지 궁금했던 지징기는 함께 가도 되겠느냐고 물었다. 사베는 괜찮다고 했다.

지징기는 일찍이 한곳에 이토록 많은 장로들이 모인 것을 본 적이 없었다. 사베처럼 차분하고 위엄 있는 사람들도 있었지만, 목소리가 크고 툭하면 허세를 부리는 사람들도 많았다. 그들은 몇 시간 동안 논쟁을 계속했다.

지징기가 돌아온 날 저녁에 모스비가 회합이 어땠는지 물었다. 지징기는 한숨을 쉬었다. "고함을 지르는 데까지는 안 갔지만, 살쾡이들처럼 싸우고 있다는 데는 변함이 없습니다."

"사베는 어느 씨족과 합치고 싶어하는데?"

"혈통상 가장 가까운 씨족과 합치고 싶어합니다. 그게 티브족의 방식이니까요. 샹게브는 크완데의 아들이었기 때문에, 우리 씨족은 남쪽에 사는 크완데 씨족과 합쳐야 합니다."

"일리가 있네." 모스비가 말했다. "그럼 뭣 때문에 논쟁을 벌이는 건데?"

"샹게브 씨족의 구성원들 모두가 서로 가까이 사는 건 아닙니다. 일부는 서쪽 제치라 씨족의 거주지 근처 농장 지대에 사는데, 그곳의 장로들은 제치라 씨족의 장로들과 친합니다. 그래서 그들은 샹게브 씨족이 제치라 씨족과 합류하기를 원하죠. 그렇게 해서 생기는 셉트에서 더 큰 영향력을 발휘할 수 있으니까요."

"그런 거로군." 모스비는 잠시 생각에 잠겼다. "서쪽의 샹게브 씨족이 남쪽의 샹게브 씨족과는 다른 셉트에 합류할 수도 있다는 거야?"

지징기는 고개를 가로저었다. "우리 샹게브 씨족의 아버지는 단 하나이므로, 앞으로도 계속 하나로 남아 있어야 합니다. 장로들 모두 그 점에는 동의하고 있고요."

"하지만 혈통이 그렇게 중요하다면, 서쪽 장로들은 어떻게 샹게브 씨족이 제치라 씨족과 합쳐야 한다고 주장할 수 있는 거지?"

"바로 그 부분에서 의견이 갈리는 겁니다. 서쪽 지역의 장로들은 샹게브가 제치라의 아들이었다고 주장하고 있습니다."

"잠깐. 그럼 샹게브의 부모가 누군지 정확하게 모른다는 거야?"

"물론 압니다! 사베는 티브까지 이어지는 선조들 이름을 모조리 읊기까지 하는데요. 서쪽 장로들은 샹게브가 제치라의 아들이었다는 거짓 의견에 동의하는 시늉을 하고 있을 뿐입니다. 제치라 씨족과 합치는 쪽이 그들에겐 득이 되기 때문이죠."

"만약 샹게브 씨족이 크완데 씨족과 합친다면, 너희 씨족의 장로들에게도 득이 되지 않아?"

"그렇죠. 하지만 샹게브는 크완데의 아들이었으니 당연합니다." 순간, 지징기는 모스비가 은연중 무슨 말을 하고 있는지 깨달았다. "그럼 우리 장로들 쪽이 거짓말을 하고 있다고 생각하는 겁니까?"

"아니. 그런 뜻이 아니었어. 단지 양측의 주장이 모두 그럴듯하게 들리고, 누가 옳은지 알아낼 방법이 없는 것 같아서 말이야."

"사베 말이 옳습니다."

"그렇겠지." 모스비가 말했다. "하지만 그것만으로 다른 사람들을 어떻게 설득할 참이야? 내가 온 곳에서는 많은 사람들이 자기 혈통을 종이에 써서 기록하곤 해. 그렇게 하면 몇십 세대나 과거로 거슬러 올라가도 자기의 혈통을 정확히 알 수 있거든."

"예. 저도 성서에서 아브라함에서 아담으로 이어지는 계보에 관해 읽었습니다."

"맞아. 하지만 성서의 등장인물 말고 일반인들도 자기 혈통을 기록해왔어. 그래서 자기가 누구의 후손인지 알고 싶을 때는 종이에 쓴 기록을 참조할 수 있어. 너희들에게도 그런 종이가 있었다면 다른 장로들도 사베의 말이 옳다는 걸 인정했을 거야."

지징기도 이것이 적절한 지적임을 시인했다. 샹게브 씨족이 오래전부터 종이를 써왔다면 좋았을 텐데. 그러자 퍼뜩 어떤 생각이 떠올랐다. "유럽인들이 티브랜드에 처음 온 게 언젭니까?"

"글쎄. 적어도 사십 년은 됐을 거야."

"그럼 처음 이곳에 왔을 때 샹게브 씨족의 혈통에 관한 기록 같은 걸 남기지 않았을까요?"

모스비는 생각에 잠겼다. "그럴지도 모르겠군. 당국이 많은 기록을 보유하고 있는 건 틀림없으니까 말이야. 그런 기록이 남아 있다면, 카트시나-알라에 있는 정부 청사에서 찾을 수 있을 거야."

오일장이 열리는 날에는 트럭 한 대가 카트시나-알라로 이어지는 자동차 도로를 따라 물건을 실어 나른다. 다음 장이 열리는 것은 내일모레였다. 따라서 내일 아침에 떠난다면 자동차 도로까지 걸어가서 트럭을 얻어 탈 수 있을 것이다. "제가 가면 그 기록을 보여줄까요?"

"유럽인과 함께 가면 훨씬 수월해질 거야." 모스비가 웃으며 말했다. "함께 가면 어떨까?"

* * *

니콜은 아파트 현관문을 열고 나를 안으로 들였다. 내가 찾아온 이유가 궁금한 눈치였다. "그래서, 무슨 얘기를 하고 싶은 거예요?"

어디서부터 말해야 할지 난감했다. "지금부터 할 말이 좀 묘하게 들릴지도 몰라."

"알았어요."

나는 리멤을 이용해 나의 부분적인 라이프로그를 보았고, 니콜이 열여섯 살 때 우리가 언쟁을 벌이던 광경을 보았다고 실토했다. 결국 내가 니콜에게 고함을 질렀고, 니콜이 집을 나간 그 사건. "그날 있었던 일을 기억하고 있어?"

"물론 기억하죠." 내가 도대체 무슨 소리를 하려고 그런 화제를 꺼냈는지 몰라 조금 불편해하는 기색이었다.

"나도 기억하고 있었어. 적어도 기억하고 있다고 생각했지. 하지만 난 다르게 기억하고 있었어. 내 기억에선, 네가 나에게 그 말을 했어."

"내가 무슨 말을 했다는 거죠?"

"내가 당장 네 앞에서 사라져도 넌 전혀 상관없고, 차라리 내가 없는 편이 나을 거라고, 네가 그랬다고 기억하고 있었어."

니콜은 한참 동안 나를 빤히 바라보았다. "지금까지 그런 식으로 그날 일을 기억하고 있었던 거예요?"

"응. 오늘까지."

"이렇게 슬프지 않았다면 거의 웃길 뻔했어요."

속이 메슥거렸다. "미안하다. 얼마나 미안한지 이루 말할 수 없을 정도로."

"그런 말을 했다는 게 미안한 거예요, 아니면 그런 착각을 했다는 게 미안한 거예요?"

"둘 다."

"당연히 그래야죠! 내가 그 말을 듣고 지금 어떤 기분인지 알아요?"

"상상도 못하겠어. 네가 나한테 그렇게 말했다고 생각했을 때 얼마나 끔찍했는지는 잘 알지만 말이야."

"문제는 그게 머릿속에서 만들어낸 기억이라는 거잖아요. 실제로 당한 사람은 난데." 니콜은 믿기지 않는다는 듯이 고개를 저었다. "늘 이런 식이죠."

이 말은 비수처럼 내 가슴을 찔렀다. "내가 그러니? 정말?"

"몰라서 물어요? 아빠 언제나 자기가 희생자인 것처럼 행동해요. 지금보다 더 대접받을 자격이 있는 좋은 사람이라도 되는 것처럼."

"내가 망상에 사로잡혀 있다는 소리야?"

"망상이 아니에요. 맹목적이고, 자기중심적인 거죠."

나는 조금 발끈했다. "그래서 이렇게 사과하고 있잖니."

"네. 아빠 얘기를 하는데 당연히 잘 들어야죠."

"아냐. 네 말이 옳아. 미안해." 나는 니콜이 계속하라는 손짓을 할 때까지 기다렸다가 말했다. "아마 난 네 말대로…… 맹목적이고 자기중심적인 거 같아. 내가 지금 그걸 받아들이기가 힘든 건, 그 사건 뒤로 내가 눈을 뜨고 그걸 극복했다고 생각했기 때문이야."

니콜은 얼굴을 찌푸렸다. "뭐라고요?"

나는 내가 아버지로서 완전히 달라졌고 우리 관계를 재건했다고 느끼고 있었다고 말했다. 그것이 쌓여서 대학 졸업식 때는 마침내 끈끈한 유대감을 느낄 수 있었다는 얘기도 털어놓았다. 니콜은 대놓고 비꼬지는 않았다. 그러나 그애의 표정을 보자 나는 말을 멈출 수밖에 없었다. 내가 허튼소리를 하고 있는 게 분명했다.

"졸업식 때도 여전히 내가 미웠어?" 내가 물었다. "그렇다면 난 너하고 화해했다는, 있지도 않았던 일을 꾸며내고 있었던 거구나?"

"아녜요. 졸업식 때는 화해한 상태였어요. 하지만 그건 아빠가 갑자기 마술처럼 멋진 아빠로 변신했기 때문은 아녜요."

"그럼 왜?"

니콜은 말을 멈추고 심호흡을 한 다음, 입을 열었다. "대학에 입학한 뒤에 난 심리 상담을 받기 시작했어요." 그애는 다시 한 번 말을 멈췄다. "그분이 저를 살렸다고 해도 과언이 아녜요."

내 머리에 처음 떠오른 생각은 이랬다. 니콜에게 왜 심리 상담이 필요했던 거지? 나는 그 생각을 억누르고 말했다. "상담을 받고 있었다는 걸 난 전혀 몰랐어."

"물론 그랬겠죠. 다른 사람들한테는 얘기해도 아빠한테만은 절대로 얘기하지 않았을 거니까. 하여튼 그분 덕택에 졸업반이 됐을 때는 나도 아빠한테 화를 내지 않는 편이 내게도 이롭다는 확신을 가질 수 있었어요. 그래서 졸업식 때 그렇게 화기애애할 수 있었던 거예요."

그렇다면 나는 현실과는 거의 유사성이 없는 이야기를 처음부터 완전히 날조했다는 얘기가 된다. 노력한 사람은 니콜이었고, 내가 한 일은 아무것도 없었다.

"내가 너를 제대로 몰랐던 것 같구나."

니콜은 어깨를 으쓱했다. "아빠한테 필요한 만큼은 알고 있을걸요?"

이 말도 내 가슴을 찔렀지만, 나는 불평할 수 있는 입장이 아니었다. "넌 좋은 딸이야."

니콜은 슬픈 듯이 짧게 웃었다. "있잖아요, 실은 어렸을 때 아빠가 그 말을 하는 광경을 상상하곤 했어요. 하지만 지금은⋯⋯ 그런다고 모든 게 해결되는 건 아녜요. 안 그래요?"

그제야 나는 깨달았다. 나는 그애가 나를 용서해주고 모든 일이 잘되기를 바라고 있었던 것이다. 그러나 우리 관계를 회복하기 위해서는 미안하다는 말로는 충분하지 않았다.

문득 어떤 생각이 떠올랐다. "내가 이미 한 일을 바꿀 수는 없어. 하지만 적어도 그러지 않은 척 하는 건 멈출 수 있어. 리멤을 이용해서 나 자신을 솔직하게 돌아보고, 일종의 재고 정리를 해볼게."

니콜은 내 말의 진위를 가늠하려는 듯이 나를 바라보았다. "좋아요. 하지만 이 점은 확실히 해둘게요. 과거에 나를 뭣같이 대했다는 사실에 죄책감을 느낄 때마다 나한테 달려오지는 말아요. 힘들게 겨우 극복했는데 아빠 기분 나아지게 하려고 다시 들추고 싶은 생각 없어요."

"그래." 니콜은 눈물을 쏟기 직전이었다. "이런 얘기를 꺼내서 네 맘만 또 상하게 했어. 미안해."

"괜찮아요, 아빠. 노력하고 있다는 건 알아요. 하지만⋯⋯ 당분간은 또 이러지 않아줬으면 좋겠어요."

"그래." 나는 나가려고 현관문으로 가다가 멈춰 섰다. "근데 혹시 가능하다면…… 내가 보상해줄 방법이 없을지……"

"보상이라고요?" 니콜이 회의적인 표정을 지었다. "글쎄요. 그냥 조금만 더 배려를 해주시는 건 어때요?"

그것이야말로 내가 하려는 일이다.

* * *

청사에 가보니 유럽인들이 '평가 보고서'라고 불렀던 사십 년 전 서류가 정말로 남아 있었다. 모스비 덕에 아무 제지도 받지 않고 청사 안에 들어갈 수 있었다. 서류는 지징기가 읽지 못하는 유럽의 언어로 쓰여 있었지만 이 서류에는 씨족들의 혈통을 기록한 도표들도 실려 있어서 그것에 포함된 티브족 이름들은 쉽게 알아볼 수 있었다. 모스비도 지징기의 해석이 옳다고 확인해주었다. 결국 서쪽 농장 지대의 장로들 말이 옳았고, 사베 말이 틀렸다는 사실이 판명됐다. 샹게브는 크완데의 아들이 아니라 제치라의 아들이었던 것이다.

청사 직원 중 하나가 지징기가 가지고 갈 수 있도록 해당 페이지의 사본을 타이핑해주겠다고 했다. 모스비는 동료 선교사들을 방문하기 위해 카트시나-알라에 잠시 머물기로 했지만 지징기는 즉시 집으로 향했다. 돌아오는 길에서는 조급한 어린애가 된 기분이었다. 자동차 도로에서 마을까지 걷는 대신 트럭으로 곧장 가고 싶었다. 마을에 도착하자마자 지징기는 사베를 찾았다.

인근 농장으로 가는 길에서 그를 찾아냈다. 이웃 몇이 암염소 새끼들을 분배하던 중 생긴 알력을 조정해달라고 길 가던 사베를 멈춰 세운 참이었다. 마침내 사람들이 만족하자 사베는 다시 걷기 시작했다. 지징기도 옆에서 함께 걸었다.

"잘 다녀왔느냐." 사베가 말했다.

"사베, 저는 카트시나-알라에 다녀왔습니다."

"아, 무엇 때문에?"

지징기는 사베에게 서류를 보여주었다. "오래전 유럽인들이 처음 여기 왔을 때 쓴 겁니다. 유럽인들은 당시 샹게브 씨족의 장로들과 얘기를 나눴는데, 장로들은 샹게브 씨족의 역사에 관해 얘기하면서 샹게브는 제치라의 아들이라고 말했습니다."

사베는 별다른 반응을 보이지 않았다. "그 유럽인들은 누구에게 그걸 물어봤지?"

지징기는 서류를 들여다보았다. "바투르와 이오르키아하였습니다."

"나도 그들을 기억한다." 사베는 고개를 끄덕이며 말했다. "현명한 사내들이었지. 그러니까 그런 소리는 하지 않았을 거야."

지징기는 종이에 쓰인 단어들을 가리켰다. "하지만 했는데요!"

"네가 잘못 읽은 것일 수도 있어."

"그럴 리가요! 저는 글 읽는 법을 압니다."

사베는 어깨를 으쓱했다. "너는 왜 이 종이를 가지고 돌아왔느냐?"

"여기 쓰인 말이 중요하니까요. 이 글에 따르면 우리는 제치라 씨족에 합류해야 합니다."

"우리 씨족이 네 의견을 믿고 따라야 한다고 생각하는 거냐?"

"저를 믿어달라는 것이 아닙니다. 장로님이 아직 젊었던 시절에 이미 장로였던 이 두 사람의 말을 믿어달라는 겁니다."

"물론 그래야겠지. 하지만 그 사람들은 지금 이곳에 없어. 여기 있는 건 종이뿐이야."

"이 종이는 그 사람들이 여기 있었다면 뭐라고 얘기했을지 가르쳐줍니다."

"그래? 사람은 한 가지 말만 하지는 않아. 바투르와 이오르키아하가 여기 있었다면, 우리가 크완데 씨족과 합쳐야 한다는 내 의견에 동의했을 거다."

"샹게브가 제치라의 아들이었는데, 어떻게 그럴 수가 있습니까?" 지징기는 들고 있던 종이를 가리켰다. "제치라 쪽이 혈통상 우리와 더 가깝습니다."

사베는 걸음을 멈추고 지징기를 돌아보았다. "혈통의 문제는 종이로 해결될 수 있는 것이 아니다. 네가 서기가 된 건 크완데 씨족의 마이쇼가 선교 학교를 다닌 소년들에 관해 내게 경고해줬기 때문이야. 우리 두 씨족이 같은 아버지의 자식이 아니었다면 마이쇼는 우리를 그렇게 배려해주지 않았을 거다. 너의 그 지위야말로 우리 두 씨족이 얼마나 가까운지 보여주는 증거이건만, 넌 그 사실을 잊은 것 같구나. 넌 종이를 들여다보고, 가슴으로는 이미 알고 있던 일을 알아내려고 했어." 사베는 이렇게 말하며 지징기의 가슴을 툭 쳤다. "종이로 너무 많은 걸 배운 나머지 티브족으로 살아간다는 게 어떤 건지 잊기라도 한 게냐?"

지징기는 입을 열고 반론을 하려다 문득, 사베 말이 옳다는 것을 깨달았다. 오랫동안 글을 공부한 탓에 그는 유럽인처럼 생각하고 있었다. 사람들의 입에서 나온 말보다 종이에 쓰인 글을 더 믿게 됐던 것이다. 그것은 티브족의 방식이 아니었다.

유럽인들의 평가 보고서는 '보우'였다. 그것은 꼼꼼하고 정확했지만, 이 문제를 해결하기에는 충분하지 않았다. 어떤 씨족에 합류할지 선택하는 행위는 공동체의 의향에 맞는 것이어야 하므로 '미미'여야 했다. 그리고 '미미'가 무엇인지 결정할 수 있는 사람은 장로들뿐이었다. 샹게브 씨족에게 최선의 선택이 무엇인지 결정하는 것이 그들의 의무이기 때문이다. 사베에게 종이 기록을 따르라고 청하는 것은 그가 옳다고 생각하는 것에 반하는 행동을 해달라는 것과 다름없었다.

"사베, 방금 하신 말씀이 맞습니다." 지징기가 말했다. "용서해주십시오. 사베는 우리 씨족의 장로인데, 종이가 장로님보다 더 많은 것을 알고 있다고 말한 것은 제 잘못이었습니다."

사베는 고개를 끄덕이고 다시 걷기 시작했다. "얼마든지 네가 원하는 대로 행동해도 좋다만, 그 종이를 다른 사람들에게 보여준다면 나는 득보다는 실이 더 많을 거라고 생각한다."

지징기는 그 말을 반추했다. 서쪽 농장 지대에서 온 장로들은 이 평가 보고서가 자기들의 주장을 뒷받침해준다고 말할 것이 틀림없고, 그 결과 이미 너무 오래 이어진 논쟁은 한층 더 길어질 것이 뻔했다. 그보다 더 중요한 것은, 그런 행위가 종이를 진실의 원천으로 간주하는 길로 티브족을 내몰 것이라는 사실이었다. 그렇지 않아도 세월의 물길에 씻겨나가고 있는 옛 방식에 물줄기를 또 하나 추가하는 꼴이다. 지징기는 그런 행위에서 아무런 미덕도 찾을 수 없었다.

"동감입니다." 지징기는 말했다. "아무에게도 보여주지 않겠습니다."

사베는 고개를 끄덕였다.

지징기는 자기 오두막으로 걸어가며 방금 전 일에 관해 곰곰 생각했다. 선교 학교에 다닌 것도 아닌데 그는 이미 유럽인처럼 생각하고 있었다. 노트에 글을 쓰는 것이 버릇이 되면서, 본인도 모르는 새 장로들에게 무례를 범하고 있었던 것이다. 글을 배운 덕에 생각이 더 명확해졌다는 것은 부인할 수 없는 사실이었지만, 그것이 동족들보다 종이를 더 신뢰할 이유는 되지 못했다.

서기로서, 그는 부족 법정에서 사베가 내리는 판결을 기록해야 했다. 그러나 자기 생각을 글로 기록해둔 다른 노트들까지 보존할 필요는 없었다. 그는 앞으로는 요리를 할 때마다 그것을 뜯어내 불쏘시개로 쓰기로 마음먹었다.

* * *

사람들은 보통 그렇게 생각하지 않지만, 글쓰기는 테크놀로지다. 따라서 글을 읽고 쓸 줄 아는 사람의 사고 과정에는 테크놀로지가 매개되어 있다고 할 수 있다. 글을 자유롭게 읽을 수 있게 되는 순간부터 우리는 인지적 사이보그가 되며, 그 사실은 우리의 삶에 심대한 영향을 끼친다.

오로지 구전을 통해서만 지식을 전달하는 문화는 글쓰기를 채택하기 전에는 지극히 쉽게 자기 역사를 수정할 수 있었다. 의도적인 것은 아니지만 피할 수 없는 결과다. 전 세계의 음유시인들과 그리오*들은 청중에 맞춰 구비전승을 이어갔으며, 그 결과 과거의 지식은 현재의 필요성에 맞춰 점진적으로 조정됐다. 과거에 대한 기록이 마땅히 불변이어야 한다는 생각은 글을 쓰는 문화가 글에 대해 느끼는 외경심의 산물이다. 인류학자들은 구전에 의존하는 문화는 과거를 다르게 이해한다고 말할 것이다. 그런 문화의 경우, 역사적 사실의 정확성은 해당 공동체의 자기 이해를 입증하는 행위만큼 중요하지는 않다. 그래서 그들의 역사를 신뢰할 수 없다는 말은 정확하지 않다. 그들의 역사는 해야 할 일을 다하고 있기 때문이다.

현대의 개개인은 사적인 구전 문화에 해당한다. 우리는 과거를 다시 씀으로써 각자의 필요를 충족시키고 자기 자신에 관한 이야기를 뒷받침한다. 우리의 기억에 관해 말하자면, 우리 모두 과거의 자신을 현재

---

* 서아프리카의 세습 이야기꾼, 악사.

의 영광스러운 자신들로 올라오기 위한 발판으로 간주하는, 휘그Whig 사관의 신봉자라고 비난받아도 부인할 수 없다.

그러나 그런 시대는 이제 종식을 맞이하고 있다. 리멤은 신세대 기억 보조 장치의 첫째 주자에 불과하고, 이런 제품들이 점차 광범위하게 채택됨에 따라 우리의 생체적인 연성 기억은 완전무결한 디지털 아카이브로 대체될 것이다. 우리는 거듭되는 구술에 맞춰 진화하는 이야기들 대신, 우리의 실제 행동의 기록을 가지게 될 것이다. 각자의 마음 속에서도, 우리는 구전 문화에서 문자 문화의 일원으로 탈바꿈할 것이다.

문자 문화가 구전 문화보다 낫다고 주장하기야 쉽지만, 이 이야기를 말로 전하는 대신 글로 쓰고 있다는 사실만 보아도 내 의견은 분명 한 쪽으로 편향되어 있다. 그러므로 내 입장에서는 우리가 글을 얻기 위해 치른 대가를 인식하는 것보다는 그 혜택의 진가를 인정하는 편이 쉬웠다고 말하는 편이 낫겠다. 글을 읽고 쓰는 기술은 해당 문화로 하여금 주관적 경험보다는 문서화에 더 큰 가치를 두도록 장려한다. 그런 방식은 전체적인 맥락에서 보면 단점보다는 장점이 많다는 것이 내 생각이다. 문서 기록 또한 온갖 오류에서 자유로울 수 없고 그 해석 또한 변하기 마련이지만, 적어도 기록된 글은 바뀌지 않고 남으며 그 사실만으로도 진정한 가치가 있다.

개인의 기억에 관해서는, 나는 앞서 말한 입장과는 정반대 편에서 살아가고 있다고 해야 할 것이다. 생체적인 기억에 입각한 정체성의 소유자로서, 나는 사건에 대한 기억에서 주관이 완전히 제거될 가능성이 두렵다. 개개인이 스스로의 이야기를 말하는 일은 문화의 경우와는 달리 가치 있는 행위라고 느껴왔기 때문이다. 그러나 나는 내 시대의 산물이며, 시대는 변하기 마련이다. 구전 문화가 글의 도래를 막지 못했듯이, 우리는 사람들이 디지털적 기억을 채택하는 추세를 막지 못한다. 그러므로 내가 할 수 있는 최선의 선택은 그 장점을 찾아보는 일이 될 것이다.

그리고 나는 디지털적 기억의 진짜 혜택을 발견했다고 생각한다. 요점을 말하자면 이렇다. 정말로 중요한 것은 당신이 옳았다는 점을 증명하는 것이 아니라, 당신이 틀렸다는 사실을 인정하는 것이다.

우리 모두가 과거의 여러 시점에서 틀린 적이 있고, 잔인했거나 위선적으로 행동한 적이 있기 때문이다. 게다가 우리는 그런 일들 대부분을 망각한다. 바꿔 말해, 우리는 스스로에 관해 거의 모른다. 자기 기억을 신뢰할 수 없다면 개인적인 통찰은 어느 정도까지 가능한 일일까? 당신의 경우는 어떤가? 어쩌면 당신은, 설령 당신의 기억이 완벽하지 않더라도, 내가 저지른 잘못에 맞먹을 정도의 기억 수정을 행한 적은 없다고 생각할지도 모르겠다. 그러나 나 역시 현재의 당신 못지않게 내가 옳다고 확신하고 있었다. 그러나 결국은 사실이 아님이 판명되었다. 당신은 혹시 이렇게 말할지도 모르겠다. "난 내가 완벽하지 않다는 걸 알아. 과거에도 이런저런 잘못을 저질렀으니까." 그러나 여기서 내가 강조하고 싶은 것은, 당신은 당신이 생각하는 것보다 훨씬 많은 잘못을 저질렀다는 점이다. 당신의 자아상의 기반을 이루는 핵심적인 가정들의 일부는 실제로는 거짓말에 불과하다. 시간을 내어 리멤을 써본다면, 내 말이 사실임을 알 수 있을 것이다.

그러나 내가 리멤을 추천하는 이유는 그것이 과거의 수치스러운 행위를 상기시키기 때문이 아니라, 장래에 당신이 그런 행위를 되풀이하는 것을 피할 수 있게 해주기 때문이다. 내가 부모로서의 내 능력에 관해 표백되고 미화된 내러티브를 구축할 수 있었던 것은 생체적 기억을 가진 탓이지만, 앞으로는 디지털적 기억을 이용함으로써 그런 일을 예방할 수 있기를 희망한다. 다른 사람의 입을 통해 나 자신의 행동에 관한 진실을 들음으로써 방어적이 되는 일도 없어질 것이다. 그런 것이 존재한다는 사실 자체에 개인적인 충격을 받고 피치 못할 재평가로 내몰리는 일도 방지할 수 있을 것이다. 리멤이 있는 그대로의 사실을 제공해주는 한, 나의 자아상이 진실에서 너무 멀어지는 사태 자체가 불가능해질 것이기 때문이다.

디지털적 기억이 우리가 스스로에 관해 이야기하는 행위를 멈추게 하지는 못할 것이다. 앞서 말했듯 우리는 이야기로 이루어져 있고, 그 무엇도 그 사실을 바꿀 수는 없기 때문이다. 다만 나는 디지털적 기억이 그 이야기들을 최상의 행위를 강조하고 최악의 행위를 생략하는 우화 같은 이야기가 아니라, 스스로 틀릴 수 있다는 가능성을 인정하고 다른 사람의 가능성에 대해서도 섣불리 재단하지 않는 진실한 기록으로 바꿔주기를 희망한다.

니콜도 나처럼 리멤을 쓰기 시작했고, 그 과정에서 자기 자신의 기억 또한 완벽하지 않다는 사실을 깨달았다. 그렇다고 내가 그 아이를 대한 방식을 용서해준 것은 아니다. 그 아이의 악행은 내가 저지른 것에 비하면 약소하므로, 응당 그래서는 안 된다. 다만, 완전히 잘못된 나의 기억에 대해 그 아이가 느끼는 분노를 약화시키는 효과는 있었다. 우리 모두가 그렇다는 사실을 깨달았기 때문이다. 이것이 리멤이 인간관계에 끼치는 영향에 대한 에리카 마이어스의 예측과 맞아떨어진다는 점은 당혹스럽기는 하지만 인정할 수밖에 없다.

그렇다고 디지털적 기억의 부정적 측면에 관한 나의 의견이 바뀐 것은 아니다. 단점은 많고, 사용자들은 그것을 숙지할 필요가 있다. 솔직히 나는 더 이상 객관적으로 이 문제를 다룰 자신이 없다. 그래서 기억 보조 장치에 관한 기사를 쓰려던 계획을 포기하고 모아둔 연구 자료를 모두 동료에게 넘겼다. 그녀는 이 소프트웨어의 장단점에 관해 근사한 특집 기사를 썼다. 냉철한 기사였고, 자기반성과 고뇌로 점철됐을 것이 뻔한 내 기사보다 낫다. 나는 기사를 쓰는 대신 이 글을 썼다.

티브족에 관한 나의 이야기는 사실에 기초한 것이지만, 완전히 정확하지는 않다. 1941년에 샹게브 씨족이 어떤 씨족과 합류하느냐를 두고 티브족 사이에 논란이 인 것은 사실이다. 이 논쟁을 유발한 것은 해당 씨족 창시자의 혈통에 관한 상충되는 주장들이었는데, 당국의 기록을 보면 가계에 대한 씨족 장로들의 설명이 시간이 흐르면서 변한 것을 알 수 있다. 그러나 내가 묘사한 세부 사항들 중 많은 부분은 나의 창작이다. 실제 현실은 실제 현실이 언제나 그렇듯이 더 복잡하고 덜 극적이었기 때문에, 나는 더 나은 이야기를 만들어내기 위해서 상당 부분을 지어냈다. 내가 이 이야기를 쓴 것은 진실을 옹호하기 위해서였는데 말이다. 이것이 모순이라는 점은 나도 안다.

니콜과의 언쟁에 관해서는 가능한 한 정확을 기하려고 노력했다. 이 프로젝트를 시작했을 때부터 나는 모든 것을 기록했고, 이 글을 쓰면서도 되풀이해서 참조했다. 그러나 특정 세부 사항은 포함시키고, 다른 사항은 생략하는 행위를 통해 나는 또 다른 이야기를 만들어낸 것인지도 모른다. 철저하게 객관적이 되려고 노력했지만, 실은 나 자신을 미화하지는 않았을까? 혹시 고백문의 형식에 맞추려고 실제 사건들을 왜곡하지는 않았을까? 당신이 그것을 확인하려면 내가 쓴 글을 내 기록 자체와 대조하는 수밖에 없으므로, 나는 과거의 나는 상상도 못했을 일을 하려고 한다. 얼마나 쓸모가 있을지 모르겠지만, 나는 니콜의 허락을 받고 나의 라이프로그를 일반 공개로 돌릴 예정이다. 동영상을 보고, 여러분이 직접 판단하시기 바란다.

혹시 내 글이 충분히 정직하지 않았다고 생각하는 분은 알려주시면 좋겠다. 나도 알고 싶다.

THE GREAT SILENCE

거대한 침묵

인간들은 외계 지성을 찾기 위해 아레시보Arecibo를 이용한다. 관계를 맺으려는 인간의 욕구는 이렇게 우주 건너편의 소리까지 들을 수 있는 귀를 만들어냈을 정도로 강하다.

하지만 나와 나의 동료 앵무새들은 이렇게 그들 가까이에서 살고 있다. 그런데도 왜 그들은 우리 목소리에 귀를 기울이려고 하지 않는 것일까?

우리는 인간과 소통할 수 있는 인간 이외의 종種이다. 그렇다면 인간들이 찾고 있는 존재는 바로 우리가 아닌가?

* * *

우주는 워낙 광활하므로 지능을 가진 생명체는 틀림없이 여러 차례 발생했을 것이다. 게다가 우주는 워낙 오래되었으므로 설령 기술을 개발한 종이 하나뿐이었다고 해도 뻗어나가 은하계를 가득 채울 시간 여유는 얼마든지 있었을 것이다. 그러나 지구를 제외한 우주 그 어디에도 생명의 흔적은 남아 있지 않다. 인간들은 이 현상을 '페르미 역설'이라고 칭한다.

페르미 역설에 대해서는 이런 가설이 있다. 지적 종들이 안 보이는 것은 적대적인 침략자들의 표적이 되는 것을 피하기 위해 적극적으로 자기 존재를 감추기 때문이라는 가설이다.

인간들에 의해 멸종 직전으로 내몰린 종의 일원으로서 말하는데, 나는 이것이 현명한 전략이라고 단언할 수 있다.

가만히 있으면서 주의를 끌지 않는 것이야말로 이치에 맞는 행동이다.

* * *

페르미 역설은 '거대한 침묵'이라고 불릴 때도 있다. 우주는 온갖 문명이 발하는 불협화음으로 가득 차 있어야 마땅하건만, 실제로는 당혹스러울 정도로 조용하다.

어떤 인간들은 지능을 가진 종은 우주로 뻗어나가기 전에 모두 멸종할 수밖에 없다는 가설을 내놓았다. 그들의 말이 옳다면, 밤하늘의 고요는 묘지의 침묵이라는 얘기가 된다.

몇백 년 전, 우리 동포들의 수는 워낙 많아서 리오 아바호 숲 전체에 우리 목소리가 울려 퍼질 정도였다. 그러나 지금은 거의 사라지고 없다. 조만간 이 열대 우림은 우주의 다른 부분들 못지않게 조용해질지도 모른다.

* * *

알렉스라는 이름의 아프리카 회색앵무가 있었다. 알렉스는 높은 인지 능력을 갖춘 것으로 유명했다. 그러니까, 인간들 사이에서 말이다.

아이린 페퍼버그라는 인간 연구자가 삼십 년 동안 알렉스를 연구했다. 그녀는 알렉스가 형태나 색채를 가리키는 단어들을 알고 있을 뿐 아니라, 실제로 형태와 색채의 개념을 이해한다는 사실을 발견했다.

많은 과학자들은 새가 추상 개념을 이해한다는 주장에 대해 회의적인 반응을 보였다. 인간들은 자기들이 특별한 존재라고 생각하고 싶어 한다. 그러나 끝에 가서는 그들도 페퍼버그의 설득을 받아들여 알렉스가 단지 단어를 흉내 내는 것이 아니라 그 뜻까지 이해한다는 사실을 인정했다.

우리 친척들 중에서도 알렉스는, 인간들이 생각하는 진지한 의사소통 상대의 기준에 가장 근접했던 존재였다.

알렉스는 아직 젊은 나이에 갑자기 죽었다. 죽기 전날 저녁 알렉스는 페퍼버그에게 말했다. "잘 있어. 사랑해."

인간들이 인간 이외의 지성과의 관계를 원하는 것이라면, 이 이상 무엇을 바란단 말인가?

* * *

모든 앵무새에겐 자기가 누군지를 알리기 위한 고유의 울음소리가 있다. 생물학자들은 이것을 앵무새의 '콘택트 콜Contact Call'이라고 부른다.

1974년에 천문학자들은 아레시보 천문대의 전파 망원경을 이용해서 인간의 지성을 입증하기 위한 메시지를 외기권으로 쏘아 보냈다. 이것은 인류의 콘택트 콜이었다.

야생에서 앵무새들은 서로를 이름으로 부른다. 다른 새의 주의를 끌고 싶을 때는 그 새의 콘택트 콜을 흉내 낸다.

만일 인간들이 지구로 되돌아온 아레시보 메시지를 탐지한다면, 누군가가 그들의 주의를 끌고 싶어한다는 사실을 알게 될 것이다.

* * *

앵무새는 발성發聲 학습자다. 새로운 소리를 들으면 우리는 그것을 흉내 내는 법을 터득할 수 있다. 이런 능력을 가진 동물은 거의 없다.

개는 몇십 개에 달하는 명령어를 알아들을지는 몰라도 입으로는 그저 짖기만 할 뿐이다.

인간 역시 발성 학습자다. 그것이 우리의 공통점이다. 그러므로 인간과 앵무새 양쪽은 소리에 관한 특별한 능력을 공유하고 있다. 우리는 그냥 소리를 지르지 않는다. 단어를 발음하고, 그 뜻을 전달한다.

인간들이 아레시보를 그런 식으로 만든 것은 바로 그 때문인지도 모르겠다. 수신기가 송신기일 필요는 없지만, 아레시보는 이 두 가지 모두에 해당한다. 듣기 위한 귀인 동시에, 말하기 위한 입인 것이다.

* * *

인간들은 몇천 년 동안이나 우리 앵무새들과 함께 살아왔지만, 최근에 와서야 우리에게 지능이 있을 가능성을 고려하기 시작했다.

그들을 탓할 수는 없다. 우리 앵무새들도 인간이 그리 똑똑한 생물이라고는 생각하지 않았기 때문이다. 자기들과는 너무나도 다른 행동 방식을 이해하기란 쉽지 않다. 그러나 앵무새는 그 어떤 외계 종보다 인간에 가깝고, 인간들은 아주 가까이에서 우리를 관찰할 수 있다. 눈을 들여다볼 수 있을 정도로 가까운 거리에서 말이다. 그런 인간들이 백 광년 떨어진 곳의 소리를 엿듣는다고 해서, 정말로 외계 지성을 알아볼 수 있을까?

* * *

에스퍼레이션aspiration이라는 단어에 염원과 숨을 뱉는 행위 양쪽
의 뜻이 모두 있는 것은 우연이 아니다.

말을 할 때, 우리는 우리 폐의 숨을 이용해, 우리의 생각에 물리적인
형태를 부여한다. 우리가 내는 소리는 우리의 의도인 동시에 우리의
생명력이다.

나는 말한다. 고로 나는 존재한다. 오직 앵무새나 인간과 같은 발성
학습자들만이 이 진리를 완전히 이해할 수 있는지도 모른다.

* * *

입으로 소리를 형성하는 행위에는 쾌감이 있다. 이것은 너무나도 원
초적이고 본능적인 것이어서, 인간들은 역사에 걸쳐 그런 행위를 신성
에 도달하기 위한 수단으로 간주해왔다.

피타고라스파의 신비주의자들은 모음이 천구天球의 음악을 나타낸
다고 믿었고, 그것들로부터 힘을 끌어내기 위해 영창을 했다.

오순절파 기독교인들은 방언을 할 때 자기들이 천국의 천사들의 언
어로 말한다고 믿는다.

힌두교의 브라만들은 만트라를 암송함으로써, 현실의 구성 요소들
을 강화하고 있다고 믿는다.

오로지 발성 학습을 하는 종만이 신화에서도 소리에 중대한 의미를 부여한다. 우리 앵무새들 역시 이 사실에 공감할 수 있다.

* * *

힌두교 신화에 의하면 우주는 '옴'이라는 하나의 소리와 함께 창조되었다. 이것은 과거에 존재했던 모든 것과 미래에 존재할 모든 것을 포함하는 음절이다.

항성들 사이의 우주공간을 향해 있을 때, 아레시보 전파 망원경은 희미한 허밍 음을 포착한다.

천문학자들은 이것을 '우주 배경 복사'라고 부른다. 이것은 백사십억 년 전에 우주를 탄생시킨 빅뱅 폭발의 잔류 전자기파이다.

관점을 바꿔 이것을 그때 그 '옴' 소리의 희미한 반향으로 볼 수도 있다. 이 음절의 울림은 너무나도 깊었기에, 이 우주가 존재하는 한, 밤하늘은 계속 그렇게 진동할 것이다.

아레시보는 다른 소리에 귀를 기울이고 있지 않을 때는 창조의 소리를 듣는다.

* * *

우리 푸에르토리코 앵무들에게도 고유의 신화가 있다. 인간의 신화보다는 단순하지만, 인간들도 충분히 즐길 수 있으리라 생각한다.

슬프게도 우리의 신화는 우리 종과 함께 사라져가고 있다. 우리가 멸종하기 전에 인간들이 우리 언어를 해독할 수 있을 가능성은 없어 보인다.

그런 연유로, 우리의 멸종은 단지 한 무리의 새들의 멸종을 의미하지만은 않는다. 우리의 언어와 의식과 전통도 함께 사라진다. 우리 목소리가 소거되는 것이다.

* * *

인간의 활동은 나의 동포들을 멸종 직전까지 내몰았지만, 나는 그들을 비난하지 않는다. 악의가 있어서 그런 것이 아니기 때문이다. 단지 주의를 기울이지 않았을 뿐이다.

게다가 인간은 실로 아름다운 신화들을 창조했다. 그들의 상상력에는 경탄을 금할 수가 없다. 그래서 그들의 염원은 그토록 거대한 것인지도 모른다. 아레시보를 보라. 그런 것을 건설할 수 있는 종은 필시 그 내면에 위대함을 간직하고 있음이 분명하다.

우리 종은 더 이상 오래 살아남지는 못할 것이다. 결국 명을 다하지 못하고 '거대한 침묵'에 합류할 공산이 크다. 그러나 떠나기 전, 우리는 인류에게 메시지를 보내고 있다. 아레시보에 있는 망원경이 그들이 그 소리를 들을 수 있게 해주기를 기원할 뿐이다.

메시지의 내용은 다음과 같다.

잘 있어. 사랑해.

OMPHALOS

옴팔로스

주여, 주의 앞에 나아가 오늘 하루를 묵상하는 저의 마음을 밝게 비추시어 만사에 깃든 주의 은총을 더 뚜렷이 보게 해주소서.

지금은 이토록 만족스러운 하루를 보낼 수 있어서 흡족하고 감사한 마음이지만, 시작부터 모두 순조로웠던 것은 아니었습니다. 오늘 아침 비행기 편으로 도착했을 때는 영 기분이 좋지 않았습니다. 공항 터미널에서 나와 택시 승차장을 찾는 저를 보고 길을 잃었다고 지레짐작한 어떤 남자가 다가와 저를 도와주려고 했습니다. 그러나 그가 시카구는 여자 혼자 여행할 만한 도시가 아니라고 설교하는 것을 듣고 발끈한 나머지, 몽골리아에서도 혼자서 잘만 돌아다녔으니 시카구 정도는 별 거 아니라고 쏘아붙이고 말았습니다. 주여, 단지 친절을 베풀려고 다가온 남자에게 그처럼 예민하게 응수한 것을 용서하소서. 여자는 무력한 존재라는 신념을 가진 이들에게도 인내심을 발휘할 수 있도록 도와 주소서.

시카구에 들르는 것은 사실 그리 내키지 않았습니다. 제가 그 책을 쓴 것은 정말 오래전의 일이었고, 지금은 다른 것들에 관심이 쏠려 있기 때문입니다. 지난달 저는 애리조나에서의 발굴조사 준비에 온 힘을 쏟고 있었습니다. 잰슨 박사의 메일그램을 받은 이래 제 머릿속은 새로 발견된 창촉들과 그것들이 간직하고 있는 정보에 관한 생각들로 가득 차 있었습니다. 그런 와중에 출판사 편집장으로부터 이왕 가는 길에 잠깐 들러서 공개 강연을 해달라는 부탁을 받았던 것입니다. 그가 제 여행 계획을 이용해서 비행깃값도 내지 않고 공짜로 책 홍보를 하려 한다는 생각이 들었죠. 제 입장에서는 불필요한 지연으로밖에는 느껴지지 않았다고나 할까요.

호텔에 도착해 강연을 도와줄 강연장 직원을 만난 뒤에는 마음이 풀렸습니다. 강연에 기대가 크다고 했을 때는 그저 인사치레라고 생각했지만, 제 책을 읽고 과학자들이 하는 일을 바라보는 관점이 어떻게 바뀌었는지 구체적으로 설명하는 것을 들은 뒤에는 그녀의 열의가 거짓이 아님을 깨달았던 겁니다. 이런 식의 감상을 독자에게서 직접 듣는 것은 저자 입장에서도 매우 기쁜 일이지만, 그보다 더 중요했던 것은 고고학자에게 교육은 현장 연구 못지않게 중요한 임무라는 사실을 제가 다시금 자각했다는 점입니다. 주여, 공개 강연을 따분한 일로만 여기던 저의 자만심을 이토록 친절하게 지적해주시어 감사합니다.

호텔에서 간단하게 저녁을 먹고 강연장으로 갔습니다. 강연에 그렇게 많은 청중이 몰린 것은 처음이었고, 발 디딜 틈이 없을 정도로 북적이는 강연장은 바다오리 떼가 군집한 해변을 방불케 하더군요. 물론 청중의 수가 저 개인의 인기를 반영한 것이 아니라는 사실은 잘 알고 있었습니다. 강연 포스터에 인쇄된 '도러시아 모렐'이라는 이름은 사람을 끄는 데는 별 효과가 없었을 겁니다. 강연에 사람들이 몰린 이유는 기금 조성을 목적으로 하는 아타카마 미라의 전국 순회전시가 시작되었고, 첫 번째 전시회가 바로 이곳 시카구에서 열리고 있었기 때문입니다. 그래서 지금 고고학은 일반인들 사이에서도 화제였고, 저는 그 혜택을 입은 것에 불과합니다. 물론 저는 개의치 않았습니다. 이유가 무엇이든 그렇게 많은 청중과 접할 수 있는 기회가 생기는 것은 기쁜 일이었기 때문입니다.

저는 나무줄기의 나이테를 주제로 강연을 시작했고, 각 나이테의 폭은 해당 해의 강수량을 반영하므로 폭이 좁은 나이테들이 연속해서 이어진다면 가뭄이 오래 계속되었다는 뜻이라고 설명했습니다. 따라서 나이테가 있으면 그 나무를 벌목한 해부터 거꾸로 세기 시작해, 사람의 수명을 훌쩍 넘길 정도로 오래된 과거까지 거슬러 올라가는 기후 패턴의 연대표를 작성할 수 있습니다. 과거는 이 세계에 여러 흔적을 남겨놓았고, 우리는 그것을 읽어내는 방법을 알기만 하면 됩니다.

그런 다음에는 나무들 사이의 나이테 패턴을 비교하는 교차연대법에 관해 설명했습니다. 그러면서 각기 다른 두 개의 나무 조각에서 폭의 변동이 서로 일치하는 나이테가 나타난 경우를 예로 들었습니다. 한쪽은 최근에 벤 나무의 중심 가까운 곳에서, 다른 쪽은 오래된 건물에 쓰인 목재의 가장자리에서 발견한 것이지만, 나이테 덕에 이 두 나무의 생육 기간이 겹친다는 것을 알 수 있습니다. 전자가 아직 어린나무였을 무렵 후자는 이미 다 자란 상태였지만, 이 두 나무는 강우량이 풍부했던 시기와 가물었던 시기를 함께 경험했습니다. 오래된 나무 쪽의 나이테를 조사하면 어린 나무보다 더 이전 시절의 기후 패턴까지도 확인이 가능합니다. 교차연대법이 있는 덕에 우리는 더 이상 개개 나무의 나이테에만 의존하지 않아도 됩니다.

고고학자들은 아주 오래된 건물에 쓰인 재목들을 조사하면서 나이테의 패턴을 비교했습니다. 굳이 기록에 의존하지 않아도 독일의 트리어 대성당 꼭대기에 사용된 목재들은 1074년에 벌목된 나무들을 가공한 것이고, 성당 지하실에 있는 것들은 1042년에 벌목된 나무들로부터 왔다는 사실을 알아낼 수 있었죠. 조사는 거기서 끝나지 않았습니다. 고고학자들은 쾰른에 보관된 로마 다리의 지주라든지, 바트 나우하임에 남아 있는 고대의 암염갱 내부를 보강하기 위해 쓰인 작은 보처럼 더 오래된 고대의 재목들도 연구 대상으로 삼았습니다. 모든 재목은 자연에 의해 쓰인 역사의 일부이며, 그리스도 탄생 시까지 거슬러 올라가는 강우력降雨曆을 제공해줍니다.

그러나 그보다 훨씬 오래된 선사시대의 목재를 연구하는 일은 쉽지 않습니다. 늪지에 잠겨 보존된 나무나 고고학 발굴 현장에서 나온 기둥, 때로는 혈거인들의 화덕에서 발견된 큼지막한 목탄 덩어리 같은 것들까지 찾아봐야 하기 때문입니다. 저는 이 작업을 조각 그림 맞추기에 비유했습니다. 이따금 서로 들어맞는 조각들이 여러 개 나왔지만, 기본 연대와 연결시켜주는 조각이 나오기 전까지는 이것들이 어느 시기에 속한 것인지 알 수 없었습니다. 고고학자들은 이런 식으로 공백 부분을 메워왔습니다. 그 결과 끊김 없이 이어지는 나이테의 기록은 5000년을 돌파했고, 급기야는 7000년에 도달했습니다. 저는 나무 조각 하나를 조사해서 그것이 지금으로부터 8000년 전에 벌목된 나무의 일부라는 사실을 확인한다는 것이 얼마나 큰 흥분을 불러일으키는지에 대해 얘기했습니다.

그러나 그런 경험조차도 그보다 몇 세기 더 전의 나무 표본을 조사할 때 느껴지는 흥분감에 비하면 아무것도 아닙니다. 당시의 나무줄기들에는 나이테가 멈추는 지점이 있기 때문입니다. 현존하는 가장 오래된 나이테는 지금으로부터 8912년 전에 형성된 것입니다. 저는 그보다 더 오래된 나이테는 존재하지 않는다고 청중에게 단언했습니다. 그 해야말로 당신이 천지를 창조한 해이기 때문입니다. 그 시대에 있었던 모든 나무의 중심에는 둥글고 아무 무늬도 없는 등질의 목심이 존재할 뿐이며, 나이테가 없는 이 부분의 지름은 천지창조의 순간에 생겨난 해당 나무의 크기를 나타냅니다. 이 태초의 나무들은 묘목에서부터 큰 나무로 자라난 것이 아니라 당신의 손에 의해 직접 창조된 것들입니다.

그리고 저는 이런 나이테의 결여는 아타카마 미라에서 볼 수 있는 배꼽의 결여 못지않게 큰 의미가 있다고 말했습니다. 사실, 나무의 단면은 해골이나 미라의 형태로 남은 인간의 유해를 통해서는 알아낼 수 없는 일들까지 우리에게 알려줍니다. 나이테 측정법이 없었다면 우리는 이런 태초의 인간들이 언제 출현했는지 알아내지 못했을 것입니다. 그 유해들의 존재는 인류가 이 세계의 모든 곳에서 창조되었다는 사실을 알려줄 뿐이지만, 나무의 단면들은 그런 일이 정확히 언제 일어났는지 우리에게 알려주기 때문입니다.

나이테가 없는 나무와 배꼽이 없는 인간들의 존재는 경이롭고 놀라운 일인 동시에 논리적인 필연입니다. 청중의 이해를 돕기 위해 저는 그렇지 않았을 경우를 상상해보라고 말했습니다. 주가 목심까지 모두 나이테가 있는 태초의 나무들을 창조했다면 그것은 어떤 의미이겠습니까. 그것은 당신이 존재하지도 않았던 여름과 겨울의 증거를 자신의 피조물 안에 남겨두었다는 얘기가 됩니다. 그런 행위는 기만이며, 이마에 흉터가 있는 태초의 인간을 창조함으로써 그 인간이 실제 경험한 적 없는 어린 시절의 부상의 흔적을 남겨두는 행위와 다르지 않습니다. 그런 날조된 기억을 뒷받침하려면 당신은 존재하지 않았던 그의 어린 시절에 그를 키운 부모의 무덤까지 만들어내야 합니다. 그리고 그런 부모를 낳은 부모들도 당연히 존재해야 하므로, 조부모들의 무덤까지 만들어내야 합니다. 이런 식의 일관성을 유지하려면 과거에 존재했던 무수히 많은 세대의 뼈를 땅에 묻어야 합니다. 아무리 깊이 파도,

한 삽씩 뜰 때마다 조상의 무덤을 건드리는 것을 피할 수 없을 정도로 수많은 뼈를 말이죠. 결국 지구는 무한한 뼈 무덤이 되어버렸을 겁니다.

물론 분명, 우리가 사는 세계는 그렇지 않습니다. 우리가 사는 세계가 무한히 오래되었을 리는 없으므로 틀림없이 시초가 존재했을 것입니다. 그러므로 충분히 자세하게 들여다보기만 하면 우리는 그런 시초의 존재를 확인해주는 증거를 찾을 수 있을 것입니다. 나이테가 없는 나무와 배꼽이 없는 인간의 존재는 그런 논리의 정당성을 입증할 뿐만 아니라, 우리에게 그 이상의 정신적인 안도감을 줍니다.

저는 청중에게 아무리 깊게 파고 들어가도 계속해서 과거 시대의 흔적이 나오는 세계에서 사는 것을 상상해보라고 말했습니다. 십만, 백만, 천만 년처럼 세월을 나타내는 숫자가 의미를 잃을 정도로 오래된 과거가 존재했다는 증거와 직면한다고 상상해보라고 말입니다. 그럴 경우 누구나 시간의 대양에서 표류하는 조난자처럼 넋을 잃지 않을까요? 설령 제정신을 유지할 수 있다 해도, 남는 것은 절망뿐일 것입니다.

그러나 우리는 그런 식으로 표류하고 있지는 않습니다. 이미 닻을 내리고 해저의 깊이를 확인했기 때문입니다. 당장 볼 수는 없지만 해안선이 가깝다는 것도 압니다. 우리는 당신이 어떤 목적으로 우주를 창조했는지 알며, 우리에게 안착할 항구가 있다는 사실 또한 압니다. 우리의 항해 수단은 과학적 탐구이며, 제가 과학자가 된 것 역시 우리를 창조한 당신의 목적을 발견하고 싶었기 때문입니다.

강연이 끝나자 박수가 쏟아졌습니다. 기분이 좋았다는 것을 인정합니다. 주여, 저의 이런 자만을 용서하소서. 사막에서 뼈를 발굴하든, 대중 앞에서 강연을 하든, 제가 하는 모든 일은 나 자신의 영광이 아니라 주의 영광을 위한 것임을 기억하게 하소서. 나의 임무는 주의 역사役事의 아름다움을 사람들에게 보이고, 그럼으로써 그들이 주에게 더 가까이 다가갈 수 있도록 하는 것임을 절대 잊지 말게 하소서.

아멘.

* * *

주여, 주의 앞에 나아가 오늘 하루를 묵상하는 저의 마음을 밝게 비추시어 만사에 깃든 주의 은총을 더 뚜렷이 보게 해주소서.

오늘은 주의 장엄함을 상기시키는 일들로 가득 찬 하루였습니다. 저는 이 사실에 감사한 한편, 불안을 떨칠 수 없었습니다. 시작은 사촌인 로즈메리와 그 남편인 앨프리드와 함께한 아침식사였습니다. 자주 그러지는 못해도 저는 언제나 로즈메리와의 만남을 즐깁니다. 주여, 고고학이 여자에게도 어울리는 직업이라고 생각하는 친척, 만날 때마다 제가 언제 결혼하고 언제 아이를 낳을 작정인지 캐묻지 않는 친척을 적어도 한 명 내려주신 것에 감사합니다.

로즈메리는 자기 가족의 근황을 들려준 다음, 나와 함께 아침을 먹자고 한 데는 또 다른 이유가 있었음을 밝혔습니다. "지난주에 유물을 하나 샀는데, 앨프리드는 그게 가짜라는 거야."

"내가 그렇게 생각한 건 가격표 탓이야." 앨프리드가 말했습니다. "'너무 싸서 믿기 힘들다면, 믿지 말지어다.' 이게 내 좌우명이거든."

"그래서 너라면 흑백을 가려줄 수 있을지도 모른다고 생각했어." 로 즈메리가 말했습니다. 저는 기꺼이 유물을 감정해주겠다고 대답했습니다. 식사를 마친 후 로즈메리는 프런트로 가서 호텔 직원에게 맡겨두었던 상자를 가지고 오더군요. 우리는 인적이 드문 로비 구석으로 가서 앉았습니다.

상자 안에는 1야드 정도의 모슬린 천으로 둘둘 만 사슴의 대퇴골이 들어 있었습니다. 엄청나게 오래되었지만 보존 상태는 아주 좋았고, 저는 한눈에 이것이 보통 대퇴골이 아님을 간파했습니다. 다 자란 성체의 뼈인데도, 연골 성장판이 닫히며 남는 흔적인 뼈끝선이 아예 없었기 때문입니다. 이 대퇴골은 지금보다 짧았던 적이 전혀 없었고, 이 대퇴골의 소유주였던 사슴은 새끼였던 적이 전혀 없었다는 뜻입니다. 그것은 주의 손에 의해 처음부터 성체 상태로 창조된, 태초의 사슴의 대퇴골이었습니다.

저는 로즈메리와 앨프리드에게 이것이 진짜라고 말했습니다. 로즈메리는 의기양양한 기색이었고 앨프리드는 머쓱한 표정을 짓더군요. 두 사람 모두 저를 의식했는지 별말은 하지 않았지만, 나중에 이들 사이에 긴 대화가 오가리라는 점은 분명했습니다. 저는 고맙다고 말한 로즈메리에게 별것 아니라고 대답하고 되물었습니다. "그런데 이런 걸 어디서 샀어?"

"미라 전시회에 갔다가. 넌 그런 걸 많이 봐서 익숙할지도 모르지만, 정말이지 멋진 전시회였어. 이 뼈는 전시회 측에서 운영하는 기념품 가게에 갔을 때 보고 산 거야. 보통은 엽서나 미라에 관한 책을 팔기 마련인데, 유물을 팔더라고. 조개나 홍합 껍데기가 대부분이었는데, 이런 동물 뼈라든지 전복 껍질처럼 특이한 것들도 있었어."

이 말은 저의 관심을 끌었습니다. 저는 전복 껍질이 확실한지 물었습니다.

"확실해. 전에도 유물을 사봤지만, 전복 껍질을 본 건 난생처음이었거든. 그래서 판매인한테 확인까지 해봤어. 워낙 신기한 거라서 하나 살까 망설였지만, 선이 보이지 않아서 결국 안 샀어."

무슨 뜻인지 알 수 있었습니다. 일반 조개나 홍합 같은 쌍각류의 껍질에는 나무의 나이테와 유사한 연륜年輪이 있습니다. 그러나 태초의 쌍각류 껍질의 경우는 중심 부분이 기괴할 정도로 매끈하고, 창조된 후 일 년에 한 번씩 생겨난 연륜은 그 바깥 부분에만 나타납니다. 수집가들 사이에서 가장 인기 있는 것은 바로 그런 조개들입니다. 비교적 흔한 탓에 가격이 그리 비싸지 않으면서도 신의 손에 의해 직접 창조되었다는 명확한 증거를 보여주기 때문입니다. 그와는 대조적으로, 전복처럼 껍질이 하나뿐인 단각 조개의 경우 껍질의 성장 층을 보려면 구멍을 뚫어서 현미경으로 검사해보는 수밖에 없습니다. 맨눈으로는 태초의 전복과 그 밖의 보통 전복들을 구별할 수 없습니다.

그러나 제가 놀란 것은 그런 것이 기념품 가게에서 팔리고 있다는 얘기를 들어서가 아니었습니다. 태초의 전복 껍질들은 제가 아는 한 오직 한 곳에서만 발견되었고, 그런 것들이 어떻게 일반인들에게 판매될 수 있었는지 도무지 이해할 수 없었기 때문입니다. 그래서 로즈메리와 앨프리드와 헤어진 뒤에 저는 버스를 타고 아타카마 미라 전시회가 열리고 있는 교회로 향했습니다.

교회 건물 밖에서는 방문객들이 길게 줄을 서서 입장을 기다리고 있었습니다. 미라 전시실로 가지 않고 기념품 가게로 직행할 수도 있었지만 로즈메리가 추측한 것과는 달리 저는 태초의 인간의 미라를 한 번도 살펴본 적이 없었습니다. 물론 관련 학술 문헌들은 읽어보았고 그것에 게재된 포토그램들을 자세히 보긴 했지만, 실제 미라에게 가깝게 접근한 것은 그날이 처음이었습니다. 그래서 전시회 자체에 대해서는 의구심을 느끼고 있었음에도 불구하고 저는 입장표를 사기로 했습니다.

줄을 서서 기다리던 중에 뒤에 있는 사람들이 미라에 관해 나누는 얘기를 들었습니다. 열 살쯤 되어 보이는 소년과 그 어머니였습니다. 소년은 천지가 창조된 이래 미라들이 지금까지 훼손되지 않은 채 남아 있는 것이 기적인지 묻더군요. 어머니는 아니라고 대답했고, 미라들이 지금과 같은 상태로 보존될 수 있었던 것은 극도로 건조한 환경 때문이라고 설명했습니다. 아주 정확히, 칠레의 아타카마 사막에는 비가 거의 내리지 않아서 노새가 남긴 발굽 자국이 오십 년 뒤에도 고스란히 남아 있을 정도이고, 그런 기후는 그곳에 묻힌 유해의 부패를 막는 다고 말입니다.

매우 흥미로운 대화였습니다. 세상에는 무슨 일이든 툭하면 기적으로 치부해버리는 사람들이 수두룩해서, 기적이라는 단어 자체의 가치가 평가절하되는 경향이 있기 때문입니다. 백약이 무효할 때 마지막 치료 수단으로 미라를 찾는 식의 행동은 이런 사고방식에서 비롯된 것입니다. 교회는 더 이상 유물의 치유력을 옹호하지 않지만, 지푸라기라도 잡고 싶은 심정의 사람들을 단념시킬 정도로 적극적이지는 않습니다. 방문객들의 줄에는 눈이 먼 사람 하나와 휠체어에 앉은 두 사람이 섞여 있었는데, 하나의 기적 곁으로 가면 또 다른 기적이 일어날지도 모른다는 희망을 품고 온 것이었겠죠. 그들의 고통이 누그러들기를 주께 기도합니다. 그러나 저는 지금까지 사실로 입증된 기적은 딱 하나, 천지창조뿐이며, 우리 인간 모두가 그 기적으로부터 정확하게 똑같은 거리를 유지하고 있다는 세속적 합의에 동의하고 있습니다.

미라들을 볼 수 있을 때까지 한 시간은 족히 기다린 듯하지만, 이것은 나중에 한 추측입니다. 미라를 눈으로 직접 보는 것은 워낙 심원한 경험이었기에 너무 오래 기다렸다는 생각 따위는 아예 떠오르지도 않았기 때문입니다. 2구의 미라 모두 남성이었고, 각각 온도와 습도 조절 장치가 달린 진열장 안에 안치되어 있었습니다. 그들의 피부는 종이처럼 얇은 말벌집에 버금가게 섬약하면서도, 마치 북 가죽처럼 두개골 위에 팽팽하게 당겨져 있는 듯했습니다. 살짝 건드리기만 해도 찢어질 것 같았다고나 할까요. 두 미라 모두 골반 근처에 과나코 가죽을 두르고 있는 것을 제외하면 알몸이었고, 부장품인 삿자리 위에 복부를 완전히 드러낸 채 누워 있었습니다.

태초의 인간의 유골은 저도 직접 다뤄본 적이 있습니다. 봉합선이 없는 두개골이나 뼈끝선이 없는 대퇴골을 손에 들고 바라보는 것은 실로 기이한 경험이지만, 솔직히 배꼽이 없는 인간의 몸을 보는 경험에는 미치지 못합니다. 이런 차이는 자신의 뼈의 세부 구조를 우리가 일일이 의식하고 있지는 않다는 점 때문인지도 모르겠군요. 태초의 유골을 다른 것들과 구분하려면 일정 수준의 해부학 지식이 필요하기 때문입니다. 그러나 자기 몸에 달린 배꼽을 의식하지 못하는 사람은 없으므로, 배에 배꼽이 없는 인간을 본다는 것은 훨씬 본능적이고 내밀하기까지 한 외경심을 불러일으키는 것입니다.

전시장에서 나가는데 뒤에서 좀 전의 그 소년과 어머니 사이의 대화가 다시금 들려왔습니다. 어머니는 아들과 함께 기도를 올리며 미라들이 세속 고고학자들이 아닌 교회 고고학자들에 의해 발견되었고, 그 결과 선택받은 과학자들에게만 개방되는 박물관의 밀실에 보관되지 않고 이렇게 일반 대중에게 공개되었다는 사실을 주께 감사하고 있었습니다. 처음 들었던 대화와는 달리 그리 달갑지 않았다는 것이 솔직한 심정입니다. 그녀의 말에 동의하지 않아서가 아니라, 이 문제에 대해서는 저 자신도 아직 결론을 내리지 못했기 때문입니다.

미라를 직접 본다는 것이 얼마나 강렬한 경험인지 이해합니다. 이번 순회전시에서는 필시 몇만, 아니 몇십만에 달하는 사람들이 바로 그런 경험을 함으로써 주에게 더 가까이 다가갈 것입니다. 그러나 과학자 입장에서는 세포 조직의 보존을 최우선시하고 싶은 것도 사실입니다. 교회가 아무리 세심한 주의를 기울인다 해도, 전국을 순회하며 미라들을 전시한다면 박물관에 보존하는 경우에 비해 상태가 안 좋아질 것이 뻔하기 때문입니다. 장차 어떤 연조직軟組織 분석법이 개발될지 누가 알겠습니까? 생물학자들은 생명체가 그 자손들에게 고유한 특성을 전달하는 유전 입자들을 가까운 시일 내에 밝혀낼 수 있으리라 믿고 있습니다. 그럴 경우 언젠가는 그 입자들에 담긴 정보를 읽을 수 있을지도 모릅니다. 그런 날이 온다면, 당신께서 인류를 창조했을 때 사용했던 청사진을 경년經年 변화를 겪지 않은 원본 그대로의 상태에서 확인할 수 있을지도 모릅니다. 그런 발견은 전 인류를 당신에게 더 가까이 다가가게 하겠지만, 그때까지는 표본 조직이 더 이상 손상되는 일이 없도록 모두가 인내심을 발휘해주기를 기원할 따름입니다.

하여튼 저는 기념품 가게로 갔습니다. 방문객 여럿이 엽서를 사려고 줄을 서 있었습니다. 판매원이 일을 마칠 때까지 기다리며 유물 진열장을 들여다보았는데, 로즈메리가 말했듯이 일반 조개의 껍데기들 사이에 전복 껍질도 섞여 있었습니다. 혹시 기념품 가게 측에서는 전복 껍질들이 미라와 함께 칠레에서 온 것이라고 주장할 작정인지 궁금했습니다. 그러나 설명 카드를 보니 알타 칼리포르니아 연안에 있는 산타로사 섬에서 발견되었다고 적혀 있더군요. 선사시대의 쓰레기 더미라고 할 수 있는 패총 바닥에서 발견되었다는 설명이었습니다.

손님의 발길이 뜸해지자 기념품 가게의 판매원이 다가와 말을 걸었습니다. 쓰레기 더미에서 나왔다는 사실에 불편해하는 손님들이 종종 있는 모양인지, 그는 오히려 그 사실에 의해 유물들의 가치가 올라갔음을 강조했습니다. "이것들은 태초의 조개의 일부였을 뿐 아니라, 태초의 인간들이 직접 만졌던 것들입니다. 신에 의해 직접 창조된 사람들이 손에 쥐고 있었다는 뜻이죠."

저는 그에게 전복 껍질에 흥미가 있다고 말했습니다. 그리고 혹시 미라들처럼 이것들 역시 교회 고고학자들에 의해 발견되었는지 물었습니다.

"개인 수집가가 기부한 것들입니다. 카드에 적힌 설명도 그분이 제공해주셨습니다."

그 수집가의 이름을 가르쳐달라고 하자 그는 이유를 물었습니다. 그에게 제가 고고학자임을 밝힌 것은 이때였습니다. 저는 미스터 달이라는 이름의 판매원에게 산타로사 섬에서 이루어진 유일한 발굴조사는 알타 칼리포르니아 대학의 자금 지원에 의한 것이라는 사실을 지적했습니다. 거기서 발견된 모든 유물은 빠짐없이 대학 박물관 수집품의 일부가 되었으므로, 개인 수집가가 태초의 전복 껍질을 소장할 수는 없다고 말이지요.

"전복 껍질에 그런 사연이 있었는지는 몰랐습니다." 판매원은 말했습니다. "알았다면 저도 기부를 받았을 당시 더 캐물었을 겁니다. 혹시 이것들이 도난품이라고 생각하시나요?"

아직 확실하지는 않고 도난이 아닐 가능성도 배제할 수 없지만, 그 경우에도 설명만은 꼭 들어야겠다고 저는 대답했습니다.

그는 우려하는 기색이 역력했습니다. "과거에도 개인 수집가들로부터 수집품을 기부받은 적이 있지만, 그 출처가 문제가 된 경우는 없었습니다." 그는 장부를 뒤지더니 기부자의 이름과 주소를 쓴 쪽지를 건넸습니다. 기부자의 이름은 마틴 오스본, 주소는 샌프란시스코의 우체국 사서함으로 되어 있었습니다. "오스본 씨는 이번 순회전시가 시작되기 직전에 다량의 수집품들을 보내 왔고, 일반 서민들도 구입할 수 있도록 가급적 염가에 판매해달라고 요청했습니다. 그럴 경우 요세메티 대성당의 건립 자금은 그만큼 줄게 되지만, 저는 오스본 씨의 아량에 감명을 받고 동의했습니다. 박물관에서 이것들을 훔친 사람이 그런 요청을 했겠습니까?"

저는 모르겠다고 대답했고, 일단 그의 도움에 사의를 표한 후 오스본이 기부한 유물들의 출처를 확인한 후 편지로 전말을 알리겠다고 약속했습니다. 상황이 더 이상 복잡해지지 않도록 제가 연락할 때까지는 유물 판매를 중단하는 것이 어떻겠느냐는 저의 제안을 그는 쾌히 수락했습니다.

그런 다음 저는 거짓말을 지어냈음을 고백합니다. 주여 용서하소서. 하지만 마틴 오스본이라는 인물이 정말로 유물을 훔쳤다면 달리 그를 만날 수 있는 방법이 떠오르지 않았습니다. 그래서 미스터 달을 사칭해, 기부한 유물들이 도난품으로 판명되었기에 즉각 되돌려 보낸다는 내용의 메일그램을 그에게 보냈습니다. 그런 다음 그의 앞으로 보내는 소포를 준비해 샌프란시스코행 열차에 실었습니다. 다음 날 애리소나로 가는 비행기표를 취소하고 저와 함께 그 소포를 싣고 갈 열차표를 샀던 겁니다. 일단 샌프란시스코에 도착한 다음에는 우체국을 감시하고 있다가 문제의 소포를 수령하는 인물을 잡아 신문할 생각이었습니다. 그자가 유물들의 입수 경위를 제대로 설명하지 못한다면 당국에 즉시 신고할 작정이었고, 그런 다음 열차로 로스앤젤레스까지 내려와, 애리소나의 발굴 현장으로 가는 교통편을 물색할 계획이었죠.

이것이 얼마나 변칙적인 방법인지는 알고 있었습니다. 그러나 마틴 오스본이 집 주소를 남겼더라면 직접 찾아가 현관문을 두드렸을 테지만, 그가 그런 정보를 숨기고 우체국 사서함을 사용했다는 사실을 감안하면, 나 역시 책략을 쓰는 것이 정당하다고 느꼈습니다. 성급한 결론이 아니기를 바랄 뿐이었습니다.

주여, 제가 올바른 행동으로 나아가도록 도와주소서. 해답을 얻고 싶어하는 욕구는 과학적 탐구에서는 꼭 필요한 특질이지만, 그 울타리를 벗어난 곳에서도 언제나 환영받는 것이 아니라는 사실을 알고 있습니다. 탐구심을 발휘해도 좋은 경우와 의혹을 무시하는 편이 나은 경우를 구분할 수 있게 도와주소서. 탐구심은 유지하되, 불필요한 의구심에 사로잡히는 일이 없게 하소서.

아멘.

＊　＊　＊

주여, 주의 앞에 나아가 오늘 하루를 묵상하는 저의 마음을 밝게 비추시어 만사에 깃든 주의 은총을 더 뚜렷이 보게 해주소서.

우려했던 대로 기념품 가게의 유물들은 도난품이었습니다. 그러나 그 사건에만 초점을 맞추려다가 다른 모든 것들을 시야에서 놓치고 싶지는 않습니다. 오늘 있었던 일들은 저로 하여금 당신의 존재를 여러 번 떠올리게 만들었고, 그런 경험을 간과할 수는 없는 일입니다.

샌프란시스코에서의 첫날은 기분 좋게 시작되었습니다. 주여, 호텔 침대에서 푹 잘 수 있게 해주시어 감사합니다. 며칠 동안이나 열차 여행을 하느라고 힘들었는데, 제대로 잠을 못 잔 탓이었습니다. 열차를 타면 저는 언제나 밤잠을 설치기 때문에 지금까지는 가급적 열차 이용을 피해왔지요. 차라리 자동차로 사막을 횡단하고, 밤하늘 아래에서 잠을 자는 편이 낫다고 생각할 정도입니다.

주여, 샌프란시스코는 누구도 당신의 존재를 잊을 수 없는 도시입니다. 호텔 밖으로 나온 순간, 모금자 한 명이 요세메티 대성당의 건립 자금을 기부해달라고 청하더군요. 이들이 모든 호텔 앞에서 기다리고 있다가 밖으로 나오는 외지 사람들을 노린다는 소문을 들은 적이 있습니다. 현지인들은 이들의 공세에 시달린 나머지 넌더리를 내기 때문이랍니다. 저는 기부금을 내지는 않았지만 모금자 곁에 놓여 있던 광고

판에 인쇄된 그림들을 감탄의 눈길로 바라보았습니다. 완성될 대성당의 모습을 묘사한 멋진 그림이었고, 석양빛에 물든 주 회랑의 모습이 특히 인상적이었습니다. 이 회랑의 높이는 바닥에서 천장까지 약 300미터에 달하리라는 글을 읽은 적이 있는데, 그림만으로도 그 장려함을 실감할 수 있었습니다.

주여, 당신이 지구 표면에 장대한 풍경을 각인해놓았다는 사실을 부정할 수 있는 사람은 아무도 없습니다. 저는 운 좋게도 세 개의 대륙을 방문하면서 백악의 단애와 사암으로 이루어진 협곡들과 현무암 기둥들을 직접 본 적이 있는데, 실로 장관이었습니다. 그러나 저는 그것들이 표면적인 장식에 불과하다는 사실을 알고 있었고, 이것은 제가 느낀 감흥을 완화시켰습니다. 더 깊이 들여다보고 싶어하는 과학적인 사고방식을 가지고 있기 때문인지도 모르겠습니다. 저는 그런 풍경들의 표면 바로 아래에 존재하는 화강암, 이 지구를 실제로 구성하는 넓디넓은 암석을 더 외경합니다. 그런 연유로 저는 화강암이 그대로 노출된 장소, 지구의 진정한 본질이 고스란히 드러나 있는 장소를 볼 때, 당신의 피조물에 대해 훨씬 더 깊은 유대감을 느끼곤 합니다.

요세메티 협곡은 바로 그런 장소들 중 하나입니다. 1세기 전, 사람의 손이 아직 닿지 않은 자연 그대로의 상태였을 때 그곳을 방문할 수 있었다면 얼마나 좋았을까요. 대성당 건설자들이 암반층을 도려내기 전에 찍은 포토그램을 본 적이 있는데, 장려하다는 단어로는 모자랄 정도였습니다. 대교구의 결정을 비난하려는 것은 아닙니다. 아니, 비난하고 싶은 것인지도 모르겠군요. 주여, 이런 저를 용서하소서. 요세 메티 대성당이 완공되면 외경심을 불러일으키는 건축물이 되리라는 사실은 알고 있습니다. 살아 있는 동안 가서 보고 싶은 마음도 있습니 다. 대성당의 존재가 수없이 많은 사람들을 주의 곁으로 이끌 것이라 는 점에는 의심의 여지가 없습니다. 단지 저는, 우뚝 솟은 화강암 고봉 만으로도 대성당 못지않은 효과가 있으리라는 신념이 있을 뿐입니다.

21세기를 맞이하려는 지금, 수백만 달러에 달하는 자금과 몇 세대 에 걸친 사람들의 노력을 성당 건설에 쏟아붓는 것이 과연 최선의 방 법인지 묻는 것은 잘못일까요? 인간의 평균 수명보다 더 오래 지속되 는 프로젝트가 참여자들에게 시간의 제약을 초월하는 소망을 제공한 다는 것에는 동의합니다. 지구 표면을 깎아 성당을 건조함으로써 인간 과 신 양쪽을 아우르는 기념비를 만들고 싶어하는 사람들의 동기도 이 해할 수 있습니다. 그러나 저에게는 과학이야말로 현대의 진정한 성당 이며, 돌로 만들어진 그 어떤 건물 못지않게 장엄한 지식의 건조물입 니다. 과학은 요세메티 대성당이 목표로 하는 모든 것을 충족시킬 뿐 아니라 그 이상의 것을 제공해줍니다. 더 많은 사람들이 이런 사실을 이해해주지 않는 것이 안타까울 따름입니다.

어쩌면 저는 그저, 교회의 막강한 모금 능력이 부러운 것인지도 모 르겠습니다. 주여, 이런 저의 시기심을 용서하소서. 주의 영광을 찬양 하고 싶어한다는 점에서는 그들 역시 우리 과학자들과 다를 바가 없으 므로, 그들에게 강경하게 반대할 용의는 없습니다. 우리 두 집단 사이의 공통점은 차이점보다 훨씬 더 중요하기 때문입니다.

저는 마틴 오스본의 사서함이 있는 우체국까지 가서 길 건너편의 버스 정류장 벤치로 향했습니다. 소포를 눈에 잘 띄는 색 테이프로 밀봉했기 때문에 그것을 가지고 우체국을 나오는 사람이 있으면 쉽게 알아볼 수 있다고 생각했습니다. 그래서 저는 벤치에 앉아 우체국을 감시했습니다. 정류장으로 와 잇달아 버스에 오르는 사람들 곁에 계속 그렇게 앉아 있으려니 무척 어색하더군요. 한 시간이 흘렀고, 또 한 시간이 흘렀습니다. 그렇게 기다리려니 혹시 제가 잘못하고 있는 것이 아닌가 하는 생각이 자꾸 들었습니다. 저는 살아 있는 사냥감을 쫓는 것보다는 뼈를 찾는 쪽에 더 익숙하고, 은밀한 추적이라든지 위장 따위에 관해서는 아는 바가 거의 없는 사람입니다.

마침내 제가 포장한 소포를 들고 나오는 사람을 보았습니다. 남자라고 짐작한 터라 자칫 놓칠 뻔했는데 실제로는 젊은 여자였습니다. 그녀는 소포를 가지고 나와서 길모퉁이에 내려놓은 다음 택시를 불렀습니다. 열여덟 살 정도이거나 그보다 더 어려 보이는 여자였습니다. 박물관 직원이라기에는 너무 어렸습니다. 처음에는 마틴 오스본의 감언이설에 속아 공범 역할을 하고 있는지도 모른다는 생각이 떠올랐지만, 곧 이것이 제가 그토록 혐오하는, 선입견으로 똘똘 뭉친 남성들 못지않게 남성 우월주의적인 생각임을 깨달았습니다.

저는 그녀에게 다가가서 혹시 마틴 오스본인지 물었습니다. 그녀는 잠시 주저하다가 곧 체념한 듯이 말했습니다. "예, 맞아요. 혹시 당신이 메일그램을 보냈나요?" 저는 그렇다고 대답했습니다. 유물을 훔친 악당을 격렬하게 규탄할 작정으로 왔지만, 이렇게 어린 여자는 어떻게 대해야 할지 감을 잡을 수가 없더군요. 제가 자기소개를 하자 그녀는 자기 이름은 윌헬미너 매컬러라고 대답했습니다. 매컬러라는 성이 왠지 귀에 익었던 저는 문득 어떤 의문에 사로잡혀, 혹시 그녀가 네이선 매컬러의 친척인지 물었습니다. 그러자 그녀는 대답했습니다. "아버지예요."

그러자 모든 것이 확실해졌습니다. 그녀는 오클랜드 소재 알타 칼리포르니아 대학의 자연철학 박물관 관장의 딸이었습니다. 관장의 딸이 박물관의 수장고에 있다고 해서 의아해할 직원은 없었을 것입니다.

그녀는 물었습니다. "그렇다면 이 소포에는 유물들이 들어 있지 않다는 뜻인가요?" 그렇다고 말하자 그녀는 소포를 들어 근처 쓰레기통에 넣었습니다. "이제 나를 찾아냈으니, 어떻게 할 작정인가요?"

저는 우선 아버지가 관장으로 있는 박물관에서 유물을 훔친 연유가 뭔지 물었습니다.

그녀는 말했습니다. "모렐 박사님, 난 도둑이 아녜요. 도둑은 자기 이익을 위해서 훔치지만, 난 신을 위해서 그 유물들을 취했으니까요."

요세메티 대성당 건설에 힘을 보태고 싶은 것이라면 왜 그 유물들을 헐값에 판매해달라고 청했는지 물으니 그녀는 대답했습니다. "내가 대성당 건설을 위해서 그것들을 기부했다고 생각하신 건가요? 난 대성당에는 전혀 관심이 없어요. 단지 그 유물들을 가급적 많은 사람들이 직접 보고 감상할 수 있기를 원했을 뿐이에요. 무료로 나눠줄 수도 있었지만 그런다면 누가 그것들이 진짜라고 믿겠어요? 직접 팔 수는 없었기 때문에 그럴 수 있는 사람에게 기부한 것뿐이에요."

저는 유물은 박물관에 가는 것만으로도 충분히 감상할 수 있지 않느냐고 반문했습니다.

"내가 기부한 유물들은 못 봤을걸요? 캐비닛 속에서 먼지를 뒤집어쓰고 있었으니까. 일개 대학이 전시도 못할 유물들을 그렇게 많이 수집한다는 건 말이 안 돼요."

저는 박물관의 큐레이터라면 누구나 더 많은 수집품을 전시하기를 원하고, 그럴 목적으로 수집품들을 순회전시한다고 대답했습니다.

그녀는 이렇게 대답했습니다. "영영 빛을 보지 못할 물건들도 많아요." 저는 반박할 수 없었습니다. 그녀가 핸드백에서 무엇인가를 꺼냈습니다. 아무 무늬도 없는 매끄러운 중심 부분을 연륜들이 에워싸고 있는 태초의 조개껍질이었습니다. "사람들에게 신에 관해 얘기할 때마다 저는 이것을 꺼내 보여줘요. 그럴 때면 모두가 크게 감명을 받죠. 박물관 수장고에 처박힌 채로 있는 이런 유물들을 직접 보는 것만으로도 얼마나 많은 사람들의 신앙이 견고해질 수 있는지 생각해보세요. 저는 그것들을 더 좋은 일에 쓰고 싶었을 뿐이에요."

얼마나 오랫동안 박물관에서 유물들을 반출해왔는지 묻자 그녀는 최근에 시작했을 뿐이라고 대답했습니다. "사람들의 신앙은 곧 시험대에 오를 거고, 그중 일부는 안심해도 좋다는 말을 듣고 싶어하겠죠.

그래서 이런 유물들을 밖으로 내보내야 한다는 겁니다. 이런 유물의 존재가 사람들의 의구심을 떨쳐주니까요."

사람들의 신앙이 시험대에 오른다는 것이 무슨 뜻인지 묻자 그녀는 이렇게 대답했습니다. "논문이 곧 발표될 거예요. 내가 그걸 아는 건 아버지가 그 논문의 검토 요청을 받았기 때문이에요. 그걸 읽는다면 많은 사람들이 신앙을 잃을 겁니다."

혹시 그 논문을 읽고 신앙의 위기를 겪었느냐고 묻자 그녀는 경멸하듯이 대꾸하더군요. "내 신앙은 절대로 흔들리지 않아요. 하지만 아버지의 경우에는……"

그녀의 아버지가 신앙의 위기를 겪고 있을지도 모른다는 생각은 받아들이기 힘들었습니다. 다른 사람도 아니고 과학자인 그가 그런 의구심에 사로잡힐 리가 없지 않습니까. 도대체 어떤 분야의 논문인지 묻자 그녀는 짤막하게 대답했습니다. "천문학입니다."

주여, 제가 지금껏 천문학을 중시하지 않았음을 인정합니다. 제게는 과학 중에서도 가장 따분한 분야라는 인상이 강했습니다. 생명과학의 경우는 한계가 없는 것처럼 보입니다. 매년 신종의 식물과 동물을 발견함으로써, 이 지구를 창조한 당신의 독창성을 좀더 깊게 이해할 수 있기 때문입니다. 그와는 대조적으로 밤하늘은 너무나도 유한합니다. 5872개 있는 항성의 목록은 1745년에 이미 완성되었고, 그 이래 새로 발견된 별은 단 한 개도 없으니까요. 항성 하나를 골라 자세히 들여다보더라도, 천문학자는 그 항성의 크기와 구성 물질이 다른 항성들과 완전히 동일하다는 사실을 확인할 수 있을 뿐입니다. 상황이 이런데 도대체 무슨 목적으로 그런 일을 한단 말입니까? 특징이라고 할 만한 것이 몇 개 없다는 사실이야말로 항성의 본질이고, 항성들은 우리 지구를 돋보이게 함으로써 우리가 얼마나 특별한 존재인지를 상기시켜주는 배경에 불과합니다. 그런 것들을 자발적으로 연구하는 행위는 음식이 아니라 그것이 담겨 나온 접시를 맛보려는 행위와 크게 다르지 않다는 것이 저의 솔직한 심정입니다.

그런 연유로, 천문학 논문이 사람들로 하여금 정말로 중요한 것을 망각하게 만들지도 모른다는 우려에 대해 저는 크게 놀라지는 않았습니다. 그러나 일반인이 아닌 과학자가 그런 반응을 보였다는 점만은 의외였습니다. 저는 논문의 내용을 윌헬미너에게 물었습니다. 그러자 그녀는 잘라 말했습니다. "헛소리였어요." 저는 좀더 자세한 설명을 청했지만 사람의 마음에 의구심을 주입하도록 설계된 가설이 실려 있다는 대답을 들었을 뿐입니다. "그 증거라는 것도 누군가가 망원경으로 본 것에 전적으로 의존하고 있어요! 내가 기부한 유물들은 모두 손으로 직접 만질 수 있는 증거였어요. 자기 손으로 쥐어보고, 진실이 깃들어 있음을 실감할 수 있는 증거라는 뜻이죠." 윌헬미너는 조개껍질을 제 손바닥 위에 올려놓더니, 엄지를 잡고 껍질 표면의 매끄러운 부분과 연륜이 있는 부분을 위아래로 문지르게 했습니다. "도대체 이런 걸 의심할 수 있다는 게 말이나 돼요?"

제가 그녀의 부모를 만나, 그녀가 저지른 일에 관해 얘기할 필요가 있다고 말한 뒤에도 그녀는 개의치 않았습니다. "사람들을 신에게 더 가까이 가도록 한 것에 대해 사과할 생각은 없어요. 그 과정에서 내가 규칙을 위반했다는 건 알지만, 바뀌어야 하는 건 내 행동이 아니라 규칙 쪽이니까요."

규칙에 찬성하지 않는다고 무시할 수는 없다고 저는 반박했습니다. 모든 사람들이 그렇게 행동한다면 인간 사회 자체가 기능할 수 없다고 말입니다.

"바보 같은 소리 말아요. 달 씨를 사칭해서 나한테 메일그램을 보냈을 때 당신도 거짓말을 했잖아요. 설마 우리 모두가 자기 마음대로 거짓말을 해도 된다는 믿음 때문에 그랬나요? 물론 그랬을 리 없겠죠. 당신은 당신이 직면한 상황을 고려하고 그런 행동이 충분히 정당화될 수 있다고 판단했던 거예요. 당신은 자기가 한 행동에 대해서 책임질 준비가 되어 있죠? 나도 마찬가지예요. 아무 생각 없이 규율에 맹종하는 건 사회 구성원으로서도 옳은 태도가 아네요."

저 나이 때 내게도 저런 자신감이 있었다면 얼마나 좋았을까 하는 생각이 들었습니다. 사실, 현재의 저에게도 그런 자신감이 있다면 무척이나 마음이 든든할 것입니다. 주여, 제가 당신의 의지를 충실하게 따르고 있음을 실감하는 것은 오직 현장 작업을 할 때뿐입니다. 이처럼 전혀 예상하지 못한 문제에 직면할 경우 저는 언제나 흔들리고 맙니다.

"아버지는 오늘 새크라멘토에 가 있어요." 윌헬미너가 말했습니다.

"아버지와 얘길 나누고 싶으면 내일 아침 아홉 시 전에 우리 집으로 오세요." 그녀는 제게 집 주소를 알려주었습니다.

그녀도 집에 꼭 있어야 한다고 말하자 윌헬미너는 모욕당한 표정을 지었습니다. "물론 있을 거예요. 난 내가 한 일을 부끄러워하지 않는다고요. 지금까지 내가 한 얘기 다 잊었어요?"

내일 저는 매컬러 박사와 그 아내를 만나 얘기를 나눌 계획입니다. 시카구를 떠날 때 예상했던 것과는 전혀 다른 결말입니다. 범법자에게 법의 심판을 받게 하려고 단단히 마음먹고 있었는데, 실제로는 어린 자식의 비행을 그 부모에게 알리는 역할을 맡게 되었으니까요. 아니, 그냥 딸의 비행이라고 하는 편이 더 정확할지도 모르겠습니다. 윌헬미너는 어리지도 않고 범법자도 아니니까요. 하지만 정확히 어떤 존재로 봐야 할지에 대해서는 마음을 정할 수가 없었습니다. 범법자였다면 저도 제 입장에 대해 좀더 확신을 가질 수 있었을 것입니다. 그러나 실제로는 그저 당혹스러울 뿐입니다.

주여, 설령 제가 다른 이들의 의견에 찬동하지 않더라도 그들을 이해할 수 있도록 도와주소서. 그와 동시에, 단지 의도가 선하다는 이유로 누군가의 악행을 묵인하지 않을 수 있는 용기를 내려주소서. 나 자신의 신념에 충실하면서도 다른 사람에 대한 연민을 잃지 않도록 살펴주소서.

아멘.

　　　　　＊　＊　＊

　주여, 오늘 들었던 얘기가 저를 두렵게 합니다. 저에겐 주의 이끄심이 절실히 필요합니다. 오늘의 일들을 이해할 수 있도록 도와주소서.

　연락선 편으로 오클랜드에 도착한 저는 택시를 잡아타고 월헬미너가 가르쳐준 주소로 향했습니다. 집안일을 하는 여자가 현관문을 열어주었습니다. 저는 신분을 밝히고 딸인 월헬미너 문제로 매컬러 부부와 얘기를 나누고 싶다고 말했습니다. 그들은 일 분 뒤에 모습을 드러냈습니다. "혹시 딸아이의 선생님이신가요?" 매컬러 박사가 물었습니다.

　제가 보스턴에 있는 자연철학 박물관 소속의 고고학자임을 밝히자 매컬러의 아내는 제 이름을 들은 적이 있다고 했습니다. "그 대중 학술서들을 쓰신 분이군요. 우리 딸하고는 어떻게 알게 된 건가요?" 저는 안으로 들어가서 얘기하자고 했습니다. 두 사람 모두 뒤쪽 계단에 서 있던 월헬미너를 돌아보았습니다. 그들은 저를 안으로 들였습니다.

　매컬러 박사의 서재로 들어가 앉은 후, 저는 제가 박물관 수장고에서 유물들이 밀반출되고 있다는 의혹을 품게 된 연유와, 배후 인물인 월헬미너를 찾아낸 과정에 대해 설명했습니다. 매컬러 박사는 월헬미너를 돌아보더니 사실인지 물었습니다. "사실이에요." 이렇게 대답한 그녀의 말투에서 부끄러움이나 적의는 찾아볼 수 없었습니다.

　매컬러 박사는 크게 놀라 물었습니다. "대체 왜 그런 짓을 했니?"

　"알잖아요. 아버지가 잊어버린 것을 다른 사람들에게 상기시키기 위해서 그랬어요."

박사는 얼굴을 붉히더니 대뜸 말했습니다. "네 방에 가 있거라. 그 얘긴 나중에 하자."

"지금 하고 싶은데요. 계속 그렇게 부인해봐야……"

"아버지 말을 들으렴." 매컬러 부인이 말했습니다. 윌헬미너가 내키지 않는 듯 서재에서 나가자 매컬러 박사가 저를 돌아보았습니다.

"정말 고맙습니다. 앞으로 대학 박물관의 수집품이 그런 식으로 반출되는 일은 절대 없을 겁니다."

저는 그렇게 말해줘서 기쁘지만, 무엇 때문에 윌헬미너가 그런 행동을 했는지 알고 싶다고 말했습니다. 아버지의 말이나 행동에 대한 반항으로 보이는데, 제 생각이 맞느냐고 물었습니다.

"선생이 관여할 바가 아니라고 생각합니다. 내 가족의 사적인 문제이니까요."

저는 가족의 사생활에 관해 캐물을 의도는 없지만 박물관 운영진은 소장품을 도난당했다는 사실을 알 권리가 있고, 군이 그 사실을 통고할 필요가 없다는 점을 수긍하려면 저도 어느 정도는 자세한 설명을 들을 필요가 있다고 대답했습니다. 입장 바꿔놓고 생각한다면 박사님은 좀 전의 설명을 받아들일 용의가 있을 것 같으냐고 제가 묻자, 그는 당장이라도 폭발할 것 같은 표정으로 저를 쏘아보더군요. 만약 제가 그의 하급자였다면, 더 이상 이의를 제기하지 않고 넘어갔을지도 모르겠습니다. 그러나 저는 그렇지 않았기에 우리의 문제는 아무래도 교착 상태에 빠진 듯했습니다.

그러자 매컬러 부인이 중재에 나섰습니다. "그 논문에 관해 얘기해 드려요, 네이선. 우리를 보러 이렇게 먼 곳까지 와주셨고, 어차피 얼마 뒤엔 모두 알게 될 거잖아."

매컬러 박사는 그제야 마지못해 동의했습니다. "그럼, 그렇게 하지." 그는 자기 책상으로 가서 제본된 원고를 집어 들었습니다. "이건 내가 검토를 요청받은 논문입니다. 〈자연철학〉에 게재될 예정이었지요." 그는 제게 원고를 건넸습니다. 「태양과 에테르의 상대운동에 관하여」라는 제목이었습니다. 빛의 파동을 전달하는 매질을 뜻하는 에테르에 관해 저는 일반인 수준의 지식밖에는 없습니다. 고함이 바람을 받고 있을 때보다 바람을 등졌을 때 더 멀리 전달되듯이, 빛의 속도 역시 에테르 내에서의 지구의 움직임에 따라 변화한다는 사실을 알고 있는 정도였습니다. 저는 매컬러 박사에게도 그렇게 얘기했습니다.

"어느 정도는 맞는 얘기입니다. 하지만 좀더 세밀하게 측정한 결과에 의하면, 빛의 속도가 변화하는 것은 전적으로 지구의 공전 운동 때문만은 아닌 것처럼 보입니다. 부분적으로는 우리 태양계 전체를 지속적으로 가로지르고 있는 에테르 기류의 영향일 수도 있다는 뜻입니다. 대다수의 물리학자들은 그것에 큰 의미를 두지 않지만, 이 논문의 저자이자 천문학자인 아서 로슨은 문제의 에테르 기류에 관한 새로운 가설을 내놓았습니다. 그는 태양은 사실 한자리에 정지해 있는 것이 아니라 에테르 안에서 움직이고 있고, 정지해 있는 것은 에테르라고 주장합니다."

이 설명은 마치 사막에서 끊임없이 부는 바람을 보고 공기는 정지해 있고 실제로 움직이는 것은 사막이라는 결론을 내리는 것과 비슷하다는 생각이 들었습니다. 매컬러 박사는 저의 이런 미심쩍은 반응을 이미 예상하고 있었던 듯합니다. "물론 본말이 전도된 것처럼 들린다는 건 알고 있습니다. 그러나 들어보시죠. 로슨은 우리의 태양에 대해서 에테르 기류와 동일한 상대운동을 하는 항성 하나가 존재한다고 가정했습니다. 그런 항성은 에테르 안에서 움직이지 않으므로, 절대적인 정지 상태에 있으리라는 게 이 가설의 요지입니다.

천문학자들이 항성들의 운행을 체계적으로 기록하기 시작한 건 최근의 일이지만, 개괄적인 패턴들은 이미 다 밝혀져 있습니다. 그래서 로슨은 에테르 기류와 비슷한 속도를 가진 항성들이 모여 있는 하늘의 일각을 바라보기 시작했지요. 몇몇 항성들은 에테르 기류의 속도에 상당히 근접한 속도로 움직였지만, 정확하게 일치하는 것은 하나도 없었습니다.

그러던 중, 에리다누스자리 58이라는 항성을 발견했습니다. 로슨은 도플러 편이에 근거해, 에리다누스자리 58이 초속 몇천 마일의 속도로 우리를 향해 움직이고 있다고 측정했습니다. 그 자체로도 경이로운 발견이 됐겠지만 측정을 계속해본 결과, 움직임이 일관적이지 않았습니다. 그 항성은 우리를 향해 다가왔다가 역시 초속 몇천 마일의 속도로 멀어지는 것을 되풀이하고 있었던 겁니다."

저는 일종의 측정 오류가 아니겠느냐고 말했습니다.

"물론 로슨도 처음에는 그렇게 추측했습니다. 하지만 로슨은 생각할 수 있는 모든 오류의 원인을 제거한 후 다른 천문대의 천문학자들에게 관측을 의뢰했습니다. 그 결과 로슨의 발견은 사실임이 확인됐지요. 천문학자들은 서로 협력해, 에리다누스자리 58의 움직임이 정확히 이십사 시간 주기로 달라진다는 사실을 알아냈습니다. 로슨은 그 항성이 원을 그리며 움직인다고 믿고 있습니다."

혹시 그보다 더 큰 천체의 궤도를 돌고 있는 것은 아닌지 묻자, 그런 식으로 이동하는 물체가 중력에 구속되어 있을 리가 없다는 대답이 돌아왔습니다. 에리다누스자리 58의 움직임은 우리가 아는 천체역학의 모든 규칙에 반하고 있었습니다. 그렇다면 혹시 그것을 기적에 상응하는 현상으로 볼 수는 없느냐고 저는 물었습니다. 드디어 주, 당신께서 이 우주에 대해 계속적이고도 적극적인 간섭을 하고 있다는 확고한 증거가 아니겠느냐고 말입니다.

"기적인 것만은 틀림없습니다. 하지만 진짜로 중요한 건 그것이 내포한 의미겠지요. 이 경이로운 현상은 신의 계획에 관해 우리에게 무엇을 얘기해주고 있는 걸까요?

로슨은 한 가지 해석을 내놓았습니다. 그는 에리다누스자리 58이 우리가 탐지할 수 없을 정도로 작은 천체, 이를테면 지구 크기의 행성 주위를 공전하고 있을 가능성을 제시했습니다. 항성인 에리다누스자리 58이 정지 상태에 있는 그 행성에 대해 이십사 시간이라는 밤낮의 주기를 제공하며 움직이고 있다는 거지요. 로슨은 그것이 그 행성을 중심으로 돌아가는 지심적地心的인 항성계라고 믿고 있습니다.

이어서 로슨은 에리다누스자리 58이 공전하고 있는 행성은 에테르에 대해서 상대적인 정지 상태를 유지하고 있다고 주장합니다. 다시 말해 그 행성이야말로 이 우주에서 절대적인 정지 상태에 있는 유일한 물체라는 뜻이지요. 그 행성상에서 빛은 어느 방향을 향해 나아가든 완벽하게 동일한 속도를 유지합니다. 오직 그 행성상에서만 말입니다. 그 행성에 생명체가 존재하는지 여부를 확인할 방법은 없지만, 로슨은 그곳에 생명체가 살고 있고, 그들이야말로 신이 이 우주를 창조한 이유라고 믿고 있습니다."

저는 한순간 할 말을 잊었습니다. 잠시 후 저는 그럼 로슨은 이 지구상에 우리 인류가 존재한다는 사실을 어떻게 설명하느냐고 물었습니다. 매컬러 박사는 제가 들고 있던 논문을 받아들더니 페이지를 훌훌 넘겨 원하는 대목을 찾아낸 다음 다시 제게 건넸습니다.

논문에서 로슨은 인간의 존재에 대해 세 개의 가설을 제시하고 있었습니다. 첫 번째 가설은 인간이 별도로 시행된 창조의 결과물이며, 주된 창조를 위한 연습으로 시행된 실험 내지는 시험이었다는 주장입니다. 두 번째 가설은 인간 창조는 의도하지 않은 부작용이며, 우리 태양계가 에리다누스자리 58과 닮아 있는 탓에 야기된 일종의 '공명' 현상이라는 주장입니다. 세 번째 가설은 지구의 인간이야말로 주된 피조물이며 에리다누스자리 58 쪽이 연습 내지는 부작용이라는 주장이었습니다. 로슨은 마지막 가설을 개연성이 낮다는 이유로 기각했더군요. 만약 우리가 기적을 주의 관심의 표증으로 여긴다면, 항성이 행성 주위를 공전하는 식의 지속적인 기적은 주가 무엇을 가장 중요시하는지를 뚜렷하게 보여주는 증거임이 틀림없기 때문입니다.

로슨은 자신이 내린 대부분의 결론은 필연적으로 추측에 의거할 수밖에 없다는 사실을 인정하면서, 객관적인 관측 사실에 같은 정도로 부합하거나 더 잘 부합하는 가설이 있다면 꼭 발표해달라는 말로 논문을 끝맺고 있었습니다. 저는 그 대목을 응시하면서 로슨의 가설을 대체할 수 있는 설명을 떠올려보았지만 아무것도 떠오르지 않더군요. 논문에서 눈을 뗀 제가 매컬러를 올려다보자, 그는 마치 제가 옳은 해답을 내놓은 학생이라도 된다는 듯이 고개를 끄덕여 보였습니다.

"로슨의 이론은 설득력이 있습니다." 그는 뚱한 표정으로 말했습니다. "지금까지 해답이 나오지 않았던 다수의 의문을 해결해준다는 점까지 감안하면 설득력은 한층 더 강해지지요. 예를 들어 언어의 다양성에 대한 의문 말입니다."

저는 그의 말이 옳다는 것을 깨달았습니다. 이 세계의 언어들은 왜 그토록 상이한 것일까요? 문헌학자들은 언어의 다양성을 지구의 나이와 언어가 분기하는 속도에 맞춰보려고 악전고투를 거듭해왔습니다. 주여, 만약 당신이 태초의 인간들 모두에게 공통된 언어의 지식을 부여했다면, 세계의 모든 언어는 인도유럽 어족의 경우처럼, 가족적 유사성을 지니고 있어야 할 것입니다. 그러나 실제 언어들은 비슷하기는 커닝 수없이 상이하므로, 천지창조 직후에도 서로 완전히 다른 십여 개의 언어가 말해지고 있었다는 뜻입니다. 우리는 당신이 왜 그런 일을 했는지에 대해 오랫동안 의문을 느껴왔습니다. 그러나 만약 태초의 인간들로 이루어진 이질적인 집단들이 각자의 언어를 독자적으로 발명했다고 가정한다면 풀어야 할 수수께끼는 처음부터 존재하지 않습니다. 그럴 경우 언어의 다양성은 의도라기보다 우연이기 때문입니다.

"이젠 선생도 이해하겠지요." 매컬러 박사가 말했습니다. "이 논문은 곧 발표되어 모든 사람에게 공개될 겁니다. 게재를 거절하라고 권고하고 싶었지만 그럴 근거를 찾을 수 없었습니다. 과학의 원칙을 존중한다는 맥락에서도 게재를 승인하는 수밖에 없었습니다." 그는 미간을 찌푸렸습니다. "하지만 만약 그런 원칙 모두가 애초에 잘못된 전제에 입각한 것이라면 어떻게 될까요? 어렸을 때, 저는 신이 태초의 인간들에게 문자의 축복을 내려줬더라면 얼마나 좋았을까 하는 상상을 하곤 했습니다. 그러면 그들도 새로운 별들이 밤하늘에 출현한 날이 언제인지 기록해놓았을 테니까요. 개개의 항성이 발하는 빛이 정확히 언제 지구에 도달했는지 안다면, 각 항성이 지구에서 얼마나 떨어져 있는지도 정확히 알아낼 수 있습니다. 하지만 인간이 문자를 발명한 건 별들의 출현보다 한참 뒤의 일이기 때문에, 천문학자들은 좀더 간접적인 수단을 사용해 항성까지의 거리를 추정하는 수밖에 없었지요. 나를 가르친 스승들은 신은 우리가 스스로의 힘으로 해답을 찾는 걸 원한다고 했습니다. 하지만 그게 사실이 아니라면요? 만약……"

그의 목소리가 흔들렸습니다. "만약 신이 우리에 대해 아무런 의도도 갖고 있지 않았다면요?"

이것이 윌헬미너가 언급한 신앙의 위기였습니다. 저는 어색하게나마 그를 위로해보려고 했습니다. 엄청나게 곤혹스러운 발견이기는 하지만 틀림없이 신에 대한 믿음을 유지하는 방법이 있을 거라는 식으로. 그러자 매컬러 박사는 고함을 질렀습니다. "정말로 그렇게 생각한다면 선생은 아무것도 이해하지 못했다는 얘기밖에는 안 됩니다!"

아내가 그의 손을 잡자 박사도 그녀의 손을 꼭 쥐었습니다. 감정을 억누르려는 기색이 역력했습니다. 두 사람은 잠시 침묵했습니다. 이윽고 매컬러 부인이 저를 돌아보며 말했습니다. "딸아이보다 열 살 위의 아들이 하나 있었어요. 이름이 마틴이었는데, 인플루엔자에 걸려 세상을 떴어요."

저는 정말로 유감이라고 말했고, 윌헬미너가 유물을 기부할 때 사용한 이름이 '마틴'이었다는 사실을 떠올렸습니다.

매컬러 박사가 말했습니다. "선생은 자식이 없을 테니 아들을 잃는 고통을 이해할 수 없을 겁니다."

저는 그렇다고 대답했고, 그들 부부에게 이번 발견은 특히 받아들이기 힘들었을 거라는 사실을 이제는 이해한다고 말했습니다.

"정말로 이해합니까?" 그는 물었습니다.

저는 제가 짐작한 바를 밝혔습니다. 그들이 아들의 죽음을 견딜 수 있었던 유일한 이유는 그것이 더 큰 계획의 일부라는 사실을 알고 있었기 때문입니다. 그러나 당신의 안중에 우리가 없다는 것이 사실이라면, 그런 계획은 존재하지 않으며, 그의 아들의 죽음 역시 무의미하다는 뜻이 됩니다.

매컬러 박사는 돌처럼 딱딱해진 얼굴로 아무 말도 하지 않았지만 그의 아내는 고개를 끄덕였습니다. "저는 모렐 박사님의 책을 좋아해요. 저는 네이선의 제자로 있다가 결혼했는데, 그 책들을 읽으면 그때 이이가 했던 말들이 생각나니까요. 네이선은 강의에서 과학적 탐구가 어떻게 가장 굳건한 신앙적 기반이 될 수 있는지에 관해 얘기하곤 했죠. '개인적인 신념은 흔들릴 수 있지만, 물리적 세계가 보여주는 증거는 부인할 수 없다.' 그리고 저는 그 말을 믿었어요. 그래서 마틴이 죽은 뒤에 이이가 연구에 열정을 쏟아붓는 것을 지켜보면서 이이 못지않게 위안을 받았답니다."

"그리고 그 연구는 성공했습니다." 매컬러 박사가 조용한 어조로 말했습니다. "난 우리 태양 내부의 파동을 관측했습니다. 신이 태양열과 태양광의 원천인 중력 붕괴 현상을 일으켰을 때 이용했던 초기 압축의 흔적을 말입니다."

"마치 우리 세계에 신이 남긴 지문을 찾아낸 느낌이었어요." 매컬러 부인이 말했습니다. "그땐 그것만으로도 충분한 위안이 된다고 느꼈죠."

"지금은 그게 뭘 증명해주는 건지 모르겠습니다." 박사가 말했습니다. "모든 항성 내부에는 파동이 존재하니까, 우리 태양은 전혀 특별하지 않아요. 과학이 뭘 발견하더라도 아무 의미도 없다는 뜻입니다."

과학은 우리의 아픔을 경감해주는 역할을 할 수도 있지만, 그게 과학에 투신하는 유일한 이유가 되어서는 안 된다고 저는 반박했습니다. 우리에게는 진리를 탐구할 의무가 있지 않느냐고 말입니다.

"과학은 진리의 탐구만이 아닙니다." 그가 말했습니다. "과학은 의도를 탐구하는 학문입니다."

저는 할 말을 잃었습니다. 지금까지 저는 줄곧 진리와 의도가 동일한 것이라고 믿어왔기 때문입니다. 이 두 가지가 동일하지 않다는 것은 어떤 의미일까요?

주여, 저는 이제 뭘 어떻게 생각해야 할지 모르겠습니다. 당신이 우리의 기도에 귀를 기울인 적이 없었을지도 모른다는 생각은 저를 두렵게 합니다.

* * *

친애하는 로즈메리에게,

지난 몇 주는 상상 이상으로 힘들었어. 이렇게 편지를 쓰는 이유는 애리소나 발굴 현장을 일시적으로 나왔다는 소식을 전하기 위해서야.

지난번 편지에서도 언급했듯이 그런 일을 겪었음에도 불구하고 고고학자로서 발굴이라는 작업 자체를 워낙 즐기는 나라면 극복할 수 있다고 생각했어. 하지만 예상처럼 쉽지는 않더라고. 로슨의 발견이 내 마음에 뿌려놓은 의혹의 씨앗들은 마치 쥐처럼 나를 갉아먹었어. 의혹은 날이 갈수록 깊어졌고, 급기야는 며칠 전 토양 샘플에서 창촉을 뽑아내면서 나도 모르게 이런 생각이 드는 거야. '이게 다 무슨 소용이지? 우리가 여기서 하고 있는 모든 일은 현실과 아무 관련도 없잖아.' 결국 작업을 중단하는 수밖에 없었어. 좌절감에 못 이겨 해머로 고대 유물을 박살내버리지는 않을까 걱정이 됐거든. 현장을 떠나야겠다고 마음먹은 건 바로 그때였어. 정말로 그런 위험성이 있었는지는 잘 모르겠지만, 그런 생각을 떠올렸다는 사실만으로도 내가 그런 작업에 임할 수 있는 상태가 아니라는 걸 알 수 있었어.

지금은 발굴 현장에서 한 시간쯤 떨어진 곳에 있는 조그만 오두막에 머물고 있어. 내가 발굴 현장을 떠나는 이유는 누구에게도 알리지 못했어. 로슨의 논문이 발표되기도 전에 그 내용에 관해 언급할 수는 없는 일이니까. 현장에서 줄곧 고립된 느낌을 받은 것도 어느 정도는 그 탓일지도 모르지만, 더 큰 이유는 내가 신으로부터 소원해졌다는 느낌을 받고 있기 때문일 거야. 앞으로 내가 뭘 해야 할지 정하기 위해서는 시간이 더 필요한 것 같아.

넌 로슨의 발견이 발표되면, 교회가 속세의 과학계 못지않게 동요해야 마땅하지 않느냐고 물었지. 응, 나도 그렇게 생각해. 하지만 사회 제도로서의 교회는 자기들에게 유익한 증거는 최대한 이용하고 그렇지 못한 경우에는 언제나 무시해왔잖아. 아담과 이브 이야기가 그렇지. 세계 각지에서 태초의 인간들의 뼈가 발견된 후 교회는 아담과 이브의 이야기는 실화가 아니라는 사실을 인정했어. 하지만 신앙의 토대를 이루는 우화로서의 가치는 여전히 남아 있다고 주장했지. 그래서 너와 나를 포함한 모든 여자들은 단지 관습이라는 미명하에 이브의 그늘에 가려진 채로 살고 있는 거야. 그래서 이번에도 교회는 그와 비슷한 방식으로 로슨의 발견을 평가절하할 거고, 지금까지 줄곧 견지해온 가치를 옹호할 목적으로만 이용할 거라고 생각해.

인류 다원설多元說은 이미 몇 세기 전부터 있었던 이론이니까 고고학 발굴에 의해 그것이 사실로 판명되었다 해도 그리 놀랄 일은 아니었는지도 몰라. 사실 그렇게 됐지. 교회 과학자들은 단 한 쌍의 남녀가 어떻게 그렇게 빨리 지구에 후손을 퍼뜨릴 수 있었는지를 설명하기 위해 오랫동안 고투해왔으니까, 공식 입장을 바꾸기 전에도 이미 대체 이론들을 검토했을 거야. 반면, 로슨의 논문 이전에는, 인간이 창조의 중심이 아니라는 진지한 주장은 한 번도 듣지 못했어. 그러니까 교회 과학자들도 나 못지않게 놀랄 거야. 곧 교리에 충실해야 한다는 자기들의 의무를 다시 떠올리기는 하겠지만.

세속 과학자인 나에게 가장 큰 문제는 나의 신앙이 그 무엇보다 실증을 통해 형성되었다는 점이겠지. 인정하건대, 우주에서의 우리의 위치를 이해하기 위한 수단 중 하나인 천문학의 중요성을 예전에는 미처 깨닫지 못했지만, 지금은 알고 있어. 신이 우주를 창조한 것이 인간 때문이라는 전제를 받아들인다면, 그 사실은 우리 발아래의 지구 못지않게 우리 머리 위의 하늘에도 반영되어 있어야 해. 만약 인간이 우주의 중심적 존재라면, 우리 종이 '옴팔로스'가 맞는다면, 천구를 자세히 관찰함으로써 그 특권적인 위치를 확인할 수 있어야 해. 우리의 태양계는 움직이는 다른 천체들에 대한 정점定點으로서 존재해야 하고, 우리의 태양은 절대적인 정지 상태에 있어야 하는 거지. 우리가 찾아낸 증거가 그 전제를 뒷받침해주지 않는다면, 우리는 우리가 존재하는 진짜 이유가 무엇인지 물어야 할 거야.

로즈메리, 너나 앨프리드가 나처럼 동요하지 않는다 해도 이해할 수 있어. 로슨의 발견이 널리 알려졌을 때 사람들이 어떤 반응을 보일지는 나도 모르겠어. 윌헬미너 매컬러는 대중이 그녀의 아버지처럼 반응할 거라고 예상하고 있어. 내 경우는 그녀의 예상이 들어맞았다고 할 수 있겠지. 내가 이토록 깊은 영향을 받지 않았더라면 좋았을 텐데. 고민의 대상을 선택할 수 있다면 정말 좋겠지만, 그런 건 불가능해.

하지만 이 발견이 너까지 동요하게 만들었다면, 네가 어떤 식의 불안감을 느꼈든 간에 나도 함께 고민할 마음이 있다는 것을 알아주었으면 해. 우리 모두 각자의 힘으로 이 의혹의 숲을 헤치고 전진할 길을 찾아내야 하지만, 그걸 가능케 하는 건 오로지 다른 사람들의 응원일 테니까.

깊은 사랑을 담아서,
도러시아가

* * *

주여, 어쩌면 당신은 제 기도를 듣지 않으시겠지요. 하지만 지금껏 기도를 드리며 그것이 당신의 행함에 영향을 끼치리라 기대했던 적은 한 번도 없습니다. 제가 영향을 끼치고 싶었던 것은 저 자신의 행함입니다. 그래서 두 달 만에 처음으로, 이렇게 기도를 올립니다. 설령 당신이 이 기도를 듣지 않는다고 해도, 저에게는 이 기도가 가져다주는 사고의 명확함이 필요하기 때문입니다.

제가 발굴 현장을 떠난 것은 로슨의 발견이 발굴 자체를 무의미하게 만들지도 모른다는 두려움 때문이었습니다. 잰슨 박사가 돌 창촉들을 발견했을 때 우리가 그토록 들뜬 것은 나무로 된 자루 부분도 충분히 남아 있는 덕에, 나이테를 활용하면 창의 정확한 제조 연도를 확인할 수 있을지도 모른다고 생각했기 때문입니다. 돌을 깨는 기술의 변화를 추적해보면 천지창조 이후 석기의 제조 기술이 발달했는지 쇠퇴했는지 알아낼 수 있고, 그 결과 주 당신이 어떤 의도로 인간에게 지식을 내려주었는지 추측할 수 있다고 생각했습니다. 그러나 이런 논리는 태초의 인간들이 당신 의지의 가장 직접적인 표출이었다는 전제에 기반한 것이었습니다. 만약 당신이 의도를 가지고 인간을 창조한 것이 아니라면, 태초의 인간들이 무슨 기술을 가지고 있었는지 밝혀보았자 당신의 의도를 아는 데는 아무 도움도 되지 않습니다. 그런 기술이 주어진 것은 순전히 우연이었을 테니까요.

이 오두막에 온 뒤로 저는 태초의 인간들이 얼마나 많이 알고 있었을지 생각하며 많은 시간을 보냈습니다. 갓난애처럼 백지 상태의 마음을 가지고 출현하지는 않았을 것입니다. 그런 시나리오에 따른다면 얼마 지나지도 않아 굶어죽었을 것이 뻔하기 때문입니다. 호랑이 새끼조차도 살아남으려면 어미에게 사냥법을 배워야 하는데, 하물며 인간이 제1원리를 통해 먹이 사냥법을 습득했을 리가 없습니다. 고로 태초의 인간들은 사냥을 하고 비바람을 피할 주거를 만드는 방법을 어느 정도 알고 있었을 것입니다. 주여, 그것은 당신이 행한 실험들 중 하나였습니까? 종種이 살아남기 위해서 필요한 최소한의 기술을 결정짓기 위한? 혹은 그 역시 의도하지 않은 창조의 부산물, 에리다누스자리 58의 주민들에게 불어넣으신 정보의 희미한 반향에 불과했나요?

저는 태초의 인간들에게는 처음 숨을 들이쉰 순간부터 생존 기술 못지않게 필수적인 정보가 하나 더 있었다고 생각했습니다. 자기들이 무언가, 어떤 이유가 있어 창조되었다는 정보 말입니다. 그러나 그들이 그 사실을 몰랐을 가능성이 대두된 이래 저는 그 생각을 좀처럼 머리에서 떨쳐낼 수가 없었습니다. 그들은 자부심과 야망을 느끼기는커녕 처음 며칠 동안은 두려움과 혼란에 빠져 있었을 것입니다. 어떤 기술은 있으되 기억하는 과거는 없이, 완전히 형성된 상태로 태어나 기억상실자들의 세계에서 방황한다는 것은 어떤 느낌이었을지 상상해보았습니다. 끔찍했을 것입니다. 지난 몇 주 동안 제가 겪었던 것보다 훨씬 더 끔찍했을 것입니다.

그러니 또 다른 의문이 생겨납니다. 신의 의도를 달성하려는 욕구에서가 아니었다면, 태초의 인간들은 왜 문명 건설에 나섰던 것일까요? 추위와 배고픔을 피하기 위해서라면 최소한의 의식주를 확보하는 것으로 족했을 텐데, 그들은 왜 그 이상의 것을 향해 나아갔던 것일까요? 당신의 뜻을 이행할 목적이 아니었다면, 그들은 왜 오늘날 인류를 규정하는 모든 예술과 과학기술을 발명하기 시작한 것일까요?

알 수 없다. 하지만 나는 가설을 하나 세웠다.

고고학은 물리학처럼 정밀한 과학은 아닐지도 모르지만 그 기반을 물리학에 두고 있다. 우리가 과거를 연구할 수 있는 것은 물리법칙이 존재하기 때문이다. 우주의 상태를 충분히 자세하게 검토한다면, 한순간 이전의 상태를 추정할 수 있다. 각 순간은 가차 없이 그 직전의 순간을 대체하고, 가차 없이 다음 순간으로 이어지면서 인과의 사슬을 형성한다.

그러나 우주 창조의 순간은 모든 인과 관계가 끝나는 지점이다. 과거를 추론하는 것은 이 순간까지만 가능하고 더 이상의 추론은 불가능해진다. 우주 창조가 기적인 것은 바로 그 때문이다. 그 순간 일어난 일은 그 이전에 일어난 일들의 필연적인 결과가 아니기 때문이다. 월헬미너가 가지고 있던 그 태초의 조개껍질은 무엇인가를 입증해주는 증거가 맞다. 그러나 그것은 인간에 대한 신의 계획의 증거가 아니라, 기적이 존재한다는 증거다. 조개껍질의 연륜이 사라지는 경계선은 물리법칙이 가진 설명력의 한계선이기도 하다. 그리고 우리는 그런 사실에서 영감을 얻을 수 있다.

우주 창조와 마찬가지로 인과의 사슬로 고정되지 않은 또 다른 범주의 사건들, 자유의지에 의한 행동들이 존재하기 때문이다. 자유의지는 일종의 기적이다. 진정한 선택을 하는 경우 우리는 물리법칙의 작용으로 환원될 수 없는 결과를 일으킨다. 자유의지에 의한 모든 행동은, 우주 창조와 마찬가지로, 제1원인에 해당하기 때문이다.

창조의 기적에 대한 증거를 찾지 못했다면 우리는 물리법칙만으로도 우주의 모든 현상을 충분히 설명할 수 있다고 생각하고, 우리 자신의 마음도 자연적 과정에 불과하다는 결론을 내렸을지도 모른다. 그러나 우리가 관측하는 세계에는 물리법칙이 포괄할 수 있는 것 이상의 것들이 존재한다. 기적은 일어나며, 인간의 선택 또한 틀림없이 그 일부이다.

나는 태초의 인간들이 선택을 했다고 믿는다. 그들은 가능성들로 가득 찬 세계에 내던져졌지만, 무엇을 해야 할지에 대해선 아무런 안내도 받지 못했다. 그들은 우리의 예상과 달리 단지 살아남는 일에만 만족하지는 않았다. 대신 스스로를 향상시킴으로써, 이 세계의 주인이 되려고 노력했다.

우리 과학자들이 처한 상황도 이와 비슷하다. 증거는 도처에서 우리의 발견을 기다려왔다. 나이테가 없는 나무들, 배꼽이 없는 미라들, 에리다누스자리 58의 운행. 그것을 가지고 무엇을 할지는 전적으로 우리에게 달려 있다. 지금까지 우리는 그런 것들을 우리 삶의 가치를 결정짓는 증거로 여겨왔다. 그러나 반드시 그래야 할 필요는 없었던 것이다. 우리는 그런 선택을 했을 뿐이다. 그러므로, 그와는 다른 선택을 하는 것도 가능하다.

주여, 저는 지금껏 제 삶을 우주라는 경이로운 메커니즘의 연구에 바쳤고, 그 과정에서 큰 성취감을 얻었습니다. 언제나 제가, 당신의 의지와 저를 만든 당신의 의도에 따라 행동해왔다고 믿었습니다. 그러나 당신이 저라는 존재에 대해 사실상 아무런 의도도 가지고 있지 않다면, 제가 느낀 성취감은 순전히 저의 내부에서 발생했다는 얘기가 됩니다. 그 사실은 제게 인간이 자기 스스로 삶의 의미를 만들어낼 수 있다는 것을 보여줍니다.

쉬운 길이라고 주장할 생각은 없습니다. 매컬러 가족에게 건넬 수 있는 것 또한 아들의 죽음에도 불구하고, 그들이 삶의 의미를 찾아낼 수 있기를 바란다는 저의 바람뿐입니다. 그러나 신의 계획이 존재한다고 믿었던 시절에도 우리의 삶은 종종 힘들었습니다. 그렇지만 우리는 굴하지 않고 전진했지요. 우리가 처음부터 혼자였다면, 혼자임에도 불구하고 성공했다는 사실은 우리의 능력을 보여주는 증거입니다.

그런 연유로, 주여, 저는 당신이 굽어보고 계시든 그렇지 않든, 애리소나 발굴 현장으로 돌아갈 생각입니다. 설령 인류가 우주가 창조된 이유가 아니라고 해도, 저는 여전히 우주가 작용하는 방식을 이해하고 싶습니다. 우리 인간은 '왜'라는 질문에 대한 해답이 아닐지도 모르겠습니다. 그러나 저는 '어떻게'라는 질문의 해답을 계속 탐구하겠습니다.

이런 탐구야말로 제가 존재하는 목적입니다. 당신이 저를 위해 그것을 선택해주었기 때문이 아니라, 제가 저 스스로 그것을 선택했기 때문입니다.

아멘.

ANXIETY IS THE DIZZINESS
OF FREEDOM

불안은 자유의 현기증

담배라도 한 대 피워 물고 싶은 심정이었지만, 매장 내부는 절대 금연인지라 냇은 점점 깊어지는 불안을 곱씹을 뿐이었다. 세 시 사십오 분이 됐는데도 모로는 여전히 돌아오지 않고 있다. 만약 그가 제시간에 돌아오지 않으면 뭐라고 설명해야 할지 막막했다. 그녀는 그에게 어디 있느냐는 문자를 보냈다.

출입문이 열리며 차임벨이 울렸지만 들어온 것은 모로가 아니라 주황색 스웨터를 입은 남자였다. "안녕하세요. 프리즘을 팔고 싶은데요."

냇은 휴대전화를 내려놓았다. "어디 보여주세요."

남자가 다가와서 계산대 위에 프리즘을 올려놓았다. 서류가방 크기의 신형 모델이었다. 냇은 프리즘을 끌어당겨 말단에 표시된 수치 데이터를 확인했다. 활성화된 것은 불과 육 개월 전, 양자 패드는 90퍼센

트 이상 남아 있었다. 그녀는 키보드를 펼쳐 디스플레이 화면을 드러
낸 다음, '온라인' 버튼을 누르고 기다렸다. 일 분이 흘렀다.

"차가 밀려서 아직 반응이 없는 건지도 모릅니다." 주황색 스웨터가
자신 없는 어조로 말했다.

"네, 괜찮습니다." 냇은 대답했다.

일 분이 더 흐른 뒤에 준비 완료를 알리는 불이 켜졌다. 냇은 타자를
쳤다.

키보드 시험중.

몇 초 뒤에 응답이 왔다.

괜찮아 보여.

냇이 동영상 모드로 전환시키자 화면에 떠오른 글자들이, 화질이 거
친 그녀 자신의 얼굴로 바뀌었다. 그 얼굴은 이쪽에 있는 그녀를 바라
보고 있었다.

화면 속 평행세계의 냇이 그녀에게 고개를 끄덕이고는 말했다. "마
이크 시험중."

"뚜렷하게 잘 들려." 냇은 대답했다.

화면이 다시 텍스트 모드로 바뀌었다. 냇은 화면 속의 평행자아가

하고 있는 목걸이를 본 적이 없었다. 만약 이 프리즘을 매입하게 된다면 목걸이를 어디서 샀는지 물어봐야겠다. 냇은 주황색 스웨터를 입은 남자를 돌아보고 가격을 말했다.

남자는 실망한 기색이 역력했다. "그것밖에 안 돼요?"

"적정 가격입니다."

"이 물건은 시간이 흐를수록 가치가 올라간다고 생각했는데."

"맞습니다. 하지만 당장 올라가진 않죠. 이게 오 년 된 프리즘이었다면 얘기는 달라졌을 거예요."

"다른 갈래 세계에서 뭔가 흥미로운 일이 일어나고 있다면 어때요?"

"그럼 얘기가 좀 달라졌겠죠." 냇은 남자의 프리즘을 가리켰다. "그쪽에서 정말로 뭔가 흥미로운 일이 일어나고 있나요?"

"그…… 글쎄요."

"더 나은 가격을 원하시면 직접 알아보고 가져오셔야 할 겁니다."

주황색 스웨터는 주저했다.

"더 생각해보고 나중에 오셔도 상관없습니다. 우리는 언제나 여기 있으니까요."

"일 분만 기다려줄래요?"

"그러세요."

주황색 스웨터는 키보드 앞에서 자신의 평행자아와 짧은 메시지를 교환했다. 일이 끝나자 남자가 말했다. "고맙습니다. 나중에 다시 올게요." 그는 프리즘을 접고 매장에서 나갔다.

매장 안의 마지막 손님은 채팅을 끝내고 이제 체크아웃을 하려는 참이었다. 냇은 그가 이용한 개인 열람실로 가서 프리즘의 데이터 사용량을 확인한 다음 다시 보관실에 가져다놓았다. 그녀가 마지막 손님의 요금 정산을 끝냈을 때 네 시 예약을 한 손님 세 명이 도착했다. 그중한 명은 모로가 가지고 나간 프리즘을 쓸 예정이었다.

"잠깐 기다려주실래요. 지금 가서 가지고 올게요." 냇은 보관실로 가서 다른 두 명의 손님이 이용할 프리즘을 가지고 나왔다. 모로가 커다란 판지 상자를 한아름 안고 출입문으로 들어온 것은, 냇이 그들의 열람실에 그것들을 설치한 직후였다. 그녀는 계산대 뒤에서 그를 맞이했다.

"너무 아슬아슬하잖아." 냇이 그를 쏘아보며 속삭였다.

"미안 미안. 예약 상황 다 아는데 뭐."

모로는 커다란 상자를 들고 보관실로 갔다가 프리즘 한 대를 가지고 나왔다. 그는 세 번째 손님의 열람실로 가서 예약 시간 몇 초 전에 프리즘 설치를 마쳤다. 네 시가 되자 세 대의 프리즘에 준비 완료 표시등이 켜졌고, 세 명의 손님은 자기들의 평행자아와 채팅을 시작했다.

냇은 모로를 따라 계산대 뒤에 있는 사무실로 들어갔다. 그는 아무일도 없었다는 듯이 책상으로 가서 앉았다. "이유가 뭐야?" 냇이 물었다. "왜 이렇게 오래 걸렸어?"

"양로원 조무사하고 얘기를 좀 하느라고." 모로는 방금 밖에서 고객

하나를 만나고 돌아온 참이었다. 제시카 엘슨은 남편을 여의고 혼자 사는 칠십대 노인으로, 친구도 거의 없고 하나 있는 아들은 위안이라 기보다는 부담만 주는 존재였다. 일 년쯤 전부터 그녀는 일주일에 한 번씩 매장에 찾아와 자신의 평행자아와 얘기를 나누기 시작했다. 음성 채팅만 했기 때문에 언제나 개인 부스를 대여했다. 그런데 두 달 전 심한 낙상으로 요골이 골절됐고, 지금은 양로원에 있었다. 더 이상 매장에 올 수 없었기 때문에, 모로는 그녀가 평소처럼 대화를 나눌 수 있도록 매주 프리즘을 들고 양로원으로 갔다. 이것은 '셀프토크'의 사규를 위반하는 행위였지만, 모로는 특별대우 대가로 그녀에게서 뒷돈을 받고 있었다. "엘슨 부인 상태에 관해 얘기해주더라고."

"뭐라는데?"

"폐렴이래. 요골 골절상을 입은 노인들은 곧잘 걸린대."

"정말? 요골 골절이 왜 폐렴으로 이어지는데?"

"그 친구 말로는 몸도 많이 안 움직이고, 산소 호흡기로 산소를 잔뜩 마시니까 깊은 호흡을 하지 않는 탓이라나. 암튼 폐렴인 건 확실해."

"심각하대?"

"한 달, 길어봐야 두 달밖에는 못 살 거 같대."

"헛. 안됐네."

"응." 모로는 뭉뚝하고 네모진 손가락 끝으로 턱을 긁었다. "그런데 그 얘길 듣고 아이디어가 하나 떠올랐어."

놀랄 일도 아니었다. "이번엔 또 뭔데?"

"이번엔 네 도움 안 받아도 돼. 나 혼자서도 할 수 있어."

"잘됐네. 나 혼자 하는 일도 너무 많은 판이니."

"응. 넌 오늘 밤에도 가야 할 모임이 있잖아. 어떻게 돼가고 있어?"

냇은 어깨를 으쓱했다. "확실하진 않지만, 진전이 있는 것 같아."

* * *

모든 프리즘prism—이 이름은 정식 명칭인 '플라가 세계간 신호 메커니즘Plaga interworld signaling mechanism'의 머리글자를 딴 약어와 거의 같다—에는 두 개의 LED 등이 달려 있었다. 하나는 빨간색이고 다른 하나는 파란색이다. 프리즘이 작동하면, 장치 내부에서 양자 측정이 이루어져 동일한 개연성을 가진 두 개의 결과 중 하나가 나온다. 한쪽 결과가 나오면 빨간 등이 켜지고, 다른 쪽 결과가 나오면 파란 등이 켜지는 식이다. 그 시점부터 프리즘은 두 갈래의 우주파동함수 사이의 정보 전송을 가능하게 한다. 알기 쉽게 말하자면 프리즘은 새로 분기된 두 개의 시간선timeline—빨간 등이 켜지는 쪽과 파란 등이 켜지는 다른 한쪽—을 만들어내고, 이 두 평행우주 사이의 커뮤니케이션을 가능하게 해준다.

정보 교환은 프리즘 내부의 자기磁氣 트랩 안에 분리되어 있는 이온 어레이를 통해 이루어졌다. 프리즘이 작동해 우주파동함수가 두 갈래의 우주로 분기됐을 때도, 이 이온들은 결맞음 중첩coherent superposition 상태를 유지한다. 마치 칼날 위에서 아슬아슬하게 균형을 잡고 있는 듯한 상태에 놓인 이 이온들은 양쪽 갈래에서 접근이 가능하다. 이런 이온 한 개를 쓰면 한 갈래의 우주에서 다른 갈래의 우주로, 예/아니오에 해당하는 1비트의 정보를 보낼 수 있다. 그리고 이런 예/아니오 정보를 읽는 행위는 해당 이온의 결어긋남 현상을 유발해서 그것을 칼날 한쪽으로 영구히 떨어뜨린다. 또 다른 비트를 보내려면 또 다른 이온이 필요하다. 여러 개의 이온을 배열한 이온 어레이를 쓰면, 텍스트를 인코딩한 일련의 비트를 전송할 수 있다. 어레이가 충분히 길면 사진이나 소리, 영상까지도 전송이 가능하다.

결론적으로, 프리즘은 두 평행우주를 이어주는 무전기처럼 기능하지는 않는다. 프리즘을 작동시키는 것은 주파수 조절이 가능한 송신기를 켜는 것과는 다르다. 프리즘은 두 갈래의 우주가 공유하고 있는 메모패드에 더 가까웠다. 메시지를 하나 보낼 때마다 메모패드가 한 장씩 차례로 뜯겨나가는 식이다. 그 메모패드를 다 쓰면 더 이상 정보를 교환할 수 없고, 두 갈래의 평행우주는 각자의 길을 가게 된다. 그 후로는 영원히 연락이 끊기는 것이다.

프리즘이 발명된 이래, 기술자들은 어레이의 이온 수를 늘림으로써 메모패드의 용량을 늘리는 일에 매진했다. 최신 프리즘의 메모패드 용량은 1기가바이트였다. 텍스트만 교환한다면 평생 쓸 수 있을 정도의 용량이지만, 모든 소비자들이 텍스트 교환에만 만족하는 것은 아니었다. 많은 이들이 실시간 대화를 원했다. 가급적이면 영상을 곁들여서 말이다. 그들은 자기 자신의 목소리를 듣고, 자기를 쳐다보고 있는 자기 자신의 얼굴을 바라보고 싶어했다. 그러나 저해상도 저프레임률 영상만으로도 프리즘의 메모패드는 불과 몇 시간이면 소진된다. 소비자들은 프리즘을 가급적 오래 이용하기 위해 영상 채팅은 아주 드물게만 하고 평소에는 텍스트나 목소리로만 소통했다.

* * *

오후 네 시 예약의 정기 내담자는 테레사라는 여자였다. 테레사가 이곳을 찾은 지는 벌써 일 년이 넘었다. 그녀가 데이나에게 심리 상담을 받는 이유는 연애를 길게 유지하는 데 어려움을 겪기 때문이었다. 데이나는 처음에는 테레사의 문제가 십대 시절에 겪은 부모의 이혼에서 비롯됐다고 보았지만, 지금은 습관적으로 더 나은 파트너를 찾으려는 경향 탓이 아닌지 의심하고 있었다. 지난주에 상담했을 때 테레사는 옛 남자친구와 우연히 마주쳤다는 얘기를 했다. 오 년 전 그는 테레사에게 구혼했다가 거절당했고, 지금은 다른 여자와 결혼해서 행복하게 살고 있다고 했다. 아마 오늘도 그 얘기를 하게 될 것이다.

테레사는 상담 시작 전 데이나와 가벼운 인사말을 주고받곤 했지만 이번에는 그러지 않고 의자에 앉자마자 대뜸 이렇게 말했다. "오늘 점심시간에 '수정구Crystal Ball'에 갔다 왔어요."

데이나는 어떤 대답이 돌아올지 예상하면서도 물었다. "가서 뭘 물어봤는데요?"

"앤드루와 결혼했으면 내 인생이 어떻게 됐을지 알아낼 수 있냐고 물었죠."

"그랬더니 뭐라던가요?"

"가능할지도 모른대요. '수정구'가 구체적으로 뭘 해주는지는 잘 몰랐는데, 거기 남자 직원이 설명해주더라고요." 테레사는 데이나에게 '수정구'에 관해 아는지 묻지 않았다. 속에 있는 말들을 모두 해버리고 싶은 기색이었는데, 데이나도 이의가 없었다. 이쪽에서 조금만 맞장구를 쳐주면 테레사는 복잡하게 얽힌 생각을 알아서 정리하기 때문이다. "그 사람 얘기로는 내가 앤드루와 결혼할지 말지 결정했다고 해서 두 개의 시간선이 생겨난 것은 아니래요. 시간선이 분기되는 것은 프리즘을 처음 활성화시켰을 때뿐이라고 했어요. 앤드루가 내게 청혼하기 몇 달 전에 활성화된 프리즘들을 확인해볼 수는 있대요. 그 프리즘들에 연결된 여러 갈래의 세계에 존재하는 '수정구'들로 요청을 보내서, 그쪽 직원들이 나의 평행 버전들을 찾아내 혹시 앤드루와 결혼했는지 알아보는 식으로요. 만약 앤드루와 결혼한 버전이 존재한다면, 인터뷰를 해서 그녀가 뭐랬는지를 내게 전달해줄 수 있다고 했어요. 하지만 그들이 그런 갈래를 발견한다는 보장은 없대요. 게다가 요청을 보내기만 해도 돈이 드니까 성공 여부와는 관계없이 요금을 내야 한대요. 성공하는 경우에도 나의 평행 버전을 인터뷰하려면 별도 요금이 추가될 거라고 했어요. 그리고 오 년 된 프리즘을 써야 하니까, 요금 자체가 아주 비쌀 거래요."

데이나는 '수정구'가 모든 과정을 정직하게 설명해주어서 다행이라고 생각했다. 데이터 브로커들 중에는 가능하지도 않은 결과를 약속하는 경우도 있었기 때문이다. "그래서 어떻게 했어요?"

"선생님하고 먼저 상담을 하고 싶었어요."

"좋아요, 그럼 얘기를 시작해보죠. 거기서 설명을 듣고 기분이 어땠나요?"

"잘 모르겠어요. 내가 앤드루의 청혼을 받아들인 갈래를 그들이 못 찾아낼 수도 있다는 생각은 처음부터 아예 하지 않았거든요. 왜 못 찾아낸다는 걸까요?"

테레사가 자기 힘으로 해답을 찾을 때까지 기다려볼까 하는 생각도 했지만, 데이나는 그럴 필요까지는 없다고 판단했다. "당신이 앤드루의 청혼을 거절한 건 쉽게 뒤집어지는 종류의 결정이 아니었다는 뜻이 아닐까요? 그때는 고민스럽다고 느꼈을지도 모르지만, 당신이 앤드루의 청혼을 거절한 건 변덕이 아니라 뿌리 깊은 감정에 기인한 결정이었을 가능성도 있어요."

테레사는 생각에 잠긴 기색이었다. "그걸 확인해보는 것도 좋겠어요. 일단 찾아보라고 하는 편이 나을지도 모르겠군요. 앤드루와 결혼한 나를 찾지 못한다면, 그때 가서 중지하면 되니까."

"만약 앤드루와 결혼한 버전을 찾아내면, 그녀와 인터뷰를 해달라고 당신이 요청할 가능성은 얼마나 된다고 생각해요?"

테레사는 한숨을 쉬었다. "백 퍼센트 요청하겠죠."

"그게 무슨 뜻일까요?"

"정말로 대답을 알고 싶은 건지 확신이 서기 전에는 그런 요청은 하지 않는 편이 낫다, 그거겠죠."

"당신은 대답을 알고 싶나요? 아니, 이렇게 묻는 편이 낫겠군요. 당신은 어떤 대답을 원하나요? 어떤 대답이 두려운가요?"

테레사는 일 분 가까이 침묵하고 있다가 마침내 입을 열었다. "내가 찾고 싶은 건, 앤드루와 결혼했지만 내게는 맞지 않는 남자라는 걸 깨닫고 이혼한 버전이에요. 찾게 될까봐 두려운 것은, 앤드루와 결혼했고 지금 더없이 행복하게 살고 있는 버전이고요. 너무 옹졸한가요?"

"전혀 그렇지 않아요. 누구든 충분히 이해할 수 있는 감정입니다."

"위험을 감수할지 말지 결정하는 수밖에 없겠군요."

"그것도 한 방법이겠죠."

"다른 방법도 있다는 얘긴가요?"

"다른 갈래 세계에서 알게 된 정보가 실제로 도움이 될지 생각해보는 거예요. 다른 갈래의 세계에서 뭘 알아냈다고 해서 이쪽 갈래에 있는 당신의 상황이 바뀔 거라는 보장이 있는 건 아니니까."

테레사는 눈을 가늘게 뜨고 생각에 잠겼다. "어쩌면 아무것도 바꾸지 못할 거예요. 하지만 내가 올바른 결정을 내렸다는 걸 알면 기분이 좋아질 거예요." 그녀는 다시 침묵했다. 데이나는 기다렸다. 이윽고 테레사가 입을 열었다. "여기 오는 사람들 중에도 나처럼 데이터 브로커를 찾아가는 경우가 많은가요?"

데이나는 고개를 끄덕였다. "많아요."

"일반적으로 말해서 그런 서비스 이용에 찬성하세요?"

"그 질문에 일반적인 대답 같은 건 없다고 생각해요. 전적으로 개인의 선택에 달린 문제이니까요."

"내가 해야 할지 말아야 할지 얘기해줄 수 없다는 거네요."

데이나는 미소를 지었다. "그건 내 역할이 아니라는 걸 알잖아요."

"알아요. 그래도 물어본다고 손해 볼 일은 없으니까." 잠시 후 테레사가 말했다. "프리즘에 중독되는 사람들도 있다고 들었어요."

"예, 그럴 수 있어요. 실은, 프리즘 중독으로 문제가 생긴 사람들을 돕는 모임에서 조율자를 맡고 있어요."

"정말요?" 테레사는 자세히 물어볼까 잠시 망설이는 기색이었지만, 결국 이렇게 말했다. "'수정구' 서비스를 이용하지 말라고 내게 경고할 생각은 없는 거죠?"

"상담 받는 분들 중엔 음주 문제가 있는 경우도 있어요. 그렇지만 절대 술을 마시지 말라고 조언하진 않아요."

"무슨 뜻인지 알 것 같아요." 테레사는 잠시 침묵하다가 물었다. "선생님도 이용한 적이 있나요?"

데이나는 고개를 저었다. "없어요."

"유혹을 느낀 적은?"

"별로요."

테레사는 흥미롭다는 듯이 데이나를 보았다. "잘못된 선택을 한 건 아닐까, 궁금한 적도 없어요?"

궁금해할 필요 없어요. 난 아니까요. 그러나 데이나는 입 밖으로 이렇게 말했다. "궁금한 적이야 물론 있죠. 하지만 지금 여기에 집중하려고 노력한답니다."

* * *

프리즘에 의해 연결된 두 갈래의 세계는 양자 측정의 결과가 상이하다는 점을 제외하면 완벽하게 동일한 상태로 시작된다. 만약 누군가 중대한 결정을 양자 측정에 맡기려고 결심한다면—"파란 LED 등이 켜진다면 난 이 폭탄을 터뜨리겠어. 아니라면 해체할 거야."—두 세계는 명백한 형태로 분기할 것이다. 그러나 누구도 이런 측정에 입각해 행동하지 않는다면, 이 두 세계는 어느 정도까지 분기할까? 단 하나의 양자적 사건이, 그 자체로, 두 갈래로 분기한 세계들 사이의 뚜렷한 변화로 이어질 수 있을까? 프리즘을 이용해, 보다 광범위한 역사적 힘들을 연구하는 일이 가능할까?

이런 의문들은 프리즘을 통한 커뮤니케이션이 처음 시연된 이래 줄곧 논쟁의 대상이 되어왔다. 메모패드 용량이 100킬로바이트에 달하는 프리즘이 개발됐을 때, 피터 실리통가라는 이름의 대기大氣 과학자는 이런 논란에 종지부를 찍고자 두 개의 실험을 실시했다.

그 당시 프리즘은 아직 액체 질소를 냉매로 쓰는 대형 실험 장비였다. 계획한 두 가지 실험을 위해 실리통가에겐 이런 것들이 각각 하나씩 필요했다. 프리즘을 활성화시키기에 앞서 그는 몇 가지 준비를 했다. 우선 그는 열두 개 나라에서, 아직 임신하지 않았지만 임신을 위해 노력중인 지원자들을 모집했다. 그들은 일 년 후 아이를 갖는 데 성공한다면 그 아이를 대상으로 21개의 유전자 좌위를 비교 분석하는 DNA 감식을 시행하는 것에 동의했다. 그런 다음 실리통가는 첫 번째 프리즘을 활성화시켰고, 키보드로 명령어를 입력함으로써 편광 필터 너머로 광자 하나를 보냈다.

육 개월 후, 그는 정보 수집 소프트웨어를 가동시켜 향후 한 달 동안 전 세계의 기상 정보를 수집하라는 지시를 입력했다. 그런 다음 두 번째 프리즘을 활성화시켰다. 그리고 기다렸다.

* * *

중독자 지원 모임에서 마음에 드는 것은 모임의 주제가 뭐든 항상 커피가 있다는 점이었다. 맛이 좋은가 나쁜가는 크게 중요치 않았다. 커피 잔을 쥐고 있어 양손을 놀릴 필요가 없다는 사실이 고마울 따름이었다. 모임 장소가 최고라고 하기는 힘들어도(전형적인 교회 지하 회의실이었다) 커피 맛은 대개 괜찮았다.

냇이 다가갔을 때 라일은 커피메이커 앞에서 커피를 따르는 참이었다. "왔어?" 라일이 말했다. 그는 방금 따른 잔을 그녀에게 건네고 다른 잔에 자기 커피를 따르기 시작했다.

"고마워, 라일." 라일이 이 모임에 나온 기간은 냇보다는 조금 더 길었다. 세 달쯤 일찍 나온 것으로 알고 있다. 열 달 전, 회사원인 라일은 새로운 일자리 제안을 받았다. 그는 받아들여야 할지 말지 마음을 정할 수 없었다. 그래서 프리즘을 구입해 동전 던지기의 대용품으로 이용했다. 파란색은 수락, 빨간색은 거절. 이쪽 갈래의 세계에서는 파란 등에 불이 들어왔기 때문에 그는 새로운 일자리를 택했고, 그의 평행자아는 원래 직장에 남았다. 몇 달 동안은 양쪽 모두 자기가 놓인 상황에 만족하고 있었다. 그러나 새로운 환경의 신선함이 사라지자 라일은 자기 업무에 염증을 느꼈고, 그의 평행자아는 승진했다. 그 결과 라일은 확신을 잃고 동요했다. 평행자아와 얘기를 나눌 때는 행복한 척했지만, 실제로는 부러움과 질투심으로 괴로워하고 있었다.

냇은 빈 의자 두 개가 나란히 놓인 곳으로 갔다. "앞자리에 앉는 걸 좋아하지?" 그녀가 물었다.

"응. 하지만 안 그러고 싶으면 안 그래도 돼."

"나도 여기가 좋아." 냇이 말했다. 그들은 의자에 앉아 커피를 홀짝이며 모임이 시작되기를 기다렸다.

이 모임의 진행자는 데이나라는 이름의 상담심리사였다. 냇 또래의 젊은 여자였지만 유능해 보였다. 이전 모임들에도 데이나 같은 진행자가 있었으면 좋았을 텐데. 참석자들이 모두 자리에 앉자 데이나가 말했다. "오늘은 누가 맨 먼저 얘기를 해보실까요?"

"내가 하겠습니다." 라일이 말했다.

"좋아요. 지난주에는 어땠는지 우리 모두에게 얘기해주세요."

"실은 이곳 세계의 베카를 찾아보았습니다." 라일의 평행자아는 바에서 우연히 만난 베카라는 이름의 여자와 몇 달째 사귀고 있었다.

"좋지 않아, 좋지 않아." 케빈이 고개를 절레절레 저었다.

"케빈, 그러지 말아요." 데이나가 말했다.

"미안, 미안."

"고맙습니다, 데이나." 라일이 말했다. "메시지를 보냈고, 왜 그걸 보냈는지 설명했습니다. 내 평행자아와 그녀의 평행자아가 함께 찍은 사진도 함께 보낸 다음에, 커피 한잔하면 어떻겠느냐고 말했죠. 흔쾌히 승낙하더군요."

데이나는 계속해보라는 듯이 고개를 끄덕였다.

"지난 토요일 오후에 만났는데, 처음에는 서로 잘 맞는 듯했어요. 내가 농담을 하면 그녀가 웃고, 그녀가 농담을 하면 내가 웃었죠. 내 평행자아가 그쪽 세계의 그녀를 만나면 바로 이런 식이겠구나 했지요. 마치 최고의 인생을 사는 느낌이었습니다." 라일은 쑥스러운 표정으로 말했다.

"하지만 곧 모든 게 엉망이 되어버렸습니다. 그녀를 만나게 되어서 정말로 기쁘고, 이제야 모든 게 제대로 돌아가는 것 같다고 얘기하던 중에, 무심코 프리즘 탓에 인생이 망가졌다는 말이 나와버린 겁니다.

내 평행자아가 베카를 만났다는 얘길 듣고 얼마나 질투했는지, 이미 끝난 일들을 가지고 내가 얼마나 쓸데없이 고민하는 사람인지, 주절거리며 고백했던 거죠. 말하면서도 내 말이 한심하게 들렸습니다. 베카의 마음이 떠나가는 것도 느낄 수 있었기 때문에 지푸라기를 잡는 심정으로……"라일은 잠시 주저했다. "내 프리즘을 빌려줄 테니 베카의 평행자아와 얘기를 나눠보면 어떻겠느냐고 제안했습니다. 그쪽 베카하고 얘기해보면 내가 얼마나 멋진 남자가 될 수 있었는지 알 수 있을 거라고요. 결말은 모두 상상할 수 있으리라 믿습니다. 말투는 정중했지만, 다시는 나를 만날 생각이 없다고 못을 박더군요."

"우리에게 얘기해줘서 고마워요, 라일." 데이나가 말했다. 그녀는 다른 참석자들을 향해 말했다. "라일이 한 얘기에 관해서 뭐든 말씀해주실 분 있나요?"

기회라면 기회였지만, 냇은 당장 달려들 생각이 없었다. 다른 참석자들이 먼저 얘기하는 편이 나았다.

케빈이 입을 열었다. "아까 그런 소리를 해서 미안해. 자네가 멍청하다는 뜻은 아니었어. 솔직히 내 얘기를 듣는 것 같아서 그랬어. 그래서 그렇게 비관적으로 반응했던 거야. 그렇게 끝나버렸다니 나도 유감이야."

"네."

"사실 그렇게 나쁜 생각은 아니었어. 평행자아들끼리 잘 맞는다면 이쪽에서도 그래야 하지 않을까?"

"잘 맞을 거라는 데는 나도 찬성이야." 자리나가 말했다. "평행자아들이 잘나가고 있으니까 자기도 잘나갈 권리가 있다고 생각해버린다는 게 문제지만."

"내게 베카와 사귈 권리가 있다고는 생각지 않습니다." 라일이 말했다. "하지만 베카도 나처럼 파트너를 찾고 있었습니다. 그럴 경우 서로잘 맞는다는 건 꽤 의미 있는 일이 아닐까요? 첫인상이 나빴다는 건 인정합니다. 하지만 잘 맞는다면 그 정도는 눈감아줄 수 있지 않나요?"

"그랬더라면 물론 좋았겠지. 하지만 베카에게 그럴 의무는 없잖아." 자리나가 말했다.

"그거야 그렇죠." 라일은 마지못해 인정했다. "무슨 말인지 압니다. 그냥…… 늘 이 소리뿐인 걸 알지만, 내 평행자아가 부럽습니다. 나는왜 이 모양일까요?"

슬슬 때가 온 것 같았다. 냇이 말했다. "최근 나한테도 어떤 일이 일어났는데 라일이 지금 겪고 있는 것하고 비슷하다는 생각이 드네요."

"얘기해주세요." 데이나가 말했다.

"난 장신구 만드는 취미가 있는데, 주로 귀걸이를 만들어요. 규모는작지만 온라인 스토어도 있어요. 직접 만들어서 파는 건 아니고, 디자인을 업로드하면 전문 회사가 제조한 다음 주문한 사람들에게 보내주는 방식이에요." 여기까지는 모두 사실이었다. 누가 그녀의 스토어를구경하고 싶어할 수도 있으니 그 경우에도 유리하다. "내 평행자아 말에 의하면, 온라인에서 큰 영향력이 있는 어떤 사람이 우연히 우리 디자인을 보고 무척 마음에 든다고 포스팅을 했대요. 덕분에 지난주 내 평행자아는 귀걸이를 몇백 개나 팔았어요. 커피숍에서 그 귀걸이를 한 사람을 직접 보기도 했대요.

문제는 주목을 받은 그 디자인이, 내가 프리즘을 활성화시킨 후에 그녀가 새로 고안한 디자인이 아니라는 거예요. 그 디자인은 그 전부 터 있던 거예요. 이쪽 세계의 내 온라인 스토어에서는 똑같은 걸 세일 까지 하고 있는데, 인기가 전혀 없어요. 내 평행자아는 우리의 세계가 분기하기 전에 우리가 했던 것들을 가지고 돈을 벌고 있는데, 난 그러 지 못하고 있어요. 그래서 화가 나요. 내 평행자아는 저렇게 운이 좋은 데 왜 나는 아니지?" 냇은 몇몇 참석자들이 이해한다는 듯 고개를 끄 덕이는 것을 보았다.

"그러다 문득 깨달았어요. 다른 사람들 온라인 스토어에서 장신구 가 많이 팔리는 걸 봤을 때는 그런 기분이 아니었거든요. 평행자아한 테만 그런 기분을 느꼈던 거예요." 냇은 라일을 돌아보았다. "난 내가 천성적으로 질투심이 많은 사람이라고 생각하지 않아. 너도 마찬가지 고. 우린 다른 사람들이 가진 걸 언제나 부러워하진 않아. 하지만 프리 즘을 통해 보는 사람은 다른 사람이 아니잖아, 바로 너잖아. 그러니 어 떻게 그들이 가진 걸 네가 가져야 한다고 느끼지 않을 수가 있겠어. 그 건 자연스러운 감정이야. 문제는 네가 아니야. 문제는 프리즘이야."

"그렇게 말해줘서 고마워, 냇."

"천만에."

진전. 그것은 분명히 진전이었다.

* * *

당구공들을 랙으로 가지런히 모은 다음 완벽하게 초구를 쳤다고 해
보자. 당구대에는 포켓도 없고 마찰 저항도 없어서, 당구공들은 멈추
지 않고 계속 당구대 위를 굴러다닌다고 상상해보자. 그럴 경우 계속
충돌하면서 움직이는 특정 당구공의 경로를 어느 정도까지 정확하게
예측할 수 있을까? 1978년, 물리학자인 마이클 베리는 단 아홉 번의
충돌까지만 예측이 가능하고, 그 후에는 당구대가 놓인 방에 서 있는
사람의 질량이 미치는 중력 효과까지 감안해야 한다고 추산했다. 당구
공의 처음 위치 측정이 1나노미터만 빗나가도 당신의 예상은 단 몇 초
만에 소용이 없어진다.

공기 분자들끼리의 충돌도 이와 비슷해서, 1미터 떨어진 단 하나의
원자가 미치는 중력 효과의 영향에서도 자유로울 수 없다. 따라서 프
리즘의 내부가 외부 환경으로부터 차폐되어 있음에도 불구하고, 프리
즘을 처음 작동시켰을 때 발생하는 양자 측정의 결과는 여전히 외부
세계에 대해 영향력을 행사하며, 두 개의 산소 분자가 충돌할지 아니
면 서로 스쳐갈지 여부를 결정한다. 누가 의도하지 않더라도 프리즘의
활성화는 필연적으로, 그것이 발생시킨 두 갈래의 우주 사이에 차이
점을 발생시킨다. 그 차이점은 처음에는 감지할 수 없을 정도로 미미

하다. 분자들의 열운동 층위에서나 존재하기 때문이다. 그러나 대기가 교란 상태에 있을 경우, 미시적 동요가 거시적이 되면서 지름 1센티미터의 와동渦動에 영향을 끼치는 데는 불과 일 분 정도밖에 걸리지 않는다.

소규모의 대기 현상에서 이런 교란의 영향은 두 시간마다 두 배씩 증가한다. 기상 예측의 경우, 처음 측정치에 1미터의 오차가 있었다면 다음 날에는 1킬로미터의 오차가 생겨난다는 뜻이다. 더 큰 규모의 대기 변동에서 이런 식의 오차 전파傳播는 지형이라든지 대기의 계층화 같은 요인들에 의해 둔화되지만, 완전히 멈추는 법은 없다. 킬로미터 단위의 오차는 결국 수백 또는 수천 킬로미터의 오차로 확대된다. 설령 아주 상세하게 지구 전체의 대기를 1큐빅미터 단위까지 측정한다고 해도, 기상 예측의 효용성은 한 달이면 사라진다. 초기 측정의 정밀도를 높인다고 해도 얻을 수 있는 효과는 제한적이다. 작은 규모에서의 오차는 너무나도 빠르게 전파되기 때문에, 1큐빅미터 단위의 상세한 대기 데이터를 동원해 시작하더라도 예측의 정확성을 고작 몇 시간 지속시킬 수 있을 뿐이다.

기상 예보의 오차 증가는 프리즘이 만들어낸 두 평행우주 사이의 기상 차이에 상응한다. 최초의 교란은 프리즘 활성화가 야기하는 산소 분자들의 상이한 충돌에 해당하며, 그 결과 한 달 이내에, 두 세계의 기상 패턴은 차이를 보인다. 실리통가는 프리즘이 활성화되고 한 달 뒤 그와 그의 평행자아가 기상 정보를 교환했을 때, 이 사실을 입증했다. 기상 예보는 모두 계절에 맞았지만 — 한쪽 갈래에서는 겨울인데 다른 갈래에서는 여름인 지역은 없었다 — 그것을 제외하면 두 세계의 기상 패턴 사이에 근본적인 상관관계는 존재하지 않았다. 누구의 노력도 없이, 두 갈래 우주는 전 세계적인 규모로 뚜렷이 분기했다.

실리통가가 「플라가 세계간 신호 메커니즘을 이용한 대기 오차 상향 전파의 연구」라는 제목의 논문을 통해 이런 실험 결과를 발표한 후, 역사학자들은 날씨가 역사의 흐름에 어느 정도까지 영향을 줄 수 있는지에 대해 열띤 논쟁을 벌였다. 회의론자들은 날씨 차이가 개인의 일상생활에 다양한 방식으로 영향을 끼칠 수 있다는 사실까지는 인정했다. 하지만 역사를 바꾸는 사건의 결말이 날씨에 의해 결정되는 일이 현실적으로 얼마나 자주 있을까? 실리통가는 이런 논쟁에는 참여하지 않았다. 대신 일 년에 걸친 또 다른 프리즘 실험이 끝나기를 기다리고 있었다.

* * *

내담자들이 딱 옳은 순서로 오는 날이 있는데, 데이나에게는 수요일 오후가 바로 그런 경우였다. 첫 번째 오후 상담은 가장 까다로운 사람 중 한 명으로, 데이나더러 자기를 대신해서 모든 결정을 내려달라고 요구하는 남자였다. 데이나가 그래 주지 않으면 징징거렸고, 결국 그녀가 어떤 조치를 취하면 비난하는 식이었다. 그래서 그 직후 호르헤가 왔을 때는 안도했다. 상담실로 상쾌한 바람이 불어온 느낌이었다. 호르헤가 겪고 있는 문제들은 그녀가 만난 가장 흥미로운 사례라고 하기는 힘들었지만 그와의 상담은 즐거웠다. 호르헤는 재미있고 친절했으며, 언제나 상냥하게 사람들을 대했다. 치유 과정에는 아직 확신이 없는 듯했지만, 그를 억누르고 있는 낮은 자존감과 부정적인 태도는 상담을 받으면서 착실하게 개선되고 있었다.

사 주 전에 어떤 사건이 있었다. 호르헤의 직장 상사는 틈날 때마다 직원들을 비하하는 못된 폭군이었다. 호르헤가 이 상사가 내뱉는 모욕적 언사를 무시할 수 있도록 돕는 것이 상담의 지속적인 주제이기도 했다. 그러던 중 호르헤는 참지 못하고 주차장에 아무도 없는 틈을 타, 그의 자동차 타이어를 모조리 펑크 내고 말았다. 아무 일 없이 몇 주가 지난 것을 감안하면 잡힐 위험은 없어 보였다. 그러나 호르헤의 일부는 그런 일은 없었다고 여기고 싶어하는 반면, 다른 일부는 여전히 자신의 행동에 대해 크게 고민하고 있었다.

그들은 사소한 얘기들로 상담을 시작했다. 호르헤는 뭔가 얘기하고 싶어하는 인상이었다. 데이나가 기다리고 있다는 표정을 짓자 그가 말했다. "지난주 상담 뒤에 프리즘 브로커를 만나러 갔어요. '라이도스 코프'라고 들어보셨죠?"

데이나는 놀랐다. "네? 왜요?"

"얼마나 많은 버전의 내가 나처럼 행동했는지 확인하고 싶어서요."

"계속 얘기해보세요."

"그들에게 여섯 명의 버전에게 물어봐달라고 부탁했습니다. 시발점이 아주 최근이라서 가격이 싸더군요. 그래서 영상을 요청했는데, 오늘 아침에 보니 내 평행자아들과의 인터뷰를 기록한 영상 파일들이 와 있었어요."

"그것들을 보고 뭘 알게 됐죠?"

"내 평행자아들 중에서 직장 상사의 타이어를 펑크 낸 사람은 아무도 없었습니다. 다들 상상만 해봤다고 했어요. 한 명은 내가 그랬던 날에 행동에 옮기기 직전까지 갔지만 결국 그만두었다더군요."

"그 사실이 뭘 의미한다고 생각해요?"

"내가 그의 타이어를 펑크 낸 건 돌발적인 사고였다는 뜻이겠죠. 내가 그랬다는 사실은 한 인간으로서의 나에 대해 별달리 중요한 내용을 말하고 있지 않아요."

데이나는 호르헤와 비슷한 방식으로 프리즘을 이용하는 사람들을 알고 있었다. 그러나 보통 그런 사람들은 훨씬 나쁜 짓을 할 수 있었는데도 그러지 않았다는 식으로 자기 행동을 정당화하는 경우가 많았다. 특이하게도 평행자아들이 자기보다 더 나은 행동을 보였다는 사실을 통해 자기변호를 하는 이런 경우는 처음 본다. 특히 호르헤가 그랬다는 사실은 의외였다. "평행자아들의 행동이 당신을 반영한다고 보는 건가요?"

"'라이도스코프'에서 확인한 갈래 우주들은 모두 그 시발점이, 그 사건이 있기 딱 한 달 전의 세계였습니다. 따라서 그곳의 평행자아들은 나와 동일하다는 뜻이 됩니다. 나와는 다른 사람이 될 만한 시간이 없었기 때문이죠."

데이나는 고개를 끄덕였다. 호르헤 말이 옳았다. "당신이 상사의 자동차 타이어를 훼손했다는 사실이 다른 평행자아들이 그러지 않았다는 사실에 의해 상쇄됐다, 이렇게 보는 건가요?"

"상쇄됐다는 뜻은 아닙니다. 하지만 내가 어떤 인간인지에 대한 지표는 되겠지요. 하지만 만약 나의 모든 평행자아가 그의 차에 펑크를 냈다면 그 사실은 나의 인성에 관해 뭔가 중요한 사실을 알려준다고 봐야 할 겁니다. 그게 바로 샤론이 알아야 하는 부분입니다." 호르헤는 아내인 샤론에게는 그 일을 아직 고백하지 못했다. 자기 행동이 너무 부끄러웠기 때문이다. "하지만 내 평행자아들이 그러지 않았다는 사실은 내가 근본적으로는 난폭한 인간이 아니라는 것을 뜻합니다. 따라서 샤론에게 정황을 알려봐야 나에 대해 잘못된 인상을 줄 뿐입니다."

아내에게 모든 것을 털어놓게 하려면 데이나도 호르헤도 좀더 노력할 필요가 있어 보였다. "그런 정보를 얻게 된 지금은 기분이 어때요?"

"안도했다고 해야겠죠." 호르헤가 말했다. "내가 그런 일을 저질렀다는 게 무슨 의미인지 줄곧 고민하고 있었거든요. 하지만 지금은 고민을 조금 내려놓았습니다."

"그 안도감이라는 것에 대해서 좀더 얘기해주세요."

"마치……" 호르헤는 의자 위에서 몸을 들썩이며 적당한 단어를 찾으려고 애썼다. "병원에서 진단 결과가 나왔는데, 아무 문제도 없다는 걸 알게 됐을 때의 느낌이라고나 할까요?"

"병에 걸린 줄 알았는데, 아무것도 아니었다?"

"네! 심각하게 생각할 일이 아니었던 거예요. 같은 일이 되풀이될 염려도 없고."

데이나는 조금 모험을 해보기로 했다. "자, 그렇다면 이제 그걸 진짜 진단이라고 상상해봅시다. 당신에겐 마치 암인 것처럼, 뭔가 심각한 증상이 있어요. 그런데 진단해보니 암은 아니었던 거예요."

"맞습니다!"

"물론 암이 아니라는 건 좋은 일이에요. 하지만 증상은 여전하잖아요. 그런 증상의 원인이 뭔지 알아낼 필요가 있지 않을까요?"

호르헤는 멍한 표정으로 그녀를 보았다. "암이 아닌데, 왜요?"

"뭔가 다른 것일 수도 있잖아요. 알면 도움이 되는 정보일 수도 있고."

"필요한 해답은 이미 얻었어요." 그는 어깨를 으쓱해 보였다. "일단은 그걸로 만족합니다."

"네, 알겠어요." 데이나는 말했다. 더 다그칠 필요는 없었다. 결국 호르헤도 깨달을 테니까.

* * *

어떤 갈래의 세계든, 그곳에서 당신의 부모가 서로를 만나 아이를 낳았다면 당신도 반드시 태어났으리라는 것이 일반적인 믿음이지만, 그 누구의 탄생도 필연적이지는 않다. 실리통가는 일 년 동안 계속된 실험을 통해 수정이라는 행위가 그날의 날씨를 포함한 주위 환경에 크게 좌우된다는 사실을 밝힐 심산이었다.

여자의 배란은 점진적이고 조절된 과정이다. 그러므로 해당 일에 비가 오느냐 해가 뜨느냐에 관계없이, 똑같은 난자가 난포에서 빠져나온다. 그러나 그 난자에 정자가 도달하는 과정은, 돌아가고 있는 원통 복권 기계에서 떨어진 추첨용 탁구공을 얻는 행위와 같다. 완전히 무작위한 힘이 작용한 결과라는 뜻이다. 설령 성교 행위를 둘러싼 외부 환경이 두 갈래 우주에서 모두 동일해 보일지라도, 초미세한 차이 하나만으로도, 배란된 난자와 결합하는 정자는 다른 정자로 바뀔 수 있다. 결과적으로, 두 갈래의 우주에서 기상 패턴이 두드러진 차이를 보이는 순간, 모든 수정은 영향을 받는다. 아홉 달이 지난 후 세상의 모든 어머니는 각 갈래의 우주에서 다른 아이를 낳는다. 이런 사실은 그 아이가 한 우주에서는 남자아이고 다른 우주에서는 여자아이일 때는 즉각 확인 가능하지만, 아이들의 성별이 동일한 경우에도 여전히 유효하다. 한 세계의 딜런이라는 이름의 신생아는 다른 세계의 딜런과는 같지 않다. 그 둘은 형제이다.

이것이야말로, 실리통가와 그의 평행자아가 프리즘을 활성화하고 일 년이 지난 후에 태어난 신생아들의 DNA 검사 결과를 교환함으로써 입증한 사실이다. 「대기 교란이 인간 수정에 끼치는 영향」이라는 제목의 논문에서, 그는 자신의 「오차 상향 전파의 연구」에서 사용했던 것과는 다른 프리즘을 사용함으로써, 그 실험 결과의 발표가, 실험 결과를 발표하지 않았으면 생겨나지 않았을 분기들을 만들어내지 않았을까 하는 의문을 사전에 차단했다. 이 아기들이 수태된 시점에서, 두 세계 사이의 커뮤니케이션은 전혀 없었다. 모든 신생아들의 염색체 구성은 다른 세계의 해당 신생아들과 상이했다. 따라서 이것은 단 한 번의 양자 측정의 결과로밖에 볼 수 없었다.

어떤 사람들은 역사의 거시적인 흐름은 두 세계 사이에서도 달라지지 않는다고 여전히 주장했지만, 그런 주장을 입증하는 것은 예전보다 어려워졌다. 실리통가는 상상 가능한 가장 작은 변화마저도 결국에는 전 세계 규모의 파급 효과를 일으킨다는 점을 보여줬다. 히틀러의 집권을 저지하고 싶어하는 가상의 시간 여행자에게, 최소한의 간섭은 요람에 있는 어린 아돌프를 질식시키는 것이 아니다. 그러고 싶으면 그가 수태되기 한 달 전으로 돌아가, 산소 분자 하나만 교란시키면 된다. 이것은 아돌프를 그의 형제로 대체시킬 뿐 아니라, 그와 동갑이거나 더 어린 모든 신생아들까지 대체시킬 것이다. 그 결과 1920년까지는 세계 인구의 반이 이런 아이들로 구성돼 있을 것이다.

* * *

모로는 냇과 비슷한 시기에 '셀프토크'에 취직했기 때문에 두 사람 모두 회사가 잘나가던 시절의 일들은 알지 못했다. 프리즘이 기업에서나 구매할 수 있는 고가 장치였을 때, 사람들은 매장으로 가서 자신들의 평행 버전과 얘기를 나누는 것만으로도 충분히 행복해했다. 그러나 개인도 프리즘을 구입하는 것이 가능해진 지금, '셀프토크' 매장은 몇 군데 남아 있지 않았다. 고객층도 부모가 프리즘 사용을 허락하지 않는 십대들이나 평행자아라는 개념을 아직도 신기하게 느낄 정도로 시류와 동떨어진 노인들이 대부분이었다.

냇은 얌전히 직장에 다니는 것에 만족했지만, 모로에겐 언제나 계획이 있었다. 매장 매니저로 승진한 것도 신규 고객 확보 전략을 고안했기 때문이었다. 매장에 새로운 프리즘이 들어올 때마다, 그는 프리즘이 활성화되고 한 달 뒤부터 발생한 사건사고 뉴스를 훑어보고 사고에 휘말린 사람들에게 표적 광고를 보냈다. 만약 그런 일이 없었다면 자기 인생이 어떻게 됐을지 엿볼 수 있는 기회에 저항할 수 있는 사람은 그리 많지 않았다. 그런 사람들은 결코 장기 고객은 되어주지 못했지만—자신들이 얻은 정보에 낙담하는 경우가 대부분이었기 때문이다—새로운 프리즘이 들어올 때마다 수익을 창출할 수 있는 확실한 방법인 것만은 틀림없었다.

양로원에서 모로는 엘슨 부인이 평행자아와 얘기를 나누는 동안 그녀의 방 밖에서 기다렸다. 이제 그들은 텍스트가 아닌 영상 대화를 나누고 있었다. 그녀는 자신이 얼마 살지 못할 것을 알고 있었고, 따라서 훗날을 위해 프리즘의 메모패드를 아껴봤자 의미가 없었다. 그러나 이런 사실은 부인의 평행 버전에게는 큰 부담이었다. 자신의 버전이 죽어가는 것을 보아야 했기 때문이다. 매우 힘겨운 대화가 이어지고 있었는데—모로는 방에 마이크를 설치해놓고 이어폰으로 그들의 대화를 엿듣고 있었다—부인 편에선 의식하지 못하는 듯했다.

대화가 끝나자 엘슨 부인이 조금 목소리를 높여 모로를 불렀다. "어떠셨어요?" 방으로 들어간 모로가 물었다.

"좋았어." 그녀는 힘겹게 숨을 몰아쉬고 있었다. "아무런 가식 없이 대화를 나눌 수 있는 상대는 역시 자기 자신밖에 없는 것 같아."

모로는 오버베드 테이블에서 프리즘을 들어올려 상자 안에 다시 넣었다. "괜찮으시다면, 제안을 하나 드리고 싶은데요."

"얘기해봐."

"갖고 있는 돈을 물려주고 싶은 사람이 없다고 말씀하셨죠? 정말로 그렇게 느끼신다면, 평행자아에게 물려주는 편이 낫지 않을까요?"

"그런 일이 가능해?"

사기의 비결은 자신감이다. "돈은 정보의 또 다른 형태에 불과합니다. 프리즘으로 음성이나 영상 정보를 전송하는 것과 마찬가지로 돈도 전송할 수 있어요."

"괜찮은 생각 같아. 아들 녀석보다는 더 잘 써줄 테니까." 아들 얘기를 하면서 그녀는 얼굴을 조금 찡그렸다. "어떻게 하면 되지? 변호사한테 얘기해서 유언장 내용을 변경하면 될까?"

"그러셔도 됩니다. 하지만 재산 정리가 끝나려면 시간이 좀 걸릴 테고, 나중에 보내는 것보다 지금 보내는 편이 나을 수도 있어서."

"그건 왜지?"

"다음 달에 새로운 법이 시행될 예정이거든요." 모로는 휴대전화를 꺼내, 직접 작성한 가짜 기사를 그녀에게 보였다. "정부에서는 사람들이 자신들의 시간선 밖으로 돈을 전송하는 걸 막고 싶어합니다. 그래서 다른 우주로 이체할 경우, 50퍼센트의 세금을 부과하겠다고 했습니다. 하지만 법 시행 전에 이체하시면 세금을 피할 수 있습니다." 부인의 표정을 보아하니 그의 말에 솔깃한 듯했다. "저희에게 맡기시면 즉시 처리해드릴 수 있습니다."

"그렇게 해줘. 다음 주에 오면 이체할게."

"그럼 모두 준비해놓겠습니다." 모로는 말했다.

매장으로 돌아온 모로는 프리즘을 이용해서 그의 평행자아에게 협조를 부탁하는 메시지를 보냈다. 엘슨 부인의 평행자아에게는 이쪽 세계의 부인이 진통제 부작용으로 망상장애가 있다 보니 프리즘을 통해 돈을 보냈다고 믿고 있지만, 살날도 얼마 남지 않았는데 그냥 좋게 맞춰주는 게 낫지 않겠느냐고 말할 계획이었다. 그것으로 충분하겠지만, 만약 문제가 발생한다면, 다른 손님이 프리즘 메모패드를 예상 밖으로 소진해버렸다고 말하고 영상 대화를 종료시켜버리면 그만이었다.

그 작업을 마친 후 모로는 돈을 이체받을 차명 계좌 개설에 착수했다. 거액을 벌 거란 기대는 하지 않았다. 어느 정도 예금이야 있겠지만, 엘슨 부인이 부자는 아니었기 때문이다. 운이 좋다면, 진짜 큰돈은 냇이 다니고 있는 모임을 통해서 벌 수 있을 것이다.

'셀프토크'에서의 업무의 일환으로, 그는 프리즘 중독에 시달리는 사람들을 위한 모임의 목록을 작성해놓고 있었다. 그런 모임에 나가는 사람들 중 일부는 결국 프리즘을 팔 것이라는 사실을 알고 있었기 때문에, 그는 이들이 모이는 교회나 지역 복지관을 주기적으로 찾아가 광고 전단을 붙이곤 했다. 〈여러분의 프리즘을 최고가에 매입합니다.〉 세 달 전, 모임 인원 두 명이 문이 열리기를 기다리며 게시판 근처에서 얘기를 나누고 있을 때, 그는 스테이플러로 게시판에 전단지를 붙이고 있었다. 모로의 귀에 그들의 대화가 들려왔다.

"프리즘을 활성화시켰다가, 다른 사람 인생을 망쳐놓은 건 아닌지 고민해본 적 없어?"

"무슨 소리야?"

"이를테면 다른 갈래의 세계에서 누군가가 교통사고로 죽었는데, 여기선 안 죽었어. 그리고 그게 다 네가 프리즘을 작동시켰기 때문인 거야."

"그 얘길 하니까 말인데, 몇 달 전 할리우드 자동차 사고 기억나? 내 평행자아의 세계에서는 로더릭이 아니라 스콧이 죽었대."

"내 말이 바로 그거야. 프리즘을 활성화시켜서, 다른 사람 인생에 엄청 큰 영향을 끼쳤다는 얘기가 되잖아. 그런 생각 해본 적 없어?"

"없어. 내가 너무 자기중심적인가? 난 보통 내 인생만 생각해."

남자는 스타 커플인, 팝가수 스콧 오츠카와 영화배우 로더릭 페리스의 얘기를 하고 있었다. 영화 시사회에 가는 길이었는데, 음주운전 차량이 이들이 탄 리무진을 박았다. 그 사고로 로더릭이 사망했고, 홀로 남은 스콧은 아직도 비탄에서 헤어나오지 못하고 있었다. 그런데 이 남자의 프리즘은 스콧이 사망하고 로더릭이 살아남은 평행세계에 연결되어 있었던 것이다.

그 프리즘은 큰돈을 벌 수 있는 기회였다. 그러나 대뜸 다가가서 그것을 사겠다고 할 수는 없는 일이다. 그래서 모로는 냇을 이 모임에 보내, 프리즘 중독에서 벗어나고 싶어하는 사람인 척하라고 했다. 남자의 이름은 라일, 냇의 임무는 그와 친해지는 것이었다. 성적인 접근을 요구한 것은 아니었고—모로는 냇의 성격을 잘 알고 있었다—그냥 라일이 좋아하고 신뢰할 수 있는 친구가 되는 것이 목표였다. 그렇게 되면, 라일이 프리즘을 포기하도록 자연스럽게 유도할 수 있을 것이다. 라일의 결심이 서면, 냇이 자기 역시 프리즘을 처분할 준비가 됐음을 밝히고, 실은 중고 프리즘을 고가에 매입하는 곳을 아는데 함께 가서 팔면 어떨까 제안한다. 이런 식으로 라일을 '셀프토크'에 데려와, 모로가 두 사람의 프리즘을 사들이면 끝이다.

그런 다음 스콧 오츠카를 만나, 그의 죽은 남편과 얘기를 나눌 수 있는 프리즘을 사지 않겠느냐고 제안할 작정이었다.

* * *

어떤 프리즘도, 프리즘이 활성화되기에 앞서 분기한 평행세계와의 커뮤니케이션을 허락하지는 않는다. 따라서 케네디가 암살당하지 않았거나 몽골인들이 서유럽을 침략한 세계로부터의 보고는 없었다. 같은 이유로, 기술의 진보가 다른 경로를 취한 세계로부터 얻은 발명품 정보를 통해 큰돈을 벌 수 있는 가능성도 없었다. 프리즘을 이용해 얻을 수 있는 실질적인 이익이 있으려면, 그것은 분기 이전이 아니라 분기 이후의 우주로부터 얻어내야 한다.

간혹, 무작위적인 변이가 사고를 방지하는 경우는 있었다. 예전에 한 번 여객기 추락 사고가 발생했을 때, 연방항공국이 평행세계에 그 사실을 알렸다. 그쪽의 연방항공국은 문제의 여객기에 대해 이륙금지 조치를 내린 후 정밀 조사를 실시했고, 고장 직전의 유압 장치 부품을 하나 발견했다. 그러나 인간의 실수로 인해 발생한 사고에 대해서는 할 수 있는 일이 전혀 없었다. 인재는 모든 갈래의 세계에서 각기 다른 방식으로 일어났다. 자연 재해의 발생을 미리 알리는 것도 불가능했다. 이 세계에서 발생한 허리케인은 다른 세계의 허리케인 발생 가능성에 대해서는 아무런 지표도 되지 못했고, 지진의 경우는 모든 갈래에서 동시에 일어나기 때문에 조기 경보가 불가능했다.

한 육군 장성이 프리즘을 구입했다. 하나의 평행세계를 지극히 현실적인 군사 시뮬레이션의 장으로 이용할 수 있으리란 생각에서였다. 그는 다른 갈래의 세계에 있는 자신의 평행자아에게 공격적인 작전을 펼치게 하고 적의 반응을 볼 심산이었다. 그러나 평행자아와 연락을 취하자마자 자신의 계획에 결함이 있다는 것을 알게 됐다. 평행자아 역시 그를 똑같은 방법으로 이용할 심산이었기 때문이다. 모든 갈래의 세계는 그곳에 사는 사람들에게는 그 무엇보다 중요했다. 다른 누군가를 위해 실험 재료가 되려는 이는 아무도 없었다.

그러나 프리즘은 역사적 변화의 메커니즘을 연구하는 방법을 제공했다. 연구자들은 평행세계 갈래들의 뉴스 헤드라인을 비교해서 불일치하는 부분을 찾고 그 원인을 조사하기 시작했다. 어떤 경우, 분기는 차량 검문을 하다가 수배범이 잡힌 경우처럼 명백하게 무작위적인 사건에 의해 야기됐다. 또 다른 경우 분기는 한 개인이 두 개의 평행세계에서 각기 다른 행동을 선택한 결과였다. 이럴 경우 연구자들은 해당 인물에게 인터뷰를 요청했다. 그러나 그 인물이 공인일 경우 그들은 대개 자신들이 왜 그런 선택을 했는지에 관해 자세히 얘기해주지 않았다. 이 두 범주 어디에도 해당하지 않을 경우, 연구자들은 불일치가 발생하기 몇 주 전 기사들부터 뒤져 차이가 생긴 원인을 알아내야 했다. 보통 이것은 증권시장이나 소셜미디어의 확률적 흔들림을 조사하는 시도로 이어졌다.

그런 다음 연구자들은 이어지는 몇 주에서 몇 달 동안의 뉴스를 모니터하면서, 시간이 흐를수록 그런 차이가 어떻게 커지는지 관찰했다. 그들이 기대한 것은 '못 하나가 없어서 왕국을 잃는' 식으로, 파문이 꾸준히 그러나 이해할 수 있는 방식으로 확산되는 고전적인 시나리오였다. 그러나 그들이 찾아낸 것은, 원래 발견한 차이점과는 아무 관련이 없는 다른 사소한 차이점들이었다. 날씨는 모든 곳에서 이십사 시간 내내 변화를 야기하고 있었던 것이다. 중대한 정치적 차이가 목격될 때쯤이면, 원인이 무엇이었는지 특정하기란 힘들었다. 프리즘 패드가 소진되면 연구가 중단되어야 한다는 사실도 문제를 악화시켰다. 어떤 차이가 아무리 흥미로운들, 두 평행세계 사이의 접속은 언제나 한시적이었다.

민간 부분의 사업자들은, 프리즘을 통해 얻은 정보의 수단적인 가치가 비록 제한적이긴 하지만, 소비자들에게 콘텐츠로 판매할 수 있다는 사실을 깨달았다. 그 결과 새로운 종류의 데이터 브로커가 출현했다. 그들은 자기 회사의 평행 버전들과 시사 뉴스를 교환해 구독자들에게 정보를 팔았다. 가장 인기는 스포츠 뉴스와 유명 인사들의 가십이었다. 사람들은 자기가 좋아하는 스타가 있으면, 이쪽 세계뿐 아니라 다른 세계에서의 근황에도 흥미를 느꼈다. 열성 스포츠팬들은 다수의 평행세계에서 정보를 수집해, 총체적으로는 어떤 팀의 성적이 가장 좋았는지, 그 성적이 하나의 세계의 성적보다 더 중요한지에 대해서 논쟁을 벌였다. 소설 독자들은 여러 평행세계에서 발간된 여러 버전의 소설 내용을 비교하곤 했고, 그 결과 작가들은 어떤 의미에서는 자기가 썼다고 할 수도 있는 책들의 해적판들과 경쟁을 해야 했다. 대용량 패드를 가진 프리즘들이 속속 개발되자, 음악업계에도, 뒤이어 영화계에도 같은 일이 발생하기 시작했다.

* * *

프리즘 중독자 모임에 처음 나갔을 때, 냇은 참석자들이 하는 얘기를 듣고 믿을 수가 없었다. 평행자아가 자기보다 즐겁게 살고 있다고 강박적으로 걱정하는 남자가 있는가 하면, 평행자아가 자기와 다른 후보에 투표했다는 이유로 의혹의 소용돌이에 빠진 여자도 있었다. 이런 것들이 정말 보통 사람들이 문제라고 여기는 것들일까? 진짜 문제란 자기 토사물에 뒤덮인 채 잠을 깬다든가, 마약 살 돈이 충분치 않아서 딜러에게 몸으로 때워야 한다든가 그런 것이 아닌가? 냇은 엄살 피우지 말라고 거기 있는 사람들 모두에게 말하는 광경을 잠시 상상해보았다. 그러나 물론 실행에 옮기지는 않았다. 정체가 드러날 위험 때문만은 아니었다. 그녀는 이런 사람들을 판단할 입장이 아니었다. 신세 한탄이 뭐 대수인가. 아무것도 아닌 일로 자기연민에 빠진다 해도, 실제로 인생을 망치는 것보다는 훨씬 낫다.

냇이 이 도시로 옮겨 온 것은 새 출발을 위해서였다. 그녀를 다시 마약에 빠뜨릴지도 모를 사람들과 장소로부터 멀리 떨어지고 싶었다. '셀프토크' 매장 일은 그저 그랬지만, 정직하게 일해서 월급을 받으니 좋았고 모로와도 그럭저럭 잘 지냈다. 모로의 부업을 돕는 일은 재미있었다. 예전부터 그런 일에는 소질이 있었고, 그것이 마약 습관의 재발을 막는 데도 도움이 된다고 스스로를 설득했다. 사람들을 대상으로 한 사기의 쾌감은 마약의 안전한 대용품이었다. 그러나 최근 들어, 이것도 혹시 자기기만이 아닌가 하는 생각이 들기 시작했다. 지금은 마약에 돈을 쓰고 있지 않지만, 자잘한 범죄를 계속 저지르다 보면 다시 옛날 버릇이 도질지도 몰랐다. 이 모든 일로부터 완전히 손을 씻는 편이 나을 것이다. 다른 직장을 구하고, 모로와 인연을 끊어야 한다. 다시 떠나야 한다. 그러나 그러기 위해서는 돈이 필요했다. 더 이상 협조할 필요가 없어질 때까지는 모로와 함께 일하는 수밖에 없었다.

자리나가 말하고 있었다. "우리 조카딸은 고등학교 졸업반인데, 지난 몇 달 동안 여러 대학에 원서를 넣었어. 이번 주에 합격 발표가 났는데, 상당히 결과가 좋더라고. 세 군데 대학에서 합격 통지가 왔거든. 그래서 기분이 아주 좋았지. 내 평행자아하고 채팅하기 전까지만 해도 말이야.

알고 보니 내 평행자아의 조카딸은 1지망이던 바사 대학에 합격했더라고. 이곳의 조카는 거기 지원했다가 떨어졌어. 두 세계 사이에 존재하는 모든 차이점은 내가 내 프리즘을 활성화시켰기 때문인 게 맞지? 따라서 우리 조카가 바사에 못 들어간 건 나 때문이라는 얘기가 돼. 나 때문에 떨어진 거야."

"당신이 프리즘을 활성화시키지 않았으면 당신 조카가 바사에 붙었을 거라고 생각하는 거야?" 케빈이 말했다. "그게 꼭 사실은 아냐."

자리나는 손에 쥐고 있던 화장지를 쥐어뜯기 시작했다. 자기 얘기를 할 때 습관이었다. "하지만 그렇다면, 내 평행자아가 자기 조카를 돕기 위해 뭔가 했다는 뜻이 되잖아. 내가 이 세계에서 하지 않은 일. 결국 아무것도 하지 않은 나 때문에 떨어진 거야."

"당신 잘못이 아닙니다." 라일이 말했다.

"하지만 모든 게 달라진 건 내 프리즘 탓이야."

"그렇다고 그게 당신 잘못이라는 뜻은 아니에요."

"어떻게?"

말문이 막힌 라일이 도와달라는 듯이 데이나를 돌아보았다. 데이나는 자리나에게 물었다. "두 조카딸이 받은 통지 말인데요, 바사 대학 말고도 차이가 있었나요?"

"아니, 없었어. 다른 건 다 똑같았어."

"그렇다면 이쪽이든 그쪽이든 조카딸의 대학 입학 점수는 똑같이 높았다는 얘기군요."

"응." 자리나가 확실한 어조로 말했다. "워낙 똑똑한 아이야. 그 부분만은 내가 뭘 하든 바뀌지 않았을 거야."

"그럼 잠시 추론을 해볼까요? 그 아이는 왜 그쪽에서는 바사에 합격했는데 여기서는 합격하지 못했을까요?"

"모르겠어." 자리나가 대답했다.

데이나가 방 안을 둘러보았다. "의견 있는 분 있나요?"

라일이 말했다. "이쪽 세계에서 그 조카딸을 불합격시킨 입학 사정관이 그날따라 기분이 안 좋았을지도 모르죠."

"그렇다면 뭣 때문에 기분이 안 좋아졌던 걸까요?"

흥미가 있는 척해야 했기 때문에 냇이 나섰다. "그날 아침 운전하는

데 갑자기 누가 차 앞으로 끼어들었는지도 모르죠."

"변기에 휴대전화를 떨어뜨렸을 수도 있고." 케빈이 말했다.

"아니면 그 둘 다일 수도 있겠죠." 라일이 말했다.

데이나는 자리나를 보며 말했다. "그런 일들 중에 당신 행동의 직접적인 결과로 볼 수 있는 게 있나요?"

"아니. 그런 것 같진 않아."

"그것들은 두 세계 사이의 날씨 차이로 인해 생긴 무작위적인 결과에 지나지 않아요. 그리고 날씨 차이는 무엇에 의해서도 생길 수 있죠. 찾아보면, 조카따님이 불합격 통지를 받은 평행세계에 프리즘이 연결된 사람들이 백 명은 있을 거예요. 만약 당신이 이곳과는 다르게 행동한 평행세계들에서도 똑같은 일이 일어난다면, 그 원인은 당신이 아니에요."

"하지만 여전히 내 탓이라는 기분이 들어."

데이나는 고개를 끄덕였다. "무슨 일이 생기면, 우리는 언제나 누군가의 책임이라고 생각해요. 그러면 세상을 이해하는 게 더 쉬워지니까. 그러다 보니, 가끔은 자기 자신을 비난하기도 해요. 비난받을 누군가가 있어야 하니까요. 하지만 모든 것이 우리의 통제하에 있는 것은 아니라는 사실을 받아들여야 합니다."

"이성적인 반응이 아니라는 건 알지만, 자꾸 그렇게 느껴지는 걸 어쩌겠어." 자리나가 말했다. "내 여동생에 대해서도 자꾸 죄책감을 느끼는 경향이 있고……" 그녀가 말을 멈췄다. "예전에 있었던 문제 때문에."

"그 얘기를 하고 싶으세요?" 데이나가 물었다.

자리나는 잠시 주저하다가 말을 이었다. "오래전, 나도 동생도 십대였을 때, 우린 춤을 배우고 있었어. 하지만 동생 실력이 나보다 훨씬 나았지. 줄리아드로 오디션을 보러 갈 정도였는데, 난 그걸 질투한 나머지 그만 일을 저지르고 말았어."

냇은 이 얘기를 듣고 솔깃했다. 누가 보아도 나쁜 행동이었기 때문이다. 이 모임에서 이런 종류의 얘기를 듣는 것은 처음이었지만, 의심을 받으면 안 되니까, 지나치게 몸을 앞으로 내밀지 않도록 조심했다.

"가지고 다니는 물통에 몰래 카페인을 넣었어. 그러면 춤을 제대로 못 출 거라는 걸 알고 있었거든. 결국 동생은 합격하지 못했어." 자리나는 양손으로 얼굴을 감쌌다. "내가 한 행동에 대해 절대 보상해주지 못할 거라는 생각이 들어. 아마 그런 감정 이해하지 못하겠지만."

한순간 데이나의 얼굴에 괴로운 표정이 스쳤다. 그러나 그녀는 재빨리 표정을 가다듬고 말했다. "누구나 실수를 해요." 그녀가 말했다. "저도 예외가 아니고요. 하지만 자기 행동에 책임을 지는 것과 우연한 불행을 자기 탓으로 돌리는 것은 달라요."

냇은 얘기를 계속하는 데이나를 관찰했다. 침착한 원래 얼굴을 되찾았지만, 잠깐 표정이 흔들렸던 순간을 냇은 놓치지 않았다. 데이나가 그런 태도를 보이는 것은 처음 보았다. 마약 중독 재활 모임의 진행자가 참석자들 앞에서 중독자였던 자기의 과거에 관해 얘기하는 것을 한 번 들은 적은 있지만, 너무 능란해서 그 남자의 이야기는 마치 세일즈 스피치처럼 들렸었다. 냇은 흥미가 동했다. 데이나는 무엇에 대해 죄책감을 느끼고 있는 것일까?

* * *

대용량 패드를 갖춘 프리즘들이 출시되자, 데이터 브로커들은 자기들이 걸었을지도 모를 또 다른 인생행로를 알고 싶어하는 사람들을 위해 개인 조사 서비스를 제공하기 시작했다. 이것은 평행세계의 뉴스를 파는 것보다 훨씬 위험한 모험이었다. 이유는 두 가지였다. 우선, 본인이 느끼기에 흥미로울 정도로 큰 차이가 생기려면 수년을 기다려야 할지도 몰랐다. 그래서 브로커들은 훗날 패드를 쓸 목적으로, 활성화는 해놓되 정보 교환은 하지 않은 프리즘들을 비축해놓아야 했다. 둘째, 회사의 평행 버전들과 긴밀한 협력 체제를 구축해야 했다. 만약 질이라는 손님이 자신의 평행자아들에 대해 알고 싶어하면 해당 업체의 각기 다른 평행 버전들에게 조사를 맡겨야 하는데, 질은 자기의 세계에 있는 버전에게만 비용을 지불할 수 있었다. 평행세계들이 돈을 공유하는 방법은 없었다. 한 회사의 각 버전들이 서로 협력 관계를 맺는다면 각자의 세계에서 고객을 유치할 수 있을 것이고, 시간이 흐르면 모두에게 이익이 되리라는 것에 희망을 거는 수밖에 없었다.

예상대로, 어떤 사람들은 본인은 이루지 못한 성공을 평행자아들이 이루었다는 사실에 낙심했다. 그래서 한동안은, 이런 식의 개인 조사 서비스는 이용자들을 불행하게 만들 뿐이라는 평판이 돌지 않을까 하는 우려도 있었다. 그러나 대다수는 평행자아의 인생보다는 자기 인생 쪽이 낫다고 평가하면서, 결국 자기들의 선택이 옳았다는 결론을 내렸다. 심리학에서 말하는 확증 편향일 가능성이 높았지만, 충분히 일반적인 반응이었기 때문에 데이터 브로커들에게 개인 조사 서비스는 수익성 있는 상품으로 남았다.

무슨 일을 알게 될지 두려워 데이터 브로커들과는 아예 상종조차 하지 않으려는 사람들이 있는가 하면, 강박적으로 집착하는 사람들도 있었다. 결혼한 부부인데 한 명은 전자의 범주에 들고 다른 한 명은 후자라면 이혼으로 이어지는 경우가 많았다. 데이터 브로커들은 고객층을 확충하기 위해 다양한 시도를 했지만 성공하는 경우는 드물었다. 프리즘 반대론자들의 마음을 바꾸는 데 가장 효과적이었던 상품은 사별한 사람들을 대상으로 한 것이었다. 데이터 브로커들은 죽은 사람이 아직 살아 있는 평행세계를 찾아내어 그가 소셜 미디어에 업데이트한 글을 전송함으로써, 유족들로 하여금 자기가 사랑하는 사람이 살았을지도 모를 인생을 볼 수 있게 해주었다. 그러나 이 서비스는 처음부터 비판적이었던 전문가들의 심증을 한층 굳혔을 뿐이었다. 전문가들은 데이터 브로커들이 고객들에게 건전하지 못한 행동을 부추기고 있다고 주장했다.

* * *

냇은 모로가 엘슨 부인에게 사기를 친 사실에 만족해, 당분간 얌전히 지낼 것이라고 생각했다. 부인이 이 주 전 차명 계좌에 돈을 조금 이체했고, 부인의 평행자아도 진통제 부작용 어쩌고 하는 얘기를 곧이곧대로 받아들였다. 그 후 부인이 사망했으므로 모든 것이 깔끔하게 정리된 꼴이었다. 그러나 모로는 만족하기는커녕 더 큰 건수를 올리고 싶어 안달인 것처럼 보였다.

모로가 그 얘기를 꺼낸 것은 사무실에서 함께 타코를 먹고 있을 때였다. 두 블록 떨어진 곳에 있는 푸드트럭에서 그가 사온 타코였다. "라일 일은 어떻게 되고 있어?" 그가 물었다.

"잘되어가고 있어." 냇이 대답했다. "프리즘이 없는 편이 더 행복할 거라고 슬슬 생각하는 것 같아."

모로는 타코를 먹어치우고 캔에 남아 있던 소다를 모두 들이켰다. "그 녀석이 프리즘을 내놓을 때까지 이렇게 죽치고 앉아서 마냥 기다릴 수는 없어."

냇이 미간을 찡그리고 말했다. "죽치고 앉아 있다니? 내가 정말로 그러고 있다고 말하고 싶은 거야?"

모로는 손사래를 쳤다. "진정해. 그런 뜻으로 한 말이 아니야. 하지만 그 녀석이 계속 그 프리즘을 가지고 있으면 우리한테 아무 소용도 없잖아. 그러니까 포기하도록 만들어야지."

"알아. 내가 하고 있는 일이 바로 그거니까."

"좀 확실한 방법이 없을지 생각해봤어."

"확실한 방법?"

"내가 아는 녀석이 하나 있는데, 신원 도용을 전문으로 하는 팀에서 일해. 그 녀석한테 라일을 표적으로 삼아서 신용불량자로 만들어달라고 부탁할 수 있어. 그럼 라일도 자기 평행자아가 얼마나 잘나가고 있는지 더 이상 알고 싶어하지 않을 거야."

냇은 얼굴을 찡그렸다. "우리가 지금 그런 일을 하고 있는 거야?"

모로는 어깨를 으쓱했다. "라일의 평행자아 쪽이 더 잘나가는 것처럼 보이게 할 수 있는 다른 방법이 있다면야, 뭐가 문제겠어. 하지만 없잖아. 이쪽 세계에 있는 라일의 인생이 더 나빠 보이게 하는 수밖에는 없어."

너무하지 않느냐고 호소해봐야 모로는 눈 하나 깜짝하지 않을 것이다. 좀더 실질적인 이유가 필요했다. "인생이 너무 비참하게 느껴져서, 프리즘을 행복했던 인생에 대한 유일한 연결고리로 여기면 어쩔 건데?"

이 설득은 효과가 있는 듯했다. "일리가 있네."

"일단 몇 번 더 모임에 참석하게 해줘."

모로는 종이용기와 캔을 우그러뜨린 다음 쓰레기통에 던졌다. "알았어. 네 방식으로 조금만 더 가보자. 하지만 서둘러야 해."

냇은 고개를 끄덕였다. "내게 좋은 생각이 있어."

* * *

　냇이 모임에 온 사람들을 향해 자기 프리즘을 팔았다고 선언했을 때, 데이나는 조금 놀랐다. 이런 일들은 언제나 정확한 예측이 불가능하다는 것을 알고 있었지만, 지금껏 냇이 그런 과감한 행동을 할 준비가 됐으리라는 느낌을 전혀 받지 못했기 때문이었다. 냇은 자신이 내린 결정으로 인해 행복해 보였다. 이것은 흔한 반응이었다. 처음 끊었을 때는 누구나 만족스러운 기분을 느낀다. 데이나는 냇이 그렇게 선언하면서 라일의 반응을 슬쩍 확인하는 것을 눈치 챘다. 냇이 그러는 건 처음 보았다. 연애 감정 같지는 않았다. 혹은, 그런 감정이어도 밀고 나갈 생각은 없어 보였다. 자기 문제와 씨름하는 동안은 상황을 복잡하게 만들고 싶지 않은 것인지도 모른다.

　다음 모임에서 냇은 평소보다 더 길게, 프리즘을 포기한 후 자신의 태도가 어떻게 나아졌는지 얘기했다. 크게 과장하진 않았지만, 데이나는 냇이 비현실적인 기대를 한 나머지 크게 좌절하지 않을까 조금 우려가 됐다. 케빈도 좀 무례한 표현을 써서 비슷한 의견을 내놓았는데, 그것은 연민이라기보다는 질투에 가까워 보였다. 그가 이 모임에 나온 지는 냇보다 훨씬 오래되었는데 아직 이렇다 할 진전을 이루지 못하고 있었다. 냇은 방어적으로 반응하지는 않았고, 프리즘을 포기했다고 인생의 모든 문제가 마술처럼 해결되지 않는다는 사실은 자기도 알고 있다고 말했다. 남은 시간은 케빈에게 할애되어, 그가 지난주에 한 일들에 대해 얘기가 오갔다. 데이나는 토론을 이끌 필요가 아예 없었다.

모임이 끝난 후 데이나는 모임과 그녀 자신에 대해 상당한 만족감을 느끼고 있었다. 그러나 좋은 기분은 오래가지 못했다. 교회 주방에 커피메이커를 다시 가져다놓고 모임이 열리는 방의 문을 잠그려는데 비네사가 나타났다.

"데이나, 잘 있었어?"

"비네사? 어쩐 일이야?"

"사무실에 갔는데 없더라고. 혹시나 싶어 와봤어."

"무슨 일인데?"

"돈 문제야."

물론 돈 문제일 것이다. 비네사는 복학을 결심했고, 데이나에게 학비를 지원해달라고 부탁한 상태였다. "그래서?"

"지금 필요해. 이번 주가 등록 마감이거든."

"이번 주? 지난번 얘기했을 때는 이번 가을에 복학한다고 했잖아."

"응. 하지만 어차피 할 건데 일찍 하는 편이 나을 것 같아서. 그러니까 이번 주에 넣어줄 수 있어?"

데이나는 망설이면서 돈을 변통할 방법을 생각했다.

"혹시 마음이 바뀌기라도 한 거야?"

"그건 아니야."

"지난번에 한 말을 믿고 계획을 짰어. 하지만 마음이 바뀌었다면 그랬다고 얘기해줘."

"아냐. 돈은 마련할 수 있어. 내일 보내면 되지?"

"응, 고마워. 실망시키지 않을게. 약속해. 이번에는 꼭 해내고야 말 겠어."

"나도 그럴 거라고 믿어."

두 사람은 잠시 어색하게 서 있다가, 곧 비네사 쪽에서 자리를 떴다. 데이나는 비네사의 모습을 바라보며 자신들의 관계를 뭐라 표현해야 좋을지 고민했다.

고등학교 시절에는 둘도 없는 친구 사이였다. 하루 종일 함께 지내면서 서로의 비밀을 공유했고, 눈물이 날 정도로 서로를 웃게 했다. 특히 데이나는 다른 사람의 시선을 의식하지 않고 정해진 틀에 끼워 맞춰지는 것을 거부하는 비네사를 좋아했다. 비네사는 머리가 좋아서 성적은 상위권이었지만, 대놓고 선생들을 난처하게 만드는 탓에 벌로 방과 후에 교실에 남는 일도 다반사였다. 데이나는 이따금 자기도 비네사처럼 과감하게 행동할 수 있다면 얼마나 좋을까 생각하곤 했지만, 모범생 역할에 워낙 안주하고 있는지라 그걸 위태롭게 하는 행동에 나설 엄두를 내지 못했다.

그러던 중, 학교에서 워싱턴으로 견학 여행을 가게 됐다. 두 사람은 마지막 날에 숙소에서 파티를 열 계획을 세웠지만, 선생이 문 밖에서 노크를 하면 어떻게 할지가 문제였다. 술은 부피 때문에 숨기기가 힘들었고 마리화나는 냄새를 어쩔 수 없었다. 그래서 그들은 부모님 약장에서 마약성 진통제인 비코딘을 슬쩍해 왔다. 데이나의 아버지가 잇몸 수술을 받았을 때, 그리고 비네사의 어머니가 자궁 절제 수술을 받았을 때 처방받고 남은 것이었다. 두 사람과 다른 친구들이 즐기기에는 충분한 양이었다.

그런데 선생 하나가 프런트에서 키카드를 빌려 불시 점검에 나설 줄은 미처 몰랐다. 여행 첫날, 두 사람이 알약을 서랍장 위에 가지런히 배열하고 세어보려는데, 아처 선생이 문을 열고 들어왔다.

"대체 이게 다 무슨 일이야!"

그들은 조각상처럼 얼어붙은 채로 한참 동안 서 있었다. 데이나는 눈앞에서 미래의 희망찬 계획이 아침 안개처럼 사라지는 것을 느꼈다.

"두 사람 모두 할 말 없어?"

데이나가 입을 연 것은 그때였다. "이거 비네사 거예요."

비네사는 충격에 사로잡혀 데이나를 바라보았다. 그녀는 그 자리에서 데이나의 말을 부정할 수도 있었다. 그러나 두 사람 모두 그런다고 달라지는 것은 아무것도 없다는 사실을 잘 알고 있었다. 데이나 말을 믿지 비네사 말을 믿어줄 리가 없었기 때문이다. 데이나에겐 자기가 한 말이 사실이 아니라고 말할 기회가 있었다. 진실을 고백할 기회가 있었다. 그러나 그녀는 그러지 않았다.

비네사는 정학 처분을 받았다. 학교로 돌아왔을 때, 비네사는 대놓고 데이나의 존재를 무시했다. 데이나 역시 그런 그녀를 비난할 입장은 아니었다. 그러나 그것으로 끝이 아니었다. 비네사는 세상에 대한 분노를 표출하기 시작했다. 가게에서 물건을 훔치고, 집에 안 들어가고, 술이나 마약에 취한 채 학교에 오고, 비슷한 행동을 하는 아이들과 어울렸다. 성적은 곤두박질쳤고 좋은 대학에 갈 가능성은 사라졌다. 마치, 그날 밤 이전의 비네사는, 마치 칼날 위에서 아슬아슬하게 균형을 잡고 있었던 느낌이었다. 그녀는 사회에서 말하는 착한 아이가 될 수도 있었고, 사회에서 말하는 나쁜 아이가 될 수도 있었던 것이다. 데이나의 거짓말은 칼날 위에 있던 비네사를 나쁜 아이가 되는 쪽으로 밀어 떨어뜨렸고, 그런 딱지가 붙은 비네사의 인생은 다른 방향으로 흘러가기 시작했다.

그 후로 연락이 끊겼었는데, 몇 년 후 우연히 비네사와 마주쳤다. 비네사는 벌써 데이나를 용서했다고 했다. 그때 왜 그랬는지도 이해한다고 했다. 잠시 교도소에 들어갔다가 중독 치료를 받았고, 이제 자신의 인생을 다시 정상 궤도에 올려놓기 위해 노력하고 있었다. 그래서 그녀는 커뮤니티 칼리지에서 수업을 듣고 싶었다. 그런데 수업료를 낼 돈이 없었고, 이미 의절 상태인 부모에게 손을 벌릴 수도 없었다. 이 얘기를 듣자마자 데이나는 도와주겠다고 나섰다.

그 첫 번째 시도는 성공에 이르지 못했다. 비네사는 정서적으로 수업에 적응할 수 없다는 사실을 깨닫고 학교를 그만두었다. 나중에는 온라인 사업에 손을 댔는데, 종자돈을 대달라고 데이나에게 부탁했다. 그러나 그것 역시 결과가 좋지 못했다. 필요비용을 잘못 계산한 탓이라고 했다. 지금은 다른 사업 아이디어가 있었다. 이번에는 데이나에게 종자돈을 부탁하지는 않았다. 비네사는 착실한 사업 제안서를 만들어 잠재적인 투자자들에게 제시할 생각을 하고 있었다. 그러나 그러기 위해서는 다시 학교로 돌아가, 관련 수업을 들을 필요가 있었다. 그래서 데이나에게 도와달라고 온 것이었다.

데이나는 비네사가 자신의 죄책감을 이용하고 있다는 사실을 알고 있었다. 그러나 중요하지 않았다. 데이나가 죄를 지은 것은 사실이기 때문이다. 그녀는 비네사에게 빚을 지고 있었다.

* * *

화장실에서 나오는데, 데이나가 복도 모퉁이에서 누군가와 얘기를 나누고 있었다. 냇은 즉시 걸음을 멈추고 벽에 몸을 기댔다. 그리고 만약의 경우에 대비해, 휴대전화를 귀에 갖다대고 통화하는 시늉을 했다. 그런 다음 대화를 엿들을 수 있는 거리까지 슬금슬금 다가갔다. 데이나에게서 돈을 받아내려는 것 같았지만, 무슨 상황인지 확실치 않았다. 저 여자가 데이나에게 사기를 치는 걸까? 더 알아봐야겠다는 생각이 들었다. 그녀와 모로가 진행하는 작업에 예상치 못한 차질이 생기면 곤란했다. 하지만 실제로는 호기심을 느꼈다는 편이 더 정확했다.

냇은 건물 밖으로 걸어나가 여자를 따라잡았다. "잠깐만요. 혹시 데이나와 아는 사이인가요?"

여자는 미심쩍은 표정으로 냇을 보았다. "그런 건 왜 묻지?"

"전 데이나가 도움을 주고 있는 모임에 참여하고 있어요. 끝나고 나오다가 두 사람이 얘기를 나누는 걸 봤어요. 듣지는 못했지만, 좀 화난 것처럼 보이시던데. 그래서 혹시 예전 모임 멤버인가, 아니면 환자였다가 둘 사이에 무슨 안 좋은 일이 있었던 건가 궁금해지더라고요. 캐묻고 싶지는 않지만, 혹시 데이나에 관해서 알고 있어야 하는 게 있나 해서요."

여자가 쿡쿡 웃었다. "재밌는 질문이네. 무슨 모임이지?"

"프리즘 사용에 문제가 있는 사람들의 모임입니다." 냇이 말했다. 여자의 얼굴에 관심 없다는 표정이 떠오르자, 냇은 직감에 따라 행동하기로 했다. "전에는 마약 중독자 모임에 있었고요."

그러자 여자가 고개를 한 번 까딱했다. "그때 데이나는 없었지?"

"네."

"다행이네. 그앤 그럴 능력은 안 되니까. 뭐, 프리즘 모임 정도야 문제없을 거야. 걱정할 거 없어."

"그럴 능력이 안 된다는 게 무슨 뜻인지 얘기해줄 수 있나요?"

여자는 잠시 생각하다가 어깨를 으쓱했다. "그래. 대신 한잔 사."

그들은 근처 바로 갔다. 여자의 이름은 비네사였다. 냇은 비네사에게 버번 위스키인 '메이커스 마크' 한 잔을 시켜주었다. 냇은 소다를 섞은 크랜베리 주스만 마셨다. 냇은 마약 중독 시절 얘기를 비네사에게 했다. 살벌한 부분들은 빼고 적당히 둘러댔기 때문에 프리즘 모임에서 했던 얘기와도 얼추 들어맞을 터였다. 비네사가 이 얘기를 데이나에게 할 것 같지는 않았지만, 조심해서 해될 것은 없었다. 일단 냇이 진짜라는 판단이 서자, 비네사는 자신의 과거에 대해 털어놓기 시작했다. 고등학교 때는 장래가 촉망되는 훌륭한 학생이었고, 자신이 명문대학을 나와 멋진 삶을 살아갈 것을 믿어 의심치 않았다고 했다. 그런데 가장 친한 친구가 자기 자신의 미래를 망치지 않기 위해 그녀를 배신하면서 모든 희망이 수포로 돌아갔다는 것이었다. 이제 겨우 벗어나려고 노력 중이지만 비네사는 그 이후 힘든 삶을 살아왔다고 했다.

"그런데 데이나가 마약 중독자 모임에 관여해서야 되겠어? 언제 또 배신을 때릴지 모르는데?"

"그런 모임에서 벌어지는 일은 모두 비밀을 지키게 돼 있어요."

"친구 사이의 비밀도 지키게 돼 있지 않아?" 바에 있던 다른 손님들이 돌아볼 정도로 큰 목소리였다. 비네사는 다시 목소리를 낮추고 말했다. "내가 아는 최악의 인간이라든지, 뭐 그런 뜻은 아냐. 적어도 자기가 한 일을 후회할 만큼의 양심은 있으니까. 하지만 사람들 중에는 모든 걸 믿고 맡길 수 있는 부류가 있고, 몇 가지만 맡길 수 있는 부류가 있지. 그걸 구별할 줄 알아야 해."

"하지만 지금도 데이나를 만나고 있잖아요."

"아까도 말했지만, 데이나는 몇 가지 일은 잘해. 요는 데이나가 모든 걸 믿고 맡길 수 있는 부류는 아니라는 거야. 난 실수를 통해 그걸 터득했지."

그리고 비네사는 앞으로의 사업 계획에 관해 얘기하기 시작했다. 비네사에게 데이나한테서 받고 있는 돈에 대해 묻지는 않았다. 그러나 그녀가 의도적으로 사기를 치는 것이 아니라는 사실은 알 수 있었다. 단지 자신의 사업에 대한 금전적 지원을 통해 속죄의 기회를 제공하면서, 데이나를 이용하고 있을 뿐이었다. 냇은 비네사에게 고맙다고 말하고 둘 사이에 오고간 얘기는 누구에게도 발설하지 않겠다고 약속한 다음 집으로 향했다.

냇 역시 예전에는 비네사처럼 자신의 문제를 언제나 남의 탓으로 돌리곤 했다. 아주 오랫동안, 가택 침입죄로 체포된 것도 부모 탓이라고 믿었다. 자물쇠를 새것으로 바꿔놓지만 않았어도, 마약 살 돈을 마련할 물건을 가져가려고 자기 집 문을 부수고 들어가는 일은 없었을 거라고 생각했던 것이다. 냇이 자기가 저지른 일들에 대해 책임을 지겠다고 결심하기까지는 오랜 시간이 걸렸다. 비네사는 아직 그 시점에 도달하지 못한 것이리라. 대신 비난받아줄 데이나라는 인물이 존재하기 때문일 수도 있었다. 그러나 데이나가 비네사에게 못된 짓을 한 것은 사실이지만, 이미 오래전 일이었다. 지금껏 자기 삶을 추스르지 못했다면, 그것은 비네사의 잘못이지 데이나의 잘못이 아니었다.

* * *

프리즘의 가격대가 개인이 구입 가능한 수준까지 낮아지자, 소매업자들은 처음에 데이터 브로커를 찾아가지 않아도 집에서 마음 편하게 사용할 수 있다는 식으로 광고했다. 최근에 아이를 낳은 부모들을 타 깃으로 삼아, 지금 프리즘을 하나 사서 활성화시킨 다음 그 아이가 어른이 될 때까지 보관해놓으라고 권했다. 그러면 어른이 된 아이는 자기 인생이 어떤 식으로 달라질 수 있었는지 확인할 수 있을 거라고 했다. 이런 접근법으로도 소수의 고객은 확보할 수 있었다. 그러나 업자들의 기대에는 미치지 못했다. 대신 직접 프리즘을 살 수 있게 되자, 사람들은 '이렇게 될 수도 있었음' 같은 시나리오 탐구 이외의 사용법을 발견했다.

가장 인기를 끈 프리즘 사용법 중 하나는 자기 자신과의 공동 작업이었다. 이것은 동일 인물의 두 버전이 어떤 프로젝트의 업무를 분담함으로써 생산성을 높이는 것을 의미했고, 각자 업무를 반씩 처리한 후 그 결과물을 공유하는 방식으로 이루어졌다. 여러 개의 프리즘을 구입해서 순전히 자신의 평행자아들만으로 이루어진 팀을 만들어보려는 사람들도 있었다. 그러나 모든 평행자아들이 서로 직접 연결되어 있는 것은 아니었기 때문에, 한 세계에서 다른 세계로 정보가 전달되어야 한다는 뜻이었고, 따라서 패드도 그만큼 빨리 소모됐다. 누군가자신의 데이터 사용량을 과소평가한 탓에 프로젝트가 돌연 중단되는경우도 종종 있었다. 한쪽에서 끝낸 작업 결과를 다른 세계로 전송하기 전에 프리즘이 소진된다면 그 데이터에는 영영 접근할 수 없었다.

개인용 프리즘의 보급은 데이터 브로커의 등장과는 비교할 수 없을만큼 대중의 상상력을 자극했다. 프리즘을 사용하지 않는 사람들조차도, 우연성이 자신들의 삶에 미치는 거대한 영향력을 자각하기 시작했다. 무수히 많은 평행자아가 존재한다는 사실로 인해 자존감에 상처를 입고 정체성의 혼란을 겪는 이들도 있었다. 소수지만, 여러 개의 프리즘을 구입해 자신의 모든 평행자아를 동기화하려는 사람들도 존재했다. 각자 다른 세계로 분기됐음에도 불구하고 모든 평행자아들에게 같은 인생을 살아갈 것을 강요하는 셈이었다. 장기적으로는 실행 불가능하다는 사실이 밝혀졌지만, 이러한 행위의 옹호자들은 개의치 않고 그저 새로운 프리즘들을 구입해, 새로운 평행자아들을 대상으로 같은 시도를 되풀이했다. 자아의 분산을 막을 수만 있다면 무엇이든 해볼 가치가 있다는 것이 이들의 논리였다.

많은 사람들이 자신들의 선택이 무의미해진 것이 아닐까 하는 걱정에 사로잡혔다. 그들이 취하는 모든 행동이 그들이 정반대의 선택을 하는 평행우주의 존재에 의해 상쇄된다고 느꼈기 때문이다. 전문가들은 인간의 의사 결정은 양자적 현상이라기보다는 고전역학적 현상임을 지적했고, 따라서 선택한다는 행위 자체가 우주를 새로운 갈래들로 분기시키지는 않는다고 설명했다. 새로운 갈래의 평행우주를 형성하는 것은 양자 현상이고, 각 갈래에서의 개인의 선택은 예전과 마찬가지로 의미가 있다는 뜻이었다. 그러나 그런 노력에도 불구하고, 많은 사람들은 프리즘이 개인 행위에 수반되는 윤리적 책임을 무효화시킨다고 확신하게 되었다.

물론 이런 확신이 살인이나 기타 흉악 범죄와 같은 무모한 행동으로 직결되는 것은 아니었다. 어떤 평행우주에서든 자기가 한 행동의 결과에 직면하는 것은 자기 자신이지 다른 사람이 아니기 때문이다. 그러나 사람들의 행동에 변화가 생긴 것은 사실이다. 범죄의 집단 발생을 논할 정도는 아니었지만, 사회과학자라면 금세 알아차릴 수 있는 수준의 변화였다. 에드거 앨런 포는 단순히 가능하다는 이유만으로 악행을 저지르고 싶은 유혹을 느끼는 경향을 '비뚤어진 임프'라고 표현했는데, 많은 사람들이 그 심술궂은 악마에게 넘어가고 말았다.

* * *

이런 생각을 하는 것이 처음은 아니었다. 하지만 냇은 라일이 자기 프리즘에 대해 어떻게 느끼고 있는지 알 방법이, 그녀의 계획이 얼마나 진척됐는지 눈으로 확인할 수 있는 기준이 없다는 점이 아쉬웠다. 프리즘 포기 선언이라는 비장의 수를 던진 지 한 달이 지났다. 냇이 작업을 시작했을 무렵에 비하면 라일이 자기 프리즘을 포기할 가능성이 높아졌다는 사실은 알고 있었지만, 얼마나 더 기다려야 할지 도무지 감이 잡히지 않았다. 한 달? 아니면 또 육 개월을 더 기다려야 하는 걸까? 모로의 인내심은 곧 바닥날 것이고, 그럴 경우 그들은 뭔가 극단적인 수단을 쓰는 수밖에 없을 것이다.

사람들이 모두 자기 자리에 앉자 라일이 가장 먼저 얘기하겠다고 자원했다. 그는 데이나를 보고 말했다. "내가 처음 이 모임에 나왔을 때 당신은 우리 모임의 목표가 자신의 평행자아와 건강한 관계를 맺는 것이라고 했죠."

"맞아요. 가능한 목표들 중 하나라고 했죠." 데이나가 대답했다.

"일전에 같은 헬스클럽에 다니는 사람하고 얘기를 했는데, 그 친구가 자기 평행자아하고 바로 그런 관계인 것 같았어요. 자기와 평행자아는 친구 사이고, 운동에 관해 서로 조언하면서 서로를 격려한다더군요. 아주 멋진 관계 같았습니다."

냇은 순간 긴장했다. 혹시 라일은 그것을 목표로 삼으려는 걸까? 그렇다면 망한 거나 다름없었다. 만약 라일이 그런 마음을 먹었다면, 모로의 계획을 실행하더라도 절대 프리즘을 팔려고 하지 않을 것이다.

"그리고 깨달았습니다. 나는 내 평행자아를 상대로는 결코 그런 식의 관계를 맺지 못하리라는 것을요. 그래서 프리즘을 포기하려고 결심했습니다."

너무 깊이 안도한 나머지, 한순간 다른 사람들이 그녀의 속내를 눈치 채지나 않았을까 걱정했지만 다행히 그런 사람은 없었다. 자리나가 라일에게 물었다. "평행자아하고는 충분히 얘기해봤어?"

"예. 처음에는 프리즘을 포기하지는 말고 잠시 쉬면 어떻겠느냐고 제안하더군요. 예전에도 그런 생각을 한 적은 있었습니다. 그럼 이쪽 상황이 나아진 다음 그걸 보여줄 수 있을 테니까요. 하지만 지지난 번 모임에서 냇이 말하지 않았습니까. 누구에게도 더 이상 뭔가를 증명해보일 필요가 없다고요. 프리즘을 계속 갖고 있으면, 계속 뭔가를 증명하길 원하면서, 그런 사고방식에 갇힐지도 모른다는 생각이 들더군요. 그래서 평행자아한테 얘기했고, 그는 이해한다고 했습니다. 우린 프리즘을 팔 생각입니다."

케빈이 말했다. "평행자아와의 관계가 완벽하지 않다고 반드시 그걸 포기할 필요는 없어. 결혼 생활이 동화처럼 언제나 완벽하지는 않으니까 결혼 따위는 생각이 없다고 말하는 거나 마찬가지잖아."

"그거하고는 다르지 않나?" 자리나가 말했다. "결혼 생활을 유지하는 건 평행자아와의 관계를 유지하는 일보다 훨씬 중요해. 프리즘이 발명되기 전에는 다들 그것 없이도 잘 지냈잖아."

"이러다가 이 모임에 있는 모든 사람의 목표가 프리즘 포기가 되어버리는 거 아냐? 처음에는 냇이 그랬고, 이젠 너까지 그러겠다는 판이니. 난 내 프리즘을 포기하고 싶지 않아."

"케빈, 걱정하지 말아요." 데이나가 말했다. "자기 목표는 자기가 정하는 거예요. 모든 사람이 같은 목표를 가져야 하는 것도 아니고."

사람들은 잠시 케빈을 안심시키는 데 집중했고, 프리즘과 함께 살아가는 여러 방식들의 타당성에 관해 토론했다. 모임이 끝나자 냇은 라일에게 가서 말했다. "옳은 결정을 내렸다고 생각해."

"고마워, 냇. 네 도움이 컸어."

"나도 기뻐." 지금부터가 가장 중요했다. 자신의 신경이 얼마나 곤두서 있는지 느낄 수 있었다. 그녀는 최대한 자연스럽게 말했다. "그래서 말인데, 내가 프리즘을 판 데로 가면 어떨까. 괜찮은 가격으로 팔 수 있을 거야."

"정말? 가게 이름이 뭔데?"

"'셀프토크'. 4번가에 있어."

"아, 거기. 여기서도 홍보 전단 같은 걸 본 것 같은데."

"응. 나도 그걸 보고 알았어. 프리즘을 팔 때 누가 있어줬으면 한다면 내가 같이 갈게. 끝나고 커피 마시러 가도 되고."

라일은 고개를 끄덕였다. "응. 그러자."

그렇게 좀 싱거울 정도로 간단하게, 계획은 본 궤도에 올랐다. "이번 일요일은 어때?" 그녀가 말했다.

* * *

냇은 '셀프토크' 매장 밖에서 라일이 오기를 기다리고 있었다. 라일이 생각을 바꿨을 가능성도 염두에 두고 있었지만, 그는 약속 시간에 딱 맞춰 도착했고, 프리즘도 가지고 있었다. 마침내 실물을 목격하니 왠지 맥이 빠졌다. 이 프리즘을 손에 넣으려고 몇 달 동안 갖은 애를 썼는데, 파란 알루미늄 서류가방을 닮은 라일의 프리즘은 다른 최신형 프리즘과 마찬가지로 전혀 특별해 보이지 않았기 때문이다. 냇은 이 상황이 기이하면서도 놀랄 만큼 따분하다는 사실을 문득 깨달았다. 모든 프리즘은 마치 동화에 나오는 무엇처럼, 다른 세계로 들어가는 문이 들어 있는 가방이었다. 그럼에도 대부분의 다른 세계는 딱히 흥미

456

롭지 않았고, 그 세계로 이어지는 문들에도 딱히 특별한 가치가 있는 것은 아니었다. 이 프리즘이 귀중한 이유는 다만, 이것이 왕자님과 그 연인을 재결합시켜줄지도 모르기 때문이다.

"아직도 팔 생각이야?" 냇이 물었다.

"백 퍼센트." 라일이 대답했다. "아침에 평행자아하고 얘기했는데 그쪽도 마찬가지였어. 지금쯤 그 세계의 '셀프토크' 매장에 가 있을 거야."

"좋아. 그럼 들어가자."

그들은 매장 안으로 들어갔다. 모로가 계산대에서 기다리고 있었다. "무엇을 도와드릴까요?" 그가 물었다.

라일은 깊게 숨을 들이마셨다. "이 프리즘을 팔고 싶습니다."

모로는 평소처럼 키보드와 비디오카메라와 마이크를 점검했다. 그들의 계획에서 가장 큰 변수는 바로 이 부분이었다. 프리즘에 연결된 다른 우주의 매장 계산대에서 지금 누가 근무하고 있는지, 그곳에 있는 라일에게 누가 매입 가격을 제안할지 확인할 방법이 없었기 때문이다. 물론 평행 모로나 평행 냇일 가능성이 가장 높았고, 그럴 경우에는 아무 문제도 없었다. 이번 계획에 관해 전혀 모르더라도, 이쪽의 모로가 리드하면 눈치 채고 따라줄 것이기 때문이었다. 그러나 그쪽 매장 계산대에 누군가 다른 사람이 있을 가능성도 없지 않았다. 그럴 경우는 일이 복잡해진다. 냇은 모로가 통상적인 하드웨어 점검 때보다 더 오랜 시간을 들여 타자를 치는 것을 보았다. 좋은 징조였다. 모로는 프리즘 반대편에 있는 인물에게 나중에 설명할 테니 자기를 믿고 그쪽 라일에게 시가보다 더 높은 액수를 지불하고, 그것이 전적으로 통상적인 거래인 것처럼 행동해달라고 요청하고 있었다. 다행히 라일은 통상적인 프리즘 점검에 어느 정도 시간이 걸리는지 전혀 모르고 있었다.

모로가 매입 가격을 제안했다. 라일은 평행자아와 잠시 얘기를 나눴다. 프리즘을 팔기로 이미 결정한 뒤였기 때문에 가격이 아니라 마지막 인사를 하고 있는 것에 불과했다. 냇은 곁에서 기다리면서 모로와 시선을 마주치는 일이 없도록 주의했다. 그러나 어디를 보아야 할지 알 수 없었다. 라일을 빤히 쳐다보는 것도 부자연스러웠기 때문에, 그냥 앞 유리창 너머를 바라보았다.

마침내 라일은 프리즘을 건네고 대금을 받았다. 매매가 끝나자 냇이 물었다. "기분이 어때?"

"슬픈 것 같기도 하고, 마음이 놓이는 것 같기도 하고."

"커피 마시러 가자."

그들은 커피숍으로 가 잠시 얘기를 나눴다. 그런 다음 서로를 포옹하며 작별인사를 나눴다. 냇은 라일에게 다음 모임에서 보자고 했다. 한 번 더 참석한 다음, 더 이상 안 와도 될 것 같다고 사람들에게 말할 계획이었다.

냇이 '셀프토크' 매장으로 되돌아간 것은 문 닫기 삼십 분 전의 일이었다. 매장 안에 남아 있는 손님은 두 명뿐이었다. 모로는 사무실에서 라일의 프리즘의 키보드로 타자를 치고 있었다. "딱 맞춰서 왔군." 그

가 말했다. "방금 내 평행자아와 접촉했어." 그는 계속 타자를 치면서
화면을 가리켜 보였다.

이봐, 형제.

내가 이 프리즘을 왜 그렇게 비싸게
산 건지 설명해주겠어?

육 개월 전에 스콧 오츠카하고
로더릭 페리스가 차 사고를 당했잖아.
그쪽에서는 누가 살아남았어?

로더릭 페리스.

여기선 스콧 오츠카였어.

아하! 횡재했군!

응, 너도 참 운이 좋아.
지금부터 뭘 해야 할지 말해줄게.

모로는 육 개월 전 신문 한 부를 이미 가지고 있었다. 그 신문의 1면 머리기사는 로더릭 페리스가 교통사고로 사망했고, 스콧 오츠카는 살아남았음을 알리고 있었다. 이제 평행세계의 모로가 해야 할 일은, 같은 교통사고에서 오츠카 쪽이 죽고 페리스는 살아남았음을 알리는 그쪽 세계의 신문을 찾아내는 것이었다. 모로는 며칠 뒤 다시 얘기를 나눌 수 있도록 그의 평행자아와 일정을 조율했다.

모로는 키보드를 접은 다음 프리즘을 보관실 안쪽 선반에 올려두었다. 그리고 사무실로 돌아오더니 냇에게 씩 웃어 보였다. "성공할 거라고 생각하지 않았지, 안 그래?"

냇이 의심한 것은 사실이었다. 솔직히 지금도 믿기 힘들었다. "아직 다 끝난 건 아냐." 그녀가 말했다.

"제일 어려운 부분은 끝났어. 나머지는 쉬울 거야." 모로가 웃음을 터트렸다. "기운 내. 넌 이제 부자가 될 거야."

"그러겠지." 그 자체가 냇에게는 고민거리였다. 마약 중독이었던 사람에게 돈벼락이 내리면, 정신적으로 힘든 사건을 겪을 때만큼이나 쉽게 옛날 버릇이 도질 수 있었다.

마치 그녀의 마음을 읽기라도 한 것처럼 모로가 말했다. "옛날 버릇이 도질까봐 걱정하는 거야? 그렇다면 내가 돈을 맡아줄 수도 있어. 네가 안 좋은 일에 쓰지 않도록 안전하게 보관해둘게."

냇이 작게 웃었다. "고마워. 하지만 그냥 내 몫을 받을래."

"도움이 필요하면 언제든 얘기하라고."

냇은 프리즘 저편에 있는 그녀의 평행 버전에 대해 생각해보았다. 그녀와 그 평행자아는 거의 일 년 전, 프리즘이 활성화되기 전까지만 해도 같은 사람이었다. 그러나 지금은, 냇은 부자가 될 것이고, 그녀의 평행자아 쪽은 그렇게 되지 않을 것이다. 평행세계의 모로야 부자가 되겠지만, 평행세계의 냇과 그 돈을 나눠 가질 인간이 아니었다. 사실 그럴 이유도 특별히 없었다. 평행 냇은 프리즘 중독 모임에 나간 적이 없었고, 계획 자체에 아무런 기여도 하지 않았다. 평행 모로도 아무 기여를 하지 않은 건 마찬가지다. 이쪽에서 프리즘으로 접촉했을 때 운 좋게 계산대에서 근무하고 있었을 뿐이다. 만약 그때 계산대에 있던 사람이 평행 냇이었다면 그녀는 아마 평행 모로와 돈을 나눠 가져야 했을 것이다. 그가 보스였으니까. 그래도 단지 적시적소에 있었다는 이유만으로 많은 돈을 벌었을 것임은 틀림없다. 인생의 많은 부분이 운이었다.

누군가가 출입문을 통해 들어왔다. 윈드브레이커 차림의 사십대 남자였다. 냇이 앞쪽 계산대로 가서 말했다. "무엇을 도와드릴까요?"

"모로라는 인간이 여기서 일해?"

모로가 사무실에서 나왔다. "제가 모로입니다만."

남자는 모로를 빤히 바라보았다. "난 글렌 엘슨이야. 넌 우리 어머니에게서 2만 달러를 훔쳤어."

모로가 얼떨떨한 표정으로 말했다. "뭔가 오해가 있는 것 같군요. 저는 당신 어머님이 평행자아와 접촉하는 걸 도왔을 뿐인데요."

"그랬지. 그리고 돈을 보내라고 설득했어. 내 돈을!"

"어머님 돈이었습니다." 모로가 말했다. "뭘 하든 어머님 마음이 아니겠습니까."

"이젠 내 마음이야. 당장 돌려줘."

"전 그 돈을 갖고 있지 않습니다. 다른 평행세계로 이체됐거든요."

엘슨의 얼굴이 무시하듯 일그러졌다. "헛소리 하지 마. 다른 시간선으로 돈을 보낼 수 없다는 것 정도는 알아. 내가 바보인 줄 알아?"

"며칠 말미를 주시면 어머님의 평행자아가 그 돈을 되돌려줄 생각이 있는지 확인해서……"

"개소리 하지 마." 엘슨은 재킷에서 권총을 꺼내 모로를 겨냥했다. "당장 내 돈 내놔!"

모로와 냇은 손을 들어올렸다. "좀 진정하시죠." 모로가 말했다.

"돈을 주면 진정하겠어."

"찾고 계신 돈은 여기 없다고 말씀드렸잖습니까."

"헛소리 집어치워!"

매장 전체가 내다보이는 위치에 있던 냇은 개인 열람실에 있던 손님 하나가 사태를 파악하고 경찰에게 신고하는 것을 보았다. "계산대에 현금이 좀 있어요." 그녀가 말했다. "그걸 가져가시면 어때요."

"내가 무슨 빌어먹을 강도인 줄 알아? 난 내 걸 돌려받고 싶을 뿐이야. 이자가 우리 어머니를 속여서 훔쳐낸 돈!" 엘슨은 다른 한 손으로 휴대전화를 꺼내 계산대 위에 올려놓았다. "전화기 꺼내." 그가 모로에게 말했다.

모로는 천천히 휴대전화를 꺼내 엘슨의 휴대전화 옆에 내려놓았다.

엘슨은 화면을 터치해 디지털 지갑을 열었다. "이제 이체해. 2만 달러."

모로는 고개를 가로저었다. "싫어."

"내가 농담하는 걸로 보여?"

"돈을 내줄 생각은 없어."

냇은 아연실색하며 모로를 보았다. "모로, 제발 그냥……"

"조용히 해." 모로는 냇을 쏘아보며 말했다. 그러고는 엘슨에게 주의를 돌렸다. "난 돈을 내줄 생각이 없어."

엘슨은 당황한 기색이 역력했다. "내가 못 쏠 것 같아?"

"감옥에 가고 싶진 않을 텐데?"

"프리즘을 다루니까 너도 알지. 지금 당장 내가 너를 쏴버리는 시간선도 있다는 걸."

"알아. 하지만 그게 이 시간선일 것 같진 않군."

"어차피 일어날 일이라면, 왜 내가 그걸 하면 안 된다는 거지?"

"여기서 나를 죽이잖아? 그럼 감옥에 가는 건 당신이야. 하지만 방금 말했듯이 당신은 그걸 원하지 않아."

엘슨은 일 분 가까이 모로를 응시했다. 그러더니 권총을 내리고 자기 휴대전화를 집어 든 다음 매장 밖으로 걸어나갔다.

냇과 모로는 동시에 깊은 안도의 한숨을 내쉬었다. "맙소사. 모로."

냇이 말했다. "도대체 무슨 생각으로 그런 거야?"

모로가 기진맥진한 미소를 지었다. "그자에게 그럴 배짱이 없다는 걸 알고 있었어."

"누가 총을 겨누면, 하라는 대로 하는 게 정상이야." 냇은 그제야 자기 가슴이 두방망이질 치고 있다는 것을 깨달았다. 그녀는 놀란 가슴을 진정시키기 위해 심호흡을 했다. 셔츠가 땀으로 흠뻑 젖어 있었다. "손님들한테 가봐야겠……" 엘슨이 또 문간에 서 있었다.

"염병할. 누가 하든 뭔 대수야?" 그는 권총을 들어올려 모로의 얼굴을 쏘고, 사라졌다.

* * *

경찰은 살해 현장에서 몇 마일 떨어진 곳에서 엘슨을 체포했다. 경찰관들은 냇과 매장에 있던 손님들, 그리고 '셀프토크' 본사에서 나온 중역 한 명을 신문했다. 냇은 경찰에게 모로가 무슨 짓을 하고 있었는지 몰랐다고 얘기했고, 그들은 그 말을 믿은 듯했다. 본사 중역에게는 모로가 매장에서 프리즘을 몰래 가지고 나가, 양로원에 있는 제시카 엘슨을 만나고 있었다는 사실을 알고 있었다고 실토했다. 냇은 사규 위반을 본사에 보고하지 않았다고 질책을 당했다. 다음 날 임시 매니저가 파견돼 매장 내 프리즘의 재고 조사를 지시했고, 보관실에 있는 프리즘의 반입 및 반출과 관련한 새로운 절차를 주지시켰다. 그러나 모로가 라일에게서 산 프리즘을 냇이 이미 자기 집에 가져다놓은 뒤였다.

평행세계의 모로와 접촉하기로 약속한 시간이 되자 냇은 키보드를
두드렸다.

> 나, 냇이야.
> 모로 아니고.

> 냇. 왜 네가 프리즘을 쓰고 있어?

> 이쪽에서 문제가 발생했어.
> 모로가 죽었어.

> 뭐? 정말이야?

> 제시카 엘슨이라는 노인을 상대로
> 사기를 쳤는데 아들인 글렌이 매장에 와서
> 총으로 쐈어. 그쪽에서도 같은 사기를
> 치고 있는지 모르겠는데 치고 있다면
> 중지해. 아들 정신상태가 불안정해.

> 염병할. 망했군.

> 그러게.
> 이제 어떻게 할 거야?

잠시 침묵이 흘렀다. 이윽고 화면에 답변이 떠올랐다.

> 우리끼리도 거래는 계속할 수 있어.
> 그쪽 일은 네가 알아서 해야 하지만.
> 할 수 있겠어?

냇은 잠시 생각했다. 스콧 오츠카에게 프리즘을 팔려면 로스앤젤레스로 가야 한다. 편도만 해도 버스로 몇 시간 걸린다. 실제 판매가 이루어지기에 앞서 한 번은 만나야 할 테니까, 적어도 두 번은 갔다 와야 한다는 얘기다.

> 할 수 있어.

태어나서 처음으로 냇은 구매자가 아니라 판매자로 행동하고 있었다. 이제는 그녀가 자신이 가지고 있는 프리즘의 가치를 증명할 증거를 제공해야 할 것이다. 냇과 평행세계의 모로는 각자의 신문을 찍은 사진을 교환했다. 이것들은 신문사 웹사이트를 찍은 스크린 숏에 비하면 위조하기가 힘들었다.

이제 냇은 스콧 오츠카를 위해 일하는 사람과 접촉해서 자신이 무엇을 제공할 수 있는지 설명하고, 그것을 증명할 사진을 보내야 한다.

* * *

오르넬라는 십 년 동안 스콧의 개인 비서로 일했다. 스콧이 로더릭을 만나 결혼하기 훨씬 전부터였다. 로더릭의 비서는 이 년 전 일을 그만두고 프랑스로 떠났다. 그래서 로케이션 촬영이나 영화홍보 투어 때야 다른 누군가가 옆에 있었지만, 집에 있을 때는 오르넬라가 두 사람 비서 역할을 했다. 육 개월 전 음주 운전자가 모든 것을 바꿔놓기 전까지는 말이다. 이제 그녀는 다시 스콧만을 위해 일하고 있었다.

오르넬라는 그 사고 전까지만 해도 프리즘에 별 관심이 없었다. 스콧의 팬들이 그가 부른 노래의 평행세계 버전들의 해적판을 돌려 듣는 줄은 알았지만, 스콧 본인은 그런 노래를 전혀 듣지 않았고 그래서 오르넬라도 듣지 않았다. 로더릭과, 그가 주연한 영화도 같은 경우였다. 그러나 그 사고 이후, 그녀는 프리즘 데이터 브로커들의 광고 세례를 받고 있었다. "지금 구독 신청을 해서 로더릭 페리스가 살아 있었으면 만들었을 영화들을 확인하세요."

프리즘을 가지고 있는 스콧의 팬들이 그걸 스콧에게 주겠다고 제안하기도 했다. 인터뷰를 통해, 스콧과 로더릭에게 프리즘이 없다는 것을 알고 있었기 때문이다. 스콧이 데이터 브로커에게서 프리즘을 사는 거야 쉬운 일이겠지만, 많은 그의 팬들은 그와 그런 식으로라도 접촉해서 그의 고통을 덜어주고 싶어했다. 오르넬라는 스콧이 프리즘 생각을 해봤다는 것을 알고 있었다. 살아 있는 로더릭의 모습을 다시 볼 수만 있다면 스콧은 무엇이든 아낌없이 내놓았을 것이다. 그러나 명백히 문제가 있었다. 그 사고가 아예 일어나지 않았고 그의 남편인 로더릭이 여전히 살아 있는 모든 평행세계에는 스콧의 평행자아도 함께 존재했다. 스콧은 아무 일 없이 행복한 결혼 생활을 하고 있는 커플의 삶에 끼어든 슬픈 연인, 재앙은 불시에 찾아온다는 사실을 상기시키는 불청객이자, 연회장에 나타난 유령과 다름없는 존재가 되어버릴 것이다. 그것은 스콧이 원하는 바가 아니었다. 설령 평행 로더릭을 볼 수 있다 해도, 동정이나 두려움의 대상이 되고 싶지는 않았다.

그러나 오르넬라가 가장 최근에 받은 제안은 달랐다. 스콧의 평행자아가 죽었고, 슬픔에 빠진 로더릭만 존재하는 평행세계에 연결된 프리즘이 있다는 얘기였다. 그거라면 스콧도 관심을 보일지 몰랐다. 그러나 오르넬라는 먼저 사실 여부도 확인하지 않고 스콧에게 알릴 생각은 없었다.

첨부된 사진 파일은 물론 전문가에게 의뢰해 조사를 마쳤다. 전문가는 명백한 위조 사진이라고 볼 수는 없다고 했지만, 그 정도 사진은 자기도 만들어낼 수 있기 때문에 사진만 가지고는 어떤 증거도 되지 못한다고 했다. 오르넬라는 판매자에게 문제의 세계에 있는 자신의 평행 자아와 먼저 얘기를 해보고 싶다는 답변을 보냈고, 둘은 직접 만나서 그러기로 합의했다.

판매자가 도착했을 때, 그녀는 조금 놀랐다. '냇'은 남자라고 지레짐작하고 있었는데, 프리즘을 가지고 현관문에 나타난 것은 여자였다. 냇은 마른 몸에다 노력하면 얼마든지 예뻐 보일 수 있는 외모였지만, 어딘가 슬픈 느낌을 주었다. 오랫동안 스콧의 비서로 일했기에 기회주의자들을 골라내는 일에는 숙달해 있었지만, 냇에게서는 그런 인상을 받지 못했다. 적어도 즉각적으로는.

"한 가지 확실하게 해둘게요." 오르넬라는 집 안으로 들어온 냇에게 말했다. "오늘 스콧을 만나지는 못해요. 어차피 집에 있지도 않고. 내가 보고 마음에 들면, 그때 다시 약속을 잡을 거예요."

"물론이죠. 저도 그렇게 생각하고 있었어요." 냇이 말했다. 그녀는 마치 자기가 지금 하고 있는 일에 대해 미안해하는 기색마저 풍겼다.

오르넬라는 커피 테이블에 프리즘을 올려놓으라고 했다. 우선 냇이 저편에 있는 사람과 텍스트로 얘기를 나눴다. 그런 다음 그녀는 화면을 영상 모드로 바꾸고, 오르넬라 쪽으로 프리즘을 밀었다. 화면에 얼굴 하나가 떠올랐다. 그러나 냇의 평행 버전은 아니었다. 마르고 멀쑥한 남자였다. 기회주의자다. "당신은 누구죠?" 그녀가 물었다.

"모로라고 합니다." 그가 옆으로 비켜났다. 그러자 화면에 다른 버전의 오르넬라가 나타났다. 배경에 보이는 방이 지금 그녀가 있는 방과 같다는 것을 알 수 있었다. 평행자아가 입고 있는 옷도 눈에 익었다.

"이거 진짜야?" 오르넬라가 머뭇거리며 물었다. "거기선 로더릭이 아직 살아 있어?"

그녀의 평행자아 역시 믿지 못하겠다는 표정을 하고 있었다. "응. 살아 있어. 그쪽은 스콧이 살아 있는 거야?"

"응."

"몇 가지 질문을 하고 싶어."

"아마 내가 하고 싶은 질문하고 같겠지." 두 명의 오르넬라는 자동차 사고에 관한 정보를 교환했다. 사고는 양쪽 세계에서도 같은 날에 일어났다. 같은 영화의 시사회에 가는 길이었고, 같은 음주 운전자였다. 누가 살아남았는지, 그것만 달랐다.

오르넬라는 스콧과 얘기해보고, 평행자아는 로더릭과 얘기해보기로 했다. 스콧과 로더릭이 승낙하리라는 가정하에, 그들은 다음 주에 만날 약속을 정했다. 둘에게 프리즘을 직접 경험하게 하고, 구매하고 싶은지 결정하게 할 예정이었다.

"그럼 가격 얘기를 해보죠." 오르넬라가 말했다.

"지금은 하지 않기로 하죠." 모로가 단호한 어조로 말했다. "당신들 보스가 일단 써본 다음, 값을 부르겠습니다. 그때 가서 사든지 말든지 하면 되겠지요."

합리적인 전략이었다. 스콧과 로더릭이 프리즘을 사고 싶어한다면 홍정할 기분은 아닐 테니까. 이 모로라는 남자가 이번 거래를 주도하고 있는 게 분명했다. "알았어요." 오르넬라가 말했다. "그럼 그때 가서 얘기하기로 하죠." 그녀는 냇을 향해 프리즘을 밀었다. 냇은 모로와 잠시 얘기를 나눈 후 프리즘을 닫았다.

"오늘은 이걸로 끝인 것 같네요." 냇이 말했다. "다음 주에 다시 올게요."

"좋아요." 오르넬라가 말했다. 그녀는 냇을 현관까지 배웅해 문을 열어주었다. 냇이 계단을 내려가기 시작했을 때 오르넬라가 물었다. "왜 이번 일에서 나는 당신과 상대하고 있는 거죠?"

냇은 뒤를 돌아보았다. "네?"

"내 평행자아는 모로라는 남자와 상대하고 있잖아요. 그런데 왜 나는, 이쪽의 모로 대신 당신과 이런 얘기를 나누고 있는 건가요?"

냇은 한숨을 쉬었다. "설명하자면 길어요."

* * *

냇은 커피를 따른 다음 자기 자리에 가서 앉았다. 라일의 프리즘을 손에 넣은 후 두 번째로 참석하는 모임이었다. 지난주에 오늘이 마지막이라고 사람들에게 말할 작정이었는데, 결국 아무 말도 못하고 어영부영 끝나고 말았다. 그래서 적어도 한 번 더 참석해, 잠시 모임을 쉬겠다고 말하는 것으로 계획을 바꿨다. 말없이 사라져버리면 사람들이 의아해할 것이기 때문이다.

데이나는 사람들을 향해 미소를 지으며 말했다. "오늘은 누구부터 시작할까요?"

냇이 무심결에 운을 떼려는데, 순간 라일이 뭐라고 말하는 소리를 들었다. 두 사람 모두 말을 멈췄다.

"네가 먼저 얘기해." 냇이 말했다.

"아니, 먼저 해." 라일이 말했다. "맨 먼저 얘기해본 적 없잖아."

사실이었다. 내가 왜 이러지? 냇은 입을 뗐지만, 웬일인지 이번에는 적당한 거짓말이 떠오르지 않았다. 결국 그녀는 이렇게 말했다. "같이 일하던 사람이 있어요. 상사라고 해야 하나? 그런데 최근에 죽었어요. 정확하게는 살해당했죠."

모두 충격을 받은 표정이었다. '하느님 맙소사' 같은 말들이 웅성웅성 들려왔다.

"그와의 관계에 관해 얘기하고 싶은 건가요?" 데이나가 물었다.

"나도 듣고 싶어." 케빈이 말했다. "친구였어?"

"친구라면 친구였죠. 하지만 그 사람 생각을 떠올린 건 그 때문이 아녜요. 여긴 애도 모임도 아니고…… 그냥 여러분 의견을 듣고 싶어서예요."

"계속해보세요." 데이나가 말했다.

"그 살인은 무작위적이었다는 생각이 머리를 떠나지 않아요. 살인범이 그를 무작위로 골랐다는 얘긴 아녜요. 그런데 그에게 총을 겨누었을 때, 살인범은 어차피 자기의 어떤 버전이 방아쇠를 당길 텐데, 그게 자긴들 무슨 대수겠냐고 말했어요. 다들 들어본 소리일 테지만, 전 그 문제를 한 번도 진지하게 생각해본 적이 없거든요. 근데 지금은 자꾸만 '그렇게 주장하는 사람들이 사실은 옳지 않나?' 그런 생각이 드는 거예요."

"좋은 의문이군요." 데이나가 말했다. "우리 모두 그런 소리를 들어 봤을 거라는 데 동의합니다." 그녀는 사람들을 향해 말했다. "그에 대해 뭔가 하실 말씀이 있는 분이 있나요? 여러분은, 누군가 여러분을 화나게 할 때마다, 본인이 총을 들고 그 사람을 쏘아버리는 평행세계가 있다고 생각하나요?"

자리나가 입을 열었다. "프리즘이 인기를 끌기 시작하면서 치정 범죄가 늘었다는 기사를 읽은 적은 있어. 엄청나게 증가한 건 아니지만, 통계적으로 유의미하다더군."

"맞아." 케빈이 말했다. "그 이론이 사실일 수 없는 건 바로 그 때문이야. 얼마 증가하지 않았다고 해도 증가했다는 사실 자체가 그 이론이 틀렸다는 걸 입증해주고 있어."

"어떻게?" 자리나가 물었다.

"모든 양자적 사건은 우주를 분기시켜. 그렇지? 프리즘이 발명되기 전에도 그런 식으로 분기는 계속 일어나고 있었어. 다만 우리에게 평행세계에 접근할 방법이 없었을 뿐이지. 내가 총을 들고 아무나 충동적으로 쏘아버리는 평행세계가 '언제나' 존재하는 게 사실이라면, 우린 프리즘이 발명되기 전에도 매일, 발명 후와 동일한 수의 무작위적인 살인이 매일 발생하는 걸 목격했어야 해. 따라서 프리즘의 발명이 여기 우리 세계에서 그런 살인사건의 수를 늘린 건 아니야. 그러니까, 프리즘이 보편화된 이래 우리가 더 많은 사람들이 서로를 죽이는 모습을 보고 있다고 해서, 그게 우리가 총을 집어 드는 세계가 언제나 존재하기 때문이라고 주장할 수는 없어."

"무슨 말인지는 알겠어." 자리나가 말했다. "하지만 살인사건이 늘어난 이유는 그럼 뭘까?"

케빈은 어깨를 으쓱했다. "모방 자살하고 비슷한 게 아닐까? 다른 사람이 했다는 얘길 듣고 자기도 하고 싶어지는 심리."

냇은 곰곰이 생각해보았다. "그건 처음 이론이 맞지 않다는 증명은 되지만, 왜 틀렸는지에 대한 설명은 되지 않아요."

"틀린 걸 알면 됐지, 그 이상 뭘 바래?"

"내 결정들이 의미가 있는지를 알고 싶은 거예요!" 의도보다 격한 목소리가 나오고 말았다. 냇은 숨을 한 번 들이쉰 다음 말을 이었다. "살인사건에 관해서는 잊어버려요. 어차피 그 얘기를 하고 싶었던 건 아니니까. 내가 궁금한 건 이거예요. 내가 옳은 행동과 옳지 않은 행동 중 하나를 선택할 때, 다른 평행세계들에선 언제나 두 가지 행동을 모두 선택하고 있는 건가요? 그게 사실이라면 왜 다른 사람들에게 착하게 대해야 하죠? 어차피 딴 곳에서는 못되게 굴고 있기도 할 텐데?"

사람들 사이에서 잠시 토론이 벌어졌지만, 곧 냇은 데이나를 돌아보왔다. "당신 생각은 어떤지 얘기해줄 수 있나요?"

"그럼요." 데이나는 생각을 가다듬기 위해 잠시 말을 멈췄다. "일반적으로, 저는 사람의 행동은 그 사람의 성격과 일치한다고 생각해요. 행동은 기분에 따라서도 달라질 수 있기 때문에 자기 성격과 일치하는 행동이 한 가지만 있는 것은 아니지만, 성격과 전혀 일치하지 않는 행동의 수는 그보다 훨씬 많아요. 만약 당신이 동물을 너무나 사랑하는 사람이라면, 당신에게 짖었다고 강아지를 걷어차는 평행세계는 없어요. 언제나 법을 준수했던 사람이라면, 아침에 일어나서 출근은 안 하고, 갑자기 편의점을 터는 세계 역시 없고요."

케빈이 말했다. "갓난애였을 때 분기해서 전혀 다른 인생을 사는 경우들은 어떻게 설명할 건데?"

"그런 것에는 관심 없어요." 냇이 말했다. "지금까지 살아온 인생을 살다가, 어느 순간 선택에 직면한 평행세계들 얘기를 하고 있는 거예요."

"케빈, 원한다면, 차이가 아주 크게 벌어지는 경우에 관해선 나중에 얘기하죠." 데이나가 말했다.

"아니, 괜찮아. 계속해."

"네. 자, 상상을 해보죠. 양자택일을 해야 하는 상황에 놓였는데, 어느 쪽의 행동도 당신 성격과 일치해요. 예를 들어 계산원이 실수로 거스름돈을 너무 많이 준 거예요. 당신은 그걸 돌려줄 수도 있고 안 돌려줄 수도 있어요. 그날 일진에 따라서 어느 쪽을 선택해도 이상할 것이 없다는 뜻이에요. 그럴 경우, 당신이 거스름돈을 돌려주는 세계뿐 아니라 그냥 가지는 세계 양쪽이 존재하는 것은 전적으로 가능한 일이에요."

냇은 이렇게 말하면서도, 그녀가 잘못 받은 거스름돈을 되돌려주는 세계는 존재하지 않으리라는 사실을 깨달았다. 일진이 좋은 날 공돈까지 생겼다면 한층 더 즐거워했을 것이다. 그녀가 기억하는 한, 그녀는 언제나 그런 인간이었다.

케빈이 물었다. "그렇다면 우리가 못돼먹은 인간처럼 행동해도 상관없다는 뜻이야?"

"이 세계에서 그런 못돼먹은 인간에게 당하는 사람한테는 상관이 있겠지." 자리나가 말했다.

"하지만 거시적으로 본다면? 이 세계에서 내가 못돼먹은 인간처럼 군다면 모든 평행세계에서도 못돼먹은 행동의 비율이 증가하는 걸까?"

"수학적인 부분까진 잘 모르겠군요." 데이나가 말했다. "하지만 분명, 선택은 중요하다고 생각합니다. 당신이 내리는 모든 결정은 당신 성격의 일부가 되고, 당신이라는 사람을 형성하니까요. 만약 당신이 잘못 받은 거스름돈을 언제나 돌려주는 사람이 되기를 원한다면, 당신의 지금 행동은 당신이 그런 사람이 될 수 있는지의 여부에 영향을 끼칠 거예요.

당신이 일진이 안 좋아서 거스름돈을 돌려주지 않는 평행세계는 과거에 분기한 것이라서, 당신의 행동은 그런 사실에 더 이상 영향을 끼치지 못합니다. 하지만 이 세계에서 당신이 선하게 행동한다면, 그것은 여전히 의미 있는 일입니다. 미래에 분기될 세계들에 영향을 끼치기 때문이죠. 당신이 선한 선택을 하는 횟수가 많아질수록 미래에 이기적인 선택을 할 가능성이 줄어듭니다. 당신이 일진이 안 좋은 세계에 있다고 해도 말이죠."

"그럴듯하게 들리는군요. 하지만……" 냇은 오랫동안 특정한 방식의 행동을 계속하는 것이 사람의 뇌에 얼마나 깊은 각인을 남기는지에 대해 생각했다. 의도하지 않아도 자꾸 같은 습관에 빠져드는 것은 바로 그 때문이었다. "그러기가 쉽지 않아요."

"쉽지 않다는 건 압니다." 데이나가 말했다. "하지만 원래 질문을 기억해보세요. 우리가 다른 평행세계들에 관해 알고 있는데, 좋은 선택을 하는 것이 가치가 있느냐 하는 문제 아니었나요? 저는 단연코, 가치가 있다고 생각합니다. 우리 누구도 성인군자가 아니에요. 하지만 우리 모두 더 나은 사람이 될 수 있어요. 선한 일을 할 때마다, 당신은 다음번에도 선한 일을 할 가능성이 많은 인물로 스스로를 만들어가고 있는 겁니다. 그건 의미가 있는 일이지요.

게다가 당신은 이 세계에 있는 당신의 행동만 변화시키고 있는 게 아닙니다. 미래에 분기할 당신의 모든 버전들에게도 그런 변화를 심어주고 있는 거예요. 더 나은 사람이 됨으로써, 당신은 미래에 분기될 더 많은 평행세계에도 더 나은 버전의 당신들이 살고 있을 가능성을 보장하고 있는 겁니다."

더 나은 버전의 냇. "고맙습니다." 냇이 말했다. "바로 그걸 찾고 있었어요."

* * *

오르넬라는 냇과 스콧이 만나면 분위기가 어색해지리라는 것을 알고 있었다. 하지만 실제 상황은 상상했던 것 이상으로 어색했다. 스콧은 사고 후 몇 달 동안은 가족이나 친한 친구를 제외하면 외부와는 접촉을 끊고 살았고, 공인의 가면을 쓰는 일에도 더 이상 익숙하지 않았다. 살아 있는 로더릭을 다시 볼 수 있다는 희망은 그를 평소보다 한층 더 불안하게 만들었다. 냇의 경우는 오르넬라의 예상과는 달리 몇 분 뒤면 거액을 손에 넣게 될 사람치고는 어딘가 초연한 느낌을 주었다.

거실 탁자 위에는 냇이 다시 설치해놓은 프리즘이 놓여 있었다. 오르넬라가 그것을 영상 모드로 전환하자 화면에 모로의 얼굴이 떠올랐다가 곧 오르넬라의 평행자아의 얼굴로 대체됐다. 오르넬라 못지않게 불안한 표정이었다. 한순간 오르넬라는 모든 것을 취소하고 싶은 충동을 느꼈다. 스콧이 더 큰 상처를 입게 될 것이 두려웠기 때문이다. 그러나 이런 기회를 놓칠 수 없다는 사실도 알고 있었다. 그녀가 옆의 소파에 앉으라고 스콧에게 손짓했다. 동시에 그녀의 평행자아도 프리즘 화면 밖에 있는 다른 누군가를 손짓해 불렀다. 오르넬라는 스콧이 화면을 마주 볼 수 있도록 프리즘의 방향을 돌렸다.

이중으로 낯익은 얼굴이 화면에 떠올라 있었다. 첫 번째 이유는 그것이 로더릭이기 때문이었고, 두 번째 이유는 그의 얼굴이 몇 달 동안의 슬픔으로 초췌해져 있었기 때문이다. 매일 스콧의 얼굴에서 보는 것과 같은 표정이었다. 스콧과 로더릭도 오르넬라와 같은 감정을 느낀 듯했다. 두 사람 모두 서로를 본 순간 울기 시작했기 때문이다. 오르넬라는 이 두 남자가 서로 평생의 반려자였다는 사실을 지금처럼 절절하게 느낀 적이 없었다. 그들은 서로의 얼굴을 마치 자기 얼굴인 것처럼 바라보고 있었다.

스콧과 로더릭이 얘기를 나누기 시작했다. 워낙 급하게 얘기하는 탓에 자꾸 말이 겹쳤다. 오르넬라는 다른 사람이 그들의 대화를 엿듣는 것을 원치 않았기에 일어서서 말했다. "둘이서만 얘기하게 해주죠."

냇은 고개를 끄덕이고 방에서 나가려고 했다. 그런데 오르넬라의 귀에, 프리즘 저편 세계에 있는 모로의 목소리가 들려왔다. "이 프리즘이 본인들 것이 되면 얼마든지 둘이서만 대화를 나눠도 됩니다. 하지만 우선 돈을 내고 사주셔야죠."

두 명의 오르넬라가 동시에 말했다. "얼마예요?"

모로가 가격을 말했다. 오르넬라는 냇이 움찔하는 것을 보았다. 마치 예상보다 더 높은 가격이라는 듯이.

스콧과 로더릭은 한시도 주저하지 않았다. "지불해줘."

오르넬라는 스콧의 손을 잡고, 그를 보며 말없이 물었다. 정말로 그러고 싶은 거야? 스콧은 그녀의 손을 한 번 꼭 쥐더니 고개를 끄덕였다. 프리즘이 제공하는 것들의 유한성에 대해서 두 사람은 이미 얘기를 나눈 상태였다. 그와 로더릭이 아무리 프리즘을 아껴 쓴다고 해도, 두 사람의 여생 동안 패드의 데이터가 남아날 리 없었다. 그들이 텍스트만으로 만족할 리가 없었기 때문이다. 서로의 목소리를 듣고 서로의 얼굴을 보고 싶어할 것이 뻔하기 때문에 패드는 언젠가 소진될 것이고, 그럼 그들은 이별하는 수밖에 없었다. 스콧은 이미 그러기로 마음을 먹었다. 함께 보내는 시간이 조금이라도 늘어난다면 그로서는 충분히 가치 있는 일이었다. 그리고 작별의 순간이 오더라도, 이번에는 적어도 놀라지는 않을 것이다.

오르넬라가 일어서서 냇에게 몸을 돌렸다. "나가시죠. 돈을 지불할게요." 그녀의 평행자아가 모로에게 같은 말을 하는 소리가 들렸다. 화면 속 로더릭의 얼굴이 모로의 얼굴로 바뀌더니 화면이 어두워졌다. 돈이 이체될 때까지는 프리즘을 손에서 놓을 생각이 없는 듯했다.

그와는 대조적으로, 냇은 거실 탁자 위에 스콧과 함께 프리즘을 남겨두었다. 그녀는 어색한 표정으로 스콧을 바라보다가 입을 열었다. "어떻게 위로의 말을 해야 할지 모르겠네요."

"고맙습니다." 스콧이 눈물을 닦으며 말했다.

냇은 오르넬라를 따라 그녀의 책상이 놓인 방으로 들어갔다. 오르넬라는 업무용 휴대전화를 잠금 해제한 다음 디지털 지갑을 열었다. 그녀와 냇은 계좌번호를 교환하고 책상 위에 각자의 휴대전화를 나란히 놓았다. 오르넬라는 달러로 액수를 입력하고 이체 버튼을 눌렀다. 냇의 휴대전화가 상대에게서 이체받을 준비가 됐음을 알렸지만 냇은 '승낙' 버튼을 누르지 않았다.

"스콧에게 저런 프리즘을 공짜로 주겠다는 팬들이 많겠죠?" 냇은 휴대전화 화면을 응시하며 말했다.

냇의 시선은 그녀를 향하고 있지 않았지만, 오르넬라는 고개를 끄덕였다. "네. 그런 사람들이 많아요."

"팬이 아니더라도 그러겠다는 사람들도 많겠죠?"

"아마 그렇겠죠." 오르넬라는 세상에는 아직 선한 사마리아인들이 많다고 말하려다가 그만두었다. 당신은 그중 하나가 아니라는 뜻을 암시하는 듯한 말로 냇의 마음을 상하게 하고 싶지 않았다. 잠시 침묵이 흐른 후 오르넬라가 말했다. "이제 돈은 그쪽으로 간 거나 마찬가지니까, 개인적인 감상 하나를 말해도 될까요?"

"말해보세요."

"당신은 모로하고는 달라요."

"무슨 뜻이죠?"

"모로가 왜 이런 일을 하는지 알아요." 어떻게 하면 돌려 말할 수 있을까? "그는 사랑하는 사람을 잃고 비탄에 빠진 사람을 이익 창출의 대상으로 보고 있어요."

냇은 마지못한 투로 고개를 끄덕였다. "그래요. 그렇죠."

"하지만 당신은 달라요. 그래서 묻는 건데, 당신은 왜 이런 일을 하는 거죠?"

"누구에게나 돈은 필요한 법이니까요."

오르넬라는 용기를 내서 솔직한 질문을 던져보기로 했다. "이런 말을 하게 돼서 미안하지만, 돈을 벌려면 이런 일보다는 더 나은 방법들이 있지 않을까요?"

"미안할 거 없어요. 나도 계속 같은 생각을 하고 있었으니까."

오르넬라는 이 말에는 어떻게 반응해야 할지 알 수 없었다. 결국 이렇게 말했다. "스콧은 당신이 해준 일의 대가로 기꺼이 돈을 줄 거예요. 하지만 돈을 받는 게 내키지 않으면 억지로 받을 필요는 없어요."

냇의 손가락이 승낙 버튼 위에서 머뭇거렸다.

* * *

데이나는 지난 몇 주 동안 호르헤와 상담을 하면서 타이어를 펑크낸 사건이 화제에 오르는 일이 없도록 세심한 주의를 기울였다. 그 대신 자신의 장점을 인정하고 다른 사람들의 평가에는 신경 쓰지 않기로 한 호르헤의 결심에 관해 얘기를 나눴다. 데이나는 상담이 진척되고 있다고 느꼈고, 가까운 시일 내에 그 사건 얘기를 다시 꺼낼 수 있으리라 생각했다.

그래서 상담이 시작되고 호르헤가 대뜸 이렇게 말했을 때는 놀라지 않을 수 없었다. "'라이도스코프'로 다시 가서 내 평행자아들과 재접속시켜달라고 해야 할지 고민하고 있어요."

"네? 왜요?"

"그때 알아본 이후 나와 같은 행동을 한 내가 있는지 궁금해서요."

"그런 생각을 하게 된 특별한 계기라도 있었나요?"

호르헤는 최근 상사와 있었던 일을 설명했다. "그래서 정말 화가 났어요. 아무 물건이나 박살내고 싶을 정도로요. 그러자 우리가 예전에 나눈 대화가 생각나더라고요. '라이도스코프'에 간 것은 마치 병원에서 건강 검진을 받고 이상 없음을 확인한 거나 마찬가지다, 이런 얘기를 했었죠? 그런데 문득, 검진이 충분하지 않았을지도 모른다는 생각이 들더라고요."

"만약 당신의 평행자아들이 최근 그런 행동을 했다는 게 판명된다면, 처음 검진에서 잡아내지 못한 뭔가 심각한 병이 있다는 뜻이다?"

"잘 모르겠어요. 아마도요."

데이나는 그의 등을 조금 더 밀어보기로 했다. "호르헤, 당신에게 이런 제안을 해보고 싶군요. 차라리 이쪽 세계에서 있었던 일에 대해 생각해보는 건 어떨까요? 평행자아들이 최근 당신처럼 행동하지 않았더라도, 여기서 있었던 일에 대해 생각해보는 것은 가치가 있을 거라고 판단되는데."

"하지만 평행자아들이 뭘 했는지 모르는 상태에서, 그게 우발적인 사건이었는지 아닌지 어떻게 안단 말입니까?"

"그게 전혀 당신답지 않은 행동이었다는 건 분명해요. 그 부분에 대해선 의심의 여지가 없습니다. 하지만 그 행동을 한 건 여전히 당신입니다. 평행자아들이 아닌, 당신."

"내가 형편없는 놈이라고 말하고 싶은 겁니까?"

"절대로 그런 뜻으로 말한 게 아녜요." 데이나는 상대를 안심시켰다. "당신이 좋은 사람이라는 건 알아요. 하지만 좋은 사람이어도 화를 낼 때가 있잖아요. 당신은 화가 났고, 그걸 행동으로 분출했던 거예요. 그 자체는 괜찮아요. 그게 당신 성격의 일부분이라고 인정하는 것도 마찬가지고요."

호르헤는 일 분 가까이 말없이 앉아 있었다. 너무 밀어붙인 게 아닌가 하는 걱정이 됐다. 이윽고 호르헤가 말했다. "선생님 말이 옳을지도 모르겠군요. 하지만 그게 평소의 나다운 행동이 아니라, 나답지 않은 행동이었다는 점은 중요하지 않나요?"

"물론 중요하죠. 하지만 자기답지 않은 행동을 했을 때도 자기가 한일에 대해서는 책임을 져야 합니다."

호르헤의 얼굴에 두려움이 스쳐 지났다. "상사에게 내 행동을 털어놓으란 말입니까?"

"법적인 책임 얘기를 하고 있는 게 아녜요." 데이나는 그를 안심시켰다. "당신 상사가 그 일을 알아내든 말든 난 관심 없어요. 책임을 지라는 건, 자기가 한 행동을 스스로 인정하고, 미래에 어떤 행동에 대한결정을 내릴 때 그걸 참작하라는 뜻이에요."

호르헤는 한숨을 쉬었다. "그냥 그런 일이 있었다는 걸 완전히 잊어버리면 안 되는 걸까요?"

"잊어버리는 것으로 당신이 행복해질 수 있다고 믿었다면 나도 개의치 않았겠죠. 하지만 당신이 이 문제와 관련해서 이렇게 많은 에너지를 쏟고 있다는 사실 자체가 당신이 고민하고 있다는 증거예요."

호르헤는 시선을 떨구고, 고개를 끄덕였다. "선생님 말이 옳습니다. 고민이 많았습니다." 그는 다시 그녀를 올려다보았다. "그럼 이제 어떻게 해야 할까요?"

"샤론한테 그 얘길 해보는 건 어때요?"

호르헤는 한동안 침묵했다. "만약…… 그러면서 내 평행자아들은 같은 행동을 하지 않았다고 말하면, 그게 내 근본적인 성격과는 무관하다는 걸 알아줄지도 모르겠군요. 맞아요, 그럼 샤론도 오해하지 않을 겁니다."

데이나는 살며시 미소를 지었다. 호르헤가 마침내 실마리를 풀었어.

* * *

새로운 도시. 새로운 아파트. 아직 새 직장은 찾지 못했지만, 냇은 아직 이사 온 지 얼마 되지 않았으므로 크게 걱정하지 않았다. 반면에 마약 중독자 지원 모임을 찾기란 쉬웠다. 원래는 프리즘 중독자 모임에 마지막으로 한 번 더 참석해서 모든 것을 털어놓을 작정이었지만, 생각하면 생각할수록 그건 다른 사람들을 위한 행동이 아니라 순전히 자기만족을 위한 것임을 확신하게 됐다. 라일은 자기가 내린 결정에 만족하고 있었다. 냇이 처음부터 의도를 가지고 접근했다는 사실을 안다면 기분이 좋을 리가 없었다. 다른 사람들의 경우도 마찬가지였다. 그들이 알던 냇이 진짜 냇이라고 생각하게 내버려두는 편이 나았다.

냇이 지금 이 모임에 와 있는 것도 그 때문이었다. 프리즘은 매력 면에서는 마약의 상대가 되지 않기 때문에 이 모임의 규모는 예전 모임보다 훨씬 컸다. 참석자들의 면면은 이런 모임에서는 흔히 볼 수 있는 것이어서, 도저히 마약 중독자로는 보이지 않는 사람들과 누가 봐도 마약 중독자로밖에는 보이지 않는 사람들이 섞여 있었다. 철저히 참석자들의 토론에 의존하는 그룹인지, 아니면 전문가의 지시에 모든 것을 맡기는 그룹인지는 알 수 없었다. 꼬박꼬박 참석할지 여부도 아직 결정하지 못했다. 일단은 분위기를 파악해보기로 했다.

첫 번째 발언자는 약물 과다복용에 의한 혼수상태에서 깨어났는데, 열세 살짜리 딸이 날록손을 주사해줘서 살았다는 사실을 깨달았을 때의 경험을 묘사했다. 듣기 편한 얘기는 아니었지만 냇은 자신이 공감할 수 있는 경험을 한 사람들의 모임에 돌아와 있다는 사실에 희미한 안도감을 느꼈다. 이어서 어떤 여자와 남자가 차례로 발언했다. 두 사람 모두 딱히 끔찍한 얘기를 하지는 않아서 다행이었다. 누군가가 끔찍한 경험을 이야기한 직후에 자기 얘기를 하고 싶지는 않았다.

모임의 책임자는 턱수염이 희끗희끗한 상냥한 느낌의 남자였다. "오늘 밤에는 새로운 얼굴들이 몇 명 보이는군요. 뭔가 얘기하고 싶은 분은 없습니까?"

냇이 손을 들고 자기소개를 했다. "이런 모임에 나온 건 몇 년 만이에요. 그동안에도 약에 다시 손을 대지는 않았어요. 하지만 최근 어떤 일을 겪고 나서…… 다시 손을 대게 될까봐 이 모임에 참석한 건 아니지만, 그 일 때문에 이런저런 생각을 하게 됐죠. 그걸 얘기할 곳이 필요했던 것 같아요."

냇은 잠시 침묵했다. 정말로 오랜만이었기 때문이다. 책임자는 냇에게 할 말이 더 있다는 사실을 깨닫고 참을성 있게 기다렸다. 이윽고 그녀는 다시 말을 이었다. "내가 상처를 줬는데 아마 결코 보상해줄 수 없는 사람들이 있어요. 그들 쪽에서 절대 기회를 주지 않을 거예요. 내가 그걸 탓할 수 있는 입장도 아니고요. 마음 한편에서 언제나 이렇게 생각하고 있었던 것 같아요. 만약 내가, 가장 큰 상처를 준 사람들에게 사과조차 할 수 없다면, 그 밖의 사람들에게 잘하든 못하든 아무 의미도 없다고 말이에요. 그래서 약에는 다시 손을 대지 않았지만 여전히 거짓말을 하고, 여전히 부정한 일을 저질렀어요. 아주 심한 건 아니었어요. 약을 하던 시절에 사람들에게 상처 줬던 것들에 비하면 사실 아무것도 아니었죠. 그냥 내 이익만 앞세웠어요. 별생각 없이.

하지만 최근에…… 어떤 사람을 위해서 뭔가 좋은 일을 할 기회가 생겼어요. 예전에 내가 못되게 굴었던 사람은 아니고, 그냥 어떤 일로 고통을 겪고 있는 사람이었죠. 그때도 예전의 나처럼 행동하는 건 쉬웠을 거예요. 하지만 나보다 나은 사람이라면 이럴 경우 어떻게 행동했을까 생각했죠. 그리고 그렇게 행동하는 쪽을 택했어요.

그런 행동을 하니 기분이 좋았지만, 뭐 감사장을 받을 만큼 대단한 일을 했다거나 그랬다는 건 아녜요. 군이 고민하지 않고 쉽게 선한 행동을 하는 사람들도 있으니까요. 그 사람들이 쉽게 그럴 수 있는 것은 선하게 행동하려는 작은 선택을 예전에도 여러 번 했기 때문일 거예요. 내 경우는 다른 사람들에게 선하게 행동하기가 쉽지 않았는데, 그건 예전에도 이기적으로 행동하려는 작은 선택을 여러 번 했기 때문이겠죠. 결국 내가 선하게 행동하기 힘들었던 이유는 나 자신이었던 거예요. 그걸 고칠 필요가 있었어요. 아니, 고치고 싶었던 건지도 모르겠군요. 이 모임이 이런 얘기를 하는 데 적절한 곳인지는 모르겠지만, 가장 먼저 떠오른 곳이 여기라서 이렇게 왔어요."

"고맙습니다." 책임자가 말했다. "물론 대환영입니다."

다른 신참, 고등학교를 갓 졸업한 것처럼 보이는 남자가 자기소개를 하고 얘기를 시작했다. 냇은 그쪽으로 몸을 돌리고 귀를 기울였다.

* * *

집에 와보니 소포가 하나 도착해 있었다. 아파트 안으로 들어와 소포를 열어보니 태블릿 PC가 하나 들어 있었다. 포장상자는 없었고, 태블릿 화면에 쪽지 하나만 붙어 있었다. 쪽지에는 '데이나에게'라고 적혀 있었다. 소포 겉면을 확인해봤지만 발신인 이름이나 주소는 없었다.

데이나는 태블릿을 켰다. 화면에 떠오른 것은 여섯 개의 동영상 아이콘들뿐이었다. 파일명은 그녀의 이름 뒤에 일련번호를 붙인 것들이었다. 동영상을 보려고 첫 번째 아이콘을 두드리자 데이나 자신의 저해상도 얼굴이 떠올랐다. 그런데 잘 보니 데이나 본인이 아니라 그녀의 평행자아의 얼굴이었다. 그녀는 자신의 과거에 관해 얘기했다.

"아처 선생님이 우리 방으로 들어와 우리가 알약을 세고 있는 걸 발견했어요. 그녀는 이게 대체 뭐냐고 물었고, 난 한순간 얼어붙었죠. 곧 난 알약들은 모두 내 거고 비네사는 전혀 상관이 없다고 말했어요. 난 한 번도 사고를 친 적이 없었기 때문에 선생님은 반신반의했지만 결국은 내 말을 받아들였어요. 정학을 당했지만, 예상만큼 큰일로까지 번지지는 않았어요. 근신 처분이었기 때문에 더 이상 사고만 치지 않으면 기록으로도 남지 않으니까요. 만약 비네사가 그랬다면 상황이 훨씬 안 좋았을 거예요. 선생님들은 그애를 안 좋게 봤거든요.

하지만 그 뒤로 비네사는 나를 피하기 시작했어요. 이유를 물어보니 나를 볼 때마다 죄책감을 느끼기 때문이라고 했어요. 난 죄책감 느낄 필요 없고 앞으로도 친구로 지내자고 했어요. 하지만 비네사는 나의 그런 태도는 상황을 악화시킬 뿐이라고 하더군요. 나는 비네사에게 화를 냈고, 비네사도 그런 내게 화를 냈어요. 비네사는 다른 불량한 애들하고 어울리기 시작했고 그때부터는 계속 나빠지기만 했어요. 급기야 학교 안에서 마약을 팔다가 적발됐고 결국 퇴학당했어요. 그 뒤로는 줄곧 감옥을 들락거렸죠.

그래서 난 자꾸, 만약 내가 그 알약들이 내 것이라고 하지 않았다면 모든 게 달라졌을 거라는 생각을 하게 돼요. 비네사도 함께 벌을 받게 했다면, 우리 사이에 그런 식으로 쐐기를 박아 관계가 틀어지지도 않았을 텐데. 우리는 계속 친구였을 테고, 다른 불량한 아이들과 어울리는 일도 없었을 거고, 비네사의 인생은 전혀 다른 방향으로 흘러갔을 텐데."

이게 대체 뭐지? 데이나는 떨리는 손가락으로 두 번째 동영상의 아이콘을 두드렸다.

또 다른 데이나였다. "우리가 방에서 알약을 세고 있을 때 선생님 한 분이 들어왔어요. 난 즉시 모든 걸 고백했죠. 비네사하고 내가 부모님 약장에서 훔쳐 와 파티를 열려고 했다고요. 결국 우린 정학에 근신 처분을 받았어요. 비네사한테는 좀더 엄한 처분을 내리고 싶었던 것 같지만, 우리를 똑같이 벌할 수밖에 없었어요.

비네사는 불같이 화를 냈어요. 내가 우린 모르는 일이라고 잡아뗐어야 했다고 하더군요. 누군가 공항에서 우리 짐에 그것들을 슬쩍 넣은 게 틀림없고, 방금 그걸 알아차리고 선생님한테 말할 참이었다고 하면 학교 측도 증거가 없으니 뭐라 하지 못했을 거라나요. 그러면 될 것을 괜히 내가 자백하는 바람에 자기까지 근신 처분을 받았고, 안 그래도 자기를 싫어하는 선생들에게 언제든지 자기를 벌할 수 있는 빌미를 줬다고 했어요. 하지만 자긴 당하고만 있지는 않을 거라고 했어요. 근신 기간이 끝나자마자 비네사는 술을 마시고 등교했어요. 그런 일이 몇 번 더 있자, 학교는 비네사에게 퇴학 처분을 내렸고, 그 뒤로 그녀는 경찰에 체포되기 시작했어요.

그래서 난 자꾸, 만약 내가 자백하지 않았다면 모든 게 달라졌을 거라는 생각을 하게 돼요. 그렇게 해서 아슬아슬하게 벌을 면했다면 비네사에게도 어느 정도 경고가 됐을 테고, 나중에 심각한 사고를 치는 일도 없었겠죠. 비네사가 사고를 치기 시작한 건 내게 화가 났기 때문이에요. 그 일만 없었더라면 비네사는 좋은 대학에 들어갔을 거고, 인생이 전혀 다른 방향으로 흘러갔을 거예요."

다른 동영상들의 경우도 알약을 세다가 들켰다는 언급은 없었지만 여전히 익숙한 패턴을 따르고 있었다. 어떤 동영상에서 데이나는 비네사를 마약에 빠지게 한 남학생을 소개해준 사람이 자신이라는 사실에 대해 가책을 느끼고 있었다. 다른 동영상에서 비네사는 가게에서 물건을 훔치는 데 성공한 후 더 대담한 도둑질에 나섰다. 모든 비네사들은 마지막에는 자멸적인 행동 패턴에 빠졌고, 모든 데이나들은 무슨 행동을 했든 결국 자신을 탓했다.

"만약 당신이 이곳과는 다르게 행동한 평행세계들에서도 똑같은 일이 일어난다면, 그 원인은 당신이 아니에요."

데이나는 그 알약들이 모두 비네사 것이라고 거짓말했지만, 비네사를 벼랑 끝으로 떨어뜨리고 비행을 저지르게 만든 것은 그 거짓말이 아니었다. 다른 사람이 무슨 짓을 하든, 비네사는 언제나 그런 방향을 향해 가고 있었다. 그리고 데이나는 몇 년의 시간과 수천 달러의 돈을 들여가며 자기가 한 일에 대해 보상하고, 비네사의 인생을 바꿔보려고 노력했다. 이제는 그럴 필요가 없어진 것인지도 모른다.

데이나는 동영상 파일들의 메타데이터를 확인해보았다. 각 파일은 그것이 생성된 프리즘에 관한 정보를 포함하고 있었다. 프리즘들은 모두 십오 년 이상 전에 활성화된 것들이었다.

데이나와 비네사가 그 견학 여행을 간 것이 바로 십오 년 전의 일이었다. 당시는 데이터 브로커 기업의 초창기였고, 프리즘 패드 용량은 지금보다 훨씬 작았다. 동영상 데이터를 전송할 수 있을 정도의 패드가 남아 있었다는 사실도 놀라웠지만, 그토록 오래된 프리즘들이 아직도 남아 있었다니 더더욱 믿기 힘들었다. 그것들은 데이터 브로커들이 소유한 프리즘들 중에서도 가장 귀한 축에 속할 것이기 때문이다. 이 동영상들을 수신한 프리즘들의 패드는 틀림없이 모두 소진됐을 것이다.

도대체 누가 이런 일에 비용을 댔을까. 그런 거금을 쓰면서까지 무엇을 원했던 것일까.

창작 노트

상인과 연금술사의 문

1990년대 중반에 물리학자 킵 손은 책 홍보를 위한 북투어를 하고 있었는데, 나는 거기서 그가 아인슈타인의 상대성이론의 틀 안에서 어떻게 (이론상의) 타임머신을 만들 수 있는지 설명하는 것을 들었다. 그가 해준 이야기에 나는 완전히 매료됐다. 영화나 드라마의 영향으로 우리는 타임머신이라는 단어를 들으면 곧잘 탈것 내지는 다른 시대로 전송해주는 일종의 순간이동 장치를 떠올린다. 그러나 킵 손이 묘사한 타임머신은 한 쌍의 문에 가까웠고, 한쪽 문으로 들어가거나 거기서 나오는 물체가 일정 시간이 흐른 후 다른 문에서 나오거나 거기로 들어가는 식으로 기능했다. 이런 식의 타임머신은 탑승식이나 전송식 타임머신에 대해 제기된 몇몇 문제점—지구의 자전이나 공전에는 어떻게 대처하는지, 미래에서 온 시간 여행자는 왜 나타나지 않는지 등등—들을 해결해준다. 더 흥미로웠던 것은 킵 손이 수학적 분석을 통해 이 타임머신은 과거를 바꾸지 못하고, 시간선의 경우도 자기모순이 없는 단 하나의 시간선만이 존재할 수 있다고 시사했다는 점이었다.

대다수의 시간 여행 소설은 과거를 바꾸는 것이 가능하다는 입장을 취하고, 그런 일이 불가능한 과거는 대개 비극적인 경우가 많다. 과거에 일어난 일들을 바꾸고 싶다는 인간의 욕구는 충분히 이해할 수 있지만, 내가 쓰고 싶었던 것은 그런 일이 불가능하다고 해서 반드시 비극적이지는 않다는 점을 보여주는 시간 여행 소설이었다. 소설의 배경으로는 무슬림 세계가 적절하다고 느꼈는데, 운명을 있는 그대로 받아들이는 태도는 이슬람 신앙의 기본 요소 중 하나이기 때문이다. 문득 시간 여행 소설의 재귀적인 성격은 이야기 속에서 이야기가 진행되는 『아라비안 나이트』의 틀과도 잘 어울릴지 모른다는 생각이 떠올랐고, 흥미로운 시도가 될 것 같았다.

숨

이 단편은 두 개의 완전히 상이한 소재에서 영감을 얻었다. 첫 번째는 십대 시절에 읽은 필립 K. 딕의 「전기 개미」라는 단편이었다. 이 단편의 주인공은 병원에 갔다가 자신의 정체가 실은 로봇이라는 얘기를 듣고 기절초풍한다. 나중에 그는 자기 가슴을 열고 릴에 감긴 천공 테이프가 천천히 풀리면서 그의 주관적 경험을 형성하고 있는 광경을 목격한다. 글자 그대로 자기 자신의 마음을 들여다보고 있는 이 주인공의 이미지는 내 뇌리에 뚜렷하게 남았다.

두 번째 영감은 로저 펜로즈가 『황제의 새로운 마음』에서 엔트로피에 관해 논한 대목에서 얻었다. 펜로즈는 우리가 음식을 먹는 것이 그 음식에 포함된 에너지가 필요하기 때문이라는 주장은 어떤 의미에서는 틀렸다고 지적한다. 에너지 보존의 법칙은 에너지가 생성되거나 파괴되지 않는다는 뜻이다. 우리의 몸은 에너지를 흡수하는 것과 거의 같은 비율로 끊임없이 에너지를 발산하고 있다. 차이가 있다면 우리 몸이 발산하는 열은 고高엔트로피 형태의 에너지이고 무질서도가 높은 반면, 우리가 흡수하는 화학적 에너지는 저低엔트로피 형태의 에너지이고 무질서도가 낮다는 점이다. 사실상 우리는 질서를 소비하며 무질서를 생산하고 있다. 우리는 우주의 무질서도를 늘리는 방법으로 살아간다. 애당초 우리가 존재할 수 있는 것은 오로지 우주가 지극히 질서정연한 상태에서 시작됐기 때문이다.

아이디어 자체는 매우 단순하다. 그러나 펜로즈의 설명을 읽을 때까지는 그런 식으로 표현된 것을 한 번도 본 적이 없었다. 나는 이 단편을 통해 그 아이디어를 소설의 형태로 전달하고 싶었다.

우리가 해야 할 일

영국의 코미디 그룹 '몬티 파이선'의 레퍼토리 중에, 어떤 농담이 너무나도 웃긴 나머지 그것을 듣거나 읽는 사람이 웃다가 죽어버린다는 내용의 촌극이 있다. 이것은 '해로운 감각의 모티프'라는 이름을 얻은 오래된 수사법의 실례인데, 당사자가 뭔가를 듣거나 보거나, 경우에 따라서는 이해하는 것만으로도 죽어버리는 상황을 의미한다. 상술한 몬티 파이선의 촌극에서 영어가 모국어인 사람들은 그런 농담의 독일어 버전을 죽지 않고 안전하게 인용할 수 있다. 자기가 하는 말의 내용을 이해하지 못하는 한은 말이다.

이 수사법의 대다수 버전에는 어떤 초자연적인 요소가 포함되어 있다. 예를 들자면 호러소설에서는 곧잘 사람들을 광기에 빠뜨리는 저주받은 책들이 등장한다. 나는 이런 설정의 초자연적이지 않은 버전이 존재할 수 있는지 궁금했고, 인간의 삶이 무의미하다는 것을 증명하는 확고한 논거가 있다면 가능할지도 모르겠다고 생각했다. 개인이 그런 논거를 완전히 받아들이기까지는 시간이 필요할 테니까 즉시 효력을 발휘하지는 않겠지만, 그것을 숙고하는 동안 다른 사람들에게도 거듭 언급할 것이므로 오히려 더 확산될 것이었다.

물론 보호 장치는 존재한다. 아무리 빈틈없는 논거라고 해도 듣는 사람 모두를 설득할 수는 없는 법이고, 대다수의 사람들은 추상적인 논거만으로는 생각을 바꾸지 않기 때문이다. 반면, 그런 논거를 물리적으로 예시해줄 수 있다면 훨씬 더 큰 효과를 볼 수 있을 것이다.

소프트웨어 객체의 생애 주기

과학소설에서는 제우스의 머리에서 튀어나온 아테나처럼 완전히 자란 상태로 튀어나온 인공 존재들이 수없이 등장하지만, 나는 의식意識이 그런 식으로 생겨난다고는 생각하지 않는다. 인간의 마음에 관한 우리의 경험으로 미루어볼 때, 유용한 인간을 만들어내기 위해서는 적어도 이십 년 이상의 꾸준한 노력이 분명히 필요하다. 그리고 인공 존재라고 해서 인간보다 더 빨리 배운다는 증거는 없다. 나는 바로 그런 이십 년 동안에 일어날 수 있는 일들에 관한 이야기를 쓰고 싶었다.

나는 인간과 인공지능 사이의 정서적인 관계에 대해서도 관심이 있었다. 섹스 로봇과 열애에 빠지는 사람들 얘기를 하고 싶었다는 뜻은 아니다. 진정한 관계를 가능하게 하는 것은 섹스가 아니라, 관계를 유지하기 위해 노력하려는 적극적인 의지이기 때문이다. 어떤 연인들은 처음으로 크게 싸우자마자 헤어진다. 어떤 부모들은 자기 아이인데도 최소한의 보살핌만으로 체면치레를 하려고 한다. 어떤 사람들은 반려동물을 키우다가도 귀찮아지면 완전히 무시한다. 이 모든 사람들에게 공통된 특징은 이들이 관계를 유지하기 위해 노력할 생각이 없다는 점이다. 상대가 연인이든 아이든 동물이든, 진정한 관계를 유지하고 싶다면 상대방의 욕구와 자기 자신의 욕구 사이에서 균형을 맞출 의지가 있어야 하는 법이다.

인공지능에게도 마땅히 법적인 권리를 줘야 한다고 주장하는 사람들이 등장하는 소설은 꽤 있지만, 그런 큰 철학적 의문에 천착하느라고 그 저변에 깔린 세속적인 현실을 얼버무리고 지나가는 경우가 대부분이다. 이것은 영화가 언제나 거창하고 로맨틱한 제스처만을 통해 사랑을 묘사하는 방식과 유사하다. 그러나 사랑이란 긴 안목으로 보면 돈 문제를 해결하거나 배우자가 방바닥에 팽개쳐놓은 빨랫감을 챙기는 일 또한 포함하고 있다. 따라서 인공지능이 법적 권리를 획득한다면 큰 진전이겠지만, 인간 측에서 인공지능과의 개인적 관계를 유지하기 위해 진심으로 노력하는 일 또한 그 못지않게 중요한 이정표가 되어주지 않을까.

설령 인공지능이 법적 권리를 얻는 게 탐탁지 않다 해도, 의식을 가진 기계들을 존중해야 할 이유는 여전히 존재한다. 폭발물 탐지견들에게 투표권을 주어야 한다는 주장에 공감하지 않더라도 그들을 학대하는 것이 나쁘다는 사실쯤은 누구나 이해할 수 있을 것이다. 설령 그들의 가치가 전적으로 폭발물 탐지 능력에만 달려 있다는 입장이어도, 그들을 잘 대우해주는 것이 당신의 이익에도 가장 잘 부합하기 때문이다. 인공지능이 맡는 역할이 직원이든 연인이든 반려동물이든 간에, 성장 과정에서 진심으로 그들을 사랑해주는 사람들이 있다면 훨씬 좋은 결과를 얻을 수 있으리라는 것이 나의 생각이다.

마지막으로 몰리 글로스의 연설문을 인용해보겠다. 그녀는 어머니가 된 일이 작가인 자신에게 얼마나 큰 영향을 끼쳤는지에 대해 얘기하면서 이렇게 말했다. 자식을 키운다는 행위는 그녀로 하여금 "상당히 거창한 문제들을 깊게, 불가피하게, 일상적으로" 짚고 넘어가게 만들었다. "사랑이란 무엇이며 어디서 오는가? 왜 세상에는 악과 고통과 이별이 존재할까? 어떻게 하면 우리는 존엄과 관용의 정신을 함양할 수 있을까? 권력을 가진 자는 누구이고, 왜 그것을 가지고 있는 것일까? 갈등을 해결하는 최상의 방법은 무엇일까?" 만약 우리가 인공지능에게 무엇이든 중대한 책임을 지울 작정이라면, 그 인공지능은 이런 의문에 대한 적절한 해답을 알고 있어야 한다. 그리고 그런 문제는 컴퓨터 메모리에 칸트의 저서들을 로딩한다고 해결되지는 않는다. 좋은 육아법에 상응하는 과정이 필요한 것이다.

데이시의 기계식 자동 보모

일반적으로 말해서 나는 남이 지정해준 특정 주제를 가지고 소설을 쓰는 일에 소질이 없지만, 이따금 드물게 성공하는 경우가 있다. 제프 밴더미어는 가상의 인공 유물들을 동원한 박물관 전시회라는 아이디어를 중심에 두고 앤솔러지를 편집하고 있었다. 화가들이 해당 유물의 삽화를 그리면, 작가들은 그 삽화에 딸린 설명문을 쓰는 방식이었다. 화가인 그렉 브로드모어는 '자동 보모'의 아이디어를 내놓았는데, 이것은 '갓난아이를 돌보도록 설계된 준準로봇식 기계'였다. 나는 이것에 관해서라면 쓸 수 있다고 느꼈다.

행동주의 심리학자인 B. F. 스키너는 자기 딸을 위해 특별한 아기 침대를 고안했는데, 그녀가 성장 과정에서 심리적인 손상을 입고 결국 자살했다는 끈질긴 소문이 지금도 돌고 있다. 그것은 전적으로 잘못된 정보이며, 그녀는 건강하고 행복하게 자랐다. 반면에 행동주의 심리학의 아버지로 불리는 존 B. 왓슨의 경우를 생각해보자. 그는 부모들에게 이렇게 조언했다. "자기 아이를 쓰다듬고 싶다는 유혹을 느낄 때면, 어머니의 사랑이 위험천만한 수단임을 기억하라." 그리고 왓슨은 20세기 전반기의 육아법에 큰 영향을 끼쳤다. 그는 자신의 접근법이 어린아이들을 위한 최선의 방법임을 믿어 의심치 않았지만, 그의 자식들 모두는 장성한 뒤에 우울증에 시달렸다. 그중 두 명 이상이 자살을 시도했고, 한 명은 성공했다.

사실적 진실, 감정적 진실

1990년대 후반에 개인 컴퓨팅의 미래에 관한 발표를 들을 기회가 있었는데, 발표자는 언젠가는 우리 인생의 모든 순간을 영상으로 영구히 기록하는 것이 가능해지는 날이 올 것임을 지적했다. 이것은 매우 대담한 주장이었지만―당시 하드 디스크 공간은 동영상 보존에 이용하기에는 너무 비쌌다―나는 그의 말이 옳다는 것을 깨달았다. 언젠가는 모든 것을 녹화할 수 있게 될 것이었다. 그것이 정확히 어떤 형태를 취할지는 아직 몰랐지만, 나는 그것이 인간의 정신에 심대한 영향을 끼치리라는 점을 믿어 의심치 않았다. 우리는 인간의 기억이 오류투성이라는 사실을 머리로는 알고 있지만, 실제로 그 사실에 직면해야 하는 경우는 드물다. 만약 우리가 완전무결하게 정확한 기억을 갖게 된다면 어떤 일이 일어날까?

몇 년마다 이 질문을 다시 떠올리고 곱씹어보곤 했지만, 그것을 소설화하는 일에는 전혀 진척이 없었다. 회고록의 집필자들은 기억의 유연성에 대해 설득력 있는 글들을 많이 썼고, 나는 그들의 의견을 단순히 재탕할 생각은 없었다. 그러던 중, 문자가 구술 문화에 끼친 영향에 관해 쓴 월터 옹의 『구술 문화와 문자 문화』라는 책을 읽었다. 이 책에 포함된 대담한 주장들의 일부는 현재는 의문시되고 있지만, 내게 큰 자극이 됐다는 점에는 변함이 없다. 이 책은 가장 최근에 테크놀로지가 인간의 인지 과정을 변화시켰을 때와 장래에도 일어날 그런 변화 사이에서 어떤 유사점을 찾을 수 있을지도 모른다는 생각을 하게 했다.

거대한 침묵

실은 「거대한 침묵」이라는 제목의 작품은 두 편 존재하며, 이 작품집에 넣을 수 있었던 것은 그중 한 편이다. 왜 그렇게 됐는지 조금 설명할 필요가 있다.

2011년에 나는 '간극을 메우자Bridge the Gap'라는 학술회의에 참석한 적이 있었는데, 이 회의의 목적은 예술과 과학 사이의 대화를 촉진하는 것이었다. 참석자들 중 한 명이 제니퍼 알로라였는데, 그녀는 아티스트 듀오인 '알로라 & 칼사디야'의 일원이었다. 나는 이들이 창조하는 예술의 형식―행위 예술과 조각과 소리의 혼성체―에 관해 전혀 아는 바가 없었지만, 이들이 다루는 개념들에 관한 제니퍼의 설명에 매료됐다.

2014년에 나는 제니퍼에게서 그들과 공동 작업을 하면 어떻겠느냐는 제안을 받았다. 그들은 의인화와 과학기술, 그리고 인간과 비非인간 세계 사이의 접점에 관한 멀티스크린 영상 설치물을 제작할 생각이었다. 구체적으로는 아레시보에 있는 전파망원경을 찍은 영상에 근처의 숲에 서식하는 멸종 위기종인 푸에르토리코 앵무들의 영상을 병치할 계획이었는데, 내게 세 번째 스크린에 떠오를 자막의 텍스트를 써주지 않겠느냐고 했다. 텍스트는 앵무새 한 마리의 관점에서 서술되는 우화 형식으로, "일종의 종 간種間 번역"에 해당된다고 했다. 나는 주저했다. 비디오 예술에는 문외한이었을 뿐만 아니라, 평소에도 우화는 거의 쓰지 않기 때문이다. 그러나 그들이 약간의 초기 영상을 보여준 뒤에는 한 번 써보자 결심했고, 향후 몇 주 동안 우리는 종교적 방언이라든지 언어의 소멸 같은 주제에 관해 의견을 교환했다.

그 결과 만들어진 영상 설치물은 〈거대한 침묵〉으로 명명된 후 필라델피아의 '패브릭 워크숍 앤드 뮤지엄'에서 열린 알로라 & 칼사디야

전展의 일부로서 전시됐다. 완성된 설치물을 직접 본 내가 예전에 내린 어떤 결정을 후회했다는 점을 짚고 넘어가고 싶다. 제니퍼와 기예르모는 이 작품을 완성하기 전에 아레시보 천문대로 나를 초대한 적이 있는데, 나는 글을 쓰는 데 그럴 필요까지는 없다고 생각하고 그들의 요청을 사양했다. 그러나 벽 크기의 스크린에 투사된 아레시보의 영상을 처음으로 보았을 때는 갔으면 좋았을 것이라는 생각이 들었다.

2015년에 제니퍼와 기예르모는 제56회 베니스 비엔날레의 일환으로 〈이-플럭스〉 특별호에 기고해달라는 요청을 받고, 우리 공동 작업에 쓰인 텍스트를 게재하면 어떻겠느냐고 내게 제안했다. 처음부터 독립적인 읽을거리로서 쓴 것은 아니었지만, 의도한 맥락에서 떨어져나온 뒤에도 충분히 몫을 해내고 있었다. 단편 「거대한 침묵」은 이런 과정을 거쳐 탄생했다.

옴팔로스

우리가 지금 '젊은 지구 창조설'이라고 부르는 가설이 과거에는 상식이었던 적이 있었다. 1600년대까지도 지구는 최근에 창조됐다는 의견이 유력하게 통용되고 있었던 것이다. 그러나 박물학자들이 주위 환경을 좀더 자세히 관찰하기 시작하면서 이 가설에 상반되는 단서들이 속속 드러나기 시작했다. 이후 사백 년 동안 이런 단서들은 계속 증가

하고 서로 맞물리면서 그 누구도 반박할 수 없는 확고한 반증을 형성하기에 이르렀다. 그러나 나는 궁금했다. 젊은 지구 창조설이 사실이라고 가정할 경우, 세계는 어떤 모습을 하고 있었을까?

나이테가 없는 나무들, 봉합선이 없는 두개골처럼 쉽게 상상할 수 있는 측면들도 있다. 그러나 밤하늘에 관해 생각하기 시작하면 이 질문에 대답하는 것은 훨씬 힘들어진다. 현대 천문학의 많은 부분은 코페르니쿠스 원리를 전제로 삼아 발달했다. 우리 지구는 우주의 중심이 아니며 우리 인류도 특권적인 위치에서 우주를 관측하고 있는 것이 아니라는 전제 말이다. 이것은 젊은 지구 창조설의 정반대에 해당한다고 해도 무방하다. 물체가 아무리 빨리 움직이더라도 물리법칙은 바뀌지 않는다고 전제하는 아인슈타인의 상대성이론조차도 코페르니쿠스 원리에서 파생된 것이다. 만약 인류가 정말로 우주가 창조된 이유였다면 상대성은 성립하지 않았을 것이다. 물리법칙도 상황에 따라 변화해야 마땅하며, 그 사실 역시 탐지할 수 있어야 한다.

불안은 자유의 현기증

자유의지에 관해 토론할 때 많은 사람들은 이렇게 주장한다. 개인이 어떤 행동을 자유롭게 선택하려면—바꿔 말해 그 행동에 대한 도덕적 책임을 지는 것이 가능해지려면—똑같은 상황에서 그와는 다른 행동을 할 수 있어야 한다고. 철학자들은 이런 의견이 정확히 무엇을 의미하는지를 두고 끝없는 논쟁을 벌여왔다. 혹자는 1521년에 마르틴 루터가 교회에 대한 자신의 행동을 변호하면서 "나는 여기 서 있습니다. 나는 달리 아무것도 할 수 없습니다"라고 말했던 것을 예로 든다. 그러니까 그는 그 이외의 행동을 아예 할 수 없었던 것이다. 하지만 이것은 우리가 루터의 공적을 인정하지 말아야 한다는 뜻일까? 만약 그가 "나는 어떤 식으로도 행동할 수 있었습니다"라고 말했다면 어떨까. 그랬다고 그를 더 칭송해야 한다고 생각하는 사람은 없지 않을까.

양자역학의 다세계 해석도 고려할 필요가 있다. 일반적으로 이 해석은 우리의 우주가 무한에 가까울 정도로 많은 다른 버전의 평행우주들로 끊임없이 분기하는 것을 의미한다고 받아들여지는 경우가 많다. 이에 대해 나는 불가지론에 가까운 입장을 취하고 있지만, 이 해석의 지지자들이 그것이 시사하는 바에 대해 지금보다 조금 덜 과격한 주장을 펼친다면 그들이 받는 저항 역시 줄어들 것이라고 생각한다. 예를 들어 어떤 사람들은 이 해석이 우리가 내리는 결정을 무의미하게 만든다고 주장한다. 당신이 무슨 선택을 하든 간에, 그와는 정반대의 선택을 한 다른 우주가 언제나 존재하므로 그 선택의 윤리적 무게는 무효화된다는 논리다.

설령 다세계 해석이 옳다고 해도, 우리가 내리는 모든 결정이 그런 식으로 상쇄되는 것은 아니라고 나는 자신있게 말할 수 있다. 어떤 개인의 성격이 그가 지금까지 해온 선택들에 의해 밝혀지는 것이라면,

그와 비슷하게 그 개인의 성격은 그가 여러 세계에서 해온 선택들에 의해 밝혀진다고도 할 수 있을 것이다. 만약 당신에게 여러 개의 세계에 존재하는 여러 명의 마르틴 루터들을 조사할 수 있는 수단이 있다면, 교회의 권위에 거역하지 않은 루터를 찾기 위해서는 아주 멀리 떨어진 세계까지 가야 할 것이다. 그리고 그 사실은 그가 어떤 사람이었는지 알려주는 척도이기도 하다.

감사의 말

나의 초고를 읽어준 시커모어 힐 워크숍과 리오 혼도 워크숍 참가자들에게 감사의 마음을 전한다. 작품들에 대해 의견을 보내준 캐런 조이 파울러, 몰리 글로스, 대니얼 에이브러햄, 벤저민 로젠바움, 메건 맥캐런, 제프 라이먼, 모우지즈 체농구, 리처드 버트너, 크리스토퍼 로우에게 감사드린다. 공동 작업을 제안해준 제니퍼 알로라와 기예르모 칼사디아에게 감사를. 이 책을 믿어준 팀 오코널, 그리고 나를 믿어준 커비 김에게 감사를. 그리고 마시아 글로버에게, 모든 것에 대한 감사의 마음을 보낸다.

2019년 5월 7일 미국에서 하드커버 단행본으로 출간된 테드 창의 『숨』을 국내 독자들에게 선보인다. 『숨』은 데뷔작 『당신 인생의 이야기』가 출간된 지 무려 17년 만에 나온 신간이며, 표제작인 「숨」을 포함하여, 21세기 들어 테드 창이 쓴 총 아홉 편의 중·단편들을 망라한 두 번째 작품집이다.

테드 창이 본업인 테크니컬 라이팅을 병행하며 평균 2년에 한 편씩만 작품을 발표하는 작가라는 사실을 감안하면 아홉 편은 결코 적은 작품 수가 아니다. 특히 탈고했다는 소문은 무성했지만 아직 어떤 매체에도 발표된 적이 없는 최신작 「옴팔로스」와 「불안은 자유의 현기증」이 두 번째 작품집에 수록되어 있으니, 오랫동안 그의 신작에 목말라하던 독자들에게는 더할 나위 없는 기쁨이다. "『숨』의 출간 자체가 이미 하나의 사건이다"라는 〈뉴스데이〉의 지적은 바로 이런 측면에 대한 언급인 동시에, "세계 최고의 현역 SF 작가"라는 찬사를 받고 있는 그에 대한 높은 기대감을 반영한 것이기도 하다.

원래부터 높았던 테드 창에 대한 평가가 근년 들어 "현대문학 최고의 단편 작가"라는 식의 극찬으로까지 확대된 배경에는 『당신 인생의 이야기』에 수록되어 있는 「네 인생의 이야기」를 원작으로 한 영화 〈컨택트〉의 비평적·상업적 성공이 자리 잡고 있다. 〈그을린 사랑〉〈시카리오: 암살자의 도시〉 등으로 주목받는 거장의 위치에 오른 드니 빌뇌브 감독은 특유의 장중하면서도 섬세한 연출력으로 원작 못지않게 지적이며 자기성찰적인 영화를 만들어냈다는 것이 중평이다. 이 영화 덕분에 평소에는 과학소설에 선뜻 손을 대지 않던 독자들까지 『당신 인생의 이야기』를 찾아 읽기 시작한 것은 어찌 보면 당연한 귀결이라고 할 수도 있다.

* * *

한편, 과학적이고 논리적인 정합성을 강조하는 '하드 SF' 작가의 작품이 이토록 독자들의 사랑을 받을 수 있다는 사실은 여전히 놀라운 일이다. 이런 현상에 대한 실마리를 제공해주는 것은 우선 가장 이른 시기에 쓰인 「우리가 해야 할 일」이다. 이 작품은 과학 학술지 〈네이처〉의 요청을 받고 쓴 작품답게 전문 용어가 범람하는 하드 SF 특유의 인포덤프info-dump 문법을 자유자재로 구사, 테드 창의 거의 모든 작품을 관통하는 철학적 주제라고 할 수 있는 '자유의지'의 문제를 다루고 있다는 점이 특징이다. 과학소설이야말로 가장 자연스럽고 정교한 사고실험의 장을 제공해주는 장르라는 지적은 오래전부터 있어왔지만, 과학기술적 개념이나 물리적 사상事象의 경이로움에 천착하는 대신 과학철학적인 사고실험 자체를 소설화하려고 시도하는 경우는 보기 드물다. 애당초 이런 시도가 문학으로서 성공하려면 해당 실험의 논거와 현실적인 서사—작가 본인의 표현을 빌리자면 논리적 정합성과 비유적 맥락—사이의 미묘한 균형이 맞아야 하는 어려운 작업이기 때문인데, 이 책 말미에 실린, 일견 담담해 보이는 「창작 노트」는 바로 그런 치열한 고민의 기록이라고 해도 과언이 아니다.

그로부터 1년 뒤에 발표된 「상인과 연금술사의 문」은 자유의지와 시간 여행을 다루고 있다는 점에서 「우리가 해야 할 일」의 연장선상에 있으며, 영화 〈인터스텔라〉의 과학 자문 역을 맡기도 했던 노벨상 수상자 킵 손의 웜홀 타임머신 이론을 바탕으로 『아라비안 나이트』의 액자식 구성과 특유의 서정적 작풍을 완벽하게 조화시킨 걸작이다. 「네 인생의 이야기」와도 공통되는 인간에 대한 따뜻한 시선이 인상적인 이 단편은 발표되자마자 평단 내외의 격찬을 받았고, SF계의 양대 상인 휴고상과 네뷸러상을 휩쓸었다.

이듬해인 2008년에 발표된 표제작 「숨」은 '자체적 원리에 입각한 세계 구축'이라는 창작 기법이 엔트로피 개념을 둘러싼 바로크적인 상상력과 어우러진 그의 대표작 중 하나이다. 「숨」의 주인공이 사는 관통 불가능한 크롬 벽으로 에워싸인 세계는 화강암 판으로 된 천장이 세계 전체를 뒤덮고 있는 「바빌론의 탑」의 그것처럼 폐쇄계를 이루며, 주인공은 철저하게 과학적인 수단을 통해 세계의 진실과 직결된 에피파니를 경험한다. 하드 SF 작가로서의 정수를 보여준 이 단편은 앤솔러지 『이클립스 2』에 실리자마자 영국과학소설협회에서 수여하는 최우수 단편상을 수상했고, 전작인 「상인과 연금술사의 문」에 이어 테드 창에게 2년 연속 휴고상을 안겼다.

테드 창이 지금까지 발표한 작품 중에서 가장 긴 중편 「소프트웨어 객체의 생애 주기」는 인간의 초월 지능을 다룬 초기작 「이해」나 〈네이처〉에 게재된 짧은 단편 「인류 과학의 진화」의 주제적 종착점이라고 할 수 있는 인공지능과, 그 창조자인 인간 사이에서 필연적으로 생겨날 수밖에 없는 감정적 관계를 심도 깊게 다루고 있다. 이 작품에 등장하는 인공지능은 이미 '준비된' 지식 베이스를 기반으로 구축되는 고전적인 인공지능과는 달리, 유전적 알고리즘을 바탕으로 경험을 축적함으로써 생성되는 생물학적 계산 지능인 '디지언트'들이다. 온라인상에 실행되는 소프트웨어의 형태로만 가동되며 업계 용어로는 종종 '어수선하다scruffy'고 표현되는 이 인공지능이 실제로 자의식을 가지고 있는지 여부와 그것들이 수행하는 '행동'의 실효성은 굳이 유물론을 동원하지 않더라도 전혀 별개의 것이지만, 「창작 노트」에서 강조했듯이 테드 창은 실생활에서 이 두 가지 가치의 상보성이 가장 극명하게 드러나는 부분인 '관계'에 초점을 맞춤으로써 보편적인 공감을 불러일으켰고, 이런 평가는 이듬해 휴고상과 로커스상의 수상으로 이어졌다.

테드 창은 「소프트웨어 객체의 생애 주기」를 기점으로 과거보다 좀 더 유연하고 유기적인 창작 기법에 관심을 보이기 시작하는데, 이것은 그가 전 세계에서 개최되는 학제 간 컨퍼런스나 창작 워크숍 등에 한층 적극적으로 참여하기 시작했다는 사실과도 무관하지 않다. 유튜브에서 동영상 버전이 시청 가능한 「거대한 침묵」은 이런 학제적 탐구의 가시적인 성과물이며, 그가 MoMA PS1 현대미술센터에서 라이프로깅과 인간의 기억을 주제로 했던 강연의 내용은 「사실적 진실, 감정적 진실」에 담긴 담론과 실질적으로 동일하다. 행동심리학의 스캔들을 빅토리아 시대의 육아관에 이식한 감이 있는 「데이시의 기계식 자동 보모」에 이르러서는 초월적 논리의 귀재인 테드 창이 작정하고 '생활밀착형 하드 SF'를 쓰기 시작한 것이 아닌가 하는 농담마저 돌았지만, 젊은 지구 창조설과 천동설을 다룬 최근작 「옴팔로스」를 통해 그는 「바빌론의 탑」에서 「지옥은 신의 부재」와 「숨」의 계보를 잇는 진테제를 제시하며 세계 창조자로서의 건재를 알리고 있다.

현시점을 기준으로 테드 창의 최신작에 해당하는 「불안은 자유의 현기증」은 하드 SF에서도 가장 인기 있는 소재 중 하나인 양자역학의 다세계 해석을 쇠렌 키르케고르의 구원 개념에 투영한 역작이다. 키르케고르는 『불안의 개념』(1844)에서 본질적으로 인간은 자유로운 선택을 통해 상반되는 내부 요소들을 규합하며 성장하는 존재임을 지적했고, 인간이 느끼는 불안은 특정한 본질에 의존하지 않는 이런 자유의지의 영역에서 오는 '현기증'이므로 구원 역시 이 자유를 자각하는 것부터 시작된다고 설파했다. 키르케고르나 하이데거로 대표되는 초기 실존철학의 대두가 이성 중심의 근대철학의 좌절에 그 뿌리를 두고 있다는 사실과, 다세계 해석의 기반을 제공한 양자역학이 뉴턴역학으로 대표되는 고전 물리학의 전제를 뿌리째 흔들어놓았다는 사실 사이에 명백한 친연성이 존재한다는 사실은 굳이 강조할 필요도 없겠지만, 이 중편의 중심적 도구인 프리즘—테드 창은 1995년 독일의 물리학자 라이너 플라가가 다세계의 존재를 실증할 목적으로 학술지에 제출했던 실험 제안서에서 그 아이디어를 얻었다—이 상징하는 21세기 과학기술의 '현기증 나는' 가능성을 주인공인 냇과 데이나의 개인사 레벨로까지 끌어내려 설파한 작가의 수완에는 감탄을 금할 수 없다.

* * *

테드 창은 1967년 뉴욕 주 포트 제퍼슨에서 중국계 이민 2세로 태어났다. 어린 시절부터 아이작 아시모프와 아서 C. 클라크 등의 소설을 탐독하며 SF와 과학기술에 대한 소양을 쌓았다. 과학자가 되고 싶다는 꿈을 품고 아이비리그의 명문 브라운 대학에 입학해서 물리학과 컴퓨터 공학을 전공했지만 학자의 세계에는 별 흥미를 느끼지 못하고 작가의 길로 나아가기로 결심한다. 졸업 후 워싱턴 주 시애틀 교외의 마이크로소프트 본사와 계약을 맺고 기술 매뉴얼을 쓰는 한편, 저명한 SF 창작 강좌인 클라리언 워크숍에 참가해 큰 자극을 받는다. 강사 중 한 명이었던 작가 겸 비평가 토머스 디쉬는 테드 창의 재능을 높이 평가했고, 〈옴니〉의 편집장인 엘렌 대틀로에게 습작 단편 「바빌론의 탑」을 보냈다. 이듬해인 1990년에 이 단편으로 데뷔한 이래 테드 창은 짧게는 1년, 길게는 7년의 긴 숙성 기간을 두고 잡지나 학술지에 한 편씩 작품을 발표했고, 2002년에는 첫 번째 작품집 『당신 인생의 이야기』를 출간하여 "한 세대에 한 번 나올까 말까 한 중요한 작품집" "스위스 시계처럼 정밀하며 그 깊이를 헤아리기 힘들 만큼 심오한 걸작들의 향연"이라는 극찬을 받는다.

『당신 인생의 이야기』는 21개 언어로 번역 출간되었다. 『숨』은 15개 국에 번역 계약되었다. 2019년 현재, 〈컨택트〉를 각색한 에릭 헤이저 러에 의해 테드 창의 또 다른 작품인 「이해」의 영화화와 「외모지상주 의에 관한 소고: 다큐멘터리」의 드라마화가 진행 중이다.

* * *

SF 팬답게 세계 각국에서 열리는 SF 대회와 각종 문화 행사에 참석하여 해외 팬들과 교류하는 것을 즐기는 테드 창이 2009년 부천 국제 판타스틱 영화제의 게스트 작가로 특별 초빙된 것은 한국의 독자들에게는 무척이나 반가운 일이었다. 당시에도 이미 전설적인 작가로 이름이 높았던 그는 열흘 가까이 한국에 체류하면서 강연을 포함한 공식 일정과 개인적인 일정을 정력적으로 소화했고, 작품 못지않게 진지한 인품과 지적인 성실함으로 그를 만난 모든 독자를 매료시켰다.

테드 창은 3년 뒤인 2012년에도 대전에서 열린 ICISTS-KAIST 컨퍼런스의 연사로 재차 방한해, 과학기술과 문학의 관계에 대해 강연한 바가 있다. 무더운 여름에만 한국을 방문했기 때문에 다음번에는 시베리아의 한풍이 불어오는 겨울을 경험하고 싶다고 한다.

테드 창 작품 목록

1. Tower of Babylon (1990) 「바빌론의 탑」
2. Division by Zero (1991) 「영으로 나누면」
3. Understand (1991) 「이해」
4. Story of Your Life (1998) 「네 인생의 이야기」
5. The Evolution of Human Science (2000) 「인류 과학의 진화」
6. Seventy-Two Letters (2000) 「일흔두 글자」
7. Hell Is the Absence of God (2001) 「지옥은 신의 부재」
8. Liking What You See : A Documentary (2002) 「외모 지상주의에 관한 소고 : 다큐멘터리」
9. What's Expected of Us (2005) 「우리가 해야 할 일」
10. The Merchant and the Alchemist's Gate (2007) 「상인과 연금술사의 문」
11. Exhalation (2008) 「숨」
12. The Lifecycle of Software Objects (2010) 「소프트웨어 객체의 생애 주기」
13. Dacey's Patent Automatic Nanny (2011) 「데이시의 기계식 자동 보모」
14. The Truth of Fact, the Truth of Feeling (2013) 「사실적 진실, 감정적 진실」
15. The Great Silence (2015) 「거대한 침묵」
16. Omphalos (2019) 「옴팔로스」
17. Anxiety is the Dizziness of Freedom (2019) 「불안은 자유의 현기증」

작품집

1. Stories of Your Life and Others (2002) 『당신 인생의 이야기』
2. Exhalation : Stories (2019) 『숨』

옮긴이 **김상훈**

필명 강수백. SF 평론가이자 번역가, 기획자. 시공사의 〈그리폰북스〉와 열린책들의 〈경계소설〉 시리즈, 행복한책읽기 〈SF 총서〉, 폴라북스의 〈필립 K. 딕 걸작선〉과 〈미래의 문학〉 시리즈, 은행나무의 〈GRRM: 조지 R. R. 마틴 걸작선〉 등을 기획하고 번역했다. 주요 번역 작품으로는 테드 창의 『당신 인생의 이야기』, 로저 젤라즈니의 『전도서에 바치는 장미』, 로버트 A. 하인라인의 『스타십 트루퍼스』, 조 홀드먼의 『영원한 전쟁』, 로버트 홀드스톡의 『미사고의 숲』, 필립 K. 딕의 『유빅』, 스타니스와프 렘의 『솔라리스』, 그렉 이건의 『쿼런틴』 『대여금고』, 새뮤얼 딜레이니의 『바벨-17』, 카를로스 카스타네다의 『돈 후앙의 가르침』 3부작 등이 있다.

숨

1판 1쇄 2019년 5월 20일
1판 22쇄 2024년 5월 27일

지은이 　테드 창
옮긴이 　김상훈
펴낸이 　김정순
편집 　김이선
디자인 　김수진
마케팅 　이보민 양혜림 손아영

펴낸곳 　(주)엘리
출판등록 　2019년 12월 16일 (제2019-000325호)
주소 　04043 서울특별시 마포구 양화로 12길 16-9(서교동 북앤빌딩)

✉ 　ellelit.book@gmail.com
⊙ 　ellelit2020
전화 　02 3144 3123
팩스 　02 3144 3121

ISBN 979-11-6405-027-7 03840